HEYNE BÜCHER

Von Victoria Holt
sind unter dem Pseudonym Jean Plaidy
als Heyne-Taschenbücher erschienen:

Der scharlachrote Mantel · Band 01/7702
Die Schöne des Hofes · Band 01/7863
Im Schatten der Krone · Band 01/8069
Das Geheimnis im Kloster/Der springende Löwe · Band 23/26
Sturmnacht/Sarabande · Band 23/53
Die geheime Frau · Band 04/16
Gefangene des Throns · Band 01/8198
Königreich des Herzens · Band 01/8264

Von Victoria Holt sind als
Heyne-Taschenbücher erschienen:

Das Schloß im Moor · Band 01/5006
Die Rache der Pharaonen · Band 01/5317
Das Haus der tausend Laternen · Band 01/5404
Die siebente Jungfrau · Band 01/5478
Die Braut von Pendorric · Band 01/5729
Das Zimmer des roten Traums · Band 01/6461
Der Fluch der Opale · Band 04/35

JEAN PLAIDY
besser bekannt als
VICTORIA HOLT

KRONE DER LIEBE

Roman

Deutsche Erstausgabe

WILHELM HEYNE VERLAG
MÜNCHEN

HEYNE ALLGEMEINE REIHE
Nr. 01/8356

Titel der Originalausgabe
VICTORIA VICTORIOUS
Aus dem Amerikanischen übersetzt
von Uta McKechneay

Printed in Germany 1992
Umschlagillustration: Gerd Weissing, Nürnberg
Umschlaggestaltung: Atelier Ingrid Schütz, München
Satz: IBV Satz- und Datentechnik GmbH, Berlin
Druck und Bindung: Elsnerdruck, Berlin

ISBN 3-453-05285-4

»Laß sie uns siegreich,
glücklich und ruhmreich,
lange regieren.
Gott schütze die Königin.«

»Send her victorious
Happy and glorious
Long to reign over us
God save the Queen.«

Prolog

Als ich anfing, Tagebuch zu führen, war ich noch ziemlich klein. Mama meinte, es würde mir guttun. Sie würde es natürlich lesen. Dann konnten sie und Baronin Lehzen die Köpfe zusammenstecken und sagen: »Das Kind ist zu überschwenglich, zu gefühlsbetont. Es mangelt Victoria an Würde. Sie ist zu impulsiv und läßt sich allzuoft zu Wutanfällen hinreißen.« Das stimmte allerdings, und daran änderte sich bis zum 20. Juni 1837 nichts. An diesem Tag erschienen der Erzbischof und der Großkämmerer im Kensington Palast, um mir zu verkünden, ich sei Königin.

Ich kann mich nicht erinnern, je allein gewesen zu sein. Ich mußte mit in Mamas Zimmer schlafen. Bis sich Mama zur Ruhe begab, pflegte Lehzen an meinem Bett zu sitzen, damit ich mir keinen Augenblick selbst überlassen blieb. An diesem denkwürdigen Tag sagte ich mir unter anderem: »Jetzt darf ich endlich allein sein.«

In mein Tagebuch trug ich nur ein, was ihren Beifall finden würde. Das Schreiben hat mir immer große Freude gemacht. Auch für Musik und Malerei begeisterte ich mich.

Als Kind wurde mir irgendwann bewußt, wie frustrierend es war, ständig gegängelt und beobachtet zu werden. So vieles, was ich gern getan hätte, war verboten. Deshalb sehnte ich mich danach, heimlich Tagebuch zu führen und festzuhalten, was Tag für Tag geschah. Ich wollte von meinem Leben im Kensington Palast erzählen, von Lehzen und von Spath, von meinen wunderschönen lebensechten Puppen, von den Skandalen, in die meine Onkel ständig verwickelt waren. Auch meine Abneigung gegen den undurchsichtigen Sir John Conroy wollte ich mir von der Seele schreiben. Mama stand sehr unter seinem Einfluß. Er war fest entschlossen, mich zu umgarnen, als ich noch zu jung und zu unerfahren war, um das zu durchschauen. Wie gern hätte ich meinem Herzen Luft gemacht und meinem Tagebuch anvertraut, daß mir Mama immer fremder wurde. Ich zog mich immer mehr von ihr zurück. Natürlich *mußte* man seine Mutter lieben; aber ich konnte die Augen nicht vor den Tatsachen verschließen und sah mich gezwungen, meine Schlüsse daraus zu ziehen.

Wäre es mir vergönnt gewesen, heimlich Tagebuch zu führen, hätte ich mich ihm anvertrauen können. Sicher wäre mir dadurch auch klargeworden, weshalb es immer wieder zu diesen plötzlichen Zornesausbrüchen kam. Vielleicht hätte ich mich selbst und auch andere besser verstanden.

Inzwischen bin ich natürlich längst meine eigene Herrin. Niemand schreibt mir mehr etwas vor. In all den langen einsamen Jahren, seit mir derjenige genommen worden ist, der mein Leben war, konnte ich meinen Launen nachgeben. Oft sitze ich stundenlang da und überlasse mich meinen Erinnerungen. Immer wieder lese ich meine Tagebücher. Dann will es mir oft scheinen, als habe ich mich eigentlich ganz gut gekannt. Ich denke an meine Kindheit im Kensington Palast zurück, an meine Gefangenschaft. Oft denke ich auch an die Zeit zurück, zu der ich erkannte, daß ich nicht wie andere Kinder war, daß ich Victoria war, die eines Tages die Krone tragen würde.

Dieses Schicksal bestimmte meine Kindheit. Aus diesem Grund war meine Mutter so um mich besorgt. Sie konnte meine Krönung kaum erwarten. Ihr lag entschieden mehr daran als mir. Am liebsten hätte sie bis zu meiner Volljährigkeit als Regentin geherrscht. Wie hat sie den armen alten Onkel William gehaßt, weil er nicht sterben wollte! Ihr waren alle meine Onkel väterlicherseits zuwider. Sie pflegte mir einzureden, sie müsse mich vor ihnen schützen. Ich dürfe nie vergessen, was ich ihr zu verdanken habe. Die arme Mama war sich wohl nicht darüber im klaren, daß man einen Menschen nicht allein deshalb von ganzem Herzen lieben kann, weil man dazu verpflichtet ist. Das ist völlig ausgeschlossen, auch wenn man sich noch so große Mühe gibt.

Jetzt kann ich endlich schreiben, was ich will. Es ist nur für mich bestimmt, und niemand kann mir mehr einen Strick daraus drehen. Weder Mama noch Lehzen können meine Tagebücher mißtrauisch beäugen, um aus meinen simplen Beobachtungen Eigenschaften herauszulesen, die es zu unterdrücken gilt. Die arme Mama und die gute Lehzen! Beide haben längst das Zeitliche gesegnet. Ich führe als Witwe ein einsames Leben. Nur die Erinnerung an glücklichere Zeiten macht dieses Leben noch lebenswert. Nur darin finde ich noch Trost.

Die bösartigen Onkel

Wäre meine Cousine Charlotte nicht samt ihrem Baby so tragisch ums Leben gekommen, so wäre ich gar nicht auf der Welt, und es hätte nie eine Königin Victoria gegeben. Ohne dieses traurige Ereignis – die ganze Nation trauerte um Charlotte – hätte mein Vater weiterhin ganz respektabel und genaugenommen doch in Sünde gelebt. Madame St. Laurent lebte schon seit fünfundzwanzig Jahren mit ihm zusammen. Meine Mutter wäre sicherlich in Leiningen geblieben, doch vielleicht hätte sie einen anderen Mann geheiratet. Als Witwe mit zwei Kindern hätte sie durchaus noch mehr Kinder bekommen können; denn sie war erst einunddreißig Jahre alt. Ohne Charlottes tragischen Tod gäbe es mich jedenfalls nicht.

Ohne sich selbst kann man sich die Welt schlecht vorstellen, äußerte ich mich Baronin Lehzen, meiner Erzieherin, gegenüber, als sie mir all das erzählte. Sie war eine Klatschbase und ließ sich gern über die Skandale aus, die es in meiner Familie ständig gab. Sie entschuldigte sich damit, daß es sich um geschichtliche Ereignisse handle. Es sei unerläßlich, daß ich darüber Bescheid wisse.

Meine Verwandten väterlicherseits schienen es fast zu genießen, immer wieder in Skandale verwickelt zu sein. Meine Onkel beachteten kaum je die Etikette, wie es sich für Menschen königlichen Geblüts ziemte. Selbst über meine Tanten kursierten Gerüchte. Mein armer Großvater, der im Gegensatz zu seinen Söhnen ein treuer Ehemann und ein Mensch mit strengen moralischen Grundsätzen war, mußte entmündigt und in Gewahrsam genommen werden, weil er geisteskrank war. Meine Großmutter, Königin Charlotte, war trotz ihrer Tugendhaftigkeit beim Volk nie sonderlich beliebt. In der Geschichte unseres Landes gab es viele Königinnen, die keinen Beifall fanden, weil sie dem Land keinen Thronfolger schenken konnten. In dieser Hinsicht hatte Königin Charlotte ihrer Pflicht mehr als genügt. Fünfzehn Kinder hatte sie zur Welt gebracht. »Eine Belastung!« hieß es da. Und: »Die kosten die Staatskasse ein Vermögen.« Es dem Volk immer recht zu machen, ist wahrhaftig nicht leicht!

Ich konnte gar nicht genug über meine Cousine, Prinzessin Charlotte, in Erfahrung bringen. Das ist ja auch kein Wunder, denn ihrem Tod verdankte ich mein Leben. Ihr Vater war Prinzregent, als ich zur Welt kam. Als ich etwa sieben Monate alt war, bestieg er als König Georg IV. den Thron. Er übertrumpfte alle seine Brüder, was sein skandalöses Leben anging. Einer der größten Skandale in dieser skandalträchtigen Familie war die Beziehung zwischen Charlottes Eltern.

Charlotte war mit Prinz Leopold verheiratet gewesen, dem Bruder meiner Mutter. Eine echte Liebesheirat.

Charlotte, ein Wildfang, der alle Konventionen in den Wind schlug und nicht zu zähmen war, hatte alle Herzen im Sturm gewonnen, vor allem das von Leopold, ihrem jungen Gatten, der vom Wesen und vom Temperament her das genaue Gegenteil von ihr war.

»Als Charlotte starb, war er ein gebrochener Mann«, erfuhr ich. »Alle trauerten um sie.«

Als ich später mit Lehzen darüber sprach, deutete ich an, daß die Menschen sie vielleicht so liebten, weil sie tot war. Mir war nämlich aufgefallen, daß die meisten Menschen nach ihrem Tode liebenswerter erschienen als zu Lebzeiten.

Das Volk hatte seine ganze Hoffnung auf Charlotte gesetzt, denn als einziges Kind des Regenten war sie die Thronfolgerin. Die vielen Kinder der Brüder des Regenten waren alle außerehelich geboren. Als die heißgeliebte Charlotte samt ihrem Baby starb, herrschte große Bestürzung in der Familie, denn ohne Erben würden die Hannoveraner aussterben.

»Charlottes Tod kam völlig unerwartet«, berichtete mir Lehzen. »Wie sollte es weitergehen? Der Regent war unglücklich verheiratet und wollte nicht mit seiner Frau zusammenleben. Der zweite Sohn war Frederick, der Herzog von York.« Sie schüttelte den Kopf. »Der war der Lieblingsbruder des Regenten, ein hochgeachteter Gentleman. Doch auch er war in einen Skandal verwickelt...«

»Natürlich, wie könnte es auch anders sein«, bemerkte ich.

»Nun, lassen wir das lieber...«

»Kommt nicht in Frage, Lehzen. Lassen wir das lieber *nicht*.«

Auch als Kind von kaum zwölf Jahren hatte ich schon gebieterische Anwandlungen. Ich bestand darauf, daß sie mir verriet, was sich Onkel Frederick hatte zuschulden kommen lassen.

»Natürlich war eine Frau im Spiel. Sie hieß Mary Anne Clarke und soll in der Nähe der Chancery Lane geboren sein. Sie heiratete einen Schriftsetzer, dessen Meister sich in sie verliebte. Der ließ sie etwas lernen. Irgendwie ist sie deinem Onkel Frederick aufgefallen.« Lehzen spitzte die Lippen. »Diese Sorte von Frauen versteht es, den Männern das Geld aus der Nase zu ziehen. Der Herzog sagte ihr tausend Pfund pro Jahr zu, damit sie standesgemäß leben konnte. Doch in der Familie gab es immer ein Gerangel um die Finanzen. Als das Mary Anne zugesagte Geld ausblieb, sah sie sich nach einer zusätzlichen Einnahmequelle um. Sie nahm Bestechungsgelder dafür an, daß sie denjenigen, die dafür bezahlten, Aufträge zuschanzte.«

»Hat mein Onkel ihr dabei geholfen?«

»Es sah ganz danach aus. Das weitete sich zu einem furchtbaren Skandal aus. Sie drohte, seine Briefe zu veröffentlichen...«

Ich nickte schweigend. Wenn ich mich dadurch verriet, daß ich mich allzusehr für die Skandale interessierte, würde Lehzen sich zur Ordnung rufen und mir so bald nichts mehr erzählen.

»Und dann seine Ehe! Kaum war er mit Prinzessin Frederica verheiratet, da trennte er sich schon wieder von ihr. Wenn er auch an nächster Stelle stand, was die Thronfolge betraf, so war aufgrund seines fortgeschrittenen Alters kaum mehr damit zu rechnen, daß er noch ein Kind zeugen würde...«

Ich liebte diese Geschichten über meine Onkel. Doch leider

erfuhr ich bei weitem nicht genug, denn sie waren dank ihres skandalösen Lebenswandels eine Schande für die Familie, wie meine Mutter sagte.

Nach Onkel Frederick kam Onkel William, der Herzog von Clarence und spätere König William IV. Er war schon immer ein ziemlich lächerlicher Mensch gewesen, der aus dem Rahmen fiel. Man konnte nämlich keinem meiner Onkel außer ihm Kultiviertheit absprechen. Sie bestachen durch ihre Vornehmheit und hatten ausgezeichnete Manieren. Darin unterschied sich Onkel William von allen seinen Brüdern. Er war ganz anders aufgewachsen. Schon als junger Mann war er zur See gefahren, nannte sich stolz einen rauhen Seemann. Er war ausgesprochen schwatzhaft und produzierte sich gern vor Publikum, doch seine Reden endeten meistens völlig zusammenhanglos. Als junger Mann hatte er sich mit der Schauspielerin Dorothy Jordan eingelassen, die ihm zehn Kinder schenkte. Meine Onkel schienen eine Schwäche für solche Beziehungen zu haben. Doch nach Charlottes Tod mußte er rasch eine Ehefrau finden, genau wie mein Vater. Zum Schluß hatte er Dorothy Jordan ziemlich schlecht behandelt. Sie ging nach Frankreich, wo sie als todunglückliche Frau starb. Nach Charlottes Tod brauchte das Land einen Thronfolger. Onkel William heiratete deshalb Adelheid, die Tochter des Herzogs von Sachsen-Meiningen. Ich schloß sie sehr ins Herz.

Onkel Clarence und meine Mutter hegten erbitterte Haßgefühle füreinander. Auf Clarence folgte mein Vater. Wie traurig, den Vater nie gekannt zu haben. Ich wollte so viel wie möglich über ihn erfahren, doch was ich in Erfahrung brachte, war nicht immer schmeichelhaft.

Ich weiß, daß er Madame St. Laurent gern geheiratet hätte, doch allmählich gelangte ich zu der Überzeugung, daß der Royal Marriage Act (die königlichen Ehegesetze) sehr oft schuld daran waren, daß die Mitglieder meiner Familie einen so unmoralischen Lebenswandel führten. Dieses Gesetz besagte nämlich, daß die Söhne und Töchter des Königs bis zum Alter von einundzwanzig Jahren nicht ohne Zustimmung des Königs heiraten durften. Waren sie über einundzwanzig, mußte das Parlament seine Zustimmung zu der Ehe geben. Dieses Gesetz erscheint mir grausam, war aber in Anbetracht des Wesens all der Prinzen vermutlich angebracht.

Mein Vater wußte also, daß er Madame St. Laurent nie würde heiraten können. Sie soll nicht nur wunderschön, sondern auch liebenswert und klug gewesen sein. Sie war vor der Französischen Revolution nach England geflohen. Ich hatte eine sehr romantische Vorstellung von ihr.

Mein Vater mußte also heiraten. Ein Thronfolger war von größter Wichtigkeit, wenn das Haus Hannover nicht aussterben sollte. Zur Wahl standen Adelheid von Sachsen-Meiningen und Victoria von Leiningen, die Witwe des Regenten dieses Fürstentums.

Da sich mein Vater im Gegensatz zu William kultiviert und wirklich wie ein Prinz benahm, wurde beschlossen, daß er um Victoria freien sollte. Adelheid hatte die erste Blüte der Jugend bereits hinter sich und mußte nehmen, wen sie kriegen konnte. Als Witwe, die schon eine Ehe aus Gründen der Staatsraison geschlossen hatte, stand es Victoria nun zu, die Wahl des nächsten Gatten selbst zu treffen.

Kent sollte also Victoria bekommen und Clarence Adelheid.

Nach Kent kam Cumberland. Schon als kleines Mädchen war er für mich der böse Onkel Ernest. Mit seinem Aussehen hätte er auch das tapferste Kind in Angst und Schrecken versetzt. Das lag vor allem daran, daß er sein linkes Auge eingebüßt hatte. Ich weiß nicht, was furchterregender war: die leere Augenhöhle oder die schwarze Augenklappe, die er manchmal trug.

Sein Ruf stand seinem Aussehen in nichts nach. Etwa neun Jahre vor meiner Geburt war er in einen schmutzigen Skandal verwickelt. Sein Kammerdiener, ein Mann namens Sellis, wurde mit durchschnittener Kehle in seinem Bett gefunden. Der Herzog selbst trug eine Kopfwunde davon. Was vorgefallen war, stellte sich nie heraus, doch Sellis war mit einer auffallend schönen Frau verheiratet. Ernest hatte einen denkbar schlechten Ruf, was Frauen betraf. Man nahm daher an, daß Onkel Ernest mit seinem Kammerdiener wegen dessen Frau in Streit geraten war und sich die Verwundung bei der Rauferei zugezogen hatte.

Etwa drei Jahre bevor Charlotte starb, hatte er eine Frau geheiratet, deren Ruf ebenso zu wünschen übrigließ wie der seine: Er nahm seine Cousine Friederike, die Tochter des Herzogs von Mecklenburg, zur Frau. Ihre Tante war also Königin Charlotte von England. Für Friederike war das schon die dritte Ehe. Zuvor war sie mit Friedrich von Preußen und Friedrich von Solms-Braunfels verheiratet gewesen. Beide Ehemänner waren unter geheimnisvollen Umständen gestorben.

Sowohl mein Onkel Ernest als auch Tante Friederike wurden verdächtigt, Morde begangen zu haben.

Onkel Sussex war der sechste Sohn und das neunte Kind von König George und Königin Charlotte. Er lebte im Kensington Palast und galt als Exzentriker. Der Skandal ließ nicht lange auf sich warten, denn auch er schlug nicht aus der Art. Er verliebte sich in Lady Augusta Murray, während er sich auf dem Kontinent aufhielt. Dort ließen sie sich auch trauen. Doch weder der König noch das Parlament waren mit dieser Liebesheirat einverstanden. Die Ehe wurde daher nicht anerkannt. Anfänglich störte sich das verliebte, glücklich verheiratete Paar nicht sonderlich daran. Doch ich nehme an, daß sich das auf die Dauer verheerend auswirkte. Sussex war immer ein Rebell gewesen, und das blieb er bis an sein Lebensende.

Als König George untragbar wurde und sein ältester Sohn als Regent an seine Stelle trat, war Sussex bei Hofe wieder willkommen. Er hatte noch einmal geheiratet, und zwar Lady Cecilia Buggins. Exzentrisch wie er war, spielte es für Sussex keine Rolle, was die Leute davon hielten. Die meisten Familienmitglieder waren diesem Intellektuellen gegenüber von einem tiefen Mißtrauen erfüllt, doch Sussex war im Grunde ein guter Mensch, der half, wo er nur konnte. Nur durch seine Ehen machte er sich wirklich unbeliebt.

Onkel Adolphus, Herzog von Cambridge, war der jüngste Onkel. Die jüngeren Onkel waren offensichtlich zahmer.

Dieser war nach Deutschland gereist und hatte sich beim Militär ausgezeichnet. Cambridge war der unauffälligste der Brüder.

Nun habe ich all die verrufenen Onkel, die Prinzen des Hauses Hannover, aufgezählt, das keinesfalls aussterben durfte. Jeder in Frage kommende Onkel mußte also seine Pflicht tun und den Bestand des Hauses sichern. Alle gaben sich die größte Mühe, den Thronfolger zu zeugen. Wer würde das ersehnte Ziel erreichen?

Meine arme Tante Adelheid wurde schwanger und verlor das Kind. Für Clarence standen die Chancen also schlecht. Sowohl Cumberland als auch Cambridge bekamen Söhne. Beide wurden auf den Namen George getauft, genau der richtige Name für einen König, doch sie waren die jüngeren Söhne. Wenn Clarence versagte und die Herzogin von Kent ein Kind bekam, trügen die Kents den Sieg davon.

Mir kam zu Ohren, daß meinem Vater etwas Seltsames passiert war. Daran erinnerte man sich wieder, als ich zur Welt kam, und er erfuhr, daß er anstatt des heißersehnten Sohnes Vater einer Tochter geworden war. Er war auf dem Weg zu meiner Mutter gewesen und hatte ein Zimmer in einem Gasthof im Wald von Leiningen genommen. Als er mit einem Teil seines Gefolges in der Gaststube saß, kam eine Zigeunerin herein, ging auf ihn zu und fragte, ob sie ihm aus der Hand lesen dürfe. Sie prophezeite ihm, er werde bald heiraten und Vater werden, Vater einer großen Königin.

»Nein, eines Königs«, widersprach er.

Doch die Zigeunerin schüttelte den Kopf. »Vater einer Königin«, beharrte sie auf ihrem Standpunkt.

Das machte großen Eindruck auf meinen Vater. Er sah ein, daß es seine Pflicht der Familie und dem Land gegenüber war, Victoria zu heiraten. Für Madame St. Laurent wollte er gut sorgen. Sie sollte ein glänzendes Auskommen haben.

Das Salische Gesetz hatte in England keine Gültigkeit. Die Zigeunerin hatte von einer großen Königin gesprochen.

Im Jahr 1819 kamen die Königskinder nur so gepurzelt. Im März des Jahres bekamen die Clarences eine kleine Tochter, die aber nicht am Leben blieb. Die Cambridges bekamen einen Sohn. Im Mai kamen noch zwei Säuglinge zur Welt. Ich selbst am 19., George Cumberland am 27.

Mein Vater war überglücklich. Er zweifelte nicht mehr daran, daß die Prophezeiung der Zigeunerin in Erfüllung gehen würde.

Ich denke gern an mein Kinderzimmer und meine Kindheit zurück. Luise Lehzen, die mich unterrichten und erziehen sollte, hatte ihre Schülerin Prinzessin Feodora, meine Halbschwester, mit nach England gebracht. Sie und Feodora schloß ich bald ins Herz. Von beiden habe ich sehr viel gelernt.

Da war ich nun also, ein wohlgerundetes, kerngesundes Baby. »Von Anfang an fest entschlossen, deinen Willen durchzusetzen«, wie Lehzen lächelnd erklärte.

Feodora erzählte mir später, ich sei das entzückendste Baby gewesen, das man sich vorstellen konnte. Das beweist doch wohl, wie sie an mir hing. Nicht nur im Kensington Palast, sondern auch in Sachsen-Coburg waren alle sehr aufgeregt. Die Verwandten in Coburg hielten stets zusammen und freuten sich über den Familienzuwachs – im Gegensatz zu meinen englischen Verwandten, die sich stets in den Haaren lagen.

Meine Großmutter mütterlicherseits, die Herzogin von Sachsen-Coburg-Saalfeld, nannte mich die Maienblüte. Das begeisterte mich, als es mir zu Ohren kam. »Die Engländer lieben Königinnen, und die Nichte der heißgeliebten und unvergessenen Charlotte wird ihnen sehr willkommen sein.« Es stimmte. Seit Königin Elizabeth hatten die Engländer viel für Königinnen übrig. Das Volk hatte Königin Elizabeth verehrt. In den Augen vieler Engländer hatte nie ein größerer Monarch auf dem englischen Thron gesessen. Und so etwas sagten sie von einer Frau!

Sie konnten sich nicht einig werden, wie sie mich nennen sollten. Deswegen kam es im Kuppelsaal zu einer Szene.

Mein Onkel, der Prinzregent, empfand eine immer heftigere Abneigung gegen meine Mutter, genau wie Onkel William. Unsere Mutter neigte laut Feodora zu der Ansicht, das könne nur daran liegen, daß sie jung und gesund sei, die beiden Onkel dagegen altersschwache Greise, die nicht mehr hoffen durften, gesunde Nachkommen in die Welt zu setzen. Dem Prinzregenten mißfiel sogar die Art und Weise, in der sich meine Mutter kleidete. Sie trug mit Vorliebe Kleider aus raschelnder Seide, mit Rüschen besetzt, dazu möglichst noch eine Federboa. Für den Prinzregenten war das ein Zeichen für ihren schlechten Geschmack in Modefragen. Was Geschmacksfragen anging, galt er im Königreich trotz seiner sonstigen Unzulänglichkeiten als vorbildlich und über jeden Tadel erhaben. Die in den Augen meiner Mutter ungerechtfertigte Antipathie ließ sich nicht aus der Welt schaffen.

Feodora erzählte mir, hinsichtlich meines Namens habe es ernsthafte Unstimmigkeiten gegeben. Nach reiflicher Überlegung kamen meine Eltern zu dem Schluß, mich Georgiana zu nennen. Schon dreimal hatte ein Georg auf dem Thron gesessen. Sicher würde es irgendwann auch einen vierten geben. Ich sollte auch auf den Namen Charlotte getauft werden – nach der Prinzessin, der ich sozusagen mein Dasein verdankte. Außerdem sollte ich auch noch Augusta Alexandrina heißen (nach dem Zaren), und schließlich noch Victoria nach meiner Mutter.

Es entsprach der höfischen Etikette, dem Herrscher die Namen zwecks Genehmigung vorzulegen. Sicher hegte der Prinzregent mir gegenüber großes Mißtrauen. Für einen Herrscher ist die Allgegenwart des Thronfolgers gewiß nicht angenehm. Er muß das Gefühl gehabt haben, schon mit einem Fuß im Grab zu stehen. Dieses Gefühl bleibt keinem Monarchen erspart, und schon gar nicht so einem fettleibigen, den außer der Gicht noch alle möglichen anderen Leiden plagen und der sich verzweifelt bemüht, jugendlich zu wirken und ansehnlich wie in jungen Jahren.

Meine Eltern ahnten schon, daß es Ärger geben würde; denn am Abend vor der Zeremonie ließ der Prinzregent sie wissen, daß der Name Georgiana keinesfalls vor dem des russischen Zaren rangieren dürfe, aber auch nicht danach.

Ich konnte mich dreier sehr vornehmer Taufpaten rühmen. Der wichtigste war der russische Zar Alexander I.; die zweite war meine Tante Charlotte, Königin von Württemberg und Princess Royal von England. Meine dritte Taufpatin war meine Großmutter mütterlicherseits, die Herzogin von Sachsen-Coburg-Saalfeld. Diese illustren Taufpaten waren jedoch nicht persönlich zugegen. Mein Onkel, der Herzog von York, und meine Tanten, Prinzessin Augusta und die Herzogin von Gloucester, vertraten sie.

Als der Prinzregent endlich eintraf, gab es Ärger. Ich kann mir die Animosität, die zwischen ihm und meiner Mutter aufflammte, lebhaft vorstellen.

Der Erzbischof stand wartend da, mit mir im Arm. Er bat den Prinzregenten, ihm meinen ersten Vornamen zu nennen.

»Alexandrina«, gab der Prinzregent bekannt, dann legte er eine Pause ein.

Der Erzbischof sah ihn fragend an.

»Charlotte«, flüsterte mein Vater.

Doch der Prinzregent schüttelte indigniert den Kopf.

»Augusta?«

»Auf keinen Fall«, widersprach der Prinzregent. »Sie soll Alexandrina Victoria heißen. Victoria nach ihrer Mutter.«

Meine Mutter bebte vor Zorn, mein Vater war völlig konsterniert. Ich, die ich im Kuppelsaal auf viele illustre Namen getauft werden sollte, wie es sich für die künftige Königin geziemte, mußte mich mit zwei Vornamen begnügen.

Der Prinzregent hatte meine Eltern für ihren ›Dünkel‹ büßen lassen. Er hielt sie für vermessen. Noch weilte er unter den Lebenden, und er hoffte offensichtlich, daß einer seiner Brüder den Thronfolger zeugen würde. Seine Animosität gegen meine in seinen Augen aufgetakelte Mutter kannte keine Grenzen. Ich, das rundliche, kerngesunde Baby, bekam das alles noch nicht mit. Ich freute mich des Lebens und scherte mich noch nicht darum, ob ich einmal den Thron besteigen würde oder nicht.

Wir waren arm, mein Vater hatte Schulden. Die Begleichung dieser Schulden war auch ein Grund für seine Eheschließung, wenn auch nicht der Hauptgrund.

Wie nicht anders zu erwarten, half der liebe gute Onkel Leopold, der Bruder meiner Mutter, der mir später so unendlich viel bedeutete. Er war der hingebungsvolle Gatte von Prinzessin Charlotte gewesen. Er hatte es verstanden, sie ganz für sich zu gewinnen und sie so bewundernswert zu leiten, daß man ihn in England sehr zu schätzen wußte, wenn er auch den Prinzregenten und Onkel William nicht für sich einnehmen konnte. Onkel Leopold zeigte sich bei allem, was er tat, durch und durch rechtschaffen. Menschen ohne dieses unbedingte Ehrgefühl brachten einem Mann wie Onkel Leopold nicht unbedingt Sympathie entgegen.

Onkel Leopold hatte Claremont behalten, wo er mit Prinzessin Charlotte so glücklich gewesen war. Aufgrund unserer traurigen Finanzlage ließ er uns dort wohnen.

Als ich älter wurde, freute ich mich immer sehr auf die Besuche in Claremont. Für eine königliche Residenz war Claremont nicht groß, doch Onkel Leopold erzählte mir, wie begeistert Charlotte von Claremont gewesen war. In ihren Augen war es die ideale Umgebung für ein glücklich verheiratetes Paar. Dort konnten sie einfach und in Freuden leben. Mir gefiel es auch sehr – vor allem, weil es Onkel Leopold gehörte und mir an ihm einfach alles gefiel. Wahrscheinlich habe ich immer einen Mann gebraucht, der in meinem Leben die erste Stelle einnahm, als Kind einen Vater und später einen Gatten. Er mußte immer für mich dasein; denn obwohl ich sehr gebieterisch und bestimmt auftrat und ganz sicher war, daß ich einmal den Thron besteigen würde, wollte ich mich doch auch immer führen lassen. Dieser Wunsch hat sich erfüllt.

Wir zogen also nach Claremont, wo uns Onkel Leopold begrüßte. Aufgeregt lief ich durch die großen Räume im Erdgeschoß, acht an der Zahl, wenn ich mich nicht irre. Onkel Leopold erzählte mir, was er und Charlotte in den einzelnen Räumen gesagt und getan hatten. Bei dem Gedanken daran vergossen wir beide Tränen. Onkel Leopold brach oft in Tränen aus. Das bewies mir, was für ein gefühlsbetonter Mann er war.

Meine Mutter konnte nicht verwinden, was mir bei der Taufe widerfahren war. Es schockierte sie, daß ich nur zwei

Namen hatte, zu allem Unglück auch noch Namen, die in England nicht sonderlich bekannt waren. Alexandrina war eindeutig ein ausländischer Name. Damals wurde ich Drina genannt, Victoria erst später.

Wir bekamen die Ressentiments der Onkel – in erster Linie durch Cumberland – zu spüren. Cumberland hatte zwar einen Sohn, doch ich kam vor ihm. Natürlich zürnte uns auch Onkel William, denn die Anstrengungen seiner Frau, ein Kind zur Welt zu bringen, verliefen im Sande. Die gespannte Atmosphäre hatte sich durch die Eheschließungen keineswegs gebessert. Die Vorgänge erinnerten an ein Wettrennen. Den Prinzregenten widerte das mehr als alle anderen an. Ihm kam es vor, als warteten alle sehnsüchtig auf seinen Tod.

Da wir nicht über die nötigen Mittel verfügten, überlegten meine Eltern, ob das Leben in Deutschland nicht billiger sei als in England. Sie erwogen einen Umzug. Es erschien ihnen angebracht, bis dahin ein Haus am Meer zu mieten. Sie meinten, dadurch hielten sich die Unkosten in Grenzen, und die Seeluft täte uns allen, vor allem aber mir, dem Baby Drina, gut.

Auf dem Weg zur Küste machten wir in Salisbury Station. Mein Vater besichtigte die Kathedrale an einem bitterkalten Tag. Dabei erkältete er sich. Bei unserer Ankunft in Sidmouth hatte sich sein Zustand noch immer nicht gebessert.

Es kam zu einem erschreckenden Vorfall, der mich leicht das Leben hätte kosten können. Ein Pfeil durchschlug das Fenster, als ich in der Wiege lag, und sauste so dicht an mir vorbei, daß er den Ärmel meines Nachthemds durchbohrte. Wie durch ein Wunder blieb ich unverletzt. Es hieß, die Vorsehung habe es gut mit mir gemeint. Ich kann mir gut vorstellen, daß alle maßlos erschrocken sind. Später stellte sich heraus, daß ein übermütiger Junge den Pfeil abgeschossen hatte. Er behauptete, er habe nur Krieg spielen wollen und nichts Böses im Sinn gehabt.

Währenddessen verschlechterte sich der Gesundheitszustand meines Vaters. Nach einer Woche war aus der Erkältung eine Lungenentzündung geworden. Er mußte das Bett hüten. Onkel Leopold kam mit dem jungen Dr. Stockmar, zu dem er großes Vertrauen hatte, nach Sidmouth geeilt, doch bald stellte sich heraus, daß mein Vater nicht überleben würde.

Das war für alle ein unfaßbarer Schock; denn von all seinen Brüdern war er immer der gesündeste gewesen.

Der Gedanke, uns verlassen zu müssen, machte ihm am meisten zu schaffen. Er hatte große Hoffnungen darauf gesetzt, mich auf den Thron vorzubereiten und entsprechend zu erziehen. In seiner Not wandte er sich natürlich an Onkel Leopold.

Meine Mutter erzählte mir später von dieser schweren Zeit. Sie hatte die Familie ihres Mannes immer abgrundtief gehaßt und ihre eigene zärtlich geliebt. Als ich noch klein war, betrachtete ich die Angehörigen meines Vaters als wahre Ungeheuer, meine Verwandten in Sachsen-Coburg hingegen als Engel.

»Da saßen wir nun in diesem kleinen Haus in Sidmouth fest«, erzählte mir meine Mutter, »und Vater war gestorben. Was sollte aus uns werden? Claremont gehörte uns ja nicht. Der gute Onkel Leopold hatte es uns nur zur Verfügung gestellt. Ich geriet in Panik. Nur ein Trost war mir geblieben. Dein Vater hatte mich zu deinem alleinigen Vormund bestimmt, was für sein Vertrauen zu mir spricht. Seine letzten Worte waren: ›Vergiß mich nicht.‹ Daran siehst du, daß er bis zum letzten Augenblick an mich gedacht hat.«

Wir weinten beide, und ich hätte viel darum gegeben, ihn bewußt erlebt zu haben.

»Daß er so jung sterben mußte! Seine Haare und sein Bart waren noch nicht einmal ergraut. So jung... im besten Mannesalter... und wird so urplötzlich dahingerafft...«

Dramatische Szenen lagen Mama sehr, doch obwohl sie weinte, fragte ich mich hinterher, ob sie wirklich so starke Gefühle für meinen Vater hegte und um ihn trauerte. Sie war stets darauf bedacht, ihren Willen durchzusetzen, wenn sie Sir John Conroy auch ein wenig nachgab. Es hieß, Sir John sähe meinem Vater ähnlich. Vielleicht hielt meine Mutter deshalb so große Stücke auf ihn.

Mama schilderte mir ihr elendes Dasein. Verwitwet, kaum

Geld zur Verfügung und in einem fremden Land, dessen Sprache sie kaum sprach.

»Es bestand kaum Hoffnung, daß die Familie deines Vaters mir helfen würde«, schnaubte sie verächtlich. »Allerdings hatte mir das geizige Parlament für den Fall, daß ich Witwe würde, sechstausend Pfund im Jahr zugesagt – ein Jahr, bevor du geboren wurdest. Das Parlament hat bestimmt nicht damit gerechnet, diese Apanage schon so bald zahlen zu müssen.«

»Aber Mama«, warf ich ein, »wir sind doch auch im Kensington Palast untergebracht worden.«

»Ja, man hat uns ein paar jämmerliche Räume zur Verfügung gestellt«, gab sie zurück. »Da saß ich dann und wußte kaum, wovon ich leben sollte. Die Schulden deines Vaters lasteten auf mir. Natürlich werde ich alles daransetzen, sie irgendwann zu begleichen.«

Sehr edelmütig, dachte ich. Sicher war sie ein guter Mensch, doch ich hätte viel darum gegeben, wenn ihr die Angehörigen meines Vaters nicht so verhaßt gewesen wären.

»Eigentlich wollte ich zurück nach Deutschland«, fuhr sie fort, »doch Onkel Leopold war strikt dagegen. ›Als Thronanwärterin muß das Kind in England bleiben. Sie muß Englisch sprechen, und zwar ausschließlich Englisch. Sie muß Engländerin *sein*. Auf Ausländer sind die Engländer nicht erpicht.‹ Also blieben wir. Der gute Onkel Leopold hat so viel aufgegeben, um bei uns zu bleiben. Ich weiß gar nicht, was ich ohne ihn getan hätte. Du kannst dich glücklich schätzen, daß du so einen Onkel und so eine Mutter hast, die für dich sorgen.«

Ich dachte dabei eher an Onkel Leopold, denn ich befand mich bereits in der Phase, in der ich mich von meiner Mutter löste.

»Er sorgt sich so um dich und deinen Cousin Albert, der auch allen Grund hat, ihm dankbar zu sein.«

»Ich hoffe, daß ich Albert eines Tages kennenlerne.«

»Dafür wird Onkel Leopold schon sorgen.«

Offenbar hatte mein Vater Sir John Conroy zu seinem Testamentsvollstrecker bestimmt. Mit zunehmendem Alter gelangte ich zu der Überzeugung, daß er damit keine gute Wahl getroffen hatte.

Meine Mutter verließ sich voll und ganz auf ihn. Sie pflegte zu sagen, daß sie kaum Freunde habe, doch solange ihr Onkel Leopold und Sir John Conroy zur Seite stünden, könne sie es mit dem ganzen feindseligen Land aufnehmen, in dem sie meinetwegen leben müsse.

Meine beiden Tanten väterlicherseits, Prinzessin Sophia und die Herzogin von Gloucester, versuchten sich mit meiner Mutter anzufreunden. Sie waren allerdings schon alt. Sophia hatte nie geheiratet. Die Kinder von George III. waren so merkwürdig erzogen worden, daß sie immer wieder Skandale heraufbeschworen. Mein Großvater hatte keiner seiner Töchter erlaubt zu heiraten. Er hatte sie sehr geliebt, zu sehr. Der arme Großvater! Er muß schon lange verrückt gewesen sein, bevor es offenkundig wurde. Jedenfalls wollte sich Tante Sophia mit meiner Mutter aussöhnen und auch Tante Mary, die Silly Billy Gloucester ziemlich spät zum Mann genommen hatte.

Auch Adelheid, zu der Zeit Herzogin von Clarence, fühlte sich zu meiner Mutter hingezogen, doch Mama betrachtete die Clarences als Feinde und mißtraute Adelheid. Ich lernte sie später als Königin als einen der liebsten Menschen kennen, den man sich vorstellen kann. Doch gegen Mamas Voreingenommenheit war kein Kraut gewachsen. Daß sie keine Freunde hatte, lag an ihr.

Neun Tage nach dem Tod meines Vaters verstarb mein armer Großpapa – blind und zuletzt nicht mehr bei Sinnen. Der Prinzregent bestieg den Thron als König George IV.

Rückblickend fällt es mir schwer, zwischen dem zu unterscheiden, woran ich mich selbst noch erinnere und was man mir erzählt hat. An manches erinnere ich mich jedoch noch klar und deutlich, so auch an den Besuch in Windsor und mein Zusammentreffen mit dem König.

Ich spielte mit meinen Puppen und unterhielt mich mit Feodora. Ich liebte meine Schwester sehr, war ganz vernarrt in sie. Feodora war sehr hübsch und zwölf Jahre älter als ich.

Deshalb kam sie mir sehr erwachsen vor. Ich war zu der Zeit etwa sieben, sie muß also neunzehn Jahre alt gewesen sein. Mein Halbbruder Charles war drei Jahre älter als Feodora, doch er kümmerte sich in Leiningen um seine Besitztümer. Hin und wieder kam er jedoch auch nach England. Feodora hingegen lebte ständig bei uns, und ich glaube, sie hing ebenso an mir wie ich an ihr.

Auch sie interessierte sich für meine Puppen, fast so sehr wie Lehzen. Lehzen fand sie wunderschön. Da bei ihr alles auch von erzieherischem Wert sein und mich etwas lehren mußte, wies sie mich darauf hin, daß die Puppen historische Gestalten waren. Natürlich besaß ich auch Königin Elizabeth als Puppe. ›Die große Königin‹, nannte Lehzen sie.

Tante Adelheid, die mir ihre Zuneigung nicht verhehlte, schenkte mir eine wunderschöne Puppe. Sie war größer als alle anderen Puppen und so prächtig gekleidet, daß Lehzen meinte, wir bräuchten nichts für sie zu nähen und sie nicht umzuziehen. Neben meinen historischen Puppen besaß ich nun auch eine Puppe, die ich einfach ›die große Puppe‹ nannte. Sie hat mich immer an Tante Adelheid erinnert.

Feodora erzählte, das Kleid von Königin Elizabeth habe einen kleinen Riß. Das wußte ich. Den Riß hatte ich selbst verursacht, als ich allzu rauh mit der Puppe umgegangen war. Kurz zuvor hatte ich nämlich erfahren, daß man nach dem Tod von Königin Elizabeth dreitausend Kleider bei ihr fand. Das erschien mir übermäßig viel. Sie mußte wohl sehr eitel gewesen sein. Der Riß im Kleid geschah ihr recht.

Mama erschien, um uns etwas mitzuteilen. Normalerweise ließ sie uns zu sich kommen, und wir mußten ehrerbietig vor ihr knicksen. Uns mußte stets gegenwärtig sein, wie sie sich für uns aufopferte und was sie alles für uns tat.

Doch da es sich um etwas sehr Wichtiges handelte, ließ sie die Formalitäten ausnahmsweise außer acht.

»Endlich hat sich dieser Mann dazu herabgelassen, uns nach Windsor einzuladen«, verkündete sie uns.

Ich wußte, daß sie vom König sprach, der in Windsor lebte.

»Ich schwanke noch, ob ich die Einladung annehmen soll, aber...« fuhr Mama fort.

Selbstverständlich gedachte sie die Einladung anzunehmen. Mir war nicht entgangen, wie sie sich darüber ärgerte, daß die Einladung erst jetzt erfolgte.

»Nachdem er sich ja nun König nennt, ist es wohl...«

»Halten ihn die Leute denn nicht für den König?« fragte ich in aller Unschuld.

»Merk dir endlich, daß man denjenigen, der redet, nicht unterbrechen darf, und schon gar nicht mit so dummen Fragen«, ermahnte mich meine Mutter. »Wir fahren nach Windsor. Ich werde darauf bestehen, daß man uns mit dem nötigen Respekt behandelt. Ich möchte dich mit hocherhobenem Kopf bei Hofe sehen. Hast du deine Stechpalmenkette getragen?«

»Ja, Mama. Aber ich glaube, ich brauche sie nicht mehr.«

»Da bin ich anderer Meinung. Ich entscheide, wann du die Kette ablegst.«

Es ging um den Stechpalmenzweig, den ich an einer Kordel um den Hals zu tragen pflegte, damit ich den Kopf hochhielt. Tat ich das nämlich nicht, so kam mein Kinn mit den Stechpalmenspitzen in Berührung. Das stach ganz fürchterlich.

In Wahrheit war Mama verärgert, weil sie den König nicht mochte, doch andererseits freute sie sich, daß die Einladung nach Windsor endlich ausgesprochen worden war.

Sie sah ihre ältere Tochter an und sagte: »Du begleitest uns, Feodora.«

»Der Besuch wird dir gefallen«, wandte sich Feodora an mich.

»Ja, vor allem, wenn du auch dabei bist.«

Meine Mutter beruhigte sich etwas. Es freute sie, daß wir uns so mochten.

»Schön«, meinte sie, »dann will ich Pläne machen. Victoria, du darfst nicht vergessen, dich untadelig zu benehmen, damit du über jegliche Kritik erhaben bist. Der König legt den allergrößten Wert auf gute Manieren, das muß man ihm zugute halten. Die Leute werden dich nicht aus den Augen lassen.«

Das machte mich schon von vornherein nervös. Aber Feodora drückte mir tröstend die Hand, und ich dachte voller Zuversicht, wenn sie dabei ist, wird schon alles gutgehen.

Daß dies ein wichtiges Ereignis war, stand außer Frage. Lehzen wollte mich darauf vorbereiten.

»Du wirst staunen, wenn du den König siehst«, gab sie mir zu verstehen. »Er ist schon ziemlich alt.«

»Ja, Lehzen, das weiß ich. Mama betont das immer.«

Lehzen drohte in Panik zu geraten. »Hüte deine Zunge, Kind. Du mußt auf deine Worte achten. Am besten sprichst du nur, wenn sich der König mit dir unterhält. Antworte nur auf seine Fragen.«

Wieder kam ein ungutes Gefühl in mir auf.

»Mach dir keine Sorgen«, beruhigte mich Feodora. »Sag einfach, was dir am natürlichsten erscheint. Es wird schon in Ordnung sein.«

Die gute Feodora! Sie verstand es, mich zu trösten.

In der Kutsche auf dem Weg nach Windsor gab mir Mama noch die letzten Anweisungen. »Hoffentlich hast du den Hofknicks hinreichend geübt. Und denk dran, ernst zu sein. Du darfst um keinen Preis so vulgär lachen, wie du es in letzter Zeit immer getan hast. Dabei sieht man dein Zahnfleisch. Lächle, indem du die Mundwinkel leicht nach oben ziehst. Und vergiß nicht, daß er zwar der König ist, du aber auch von königlichem Geblüt bist.«

»Ja, Mama, ich werde bestimmt an alles denken...«

In Wahrheit hörte ich ihr gar nicht zu. Verzückt betrachtete ich die Landschaft und fragte mich, was mein Onkel, der König, wohl für ein Mensch sein mochte und warum alle Leute zu erstarren schienen, wenn die Rede auf Lady Conyngham und ihre Familie kam. Sie lebten offensichtlich auch in Windsor. Ich würde Lehzen, Spath oder Feodora danach fragen. Wie schön, eine soviel ältere Schwester zu haben, die schon so gut wie erwachsen war, aber doch noch nicht ganz erwachsen.

Ich griff nach ihrer Hand. Sie sah mich liebevoll an.

In diesem Augenblick erreichten wir Schloß Windsor.

Der große Augenblick war da. Ich bekam den König zu Gesicht.

Mein Blick fiel auf eine so riesenhafte Gestalt, daß selbst der ausladende, reichverzierte Sessel, in dem er saß, zu klein für ihn erschien. Der Anblick reizte mich zum Lachen, doch ich beherrschte mich und machte den tiefsten Hofknicks, den ich je gemacht hatte. Den hatte ich immer wieder geübt, seit ich wußte, daß ich ihm vorgestellt werden sollte.

»So, das ist also Victoria.« Seine Stimme klang sanft und melodisch. »Komm her, mein liebes Kind.«

Ich trat also vor ihn hin und sah zu ihm auf. Das Halstuch reichte ihm bis ans Kinn. Seine Wangen schienen unaufhörlich zu erbeben. Der rosige Teint und seine Lockenpracht beeindruckten mich sehr. Er hat auch so manches Schöne an sich, ging es mir durch den Kopf.

Auch der König sah mich eindringlich an, während ich ihn in Augenschein nahm.

Schließlich sagte er: »Gib mir deine kleine Pfote.«

Pfote! Was für eine seltsame Bezeichnung für die Hand. Das kam mir so komisch vor, daß ich Mamas Warnungen in den Wind schlug und lachte.

Er umschloß meine Hand mit seiner großen bleichen Hand, an der zahlreiche Ringe funkelten und glitzerten.

Da er in mein Gelächter einfiel, war er mir wenigstens nicht böse.

»Was für eine hübsche kleine Pfote«, sagte er und wandte sich an die Dame, die hinter seinem Sessel stand: eine schöne Dame, wenn auch ziemlich korpulent, doch nicht entfernt so dick wie der König. Vielleicht beruhte ihre Wirkung auf ihrer prächtigen Gewandung. »Meine Liebe, heb sie hoch«, wandte sich der König an die Dame. »Ich möchte Victoria ganz aus der Nähe sehen.«

So landete ich auf dem Schoß des Königs, wo ich so bequem wie auf einem Kissen saß. Was für ein Gefühl, ihn ganz aus der Nähe zu sehen! Seine rosig überhauchten Wangen faszinierten mich ebenso wie sein schönes lockiges Haar. Diese Lockenpracht war eines jungen Mannes würdig. Ansonsten sah der König mit seinen Tränensäcken eher wie ein alter Mann aus.

Warum haßte Mama diesen freundlichen Mann mit der schönen Stimme nur so?

»Schön, daß du zu mir gekommen bist«, freute sich der König.

»Mama hat es mir befohlen«, sagte ich. Aber das hörte sich womöglich an, als sei ich nur gezwungenermaßen hergekommen. Deshalb fügte ich noch schnell hinzu: »Ich hatte ja solche Angst, weil ich hier auf so vieles achten muß. Hoffentlich mache ich nichts falsch.«

Da lachte er. Es war ein liebenswertes Lachen. »Meine liebe kleine Victoria, in meinen Augen *kannst* du gar nichts falsch machen, was du auch tust«, tröstete er mich.

»Aber manchmal mache ich wirklich etwas falsch...«

»Das geht doch wohl allen Menschen so.«

»Dir auch, Onkel König?«

Da, nun war es mir herausgerutscht! Mama hatte das bestimmt mitangehört. Später würde sie mir die Leviten lesen.

Mein Onkel schien mir den Ausrutscher gar nicht zu verübeln. Lächelnd meinte er: »Ja, auch dein Onkel König macht zuweilen Fehler.«

»Eigentlich hätte ich Eure Majestät sagen müssen.«

»Du wirst es kaum glauben, aber Onkel König gefällt mir entschieden besser.«

Ich atmete erleichtert auf. Es gefiel mir immer besser, auf seinem Schoß zu sitzen. Mein Onkel war ganz anders, als ich erwartet hatte.

»Du siehst so zufrieden aus«, konstatierte er. »Ich glaube, dir gefällt es hier bei mir, und du hast festgestellt, daß dein Onkel gar nicht so ein altes Scheusal ist, wie man dir eingeredet hat.«

Ich nickte hocherfreut. Er hatte mich durchschaut.

Er hatte es sich in den Kopf gesetzt, mir etwas zu schenken, damit ich den Tag nicht vergaß, an dem wir uns kennengelernt hatten. Daher bat er die korpulente Dame: »Bring es mir, meine Liebe.«

Sie brachte die brillantgefaßte Miniatur eines wunderschönen jungen Mannes.

»Ach, ist das hübsch!« rief ich. »Was für ein gutaussehender junger Mann!«

»Erkennst du ihn denn nicht?«

Ich sah ihn entgeistert an.

»Nun ja, ich habe mich wohl sehr verändert, seit die Miniatur gemalt wurde«, gestand der König traurig ein.

Da ging mir ein Licht auf. Ich sah mir die Miniatur genau an und entdeckte eine sehr entfernte Ähnlichkeit zwischen der Miniatur und meinem gütigen alten Onkel König.

»Das bist ja *du*, Onkel König«, sagte ich. »Ich habe dich nicht gleich erkannt, weil die Miniatur so winzig ist und du jetzt nicht mehr ganz so schlank bist.«

Das kam zwar etwas spät, aber er schien es mir nicht zu verübeln.

Er wandte sich an die korpulente Dame. »Steck ihr die Miniatur ans Kleid, meine Liebe.«

Tief befriedigt betrachtete er sein Geschenk. »So, das hätten wir. Die Miniatur soll dich an diesen Tag erinnern.«

»Diesen Tag vergesse ich nie... bis an mein Lebensende nicht.«

»Du bist wirklich ein sehr nettes kleines Mädchen«, sagte er. »Jetzt habe ich dir etwas geschenkt. Was schenkst du mir denn?«

Ich überlegte angestrengt. Vielleicht eine meiner Puppen?

»Ich hätte gern einen Kuß«, bat er.

Das kam mir sehr gelegen. Mein Onkel beugte sich vor. Da schlang ich ihm die Arme um den Hals und drückte ihm zwei Küsse auf die Wange. Ich hatte mich so vor dem Besuch gefürchtet, und dann war wider Erwarten alles glatt gegangen. Ich fühlte mich sehr wohl bei meinem Onkel. Sicher hatte ich ihm damit weh getan, daß ich ihn auf der Miniatur nicht gleich erkannte. Vielleicht konnte ich diesen Schmerz mit meinen Küssen lindern.

Niemand sagte ein Wort. Sicher hatte ich etwas Schreckliches getan. Mama würde mir Vorhaltungen machen und behaupten, ich hätte mich vulgär benommen. Lehzen würde beleidigt sein, weil ich ihr Schande gemacht hatte. Und der König war bestimmt furchtbar aufgebracht. Er würde sagen, ich hätte es an Respekt fehlen lassen. Was hatte ich nur angerichtet? So verhielt man sich doch nicht einem König gegenüber.

Angstvoll sah ich zu ihm auf. Zu meiner Verwunderung hatte er Tränen in den Augen. In diesem Augenblick erschien er mir viel liebenswerter als der junge Mann auf der Miniatur. Er schloß mich in die Arme und drückte mich fest an sich. Ich kam mir vor wie in einem Bett mit Daunendecke.

»Du bist ein liebes kleines Mädchen. Du hast mir viel Freude gemacht«, sagte er gerührt. Dann gab er mir einen Kuß.

Da hatte er mich endgültig für sich eingenommen. Ich schloß ihn fest ins Herz.

Nach der Audienz begaben wir uns in unsere Gemächer in Cumberland Lodge. Onkel König ging mir nicht aus dem Kopf. Mama ließ sich nicht über mein Benehmen aus, wirkte nur sehr nachdenklich.

Ich konnte es kaum erwarten, mit Feodora allein zu sein, um sie nach ihren Eindrücken zu fragen. Als sie dem König vorgestellt worden war, hatte er kein Geheimnis daraus gemacht, daß sie ihm gefiel. Sie hatte neben ihm gesessen, und er hatte sie in ein ausführliches Gespräch verwickelt. Er mußte ihr wohl auch gefallen haben. Man mußte ihn einfach mögen. Sein Charme und seine Liebenswürdigkeit nahm alle für ihn ein.

Lehzen saß wieder bei mir, bis Mama zu Bett ging. Ich hüllte mich in Schweigen und dachte über die Audienz nach.

»Was für ein aufregender Tag!« sagte Mama. »Endlich bist du dem König vorgestellt worden.«

Jetzt kommt das große Strafgericht, dachte ich bei mir. Jetzt hält sie mir mein schändliches Benehmen vor.

Doch Mama sagte nur: »Der König war heute wirklich gut gelaunt. Trotzdem darfst du keinesfalls vergessen, daß er nicht einfach nur dein Onkel, sondern der König ist.«

»Ich denke dran.«

»Manchmal benimmt er sich nämlich ganz und gar nicht wie ein König.«

»Ich fand ihn furchtbar nett. Er hat so schönes Haar und schöne rosige Wangen, obwohl er schon sehr alt ist.«

»Das täuscht, mein Kind. Das Haar ist nicht sein eigenes. Er trägt eine Perücke, und seine Wangen sind geschminkt.«

»Trotzdem hat er sehr nett ausgesehen«, setzte ich mich für ihn ein. »Und wenn seine Locken auch nicht echt waren, so war es seine Liebenswürdigkeit doch ganz bestimmt.«

Mama zog es vor, sich dazu nicht zu äußern. Sie forderte mich nur mit ernster Miene auf: »Wenn er dir irgendeinen Vorschlag macht, mußt du mir das sofort sagen.«

»Was denn für einen Vorschlag, Mama?«

»Anscheinend hast du ihm gefallen.«

»Ja, er hat mich sein liebes kleines Mädchen genannt.«

»Sollte er dich jemals fragen, ob du gern in Windsor leben möchtest, mußt du mir das sofort sagen.«

In Windsor leben, den König täglich sehen, im Park ausreiten...

»In Windsor leben!« rief ich aufgeregt.

»Es kann sein, daß dich der König mir wegnehmen will, um dich bei sich in Windsor zu behalten. Das will ich dann sofort wissen.«

»Aber warum, Mama?« fragte ich verständnislos. »Warum sollte er das tun?«

Darauf erhielt ich keine Antwort. Sie gab mir einen Gutenachtkuß und sagte: »Schlaf jetzt.«

Natürlich fand ich keinen Schlaf. Jedenfalls nicht sofort, sondern erst viel später. Man kann doch nicht auf Befehl einschlafen.

Das war erst der Anfang. Feodora erzählte mir, der König habe sich danach erkundigt, was ich gern habe. Sie hatte ihm von meiner Musikliebe erzählt und von meiner Begeisterung fürs Tanzen. »Dann soll zum Tanz aufgespielt werden«, hatte er erklärt. »Wir wollen um jeden Preis, daß sich die kleine Victoria gut amüsiert.«

Bei einer Veranstaltung im Konservatorium saß ich neben dem König. Die Tänzer bewegten sich so graziös, daß ich nicht an mich halten konnte und begeistert klatschte. Dem

Gesang lauschte ich wie verzaubert. Der König sah mich immer wieder lächelnd von der Seite an. Mama war es sicher peinlich, daß ich meine Begeisterung so offen zur Schau stellte, doch gerade das schien dem König an mir zu gefallen. Was Mama mißfiel, machte ihm offenbar besondere Freude.

Mich mag er, sagte ich mir, aber Mama kann er nicht leiden.

Der König beugte sich zu mir hinunter und forderte mich auf: »Möchtest du das Orchester nicht bitten, dein Lieblingslied zu spielen?«

»Ja, gern«, erwiderte ich.

»Was möchtest du denn hören?«

Ich liebte ihn, weil er so freundlich zu mir war und ich bei ihm so ganz ich selbst sein durfte.

»God Save the King«, sagte ich daher. »Das ist ein schönes Lied.«

Der König sah mich ganz sonderbar an und sagte: »Du bist wirklich ein liebes kleines Mädchen. Ich danke dir.«

Dann rief er laut: »Prinzessin Victoria möchte das Orchester bitten, etwas für sie zu spielen. Sag es, meine Liebe.«

Da erhob ich mich und sagte laut und deutlich: »Spielen Sie bitte ›God Save the King‹.«

Die Leute lächelten erfreut und klatschten. Ich hörte jemanden flüstern: »Sie ist ja schon eine perfekte kleine Diplomatin.« Was das wohl bedeutete?

Am nächsten Tag stand ein Besuch im Zoo auf dem Programm. Mit das Schönste an dem Tag war die Tatsache, daß Mama nicht mit von der Partie war. Sie war nicht eingeladen. Der König konnte sich wohl denken, daß ich heilfroh war, ihren kritischen Blicken einmal zu entfleuchen. Da mir so leicht nichts entging, hatte ich bald erkannt, daß der König mich zwar mochte, Mama aber ganz und gar nicht. Das ließ er sie auch deutlich spüren, wann immer sich das machen ließ.

Nach meiner Heimkehr durchlöcherte mich Mama mit Fragen. Alles und jedes wollte sie wissen. Wer dabeigewesen war, worüber gesprochen worden war etc. Es nahm und nahm kein Ende. Ein richtiges Verhör. Währenddessen hing ich glücklich den Erinnerungen an diesen herrlichen Tag nach, an dem ich mich endlich einmal nicht beaufsichtigt und bevormundet gefühlt hatte.

Am nächsten Tag gingen Mama und ich mit Lehzen auf Virginia Water zu. Da hörten wir die Räder einer Kutsche. Mama zog mich an den Straßenrand. Eine leichte, vierrädrige offene Kutsche kam – von zwei Pferden gezogen – im Eiltempo auf uns zu und hielt neben uns. In der Kutsche saß der König mit meiner Tante Mary.

Er ließ sich über diesen schönen Tag aus, während er mich lächelnd ansah.

»Stopf sie rein«, bat er den Kutscher in der prächtigen silbernen und blauen Uniform. Der sprang rasch vom Kutschbock, hob mich hoch und setzte mich zwischen den König und Tante Mary in die Kutsche.

»Weiterfahren!« rief der König, und die Kutsche fuhr an. Mama war sicher davon überzeugt, daß der König mich entführen wollte, was diesen wiederum diebisch freute.

So schnell war ich noch nie gefahren. Ein herrliches Gefühl, so dahinzusausen. Ich war überglücklich.

»Na, wie gefällt dir das?« rief mir der König zu und griff nach meiner Hand.

»Das macht Spaß!« schrie ich. Mir wurde klar, daß ich jetzt schreien konnte, wann immer mir danach zumute war, und sagen konnte, was mir gerade einfiel.

Der König schien sich gern mit mir zu unterhalten. Tante Mary beteiligte sich auch an dem Gespräch. Ich spürte, daß auch sie mich mochte. Mit dem König konnte ich über alles reden, was mir am Herzen lag – über mein geliebtes Pony Rosy, über meinen Unterricht, das verhaßte Rechnen und das Fach Geschichte, das mir Freude machte, weil meine Erzieherin, Baronin Lehzen, es so interessant zu gestalten wußte.

Das schien den König alles sehr zu interessieren. Da vertraute ich ihm auch noch an, daß ich am allerliebsten sang und tanzte.

Er hatte so gar nichts von einem König an sich. Wie er sich

darauf verstand, Leute nachzuahmen! Manche erkannte ich sogar.

»Nie hätte ich gedacht, daß es so lustig sein kann, sich mit einem König zu unterhalten«, sagte ich begeistert.

»Leider halten viele Leute nicht besonders viel vom König, und ein König hat es ganz besonders schwer, die Zuneigung des Volkes zu gewinnen. Allen kann man es nicht recht machen, so sehr man sich auch bemüht.«

Wir fuhren zum Fischteich des Königs. Dort stiegen wir aus der Kutsche in ein großes Boot um. Wichtige Leute erwarteten uns schon. Der König stellte mich allen vor, so auch dem Herzog von Wellington, von dem mir Lehzen schon so viel erzählt hatte. Der Held von Waterloo spielte in der Geschichte unseres Landes eine große Rolle. Wirklich ein bedeutender Mann, doch er gefiel mir nicht. Er gab sich sehr herablassend, als müsse er alle ständig daran erinnern, was für ein großer Mann er war. Besonders hochgewachsen war er nicht, dafür aber ziemlich mager. Er hatte eine Hakennase und schien durch einen hindurchzusehen, was mir nicht behagte. Der König schien ihn aber sehr zu mögen. Zumindest hatte er Respekt vor ihm. Wahrscheinlich wegen Waterloo.

Alles Schöne endet irgendwann einmal. Ich wurde nach Cumberland Lodge zurückgebracht, wo Mama schon auf mich wartete.

Wieder nahm sie mich ins Kreuzverhör. Was sie alles wissen wollte! Immer wieder kritisierte sie mich: »Hättest du lieber das und das gesagt.«

»Nein, Mama«, widersprach ich. »Es hat dem König ja gerade so gefallen, daß ich immer genau das gesagt habe, was ich dachte.«

»Er wollte dich nur aushorchen und in die Falle locken.«

»Nein, Mama, er wollte, daß ich mich amüsiere.«

Sie schüttelte den Kopf. »Das verstehst du nicht, Victoria. Dazu bist du noch zu klein.«

»Aber ich bleibe nicht so klein. Ich werde älter.«

»Du kannst nicht zuhören. Dir ist vor allem daran gelegen, selbst zu sprechen und zu sagen, was du denkst.«

»Was sollte ich denn sonst sagen?«

Mama wandte sich ab. Sie tat mir beinahe leid. Sie war es so gewohnt, daß alle sich ihr fügten, zumindest in ihrem eigenen Haushalt.

Der Besuch in Windsor ging zu Ende. Wir mußten zurück nach Kensington. Beim Abschied bat der König, mich auf sein Knie zu heben. Er sagte, er habe sich sehr gefreut, mich bei sich zu haben, und er hoffe, daß es mir ebenso erging.

»Ja, es war wunderschön. Das hätte ich nie gedacht«, bekannte ich.

»Wovor hattest du denn Angst?«

»Vor dem König hat wohl jeder Angst.«

»Sie haben dir wohl eingeredet, daß ich ein Ungeheuer bin.«

Ich nickte.

»Doch dann hat sich herausgestellt, daß ich gar nicht so ein Unmensch bin. Wir haben uns doch gut verstanden, findest du nicht auch?«

»Ja, ich mag dich, Onkel König, und du hast wohl auch Gefallen an mir gefunden, sonst hättest du mich wohl kaum so verwöhnt.«

»Meine liebe Kleine«, sagte er zärtlich, »ich hoffe, daß du dir dein Wesen bewahrst und daß es den Menschen, von denen du umgeben bist, nicht gelingt, dich zu ändern. Du solltest bleiben, wie du bist – was immer auch geschieht.«

Wir nahmen schweren Herzens Abschied voneinander. Mir standen Tränen in den Augen, und auch er war traurig, weil wir uns trennen mußten.

Nach der schönen Zeit in Windsor erschien mir das Leben sehr eintönig. Immer nur der leidige Unterricht und kaum Freizeit. Wenn ich mich beklagte, machte mir Lehzen klar, daß es meine Pflicht sei, mich zu bilden und etwas zu lernen. Eine Prinzessin dürfe keine Ignorantin sein.

Nach dem Unterricht erging ich mich mit Feodora im Park, wo ich die Blumen goß. Dabei bekam ich meistens nasse Füße. Feodora schmuggelte mich dann wieder in den Palast, und Baronin Spath, die gute Seele, zog mir trockene Sachen an.

Oft gingen wir auch in den Park von Onkel Sussex, wo ich seine Blumen goß. Er wohnte in einem anderen Trakt des Palastes. Wie die meisten meiner Onkel war er schon ein ziemlich alter Herr, aber sehr liebenswert.

An schönen Sommertagen hielten wir uns oft mit Baronin Spath, die nicht so streng wie Lehzen war, im Park auf. Manchmal landeten wir auch im Park von Onkel Sussex, Feodora mit einem Buch bewaffnet und ich mit meinem Gießkännchen. Spath saß meistens neben Feodora auf dem Rasen und sah mir zu, wie ich die Blumen goß.

Glücklich sog ich den Duft des Lavendels ein, lauschte dem Gesumm der Bienen und freute mich, daß meine Mutter mich von unseren Fenstern aus nicht beobachten konnte.

Immer wenn wir uns im Park von Onkel Sussex aufhielten, gesellte sich ein junger Mann zu uns: der Sohn des Onkels aus seiner ersten Ehe, unser Cousin Augustus. In seiner Dragoneruniform sah Augustus blendend aus. Er setzte sich mit Vorliebe neben Feodora, um sich mit ihr und Spath zu unterhalten, während ich die Blumen goß.

Sie schienen sich gut zu verstehen, denn sie lachten viel. Diese schönen Nachmittage nahmen jedoch ein abruptes Ende, als uns verboten wurde, weiter in Onkels Park zu gehen.

Spath war in Ungnade gefallen, und Feodora war untröstlich. Eines Tages fand ich sie in Tränen aufgelöst und bat sie, mir zu erzählen, was vorgefallen war.

»Augustus und ich wollten heiraten«, stammelte sie unter Schluchzen.

»Ach, wie schön!« rief ich. »Da wohnst du ganz nah bei uns, und ich kann in eurem Park jeden Tag die Blumen gießen.«

Doch Feodora schüttelte traurig den Kopf. »Nein, Victoria. Mama ist furchtbar aufgebracht und will mich wegschicken.«

»Nein, Feddie, du mußt hierbleiben!« rief ich mit tränenerstickter Stimme.

In ihrer abgrundtiefen Trauer war Feodora ausnahmsweise einmal etwas mitteilsamer.

»Mama will der armen Spath die Schuld an allem in die

Schuhe schieben. Wahrscheinlich schickt sie sie zurück nach Deutschland. Augustus gilt nicht als standesgemäß.«

Da begriff ich, worauf sie hinauswollte. »Aber wieso denn nicht? Er ist doch mein Cousin.«

»Ja, das schon, der Herzog hat ja Lady Augusta Murray auch geheiratet, aber da sie nicht von königlichem Geblüt ist, wurde diese Ehe niemals anerkannt. Also gilt Augustus als uneheliches Kind. Deshalb darf ich ihn nicht heiraten.«

»Das ist wirklich ungerecht!« ereiferte ich mich. »Es wäre so schön gewesen.«

»Ja, Schwesterchen, aber es darf nicht sein.«

»Onkel Sussex hätte sicher nichts dagegen.«

»Nein, bestimmt nicht. Aber Mama sagt, die arme alte Spath und ich hätten uns schändlich aufgeführt.«

Ich machte mir berechtigte Sorgen. Bald kam Feodora still und in sich gekehrt zu mir und erzählte, sie müsse nach Deutschland reisen, um unsere Großmutter zu besuchen.

Ich war verzweifelt. Nichts konnte mich darüber hinwegtrösten. Die arme alte Spath lief mit schamhaft gesenktem Kopf herum, und Lehzen gebärdete sich ausgesprochen überheblich.

Einmal belauschte ich Spath und Lehzen, als sie sich über Feodora unterhielten. Sie hätten wohl gern Deutsch gesprochen, aber Mama hatte es verboten, weil ich Englisch als Muttersprache lernen sollte. Deutsch durfte ich nur als Fremdsprache lernen. Für gewöhnlich unterhielten Spath und Lehzen sich auf englisch, doch wenn sie aufgeregt waren, fiel hin und wieder auch ein deutsches Wort.

Sie unterhielten sich also über Feodora.

»Es wird zu einer *Verlobung* kommen«, meinte Spath.

Lehzen verbesserte sie auf der Stelle. Das deutsche Wort ›Verlobung‹ wollte sie nicht gelten lassen. Dann fügte sie hinzu: »Daran besteht kein Zweifel. Dafür wird die Herzogin, Feodoras Großmutter, schon sorgen.«

»Was für ein Jammer. Sie waren so *glücklich* miteinander, die beiden *Liebenden*.«

»Baronin Spath, Sie sollen doch Englisch sprechen!«

»Daß ich das aber auch immer wieder vergesse! Ich bin ja so

verzweifelt. Die Herzogin macht mich für das Malheur verantwortlich. Aber die beiden waren so verliebt...«

»Zu allem Unglück hat Victoria das auch mitangesehen!«

»Ach, das unschuldige kleine Mädchen hat sicher nichts gemerkt.«

Da erst fiel mir auf, daß ich Lehzen und Spath belauschte. Das gehörte sich nicht. Wenn ich erwischt wurde, mußte ich damit rechnen, streng bestraft zu werden. Also schlich ich mich davon.

Feodora sollte schon bald zu unserer Großmutter in Sachsen-Coburg reisen. Sie wirkte furchtbar deprimiert, doch die Trauer tat ihrer Schönheit keinen Abbruch. Sie ließ sich jetzt viel offener über alles aus als sonst. Hätte Mama kein Veto eingelegt, wäre sie Augustus' Frau geworden. Das heißt, natürlich stand auch Onkel Leopold auf Mamas Seite. Obwohl garantiert nicht einmal der König etwas gegen diese Ehe einzuwenden gehabt hätte.

»Mama und Onkel Leopold meinen es doch sicher gut mit dir«, gab ich ihr zu bedenken.

»Aber mein Glück scheint sie nicht zu kümmern. Ich liebe Augustus, Schwesterchen.« Sie nahm mich in die Arme, und wir weinten beide.

»Ich finde, man sollte nur aus Liebe heiraten«, murmelte ich erstickt.

»Ja, Schwesterchen, das finde ich auch.« Sie drückte mich noch fester an sich.

Ich war untröstlich, als Feodora abreiste. Mama warf mir mein ›Schmollen‹ vor. Lehzen drückte es liebenswürdiger aus und meinte, ich gräme mich.

Das Leben schien nur noch aus Unterrichtsstunden zu bestehen. Die Oberaufsicht hatte Reverend Davys. Thomas Steward unterrichtete mich in der Kunst des Schreibens und der verhaßten Mathematik. Deutsch lernte ich bei Mr. Barez, Französisch bei Monsieur Grandineau. Fremdsprachen lagen mir. Ich lernte auch Italienisch, was mir viel Freude machte. Musikunterricht hatte ich bei Mr. Sale, dem Organisten von Westminster, Malunterricht bei Richard Westall,

Mitglied der Kunstakademie. Tanzen und das richtige Benehmen lernte ich bei Mademoiselle Bourdin. Da alle diese hervorragenden Lehrer meine Zeit in Anspruch nahmen, blieb mir kaum mehr Freizeit.

Ich glaube, daß mich alle meine Lehrer mochten, obwohl meine Begabung in manchen Fächern sehr zu wünschen übrig ließ und ich gelegentlich Wutanfälle bekam. Wir kamen hervorragend miteinander aus, und sie wußten es zu schätzen, daß ich mir Mühe gab.

Doch seit Feodora weg war, hatte ich an nichts mehr richtig Freude. Nichts konnte mich aus meiner Lethargie reißen.

Mittwochs kam Onkel Leopold in den Kensington Palast, um uns zu besuchen. Diese Besuche waren eine willkommene Abwechslung. Wenn ich hinuntergerufen wurde, stürzte ich sofort auf Onkel Leopold zu. Da schien es Mama ausnahmsweise einmal gern zu sehen, wenn ich mir keinen Zwang antat. Da durfte ich meinen Gefühlen freien Lauf lassen, was Mama ansonsten als würdelos betrachtete.

Onkel Leopold hatte auch nichts dagegen einzuwenden.

Ich pflegte auf seinem Schoß zu sitzen, und er riet mir, brav zu sein und meine Pflicht zu tun.

»In letzter Zeit haben wir wieder ziemlich viele Wutanfälle gehabt«, petzte Mama.

»Wutanfälle?« wiederholte Onkel Leopold. »Das höre ich aber gar nicht gern.«

»Das liegt daran, daß Feodora nicht mehr da ist«, entschuldigte ich mich.

»Meine Güte, das sieht meinem Prinzeßchen aber gar nicht ähnlich«, mokierte sich Onkel Leopold.

»O doch, Onkel Leopold.«

»Liebchen, deine Schwester mußte fort«, erklärte mir mein Onkel. »Wie du ja wohl weißt, hat sie sich ziemlich ungeschickt verhalten. Die Vorkehrungen, die jetzt für sie getroffen werden, gereichen ihr zum Glück.«

»Angesichts der Vorkehrungen, die Augustus und sie getroffen hatten, glaube ich das kaum.«

Meine Mutter warf Onkel Leopold einen Blick zu, der wohl besagen sollte: »Da siehst du es selbst.«

Ich wollte, daß Feodora wiederkam, das war mein größter Wunsch.

Onkel Leopold blieb noch eine ganze Weile. Nachdem er mich ins Gebet genommen hatte, unterhielt er sich noch mit Mama. Mich schickte man hinauf zu Lehzen. Traurig winkte ich meinem Onkel nach, als er wieder abfuhr.

Wir besuchten Onkel Leopold auch in Claremont. Dort gefiel es mir. Jedesmal stürzte ich die Treppe hinauf. Onkel Leopold erwartete mich vor der Tür und schloß mich in die Arme. Lehzen hielt sich dabei diskret im Hintergrund. Sie fuhr nach Kensington zurück, wenn sie mich abgeliefert hatte, damit ich mit Onkel Leopold allein sein konnte. Da vergaß ich wenigstens vorübergehend, daß Feodora nicht mehr bei uns lebte, so glücklich war ich in Claremont.

»Was bin ich froh, meine liebe kleine Nichte hierzuhaben«, sagte Onkel Leopold. »Seit dem Tod meiner geliebten Charlotte bist du mein größter Trost.«

Dieses Haus steckte so voller Erinnerungen an Charlotte. Onkel Leopold schien die leise Trauer, die über allem schwebte, zu genießen. Ich ließ mir gern von ihr erzählen. Sie hatte das Wunder vollbracht, ihre Fehler und Unzulänglichkeiten als Tugenden ausgelegt zu bekommen. »So ein Wildfang«, hieß es immer wieder, als sei das etwas sehr Erstrebenswertes. »Der gute Prinz hat getan, was in seiner Macht stand, um Charlotte zu zähmen, doch er mußte sich geschlagen geben.«

Was ich in Erfahrung brachte, faszinierte mich. Offensichtlich war der König gegen Leopold gewesen. Wenn es nach ihm gegangen wäre, hätte Charlotte den Prinzen von Oranien geheiratet. »Aber sie hat sich für Leopold entschieden.« Charlotte hat es wohl klüger angestellt als die arme Feodora, dachte ich betrübt. Wie hatte sie das bloß geschafft? Wahrscheinlich hatte es damit zu tun, daß sie die Thronanwärterin war.

Claremont war immer noch ein Trauerhaus. Ich fragte mich, weshalb ich mich hier eigentlich so wohl fühlte. Ich empfand die Trauer hier nicht als bedrückend, sondern hatte fast den Eindruck, daß etwas fehlen würde, wenn nicht mehr um Charlotte getrauert würde.

Wir sprachen immer wieder von Charlotte. Ich erfuhr, wie Charlotte sich nach der Heirat geändert hatte. Vor der Heirat war sie schier unbezähmbar gewesen. Mit ihren Eltern hatte sie sich gar nicht gut verstanden. Man könne sich schwerlich ein Kind mit so unguten Eltern vorstellen, erfuhr ich. »Liebchen, du hast wirklich Glück, daß dein Onkel Leopold so um dein Wohl besorgt ist, und auch deine Mutter opfert sich für dich auf. Wir sorgen für dich, mein liebes Kind, wie niemand je für die arme Charlotte gesorgt hat, bevor sie meine Frau wurde.«

»Eure Ehe muß sehr glücklich gewesen sein.«

Onkel Leopold lächelte versonnen. »Charlotte hat mich förmlich angebetet. Die liebe gute Charlotte. Ach, mein Kind, ich hoffe, daß du nie so trauern mußt wie ich seit ihrem Tode.«

Onkel Leopold erwähnte eines Tages beiläufig, er habe mir ein großes Opfer gebracht. Ich geriet in Panik. Onkel Leopold fuhr fort: »Mir ist der Thron von Griechenland angeboten worden. Ich habe um deinetwillen abgelehnt.«

»Soll das heißen, daß du König von Griechenland geworden wärst?«

»Ja, aber was macht das schon? Ich habe gleich daran gedacht, daß ich mich dann von meiner kleinen Victoria würde trennen müssen.«

»Aber Onkel Leopold, du hast meinetwegen auf die Krone Griechenlands verzichtet?«

»Das bist du mir wert, mein liebes Kind – wenn ich stolz auf dich sein kann.«

»Das kannst du, Onkel Leopold – bestimmt!«

Es machte mich sehr glücklich, daß er für mich darauf verzichtet hatte, König von Griechenland zu werden.

Dann erzählte er mir von meinem kleinen Cousin, der in dem schönen Schloß Rosenau zur Welt gekommen und drei Monate jünger war als ich.

»Dieser liebe kleine Junge, ein wunderschönes Kind, ist mein Neffe, so wie du meine Nichte bist. Ich muß immer wieder daran denken, wie glücklich ich mich schätzen kann, weil ich mich um zwei so liebe Kinder kümmern darf.«

»Hängst du an diesem kleinen Jungen, Onkel?«

»Ja, ich hänge sehr an ihm.«

Ich verspürte Eifersucht auf diesen Eindringling und wollte meinen Onkel fragen, ob er ihn lieber mochte als mich, doch das gehörte sich wohl nicht.

»Er hat einen Bruder, der ein Jahr älter ist als er. Er selbst heißt Albert und sein Bruder Ernst.«

»Sie müssen Deutsche sein.«

»Ja, ihr Vater ist Herzog von Sachsen-Coburg-Gotha. Die beiden Söhne sind ganz reizende Jungen.«

»Ich würde sie gern kennenlernen.«

»Das sollst du auch. – Von deiner Großmutter habe ich gehört, daß Albert schnell wie ein Wiesel ist. Er hat große blaue Augen und sieht fantastisch aus. Er ist sehr lebhaft und äußerst gutmütig.«

»Das hört sich gut an«, sagte ich, doch mir war nicht sehr wohl dabei.

»Und er steckt voller Streiche.«

Das hörte sich schon besser an. Nun erwachte mein Interesse, und ich erkundigte mich näher nach diesem Cousin.

»Ihr könntet sicher gute Freunde werden, du und die Cousins«, meinte Onkel Leopold. »Weißt du, sie haben keine Mutter mehr und du keinen Vater.«

»Können sie nicht herkommen? Ich fürchte, Mama erlaubt nicht, daß ich nach Deutschland reise.«

»Ich werde dafür sorgen, daß ihr euch kennenlernt«, versprach mir Onkel Leopold.

Feodora kehrte nach Kensington zurück. Sie erschien mir ganz verändert. Die Ruhe und Gelassenheit, die von ihr ausging, deutete ich als Resignation.

Sie sollte schon bald eine Ehe mit dem Herzog von Hohenlohe-Langenburg eingehen.

Wir waren überglücklich, wieder vereint zu sein. Ich lief ihr überallhin nach und ließ sie nicht aus den Augen.

»Was gibt es Neues? Was hat sich hier während meiner Abwesenheit geändert?« wollte Feodora wissen.

Was sollte es hier schon Neues geben? In Kensington ging das Leben stets seinen gewohnten Gang.

Trotz der Trennung von Augustus freute sich Feodora wahrscheinlich, in Deutschland leben zu können. Hier verfuhr Mama nämlich genauso streng mit ihr wie mit mir, so daß sie sich wieder wie eine Gefangene vorkam. Deshalb freute sie sich wohl auf ihre Ehe, die ihr immerhin ein gewisses Maß an Freiheit gewähren würde, obwohl sie den Grafen von Hohenlohe-Langenburg heiraten würde und nicht Augustus.

Als wir zusammen mit Lehzen dasaßen und nähten, erkundigte ich mich nach ihrem Bräutigam.

»Er ist sehr liebenswert.«

»Sieht er auch gut aus?«

»Ja, er sieht sehr gut aus.«

»Liebst du ihn?«

»Ich muß ihn ja wohl lieben, denn ich soll ihn heiraten.«

Feodora sprach schon wie Mama oder Lehzen. Es tat weh, daß sie sich so verändert hatte. Sie hatte so gar nichts Kindliches mehr an sich, sondern war inzwischen voll erwachsen.

Feodoras Hochzeit sollte im Kensington Palast gefeiert werden, und zwar im Kuppelsaal, wo ich getauft worden war.

»Der König wird Feodora zum Altar führen«, bemerkte ich kichernd. »Ich glaube, er würde sie lieber für sich behalten.«

»Wie kannst du so etwas nur sagen«, ermahnte mich Lehzen.

»In Windsor schien er sich sehr für sie zu interessieren.«

»Für dich doch sicher auch.«

»Ja, das schon, aber in Feodora war er ganz vernarrt.«

»Mit deinem durchdringenden Blick siehst du manchmal Dinge, die gar nicht existieren.«

»Aber Lehzen, wie kann ich Dinge sehen, die gar nicht vorhanden sind?«

»Na, nun komm, meine kleine Besserwisserin. Wir wollen mal sehen, wie weit die Braut ist.«

Feodora sah entzückend aus, und sie schien sich nicht zu fürchten. Allerdings wirkte sie irgendwie abgeklärt, gar nicht mehr so jung. Vielleicht würde sie in Zukunft nicht mehr so offen sagen, was sie dachte. Das hätte ich sehr bedauerlich gefunden.

Mir fiel sofort auf, daß sie ein kostbares Brillantcollier um den Hals trug.

»Das hat mir der König geschenkt«, erzählte sie mir.

»Ich habe doch gewußt, daß du ihm gefällst. Es ist wunderschön, Feodora. Ich glaube, er hätte dich selbst gern zur Frau genommen.«

»Was für ein Unsinn! Er ist doch schon ein alter Mann.«

»Es kommt aber vor, daß ein alter Mann ein Auge auf eine junge Frau wirft.«

»Dir entgeht aber auch wirklich gar nichts.«

Wir begaben uns in den Kuppelsaal. Auf dem Weg dorthin sah ich durch die Fenster draußen vor dem Palast eine große Menschenmenge.

Die Glocken läuteten, alle wirkten glücklich und zufrieden. Aber nicht nur ich bedauerte, daß Augustus nicht der Mann war, den Feodora ehelichen würde.

Beim Betreten des Kuppelsaals sah ich mich nach dem König um. Er glänzte jedoch durch Abwesenheit. Nur Onkel Clarence war gekommen. Er schien bestens gelaunt zu sein und hätte seine Freundschaft sicher gern unter Beweis gestellt, wenn Mama das zugelassen hätte. Mir lächelte er immer freundlich zu.

Die Stimmung im Kuppelsaal schlug langsam um. Die Leute fühlten sich allmählich unbehaglich und begannen sich zu fragen, wo der König blieb. Schließlich sollte er bei der Hochzeit den Brautführer spielen. Ohne ihn konnte die Zeremonie nicht beginnen.

Irgendwann verkündete Onkel Clarence dann mit lauter Stimme: »Offensichtlich kommt der König nicht. Wir brauchen also nicht mehr auf ihn zu warten. Ich vertrete ihn.«

Mama hätte sicher gern dagegen protestiert und fragte sich, ob es besser war, noch eine Weile auf den König zu warten und sich weiter demütigen zu lassen oder Onkel Clarence zu bitten, das Zeichen zum Beginn des Zeremoniells zu geben. Es hat sie wohl sehr gefuchst, tatenlos mitansehen zu müssen, daß der Herzog ihre Tochter zum Alter führen sollte und nicht der König.

Da der König nicht erschien, vertrat ihn Onkel Clarence. Ich war die Brautjungfer meiner Schwester. So wurde sie die Frau des Grafen von Hohenlohe-Langenburg.

Nach der Hochzeit begab sich das Brautpaar nach Claremont. Wir fuhren zum Kensington Palast zurück. Erst da ließ Mama ihren Gefühlen freien Lauf. Sie tobte und wütete, nannte den König einen alten unfruchtbaren Trottel, der schon mit einem Fuß im Grab stand. Sie schrie so, daß man es auch durch die Wände hörte. Der verhaßte Sir John Conroy versuchte vergebens, sie zu beschwichtigen.

Niemand traute Onkel Cumberland über den Weg. Für die Menschen war er ein Ungeheuer, das die Krone für seinen Sohn George sichern wollte, koste es was es wolle. Ich war George schon begegnet und hielt ihn für einen netten Jungen. Natürlich war ich Onkel Cumberland im Weg. Mein Vater war der Ältere gewesen. Daher rangierte ich in der Reihe der Thronanwärter vor George Cumberland. Das irritierte seine Eltern maßlos. Sie genossen beide einen so schlechten Ruf, daß ich mich fragte, ob deshalb so schlimme Gerüchte über sie in Umlauf waren oder ob sie mir wirklich gefährlich werden konnten.

Als ich noch klein war, hatten sie überall verbreitet, ich sei ein sehr schwächliches Kind und würde sicher nicht am Leben bleiben. Mama mußte häufig mit mir spazierengehen und sich immer wieder mit mir zeigen, um den Leuten zu beweisen, daß ich kerngesund war. Ich strotzte geradezu vor Übermut und Lebenslust und sah weiß Gott nicht kränklich aus. Mama oder Lehzen gingen immer noch mit mir spazieren. Oft blieben die Menschen stehen und jubelten mir zu.

Später erklärte mir meine Mutter, daß ich zu meinem eigenen Schutz nie alleingelassen wurde, damit mir niemand etwas antun konnte. Ich wußte nicht so recht, ob ich ihr das glauben sollte. Vielleicht ging es hauptsächlich darum, daß ich mich stets ihrem Willen fügte.

Die Cumberlands waren ständig in schlimme Skandale verwickelt. So hatte Tante Sophie als junge Frau ein Kind zur Welt gebracht, das angeblich von Oberst Garth war. Jetzt wurde hingegen die Behauptung aufgestellt, ihr eigener Bruder, der Herzog von Cumberland, sei der Vater dieses Kindes.

Die Skandale nahmen und nahmen in dieser Familie kein Ende.

Gelegentlich bekam meine Mutter Besuch von Tante Adelheid. Ich fand, daß Mama sich immer sehr herablassend gebärdete. Wahrscheinlich kam Tante Adelheid in Wahrheit meinetwegen. Sie zeigte sich mir gegenüber immer sehr liebenswürdig. Wenn sie mit mir sprach, nahm ihr Gesicht einen ganz bestimmten Ausdruck an. Sie erzählte mir von den Gesellschaften, die sie gab. An denen nahmen auch die beiden kleinen Georges immer teil, George Cambridge und George Cumberland. »Beide sehr liebe Jungen«, versicherte mir Tante Adelheid. »George Cambridge lebt jetzt bei uns, weil seine Eltern im Ausland sind. Er und der andere George sind eng befreundet. Auf diesen Gesellschaften wird getanzt und gesungen, und es geht sehr ausgelassen zu.« Wie gern hätte ich daran teilgenommen!

Doch das war mir nie vergönnt. Wenn ich Mama nach den Gründen fragte, wurde sie puterrot und murmelte etwas von den schrecklichen FitzClarences.

Später fand ich heraus, daß es sich um die Kinder und Enkelkinder von Onkel William mit der Schauspielerin Dorothy Jordan handelte, also um außerehelich geborene Kinder. Doch Tante Adelheid betrachtete sie seit ihrer Heirat mit Onkel William als ihre eigenen Kinder. Auch das fand meine Mutter skandalös.

Victoire Conroy war zu dieser Zeit meine einzige Spielgefährtin. Ich mochte sie nicht, weil sie die Tochter ihres Vaters war. Je älter ich wurde, desto weniger behagte es mir, daß er mit zu unserem Haushalt zu gehören schien. Sicher hegte ich zu recht so eine starke Abneigung gegen ihn, denn Lehzen und Spath konnten ihn auch nicht ausstehen. Oft murmelte Spath verächtlich: »Das *Schwein*.«

Victoire ähnelte ihrem Vater, fühlte sich stets überlegen und schien ganz zu vergessen, daß sie eine Prinzessin vor sich hatte. Vielleicht hielt sie ihren Vater auch für so bedeutend, daß sie ihre eigene Bedeutung entschieden überschätzte. Immer wieder bat ich Mama, mich doch an den Gesellschaften teilnehmen zu lassen, die Tante Adelheid gab. Doch Mama ließ sich nicht erweichen und sprach immer wieder zähneknirschend von den ›Bastarden‹.

Also blieb mir nur der Unterricht. Ich mußte mich mit der Gesellschaft Lehzens begnügen, durfte spazierengehen und mit meinen Puppen spielen.

Einmal verbrachten Mama und ich ein paar Tage in Claremont. Wie schön es dort war! Onkel Leopold widmete mir einen Großteil seiner Zeit, und ich wurde es nie müde, ihm zu lauschen. Er sprach über den Sinn des Lebens, legte mir ans Herz, stets danach zu streben, ein guter Mensch zu sein. Jeder müsse seine Pflicht tun und der Aufgabe gerecht werden, die ihm das Leben zugedacht habe.

Er selbst war so ein guter Mensch, daß ich manchmal fast befürchtete, er sei zu gut für diese Welt. Bei dem Gedanken bekam ich es mit der Angst zu tun, denn so sprach man eigentlich nur von Todgeweihten.

Aber vielleicht war er nicht so tugendhaft, wie ich in meiner Einfalt annahm. Irgend etwas ging in Claremont vor, was ich nicht durchschaute. Die Leute hüllten sich in Schweigen und zwinkerten sich zu, wenn sie glaubten, ich habe es nicht gesehen. Was das wohl zu bedeuten hatte?

In den frühen Abendstunden ritten Mama und ich einmal aus. Ich ritt immer gern ein wenig voraus.

Auf einer Lichtung entdeckte ich zwei Frauen. Ich ritt auf sie zu und sagte: »Guten Abend. Darf ich fragen, wer Sie sind?«

Die jüngere der beiden Frauen, eine Schönheit, antwortete selbstbewußt: »Guten Abend, Hoheit. Ich bin Caroline Bauer, Dr. Stockmars Nichte.«

Inzwischen hatte mich Mama eingeholt. Ohne den beiden Frauen auch nur einen Blick zu gönnen, befahl sie mir: »Komm jetzt.« Sie machte kehrt und ritt davon.

Das war mir äußerst peinlich. Verwirrt sah ich die Frauen an. Leider mußte ich Mama gehorchen.

Natürlich ahnte ich, daß es mit Caroline Bauer etwas auf sich hatte. Nach unserer Rückkehr kam ich sozusagen selbst dahinter. Mama befahl mir, sofort auf mein Zimmer zu gehen. Doch bevor es noch dazu kam, erschien Onkel Leopold in der Eingangshalle.

»Na, Liebchen, war der Ausritt schön?« fragte er mich.

»Ja, Onkel. Ich bin übrigens Dr. Stockmars Nichte begegnet.«

»Victoria, geh sofort auf dein Zimmer!« befahl mir Mama. Onkel Leopold machte keinerlei Anstalten, mich zurückzuhalten.

Beim Hinaufgehen hörte ich Mama sagen: »Es ist fürchterlich. Victoria hat diese Frau gesehen.«

»Ich finde das gar nicht so erschütternd«, meinte Onkel Leopold.

»So? Sie hierherkommen zu lassen, wo du mit Charlotte gelebt hast!«

»Charlotte ist schon seit vielen Jahren tot.«

Mehr bekam ich leider nicht mit.

Später brachte ich in Erfahrung, daß Caroline Bauer Onkel Leopolds Mätresse war.

Tante Adelheid machte sich große Sorgen, weil behauptet wurde, der Herzog von Clarence verliere den Verstand und sei auf dem besten Wege, wahnsinnig zu werden.

Ich wußte aus eigener Erfahrung, daß Onkel William ein wenig sonderlich war. Er redete ohne Unterlaß, ohne eigentlich etwas zu sagen. Aber er war zu all seinen Kindern lieb und nett. Die Zahl der Fitzclarences nahm ständig zu, weil jetzt die Enkelkinder nur so gepurzelt kamen. Da sie unter einem Dach mit Onkel William und Tante Adelheid lebten, ging es dort sehr geräuschvoll zu. Die kleineren Kinder rutschten die Geländer hinunter und spielten Onkel William

»Sie sind wunderschön«, schmeichelte mir Ernst. »Du bist eine große Malerin.«

Albert meinte, sie seien wirklich recht gut – ein Beweis für seine Aufrichtigkeit.

Dann kamen wir auf die Musik zu sprechen, und dabei stellte sich heraus, daß beide große Musikliebhaber waren, die Klavier spielten und gern sangen. Wie schön, mit Albert im Duett zu singen! Mein siebzehnter Geburtstag rückte näher. In einem Jahr würde ich dann achtzehn. Wie sehnte ich diesen Tag herbei! Ich schrieb in mein Tagebuch:

›Nun bin ich siebzehn. Das ist schon ein würdiges Alter.‹

Die Tage erschienen mir unglaublich kurz. Jeden Morgen war mein erster Gedanke: Die Vettern sind hier.

Manchmal frage ich mich allerdings, ob Albert mich auch dann so beeindruckt hätte, wenn Onkel Leopold ihn mir nicht schon seit Jahren als schlechthin vollkommen angepriesen hätte.

Vielleicht glorifiziere ich ihn ja im nachhinein und rede mir ein, daß ich damals weit mehr für ihn empfunden habe als tatsächlich der Fall war. Alle meine Cousins hatten großen Eindruck auf mich gemacht. Hätte ich mich da nicht eigentlich ebenso bereitwillig in die anderen Cousins verlieben müssen, wie ich mich in Albert verliebte? Und war ich damals wirklich schon in ihn verliebt – oder erwachte meine tiefe Liebe zu ihm erst viel später?

Damals hatten wir genaugenommen noch nicht sehr viel gemeinsam. Erst später dachten wir gleich, mochten die gleichen Dinge und hatten die gleichen Ziele.

Im Jahr 1836 war ich noch leichtfertig, oberflächlich und vergnügungssüchtig. Ich tanzte zum Beispiel für mein Leben gern. Es gab für mich kaum etwas Schöneres, als bis tief in die Nacht aufzubleiben und mich zu amüsieren. Ich war sehr impulsiv. Manche Menschen gefielen mir auf Anhieb sehr. Dann machte ich kein Hehl daraus und tat mir keinen Zwang an. Das galt natürlich auch für Menschen, die mir höchst unsympathisch waren. Ich gab mich, kurz gesagt, ganz zwanglos. Mein guter Albert wirkte dagegen sehr zurückhaltend und verkrampft.

Aus dem Tanzen machte er sich gar nichts, während es für mich das höchste war. Abends wurde er schnell müde.

Nein, wir waren uns wirklich nicht sehr ähnlich. Erst später paßten wir uns einander an.

Wir erhielten auch eine Einladung nach Windsor. Schließlich konnte der König meine Verwandten aus Deutschland nicht völlig ignorieren, obwohl er strikt dagegen gewesen war, daß sie nach England kamen. Natürlich rechnete ich wieder einmal mit dem Schlimmsten, doch alles verlief glimpflich. Während der Audienz gähnte Albert einmal. Ich befürchtete, das könnten außer mir auch noch andere gesehen haben. Den Kommentar des Königs konnte ich mir lebhaft vorstellen.

Albert war sehr reserviert und von Natur aus schweigsam, was man von mir wahrhaftig nicht behaupten konnte. Er erwies sich zudem als geistreich und sehr rücksichtsvoll.

Ich genoß diese erlebnisreichen Tage in vollen Zügen und war untröstlich, als sie zu Ende gingen. Der Gedanke an den Abschied brachte mich schier um den Verstand. Wenn es nach mir gegangen wäre, hätten diese aufregenden, erfüllten Tage niemals enden dürfen. Was für eine wunderschöne Zeit!

Zwar bedauerte auch Albert, abreisen zu müssen, doch beim Abschied zeigte er sich sehr gefaßt, während ich in Tränen ausbrach. Auch Mama vergoß Tränen.

»Wir müssen uns unbedingt bald wiedersehen«, schlug sie vor.

Ich hatte Onkel Ernst gebeten, für Onkel Leopold einen Brief von mir mitzunehmen. Darin ließ ich mich ausführlich über Albert aus.

›Ich kann Dir gar nicht genug dafür danken, mein geliebter Onkel, daß mir das Glück zuteil geworden ist, den lieben Albert kennenzulernen. Laß mich Dir sagen, liebster Onkel, daß ich von ihm begeistert bin, daß mir alles an ihm gefällt. Er besitzt alle guten Eigenschaften, die ich mir nur wünschen kann, so daß mir mit ihm das vollkommene Glück beschieden wäre. Er ist so vernünftig, so klug, so gut und liebenswürdig. Und dazu sieht er auch noch blendend aus.

Nun bitte ich Dich inständig, lieber Onkel, dafür zu sorgen, daß Albert, der mir nun so lieb und teuer ist, gesund bleibt. Ich flehe Dich an, Deine Hand auch weiterhin schützend über ihn zu halten...‹

Noch Wochen nach ihrer Abreise trauerte ich den Verwandten nach.

Als Onkel Leopold Albert später einmal fragte, was er von mir halte, lautete Alberts trockener Kommentar: »Sie ist sehr nett.«

Im Vergleich zu meinen überschwenglichen Lobeshymnen erschien mir das sehr karg, aber Albert und ich waren damals eben noch sehr verschieden.

Mit fast achtzehn Jahren fühlte ich mich zunehmend frei, was bis dahin nicht der Fall gewesen war. Meine Abneigung gegen Sir John Conroy wuchs mit jedem Tag, doch Mama stand ihm nach wie vor sehr nahe und hielt sehr viel von ihm. Die beiden erschienen mir immer mehr wie Ränkeschmiede. Es erzürnte Mama, daß Onkel William noch immer lebte. Mir gegenüber verhielt sie sich immer autoritärer. Mehrmals täglich hielt sie mir vor, wieviel sie für mich getan hatte. Einmal hielt ich es nicht mehr aus und sagte eisig: »Nicht für mich, Mama, sondern für dich selbst.« Nachdem ich ihr das auf den Kopf zugesagt hatte, ließ ich sie einfach stehen und ging. Das mußte ihr wohl zu denken gegeben haben, denn sie besprach sich daraufhin ausführlich mit Sir John.

Ich wurde ein anderer Mensch. Mir kam immer deutlicher zu Bewußtsein, daß in unserem Haushalt zwei Parteien gegeneinander kämpften. Meine Mutter und ich standen auf verschiedenen Seiten, wir waren erbitterte Gegner.

Um diese Zeit hielt sich mein Halbbruder Charles bzw. Karl, der Prinz von Leiningen, bei uns in England auf. Er hielt offenbar zu meiner Mutter. Genau wie Sir John wollte er, daß ich mich ihrem Willen beugte. Sie sollte Regentin werden und das auch bleiben, wenn ich achtzehn war. Ich sollte Sir

John Conroy zu meinem Privatsekretär ernennen. Was das bedeutet hätte, konnte ich mir denken. Sie hätten regiert, und ich hätte mich allem fügen müssen.

So durfte es nicht kommen, das mußte ich um jeden Preis verhindern.

Auch Flora Hastings war mir sehr suspekt, denn in meinen Augen war sie hinterhältig und verschlagen. Ich hatte sie noch nie gemocht, weil sie sich Lehzen gegenüber unmöglich benahm. Ständig machte sie sich über das angeblich typisch Deutsche an ihr lustig sowie über Lehzens Angewohnheit, Kümmelkörner zu knabbern.

Rückblickend muß ich sagen, daß mir Mama zu der Zeit ausgesprochen unsympathisch war.

Ich durfte nicht den Eindruck erwecken, daß ich gemeinsame Sache mit ihr machte. Der König und die Königin durften nicht glauben, daß ich Mamas Verhalten ihnen gegenüber billigte. Ich fürchte, meine Mutter verhielt sich ausgesprochen unklug. Daß ich mich ihr immer mehr entzog, machte ihr große Sorgen. Trotzdem verhielt sie sich nicht die Spur diplomatisch. Es wäre ein leichtes für sie gewesen, mich zurückzugewinnen. Schließlich war sie meine Mutter, und mein Pflichtgefühl ihr gegenüber war noch nicht versiegt. Ich wollte sie ja lieben, wie ein Kind seine Mutter liebt, und gab mir die größte Mühe, doch sie ließ das gar nicht zu.

Als uns Tante Adelheid am 13. August nach Windsor einlud, versetzte mich das gleich wieder in Angst und Schrekken.

»Wir sind zu Tante Adelheids Geburtstag eingeladen«, verkündete Mama.

»Ach, wie schön«, sagte ich lahm.

»Wir gehen nicht hin«, sagte Mama hoheitsvoll und gefiel sich wieder einmal in der Rolle der Regentin, die sie so gern gewesen wäre.

»Aber Mama...«

Mama hob sofort die Hand und gebot mir Schweigen. Sir John sah mich spöttisch an. Er wußte, wie gern ich nach Windsor gefahren wäre.

»Adelheid hat offenbar vergessen, daß ich ein paar Tage

nach ihr Geburtstag habe und meinen Geburtstag keinesfalls in Windsor feiern will«, erklärte sie. Sie nannte Tante Adelheid kaum je ›die Königin‹. »Anscheinend hält sie ihren Geburtstag für viel wichtiger als meinen.«

»Nein, Mama, ganz bestimmt nicht«, versuchte ich sie zu beschwichtigen.

»Liebling, davon verstehst du nichts«, meinte sie nur und lächelte herablassend. Dann wandte sie sich Sir John zu, als sei ich Luft für sie, und sagte: »Ich werde sofort absagen.«

Wutschnaubend eilte ich zurück zu Lehzen. Wie konnten sie es wagen?

Es kam zum offenen Krieg zwischen mir und meiner Mutter.

Am einundzwanzigsten, also kurz nach der Königin, hatte der König Geburtstag. Dem konnte ich mich selbstverständlich nicht entziehen, da es sich sozusagen um einen Staatsakt handelte. Sicher hätte Mama liebend gern auch diesmal wieder abgesagt, doch nicht einmal sie brachte das fertig.

Also fuhren wir nach Windsor.

An diesem 21. August hatte der König in Westminster das Parlament vertagt. Vor der Rückkehr nach Windsor begab er sich in den Kensington Palast, weil er wußte, daß wir zu der Zeit nicht dort waren. Ich kann nicht sagen, ob er schon etwas ahnte. Ich weiß nur, daß Mama um weitere Räume gebeten und der König sie verweigert hatte. Als ich – von meiner schweren Krankheit genesen – nach Kensington zurückgekehrt war, standen uns mit einemmal insgesamt siebzehn Räume zur Verfügung. Daraus schloß ich selbstverständlich, daß der König nachgegeben und uns doch noch ein paar zusätzliche Räume zur Verfügung gestellt hatte. Doch ich erfuhr bald, daß das nicht der Fall war. Der König mußte wohl schon einen Verdacht gehegt haben. Außerdem zürnte er ihr sicher, weil sich Mama so brüsk geweigert hatte, zum Geburtstag der Königin mit mir in Windsor zu erscheinen.

Er sprach im Kensington Palast vor, um unsere Räume zu inspizieren und zu sehen, wie wir wohnten. Dabei konnte er sich selbst davon überzeugen, daß sich Mama seinen Anordnungen absichtlich widersetzt und gegen sein ausdrückliches Verbot weitere Räume belegt hatte.

Bei seiner Rückkehr hielten wir uns im Salon auf. Mit vorquellenden Augen kam er hereingestürzt. Die Zornesröte stieg ihm in die Wangen und ließ keinen Zweifel daran, wie wütend er auf Mama war.

Ich ging auf ihn zu und machte meinen Knicks. Da entspannte er sich etwas. Doch als ich ihn küßte und er meinen Kuß erwiderte, spürte ich, daß er förmlich zitterte vor Wut. Ich wußte, daß sich sein Zorn gegen Mama richtete. Trotzdem konnte ich nicht ahnen, was für eine Szene folgen würde.

Mama stand dicht hinter mir. Es war ihr schon immer sehr gegen den Strich gegangen, daß ich vor ihr begrüßt wurde. Der König ignorierte sie durchaus nicht. Er verneigte sich unmerklich und starrte sie dabei wutschnaubend an. Dann sagte er laut und vernehmlich, so daß es alle hören konnten:

»In einem meiner Paläste hat man sich unerhörte Freiheiten herausgenommen. Ich komme gerade aus dem Kensington Palast, wo gegen meinen ausdrücklichen Befehl Räume requiriert worden sind. Es ist mir unbegreiflich, wie man sich meinen Anordnungen so widersetzen kann, und ich werde es nicht dulden. Man hat es dem König gegenüber schändlich an Respekt fehlen lassen.«

Bleich stand Mama vor ihm, doch mit hocherhobenem Kopf und arroganter Miene. Ich schämte mich in Grund und Boden. Um ein Haar wäre ich in Tränen ausgebrochen. Ich hätte es wissen müssen. Wie konnte Mama so etwas nur tun! Und dabei hatte ich mich in den schönen Räumen im Kensington Palast so wohl gefühlt. Sie wären mir verhaßt gewesen, hätte ich geahnt, daß sie uns gar nicht zustanden. Ich hätte von Mama verlangt, daß sie die Räume wieder freimacht. Und ich hätte sie immer wieder darauf hingewiesen, daß sie nur durch mich jemand war.

Ich wollte weg aus Windsor. Ich konnte niemandem in die Augen sehen, so entsetzlich schämte ich mich. Am liebsten wäre ich weggelaufen und hätte mich irgendwo versteckt.

Die Königin lenkte wie immer ein. »Der König ist sehr müde«, sagte sie. »Die Fahrt von Westminster nach Windsor ist sehr anstrengend. Für den König war es ein langer Tag.«

Sie ging mit dem König hinaus. Mama und ich folgten ihnen. Ich konnte Mama nicht ansehen, denn ich kochte vor Zorn, und das wäre ihr sicher nicht entgangen.

Doch es sollte sogar noch schlimmer kommen.

Nachts fand ich lange keinen Schlaf und wälzte mich ruhelos im Bett herum. Mama dagegen schlief ganz friedlich. Zu meinem Leidwesen teilten wir uns nämlich auch in Windsor einen Raum.

Wenn ich erst einmal achtzehn war und auf mir als Königin große Verantwortung ruhte, bräuchte ich mir von ihr nichts mehr vorschreiben zu lassen.

Ich wäre liebend gern wieder aus Windsor abgereist, denn mit dem König und Mama unter dem gleichen Dach mußte ich mir ständig Sorgen machen. So wütend wie am Vortag hatte ich ihn noch nie erlebt. Ich hatte schon befürchtet, er könne einen Herzanfall erleiden. Daran wäre dann Mama schuld gewesen.

Vielleicht konnten wir ja am nächsten Tag wieder abreisen.

Als wir abends zum Essen hinuntergingen, hegte ich die schlimmsten Befürchtungen. Zu mir war der König außerordentlich freundlich, aber mir fiel auf, daß ihn Tante Adelheid nicht aus den Augen ließ. Sie fühlte sich offenbar sehr unbehaglich, weil sie offenbar genau wie ich befürchtete, es könne Ärger geben. Der König tat, als sei Mama Luft für ihn, und sah durch sie hindurch. Zu mir war er sehr lieb. Immer wieder strich er mir über die Hand. Er erinnerte mich daran, daß ich in neun Monaten achtzehn Jahre alt würde. Darauf sprach er mich dann an diesem Abend noch ein paarmal an, und wenn er Mama dabei auch nicht ansah, so hatte ich doch den Eindruck, daß ihm daran gelegen war, daß sie das mitbekam.

Zu diesem Geburtstagsfestessen waren etwa hundert Gäste eingeladen. Es war also wirklich ein feierlicher Anlaß.

Nach dem Essen trank die Königin auf das Wohl des Königs. Der König erhob sich, um ein paar Dankesworte zu sagen.

Alle wirkten ganz entspannt. Selbst die Königin schien sich in Sicherheit zu wiegen. Das Bankett neigte sich dem Ende zu, und es war nichts Außergewöhnliches vorgefallen.

Doch dann kam es wider Erwarten doch noch zum Eklat.

Alle rechneten damit, daß sich der König zu einer endlosen Rede aufschwingen würde, wie er es bei solchen Anlässen für gewöhnlich tat, doch wir wurden bald eines Besseren belehrt.

»Ich danke meinen Gästen, daß sie auf meine Gesundheit angestoßen haben«, eröffnete der König sein Rede. »Ich hoffe zu Gott, daß ich noch weitere neun Monate am Leben bleibe; denn danach kommt es, wenn ich sterbe, zu keiner Regentschaft mehr.« Er sah mich an. »Ich hätte dann die Genugtuung, die Königsherrschaft der persönlichen Ausübung dieser jungen Dame überlassen zu können...« Er zeigte auf mich, die ich mich auf meinem Stuhl so klein wie möglich machte »...der mutmaßlichen Thronerbin und nicht einer Person, die sich im Augenblick ganz in meiner Nähe befindet« – Mama saß neben ihm –, »die von üblen Beratern umgeben und selbst völlig ungeeignet ist, das Amt mit Würde auszuüben, das sie im Fall einer Regentschaft übernehmen müßte. Diese Person hat mich beleidigt, ständig auf das Schändlichste beleidigt, und ich bin fest entschlossen, dieses so despektierliche Betragen dem König gegenüber hinfort nicht mehr zu dulden. Unter anderem bemängele ich insbesondere, daß diese junge Dame unter den fadenscheinigsten Vorwänden davon abgehalten wird, bei Hofe zu erscheinen. Selbst bei festlichen Anlässen war sie trotz Einladung oft nicht zugegen. Ich werde dafür sorgen, daß das nicht wieder vorkommt. Diese Person soll in Zukunft zu spüren bekommen, daß ich der König bin und daß sie sich danach zu richten hat. Sie hat mir den Respekt zu zollen, den sie dem König schuldig ist. In Zukunft werde ich darauf bestehen, daß die Prinzessin keine Gelegenheit versäumt, bei Hofe zu erscheinen, wie es im übrigen ihre Pflicht ist.«

Tränen brannten mir in den Augen, als ich mir das anhören

mußte. Der König war außer sich vor Zorn, ja mehr als das – er war zutiefst gekränkt. Immer wieder hatte Mama ihn gedemütigt. Wenn er auch nicht als guter König galt, so war er doch ein liebenswerter alter Herr, in meinen Augen alles andere als ein rauhbeiniger Landedelmann. Er handelte zuweilen unbesonnen, ließ endlose Tiraden vom Stapel, die irgendwie versandeten, trotzdem war er ein guter Mensch, der stets in der besten Absicht handelte.

Ich weinte Tränen der Demütigung, weil ich mich meiner Mutter schämte, die hier vor allen Leuten abgekanzelt wurde. Sie saß wie versteinert da. Ausnahmsweise hatte es ihr einmal die Sprache verschlagen. Sie traute ihren Ohren nicht.

Wie üblich rettete die Königin die Situation. Als sich der König wieder setzte, erhob sie sich ihrerseits. Das war das Zeichen für die Damen, der Königin zu folgen, als diese gleich darauf den Saal verließ.

Mama konnte in ihrem unbändigen Zorn nicht mehr lange an sich halten. In unserem Salon kam es zum Ausbruch.

»Was für ein schändliches Betragen!« schrie sie völlig außer sich. »Noch nie im Leben bin ich so beleidigt worden. Wir reisen auf der Stelle ab. Ich lasse sofort die Kutsche kommen.«

»Nein, Mama, bitte nicht!« flehte ich sie an. »Das können wir nicht tun. Bitte, Mama, hör auf mich.«

Doch Mama war so aufgelöst, daß sie gar nicht merkte, mit welcher Entschiedenheit ich protestierte.

Die Königin, die uns begleitet hatte, um Mama zu beschwichtigen, sagte mit sanfter Stimme: »Heute abend ist es schon zu spät, um noch abzufahren. Wartet doch lieber bis zum Morgen.«

Mama sah wohl ein, daß sie unmöglich noch zu dieser späten Stunde nach Claremont aufbrechen konnte, daher ließ sie sich zähneknirschend dazu überreden, die Nacht noch in Schloß Windsor zu verbringen.

»Aber auch nicht eine Sekunde länger!« rief sie. »Gleich morgen früh fahren wir ab. Vor allen Gästen solche schändlichen Beleidigungen hinnehmen zu müssen...«

Eine eiskalte Faust schien mein Herz zu umklammern. Es

stimmte, daß Mama vor allen Gästen abgekanzelt und gedemütigt worden war. Aber das hast du dir selbst zuzuschreiben, Mama, dachte ich. Das hast du weiß Gott verdient.

Von da an konnte niemandem mehr verborgen bleiben, daß die Kluft zwischen mir und meiner Mutter immer tiefer wurde. Sie tat mir nicht einmal mehr leid.

Mama zog natürlich keine Lehre aus dem Vorgefallenen, und so kam es schon bald wieder zu einem unliebsamen Zwischenfall.

Der König hatte seine Tochter Lady de l'Isle and Dudley, die er mit Dorothy Jordan hatte, zur Verwalterin des Kensington Palastes ernannt. Daher wohnte sie natürlich auch im Kensington Palast.

Mama war entsetzt. Der Palast sollte ausschließlich Mitgliedern der Königsfamilie zur Verfügung stehen, meinte sie. Die uneheliche Tochter einer Schauspielerin könne man weiß Gott nicht dazu zählen. Der König tat das aber offenbar... Mir war schon lange aufgefallen, daß er die FitzClarences sehr mochte. Tante Adelheid hatte sie seit ihrem Eintreffen in England behandelt und umsorgt, als seien sie ihre eigenen Kinder.

Ich mochte sie nicht besonders. Das lag nicht etwa an dem Makel ihrer Geburt, sondern daran, daß manche sehr überheblich waren. Auf Lady de l'Isle and Dudley traf das jedoch nicht zu. Sie war mir sehr sympathisch. Sie zog hochschwanger in den Palast ein und wurde auch im Palast entbunden. Aufgebracht registrierte Mama diesen ›Zirkus‹, wie sie es nannte. Der König schickte seiner Tochter seine Leibärzte. Lady de l'Isle and Dudley ging es offenbar sehr schlecht.

Mama wollte eine Abendgesellschaft geben. Ich bat sie, die Gesellschaft abzusagen. »Wir können doch unmöglich feiern, während es um die Tochter des Königs gleich nebenan so schlecht steht«, gab ich ihr zu bedenken.

Doch Mama rief nur aufgebracht: »Was habe ich mit dem Bastard des Königs zu schaffen? Warum sollte ich wegen dieser Kreatur keine Gäste empfangen dürfen?«

»Mama, sie wohnt doch hier im Schloß, und alle sind sehr

besorgt um sie«, versuchte ich meine Mutter zur Vernunft zu bringen.

Doch Mama zuckte nur die Achseln und machte sich wieder an die Vorbereitungen. Die Abendgesellschaft fand tatsächlich statt. Während sich die Gäste amüsierten, starb Lady de l'Isle and Dudley.

Ich war erschüttert und hoffte sehr, daß man mir Mamas erneutes Fehlverhalten nicht auch anlasten würde. Lehzen ging darin mit mir konform.

Von da an hielt ich zunehmend auf Distanz. Es fiel mir immer schwerer, meine Aversion vor Mama zu verbergen. In unsere Beziehung schlich sich allmählich Eiseskälte ein.

Mein Bruder Charles versuchte, mich wieder ›zur Vernunft‹ zu bringen, doch ich bat ihn, sich nicht in Dinge einzumischen, die ihn nichts angingen. Daß bei uns von einem harmonischen Familienleben keine Rede sein konnte, ging mir natürlich sehr gegen den Strich, doch Charles kannte ja nur Mamas Version.

Er wollte mir einreden, ich müsse Sir John Conroy unbedingt zu meinem Privatsekretär ernennen. Ich könne mir gar nicht vorstellen, wie die Staatsgeschäfte auf mir lasten würden. Wie wollte ich als junges, unerfahrenes Mädchen meiner schweren Aufgabe gerecht werden?

»Meine Minister können mich beraten«, sagte ich.

An sie wollte ich mich wenden und nicht an Mama, Sir John Conroy oder meinen Bruder Charles.

Charles reiste bald ab und begab sich zu Onkel Leopold.

Daraufhin traf Baron Christian von Stockmar bei uns in England ein. Stockmar hatte als junger Arzt den Prinzen Leopold bei seiner Vermählung mit Prinzessin Charlotte von Wales nach England begleitet. Nach dem Tod von Charlotte im Jahr darauf wurde Stockmar Onkel Leopolds politischer Bevollmächtigter mit dem Auftrag, Coburgs Credo und Samen in ganz Europa zu verbreiten. Onkel Leopold schickte mir diesen fähigen und klar denkenden Mann, über den ich damals übrigens noch nicht viel wußte. Mir war nur bekannt, daß er Albert sehr nahegestanden hatte. Allein die Tatsache, daß Onkel Leopold Dr. Stockmar neben anderen zum Erzieher seines Lieblingsneffen Albert bestimmt hatte, bewies mir schon, daß mein Onkel große Stücke auf ihn hielt.

Ich begrüßte den Baron erfreut, meine Mutter ebenfalls. Da er Onkel Leopold so nahestand, akzeptierte ich ihn sofort. Doch bald begriff ich, daß auch er sich auf die Seite meiner Mutter schlug, denn auch er wollte mich dazu bringen, daß ich Sir John Conroy zu meinem Privatsekretär ernannte.

Ich setzte mich heftig dagegen zur Wehr, was mir nicht weiter schwerfiel, denn ich spürte eine immer größere Kraft in mir.

Sowohl Stockmar als auch mein Bruder ließen nichts unversucht, um mich doch noch umzustimmen. Ständig hielten sie mir vor, wie jung und unerfahren ich noch sei. Ich wies sie darauf hin, daß sie erst recht nichts über England wußten, da sie ja erst vor kurzem hier eingetroffen waren.

Sie waren fassungslos, doch ich ließ sie nicht im unklaren darüber, daß ich gar nicht daran dachte, mir Entscheidungen aufzwingen zu lassen, die ich später ganz gewiß bereuen würde.

Lord Liverpool sprach im Kensington Palast vor. Es gelang mir, ihn unter vier Augen zu sprechen.

»Sie sind nicht gewillt, Sir John Conroy zu Ihrem Privatsekretär zu ernennen. Wären Sie denn bereit, sich dem Premierminister anzuvertrauen, wenn Sie den Thron besteigen?« fragte er mich.

Lord Melbourne hatte ich erst ein- oder zweimal gesehen, doch er hatte einen sehr guten Eindruck auf mich gemacht. Daher sprach ich mich gleich für diese Lösung aus. Lord Liverpool schlug vor, Sir John Conroy zum Intendanten der Zivilliste zu machen. Das lehnte ich jedoch kategorisch ab. »Nein, auf keinen Fall. Sir John Conroy soll in meinem Haushalt keine wie auch immer geartete Stellung haben.«

Lord Liverpool gab sich geschlagen.

Nachdem ich das einmal deutlich ausgesprochen hatte, fühlte ich mich entschieden besser. Wenn es mir gelang, mich von diesem Bösewicht John Conroy zu befreien und mich dem Zugriff meiner Mutter zu entziehen, um mich statt dessen von einem Mann von Welt wie dem Premierminister beraten zu lassen, der die Geschicke des Landes lenkte, konnte ich meine schwere Aufgabe zuversichtlich in Angriff nehmen.

Der König stand zu seinem Wort und bestand darauf, daß ich zu seinem nächsten großen Empfang erschien. Sein Ausbruch muß für meine Mutter ein solcher Schock gewesen sein, daß sie sich nicht sperrte, als die Einladung erfolgte.

Mein achtzehnter Geburtstag rückte näher. Meine Mutter tat, als läge der König schon im Sterben. Allerdings mußte auch ich mir eingestehen, daß seine Kräfte rapide abnahmen. Doch meine Mutter haderte regelrecht mit dem Schicksal, denn der König dachte nicht daran, das Zeitliche zu segnen, und mein achtzehnter Geburtstag ließ nicht mehr lange auf sich warten. Dieses Wettrennen zwischen Onkel William und mir erschien mir wie ein Wettlauf mit der Zeit. Er würde doch hoffentlich nicht sterben, bevor ich achtzehn war! Er schien sich der Gefahr jedoch bewußt zu sein, denn er war offensichtlich fest entschlossen, noch mindestens bis zu meiner Volljährigkeit durchzuhalten.

Es enttäuschte mich, daß die Königin bei dem Empfang nicht zugegen war. Ohne sie drohte alles schiefzulaufen. Der König erzählte mir, sie habe sich nicht wohl gefühlt, und er habe darauf bestanden, daß sie sich ausruhe.

Es rührte ihn, daß ich mir Sorgen um sie machte. »Bald ist sie wieder auf den Beinen. Sie übernimmt sich manchmal, weißt du«, sagte er.

»Sie fehlt uns allen sehr, wenn sie nicht da ist«, meinte ich.

Der König nickte. In diesem Augenblick fiel sein Blick auf Sir John Conroy. Meine Mutter hatte darauf bestanden, daß er uns begleitete.

Der Großkämmerer wurde herbeizitiert. Lord Conyngham kam herbeigestürzt.

Der König zeigte auf Sir John. »Ich will den Kerl hier nicht sehen. Werfen Sie ihn hinaus!« befahl er.

Jeder außer Sir John hätte sich furchtbar gedemütigt gefühlt und diesen Rauswurf als Schande empfunden. Ich hatte noch nie erlebt, daß der König jemanden hinauswarf.

Doch Sir John lächelte nur unverschämt und tat, als mache es ihm gar nichts aus, als er hinausgeleitet wurde.

Nur noch eine lächerliche Spanne Zeit bis zu meinem achtzehnten Geburtstag. Niemand konnte danach mehr versuchen, mich dorthin zu drängen, wo er mich haben wollte.

Für Onkel Leopold war das ein Glücksjahr, denn Tante Louise hatte noch einem Sohn das Leben geschenkt. In seinen Briefen ging es eine ganze Weile fast ausnahmslos um dieses freudige Ereignis. Ich freute mich mit ihm und las entschieden lieber über seine Kinder, als mich von ihm maßregeln zu lassen.

Der neue kleine Erdenbürger wurde auf den Namen Philippe getauft. Onkel Leopold schrieb mir, sein Erstgeborener sei fasziniert von seinem kleinen Bruder, doch für dessen Aussehen könne er sich nicht erwärmen. Sein Kommentar habe gelautet: »*Pas beau frère.*«

›Inzwischen hält er etwas mehr von Philippe‹, schrieb Onkel Leopold. ›Der kleine Leopold wird wohl später einmal Herzog von Brabant und Philippe Graf von Flandern.‹

Mir gab er den Rat: »Du darfst dich niemals zum *Werkzeug* irgendeines Menschen machen lassen.«

Dieser gutgemeinte Rat gab mir einen aufwieglerischen Gedanken ein. »Ich will nicht einmal *dein* Werkzeug sein, mein lieber Onkel«, ging es mir durch den Kopf.

Ein paar Tage vor meinem Geburtstag sprach Lord Conyngham im Palast vor. Als ich in das Empfangszimmer gebeten wurde, wußte ich gleich, daß es um etwas sehr Wichtiges ging. Mama sah wütend aus, und Sir John frustriert.

Lord Conyngham verneigte sich und sagte: »Ich habe hier einen Brief von Seiner Majestät, den ich nur Ihnen persönlich aushändigen darf.«

Dankend nahm ich den Brief entgegen.

Mama hätte mir den Brief sicher liebend gern entrissen. Wahrscheinlich hatten sie und Sir John alles versucht, um ihn an sich zu bringen, bevor ich dazukam, doch der König hatte Conyngham ausdrücklich befohlen, ihn nur mir selbst zu übergeben.

Ich kam mir ungeheuer wichtig vor.

»Mach den Brief doch auf, meine Liebe.« Mama konnte es kaum erwarten.

Als ich auch noch Sir Johns verschlagenen Blick sah, erwiderte ich: »Ich lese den Brief in meinem Salon.«

Inzwischen war ich sehr gefestigt, mein Selbstvertrauen nahezu unerschütterlich. Nur noch ein paar Tage trennten mich von meinem achtzehnten Geburtstag. Nun konnte mir meine Mutter kaum mehr etwas anhaben, mir keinen Strich mehr durch die Rechnung machen.

In meinem Salon las ich dann, daß mir der König zehntausend Pfund pro Jahr gewährte – ein eigenes Einkommen. Und einen eigenen Haushalt.

Ich war überglücklich. Mir war zumute wie einem Menschen, der nach einer langen Gefangenschaft endlich entlassen wird und sich als freier Mensch fühlen darf.

Doch so leicht entkam ich Mama nicht. Sie und Sir John bekamen heraus, was in dem Brief stand, und setzten ein Schriftstück auf, das ich unterschreiben sollte. Nachdem ich es gelesen hatte, weigerte ich mich, denn es besagte, daß ich die zehntausend Pfund zwar dankend annahm, wegen meiner Jugend und Unerfahrenheit jedoch weiterhin bei meiner Mutter wohnen wollte.

Ich erklärte, ich wolle einen Minister, am liebsten Lord Melbourne, konsultieren.

Sie ließen mir keine Ruhe und machten mir immer wieder Vorhaltungen. Mama rieb mir ständig unter die Nase, wie sie sich für mich aufgeopfert und was sie alles für mich getan habe. Ich hatte meine Kraft entschieden überschätzt, war ich doch der Gefangenschaft erst vor kurzer Zeit entronnen. So sagte ich mir schließlich: »Wenn ich das unterzeichne, gilt es ja doch nur für ein paar lächerliche Tage. Wenn ich erst einmal achtzehn bin, kann ich ohnehin tun, was ich will.«

Also unterschrieb ich, um den ständigen Lamentos und Nachstellungen meiner Mutter und den bösen Blicken meines Erzfeindes zu entgehen.

Kaum hatte ich unterschrieben, bereute ich es bitter, und

ich teilte dem König schleunigst mit, daß ich dieses Schriftstück nicht selbst verfaßt und nicht aus freien Stücken unterschrieben hatte.

Ich wußte, daß er ein Einsehen haben würde, und so war es auch.

Endlich war der große Tag da – der 24. Mai 1837, mein achtzehnter Geburtstag, an dem ich volljährig wurde und der mir die ersehnte Freiheit bringen sollte.

Der König schenkte mir einen Konzertflügel. Ein so schönes Instrument hatte ich noch kaum je zu Gesicht bekommen. Ich fing sofort an, darauf zu spielen. Mama hörte mir mürrisch zu. Sicher hätte sie dieses großzügige Geschenk am liebsten zurückgehen lassen, doch das war ihr nun nicht mehr vergönnt. Der Flügel gehörte mir. Nur ich konnte darüber bestimmen, denn ich war jetzt endlich achtzehn.

Am Abend sollte im St. James'-Palast ein großer Geburtstagsball stattfinden. Auch der war ein Geschenk des Königs und der Königin. Ich freute mich sehr darauf. Mama durfte mir den Ball keinesfalls verderben. Ich wollte dem König sagen, wie glücklich mich seine Geschenke machten.

Alle schienen sich der Bedeutung dieses Tages bewußt zu sein. Die Stadt London schickte eine Abordnung, um mir zu gratulieren. Mama wich mir nicht von der Seite, als ich diese Abordnung empfing.

Wie mich das irritierte! Wurde sie denn niemals klüger? Warum begriff sie nicht endlich, daß ich kein Kind mehr war und sie mich nicht mehr wie ein Kind behandeln durfte. Als ich gerade zu einer Dankesrede ansetzen wollte, schob mich Mama einfach beiseite und ergriff selbst das Wort. Sie machte den Leuten klar, daß ich alles ihr verdanke und daß sie sich, ihrer Pflicht stets eingedenk, für mich aufgeopfert habe.

Die Abordnung war verärgert und enttäuscht. Ihr Besuch galt schließlich mir und nicht meiner Mutter, die kein großes Ansehen genoß.

Stirnrunzelnd beobachtete ich Mama. Ich konnte den Leuten nachfühlen, was in ihnen vorging. Meine Abneigung gegen meine Mutter wuchs mit jedem Tag. Eiskalte Wut erfüllte mich.

Später fuhren wir durch die Stadt.

»Wir müssen uns den Leuten zeigen«, sagte Mama.

Am liebsten hätte ich darauf erwidert: »*Dich* wollen die Leute gar nicht sehen, Mama, sondern *mich*. Es spielt deshalb keine Rolle, ob du mitkommst oder nicht.«

Dann galt es, sich für den Ball im St. James'-Palast anzukleiden. Wie immer bei solchen Anlässen bereitete mir der bloße Gedanke daran Kopfschmerzen, daß es zwischen Mama und dem König wieder zu Streitigkeiten kommen könnte. Auf Bällen fühlte ich mich in meinem Element. Ich wollte bis zum frühen Morgen tanzen. Ich betrachtete diesen Ball als würdigen Abschluß eines so großen Tages. Doch Mama würde sicher nichts unversucht lassen, um wieder einmal alles zu verderben.

Doch das sollte ihr diesmal nicht gelingen, was nicht etwa auf ihren guten Willen zurückzuführen war. Es lag einzig und allein daran, daß weder der König noch die Königin zugegen sein konnten.

Auf diesem herrlichen Geburtstagsball vergaß ich beim Tanzen alles, was mir meine Mutter und ihr hinterhältiger Kumpan in letzter Zeit und schon seit Jahren zugemutet hatten. Ich ließ keinen einzigen Tanz aus, und als wir nach dem Ball zum Kensington Palast zurückfuhren, konstatierte ich zufrieden, daß noch immer Leute unterwegs waren, um mir zuzujubeln.

Endlich achtzehn Jahre alt! Es war erreicht!

Ich zog mich in meinen Salon zurück und sprach kaum ein Wort mit Mama. Als sie dann zu Bett ging, stellte ich mich schlafend.

Sie und Sir John machten sich die größten Sorgen. Sie mußten wohl begriffen haben, daß ich mich ihrem Zugriff nun endgültig entzog. Für Sir John muß das besonders beängstigend gewesen sein. Als Mutter der Königin würde man Mama immer respektieren müssen. Sir John jedoch bangte um seine Karriere.

Mitte Juni erhielten wir nur noch schlechte Nachrichten aus Windsor. Der König fühlte sich schon sehr schwach.

Nie werde ich Dienstag, den 20. Juni 1837 vergessen. Mama weckte mich. Als ich die Augen aufschlug, stand sie neben meinem Bett.

»Steh auf, Victoria«, sagte sie. »Der Erzbischof von Canterbury und Lord Conyngham sind mit dem Leibarzt des Königs eingetroffen und wollen dich sprechen.«

Ich wußte, was das zu bedeuten hatte. Eine leise Furcht beschlich mich.

Nachdem ich aufgestanden war, zog ich mir schnell meinen Morgenrock über und schlüpfte rasch in meine Hausschuhe.

»Komm jetzt«, sagte Mama und ging zum Salon voraus.

Vor der Tür blieb ich jedoch stehen und sah sie an.

»Ich gehe allein hinein«, machte ich ihr klar.

Sie starrte mich verdutzt an, doch ich wußte, was ich meiner Stellung schuldig war, spürte ich doch schon die Krone auf dem Kopf.

»Allein!« wiederholte ich energisch.

Mama widersprach mir nicht.

Die drei Männer knieten nieder, als ich auf sie zuging. Das konnte nur eins bedeuten.

Ich streckte ihnen die Hand zum Kuß hin, als hätte ich das tausendmal geprobt.

Bewegt vernahm ich, wie sie mich mit ›Majestät‹ ansprachen.

Wir hatten alle Tränen in den Augen. Wahrscheinlich sah ich mit meinen langen offenen Haaren in Morgenrock und Hausschuhen besonders jung und schutzbedürftig aus.

Der Erzbischof versicherte mir, der König sei friedlich entschlafen, wohlvorbereitet auf den Tod.

Ich erkundigte mich bei Lord Conyngham nach der Königin, denn ich wußte ja, wie sie an ihrem Mann gehangen hatte.

»Bitte sprechen Sie der Königin mein Beileid aus«, bat ich ihn.

»Ich will unverzüglich tun, worum Majestät mich bitten«, erwiderte Lord Conyngham.

Als sie wieder gegangen waren, begab ich mich gleich in mein Schlafzimmer, um mich anzukleiden.

Nun war ich nicht nur achtzehn Jahre alt, sondern auch Königin. Mein erster Gedanke war: »Endlich ist es mir vergönnt, allein zu sein.«

Die gekrönte Königin

Nun da ich Königin geworden war, änderte sich alles. Ich war von dem Gedanken wie besessen, daß ich eine gute, umsichtige und pflichtbewußte Königin sein mußte. Mein Lebenszweck bestand darin, meinem Land zu dienen.

Onkel Leopold konnte mir dabei helfen, wie er mir mein Leben lang geholfen hatte. Oder besser gesagt, er konnte mich beraten. Dagegen sprach allerdings, daß er König eines anderen Landes war und der belgische König sich nicht gut in die Regierungsgeschäfte Englands einmischen konnte.

Ich mußte mit Bedacht zu Werke gehen.

Während ich noch beim Frühstück saß, kam Baron von Stockmar, um mit mir zu sprechen. Er war ein kluger Mann, handelte jedoch stets ganz im Sinn von Onkel Leopold.

Nach dem Frühstück begab ich mich in meinen Salon, um Feodora und Onkel Leopold zu schreiben.

Ich empfand es noch als sehr ungewohnt, mit *Victoria R.** zu unterschreiben.

Während ich noch an meinem Schreibtisch saß, wurde mir eine Nachricht vom Premierminister überbracht, die besagte, daß er mich noch vor neun Uhr aufsuchen wolle.

Es freute mich ungemein, daß Lord Melbourne Premierminister war. Noch kannte ich ihn zwar kaum, doch waren wir uns das eine oder andere Mal begegnet. Er sah nicht nur auffallend gut aus, sondern bestach auch durch seine geschliffenen Manieren. Ich betrachtete ihn als sehr unterhaltsamen Gesprächspartner.

Als mir der Brief überbracht wurde, hielt sich Lehzen bei mir auf. »Ich empfange ihn *allein* und gedenke das auch in Zukunft bei allen Ministern des Kabinetts so zu halten«, verkündete ich ihr.

Lehzen nickte verständnisvoll, obwohl ihr der Gedanke

* R. = Regina (lat.), z. dt.: Königin; Anm. d. Red.

nicht zu behagen schien. Sie befürchtete, ich könnte mich aufgrund meines neuen Status ändern.

»Das ist anzunehmen«, gab ich zu. »Aber an meiner Zuneigung zu dir wird sich niemals etwas ändern, liebe Lehzen. Du wirst sehen, daß ich mich als Königin genauso liebevoll verhalte wie bisher als Prinzessin.«

Wir wären beide um ein Haar in Tränen ausgebrochen, und sie versicherte mir wie schon so oft, ich sei ihr ganzer Lebensinhalt.

Lord Melbourne machte mir, wie versprochen, seine Aufwartung. Was für ein charmanter Mann! Er verneigte sich tief vor mir und küßte mir die Hand. Seine schönen blaugrauen Augen füllten sich mit Tränen, als sein Blick dann auf mir ruhte. Das rührte mich. Sicher trieben ihm meine Jugend die Tränen in die Augen und der Gedanke an die schwere Bürde, die in Zukunft auf meinen Schultern lasten würde.

Er verhielt sich ehrerbietig und respektvoll. Ich fühlte mich in seiner Gegenwart sofort sehr wohl. Obwohl ihn meine Jugend rührte, ließ er mich doch auch deutlich spüren, daß er nicht daran zweifelte, ich würde der Aufgabe, die auf mich wartete, gewachsen sein. Er baute fest auf meine Fähigkeiten.

»Lord Melbourne«, sagte ich, »es ist schon lange meine Absicht, Sie und die übrigen Mitglieder der Regierung im Amt zu bestätigen.«

»Ich bin Eurer Majestät außerordentlich dankbar.«

»Das Amt könnte gar nicht in besseren Händen sein.«

»Majestät sind überaus gnädig. Nun es ist meine Pflicht, Majestät die Erklärung zu überbringen, die im Staatsrat vorgetragen werden muß. Wenn Majestät sie vielleicht kurz durchlesen und mir verraten möchten, ob sie Euren Beifall findet, wäre ich Eurer Majestät außerordentlich dankbar.«

»Haben Sie die Erklärung verfaßt?«

»Ich bekenne mich schuldig«, sagte er schelmisch und verzog das Gesicht. Ich mußte lachen.

»Es hat bestimmt alles seine Richtigkeit«, sagte ich.

»Das zu entscheiden, muß ich Eurer Majestät überlassen. Die Sitzung des Staatsrats könnte um elf Uhr dreißig hier im

Palast anberaumt werden. Ich spreche um elf Uhr noch einmal bei Majestät vor, wenn ich darf – für den Fall, daß Majestät doch mit irgend etwas nicht ganz einverstanden sind. Nun will ich die Zeit Eurer Majestät nicht länger in Anspruch nehmen. Majestät können ganz nach Wunsch über mich verfügen.«

»Sehr liebenswürdig, Lord Melbourne.«

»Majestät sind sehr gnädig zu Eurem alleruntertänigsten Diener«, erwiderte Lord Melbourne.

Das war ironisch gemeint, was ich sehr amüsant fand. Meine künftigen Besprechungen mit dem Premierminister würden nie in pure Langeweile ausarten, soviel war mir inzwischen klargeworden. Auch wenn es um ernste Staatsangelegenheiten ging, würden unsere Gespräche heiter und unbeschwert verlaufen.

Ich schätzte mich ausgesprochen glücklich, in Lord Melbourne einen Premierminister zur Seite zu haben, der so ein guter, ehrenhafter, kluger Mann war und zudem noch so anziehend, daß er seine Wirkung auf mich nicht verfehlte.

Die Erklärung fand ich großartig formuliert. Da Lord Melbourne zugegen sein würde, wenn ich sie vor dem Staatsrat verlas, konnte er mir den Rücken stärken. Er war ein sehr *einfühlsamer* Mensch. Sein Blick hatte mir verraten, daß er sich meiner Jugend durchaus bewußt war und ich Beschützerinstinkte in ihm wachrief; trotzdem würde er keinen Augenblick vergessen, daß ich die Königin war. Was für ein tröstlicher Gedanke.

Um elf Uhr sprach er wieder bei mir vor und wollte von mir wissen, ob es noch etwas zu besprechen gebe vor der Staatsratssitzung.

»Ich hoffe, daß der Staatsrat nicht von mir enttäuscht sein wird«, gestand ich dem Premierminister, denn ich sagte mir, daß ich ruhig so mit ihm sprechen konnte.

»Wie könntet Ihr jemanden enttäuschen, Majestät? Ganz im Gegenteil, das versichere ich Euch. Der Staatsrat wird begeistert sein, weil eine Königin viel anziehender ist als ein König. Noch dazu so eine schöne junge Königin. Ihr werdet sehen, daß Ihr Eure Wirkung nicht verfehlen werdet.«

»Ich frage mich, wie ich mich vor so vielen Menschen verhalten soll?«

»Seid nur ganz Ihr selbst, Majestät, denn etwas Besseres gibt es gar nicht.«

Wie es dieser Mann verstand, mein Selbstbewußtsein zu stärken!

Um halb zwölf Uhr ging ich hinunter und hielt die Ratsversammlung im Roten Salon im Kensington Palast ab.

Mama hätte mich liebend gern begleitet, doch sie begann einzusehen, daß sich seit dem frühen Morgen vieles geändert hatte.

Ich ging also ganz allein hinein. Lord Melbourne lächelte mir aufmunternd zu. Er ließ es nicht an Respekt mir gegenüber fehlen, trotzdem zwinkerte er mir verstohlen zu, als hätten wir gemeinsam eine Verschwörung ausgeheckt.

Ich wurde zu meinem Sitz geleitet und nahm Platz. Ich blieb die ganze Zeit über sitzen, während ich die Erklärung verlas – zum Glück, ohne ins Stocken zu geraten.

Im Anschluß daran waren noch verschiedene Formalitäten zu erledigen und Staatsräte zu vereidigen, die in großer Zahl gekommen waren. Meine beiden Onkel, die Herzöge von Cumberland und Sussex erwiesen mir ihre Referenz. Immer wieder wurde mir die Hand geküßt, und große Männer wie Lord Palmerston, der Herzog von Wellington und Sir Robert Peel leisteten den Treueeid. Nervös war ich nicht. Ich fühlte, daß alle Anwesenden – mit Ausnahme von Lord Melbourne – über mein Selbstvertrauen staunten. Sie hatten sich unter ihrer frischgebackenen Königin wahrscheinlich ein nervöses junges Mädchen vorgestellt.

Dann empfing ich in Audienz Lord Melbourne, Lord John Russell, Lord Albemarle, den Oberstallmeister und den Erzbischof von Canterbury – alle in meinem Zimmer, ganz allein.

Danach war ich erlöst.

Lord Melbourne flüsterte mir zu: »Ihr wart unübertrefflich. Jeder Zoll eine Königin.«

Ich freute mich schon auf die nächste Zusammenkunft mit ihm. Das Land ist in guten Händen, dachte ich.

Danach brachte ich mehrere Stunden mit Briefeschreiben zu. Vor allem wollte ich Königin Adelheid mein Beileid aussprechen, die immer rührend lieb zu mir gewesen war.

Als Lehzen hereinkam, trug ich ihr etwas auf. »Lehzen, mein Bett soll aus dem Schlafzimmer meiner Mutter entfernt werden. Von jetzt an schlafe ich allein.«

»Ich werde sofort alles Nötige veranlassen«, versprach Lehzen.

Über Lehzen zerbrach ich mir in letzter Zeit sehr oft den Kopf. Sie würde jetzt einen Posten bekleiden.

Als sie zurückkam, berichtete sie mir, mein Bett sei wunschgemäß hinausgetragen worden. »Die Herzogin hat sich darüber furchtbar aufgeregt«, fügte sie hinzu.

»Ich fürchte, sie wird sich auch noch über so manches andere aufregen«, erwiderte ich ungerührt.

Lehzen schüttelte den Kopf.

»Lehzen, was wirst du für einen Posten bekleiden?«

»Ich hoffe inständig, daß alles so bleibt, wie es war.«

»Aber Lehzen, ich brauche nun wirklich keine Gouvernante mehr – keine Erzieherin.«

»Meine Liebe, ich glaube, es wäre besser, wenn ich keinen Posten bekleidete, sondern einfach weiter bei dir bliebe und dir zur Seite stünde«, wandte Lehzen ein.

Der Gedanke an die Zukunft erfüllte mich mit Zuversicht. Lehzen war meine beste Freundin und engste Vertraute. Daran würde sich nichts ändern. Ich hatte mein liebes Hündchen Dash... und jetzt auch noch Lord Melbourne.

Er sprach wieder bei mir vor. Das freute mich ungemein. Er ließ sich gleich darüber aus, daß ich bei allen Anwesenden mit meinem Auftreten vor dem Staatsrat einen tiefen Eindruck hinterlassen hatte.

»Alle waren überwältigt und voller Bewunderung, das dürft Ihr mir glauben, Majestät.«

»Ich fürchte, Sir John Conroy hat versucht, den Eindruck zu erwecken, als sei ich ein leichtfertiges, dummes kleines Mädchen.«

Das bestritt Lord Melbourne nicht.

»Ich entlasse ihn, will ihn nicht mehr in meiner Nähe haben«, sagte ich.

»Das wundert mich nicht. Die Herzogin wird jedoch nicht auf ihn verzichten wollen, fürchte ich. Über diese Angelegenheit sollten wir uns bald einmal ausführlich unterhalten – das Einverständnis Eurer Majestät vorausgesetzt.«

»Ja, das wäre mir sehr lieb«, pflichtete ich Lord Melbourne bei.

»Wir werden uns diesen feinen Herrn schon irgendwie vom Halse schaffen... Euer Majestät und ich.«

Ich brach in Gelächter aus. Wie angenehm, mit einem solchen Mann zusammenarbeiten zu können!

Nachdem sich Lord Melbourne verabschiedet hatte, beschloß ich, Sir John Conroy nicht einen Tag länger in meiner Nähe zu dulden. Der Premierminister unterstützte mich darin. Also ließ ich Conroy mitteilen, daß ich hinfort auf seine Dienste verzichten wolle.

Ich war gespannt, wie er darauf reagieren würde. Wahrscheinlich würde er zu meiner Mutter eilen, um mit ihr zusammen das grausame Schicksal zu beklagen, das es mir gestattet hatte, volljährig zu werden und den Thron zu besteigen, wodurch ich ihre Regentschaftspläne mit einem Schlag zunichte machte.

Ich ließ verlauten, daß ich mein Abendessen allein oben einzunehmen gedachte.

Was für ein Genuß! Mit diesem Tag konnte ich eigentlich zufrieden sein. Ich ließ die Ereignisse des Tages noch einmal an mir vorbeiziehen. Alles war gutgegangen.

Meine Mutter hatte ich den ganzen Tag noch nicht gesehen, deshalb fühlte ich mich ziemlich unbehaglich, als es Zeit wurde, ihr gute Nacht zu sagen.

Sie kam mir ganz verändert vor, beinahe gezähmt. Mitleid stieg in mir auf, weil sie so gar nicht mehr sie selbst war, doch dann rief ich mich zur Ordnung und hielt mir vor Augen, daß sie sich immer nur als Unruhestifterin betätigt hatte. Es half alles nichts, ich mußte fest bleiben. Sie war ein überaus eitles Geschöpf und absolut unfähig. Man konnte ihr keine Amtsgeschäfte anvertrauen.

»Nein, Mama, daraus wird nichts«, dachte ich. »Deinen Ehrgeiz kannst du dir nun abschminken.«

Ich gab ihr gezwungenermaßen einen Gutenachtkuß, der sie nicht im Unklaren darüber ließ, daß sie bei mir ausgespielt hatte. Sie sah betroffen aus, erfaßte aber instinktiv, daß es kein Zurück mehr gab.

Ich machte auf dem Absatz kehrt und ging in mein eigenes Schlafzimmer, das ich mit keinem Menschen mehr zu teilen brauchte.

Im Bett dachte ich dann über meinen ersten Tag als Königin von England nach.

Gleich am nächsten Tag suchte mich Lord Melbourne wieder auf.

»Euer Majestät, es gilt die Frage zu klären, was aus Sir John Conroy werden soll«, begann er.

Aus seinen Worten ließ sich unschwer ablesen, daß Sir John auch ihm zuwider war.

»Ja, das ist mir sehr lieb, denn ich möchte, daß diese Angelegenheit möglichst bald geregelt wird.«

»Dieser Mann ist ein Spitzbub und Scharlatan!«

Das war Lord Melbourne also auch schon aufgefallen. Sir John hatte viele Menschen betrogen und hinters Licht geführt, vor allem meine Mutter.

»Gestern nach der Staatsratssitzung ist Baron von Stockmar an mich herangetreten«, berichtete Lord Melbourne, »weil er mich dringend wegen Sir John Conroy sprechen wollte.«

»Jetzt schon?« fragte ich verwundert.

»Der Mann weiß, wann er sich geschlagen geben muß. In Eurer Majestät hat er einen mächtigen Gegner.«

Wie einsichtig und verständnisvoll er sich wieder einmal zeigte.

»Baron von Stockmar berichtete mir, Conroy habe Bedingungen gestellt.«

»Bedingungen? Nicht zu glauben!«

»Es geht ihm wohl um eine Art Rückversicherungsvertrag. Er stellt unverschämte Forderungen, verlangt dreitausend

Pfund pro Jahr sowie den Bath-Orden und besteht zudem darauf, in den höheren Adelsstand erhoben zu werden. Zu allem Überfluß bildet er sich auch noch einen Sitz im Staatsrat ein. Ich war so entsetzt und fassungslos, Euer Majestät, daß ich das Papier vor Schreck gleich habe fallen lassen.«

»Diese Forderungen sind wirklich unerhört. Ich lehne sie alle ab.«

»Ganz recht, Euer Majestät, anders kann man da eigentlich auch nicht verfahren. Doch wenn wir nicht irgendeinen Kompromiß aushandeln, bleibt er vielleicht auch weiterhin in den Diensten der Herzogin.«

»Seine Forderungen erfüllen wir aber nicht.«

»Das ist eine delikate Angelegenheit, Euer Majestät.«

»Inwiefern? Ich will ihn endlich loswerden.«

»Wer möchte das nicht? Warten wir noch ein Weilchen, Euer Majestät, lassen wir noch ein bißchen Zeit verstreichen. Wir lassen ihn einfach schmoren. Die Ungewißheit wird ihm sehr zu schaffen machen.«

»Mir wäre es sehr lieb, wenn er ein- für allemal verschwände und ich ihn nie mehr zu sehen brauchte.«

»Ihr werdet ihn nicht mehr zu Gesicht bekommen. Es wäre diesem feinen Herrn sicher auch ausgesprochen peinlich, Euch in die Augen zu sehen.«

»Ich möchte ihn endlich lossein.«

»Selbstverständlich, doch wir müssen diplomatisch vorgehen und die Angelegenheit erst einmal auf sich beruhen lassen.«

»Während er meiner Mutter weiter schadet.«

»Das liegt ganz bei ihr.«

»Aber wenn ich darauf bestehe...«

Er legte den Kopf auf die Seite; sein Blick ruhte zärtlich auf mir. Ich konnte mich nicht sattsehen an seinen schönen Augen. »Euer Wunsch ist mir Befehl, Euer Majestät, aber diese Angelegenheit ist nicht so leicht aus der Welt zu schaffen. Es ist besser, nichts zu übereilen.«

»Ich beuge mich Ihrem Rat, Lord Melbourne.«

Gerührt küßte er mir die Hand.

Lord Melbourne sprach täglich bei mir vor. Er wuchs mir immer mehr ans Herz. Jetzt wartete ich nicht mehr so sehnsüchtig auf Post von Onkel Leopold. Mit Lord Melbourne an meiner Seite war ich nicht mehr auf seine Ratschläge angewiesen.

Eines Tages schrieb mir Onkel Leopold:

›Mein liebes Kind,
Deine neue Königswürde ändert nichts an meiner Zuneigung zu Dir. Möge Dir der Himmel gnädig sein, und möge es mir vergönnt sein, Dir mit Rat und Tat zur Seite zu stehen und Dir zu dem Erfolg zu verhelfen, den ich Dir von Herzen wünsche...

Ich bin überglücklich, daß die Vereidigung des Staatsrats so glatt verlaufen ist... Du solltest so oft wie möglich betonen, daß Du in England geboren bist. Du kannst Dein Land und seine Bewohner gar nicht genug loben. Zwei Nationen in Europa machen sich schon fast lächerlich mit ihren übertriebenen Lobhudeleien. Sie sehen sich allzu verklärt. Ich rede von England und Frankreich. Aber es ist sehr wichtig, daß Du Nationalgefühl demonstrierst...‹

Es ärgerte mich, daß Albert die Engländer kritisierte. Aber schließlich ist er kein Engländer, sagte ich mir versöhnlich. Ausländer neigen nun einmal dazu, uns abfällig zu beurteilen. Uns geht es mit ihnen vermutlich auch nicht anders. In meinen Augen war Lord Melbourne *der* englische Gentleman, wie er im Buche steht. Einen angenehmeren Zeitgenossen kann man sich kaum vorstellen. Obwohl er vierzig Jahre älter war als ich, verstanden wir uns blendend.

Mir war zu Ohren gekommen, daß er ein Mann mit ›Vergangenheit‹ war. Allem Anschein nach war er in zwei Scheidungsfälle verwickelt gewesen und hatte eine mehr als stürmische Ehe hinter sich. Sein einziger Sohn war gestorben. Trotzdem besaß er einen unverwüstlichen Humor. Ich konnte mich des Eindrucks nicht erwehren, daß er vor allem die komische Seite des Lebens sah.

Mir war sehr daran gelegen, alles über ihn zu erfahren, aber ich konnte ihn schlecht selbst ausfragen.

Doch es gab ja auch noch andere Mittel und Wege.

Ich hatte Harriet Leveson-Gower, die Herzogin von Sutherland, zu meiner ersten Kammerfrau ernannt. Sie war eine Schönheit, und ich hatte mich schon immer zu schönen Menschen hingezogen gefühlt. Sie war eine hochinteressante Persönlichkeit und sehr unterhaltsam. Sie sprach liebend gern und schien über alle bei Hofe bestens Bescheid zu wissen.

Es fiel mir nicht weiter schwer, Lord Melbourne ins Gespräch zu bringen.

Sie hielt ihn auch für einen faszinierenden Mann. »Was mich jedoch immer wieder in Erstaunen setzt«, erklärte sie, »ist die Tatsache, daß er trotz all dieser Skandale Premierminister werden konnte.«

Ursprünglich hieß er William Lamb. Nach dem Tode seines älteren Bruders ging der Titel auf ihn über. Er war der zweite Sohn eines reichen Mannes, der unter George III. sein – irisches – Adelspatent bekam. der Großvater bereits hatte bei seinem Tode mindestens eine Million Pfund hinterlassen. Wie bei allen Whig-Familien bestand das Vermögen hauptsächlich aus Grundbesitz. Schon um Lord Melbournes Geburt rankten sich romantische Gerüchte. Seine Mutter war die schöne Elizabeth Milbanke, Tochter eines Baronets aus Yorkshire. Ihre Familie stand rangmäßig über den Lambs; denn Lord Melbournes Vater war nur der erste Vicomte. Die Lambs waren Anwälte gewesen und erst vor kurzem in den Adelsstand erhoben worden.

Lady Melbourne ließ sich gern bewundern. Der Earl von Egremont soll einer ihrer Liebhaber gewesen sein.

»Lord Melbourne sieht dem Earl verblüffend ähnlich«, erzählte Harriet. »Als Junge soll er oft in Petworth gewesen sein, wo der Earl sich rührend um ihn kümmerte. Sein Bruder war nie dabei. Ist es nicht sonderbar, daß nur William nach Petworth reiste? Vielleicht ist wirklich etwas dran an der Geschichte.«

»Schockierend!« sagte ich lachend.

»Aber sehr romantisch«, wandte Harriet ein. »Er muß als junger Mann übrigens blendend ausgesehen haben.«

»Er sieht immer noch sehr gut aus«, fand ich.

»Ja, in der Tat. Männer wie Lord Melbourne sind von der Wiege bis zum Grab anziehend. Das Faszinierende an ihm ist, daß ihn das gar nicht zu berühren scheint... Ich will damit sagen, daß er sich niemals um etwas bemüht. Er nimmt einfach alles als gegeben hin, wie es gerade kommt. Er geht alles ganz gemächlich an, läßt sich nicht so leicht aus der Ruhe bringen. Und legt dabei exquisite Manieren an den Tag. Er wirkt immer gelassen und unerschütterlich.«

»Das liegt wohl daran, daß er ein Mann von Welt ist«, behauptete ich kühn.

Harriet pflichtete mir bei.

»Ja, das ist er wirklich. Er ist überall willkommen. Mit George IV. hat er sich sehr gut verstanden, vor allem, als dieser noch Regent war. Er hielt sich auch oft im Carlton House, Holland House und natürlich bei den Bessboroughs in Roehampton auf. Dort hat er auch Lady Caroline Ponsonby kennengelernt, die jüngste Tochter von Lord Bessborough. Sie soll sehr attraktiv gewesen sein und wurde Ariel genannt.«

»Nun erzählen Sie mir bloß noch, daß Lord Melbourne sich in sie verliebt hat.«

»Ja, leider.«

»Warum leider?«

»Ihre Familie fand, er sei nicht standesgemäß.«

»Lord Melbourne nicht standesgemäß« rief ich entrüstet aus.

»Damals war er ja noch nicht Lord Melbourne, sondern einfach William Lamb. Als sein Bruder jedoch starb und Lord Melbourne der Erbe war, änderte Carolines Familie ihre Meinung. Die erste Zeit nach der Hochzeit verstand sich das Paar auch wirklich gut, doch dann hat sie alle Hemmungen verloren.«

»Was soll das denn heißen?«

»Nun, sie hat sehr unkonventionelle Dinge getan.«

»Der arme Lord Melbourne!«

»Es heißt von ihm, er habe das alles nur ertragen, indem er sich Zurückhaltung auferlegte, sich ganz in sich selbst zurückzog und anderen Dingen zuwandte. Sie hatten auch ein

Kind, einen kleinen Jungen, der sich sehr von anderen Jungen seines Alters unterschied.«

»Soll das heißen, daß er geistig zurückgeblieben war?«

»Ja.«

»Der arme, arme Lord Melbourne. Was hat er alles durchgemacht! Und trotzdem ist er immer so heiter und gelassen.«

»Aber halten Majestät ihn nicht für ein wenig zynisch?«

»Ich würde sagen, er nimmt die ganze Welt nicht ernst, amüsiert sich über alles und jedes. Auf jeden Fall ist er hochintelligent.«

»Er vergräbt sich ganz in seine Bücher.«

»Ja, er ist unglaublich belesen.«

»Das muß man ihm lassen.«

»Was ist denn aus Lady Melbourne geworden?«

»Es ist wegen Lord Byron zu einem unglaublichen Skandal gekommen.«

»Meinen Sie den Dichter?«

»Ja. Lady Melbourne hat sich leidenschaftlich in ihn verliebt und ihn regelrecht verfolgt. Lord Byron hat sich Frauen gegenüber schändlich aufgeführt. Er hat sie genommen, nach Kräften ausgenutzt und dann einfach wieder fallenlassen. So erging es auch Caroline Lamb, nachdem sie sich zum Gespött gemacht hatte und ihm überallhin nachgelaufen war. Wie alle anderen Frauen, so bekam er natürlich auch sie irgendwann einmal satt und wollte nichts mehr von ihr wissen.«

»Und wie ging es weiter?«

»Sie war völlig außer sich vor Eifersucht und führte sich infolgedessen noch ungebärdiger auf als sonst. Sie schrieb sogar einen Roman mit dem Titel *Glenarvon*. Er handelte von ihr, ihrem Mann und Lord Byron, den sie als Bösewicht hinstellte. Das Buch war im Nu vergriffen. Alle verschlangen es. Der arme Lord Melbourne trennte sich daraufhin von ihr, ging aber wieder zu ihr zurück. Sie lebten unter einem Dach, jedoch jeder für sich.«

»Wie hat er das nur ausgehalten?« fragte ich.

»Sein Wesen muß ihm wohl geholfen haben, dieses Leben zu ertragen«, meinte Harriet. »Er hat diese Distanziertheit, die er jetzt an den Tag legt, regelrecht kultiviert, die Dinge sozusagen von außerhalb betrachtet und sich nicht mit hineinziehen lassen. Wahrscheinlich hat er ganz in der Welt der Bücher gelebt und ist darin aufgegangen. Es heißt ja auch jetzt noch von ihm, daß er jede Neuerscheinung liest. Mit Hilfe seiner Bücher konnte er sich in eine andere Welt hinüberretten. Und was sonst um ihn herum vorging, ließ ihn kalt. Das hat Caroline natürlich wahnsinnig geärgert. Es hätte sie gefreut, wenn er bei jeder ihrer Liebesaffären eifersüchtig reagiert hätte. Doch er ließ sich nicht aus der Ruhe bringen. Lächelnd sah er sich das an, ohne daß es ihn berührte. Wahrscheinlich ist das die einzige Methode, so etwas zu überstehen.«

»Lord Melbourne ist ein großartiger Mensch. Was ist denn aus seiner Frau geworden? Ich weiß, daß sie irgendwann gestorben ist.«

»Als Lord Byron starb, ging es auch mit ihr zu Ende. Sie hat rein zufällig von seinem Tod erfahren; das hat ihr furchtbar zugesetzt. Danach ist sie wahnsinnig geworden und mußte eingeschlossen werden. Sie starb in Brocket, einem der Wohnsitze der Melbournes.«

»Der arme Lord Melbourne muß erleichtert aufgeatmet haben.«

»Das glaube ich auch. Er war zu der Zeit bereits Parlamentsmitglied. Unter Canning war er dann für Irland zuständig. Er ging nach Irland und war dort bald wieder in einen Skandal verwickelt. Er freundete sich mit einer gewissen Lady Brandon an. Lord Brandon verklagte ihn daraufhin und bezichtigte ihn, Unkeusches mit seiner Frau zu treiben.«

»Ich möchte fast annehmen, daß sie wirklich nur befreundet waren. Er ist ein sehr freundlicher, wohlwollender Mensch.«

»Der Staatsanwalt wies vor Gericht die Geschworenen darauf hin, daß Lord Melbourne das ihm zur Last Gelegte energisch bestreite und man ihm nichts beweisen könne. Das gelte auch für Lady Brandon. Die Sache wurde fallengelassen.«

»Sicher ein gerechtes Urteil.«

»Doch später kam es noch zu der Affäre Caroline Norton.«
»Ich habe schon von ihr gehört. War sie nicht die Enkelin des Schriftstellers Sheridan?«
»Ja, und eine außergewöhnlich attraktive Frau, Euer Majestät, aber mit einem ziemlich unbedeutenden, um Jahre älteren Mann verheiratet, einem Parlamentsmitglied. Er büßte seinen Sitz im Parlament im Zuge des Reformgesetzes ein, als mehrere Wahlbezirke zusammengelegt wurden. Caroline Norton bat Lord Melbourne, ihrem Mann wieder einen Posten zu verschaffen, was dieser daraufhin auch tat.«
»Er ist so hilfsbereit.«
»Lord Melbourne und Caroline Norton freundeten sich miteinander an, weil sie hochintelligent war und gern geistreiche Gespräche führte. Es kam jedoch zum Streit mit ihrem Mann, der sich scheiden lassen und Lord Melbourne als Scheidungsgrund angeben wollte.«
»Also schon die zweite Scheidungssache, in die er mit hineingezogen wurde.«
»Es kam natürlich zum Eklat, wie Ihr Euch vorstellen könnt. Es ging ja schließlich um den Premierminister. Aber wieder fiel das Urteil zugunsten von Lord Melbourne aus.«
»Sicher ein gerechtes Urteil.«
»Euer Onkel, der König, zeigte sich hocherfreut, doch selbst er meinte, Melbourne habe Glück gehabt, so glimpflich davongekommen zu sein. Seine Freunde rieten ihm, in Zukunft vorsichtiger zu sein. Er hat tatsächlich in beiden Fällen großes Glück gehabt. Natürlich hat er seinen Rücktritt angeboten.«
»Ein Beweis dafür, daß er ein Mann von Ehre ist.«
»Der Herzog von Wellington hat sein Rücktrittsangebot jedoch nicht angenommen.«
»Und was ist aus Lord Melbournes Sohn geworden?«
»Der ist gestorben.«
»Mein Gott, ein Schicksalsschlag nach dem anderen!«
»Lord Melbourne ist anscheinend unverwüstlich.«
»Er ist ein wunderbarer Mensch. Leider gibt es immer Menschen, die danach trachten, denjenigen zu Fall zu bringen, der ihnen haushoch überlegen ist.«

»Da haben Euer Majestät natürlich recht, aber in diesen Fällen war seine Lordschaft nicht ganz schuldlos.«

»Ich kenne ihn nur als Grandseigneur.«

Da sah mich die Herzogin forschend an und meinte: »Wie ich sehe, hat Lord Melbourne einen unauslöschlichen Eindruck auf Euer Majestät gemacht.«

Es beruhigte mich sehr, daß ich jetzt vieles über sein Leben wußte. Ein Mann, der so viel durchgemacht hatte, mußte ja über den Dingen stehen. Nun hegte ich noch größere Bewunderung für ihn. Mir imponierte seine Lässigkeit. Er verstand es, mich aufzumuntern und zu ermutigen. Das hatte ich damals dringend nötig. Er vermittelte mir das Gefühl, daß ich unbedingt fähig und in der Lage war, meine Pflicht zu tun. Damit stärkte er mein Selbstvertrauen. Mit einem solchen Mann als Lehrmeister und Mentor konnte mir nichts passieren.

Seit ich von Lord Melbournes abenteuerlichem Leben wußte, fühlte ich mich ihm noch näher. Ich hegte die größte Bewunderung für diesen Mann, der all diese Schicksalsschläge so unbeschadet überstanden hatte. Das zeigte mir, daß er die richtige Einstellung zum Leben hatte.

Niemals erlebte ich ihn tierisch ernst. Er hatte so gar nichts Pompöses, Gravitätisches an sich. Man hätte meinen können, er nähme alles auf die leichte Schulter. Immer hatte er einen Scherz parat. Zuweilen empfand ich das als ungeheuer tröstlich.

Einmal brachte ich etwas zur Sprache, was mich sehr bedrückte. »Ich wünschte, ich wäre nicht so klein. Es kommt mir vor, als wüchsen in meinem Alter alle noch, nur ich nicht. Immer bin ich gezwungen, zu allen Leuten aufzublicken.«

»Nein, Majestät, jeder muß zu Euch aufblicken.«

»Ich spreche von der Körpergröße.«

»Es gibt genügend Beispiele für Menschen, die im Licht der Öffentlichkeit gestanden und unglaubliche Leistungen vollbracht haben, obwohl sie nicht einmal so groß wie der Durchschnitt waren. Denkt doch nur einmal an Lord Nelson, der sehr klein war. Oder an Napoleon. Ich könnte noch eine ganze Reihe von Beispielen anführen. Für Riesinnen und Amazonen kann ich mich nicht erwärmen.«

»Ach, Lord Melbourne, Sie glätten wie immer meine Sorgenfalten. Aber leider bin ich zu allem Unglück auch noch ziemlich mollig. Das können nicht einmal Sie bestreiten.«

»Aber Majestät, wir wollen ja schließlich nicht, daß uns ein Skelett regiert.«

Er wußte auf alles eine Antwort, die mich wieder fröhlich stimmte.

»Doch nun zu einem ernsten Thema. Harriet hat mich darauf gebracht. Es macht ihr sehr zu schaffen.«

»Ich glaube, es gibt keine Tugend, die sie nicht besitzt.«

»Sie ist ein herzensguter Mensch. Die Armut im Land bedrückt sie sehr. Sie sitzt in Ausschüssen gegen Kinderarbeit und Versklavung. Ihrer Meinung nach sollte die Regierung dagegen einschreiten, daß Kinder in den Bergwerken arbeiten. Sie hält mir so ernste Vorträge, daß ich manchmal in Tränen aufgelöst bin. Wenn ich nur daran denke, daß kleine Kinder gebückt und völlig entkräftet volle Loren durch die Stollen schieben...«

»Das ist immer noch besser als der Hungertod.«

»Harriet findet, daß man unbedingt etwas für diese Kinder tun muß. Könnte sich die Regierung nicht damit befassen? Das ist doch wohl Sache der Regierung.«

»Ich glaube kaum, daß diese Kinder etwas davon hätten, wenn man ihnen den Lebensunterhalt versagen wollte. Es ist wohl besser, wenn man diese Dinge auf sich beruhen läßt.«

»Aber dieses Problem bereitet mir großes Kopfzerbrechen. Ich kann deswegen nachts schon nicht mehr schlafen.«

»Majestät, Ihr solltet Euch von solchen Angelegenheiten nicht aus der Fassung bringen lassen. Die Herzogin von Sutherland ist sicher eine ehrenwerte Dame, was aber nicht unbedingt bedeuten muß, daß sie immer recht hat.«

Der Kensington Palast erschien mir als Residenz für die Königin nicht geeignet. Deshalb beschloß ich nach etwa zwei Wochen, in den Buckingham Palast überzusiedeln. Die Räumlichkeiten dort sagten mir mehr zu. Dort fühlte ich mich auf Anhieb wohl.

Doch etwas behagte mir nicht an dem Palast. Er war sehr weitläufig, und es kam mir vor, als sei mein Schlafzimmer meilenweit von dem von Lehzen entfernt. Meiner Mutter waren natürlich Räume zugewiesen worden, die nicht direkt an die meinen grenzten, dafür hatte ich gesorgt. Manchmal wachte ich mitten in der Nacht auf. Die Stille lastete dann schwer auf mir. Ich bildete mir ein, daß die Dielenbretter knarrten, in jedem kleinsten Geräusch glaubte ich Schritte zu erkennen. Im Kensington Palast hatte ich mich nie geängstigt. Weshalb auch, ich war nie allein gewesen. Doch nun, da ich mein Schlafzimmer endlich mit niemandem mehr zu teilen brauchte, fürchtete ich mich nachts.

Eines Tages gestand ich das Lord Melbourne ein. Er sprach jeden Morgen bei mir vor, um die Staatsangelegenheiten mit mir zu besprechen. Natürlich unterhielten wir uns auch über andere Dinge. Ein Außenstehender hätte kaum das Gefühl gehabt, daß sich hier die Königin mit dem Premierminister unterhielt.

Weil ich mich mit ihm so ungezwungen unterhalten konnte wie mit Lehzen, gestand ich ihm, daß mir die Nächte zuweilen gespenstisch erschienen, wenn ich keinen Schlaf fand. »Dieser Palast ist unübersehbar groß... und nachts fühle ich mich oft von aller Welt verlassen. Die Stille macht mich krank.«

Tiefbesorgt sah er mich an.

»Mein Leben lang habe ich mich danach gesehnt, mein Schlafzimmer mit niemandem mehr teilen zu müssen«, fuhr ich fort. »Das war mir aber erst vergönnt, nachdem ich Königin geworden war. Früher war ich keinen Augenblick allein. Kaum war ich Königin, da habe ich mein Bett aus Mamas Schlafzimmer entfernen lassen. Aber nach dem Umzug in den Buckingham-Palast fühlte ich mich gleich unbehaglich. Nachts höre ich die Dielenbretter knarren, bilde mir ein, Schritte im Korridor zu hören, und dann muß ich an all die Könige und Königinnen denken, die im Bett ermordet worden sind.«

»Aber Ihr seid hier ganz sicher, Euer Majestät.«

»Das haben meine bedauernswerten Vorfahren sicher

auch geglaubt. Sie haben nicht geahnt, was ihnen blüht. Wenn ich nur an die armen kleinen Prinzen im Tower denke, die ihr blutrünstiger Onkel Richard hat umbringen lassen.«

»Es steht nicht fest, daß er es war.«

»Aber wer denn sonst?«

»Es wird behauptet, Henry VII. habe sie umgebracht. Aber wie dem auch sei – es steht fest, daß das Leben Eurer Ahnen oft höchst dramatisch verlaufen ist. Ich kann nicht zulassen, daß Ihr Euch nachts fürchtet. Ich möchte sicher sein, daß Ihr gut schlaft. Wenn ich mich nicht irre, schläft Eure geliebte Lehzen doch ganz in der Nähe.«

»Im Buckingham Palast kommt es mir vor, als schliefe sie sehr weit weg.«

»Jetzt weiß ich, was wir machen. Wir lassen die Wand durchbrechen und eine Verbindungstür zum Nebenzimmer einbauen. Im Nebenzimmer soll dann Lehzen schlafen.«

»Aber auf meine Privatsphäre möchte ich nicht verzichten.«

»Das sollt Ihr auch nicht. Eure Privatsphäre bleibt gewahrt. Der Umbau muß jedoch schnellstens vorgenommen werden, damit Ihr nachts nicht über das grausame Schicksal Eurer Ahnen nachzugrübeln braucht, sondern friedlich schlafen könnt.«

»Ach, was sind Sie für ein guter, verständnisvoller Mensch, Lord Melbourne«, sagte ich erleichtert. »Sie wissen für alles eine Lösung.«

Sobald von meinem Zimmer eine Tür zum Nebenzimmer führte, schreckte ich nachts nicht mehr hoch. Erst da fühlte ich mich richtig wohl im Buckingham Palast.

Ich hätte gern einen Ball, ein Bankett oder einen Empfang gegeben – zur Einweihung bzw. zum Einzug, doch erschien mir das nicht ratsam, da wir ja noch um Onkel William trauerten. Doch Lord Melbourne sah das fortschrittlicher. Er hielt das Trauerjahr für eine altmodische Angelegenheit, die man schon längst hätte abschaffen sollen. Er plädierte dafür, die Hoftrauer für einen Tag auszusetzen. Bei einem Konzert könne man zum Beispiel kaum von zügellosem

Amüsement sprechen. Musik könne durchaus eine ernste Sache sein, die nicht im Widerspruch zu der Hoftrauer stünde.

»Eine großartige Idee!« rief ich hocherfreut und machte mich ans Pläneschmieden. Das Konzert wurde ein großer Erfolg.

Ich versicherte Lord Melbourne, es sei eine glänzende Idee gewesen, die Hoftrauer einen Tag hintanzustellen; Onkel William hätte sicher nichts dagegen einzuwenden gehabt. Er war ja selbst ein lebenslustiger Mensch gewesen.

Ein paar Tage später mußte ich meine erste offizielle Aufgabe nach der Thronbesteigung übernehmen. Ich sollte ein neues Tor in Bayswater Road am Hyde Park einweihen. Es sollte Victoria Gate heißen. Ich übernahm die Einweihung mit Freuden.

Irgendwann um diese Zeit sagte ich zu Lord Melbourne: »Nach dem Ende der Trauerzeit möchte ich gern einmal pro Woche einen kleinen Ball geben, nur für Freunde. Sie wissen ja, wie gern ich tanze.«

»Jeder tut am liebsten, wofür er begabt ist«, erwiderte Lord Melbourne. Was für ein reizendes Kompliment. Lord Melbourne zeigte sich sehr angetan von der Idee, allwöchentlich einen Ball zu geben.

»Vielleicht könnte auch vor und während des Essens ein Orchester spielen«, schlug ich vor.

»Auch das ist eine ausgezeichnete Idee«, begeisterte sich Lord Melbourne. »Wie ich sehe, wollen Euer Majestät dafür sorgen, daß bei Hofe die Kultur nicht zu kurz kommt.«

»Und im August begeben wir uns nach Windsor.«

»Majestät dürfen nicht vergessen, daß da eine Wahl stattfindet.«

Ich geriet in Panik. »Sie werden doch aber hoffentlich Premierminister bleiben?«

»Wenn wir an der Macht bleiben, selbstverständlich.«

»Und wenn nicht?«

»Dann tritt Sir Robert Peel an meine Stelle.«

»Nur das nicht!«

»Er ist ein ehrenwerter Mann, der den besten Ruf genießt.«

»Aber der Gedanke ist mir unerträglich, daß Sie mir weggenommen werden sollen.«

»Dann müssen wir eben dafür sorgen, daß wir die Wahl gewinnen.«

»Natürlich bleiben Sie Premierminister.«

Stirnrunzelnd sah er mich an. Eine schreckliche Befürchtung überkam mich. Es wurde schon lange gemurrt, weil alle meine Hofdamen Ehefrauen oder Töchter von Whigs waren. Sir Robert Peel war strikt dagegen und fand, die Tories müßten auch vertreten sein.

Der Meinung war übrigens auch Onkel Leopold. Er hatte mir geraten, meine Hofdamen sorgsam auszuwählen, damit ich politisch nicht in Mißkredit geriet. Ich hatte meine Hofdamen zusammen mit Lord Melbourne ausgewählt. Selbstverständlich zählten sie alle zu den Whigs, sonst hätte Lord Melbourne sie kaum ausgewählt. Auch ich teilte natürlich seine politische Überzeugung. Inzwischen gab ich nicht mehr so viel auf Onkel Leopolds Ratschläge wie früher. Lord Melbourne verstand doch wohl entschieden mehr von der englischen Politik als Onkel Leopold.

Zu meinen Pflichten gehörte es, das Parlament aufzulösen, denn dem Gesetz zufolge mußten nach dem Tod eines Herrschers Neuwahlen anberaumt werden. Ich hätte diese Aufgabe mit Freuden wahrgenommen, hätte ich nicht fürchten müssen, daß mich das Wahlergebnis Lord Melbournes berauben könnte.

Ich trug zu diesem feierlichen Anlaß ein karmesinrotes, hermelinbesetztes Cape und darunter ein goldbesticktes weißes Kleid aus schwerem Satin mit diamantenbesetztem Mieder. Meine Tiara glitzerte und funkelte.

Die Menschenmenge machte ihrer Bewunderung Luft. Stolzgeschwellt verlas ich meine Rede. Es machte mich unendlich glücklich, über ein solches Land zu herrschen.

Im Anschluß an die Rede kam Lord Melbourne zu mir. Er war so bewegt, daß er nicht mit Lobesworten geizte.

»Eure Majestät haben das großartig gemacht.«

Doch das Triumphgefühl wurde durch die Angst geschmälert, die Wahl könne anders als erwartet ausfallen und mich um meinen hochgeschätzten Premierminister bringen.

Alle befanden sich im Wahlfieber, das immer höhere Wellen schlug. Harriet sprach von nichts anderem mehr. Sie zeigte mir in der *Quarterly Review* einen Artikel von einem Tory namens Croker, der darauf hinwies, daß ich mich ausschließlich mit Angehörigen von Whigs umgab. Sir Robert Peel betonte in seinen Reden immer wieder, ich stünde ganz und gar unter dem Einfluß von Lord Melbourne, und es ginge nicht an, daß ich damit ausschließlich auf eine einzige Partei eingeschworen würde. Dergleichen politische Machenschaften könne man nicht dulden.

In der Presse tauchten Schlagzeilen auf, die mich irritierten. So zum Beispiel: ›Entreißt die Königin der Tyrannei der Whigs!‹

Tyrannei der Whigs! Wie konnten sie es wagen! Bei der Vertrauensbasis und dem Einverständnis, das zwischen mir und dem Premierminister herrschte, erschien mir dieser Vorwurf maßlos übertrieben.

Spottverse kursierten:

»The Queen is with us«, Whigs insulting say;
»For when she found us in she let us stay«,
It may be so, but give me leave to doubt
How long she'll keep you when she finds you out.

(»Die Königin steht auf unserer Seite«, behaupten die Whigs dreist,
»denn als sie uns hier vorfand, beließ sie es dabei.«
Mag sein, doch habe ich so meine Zweifel,
ob sie euch auch dann noch duldet, wenn sie euch auf die Schliche kommt.)

Die Tories fanden immer größeren Zuspruch, das ließ sich nicht bestreiten. Die Angst schnürte mir die Kehle zu. Ich durfte gar nicht daran denken, daß mich Sir Robert Peel im Falle eines Wahlsieges der Tories täglich aufsuchen würde. Dieser hölzerne Mensch mit seiner Ernsthaftigkeit sagte mir so gar nicht zu. Es würde mir dann viel schwerer werden, die Politik zu begreifen, in der mich Lord Melbourne auf so amüsante Weise fast spielerisch unterwies. Auch diese erbaulichen kleinen Schwätzchen würde es nicht mehr geben.

Ich hoffte inständig, daß die Whigs an der Macht bleiben würden.

Oft war die Rede von Onkel Cumberland, der nach dem Tod von Onkel William 1837 König von Hannover geworden war. Diese Krone fiel nicht an mich, weil in Hannover das Salische Gesetz galt, das Frauen von der Erbfolge ausschloß. Onkel Cumberland gebärdete sich als Tyrann. Kaum in Hannover eingetroffen, schaffte er die konstitutionelle Regierung ab und regierte wie ein Diktator. Die Whigs konterten die Wahlpropaganda der Tories damit, daß sie auf die Gefahr hinwiesen, der Herzog von Cumberland könne England in große Schwierigkeiten bringen. Man müsse um jeden Preis dafür sorgen, daß er sich von England fernhielt. Dieser skrupellose Souverän wolle das Salische Gesetz auch in England einführen, um sich neben Hannover auch noch England einzuverleiben.

Die Whigs beharrten darauf, nur sie könnten dafür sorgen, daß mir die Krone sicher sei.

Nie werde ich den Tag vergessen, an dem die Wahlergebnisse bekanntgegeben wurden.

Lord Melbourne suchte mich umgehend auf. Ich stürzte ihm entgegen und sah ihn verängstigt an. Leider sah ich ihm nicht an, wie die Wahl ausgefallen war.

»Bitte sagen Sie mir schnell, wie die Wahl ausgegangen ist«, flehte ich ihn an.

»Die Tories haben viele Sitze hinzugewonnen«, sagte er gedehnt.

»Nein!« rief ich entsetzt.

»Siebenunddreißig«, fuhr er fort. »Doch wir haben sie knapp geschlagen. Euer Majestät sehen also den alten und den neuen Premierminister vor sich.«

Er beugte sich ergriffen über meine Hände und küßte sie. Als ich ihn ansah, hatte er Tränen in den Augen.

Ende August fuhren wir nach Windsor. Anfänglich vermißte ich den Buckingham Palast, denn ich hing sehr an London. Das geschäftige Leben in der Großstadt sagte mir sehr zu. Natürlich konnte man im Park von Windsor herrlich ausreiten. Windsor war vermutlich das prächtigste unter den Königsschlössern, doch in den ersten Tagen plagte mich das Heimweh nach London. Dann kam Lord Melbourne, und wir ritten zusammen aus. Die Wälder waren herrlich und Lord Melbourne ein so geistreicher Gesprächspartner, daß ich mich glänzend amüsierte.

Onkel Leopold schlug mir vor, mich bald in Windsor zu besuchen. Ich freute mich unbeschreiblich auf das Wiedersehen mit meinem Lieblingsonkel und äußerte mich Lord Melbourne gegenüber begeistert über ihn.

Bald fühlte ich mich in Windsor wie zu Hause. Den Morgen verbrachte ich immer mit Lord Melbourne, der vorübergehend im Schloß zu Gast war. Wir gingen alle wichtigen Papiere durch. Lord Melbourne verstand es, mir alles so zu erklären, daß ich es sofort begriff. Ich war überglücklich, daß er noch an der Macht war, doch er wies mich immer wieder darauf hin, daß seine Partei die Wahl nur mit einer unbedeutenden Mehrheit gewonnen hatte, und das sei bei einer Regierung auf Dauer nicht vertretbar.

»Ach, bei diesen dummen Tories werden wir schon die Oberhand gewinnen«, sagte ich.

»Das ist nicht gesagt, Euer Majestät.«

»Sie sind doch sicher allen lieber als Sir Robert Peel.«

»Nicht alle verfügen über den Scharfblick Eurer Majestät.«

Ich pflegte täglich zu einem Buch zu greifen. ›Das Leben von Sir Robert Walpole‹ von Cox gefiel mir nicht sonderlich. Für die Bücher von Walter Scott, Fennimore Cooper und Bulwer-Lytton konnte ich mich schon eher erwärmen.

Hinterher sprach ich immer mit Lord Melbourne über das, was ich gelesen hatte. Er schien sich bestens auszukennen und war sehr belesen. Harriet hatte mich ja schon darauf hingewiesen, daß er sich in die Welt der Bücher geflüchtet hatte, als das Leben mit Lady Caroline ihm immer unerträglicher erschienen war.

Er hatte schon soviel durchgemacht, daß er mir dadurch noch sympathischer wurde, denn er appellierte an mein Mitgefühl.

Wir dinierten um halb acht, während ein Orchester spielte. Nach dem Abendessen spielte ich für gewöhnlich Karten oder Schach und vertrieb mir so die Zeit auf angenehme Weise. Ich nahm mir vor, regelmäßig Bälle und Konzerte zu veranstalten, sobald das Trauerjahr vorüber war.

Mama saß an einem anderen Tisch und spielte dort mit ihrem Gefolge Whist. Oft versuchte sie, meinen Blick zu erhaschen, sah mich flehend oder wütend an. Ich hütete mich davor, mich auf eine Diskussion mit ihr einzulassen, denn sie hätte garantiert sofort wieder versucht, mich zu beherrschen und womöglich auch dazu zu bringen, daß ich Sir John Conroy wieder in Gnaden aufnahm. Er gehörte noch immer ihrem Haushalt an. In der Beziehung war noch nichts geschehen. Er weigerte sich, das Feld zu räumen, und bestand auf seinen Forderungen. Ich hatte das leidige Thema bei Lord Melbourne schon ein paarmal zur Sprache gebracht, doch immer hieß es: »Die Zeit ist noch nicht reif. Warten wir lieber noch ein Weilchen.«

Onkel Leopolds Besuch machte mich sehr glücklich. Er schloß mich in die Arme, schob mich dann ein Stück von sich weg, um mich genau anzusehen, und murmelte zärtlich: »Meine Königin, meine kleine Königin.«

Wir hatten uns ja so viel zu erzählen. Ich erkundigte mich gleich nach seinen Kindern und fragte, ob er Feodora in letzter Zeit gesehen hatte.

Zusammen gingen wir im Park spazieren. Ich sah es auch gern, wenn sich Onkel Leopold mit Lord Melbourne unterhielt, denn mir war natürlich sehr daran gelegen, daß sich die beiden Männer, die ich mehr schätzte als sonst jemanden auf der Welt, auch gut verstanden. Es machte mich sehr glücklich, als ich merkte, daß es sich so verhielt.

Wann immer ich mit Onkel Leopold zusammen ausritt

oder wir spazierengingen, lenkte er das Gespräch auf meinen Vetter Albert.

»Weißt du noch, wie gut er dir gefallen hat?«

»Er ist wohl ziemlich anfällig.«

»Albert und anfällig?« entrüstete sich der Onkel.

»Er ist immer schnell ermüdet und nicht gern spät zu Bett gegangen. Ich dagegen bleibe am liebsten lange auf, weil ich es jammerschade finde, mehr als die halbe Nacht mit Schlafen zu vergeuden.«

»Wenn junge Leute noch im Wachstum sind, werden sie schneller müde.«

»So? Das ist mir an mir selbst aber nicht aufgefallen. Leider bin ich ja auch nicht so sehr gewachsen wie mein Vetter Albert.«

»Ich dachte, ihr würdet gut zusammenpassen.«

»Du meinst als Ehepartner, stimmts?«

»Hast du denn noch nicht daran gedacht?«

»Ich war viel zu beschäftigt, um über so etwas nachzudenken. Nein, Onkel, daran habe ich eigentlich noch nicht gedacht.«

»Aber als Albert hier war, hast du dir doch sicher überlegt, ob er nicht zu dir passen würde.«

»Ach, da war ich noch jung und romantisch. Jetzt nehmen mich die Staatsgeschäfte voll in Anspruch; da bleibt mir kaum noch Zeit, an etwas anderes zu denken.«

Onkel Leopold lachte. »Du bist noch nicht lange Königin und wirst schon noch merken, daß auch das Leben von solchen Herrschern nicht nur aus Zeremonien und dem Unterzeichnen wichtiger Papiere besteht, sondern daß man daneben auch noch andere Pflichten hat.«

Er erweckte fast den Anschein, als sei er verärgert, deshalb versuchte ich sogleich, ihn wieder zu beschwichtigen.

»Natürlich, Onkel, du hast völlig recht«, gab ich zu. »Ich hoffe, daß uns Albert bald noch einmal besucht.«

»Ja, das wird er ganz gewiß.«

Dann wandte er sich anderen Themen zu und sprach unter anderem davon, daß möglicherweise schon wieder eine Wahl anstand, denn die Whigs seien mit einer so geringfügigen Mehrheit kaum regierungsfähig. Ich erzählte ihm, wie erleichtert ich war, daß die Whigs an der Macht geblieben waren, weil ich so gut mit Lord Melbourne auskam, und daß mich der Gedanke schreckte, einen anderen Premierminister an seine Stelle treten zu sehen. Ich erzählte Onkel Leopold auch von meinen Gesangstunden zweimal pro Woche.

»Wir müssen unbedingt einmal im Duett singen, lieber Onkel. Ein paar von deinen Lieblingsliedern habe ich schon einstudiert, weil ich so gern mit dir zusammen singen möchte.«

Onkel Leopold war von der Idee begeistert, und wir setzten sie in die Tat um. Meine Stimme gefiel dem Onkel sehr.

Abends spielte ich oft Schach mit Tante Louise, die ausgezeichnet spielte.

Mein Onkel und meine Tante blieben drei Wochen bei uns in Windsor. Ich bat Onkel Leopold, noch zu bleiben, doch er wies mich darauf hin, daß auch er ein Königreich zu regieren habe.

Vor seiner Abreise sagte er noch: »Albert denkt oft an dich. Ich hoffe, daß ihr euch bald wiederseht.«

Ich versicherte ihm, daß auch ich mich sehr darüber freuen würde.

Zum Glück konnten mich Lord Melbourne und Lord Palmerston, die noch in Windsor blieben, etwas über den Trennungsschmerz hinwegtrösten.

Während meines Aufenthalts in Windsor wurde mir auch die große Freude zuteil, eine Parade abzunehmen – in Uniform und mit dem Hosenbandorden geschmückt. Ich ritt auf einem ausgesprochen zahmen Hengst, und das stellte sich als Glück heraus, denn so eine Zeremonie dauert zweieinhalb Stunden.

»Sehen Sie«, sagte ich im Anschluß an die Parade zu Lord Melbourne, »jetzt habe ich Ihnen bewiesen, daß ich durchaus imstande bin, eine Parade auf dem Rücken eines Pferdes durchzustehen. Sie können mir glauben, Herr Premierminister, daß ich das niemals von einer Kutsche aus tun werde – erst wenn ich steinalt bin.«

»Ja, Majestät, Ihr habt eine glänzende Figur gemacht«, pflichtete mir Lord Melbourne bei. »Verzeiht mir, daß ich an Euren Reitkünsten gezweifelt habe.« Das war nämlich bei meiner ersten Parade der Fall gewesen, und ich hatte daraufhin nicht daran teilgenommen.

Lord Melbourne wuchs mir immer mehr ans Herz.

Als wir aus Windsor abreisen mußten, bedauerte ich das sehr. Inzwischen fühlte ich mich dort heimisch. Wenn man glücklich ist, vergeht die Zeit wie im Flug, und dieser Sommer war der absolute Höhepunkt dieses denkwürdigen Jahres, das ohnehin schon das glücklichste meines Lebens war. Mein Volk liebte mich, ich hatte gerade drei Wochen mit meinem geliebten Onkel verbracht, und Lord Melbourne war Premierminister geblieben, wenn die Whigs die Wahl auch um ein Haar verloren hätten. Nur die Angst vor dem Ausgang der Wahl hatte einen Schatten auf mein Glück geworfen, aber wie Lord Melbourne ganz richtig sagte, würde man das Glück nicht recht zu schätzen wissen, wenn nicht hin und wieder ein Schatten darauf fiel.

Zur Parlamentseröffnung mußte ich wieder in London sein. In London traf ich nach einem Abstecher nach Brighton im November ein. Die Menschen jubelten mir begeistert zu, und ich begann mich auf den Buckingham-Palast zu freuen.

Vor der Parlamentseröffnung sollte ich noch an einem Bankett des Oberbürgermeisters in der Guildhall teilnehmen. Mama fragte schriftlich bei mir an, ob ich etwas dagegen hätte, wenn auch Sir John Conroy mitkam.

Ich fand das sehr verwunderlich. Wußte sie denn nicht, welche Forderungen Sir John stellte? Lord Melbourne nannte das Erpressung. Ich wünschte von Herzen, daß die Angelegenheit endlich aus der Welt geschafft und Sir John ein- für allemal aus dem Palast verbannt würde, doch alles war noch in der Schwebe.

›Was der Prinzessin seinerzeit mißfallen hat, sollte die Königin vergessen‹, schrieb mir meine Mutter.

Ich zeigte Lord Melbourne den Brief. »Dieser Mensch ist mir ja so zuwider!« klagte ich.

»Aber jetzt hat er keine Macht mehr über Euch. Inzwischen

verhält es sich genau umgekehrt«, machte mir Lord Melbourne klar.

»Trotzdem ist er noch immer hier. Mama behauptet, daß meine Einstellung ihm gegenüber schon Anlaß zu Gerede gibt.«

»Die Einstellung hochgestellter Persönlichkeiten gibt immer Anlaß zu Gerede.«

»Was soll ich denn auf den Brief meiner Mutter antworten.«

»Gar nichts. Antwortet überhaupt nicht, ignoriert den Brief.«

»Wenn die Sache doch endlich ausgestanden wäre!«

»Das ist sie sicher bald. Im Augenblick unternehmen wir in der Sache besser nichts und lassen sie auf sich beruhen.«

Mama ließ nicht locker und schrieb mir noch einmal.

›Also wirklich, mein Engel, wir müssen diese leidige Angelegenheit doch endlich einmal klären. Ich habe die allergrößte Hochachtung vor Sir John. Ich werde nie vergessen, was er für uns getan hat, wenn er auch das Pech hatte, Dein Mißfallen zu erregen...‹

Jetzt reicht es aber wirklich, Mama, dachte ich. Ich kann nämlich ebensowenig vergessen, was er mir alles angetan hat. Deine Beziehung zu ihm war ein Schock für mich, als ich dahinterkam.

Doch als ich dann auf dem Weg zur Guildhall durch die Stadt fuhr, vergaß ich meinen Kummer. Dichtgedrängt standen die Leute am Straßenrand, um ihre Königin vorbeifahren zu sehen und ihr zuzujubeln. Was für ein erhebender Anblick! Ich lächelte unter Tränen und hob die Hand zum Gruß. Daß ich meine Gefühle nicht verbarg, machte die Leute glücklich. Und daß ich nur 1,53 m groß war, schien sie auch nicht zu stören.

Achtundfünfzig Kutschen bildeten den Festzug. Am Zolltor, das 1878 abgerissen wurde, weil es den Verkehr behinderte, und an dessen Stelle später das Temple Bar Memorial errichtet wurde, empfing mich der Bürgermeister, Sir John Cowan. Wenn bei offiziellen Anlässen und Feierlichkeiten der jeweilige Herrscher die City besucht, wird er hier an der

Stadtgrenze traditionsgemäß vom Bürgermeister empfangen, den er um Erlaubnis zum Betreten der Stadt bitten muß. Der Bürgermeister unterwirft sich daraufhin dem Souverän, indem er ihm die Stadtschlüssel und das städtische ›Perlenschwert‹ überreicht. Diese werden ihm sofort wieder zurückgegeben, und der Bürgermeister ist nun für den Schutz des Souveräns innerhalb der City verantwortlich. Diese Sitte geht auf Königin Elizabeth zurück. Ich muß gestehen, daß ich allmählich Gefallen an solchen Zeremonien fand, daß ich gern im Mittelpunkt der Aufmerksamkeit stand und mich geschmeichelt fühlte, wenn die Menschen bei meinem Anblick völlig außer Rand und Band gerieten.

Doch Mama sorgte wieder einmal dafür, daß mein Glück nicht ungetrübt war. Sie ließ mir nämlich eine Nachricht zukommen, die besagte, daß ihr an der Tafel nicht der Platz zugewiesen worden war, der ihr rechtmäßig zustand. Sie bestand darauf, das mit mir zu besprechen.

Ich ließ mich erweichen und kam mir bald wieder vor wie als Kind im Kensington Palast. Mama hatte ganz vergessen, daß ich inzwischen Königin geworden war. Zitternd vor Entrüstung lamentierte sie über die ungerechte Behandlung, die ihr und Sir John durch mich zuteil wurde.

Eigentlich war ich fast schon zu der Einsicht gelangt, daß ich mich ihr gegenüber tatsächlich viel zu schroff verhielt, und hatte mir ernsthaft vorgenommen, sie in Zukunft öfter zu mir zu bitten – doch als sie sich dann wieder so haßerfüllt und uneinsichtig zeigte, stiegen die alten Ressentiments gleich wieder in mir auf, und alles verhärtete sich in mir.

Ich blieb ganz ruhig, verhielt mich distanziert. »Zu der Königinwitwe bist du freundlich«, klagte meine Mutter. »*Sie* besuchst du. Für die mit Flecken übersäte alte Adelheid ist dir nichts zuviel, aber um deine arme Mutter kümmerst du dich nicht.«

»Die Königinwitwe ist immer rührend lieb zu mir gewesen«, erklärte ich. »Und ich habe sie schon immer sehr gemocht. Seit dem Tode des Königs ist sie sehr unglücklich, denn sie hat ihn geliebt. Da ist es doch wohl selbstverständlich, daß ich sie ein wenig tröste.«

»Du hast dich schon immer mit allem nur an sie gewandt und sie mir immer vorgezogen, mir, deiner Mutter. Adelheid hat nichts unversucht gelassen, um dich mir abspenstig zu machen.«

»Das ist nicht wahr.«

»Alle diese Einladungen zu Bällen... Sie wollte dich nur dazu bringen, daß du George Cambridge heiratest.«

»Nein, sie wollte nur, daß ich ein normales Leben führe wie jedes andere Kind. Daß ich mit anderen Kindern meines Alters zusammensein kann und Freude am Leben habe. Sie hat gewußt, daß ich in Kensington eine Gefangene war.«

»Was für ein haarsträubender Unsinn! Es ist nur einfach so, daß du dir die größte Mühe gibst, zu anderen Menschen nett zu sein, und deine arme Mutter, die dich aufgezogen und sich für dich aufgeopfert hat...«

Ich konnte es nicht mehr hören. Eiskalt hielt ich ihr vor: »Du hast lediglich dafür gesorgt, daß ich nicht zu hungern und zu frieren brauchte.« Endlich einmal rechnete ich mit ihr ab. »Ansonsten ist es dir nur darum gegangen, durch mich Regentin zu werden. Nur aus diesem Grund habe ich überhaupt für dich gezählt. Dir ging es dabei nicht um mich, du hast nur an dich gedacht. Ich war dir nur lästig, du hast mich immer beiseitegeschoben und dich damit bei vielen feierlichen Anlässen lächerlich gemacht. Die Leute waren ja gekommen, um *mich* zu sehen und nicht dich. Nach *mir* haben sie gerufen, doch du hast die Huldigungen entgegengenommen, als hätten sie dir gegolten. Das war jedoch nie der Fall. Sie haben weder dir noch mir gegolten, sondern ausschließlich der Krone. Wo wir schon einmal dabei sind, reinen Tisch zu machen, wollen wir aufrichtig sein und uns nichts vormachen. Ich bin jetzt Königin und will mit Sir John Conroy nichts zu schaffen haben. Von dir lasse ich mir nichts mehr vorschreiben. Du hast hier im Palast deine eigenen Räumlichkeiten, auf die du dich beschränken solltest, wenn ich dich nicht zu mir bitten lasse.«

Ich machte auf dem Absatz kehrt und ging. Mama blieb bestürzt zurück. Ich hatte ihr den Wind aus den Segeln genommen, sie mußte sich geschlagen geben.

Zehn Tage später eröffnete ich das Parlament.

Bei der ersten Parlamentssitzung im Dezember 1837 ging es auch um die ›Civil List‹, die Festsetzung meiner Einkünfte. Zu meiner großen Freude wurden mir für die Dauer meiner Herrschaft 385000 Pfund pro Jahr zugebilligt. Über 60000 Pfund davon konnte ich privat verfügen. Das waren 10000 Pfund mehr, als das Parlament meinem Onkel William zugestanden hatte. Damit war ich eine reiche Frau, doch Lehzen hatte mich zur Sparsamkeit erzogen. Ich sollte nicht wie mein Vater werden und keinen Berg Schulden hinterlassen, wenn ich einmal starb. Ich begann sofort damit, die noch immer unbeglichenen Schulden meines Vaters abzuzahlen. Dafür legte ich 50000 Pfund beiseite.

Meiner Mutter wurden weitere 8000 Pfund pro Jahr gewährt. »Und zwar nur um Euretwillen«, versicherte mir Lord Melbourne. »Unser gemeinsamer Freund John Conroy hat übrigens nichts unversucht gelassen, um zu verhindern, daß Euch so hohe Einkünfte zugestanden werden.«

»Dieser Widerling!«

Bald darauf bemühte sich Lord Melbourne, Conroy endgültig loszuwerden.

»Dieser Mann macht nichts als Ärger. Er wird sich niemals ändern. Deshalb ist es wohl am besten, wenn wir uns seiner endgültig entledigen.«

»Das höre ich gern.«

»Am besten geben wir ihm die gewünschten dreitausend Pfund pro Jahr und machen ihn zum Baronet, damit er endlich Ruhe gibt.«

»Aber damit erfüllen wir doch seine Forderungen.«

»Manchmal ist es ratsam, sich mit dem Gegner auf einen Kompromiß zu einigen. Damit erspart man sich viel Ärger. Wir wollen doch nicht, daß dieser Mann ständig weiter Ärger macht.«

»Aber ist es nicht eine Schwäche, einfach nachzugeben?«

»Manchmal ist das, was als Schwäche erscheint, in Wahrheit Stärke.«

Das leuchtete mir zwar nicht ein, doch schließlich erklärte

ich mich damit einverstanden, wenn es mir auch widerstrebte, mitansehen zu müssen, daß unser Erzfeind nun doch bekam, was er gefordert hatte.

Doch damit war die Angelegenheit leider noch nicht aus der Welt geschafft. Anstatt dankbar zu sein, weil die meisten seiner Forderungen erfüllt worden waren, bestand Conroy auf der Peerswürde.

»Aber warum sollte dieses Monstrum für seine Schlechtigkeit auch noch belohnt werden?« setzte ich mich zur Wehr.

»Wir wollen ihn doch loswerden. Ich werde ihm eine irische Peerswürde verschaffen, sobald eine zur Verfügung steht. Damit vertreiben wir ihn vielleicht aus dem Land.«

»Ich würde ihm keine Träne nachweinen.«

Wir verbrachten die Weihnachtsfeiertage im Buckingham-Palast und fuhren nach Weihnachten nach Windsor. Die Tage vergingen wie im Flug. Dieses ereignisreiche Jahr neigte sich dem Ende zu – das aufregendste und glücklichste Jahr meines Lebens.

Bald würde ich neunzehn Jahre alt sein – schon gar nicht mehr so jung. Allmählich mußte ich ans Heiraten denken, doch damit wollte ich mir lieber noch ein wenig Zeit lassen. Ich dachte an Albert, der mir offenbar bestimmt war. Onkel Leopold war sehr darauf erpicht, daß ein Paar aus uns wurde. Er hatte selbstverständlich recht. Ich erinnerte mich noch gut daran, wie liebenswürdig Albert war. Er sah auch sehr gut aus, war jedoch ein schrecklich ernster Mensch.

Ich war das genaue Gegenteil von ihm.

Lehzen riet mir immer wieder, mein Temperament zu zügeln und dafür zu sorgen, daß ich die Beherrschung nicht so oft verlor. Ich neigte, wie gesagt, zu heftigen Wutanfällen, die sich jedoch rasch wieder legten.

Einmal fragte ich Lord Melbourne, ob er mich für unbeherrscht hielt.

»Ihr seid ein wenig cholerisch«, lautete seine Antwort.

»Cholerisch? Ich bin leidenschaftlich veranlagt. Ich empfinde eben ganz besonders tief, so auch wenn ich wütend bin, doch schon im nächsten Augenblick bin ich wie ausgewechselt. Dann tut es mir leid, daß ich entgleist bin. Mein Onkel George IV. war genauso.«

»Dann müssen wir dankbar sein, daß Ihr ihm sonst nicht ähnlich seid, und hoffen, daß es dabei bleibt.«

Wenn mich Lord Melbourne einmal nicht aufsuchen konnte, bedauerte ich das sehr. Er war überaus beschäftigt und hatte zahlreiche Verpflichtungen.

Eines Tages erzählte er mir, die Whigs hätten einen schweren Stand und hätten sehr zu kämpfen. Es sei ein teuflisches Unterfangen, mit so einer minimalen Mehrheit eine funktionsfähige Regierung zu bilden. »Ich fürchte, wir können uns nicht mehr lange halten«, schloß er.

»Das müssen Sie aber. Ich, die Königin, befehle es Ihnen.«

»Das entscheidet leider nicht die Königin, Euer Majestät, sondern die Wählerschaft. Seit das Reformgesetz erlassen worden ist, ist unser Wohl und Wehe von allen möglichen Faktoren abhängig.«

Ich wollte aber nicht, daß sich irgend etwas änderte.

Am 24. Mai 1838 wurde ich neunzehn Jahre alt – mein erster Geburtstag als Königin. Der mußte natürlich besonders feierlich begangen werden.

Die Krönung war auf den 28. Juni festgesetzt worden, doch die Festlichkeiten sollten schon vor dem großen Tag beginnen, so daß sie mit meinem Geburtstag zusammenfielen.

Mir zu Ehren wurde ein festlicher Ball veranstaltet. Die Leute rissen sich um Einladungen. Zusammen mit Lord Melbourne ging ich die Gästeliste durch. Es machte Spaß, mit ihm zusammen dazusitzen und zu entscheiden, wer eingeladen werden sollte und wer nicht.

Auf diesem Ball fühlte ich mich wieder einmal so richtig in meinem Element. Wenn irgend möglich, ließ ich kaum einen Tanz aus. So tanzte ich Quadrillen und Cotillons. Beim Walzer mußte ich natürlich passen, denn es galt als ungehörig, daß ein Mann den Arm um meine Taille legte. Außer es handelte sich um einen König oder um einen Mann, der wie ich von königlichem Geblüt war.

Die bevorstehende Krönung mußte gründlich vorbereitet werden.

Ich gestand Lord Melbourne, daß ich etwas nervös war.

»Es wird Euch schon gefallen, Majestät, Ihr werdet sehen«, versicherte er mir. »Überall in der Stadt herrscht schon große Aufregung. Das ganze Land kann es kaum mehr erwarten, daß seine kleine Königin gekrönt wird.«

»Ich hoffe nur, daß alles gutgeht.«

»Dafür werden wir schon sorgen«, versprach er mir.

Feodora kam mit meinem Bruder Charles nach England, um der Krönung beizuwohnen. Das freute mich natürlich. Meine Schwester und ich hatten uns so viel zu erzählen. Sie schien sehr glücklich zu sein. Wir waren uns im Wesen nicht sehr ähnlich. Feodora war anpassungsfähiger als ich und fand sich stets mit allem ab. Klaglos tat sie, was von ihr erwartet wurde. Ich bewunderte sie sehr und genoß die Zeit mit ihr.

Durch den Besuch meiner Geschwister war ich auch gezwungen, meine Mutter öfter zu sehen als in letzter Zeit. Sie grollte mir noch immer, ließ sich das aber nicht anmerken, und auch ich tat mein Bestes, damit der Schein gewahrt blieb.

Mit Feodora konnte ich leider nicht viel Zeit verbringen; die Staatsangelegenheiten nahmen einen Großteil meiner Zeit in Anspruch, außerdem die Vorbereitungen für die Krönung. Meistens saß ich den ganzen Morgen mit Lord Melbourne zusammen, und wir gingen wichtige Staatspapiere durch.

Für die Krönung hatte mir das Parlament 200000 Pfund zugebilligt. Das war mehr als großzügig, denn das Parlament hatte Onkel William für seine Krönung nur 50000 Pfund gewährt. Sicher verdankte ich den vierfachen Betrag der Fürsprache meines Premierministers.

Es war auch eine königliche Prozession zur Abtei geplant. Bei den vorigen beiden Monarchen war das nicht der Fall gewesen.

»Zuletzt hat es bei Eurem Großvater George III. 1761 eine Prozession gegeben«, berichtete Lord Melbourne.

»Und warum wird das jetzt wieder eingeführt?« wollte ich wissen.

»Weil diese Krönung alle vorausgegangenen Krönungen in den Schatten stellen soll. Weil unsere Herrscherin ein hübsches junges Mädchen ist. Das Volk verlangt nach ihr und möchte sie bewundern können.«

»Nun bin ich schon gar nicht mehr so aufgeregt, und das verdanke ich nur Ihnen«, strahlte ich.

Es beruhigte mich ungemein, daß Lord Melbourne in der Abtei sein würde, während ich die ganze furchterregende und doch so eindrucksvolle Prozedur über mich ergehen ließ.

Der große Tag, der 28. Juni 1838, rückte immer näher. In der Nacht zuvor tat ich kaum ein Auge zu. Schon Tage vorher kamen die Menschen in Scharen in die Stadt geströmt. Wer von auswärts kam, kampierte in den Straßen. Ich hörte, daß vierhunderttausend Menschen die Straßen Londons säumten.

Um vier Uhr morgens wurde ich von Böllerschüssen wach, die im Park des Schlosses abgefeuert wurden. Die Menschen schrien durcheinander. Musikkapellen spielten auf.

Um sieben Uhr stand Lehzen an meinem Bett.

Obwohl ich kaum geschlafen hatte, war ich hellwach und voller Vorfreude. Ich eilte ans Fenster und blickte hinaus. Menschen standen dichtgedrängt im Park, Musikkapellen spielten. Überall erblickte ich Soldaten in roten Uniformjakken.

Lehzen bemühte sich um das Frühstück.

»Iß nur tüchtig, Liebling. Ich will nicht, daß du mit leerem Magen losziehst.«

Ich war viel zu aufgeregt, als daß ich ans Essen hätte denken können, doch um Lehzen einen Gefallen zu tun, aß ich ein paar Bissen.

Feodora kam in mein Ankleidezimmer. Gerührt schloß sie mich in die Arme.

»Liebe, liebe Schwester«, sagte sie, »endlich ist der große Tag da, der Tag, auf den wir alle seit Jahren gewartet haben.

Was für eine großartige Zukunft! Ich wünsche dir alles Glück der Welt.«

»Wünsch mir, daß ich alles richtig mache, Feodora«, bat ich sie.

»Das tust du ohnehin, da bin ich mir ganz sicher.«

Um zehn Uhr fuhren wir von Buckingham-Palast ab. Die Fahrtroute: Constitution Hill, Piccadilly, St. James's Street, Trafalgar Square. Dort drängten sich womöglich noch mehr Menschen als anderswo. Vielleicht hatte die Neugier auch so manchen hergetrieben, denn vor kurzem war auf diesem Platz die Säule zu Ehren Nelsons, des Admirals der Schlacht von Trafalgar, errichtet worden. Wir kamen nur sehr langsam vorwärts. Von beiden Seiten drängten Menschenmassen auf die Kutsche zu. Viele meiner deutschen Verwandten waren angereist und schon vorausgefahren. Die meisten Länder hatten würdige Vertreter entsandt.

Die Leute jubelten: »Lang lebe unsere kleine Victoria! Gott segne unsere junge Königin.« Da sagte ich mir, daß Lord Melbourne recht gehabt hatte. Es war gar nicht unbedingt von Nachteil, klein zu sein. Die Leute schienen mich deswegen nur um so mehr zu mögen. Sicher kam ich ihnen mit meinen ein Meter 53 sehr schutzbedürftig vor. Ich war zutiefst gerührt.

Durch die Parliament Street fuhren wir auf die Abtei zu, wo wir um elf Uhr dreißig eintrafen.

Im Ankleideraum bzw. der Sakristei zog ich meinen Umhang an. Meine acht Schleppenträgerinnen warteten schon auf mich. Sie trugen alle weiße Seidenkleider und sahen ganz entzückend aus. Acht höhere Töchter des Landes, lauter in Weiß gehüllte Unschuldsengel. Der Qualifikation für die begehrte Aufgabe zufolge mußten sie über vierzehn Jahre alt, aber unverheiratet sein. Während der fünf langen Stunden des Spektakels brachen diese Adelsgören öfter in Gekicher aus.

Auf die Predigt folgte der Eid, das geistliche Pendant zur politischen Erklärung, die ich schon am 20. November 1837 in Gegenwart beider Häuser des Parlaments unterzeichnet hatte. Der Erzbischof stand vor mir – ich behielt Platz – und stellte mir seine Fragen: »Wollen Sie nach Kräften dafür sorgen, daß in all Ihren Entscheidungen Recht und Gesetz in Gnade walten?«

»Das will ich.«

»Wollen Sie Ihr Äußerstes tun, um die Gesetze Gottes zu wahren, das wahre Bekenntnis der Bibel und die Protestantische reformierte Religion, so wie sie im Gesetz festgelegt ist? Und wollen Sie unverletzlich bewahren und erhalten die Einrichtung der Vereinigten Kirchen von England und Irland...«

»Alles das gelobe ich.«

Ich stand auf und unterzeichnete den Krönungseid.

Für die Salbung waren Platz- und Robenwechsel nötig. Von da an erwies es sich, daß Erzbischof Howley, inzwischen 72 Jahre alt, den Anforderungen der Krönung nicht mehr gewachsen war. Es begann mit der Überreichung von Schwert, Reichsapfel und Ring. Das echte Schwert war gegen ein leichteres ausgetauscht worden, das dann vielfach hin- und hergereicht werden mußte. Daran waren mindestens fünf Personen beteiligt, ich selbst nicht mit eingerechnet. Es war nicht möglich gewesen, die Beteiligten, lauter Prominente, zu einer gemeinsamen Probe in die Westminster-Abtei zu bestellen, und so konnte es nicht ausbleiben, daß es zu einem unglaublichen Durcheinander kam.

Ich bekam den Mantel des Empire umgelegt, empfing kniend den Reichsapfel, reichte ihn an den Dekan weiter. Der legte ihn auf den Altar. Nun kam der Rubinring an die Reihe. Gegen die ausdrückliche Anweisung des Earl Marshal war er nicht für den Ringfinger, sondern den kleinen Finger meiner rechten Hand angefertigt worden. Der Erzbischof, der das nicht wußte oder vergessen hatte, versuchte mit Gewalt, den Ring an den falschen Finger zu schieben, was ihm schließlich auch gelang. Mit schmerzverzerrter Miene ließ ich es geschehen. Später mußte ich den Finger eine Stunde baden, um den Ring wieder abzubekommen.

Was sich dann in der Abtei mit dem Herbeiholen, Überreichen, Tragen, Stützen, Weiterreichen und Loswerden der beiden Schwerter abspielte, spottet jeder Beschreibung.

Dann schritt die Priesterschaft, angeführt vom Erzbischof, gesammelt auf mich zu, die ich auf dem St. Edward-Thronsessel Platz genommen hatte. Die Krone wurde mir aufgesetzt. Ich muß sagen, das war ein wunderschöner, eindrucksvoller Augenblick. Mein ausgezeichneter Lord Melbourne, der mir während der ganzen Zeremonie nicht von der Seite wich, wurde an diesem Punkt völlig überwältigt und war sehr bewegt. Er sah mich mit einem liebevollen, fast väterlichen Blick an. Ich nahm auf dem eigentlichen Thronsessel Platz, um die Ehrenbezeigungen des Hochadels entgegenzunehmen, der an der soeben erst gekrönten Monarchin vorüberdefilieren mußte.

Der arme alte Lord Rolle, 82 Jahre alt und furchtbar krank, stolperte beim Erklimmen der Stufen, stürzte und fiel hinunter. Gottlob hatte er sich nicht verletzt. Als er es zum zweitenmal versuchte, stand ich auf und ging zu ihm hinunter, damit er nicht noch einmal hinfiel.

Dann kam Lord Melbourne an die Reihe. Als er niederkniete, um mir die Hand zu küssen, drückte er sie ganz fest. Auch ich ergriff seine Hand gerührt und von ganzem Herzen. Mit Tränen in den Augen sah er zu mir auf.

Als die Sakramente gespendet wurden, kniete ich nieder. Händels ›Halleluja‹ aus dem Oratorium ›Der Messias‹ erklang, das eigentlich für die Armen von Dublin komponiert worden war.

Der Erzbischof stiftete in der St. Edwards-Kapelle neue Verwirrung. Er kam herein, um mir den Reichsapfel zu geben, doch den hatte ich schon längst. Die profane Herrichtung dieser Seitenkapelle entging mir nicht. Der den Zuschauerblicken entzogene Altar war nämlich mit Sandwiches und Weinflaschen überhäuft. Das erschien mir für eine Kapelle nicht gerade angemessen.

Kurz nach sechs Uhr langte ich wieder im Buckingham-Palast an, überhaupt nicht müde. Es folgte ein langes Diner, bei dem ich von allen Seiten gelobt wurde. Lord Melbourne versicherte mir, ich habe alles bestens gemacht und mit sehr viel Geschmack. »Das kann man niemandem beibringen, das muß in einem Menschen angelegt sein.«

Um halb zwölf Uhr nachts wurde ein Feuerwerk veranstaltet, das ich mir vom Balkon aus ansah.

Meine Krönung war also, wie die Prozession ganz deutlich zeigte, ein Ereignis für die ganze Nation gewesen, und ich selbst betrachtete diesen Tag als den ereignisreichsten meines Lebens. Stolz und glücklich begab ich mich zur Ruhe.

Flora Hastings und die Hofstaat-Krise

Diese Euphorie, die man schon fast ekstatisch nennen konnte, mußte ja irgendwann ins Gegenteil umschlagen. Es ist wohl typisch für das Auf und Ab des Lebens, daß etwas Unvorhergesehenes geschieht, sobald man sich allzusehr in Sicherheit wiegt.

Schon bald nach der Krönung sah das Leben nicht mehr ganz so rosig aus. Dafür sorgte wieder einmal der verhaßte Sir John Conroy. Er lebte noch immer im Palast. Was für eine groteske Situation, daß ich nicht einmal als Königin bestimmen konnte, wer unter einem Dach mit mir leben sollte und wer nicht.

Lord Melbourne gab zu, daß Sir John ein Problem war. »Er gehört zum Haushalt der Herzogin, Eurer Mutter. Wir könnten uns glücklich schätzen, wenn sie ihn entlassen würde. Doch daran denkt sie offensichtlich nicht, und von selbst räumt er das Feld gewiß nicht, ohne daß wir alle seine Forderungen erfüllen. Diesen Triumph dürfen wir ihm jedoch nicht gönnen. Irgendwann geht er bestimmt von selbst.«

Wir kümmerten uns nicht mehr um ihn, doch er gab keine Ruhe.

Es ergab sich, daß sich im Palast allmählich zwei Parteien bildeten – die Menschen, die sich auf meine Seite schlugen und diejenigen, die zu meiner Mutter hielten. Mama kam das sehr zustatten. Wenn sie mich schon nicht mehr beherrschen konnte, so wollte sie mir das Leben doch wenigstens so schwer wie möglich machen.

Zwischen ihrem und meinem Gefolge gab es immer wieder Streit. Dadurch schloß ich mich noch mehr an Lehzen an.

»Du bist für mich wie eine Mutter«, sagte ich.

Das hörte Lehzen gern. Neben Lord Melbourne war sie meine engste Vertraute.

Lord Melbourne wies mich immer wieder darauf hin, daß es ihm fast nicht mehr möglich war, angesichts einer so kleinen Mehrheit seine Pflicht zu tun.

»Diese verdammten Tories stellen sich uns ständig in den Weg und vereiteln alles«, klagte er.

Obwohl mich diese Ausdrucksweise im allgemeinen störte, ließ ich sie Lord Melbourne durchgehen. Seine Redeweise reizte mich sogar zum Lachen.

»Ich wünschte, meine Mutter wohnte nicht hier im Palast«, jammerte ich eines Tages.

Lord Melbourne überlegte und gab mir schließlich zu bedenken, daß ich als unverheiratete Frau nicht allein leben konnte.

»Wieso allein? Schließlich lebt auch meine gute Lehzen hier und mein gesamter Hofstaat. Und das nennen Sie allein?«

»Bei unverheirateten Damen ist es nun einmal üblich, daß eine Anstandsdame über sie wacht. Daher sollte die Herzogin auch weiterhin hier wohnen, bis Ihr Euch entschließt zu heiraten.«

Das deprimierte mich. Ich wollte eigentlich nicht heiraten, jedenfalls noch nicht so bald. Ich war doch gerade erst Königin geworden. Das Volk liebte und verehrte mich. Das schönste Jahr meines Lebens lag gerade hinter mir. Ich wollte nicht, daß meine Glückssträhne abriß.

Genau das geschah jedoch.

Ich wurde immer deprimierter. Anstatt morgens aus dem Bett zu springen, lag ich bedrückt da und fragte mich, was an diesem Tag wohl wieder schiefgehen würde. Ich hatte zugenommen. Bei all den Banketten war ich ja gezwungen, dem Essen zuzusprechen. Mir kam zu Ohren, daß sich das Volk schon darüber mokierte, wie dick ich geworden war.

Lord Melbourne konnte mich auch nicht darüber hinwegtrösten.

»Ihr solltet Euch mehr bewegen«, riet er mir.

»Aber ich reite doch oft aus. Laufen mag ich nun einmal nicht.«

»Manchmal muß man auch Dinge tun, die einem nicht behagen.«

Ich hörte die Kritik heraus. Daß ich ständig zunahm, schien ihm zu mißfallen.

Aber er meinte es ja nur gut mit mir. Er hatte es weiß Gott nicht leicht. Jetzt konnte jederzeit der Fall eintreten, daß sich die derzeitige Regierung nicht mehr als regierungsfähig erwies. Dann würde er in seiner Funktion als Premierminister zurücktreten müssen. Das machte mir die größten Sorgen und beunruhigte mich so stark, daß mir schon beim geringfügigsten Anlaß die Nerven durchgingen.

Lord Melbourne hatte unter den Whigs einflußreiche Freunde und war sehr gefragt. Er wurde oft zum Essen eingeladen, ohne daß ich mit von der Partie war.

Wenn ich das bedauerte, tat er das mit der ihm eigenen Nonchalance ab.

Oft war er in Holland House zu Gast. Er hegte große Bewunderung für Lady Holland. Mit ihr konnte er sich natürlich besser unterhalten als mit mir. Als ich ihn einmal daraufhin ansprach, versicherte er mir glaubwürdig, daß die Gespräche zwischen der Königin und ihrem Premierminister gar nicht interessanter verlaufen könnten als die Gespräche zwischen uns.

»Aber ich hänge sehr viel mehr an Ihnen, als es bei Lady Holland je der Fall sein könnte!« rief ich aus.

Gleich standen ihm Tränen in den Augen. Er nickte und bedachte mich mit einem unbeschreiblich liebevollen Blick, der mich meinen Kummer vorerst vergessen ließ.

Mama verstand es fabelhaft, ihre und meine Leute gegeneinander aufzuwiegeln. So wie mir Lehzen die liebste und wichtigste Gefährtin war, so betrachtete Mama Flora Hastings als ihre Favoritin.

Ich hatte Flora Hastings nie gemocht. Lehzen war sie regelrecht zuwider, und das aus gutem Grund. Mamas Hofdame ließ nämlich nie eine Gelegenheit aus, die arme Lehzen zu quälen.

Flora Hastings muß zu der Zeit wohl etwa zweiunddreißig Jahre alt gewesen sein. Sie war noch ledig und recht attraktiv.

Sie kleidete sich elegant und machte durch ihre Lebhaftigkeit von sich reden, doch sie konnte sehr unangenehm werden und verprellte so manch einen durch ihre scharfe Zunge. Darin glich sie Sir John Conroy, mit dem sie sich übrigens glänzend verstand. Es wurde hinter vorgehaltener Hand getuschelt, daß mehr dahintersteckte und die beiden nicht nur befreundet seien.

Lord Melbourne mochte Flora Hastings auch nicht. Sie entstammte einer ehernen Familie von Tories. Lord Melbourne betrachtete als Angehöriger der Whigs die Hastings als seine Gegner. Er mochte im übrigen auch meine Mutter nicht. Das ließ er zwar öfter durchblicken, doch seine untadeligen Manieren erlaubten es ihm nicht, von seiner Abneigung zu sprechen.

Als ich mich eines Tages mit Lord Melbourne in dem Kabinett unterhielt, in dem wir Staatsangelegenheiten zu besprechen pflegten, kam meine Mutter plötzlich unangemeldet herein. Angesichts ihrer Verschwörermiene begann ich mich zu fragen, ob sie nicht vielleicht gehofft hatte, uns bei etwas Ungehörigem zu ertappen.

Mein Zorn kannte keine Grenzen.

»Wie du siehst, bin ich mitten in einer Besprechung mit dem Premierminister«, fuhr ich sie wütend an. »Melde dich gefälligst an, wenn du in Zukunft die Königin zu sehen wünschst.«

Mama war wie vom Donner gerührt, setzte sich aber nicht zur Wehr, sondern ging gleich wieder.

Lord Melbourne sah mich mit einem Blick an, in dem sowohl Amüsiertheit als auch Bewunderung lagen.

»Die Herzogin sollte langsam begreifen, daß die Königin es ernst meint, wenn sie von sich als der Königin spricht«, meinte er belustigt.

Ich hatte fast den Eindruck, als befehdeten sich die beiden gegnerischen Parteien im Palast noch heftiger.

Sir John Conroy hatte das Feld noch immer nicht geräumt. Ich hegte den Verdacht, daß er häufig Gerüchte in die Welt setzte und sich hämisch darüber ausließ, daß ich immer fetter werde. Und daß die Freundschaft zwischen mir und meinem Premierminister das übliche Maß weit übersteige.

Etwas versuchte ich ständig zu verdrängen, und doch stieg der Gedanke daran immer wieder aus der Versenkung auf. Meine Einstellung zu Onkel Leopold hatte sich sehr geändert. Bis ich Königin geworden war, hatte ich mein Leben lang bewundernd zu ihm aufgesehen. Er war fast so etwas wie ein Vater für mich gewesen. Immer hatte ich ihn um Rat gebeten und mich so verhalten, daß er Gefallen an mir fand. Ich hatte ihm jedes Wort geglaubt.

Doch seit meiner Thronbesteigung fiel mir in Onkel Leopolds Briefen öfter etwas auf, was mir Unbehagen verursachte. Er wollte das Schicksal Europas lenken. Dabei konnte ich ihm in meiner Machtposition natürlich sehr behilflich sein. Da er immer großen Einfluß auf mich gehabt hatte, glaubte er jetzt natürlich, ich könne ihm zur Abwechslung einmal von Nutzen sein.

Ein Satz in einem seiner Briefe ließ keinen Zweifel daran aufkommen, daß es sich so verhielt. ›Ich wäre dir sehr dankbar, wenn du mich konsultieren wolltest, bevor du eine wichtige Entscheidung triffst. Dadurch würdest du auch Zeit gewinnen...‹

In meinem Antwortbrief versicherte ich ihm, daß ich ihn nach wie vor liebe und sehr zu schätzen wisse. Mir war ja immer vorgehalten worden, daß ich meine Gefühle nicht besser im Zaum hielt. Ich konnte Onkel Leopold ja auch wirklich gar nicht genug für alles danken, was er für mich getan hatte, als ich noch ein Kind war, doch die kleine Prinzessin Victoria, die den Kensington Palast stets als Gefängnis empfunden hatte, war eben noch nicht Königin von England gewesen. Die Aufgabe der Königin bestand darin, mit Hilfe des Premierministers und des Kabinetts ihr Land zu regieren.

Onkel Leopold bestand darauf, daß alles so gehandhabt wurde, wie es für ihn am vorteilhaftesten war.

Mit Frankreich und Holland kämpfte er um die Rechte Belgiens und versuchte, England mit hineinzuziehen. Er wollte sich vergewissern, daß ihn England unterstützte. Es wollte ihm nicht in den Kopf, daß England sich neutral verhielt. Es wäre mir ein leichtes, Belgien zu retten, ließ er durchblicken.

›Ich möchte Eure Majestät nur bitten, Euren Ministern und vor allem dem ehrenwerten Lord Melbourne gegenüber verlauten zu lassen, daß Ihr nicht wünscht, daß Eure Regierung Maßnahmen ergreift, die dazu angetan sind, dieses Land in kürzester Zeit zu zerstören und Euren Onkel samt seiner Familie zu vernichten...‹ schrieb er.

Das machte mir sehr zu schaffen. Ich zeigte Lord Melbourne den Brief meines Onkels. Er las ihn aufmerksam, nickte verständnisinnig und sagte lediglich: »Überlaßt das mir«, was soviel besagen sollte wie: »Das lassen wir auf sich beruhen.«

Ich ließ erst einmal eine Woche verstreichen, bevor ich den Brief beantwortete. Ich versicherte Onkel Leopold, meine Gefühle für ihn würden sich nie ändern. Es täte mir leid, daß er in Schwierigkeiten sei. Lord Melbourne und Lord Palmerston sei sehr am Wohlergehen Belgiens und damit auch an seinem Wohlergehen gelegen.

Onkel Leopold mußte einsehen, daß ich mich nicht herumkommandieren ließ. Ich hing nach wie vor an ihm, doch das durfte keinen Einfluß auf die Außenpolitik meines Landes haben. Diese Unstimmigkeiten machten mir sehr zu schaffen, und ich wurde immer unruhiger.

Mitte Januar kam Lehzen zitternd vor Aufregung zu mir. »Es gibt hochinteressante Neuigkeiten«, sprudelte sie hervor.

»Na?«

»Es handelt sich um Flora Hastings.«

»Lieber Himmel, was hat sie denn jetzt schon wieder ausgeheckt?«

»Mich amüsiert die Angelegenheit, obwohl sie eigentlich schockierend ist. Majestät wissen doch, daß Flora Hastings schon ziemlich lange auf freundschaftlichem Fuß mit diesem Manne steht. Die Herzogin sieht das gar nicht gern und neigt schon fast zur Eifersucht.«

»Ich werde nie begreifen, was die Frauen an ihm finden. Aber was ist denn nun mit Flora Hastings?«

»Ihr wißt doch sicher, daß Conroy Weihnachten mit ihr im Haus ihrer Mutter verbracht hat.«

»Ja, in Loudon Castle in Schottland, glaube ich.«

»Und stellt Euch vor, sie ist mit Conroy zusammen in der Postkutsche zurückgekehrt. Die beiden ganz allein.«

»Das hat ihr bestimmt gefallen, da waren sie ja ganz ungestört.«

»Das ist anzunehmen.«

»Was soll denn das nun wieder heißen?«

»Als sie nach der romantischen Fahrt in der Postkutsche hier ankam, klagte sie über Übelkeit, und irgendwie sah sie auch ganz verändert aus.«

»Darüber wüßte ich gern Näheres.«

»Unterhalb der Gürtellinie wirkte sie etwas ausladender, als es sich für eine ledige Dame ziemt.«

»Nein, das kann ich mir nicht vorstellen. Doch nicht Lady Flora.«

»Doch, selbst Lady Flora wird offensichtlich manchmal schwach. Sie hat Dr. Clark schon konsultiert, klagt über Schmerzen und findet keine Erklärung für ihren angeschwollenen Leib.«

»Und wie lautet die Diagnose?«

Lehzen zuckte die Achseln. »Er verschrieb ihr Rhabarber- und Ipecacuanhapillen. Flora Hastings behauptet, die hätten ihr geholfen, die Schwellung sei zurückgegangen. Doch das ist nicht wahr. Solche Schwellungen gehen erst zurück, wenn die Zeit dafür gekommen ist. Inzwischen hat Dr. Clark einer der Hofdamen verraten, daß Flora Hastings in anderen Umständen ist.«

»Was für ein Skandal! Was gedenkt denn Mama jetzt zu tun?«

»Die Herzogin befindet sich in einer sehr prekären Lage. Wenn Sir John an Lady Floras Zustand schuld ist, wird sie die Konsequenzen ziehen müssen.«

»Vielleicht sollte man Lord Melbournes Rat einholen.«

»Ich halte es für besser, wenn Lady Tavistock mit ihm darüber spricht. Ihr solltet das nicht selbst tun. Immerhin handelt es sich doch um eine ziemlich delikate Angelegenheit«, gab mir Lehzen zu bedenken.

Mit Lord Melbourne konnte ich über alles sprechen, aber vielleicht war es wirklich besser, wenn ihn Lady Tavistock als erste daraufhin ansprach. Das geschah dann auch.

Ich konnte es kaum erwarten, Lord Melbourne wiederzusehen. Er amüsierte sich königlich über das Malheur, das seiner Meinung nach einen ziemlichen Wirbel verursachen würde.

»Es ist mir ein Rätsel, warum die Frauen Conroy so verfolgen«, meinte ich.

»Er ist ein erstaunlicher Mann. Immerhin hält er drei Frauen gleichzeitig bei Laune«, lautete Lord Melbournes Kommentar.

Ich zweifelte nicht daran, daß Flora Hastings schwanger war, und für mich stand auch fest, daß dieser Teufel in Menschengestalt sie in diese mißliche Lage gebracht hatte, dieser Satan, dessen Namen ich kaum mehr über die Lippen brachte.

Lady Flora sah wirklich blaß und elend aus, doch trotz ihrer Verbitterung ließ sie sich nicht unterkriegen. Sie behauptete, noch Jungfrau zu sein, und schloß daher eine Schwangerschaft aus.

»Man kann nur eins tun: abwarten«, erklärte Lord Melbourne lakonisch.

Schließlich ließ ich Dr. Clark kommen und unterhielt mich mit ihm über Flora Hastings – und zwar in Gegenwart von Lehzen, weil es mir unangebracht erschien, mit ihm allein über eine so delikate Angelegenheit zu sprechen.

»Haben Sie ihr auf den Kopf zugesagt, daß sie schwanger ist?« fragte ich den Arzt.

Dr. Clark erwiderte, er könne ohne eine gründliche Untersuchung keine sichere Diagnose stellen.

»Dann muß sie sich eben einer solchen Untersuchung unterziehen«, meinte Lehzen. »Solange ihre Unschuld nicht erwiesen ist, sollte man sie nicht bei Hofe dulden.«

Auch mir erschien das ratsam, daher bat ich Dr. Clark,

Lady Flora vor die Wahl zu stellen, was er auch tat. Sie war entsetzt, beteuerte ihre Unschuld und schwor, sie würde keine ärztliche Untersuchung über sich ergehen lassen, die sie als Demütigung empfinde.

Ich schickte eine meiner Hofdamen zu Mama, um sie von dem Vorgefallenen zu unterrichten. Mama reagierte ganz verstört und konnte partout nicht glauben, daß Lady Flora schwanger sein sollte. Sie war jedoch strikt dagegen, daß sich eine ihrer Hofdamen einer solchen hochnotpeinlichen Untersuchung unterzog. Damit war die Angelegenheit für sie erledigt.

Lady Flora gab sich über ihre Lage keinen Illusionen hin. Sie brauchte ein paar Tage, um sich zu einer Entscheidung durchzuringen. Als sie dann erfuhr, daß sich Sir Charles Clark im Palast aufhielt, der auf solche Fälle spezialisiert war, erklärte sie sich bereit, sich untersuchen zu lassen.

Leider blieb diese leidige Geschichte nicht auf den Palast beschränkt. Jeder schien zu wissen, daß die Untersuchung anberaumt war. Alle waren auf Skandale erpicht, und ganz besonders auf Skandale dieser Art. Noch schwankten sie, ob sie Lady Flora verurteilen oder sie in den Himmel heben sollten. Das hing einzig und allein von der ärztlichen Diagnose ab.

Die Diagnose lautete, Lady Flora sei noch Jungfrau.

Als mir das zu Ohren kam, mußte ich mir eingestehen, daß ich mich falsch verhalten hatte. Wie konnte ich das wiedergutmachen? Ich wollte Lady Flora umgehend mein Mitgefühl und mein Bedauern aussprechen. Also bat ich sie am Abend des gleichen Tages noch zu mir, doch sie ließ mir ausrichten, sie sei zu erschöpft und litte an Migräne. Sie bat mich, den Besuch aufschieben zu dürfen.

Lord Melbourne kam zu mir. Die Diagnose wollte ihm nicht einleuchten.

»Lady Flora hat sich ihre Unschuld schriftlich bescheinigen lassen.«

»Vielleicht handelt es sich um eine Fehldiagnose.«

»Nun ja, wir müssen die Sache jetzt wohl auf sich beruhen lassen.«

Doch daraus wurde nichts, weil Flora Hastings umgehend ihren Bruder, den Marquis von Hastings informierte, der sofort nach London eilte, obwohl er eigentlich selbst krank und ans Bett gefesselt war.

Dieser junge Mann wollte Scherereien machen, und natürlich ließ sich auch Mama die Gelegenheit nicht entgehen. Ich hatte mich taktisch falsch verhalten, und nun weitete sich der Skandal aus. Flora Hastings war die Heroine dieses Melodrams, mir hingegen wurde die Rolle des Schurken zugedacht, obwohl ich mit der Sache ja kaum etwas zu tun hatte.

Das Volk fing an zu murren und an mir herumzumäkeln, bezichtigte mich der Grausamkeit der untadeligen Lady Flora gegenüber. Wenn ich durch die Stadt fuhr, jubelte mir kaum noch jemand zu. Gelegentlich vernahm ich sogar Pfiffe. Das machte mich ganz krank. Ich konnte nachts nicht schlafen und hatte auch keinen Appetit mehr.

Lord Melbourne klärte mich darüber auf, daß Flora Hastings Bruder damit drohte, gegen mich vorzugehen.

»Natürlich habe ich ihm versichert, daß Euch keine Schuld trifft«, tröstete er mich.

Lady Flora ließ sich erst nach ein paar Tagen bei mir sehen. Das arme Ding war wirklich krank, das sah man gleich. Als sie vor mir niederkniete, ergriff ich ihre Hände und bat sie aufzustehen.

»Meine liebe Lady Flora«, wandte ich mich an sie, »es tut mir aufrichtig leid, daß sich die Dinge so entwickelt haben.« Ich empfand tatsächlich großes Mitleid mit ihr. »Ich gäbe viel darum, wenn Sie vergessen könnten, was geschehen ist.«

»Majestät sind sehr gütig.« Ihre Stimme klang gequält. »Ich will versuchen, alles zu vergessen ... schon um der Herzogin willen.«

Für Flora Hastings war die Angelegenheit damit bestimmt erledigt, doch die Menschen überwogen, die das nicht duldeten.

Der Klatsch blühte, niemand konnte die Gerüchte mehr zum Schweigen bringen. In den Zeitungen wurden Leserbriefe abgedruckt. Man hielt zu Flora Hastings und sprach sich gegen mich aus.

Nie hätte ich gedacht, daß diese ›häusliche‹ Angelegenheit solche Formen annehmen könnte. Man schob mir die alleinige Schuld in die Schuhe, hatte mich zum Übeltäter auserkoren. Sicher hatte Sir John Conroy das alles angezettelt. Wer weiß, ob er die Leserbriefe nicht geschrieben hatte.

Lord Melbourne gab eine Erklärung ab, die besagte, daß ich mich bei der erstmöglichen Gelegenheit in aller Form bei Lady Flora Hastings entschuldigt und ihr mein Mitgefühl ausgesprochen hätte.

Die Whigs konnten sich bei der geringen Mehrheit kaum noch halten. Meine Hofdamen, denen man einen Großteil der Schuld an dem Komplott gegen Flora Hastings in die Schuhe schob, entstammten alle Whig-Familien. Es hieß, es ginge nicht an, daß sich die Königin ausschließlich mit Menschen umgab, die diesen Kreisen angehörten – und das alles nur, weil sie zufällig bestens mit dem Premierminister befreundet sei.

Doch es bahnte sich eine noch größere Katastrophe an, als sei das alles noch nicht genug.

Daß es im Unterhaus Schwierigkeiten gab, war mir bekannt. Die rührten von den Vorfällen auf der fernen Karibik-Insel Jamaica her. Im Jahr 1833 war die Sklaverei in den britischen Kolonien abgeschafft worden. Die Plantagenbesitzer auf Jamaica rebellierten nun und plädierten für die Wiedereinführung der Sklaverei.

Lord Melbourne, der unangenehme Dinge gern auf die lange Bank schob, wollte die diesbezügliche endgültige Gesetzgebung so lange hinausschieben, bis man sich einig geworden war. Sir Robert Peel und seine Tories waren strikt dagegen. Am 6. Mai 1839 kam der Augenblick, den ich schon lange gefürchtet hatte. Die Whigs, die in den letzten Monaten immer mehr in Schwierigkeiten geraten waren, erlitten bei der *Jamaica Bill* praktisch eine Niederlage. Ich erhielt einen Brief von Lord Melbourne, in dem er mir erklärte, er habe keine andere Wahl als zurückzutreten. Später kam er dann selbst zu mir ins Schloß. Er blieb etwa eine halbe Stunde. Es dauerte einige Minuten, bis ich Mut genug gesammelt hatte, um hineinzugehen. »Sie werden mich nicht verlassen«, bat ich ihn. Ich hielt seine Hand eine kleine Weile und konnte sie nicht loslassen. Er sah mich mit einem Blick voller Güte, Mitleid und Zuneigung an und stammelte: »O nein.« Vor Tränen konnte er kaum sprechen. Ich war zutiefst gerührt.

Ich ließ den Herzog von Wellington rufen, doch dieser lehnte das Amt des Premierministers aus Altersgründen ab, und auch, weil er meinte, der Premierminister sollte einen Sitz im Unterhaus haben. Ich war gewillt, mit allen Mitteln darum zu kämpfen, meinen Freund und Mentor Lord Melbourne zurückzugewinnen. Daher trat ich Sir Robert Peel, dem Führer der Tories, entgegen. Ich nahm Anstoß an der Forderung, daß einige meiner den Whigs zuzurechnenden Ladys solchen aus Tory-Kreisen weichen sollten. Ich gab nicht einen Deut nach und mogelte auch ein wenig. In Peel reifte der Entschluß, das Amt angesichts dieser Meinungsverschiedenheit nicht zu übernehmen. Melbourne beriet sich mit seinen Kollegen und willigte anschließend ein, an die Macht zurückzukehren, diesmal mit einem umgebildeten Kabinett.

Wäre die gleiche politische Situation vier Jahre zuvor eingetreten, hätte er sich charmant und dankbar in seine Bibliothek in Brocket zurückgezogen. Doch jetzt brachte Lord Melbourne es wohl nicht mehr fertig, mich im Stich zu lassen, und hatte wohl auch das Alter überschritten, wo sein ganzes Vergnügen darin bestanden hätte, mit Leuten wie Caroline Norton in Holland House zu plaudern und zu schäkern. Jenseits der Sechzig hätte vor ihm nur noch Einsamkeit gelegen. Macht war in seinen Augen das einzige Mittel gegen die Einsamkeit. Daher sehnte er sich jetzt nach Macht.

Ich betrachtete seine Rückkehr als Sieg.

Am Abend dieses glorreichen Tages fand ein großer Ball statt, auf dem ich bis in die frühen Morgenstunden tanzte. Seit Beginn der leidigen Affäre um Flora Hastings war ich nicht mehr so glücklich gewesen.

Der Besuch des Zarewitsch Alexander, Großfürst von Rußland, half mir, die Hofstaat-Krise zu vergessen. Ich wußte ausländische Besucher sehr zu schätzen, denn sie mußten unterhalten werden. Die Zerstreuungen kamen auch mir zugute, und für ein abwechslungsreiches Leben war ich immer sehr zu haben.

Der russische Großfürst war ein sehr charmanter Mann. Seine geschliffenen Manieren nahmen mich sehr für ihn ein. Zudem sah er sehr gut aus. Bald bildete ich mir ein, daß nicht nur ich Gefallen an ihm fand, sondern er auch an mir. In seiner Gesellschaft fühlte ich mich ausgesprochen wohl. Ich hielt ihn für einen typischen Russen, der oft melancholisch und kurz darauf schon wieder fröhlich und ausgelassen war. Man wußte bei ihm nie, in welcher Stimmung man ihn antreffen würde, aber gerade das machte ihn ja so interessant.

Zu allem Überfluß tanzte er auch noch hervorragend und lehrte mich die Mazurka, einen sehr temperamentvollen Tanz, den ich noch nicht kannte.

In meiner Begeisterung schrieb ich Onkel Leopold in überschwenglichen Worten über ihn, was diesem sehr mißfiel. Er bat mich, nichts zu überstürzen. Das hätte ich mir denken können, schließlich hatte er mir Albert zugedacht.

Selbst Lord Melbourne zeigte sich fast ein wenig ungehalten. Ich erzählte ihm, wie gut es mir nach den Wirren und Unannehmlichkeiten der letzten Zeit tat, mich ein wenig zu zerstreuen.

»Aufregungen dieser Art nutzen einem wenig, wenn man hinterher dafür bezahlen muß«, lautete sein Kommentar.

Doch ich stürzte mich weiter in diese Tanzvergnügen und blieb meistens bis lange nach Mitternacht auf. Eine wahre Lebensgier hatte von mir Besitz ergriffen, und ich hatte das deutliche Gefühl, daß ich drauf und dran war, mich in den Großfürsten zu verlieben.

Ich brauchte das Amüsement, denn tief im Innern fühlte ich mich noch immer unbehaglich. Flora Hastings geisterte noch immer im Palast herum. Meine Hofdamen erzählten, es schaudere sie, wenn sie ihr im Korridor begegneten. Sie sehe aus wie ein Gespenst, ein Wesen aus einer anderen Welt. Sie starre sie alle wortlos an, ihr Blick ein einziger Vorwurf. Nach allem, was man so hörte, sah sie wie der Tod aus. Ich mußte immer wieder an sie denken, sie schwebte wie eine dunkle Wolke über mir.

Im Oberhaus griff Lord Brougham Lord Melbourne und sein Kabinett immer wieder an. Er konnte sich hinterhältige Bemerkungen über mich und meine Zuneigung zu dem Premierminister nicht verkneifen.

Auch die Kontroverse um die Damen meines Hofstaats geriet nicht in Vergessenheit. Die Lage wurde immer angespannter.

Eines Tages suchte mich der Herzog von Wellington wegen Sir John Conroy auf.

»Schon seit langem bemühe ich mich, diese Sache endlich aus der Welt zu schaffen, Majestät«, erklärte er, »und es wäre wohl für alle Betroffenen ein wahrer Segen, wenn er das Land verließe. Ich glaube, ich kann eine Einigung mit ihm erzielen.«

Natürlich war ich kolossal erleichtert, denn ich war davon überzeugt, daß sich mit seinem endgültigen Verschwinden viele Probleme in Luft auflösen würden.

»Es wird uns nichts anderes übrigbleiben, als ihm dreitausend Pfund pro Jahr zu zahlen und ihm die Peerswürde anzubieten. Lord Melbourne wird die entsprechenden Vorkehrungen treffen. Es wird sich um eine irische Peerswürde handeln.«

»Aber im Falle einer irischen Peerswürde könnte er ja bei Hofe vorsprechen. Ich will ihn aber nie wieder an meinem Hofe sehen, denn ich vergesse nicht, was er mir alles angetan hat.«

Trotzdem redete mir der Herzog zu, seine Vorschläge zu akzeptieren. Schließlich erklärte ich mich damit einverstanden.

Später feierte ich Sir John Conroys Abreise zusammen mit Lord Melbourne.

»Doch es bleibt abzuwarten, ob er uns wirklich in Frieden läßt«, gab mir Lord Melbourne traurig zu bedenken. »Immerhin, es ist ein wahrer Segen, ihm bei Hofe nicht mehr über den Weg zu laufen.«

Aber was er angerichtet hatte, ließ sich nicht so leicht aus der Welt schaffen. Flora Hastings huschte auch weiterhin wie ein Gespenst durch den Palast, doch ließ sie es dabei leider nicht bewenden. Wann immer sie sich außerhalb des Palastes sehen ließ, jubelte das Volk ihr zu und ermunterte sie zu immer häufigeren Auftritten. So sorgte sie dafür, daß sie nicht in Vergessenheit geriet.

Lord Melbourne behauptete immer noch geheimnisvoll, man müsse eben abwarten und sehen, wie die Sache sich weiterentwickle. Ob er wohl glaubte, daß sie ein Kind zur Welt bringen würde? Wenn es doch so wäre! Die Stimmung wäre sofort zu meinen Gunsten umgeschlagen.

Doch Lady Flora schlich weiter geisterhaft bleich herum. Alle verzehrten sich vor Mitgefühl mit dieser hohlwangigen Gestalt.

Eines Tages fiel mir auf, daß ich Flora Hastings schon eine ganze Weile nicht mehr gesehen hatte.

»Vielleicht zeigt sie sich jetzt in ihrem Zustand lieber nicht mehr«, meinte Lord Melbourne mit bedeutsamer Miene.

Ich gelangte selbst immer mehr zu der Überzeugung, man werde mir eines Tages mitteilen, Flora Hastings habe ein Kind zur Welt gebracht. Natürlich durfte ich mir das gar nicht wünschen, doch es hing ja so viel davon ab.

Wann immer ich Lord Melbourne sah, kamen wir irgendwann auf Flora Hastings zu sprechen.

Ich schrieb ihr aus Gründen der Staatsraison, um ihr mein Mitgefühl auszusprechen, und bat sie gleichzeitig, mich aufzusuchen. Sie dankte mir für mein Mitgefühl, bedauerte aber, mich nicht besuchen zu können, ihr Gesundheitszustand erlaube ihr das nicht.

Mir blieb gar nichts anderes übrig, als sie aufzusuchen.

Ich traute meinen Augen nicht, als ich sie sah. Sie lag auf einer Couch und konnte sich nicht einmal erheben, um mich zu begrüßen. Noch nie hatte ich einen so zum Skelett abgemagerten Menschen gesehen. Trotzdem war ihr Leib schrecklich aufgedunsen. Wieder sagte ich mir, daß sie sich offenbar in einem fortgeschrittenen Stadium der Schwangerschaft befand.

Als ich mich nach ihrem Wohlergehen erkundigte, behauptete sie, es gehe ihr ganz leidlich.

»Ich bin Eurer Majestät durchaus dankbar für Eure Liebenswürdigkeit und freue mich, daß Ihr so gut ausseht.«

»Wir unterhalten uns ausführlich, wenn es Ihnen besser geht«, schlug ich vor.

Da lächelte sie nachsichtig und schüttelte den Kopf. »Euer Majestät, wir sehen uns nicht wieder«, sagte sie mit schwacher Stimme. Mir lief es eiskalt über den Rücken, denn sie sah wirklich aus wie eine Todeskandidatin.

Als ich ging, war mir nicht wohl dabei. Ich fühlte mich schrecklich unbehaglich.

Zwei Tage später riet mir Mama schriftlich, die geplante Abendgesellschaft zu verschieben; Flora Hastings' Gesundheitszustand habe sich verschlechtert. Ich mußte daran denken, wie die Tochter von König William im Kensington Palast gestorben war, während meine Mutter ungerührt eine Abendgesellschaft gab. Das hatte man ihr sehr verübelt. Ich wollte mich um keinen Preis einer noch heftigeren Kritik aussetzen, also ließ ich die für den gleichen Abend angesetzte Gesellschaft absagen. Lord Melbourne sollte mein einziger Gast sein.

An diesem Abend wollte keine gelöste Stimmung aufkommen. Wir sprachen nur über ernste Dinge. Selbst Lord Melbourne glaubte jetzt nicht mehr, daß Lady Flora ein Kind gebären würde, mit dessen Hilfe ich meine Popularität zurückgewinnen konnte.

Kurz nach zwei Uhr nachts starb Lady Flora.

Nichts hätte sich katastrophaler auswirken können. Tot machte uns Lady Flora noch viel mehr zu schaffen als zu Lebzeiten.

Fast hatte ich den Eindruck, als trauerte das ganze Land um sie. Zu allem Unglück wurde im Beisein von fünf Ärzten auch noch eine Autopsie vorgenommen. Was sich dabei herausstellte, wirkte sich vernichtend aus... für mich. Flora Hastings hatte an einem Lebertumor gelitten, der auf ihren Magen gedrückt und diesen so vergrößert hatte.

Für die Presse war das natürlich ein gefundenes Fressen. Überall im Land war nur noch die Rede von der Märtyrerin Flora Hastings und der herzlosen Königin.

Eine Zeitung verstieg sich sogar zu der Behauptung, sie sei nicht an dem Tumor, sondern an gebrochenem Herzen gestorben.

Sogar Lord Melbourne wirkte ziemlich mitgenommen, doch er versuchte, das zu überspielen.

»Ihr solltet das alles ignorieren«, meinte er. »Denkt daran, wie die Leute mit Euren Ahnen umgesprungen sind.«

»Aber das Volk hat mich einmal geliebt«, jammerte ich.

»Und wird Euch wieder lieben, sobald sich der Sturm gelegt hat«, versicherte er mir.

»Ich hätte mich niemals dazu hinreißen lassen dürfen, den üblen Nachreden Glauben zu schenken.«

»Eine Königin muß darauf achten, daß an ihrem Hofe keine Unmoral einreißt.«

»Ja, aber Flora Hastings hat sich nichts zuschulden kommen lassen. Sie war krank, und wir haben ihr so zugesetzt. Nie werde ich vergessen, wie sie auf der Couch gelegen hat, durchscheinend blaß und völlig abgemagert. Schon da hat sie ausgesehen wie der Tod. Sie wußte, daß sie bald sterben würde.«

»Majestät sind noch sehr jung. Ich versichere Euch, daß das alles bald in Vergessenheit gerät. Alles geht vorüber, so auch diese leidige Angelegenheit. Doch jetzt steht uns erst einmal die Beerdigung bevor. Eine äußerst knifflige, delikate Sache. Was für ein Jammer, daß sie im Palast gestorben ist.«

»Sie soll in der Familiengrabstätte in Schottland beigesetzt werden.«

»Schade, daß sie nicht dort gestorben ist. Damit hätten wir uns eine Menge Ärger erspart.«

»Ich muß zu ihrer Beerdigung gehen.«

Lord Melbourne hüllte sich in Schweigen und ließ sich das durch den Kopf gehen. Nach einer Weile sagte er: »Das halte ich nicht für angebracht.«

»Aber was werden die Leute sagen, wenn ich nicht dabei bin?«

»Mir macht weit größere Sorgen, was sie sagen oder sogar *tun* werden, wenn Ihr zu der Beerdigung erscheint.«

»Glauben Sie, die Leute würden auf mich losgehen?«

»Es ist gar nicht so ungewöhnlich, daß das Volk kein Hehl aus seiner Erbitterung macht, wenn es den Herrscher zu Gesicht bekommt.«

Ich schlug entsetzt die Hände vors Gesicht.

»Auch das ist eine Erfahrung, die so mancher Herrscher machen muß.« Lord Melbourne versuchte mir klarzumachen, daß ich nicht die einzige war, die sich mit diesem Problem herumzuschlagen hatte.

»Ich halte es für das Beste, wenn Ihr nur Eure Kutsche hinschickt. Ihr dürft unter gar keinen Umständen selbst in Erscheinung treten, das würde ich nicht zulassen«, gab er mir zu verstehen.

Mein erster Impuls war, mich dagegen aufzulehnen, doch die Angst, die aus seiner Stimme klang, hielt mich davon ab.

Mir war sehr elend zumute, als der Sarg mit den sterblichen Überresten von Flora Hastings nach Schottland überführt wurde. Die Menschen standen dichtgedrängt am Straßenrand, als der Sarg auf dem Weg zum Schiff durch die Stadt gefahren wurde. Ich konnte mir lebhaft vorstellen, wie die Leute um Flora Hastings weinten und mir mit den Fäusten drohten, während sie Verwünschungen ausstießen. Ich dachte an meine Krönung. Da hatte mir das Volk noch zugejubelt. Jetzt warf sogar jemand einen Stein nach meiner Kutsche.

Die Hochzeit

Eines Tages wollte Lord Melbourne von mir wissen, ob ich noch nicht an eine Ehe dächte.

»Heiraten? Ich weiß nicht, darüber habe ich noch gar nicht ernsthaft nachgedacht. Onkel Leopold hat meinen Vetter Albert für mich ausersehen.«

»Ja, das hat er uns ja hinreichend eingeimpft«, pflichtete mir Lord Melbourne bei. »Aber die Entscheidung liegt allein bei Euch. Was haltet Ihr von einer Ehe?«

»Ich möchte noch nicht heiraten.«

»Aber warum denn nicht? Ihr seid jetzt über zwanzig und damit durchaus im heiratsfähigen Alter. Für eine Königin gilt das in besonderem Maß.«

»Was halten Sie denn von Prinz Albert?«

»Er ist Deutscher.«

»Finden Sie ihn nicht sehr ernst und feierlich?«

»Das sind viele Deutsche.«

»Meiner Meinung nach ist es nicht Onkel Leopolds Angelegenheit, mir einen Ehemann auszusuchen.«

»Da stimme ich Euch zu. Trotzdem solltet Ihr eine Ehe in Erwägung ziehen. Von Cumberland geht eine ständige Bedrohung aus.«

»Aber ich bin doch noch jung, und wenn mich das Volk auch nach der Affäre um Flora Hastings nicht mehr sonderlich mag, so ist es doch auf Cumberland noch lange nicht erpicht. Onkel Leopold ist davon überzeugt, daß ich mit meinem Vetter Albert eine Vereinbarung getroffen habe, denn bei seinem Besuch im Kensington Palast hat er einen sehr guten Eindruck hinterlassen.«

»Ihr solltet allmählich an eine Ehe denken«, riet mir Lord Melbourne.

Also dachte ich zumindest einmal darüber nach. Dabei kam ich zwangsläufig auch auf Onkel Leopold. Obwohl ich mich inzwischen von ihm distanziert hatte, mochte ich ihn noch immer sehr. Ich war von Natur aus loyal und würde nie vergessen, was er mir bedeutet hatte, als ich noch ein Kind war. Als er später versuchte, sich in die englische Politik einzumischen, waren meine Gefühle für ihn ein wenig abgekühlt.

Ihm lag unendlich viel daran, daß ich Albert heiratete. Er sähe seinen größten Traum verwirklicht, würde ein Paar aus uns. Vermutlich hielt er Albert für einen gütigen und klugen jungen Mann, der mir eine Stütze sein konnte. Ihm lag unser beider Wohlergehen am Herzen.

Doch ich war mir meiner selbst nicht sicher. Bei unserer ersten Begegnung war ich von Albert begeistert gewesen, doch seitdem war ich erwachsener geworden. Onkel Leopold hatte immer so überschwenglich von Alberts Tugenden und Fähigkeiten geschwärmt, daß er schon bei seinem Eintreffen in England von einer Aura aus Schönheit und Herzensgüte umgeben gewesen war. Ich war damals noch sehr jung gewesen und leicht zu beeindrucken. Vielleicht war ich das ja immer noch, doch unter der weisen Anleitung Lord Melbournes war ich immerhin ein wenig reifer und erwachsener geworden.

Ich rang mich dazu durch, Onkel Leopold reinen Wein einzuschenken, also schrieb ich ihm, daß ich vorerst alles so lassen wollte, wie es war, und daß mein Volk nicht darauf auszusein schien, mich verheiratet zu sehen. Es erschiene mir vielmehr angebracht, daß Ernst und Albert vorerst *nicht* nach England kämen. Ich fragte Onkel Leopold, wie Albert zu der Sache stehe. Er sei sich doch hoffentlich im klaren darüber, daß zwischen uns keine bindende Vereinbarung bestehe. Dabei wolle ich es auch noch zwei oder drei Jahre lang belassen, dann könne ich mich immer noch entscheiden.

Erleichtert schickte ich den Brief ab. Nun konnte Onkel Leopold nicht mehr im Zweifel darüber sein, wie ich zu der Frage einer Heirat stand.

Eine neue Aufregung stand mir bevor – Besuch, der großen Wirbel verursachte. Onkel Ferdinand, der Bruder meiner Mutter, kam mit seinen beiden Söhnen Augustus und Leopold und seiner Tochter Victoire nach England. Zusammen mit diesen Verwandten mütterlicherseits traf ein weiterer Cousin ein: Alexander Mensdorff-Pouilly, der Sohn von Mamas Schwester Sophia. Alexander faszinierte mich. Sein sicheres Auftreten und seine zurückhaltende Art standen in krassem Gegensatz zu der kaum zu bändigenden Ausgelassenheit meiner anderen Cousins. Ich sah Alexander romantisch verklärt. Er legte mir gegenüber eine fast ehrfürchtige Haltung an den Tag, und wenn ich ihm auch versicherte, daß das übertrieben sei, so gefiel es mir doch über alle Maßen.

Wie üblich, so reiste auch dieser Besuch nach meinem Dafürhalten allzu bald wieder ab. Ich begleitete die Gäste bis nach Woolwich, um mich dort von ihnen zu verabschieden. Nachdenklich winkte ich dem Schiff nach.

Bei meinem ersten Zusammentreffen mit Lord Melbourne nach der Abreise der Verwandten wirkte er irgendwie erleichtert.

»Ich glaube fast, Sie sind ganz froh, daß meine Vettern wieder abgereist sind«, sagte ich ihm auf den Kopf zu. »Geben Sie ruhig zu, daß sie Ihnen nicht gefallen haben.«

Vermutlich lag das daran, daß sie meine ganze Aufmerksamkeit in Anspruch genommen und mich von ihm abgelenkt hatten. Außerdem mußte es ihm weh getan haben, sie so wild und ungezügelt herumtollen zu sehen. Dadurch mußte er sich besonders alt und müde vorgekommen sein.

Lord Melbourne lächelte nur still in sich hinein.

Ich sah diesen Mann, der mir so ans Herz gewachsen war, in einem neuen Licht. Er sah ausnehmend gut aus mit seinen wunderschönen blaugrauen Augen mit den dichten dunklen Wimpern. Wie oft standen Tränen in diesen ausdrucksvollen Augen! Das zeigte mir, was er für mich empfand. Ich dachte an unsere Gespräche über eine Heirat und die unsichere politische Lage. Mich ließ die Angst nicht los, er könne zum Rücktritt gezwungen werden. Dann würde es uns kaum noch vergönnt sein, uns zu sehen, denn der Führer der Tories würde es sich verbitten, daß die Königin mit dem Führer der Opposition freundschaftlich verkehrte. Ich dachte über die Wechselfälle des Lebens nach. Wer sich einbildete, daß alles immer im alten Trott weitergehen würde, war nicht recht bei Verstand.

Da brach es ganz spontan aus mir heraus: »Lord Melbourne, ich möchte, daß Sie sich malen lassen. Das Bild soll in meinem Salon hängen, damit ich Sie auch dann vor Augen habe, wenn Sie nicht bei mir sind.«

Er war zutiefst gerührt und sagte mit Tränen in den Augen, er könne sich zwar einen schöneren Zeitvertreib vorstellen, als einem Maler Modell zu sitzen, doch wenn das nun einmal mein Wunsch sei, unterzöge er sich dieser Plage gern.

Das fertige Porträt gefiel mir eigentlich nicht so ganz, weil Lord Melbourne darauf nicht entfernt so gut aussah wie in Wirklichkeit, doch ich ließ das Bild aufhängen. Wenn es auch nicht ganz lebensecht ausgefallen war, so gewöhnte ich mich doch daran, es immer vor Augen zu haben. Oft war es mir ein ausgesprochener Trost.

Mein Brief mußte Onkel Leopold wohl sehr verunsichert und irritiert haben, denn er antwortete mir postwendend und teilte mir mit, er wolle mich kurz besuchen. Das spielte sich im Jahr 1839 ab. Und wenn er sagte kurz, so meinte er das auch. Er wollte, daß wir uns in Brighton trafen, uns ein paar Stunden unterhielten und dann wieder voneinander schieden.

Der Gedanke, mich nach Brighton zu begeben, sagte mir nicht zu. Ich befürchtete, er könne mir eine Zusage abringen, zu der ich noch nicht bereit war. Wenn er mir irgendeinen Vorschlag zu unterbreiten wünschte, wollte ich erst mit Lord Melbourne darüber sprechen. Also bat ich Onkel Leopold, mich in Windsor zu besuchen. Wahrscheinlich hatte ihn mein Brief im Hinblick auf Albert so aufgewühlt, daß er sich dazu bereitfand.

Als er mit Tante Louise eintraf, begrüßte ich beide herzlich. Onkel Leopold schloß mich in die Arme und drückte mich an sein Herz.

Tante Louise wirkte stark gealtert. Mit der quicklebendigen Frau, die ich kurz nach der Hochzeit kennengelernt hatte, hatte sie kaum noch etwas gemeinsam.

Onkel Leopold blieb nur ein paar Tage, daher verbrachte ich viel Zeit mit ihm. Er fand, es gäbe sehr viel zu besprechen. Bei ihm drehte sich jedes Gespräch um Albert.

»Es wundert mich, daß du jeden Gedanken an die Ehe weit von dir schiebst«, gab er mir zu verstehen.

»Aber Onkel, davon kann doch gar keine Rede sein. Ich fühle mich einfach noch so jung, daß keine Notwendigkeit besteht, darüber nachzudenken.«

»Mein liebes Kind, du bist inzwischen zwanzig Jahre alt. Und damit bist du doch wohl im heiratsfähigen Alter. Ein Herrscher hat Pflichten gegenüber seinem Land. Du mußt dem Land einen Thronfolger schenken. Weißt du denn nicht, daß dein Onkel, der Herzog von Cumberland und König von Hannover, nur darauf wartet, in die Bresche zu springen und die Krone an sich zu reißen?«

»Aber Onkel, ich bin doch viel jünger als er. Warum sollte ich da vor ihm sterben?«

»Davon wollen wir gar nicht reden, liebes Kind, aber du mußt doch vernünftig sein. Denk doch mal an die Zukunft und an das, was man von dir erwartet. War es nicht eine Freude, Ernst und Albert hier zu haben?«

Ich nickte.

»Meine Nichte und mein Neffe, ihr seid meine Lieblingskinder. Ich habe immer inständig gehofft, daß aus euch beiden einmal ein Paar wird, und wäre überglücklich, wenn ihr heiraten würdet.«

»Vielleicht kommt es ja irgendwann einmal dazu.«

»Ich weiß aber nicht, ob Albert ewig warten will. Ich finde, du solltest dich bald entschließen. Es geht nicht an, daß Albert gedemütigt wird.«

»Nichts liegt mir ferner, als ihn zu demütigen, aber die Ehe ist eine ernste Angelegenheit. So etwas will gründlich überlegt sein.«

»Allmählich solltest du die Ehe ernsthaft in Erwägung ziehen. Du kannst nicht weiterleben wie bisher. Du scheinst dich besonders gut mit deinem Premierminister zu verstehen.«

»Ja, er ist aber auch wirklich ein wundervoller Mensch.«

»Daran zweifle ich ja nicht, aber ist das schon ein Grund, um auf so gutem Fuße mit der Königin zu stehen?«

»Er ist nicht nur mein Berater, sondern auch ein guter Freund.«

»Mein liebes Kind, du bist so gütig, so ehrlich und so ehrenhaft, daß es dir gar nicht in den Sinn kommt, daß es auch Menschen geben könnte, die anders veranlagt sind. In deiner Stellung kann man sich keine Skandale leisten. Deshalb solltest du schleunigst heiraten.«

»Ich habe darüber nachgedacht und beschlossen, damit noch zu warten.«

»Das ist sehr unvernünftig. Du solltest schon bald heiraten. Du brauchst einen guten Gefährten an deiner Seite, der getreulich zu dir hält und dir behilflich ist. Der dir hilft, die Last zu tragen, die auf deinen jungen Schultern ruht. Ich werde dafür sorgen, daß dich Ernst und Albert bald wieder besuchen.«

Ich hatte nichts dagegen einzuwenden.

Onkel Leopold und Tante Louise reisten wieder ab.

Seit ich Lord Melbourne kannte, sah ich die Menschen in einem anderen Licht. Natürlich liebte ich Onkel Leopold, doch er war so schrecklich ernst. So war es ihm auch irgendwie gelungen, Tante Louise um ihre Unbeschwertheit und Fröhlichkeit zu bringen. Sie war wie umgewandelt. Mit beiden konnte man nicht lachen, wie ich mit Lord Melbourne lachen konnte.

Äußerte ich mich damit nicht schon kritisch über Onkel Leopold? Wenn ich ihn auch beschwichtigt und mir seine Lobeshymnen über meinen Vetter Albert geduldig angehört hatte, so wurde ich doch allmählich störrisch. Wehrte ich mich damit gegen Albert?

Beim Abschied hatte Onkel Leopold gesagt: »Mein liebes Kind, ich möchte dich glücklich wissen, bevor ich aus dem Leben scheide.«

»Aber ich *bin* doch glücklich, Onkel«, hatte ich erwidert. »Jedenfalls solange die Tories nicht an die Macht kommen.«

»Darüber hinaus möchte ich aber auch noch, daß du Erfüllung findest und dem Land gegenüber deine Pflicht tust.«

Was nichts anderes bedeutete, als daß ich Albert ehelichen sollte.

Als wir zärtlich Abschied voneinander nahmen, dachte ich bewegt: »Ich will mir ja die größte Mühe geben, ihn zu mögen, Onkel.«

Dann kam der denkwürdige 10. Oktober 1839.

Als ich im Park spazierenging, sah ich in der Ferne einen Pagen, der auf den Palast zurannte.

»Was gibt es denn so Eiliges?« rief ich ihm zu. Da sah ich den Brief in seiner Hand.

»Euer Majestät«, keuchte er, »ich soll Euch diesen Brief unverzüglich überbringen.«

Der Brief war von Onkel Leopold. Ich riß ihn auf und las:

›Deine Vettern Ernst und Albert werden heute abend bei dir sein.‹

Ich traute meinen Augen kaum. Noch am gleichen Abend! Mein Herz klopfte stürmisch, als ich zum Palast zurückging.

Lord Melbourne meinte, das sei ja sehr kurzfristig. Viel Zeit bliebe uns da nicht, doch wir müßten uns gebührend auf die Ankunft der erlauchten Herren vorbereiten.

»Wenn sie hier eintreffen, werden sie sicher sehr erschöpft sein«, fuhr er fort. »Am Ärmelkanal herrscht nämlich ein fürchterlicher Sturm. Ich beneide die Herren nicht um diese Überfahrt.«

Alle Vorbereitungen waren getroffen. Ich wartete im Abendkleid ungeduldig auf die Ankunft meiner Vettern.

Als ich die Kutsche vorfahren hörte, eilte ich zur Treppe, um meine Gäste zu begrüßen.

Mein Blick fiel auf Albert, und es war um mich geschehen. Ich wußte gleich, daß damit ein neuer Lebensabschnitt für mich begann. Nichts würde je wieder so sein wie früher.

Albert nahm mich so gefangen, daß ich Ernst kaum beachtete.

Albert war groß und schlank. Er sah entsetzlich bleich aus. Lord Melbourne sollte recht behalten. Die Überfahrt mußte eine Tortur gewesen sein. Später erfuhr ich dann, daß der arme Albert furchtbar seekrank gewesen war. Die dunkle Reisekleidung, die er trug, unterstrich seine geisterhafte Blässe noch. Er sah mich mit seinen wunderschönen blauen Augen an. Auch seine wohlgeformte Nase und sein ausgesprochen schöner Mund gefielen mir sehr, sein Schnurrbart und sein Backenbart. Ich war hingerissen von seiner tadellosen Figur, den breiten Schultern und der schmalen Taille. Er hatte in etwa die gleiche Haarfarbe wie ich, war also blond.

Ich sah ihm in die Augen, als er so vor mir stand. Sofort überkam mich ein nie gekanntes Glücksgefühl.

»Ich bin verliebt«, ging es mir durch den Kopf.

Wie glücklich machte mich Alberts Besuch! Nun konnte ich ihn endlich kennenlernen. Was gab es da alles zu entdecken!

In dieser Nacht fand ich kaum Schlaf. Als ich im Bett lag, mußte ich ständig an ihn denken. Albert verkörperte die Vollkommenheit schlechthin. Ich konnte mein Glück kaum fassen.

Wir hatten uns unendlich viel zu erzählen. Albert war genau wie ich sehr für Musik zu haben. Wir würden Duette singen und zusammen musizieren.

Ich konnte es kaum erwarten, ihn wiederzusehen und sehnte den Tag herbei. Als ich in aller Herrgottsfrühe aufstand, hatte ich kaum ein Auge zugetan. Als erstes schrieb ich einen Brief an Onkel Leopold.

»Ernst ist ein gutaussehender Mann«, schrie ich unter anderem, »doch Albert ist auffallend schön und darüber hinaus so liebenswert und kein bißchen geziert. Mit einem Wort – er fasziniert mich...« Ich mußte mich fast zwingen, mich nicht seitenlang in Lobeshymnen zu ergehen.

Lächelnd versiegelte ich den Brief. Mit nichts sonst konnte ich Onkel Leopold so glücklich machen wie mit der Nachricht, daß mir Albert ausnehmend gut gefiel.

Später ritten Albert und ich zusammen aus. Ich wußte, daß ich mich im Sattel sehr gut machte. Da sah man nicht, wie klein ich war. Ich war eine hervorragende Reiterin, und Reitkleidung stand mir besser als irgend etwas sonst – mit Ausnahme von Ballkleidern und dergleichen. Ich hing sehr an meinen Pferden, und sie schienen meine Zuneigung zu erwidern.

Ich ritt zwischen den beiden Prinzen. Auch Lord Melbourne war mit von der Partie, doch diesmal ritt er ausnahmsweise nicht neben, sondern ein Stück hinter mir.

Bald würden wir uns unter vier Augen über den Eindruck unterhalten, den Albert auf mich machte. Doch noch zog ich es vor, meine Gedanken für mich zu behalten. Eine immer größere Verwirrung ergriff Besitz von mir. Manchmal war ich wie betäubt, und doch war ich mir meiner Sache sicher. Albert erschien mir schlichtweg vollkommen. Ich konnte mir nicht vorstellen, daß irgendein anderer Mann so gut zu mir passen würde. Wir ergänzten uns aufs schönste. Onkel Leopold hatte recht behalten, Albert war genau der Richtige für mich. Albert und sein Bruder sprachen sehr gut Englisch, dafür hatte Onkel Leopold gesorgt, indem er darauf bestand, daß sie diese Fremdsprache von Grund auf lernten, bis sie sie wirklich beherrschten.

Beim Reiten unterhielten wir uns über so manches, vor allem aber über Musik. Albert komponierte selbst. Bei ihm wunderte mich schon gar nichts mehr. Ich konnte es kaum erwarten, seine Kompositionen zu hören. Er erzählte auch ganz begeistert von Schloß Rosenau, wo er geboren war.

Er verstand es, so anschaulich davon zu berichten, daß ich es gern sehen wollte.

Als wir zum Schloß zurückritten, war ich noch verliebter als zuvor. Dann kam es zu dem ersten Gespräch mit Lord Melbourne nach dem Eintreffen meiner deutschen Vettern.

»Ich möchte Ihnen sagen, wie mir meine Cousins gefallen«, leitete ich das Gespräch ein.

Lord Melbourne lächelte unendlich zärtlich. »Ich kann es mir schon denken«, meinte er. »Majestät haben es noch nie verstanden, mit Euren Gefühlen hinterm Berg zu halten.«

»Finden Sie nicht auch, daß Albert sehr gut aussieht?«

»Ja, er sieht blendend aus. Aber sein Bruder Ernst sieht auch nicht schlecht aus.«

»Aber Albert sieht entschieden besser aus, das finde *ich* zumindest.«

»Wie ich sehe, sind Majestät jetzt nicht mehr so strikt gegen eine Ehe«, sagte Lord Melbourne. Ein Hauch von gutmütigem Spott klang aus seiner Stimme.

»Ja, das stimmt«, gab ich mich geschlagen.

Lord Melbourne nickte verständnisinnig. »Dann werdet Ihr wohl nicht mehr allzulange mit der Heirat warten wollen.«

»Nein, warum auch?«

»Ich wüßte auch nicht, was dagegen spräche. Je eher die Hochzeit stattfindet, desto besser. Majestät scheinen ja fest entschlossen zu sein und machen einen sehr zufriedenen Eindruck. Der Prinz hat vermutlich auch nichts dagegen einzuwenden.«

Ich schwieg beschämt. »Ich glaube fast, er ahnt noch nichts von seinem Glück«, sagte mir Lord Melbourne auf den Kopf zu.

»Ich fürchte, die Frage gestaltet sich ein wenig schwierig. Albert würde niemals impulsiv handeln oder die höfische Etikette mißachten.«

»Aber es muß zu einem Heiratsantrag kommen.«

»Wie ich sehe, wissen Sie, worin die Schwierigkeit besteht.«

»Und ob ich das weiß, aber ich zweifle nicht daran, daß Euer Majestät die Schwierigkeiten meistern werden. Dann kann die Hochzeit gefeiert werden. Das kommt jetzt gerade richtig, denn das Volk ist sehr für Hochzeiten im Königshaus zu haben.«

»Das Volk ist mir ganz fremd geworden. Ich kann einfach nicht vergessen, wie grausam es mir zugesetzt hat.«

»An Eurem Hochzeitstag wird Euch das Volk zujubeln, glaubt mir.«

»Meinen Sie wirklich?«

»Ganz sicher.«

Ich sah ihn mit einem liebevollen Lächeln an. Was war dieser Mann doch für ein Trost! Doch er wirkte ein wenig müde, und mir war noch gar nicht aufgefallen, wie *alt* er aussah. Aber schließlich *war* er ja auch alt.

Vermutlich verglich ich ihn mit dem strahlend jungen,

gutaussehenden Albert. Da mußte er ja schlecht abschneiden.

Mein lieber guter Lord Melbourne! Ich würde immer an ihm hängen und die Jahre nie vergessen, in denen er mir ein Freund und Ratgeber von unschätzbarem Wert gewesen war. Doch nun fing ich schon an, mich von ihm zu distanzieren. Bald würde mir ein anderer Mann zur Seite stehen, auf den ich mich stützen und mit dem ich alles besprechen konnte. Er würde alles gemeinsam mit mir tragen, ob es nun persönliche Probleme oder Staatsgeschäfte waren.

Auch der 12. Oktober 1839 war ein denkwürdiger Tag, der sich tief in mein Gedächtnis eingegraben hat. Wir waren auf der Jagd gewesen. Nach der Rückkehr bat ich Albert ins Blaue Kabinett. Er erschien mit erwartungsvoller Miene, ahnte wohl schon, was ihm bevorstand.

»Albert, du weißt sicher, warum ich dich habe rufen lassen«, sagte ich mit fester Stimme. »Du würdest mich sehr glücklich machen, wenn du damit einverstanden wärst, daß wir beide heiraten.«

Albert, mein lieber guter Albert, freute sich unbeschreiblich. Er wirkte auch kolossal erleichtert. In seiner freudigen Erregung verfiel er in seine Muttersprache und gestand mir auf Deutsch, wie glücklich er war und daß er den Rest seines Lebens mit mir verbringen wollte.

Zärtlich umarmten wir uns.

Und so verließ ich das Blaue Kabinett als Alberts Braut. Ich war noch nie so glücklich gewesen.

Was für eine herrliche Zeit! Wir ritten zusammen aus, machten Spaziergänge, sangen und tanzten miteinander. Besonders gern sang ich die von Albert komponierten Lieder. Schon da zeigte sich deutlich, daß wir glücklich miteinander werden würden. Wir sprachen über die Hochzeit. Sie konnte nicht gleich gefeiert werden, doch wir planten sie für Anfang nächsten Jahres ein. Albert und sein Bruder mußten zuvor noch einmal nach Sachsen-Coburg zurück. Bei einer so wichtigen Hochzeit wie der unseren gab es vor der Hochzeitsfeier noch alles mögliche zu regeln.

Natürlich gab sich Albert zurückhaltender als ich, doch ich sah gar nicht ein, warum ich mir Zurückhaltung auferlegen sollte. Oft trat ich von hinten an ihn heran und küßte ihn auf den Kopf, wenn er am Schreibtisch saß. Wenn wir uns trennen mußten – und sei es auch nur für ganz kurze Zeit –, rief ich ihn zurück, damit wir uns noch einmal küssen konnten. Ich liebte ihn über alle Maßen, das Herz floß mir schier über. Ich sah keinen Grund, mich dagegen aufzulehnen.

Lehzen sah diesen Überschwang der Gefühle nicht sehr gern. Die arme Lehzen litt wohl an Eifersucht. Manchmal ertappte ich Lord Melbourne dabei, wie er still in sich hineinlächelte. Es amüsierte ihn, daß ich mir keinen Zwang antat.

Aber so war ich nun einmal. Es lag mir einfach nicht, mich zu verstellen.

Ich fürchte fast, ich brachte Albert zuweilen in tödliche Verlegenheit, wenn ich ihm im Beisein anderer meine Liebe zeigte. Ich glaube, der gute Albert konnte sein Glück noch gar nicht fassen. Ich war drei Monate älter als er und Königin von England. Wahrscheinlich benahm ich mich aufgrund meiner Stellung natürlich und ungezwungen. Es kümmerte mich nicht, was die Leute davon hielten. Auch meine Onkel hatten immer nur getan, was ihnen am natürlichsten erschien, daher galten manche von ihnen als Exzentriker. Das konnte man von mir eigentlich nicht behaupten. Ich fand nur nichts dabei, meine Gefühle ganz offen zu demonstrieren.

Der traurige Tag rückte immer näher, an dem ich mich von Albert trennen mußte. Auch Albert litt sehr darunter.

»Du bleibst ja nicht lange fort«, tröstete ich ihn. »Und wenn du wiederkommst, verbringen wir unser ganzes Leben zusammen.«

Ohne Albert kamen mir die Tage endlos vor, doch die Hochzeitsvorbereitungen nahmen mich sehr in Anspruch.

Lord Melbourne wollte die Erklärung aufsetzen, die ich vor dem Staatsrat verlesen sollte, um ihn von meinen Heiratsabsichten in Kenntnis zu setzen.

Es tröstete mich, mit Lord Melbourne im Blauen Kabinett zu sitzen, doch seit ich Albert hier in diesem Raum einen Heiratsantrag gemacht hatte, sah ich das Blaue Kabinett in einem anderen Licht.

Onkel Leopolds Brief entzückte mich. Seine Freude klang aus jeder Zeile.

›Liebste Victoria,
mit nichts hättest Du mir eine größere Freude machen können als mit diesem Brief.

Du wirst feststellen, daß Albert genau die Eigenschaften und Fähigkeiten in sich vereinigt, ohne die Du gar nicht glücklich werden kannst. Er ist genau das richtige Pendant für Deine Wesensart, Dein Temperament und Deine Art zu leben... Albert wird in einer schwierigen Lage sein, doch hängt sehr viel von Deiner Liebe zu ihm ab.

Lord Melbourne hat sich als der liebenswürdige, hervorragende Mann erwiesen, den ich schon immer in ihm gesehen habe. So mancher andere Mann in seiner Position hätte sicher nur den eigenen Vorteil im Auge gehabt, doch nicht so unser lieber Freund. Er hat nur an das gedacht, was für Dich am besten ist. Das gereicht ihm sehr zur Ehre...‹

Der Brief machte mich sehr glücklich. Onkel Leopold äußerte sich so positiv über Melbourne, daß ich ihm den Brief zu lesen gab. Er hatte Onkel Leopold nie so ganz über den Weg getraut, deshalb wollte ich ihn wissen lassen, daß Onkel Leopold große Stücke auf ihn hielt.

»Es freut mich sehr für meinen Onkel, daß sein größter Wunsch in Erfüllung geht.«

»Mich freut es weit mehr, daß sich der Wunsch Eurer Majestät erfüllt.«

Ich zog eins meiner einfachsten Kleider an, denn mir war sehr daran gelegen, nicht leichtfertig zu wirken. So konnte ich vor dem Staatsrat auftreten.

Alle sahen mich an. Da ich eine von Lord Melbourne verfaßte Erklärung bei mir hatte, würden sie gleich erfahren, worum es sich handelte.

Was immer Lord Melbourne schrieb, war glänzend formuliert, so auch diese Erklärung. Es machte mir Freude, sie zu verlesen. Ich verkündete dem Staatsrat, daß ich mich zum Heiraten entschlossen hatte, und nannte auch den Auserwählten. Darüber hinaus gab ich bekannt, daß die Hochzeit schon sehr bald stattfinden würde.

Nach dem Verlesen der Erklärung verließ ich den Saal. Kurz darauf suchte mich Lord Melbourne auf. Er war leicht irritiert.

»Ich bin selbst schuld daran«, erklärte er. »Ich habe es nicht für nötig gehalten, ausdrücklich zu betonen, daß Prinz Albert Protestant ist. Jetzt macht die Presse ein großes Gewese darum und behauptet, Prinz Albert sei katholisch. Es könne nicht geduldet werden, daß in unserem Land ein Herrscher eine Ehe mit jemandem eingeht, der nicht der Reformierten Kirche angehört.«

»Aber Albert ist doch Protestant, wie kann da jemand annehmen, er könnte Katholik sein?«

»Da nicht darauf hingewiesen wurde, welcher Kirche er angehört, kommen jetzt eben Zweifel auf.«

»Aber das kann man doch richtigstellen.«

»Selbstverständlich. Es zeigt nur leider wieder einmal das Verhalten der Leute, die Schwierigkeiten machen wollen.«

»Warum führen sie sich so auf?«

»Die Presse möchte vor allem Zeitungen verkaufen, dabei schreckt sie offenbar vor nichts zurück. Den Tories geht es immer nur darum, uns Steine in den Weg zu legen.«

Es überlief mich eiskalt.

»Lord Melbourne, geben Sie bitte bekannt, daß Prinz Albert Protestant ist.«

»Ja, und zwar umgehend«, versprach er mir.

Doch ich hätte wissen müssen, daß es auch noch von anderer Seite Ärger geben würde.

Wenn es auch nicht schwer war, den Beweis dafür zu erbringen, daß Albert kein Katholik war und auch nie gewesen war, tauchten noch andere Probleme auf.

Man hätte doch meine sollen, daß Onkel Cumberland als König von Hannover darauf verzichten würde, mich zu quälen. Ich hatte den Thron ja nun schon geraume Zeit inne und war zur Königin von England gekrönt worden, doch Onkel Cumberland gehörte offensichtlich zu den Menschen, die die Hoffnung niemals aufgeben.

Für mich stand unumstößlich fest, daß mir Albert bei allen offiziellen Anlässen zur Seite stehen sollte. Das heißt, daß er allen anderen bei Hofe gegenüber Vorrang haben würde. Den Herzögen von Cambridge und Sussex leuchtete das ein, sie nahmen es als gegeben hin, doch Cumberland protestierte ganz energisch. Er sei nicht nur Herzog, sondern König. Nur auf dem Papier sei Albert eine Hoheit. Davon überzeugte er schließlich auch noch meine beiden anderen Onkel.

Erbost nahm ich das zur Kenntnis. Zu allem Überfluß wurden sie in dieser Meinung auch noch von den Tories bestärkt. Sir Robert Peel, dieser gräßliche Heuchler, war mir in tiefster Seele verhaßt. Da tat er immer so edel und uneigennützig und hatte nichts im Sinn, als mich zu schikanieren. Als sich dann auch noch der Herzog von Wellington auf seine Seite schlug, war ich erst recht angewidert und erklärte, den alten Mann nie mehr sehen zu wollen.

Onkel Leopold, der seinen Herzenswunsch erfüllt sah, schrieb mir, um mir mitzuteilen, was nun zu tun sei. Albert müsse in den höheren Adelsstand erhoben werden.

Als ich Lord Melbourne den Brief meines Onkels zeigte, meinte er: »Das Parlament wird seine Zustimmung verweigern. Bei einem Platz im Oberhaus könnte Prinz Albert sich veranlaßt sehen, das Land regieren zu wollen. Hier vergißt man nicht so leicht, daß er Deutscher ist.«

»Im Parlament scheint man zu glauben, daß nur Engländer gute Menschen sind«, erwiderte ich aufgebracht.

»Vermutlich hat jede Nation diese Auffassung von sich«, lautete sein trockener Kommentar.

»Es heißt ja, im Königshaus gäbe es ohnehin schon viel zu viele Deutsche, aber niemand kann doch ernsthaft glauben, daß nur Engländer etwas taugen.«

»Seit George I. hatte das Königshaus tatsächlich sehr viele Deutsche aufzuweisen.«

»Aber Albert ist es wert, in die höchsten Ränge aufzusteigen«, konterte ich trotzig. »Ich werde mich allen Widersachern entgegenstellen, indem ich Albert zum Prinzgemahl ernenne.«

Lord Melbourne sah mich mit diesem zärtlichen, aber auch hoffnungslosen Blick an, den ich so gut an ihm kannte.

»Das ist völlig ausgeschlossen«, gab er mir zu verstehen. »Das Parlament kann die Königswürde nicht verleihen.«

»Aber wieso denn nicht?« gab ich zurück. »Ist Albert als Gemahl der Königin nicht König?«

»Nein, ganz und gar nicht, Euer Majestät. Er ist und bleibt Prinz Albert. Daran wird sich niemals etwas ändern. Wenn Ihr dem Parlament gestattet, Könige zu ernennen, dürft Ihr Euch nicht wundern, wenn das Parlament dann hin und wieder beschließen würde, einen König abzusetzen.«

»In Frankreich war das der Fall. Und wie steht es mit Charles I.?«

»Euer Majestät dürfen dabei nicht an Revolutionen und Bürgerkriege denken. Die wollen wir hier nicht haben. Prinz Albert kann nicht Prinzgemahl werden. Ich fürchte, das werdet Ihr Euch aus dem Kopf schlagen müssen.«

»Er kann also nicht in den höheren Adelsstand erhoben werden und auch nicht König werden, was bleibt ihm denn da überhaupt noch?«

»Er wird der Gemahl der Königin sein, Euer Majestät.«

Wir kamen auf seine Einkünfte zu sprechen. Lord Melbourne erklärte, es sei üblich, dem Ehepartner des Monarchen 50000 Pfund pro Jahr zu gewähren. Er wolle das Parlament ersuchen, diesem Betrag zuzustimmen. Das tröstete mich ein wenig, denn ich wußte ja, daß Albert alles andere als reich war. Bisher hatte er sich mit 2500 Pfund im Jahr begnügen müssen, da wären 50000 Pfund im Jahr ein Vermögen für ihn.

Am liebsten hätte ich ihm gleich geschrieben, daß er hier reich sein würde, so sicher war ich mir, daß niemand Einspruch erheben würde. Ich kam gar nicht auf den Gedanken, daß er die übliche Summe von 50000 Pfund möglicherweise doch nicht erhalten würde, doch bald darauf sprach Lord Melbourne mit bedrückter Miene bei mir vor.

»Ich bedaure unendlich, Eurer Majestät mitteilen zu müssen, daß das Parlament sich weigert, zu den 50000 Pfund pro Jahr seine Zustimmung zu geben. Es sollen nur 30000 Pfund bewilligt werden. Einhundertundvier Parlamentsmitglieder haben sich dagegen ausgesprochen.«

Ich war außer mir vor Zorn. »Wie konnten Sie das zulassen. Sie hätten Einspruch erheben müssen. Schließlich sind Sie Premierminister.«

»Majestät wissen doch bestimmt, daß es die Machtbefugnisse des Premierministers übersteigt, gegen den Mehrheitsbeschluß zu handeln.«

»Das geschieht nur, um Albert und auch mich zu demütigen. Wie soll ich ihm das nur beibringen?«

»Wäre Prinz Albert über die näheren Umstände informiert, so hätte er gewiß ein Einsehen«, versicherte mir Lord Melbourne.

»Die näheren Umstände? Was wollen Sie damit sagen?«

»Die Lage, in der sich das Land derzeit befindet. Wirtschaftlich geht es uns im Augenblick nicht besonders gut. Die Zahl der Arbeitslosen steigt rapide. Die Chartisten machen uns sehr zu schaffen und finden allerorten Unterstützung. Euer Majestät mögen mir vergeben, wenn ich das ganz offen sage, aber im Augenblick wäre es nicht ratsam, verarmten Ausländern große Summen zuzuschanzen. So würde das Volk das nämlich sehen.«

Fassungslos starrte ich ihn an. Mir war zwar bekannt, daß es nicht allzu rosig um das Land stand und daß es immer wieder zu Unruhen kam, doch Lord Melbourne hatte das mir gegenüber immer so hinzustellen gewußt, als sei die Lage nicht so ernst. Nun sah auf einmal alles anders aus, und ich konnte mich nicht mehr blind stellen. Wenn ich Bettler in den Straßen sah, wollte ich sie immer unterstützen. Der Gedanke, daß kleine Kinder schon Schwerarbeit leisten mußten, war mir unerträglich.

Der Hinweis auf die Armut, die im Lande herrschte, ernüchterte mich auf der Stelle. Mein Zorn verrauchte, und ich nahm es nicht mehr so tragisch, daß es die Tories abgelehnt hatten, Albert 50000 Pfund pro Jahr zu bewilligen.

»Ich sehe es ja ein«, sagte ich gedehnt.

Auch Albert würde einsehen, daß die Bedürfnisse des Volkes Vorrang hatten, da war ich mir ganz sicher. Was er an sich als Demütigung hätte empfinden müssen, ließ er mit stoischer Ruhe über sich ergehen. Etwa um diese Zeit fiel mir erstmals auf, was für hohe moralische Ansprüche Albert an die Menschen stellte. Ich glaube, daß er tief im Innern Lord Melbourne nicht verzeihen konnte, daß er zweimal wegen verheirateter Frauen ins Gerede gekommen war und sich auch nicht mit seiner unkonventionellen Ehe brüsten konnte. Albert war dafür, daß zu seiner Hofhaltung sowohl Whigs als auch Tories gehören sollten. Er hielt nicht viel davon, daß eine Partei überwog. Damit übte er leise Kritik an meiner Hofhaltung, in der nur Whigs vertreten waren. Vor allem aber legte er den größten Wert darauf, daß in moralischer Hinsicht jeder in seiner Hofhaltung über jeden Tadel erhaben war.

»Es geht aber nicht an, daß die beiden Hofhaltungen politisch verschiedene Richtungen vertreten«, gab mir Lord Melbourne zu verstehen. »Majestät haben ja selbst gesehen, was das für katastrophale Folgen haben kann. Ich meine damit, was sich hier zwischen Eurer und der Hofhaltung Eurer Mutter abgespielt hat.«

Das konnte ich nicht bestreiten.

»Es darf also nur eine Hofhaltung geben«, fuhr er fort. »Und ich kann mir kaum vorstellen, daß Eure Majestät sich mit Tories zu umgeben wünschen.«

»Ich würde sie hier nicht dulden.«

»Die Entscheidung liegt ganz bei Euch. Schließlich seid Ihr die Königin. Der Prinz braucht allerdings einen eigenen Privatsekretär, doch vorerst kann er sich mit mir in meinen teilen. George Anson ist ein sehr fähiger Mann.«

»Es ist sehr großmütig von Ihnen, daß Sie sich erbieten, ihn auch dem Prinzen zur Verfügung zu stellen. Ich werde es Albert sofort schreiben.«

Alberts Antwort ließ nicht auf sich warten. Er hielt es nicht für ratsam, den Privatsekretär des Premierministers ebenfalls in Anspruch zu nehmen.

Ich erhielt auch einen Brief von Onkel Leopold. Es schokkierte ihn, daß Albert nicht in den höheren Adelsstand erhoben werden sollte und man ihm einen Sitz im Parlament verweigerte. Es wollte ihm nicht in den Kopf, daß ihn das Parlament brüskierte, indem es ihm nur 30000 Pfund jährlich bewilligte anstatt der üblichen 50000 Pfund, die Ehepartner regierender Monarchen sonst erhielten.

Allmählich wurde ich gereizt. Weder Albert noch Onkel Leopold hatten ein Einsehen. Ich schrieb Albert und erklärte ihm, er könne sich auf mich verlassen. Ich würde schon dafür sorgen, daß nur Herren von einwandfreiem Leumund und untadeligem Lebenswandel für ihn verpflichtet wurden.

Ich mußte Albert klarmachen, daß ich ihn zwar innigst liebte und in jeder Hinsicht respektierte, daß aber auch er stets daran denken müsse, daß ich Königin von England war.

Obwohl Albert nach außen hin sanftmütig wirkte, war er sehr willensstark. Meine Ansichten im Hinblick auf die Hofhaltung behagten ihm nicht sehr. Er plädierte für edle, rechtlich denkende, überaus moralische, unpolitische Deutsche, die ihn nach England begleiten sollten. Er meinte, ich müsse ein Einsehen haben und wissen, wie einsam man sich in einem fremden Land fühlen konnte.

Lord Melbourne war strikt dagegen. »Mit lauter Deutschen hofzuhalten! Ausgeschlossen! Das würde das Volk nicht dulden. Dann doch lieber Tories. Majestät wissen ja, wie das Volk zu Ausländern steht.«

Ich ließ keinen Zweifel daran, daß die Nationalität keine Rolle für mich spielte, gab ihm unmißverständlich zu verstehen, daß ich Albert nicht heiratete, weil er Deutscher war, sondern weil ich ihn liebte.

Die Lage gestaltete sich immer angespannter. Wäre Albert bei mir gewesen, so hätten wir uns sicherlich geeinigt. Wie ich mich danach sehnte, alles mit ihm persönlich zu besprechen und die Schwierigkeiten aus der Welt zu schaffen!

Albert weigerte sich strikt, sich mit dem Premierminister in einen Sekretär zu teilen. Daraufhin beschloß Lord Melbourne, ganz auf Anson zu verzichten und ihn Albert zu überlassen. Damit erklärte sich Albert widerstrebend einverstanden, so daß zumindest diese Hürde genommen werden konnte.

Doch damit war noch lange nicht der ganze Ärger aus der Welt geschafft.

Diesmal kam es zur Abwechslung einmal zwischen Albert und mir persönlich zu Unstimmigkeiten. Ich versuchte mich damit zu trösten, daß Albert mit den Sitten und Gebräuchen hier in England ja noch nicht vertraut sein konnte. Er war von Natur aus ein guter Mensch und war sehr streng erzogen worden. Das Ärgerliche an diesen guten Menschen ist, daß sie sehr viel von anderen erwarten, die keine so guten Menschen sind.

Zunächst kam es zum Streit, was die Flitterwochen anging. Albert schrieb mir einen überaus liebevollen Brief, in dem stand, er sehne sich nach England und freue sich sehr auf unsere Flitterwochen. Die sollten wir in Windsor verbringen, dem wunderschönen Windsor, wo wir so glücklich miteinander gewesen waren und wo ich ihm einen Heiratsantrag gemacht hatte. ›Ich bestehe also darauf, daß wir uns eine ganze Woche nach Windsor zurückziehen, wo wir ungestört sind‹, schrieb mir Albert.

Natürlich freute es mich, daß er mit mir allein sein wollte, doch von den Pflichten einer Königin ahnte er offensichtlich nichts. Er konnte ja auch gar nicht wissen, was es hieß, ein Land wie das meine zu regieren. Woher denn auch? Er war ja nur ein Prinz von Sachsen-Coburg und nicht einmal dort der Herrscher. Es gab so manches, was Albert nicht verstand, doch er würde es lernen – mit der Zeit. Dazu gehörte auch, daß man einer Königin keine *Forderungen* stellte.

›Mein Liebster, Du scheinst ganz zu vergessen‹, schrieb ich in meinem Antwortbrief, ›daß ich Königin von England bin und die Staatsgeschäfte keinen Aufschub dulden. Während der Sitzungsperiode des Parlaments muß ich in London bleiben. Länger als einen Tag kann ich nicht fort.‹

Beunruhigt schickte ich den Brief ab. Ich hätte solche Fragen lieber mit Albert persönlich diskutiert. Ob der Brief womöglich arrogant klang? Dann konnte ich es auch nicht ändern. Albert mußte sich stets vor Augen halten, daß er die Königin zur Frau nahm.

Ich schickte ihm auch die Liste der Brautjungfern, damit er sich auch damit einverstanden erklären konnte. Doch zu meiner Verwunderung erhob er Einspruch. Er plädierte dafür, daß zwei der Brautjungfern von der Liste gestrichen wurden. Wenn die Brautjungfern vielleicht auch unschuldige junge Mädchen seien, meinte er, so hätten sich ihre Mütter doch skandalös benommen.

Als ich den Brief Lord Melbourne zeigte, konnte er es zunächst kaum fassen, dann brach er in schallendes Gelächter aus.

»Was verlangt der Prinz denn da von uns? Sollen wir vielleicht die Vergangenheit der Brautjungfern und ihrer Vorfahren durchforsten? Und wie steht es mit der Verwandtschaft des Bräutigams? Sein Vater war ein berüchtigter Libertin, der sich von seiner Frau, Alberts geheiligter Mutter, wegen Unmoral hat scheiden lassen. Alles was recht ist, Majestät, aber das geht doch wohl ein bißchen zu weit.«

So sah ich das auch. Albert legte entschieden zu strenge Maßstäbe an. Ich wollte ihm schreiben, daß ich es bei den genannten Brautjungfern belassen würde.

Manchmal sah mich Lord Melbourne traurig an. Ich konnte mir denken, was in ihm vorging. In Zukunft würde mir ein anderer Mann zur Seite stehen und mich beeinflussen.

Ob ich leicht zu beeinflussen war? Vielleicht wenn ich liebte. Möglicherweise verliebte ich mich allzu rasch und gleich mit fliegenden Fahnen. Daran mochte es auch liegen, daß ich mich immer nach einem dominierenden männlichen Pendant sehnte. Erst Onkel Leopold und dann Lord Melbourne... und nun sollte Albert die wichtigste Rolle in meinem Leben spielen. Doch trotz dieser Männer an meiner Seite würde ich das Entscheidende nie vergessen. Ich war Königin.

Der Hochzeitstermin wurde auf den 10. Februar 1840 festgesetzt.

Mama stiftete natürlich auch jetzt wieder Unfrieden. Sie widersetzte sich dem Auszug nach der Hochzeit, und es kam zu hitzigen Diskussionen darüber, wer nun Vorrang hatte. Der ewig gleiche Ärger.

Der Hochzeitstag rückte immer näher. Es sah ganz danach aus, als würde die Überfahrt wieder einmal sehr stürmisch sein. »Der arme Prinz Albert wird tüchtig durchgeschüttelt werden«, meinte Lord Melbourne. Ich glaubte zu erkennen, daß ihn das fast ein wenig freute, doch er fügte hinzu: »Wie ich ihn jedoch kenne, wird er das mit Fassung tragen.«

Die Verwirrung und das Durcheinander schienen auf dem Höhepunkt angelangt zu sein. Ich war so aufgeregt, daß ich keinen Schlaf fand und auch nichts essen konnte, denn ich befürchtete, daß im letzten Augenblick noch etwas ernsthaft schiefgehen könnte.

Lehzen schalt mich und hoffte inständig, daß ich mich wieder beruhigen würde. Sie begab sich nach Windsor, um sich zu vergewissern, ob auch alles für unsere ›Flitterwochen‹ vorbereitet war. Diese sollten lediglich drei Tage dauern und nicht eine Woche, wie Albert gefordert hatte.

Mama hatte Einspruch dagegen erhoben, daß Albert und ich schon vor der Hochzeit unter dem gleichen Dach nächtigten. Ich verstand ihre Beweggründe nicht. Wo sollte Albert denn sonst unterkommen? Mama konnte doch nicht im Ernst erwarten, daß wir gleich am Tag seiner Ankunft heirateten.

Mama hielt die von mir befürwortete Regelung jedoch für höchst ungehörig. Als ich das Lord Melbourne vortrug, war jedoch auch er dafür, daß Prinz Albert woanders übernachtete. Mit einer wahren Engelsgeduld erklärte er mir, er täte wirklich alles, um die Schwierigkeiten aus der Welt zu schaffen. Angehenden Ehefrauen sei es nun einmal in England nicht gestattet, unter dem selben Dach mit ihrem Bräutigam zu schlafen, solange sie noch nicht verheiratet seien.

»Ich halte das für eine vorsintflutliche Sitte. Albert übernachtet im Palast. Ich bestehe darauf.«

»Ganz wie Majestät wünschen«, gab Lord Melbourne sich geschlagen und lächelte leicht belustigt.

Also zog Albert in den Buckingham Palast ein. Er hätte sich gewiß dagegen verwahrt, hätte er darin etwas Ungehöriges gesehen.

Wie ich mich freute, ihn wiederzusehen, sein liebes Gesicht wieder vor mir zu haben! Wenn ich je Zweifel daran gehabt hatte, ob ich das Richtige tat, so verflogen diese bei seinem Anblick und lösten sich sofort in Luft auf. Ich wußte mit untrüglicher Gewißheit, daß ich mich glücklich schätzen durfte.

Am Samstag traf er in England ein, die Hochzeit sollte am übernächsten Tag, also am Montag stattfinden. An den dazwischenliegenden beiden Tagen war ich sehr, sehr glücklich. Wir sangen Duette und probten das Hochzeitszeremoniell. Die Stunden vergingen wie im Flug.

Als ich am Sonntagabend zu Bett ging, tat ich vor Aufregung kaum ein Auge zu. Das war die letzte Nacht, die ich allein zubringen würde.

Es regnete in Strömen, als ich an dem schon lange herbeigesehnten 10. Februar aufstand. Was für ein Jammer, daß die Sonne nicht schien. Ich schrieb sofort an Albert.

›Mein Liebster,
Wie fühlst Du Dich heute? Hast Du gut geschlafen? Ich habe kaum ein Auge zugetan, fühle mich aber trotzdem frisch und bestens ausgeruht. Was sagst Du zu diesem Wetter? Ich glaube allerdings, daß es bald aufhört zu regnen. Laß es mich wissen, wenn Du fertig bist, mein innigst geliebter Bräutigam.

Immer die Deine,
Victoria R.‹

Die Menschenmassen drängten sich in den Straßen. Für uns war ein roter Teppich ausgerollt, auf dem wir zur Kutsche schreiten sollten. Bald würde es soweit sein.

Ich vernahm die Beifallskundgebungen, als Albert in Begleitung seines Vaters und seines Bruders erschien. Sicher sah er in der Uniform eines britischen Feldmarschalls mit dem Hosenbandorden quer über der Brust prächtig aus. Ich hatte ihm den Orden selbst verliehen. Es freute mich besonders, daß der Jubel Albert galt.

Dann kam ich an die Reihe. Mama sollte mit mir in der Kutsche fahren. Ich war dagegen gewesen, hatte aber eingesehen, daß wir unsere Differenzen bei einem so feierlichen Anlaß beilegen und uns so verhalten mußten, wie es dem Volk richtig und natürlich erschien.

Als die Leute meiner ansichtig wurden, brachen sie in Jubelrufe aus. Sie schwenkten Flaggen, und ich vernahm Fanfaren. Dankbar und gerührt nahm ich die Huldigungen entgegen, glücklich über den Beifall, den das Volk seiner Königin an deren Hochzeitstag zollte.

Bewundernde Rufe wurden laut, als ich in meinem voluminösen, spitzenbesetzten weißen Atlaskleid erschien. An meinem Hals funkelte ein Diamantkollier, im Haar trug ich ein Kränzchen aus Orangenblüten.

Als ich in der Kutsche neben Mama Platz genommen hatte und wir durch die Straßen Londons fuhren, jubelte mir das Volk außer sich vor Freude zu. Das erinnerte mich lebhaft an meine Krönung. Da hatte ich mir gar nichts Schöneres vorstellen können, als Königin zu sein und mir allen Ernstes eingebildet, es könne niemals Probleme oder Schwierigkeiten geben, wenn ich eine gute Königin würde. Wie naiv war ich gewesen.

Ich war noch nicht einmal einundzwanzig Jahre alt und noch drei Monate älter als mein geliebter Bräutigam. Ich würde ihn noch vieles über England lehren müssen. Noch ahnte er nicht im entferntesten, worin die Pflichten einer Königin bestanden.

In der Abtei ging alles sehr eindrucksvoll vonstatten. Die Hochzeitszeremonie bewegte mich sehr. Nie werde ich vergessen, wie Albert mir den Ring an den Finger steckte. Damit war unser Bund besiegelt. Wir waren Mann und Frau und würden zusammenbleiben bis ans Ende unserer Tage.

Hand in Hand standen Albert und ich da und sahen uns überglücklich an. So glücklich würden wir von nun an immer sein, dachte ich in meiner Einfalt. Mit diesem einzigartigen Mann, der die Güte selbst war, mußte man ja glücklich werden.

Mein Blick fiel auf Tante Adelheid. Seit Onkel Williams Tod war sie stark gealtert. Bewegt wandte ich mich ihr zu und mußte daran denken, wie rührend sie sich immer um mich gekümmert hatte. Immer wieder hatte sie Bälle und Gesellschaften für mich gegeben, auch wenn Mama mich oft nicht hatte hingehen lassen. Was hatte Tante Adelheid von Mama alles hingenommen, weil sie *mir* helfen wollte! Es bedrückte mich, sie so hinfällig zu erleben. Zärtlich schloß ich sie in die Arme. Das war ihr offenbar ein Trost, denn sie klammerte sich ein Weilchen an mir fest und flüsterte mir zu, daß sie mir alles Glück der Welt wünsche.

Mama stand schon erwartungsvoll da in der Hoffnung, daß ich auch sie umarmen und ihr sagen würde, wie dankbar ich ihr für alles war, was sie für mich getan hatte. Wenn ich auch meine Fehler hatte, so war ich doch keine Heuchlerin. »Nein, Mama«, dachte ich, »so einfach kann man die Vergangenheit nicht abtun, nur weil es dir so in den Kram paßt.«

Mit ausgebreiteten Armen trat sie auf mich zu, doch ich drückte ihr lediglich die Hand, was den Umstehenden nicht entging.

Dann schritt ich an Alberts Seite aus der Westminster-Abtei. Eine jubelnde Menschenmenge säumte die Straßen, als wir zum Palast zurückfuhren. Das trübe Wetter störte mich nicht mehr im geringsten.

Das Bankett, das uns erwartete, nahm und nahm kein Ende, doch schließlich kam der Augenblick, da ich in mein Zimmer gehen und mein Hochzeitskleid ablegen konnte. Statt dessen zog ich ein mit Schwanendaunen gesäumtes weißes Seidenkleid an.

Als ich wieder hinunterkam, erblickte ich zwischen den Wartenden die hochgewachsene Gestalt Lord Melbournes, der sich verabschieden wollte.

Ohne zu zögern ging ich zu ihm. Er verneigte sich tief und

küßte mir die Hand. Ich hing so an diesem lieben Menschen, daß ich gerührt sagte: »Lord Melbourne, uns kann nichts trennen.«

»Ich will Euch beistehen, solange es geht und solange Ihr mich braucht«, sagte er.

»Kommen Sie nach Windsor und essen Sie mit uns«, lud ich ihn ein.

»Wie, in den kurzen Flitterwochen von nur drei Tagen?« Seine Augen glitzerten verdächtig.

»Ja.«

Er verneigte sich.

Es ging nicht an, daß ich mich zu lange mit ihm unterhielt. Als ich weiterging, hörte ich ihn murmeln. »Gott segne Euch, Majestät.«

Albert trat zu mir. Die Kutsche stand schon bereit, die uns nach Windsor bringen sollte, wo sich unsere Flitterwochen auf drei kurze Tage beschränken würden.

Liebesgeplänkel

Ich konnte mein Glück kaum fassen. Da war ich nun verheiratet mit dem vollkommensten Menschen, den man sich nur denken konnte. Andauernd mußte ich ihn ansehen. Ich genoß die Ehe während unserer kurzen ›Flitterwochen‹ in Windsor.

Wir ritten zusammen aus, spielten auf zwei Klavieren und gingen auf Streifzüge mit den Hunden. Wir liebten uns zärtlich. Noch nie im Leben war ich so glücklich gewesen.

Albert gefiel es in Windsor. Ich empfand es eher als ein wenig düster und fühlte mich in London wohler. Der geräumige Buckingham-Palast mit seinen großen hellen Zimmern gefiel mir ausnehmend gut. Nach meiner Kindheit im Kensington Palast, die ich als Gefangenschaft empfunden hatte, war mir der Buckingham Palast, in dem ich nach Gutdünken schalten und walten konnte, wie das Paradies erschienen. Von meinen Gemächern aus blickte ich auf den Park, und das genügte mir. Damit war mein Bedürfnis nach Natur bereits gestillt. Ich liebte die Großstadt mit ihren Menschenmassen. Das erregende Leben in London hatte mir schon immer zugesagt.

Albert hingegen zog das Landleben vor, fühlte sich in der Stadt nicht wohl. Er kannte sich bestens mit Blumen und Bäumen aus und gab sich alle Mühe, mich dafür zu begeistern. Wenn mich das auch nicht im geringsten interessierte, so hörte ich doch geduldig zu, um ihm eine Freude zu machen.

Er empfand es als sehr angenehm, sich den Pflichten zu entziehen, zeitig zu Bett zu gehen und schon früh am Morgen wieder aufzustehen. Die Morgenfrische hatte es ihm angetan. Ihm erschien es als Inbegriff der Unvernunft, sich die halbe Nacht mit Tanzen zu vergnügen. Für ihn war die Nacht zum Schlafen da.

»Aber Albert!« rief ich aus. »Ich tanze furchtbar gern, und nach Mitternacht macht es noch mehr Spaß.«

»Aber wie willst du dann am nächsten Morgen frisch und ausgeruht sein?« meinte er. »In den frühen Morgenstunden läßt es sich doch am besten arbeiten.«

»Ich werde dafür sorgen, daß du bald anders darüber denkst. Ach, Albert, wie gern würde ich bis zwei Uhr morgens mit dir tanzen.«

Er sah mich entsetzt an; mir dämmerte es, daß wir uns in diesem Punkt wohl niemals einig werden würden.

Lehzen hatte uns nach Windsor begleitet, und mir fiel bald auf, daß sie Albert nicht besonders mochte, was offenbar auf Gegenseitigkeit beruhte.

Über alles und jedes regte sie sich auf. Wahrscheinlich wollte sie Albert demonstrieren, daß sie mich liebte und immer für mich dagewesen war. In der schweren Zeit, als es immer wieder zu furchtbaren Streitereien mit meiner Mutter gekommen war, hatte ich mich immer mit Lehzen beraten und mich von ihr trösten lassen können – und später von Lord Melbourne. Das sollte Albert wissen und nicht so leicht vergessen.

»Kinder sollten sich nicht mit ihren Eltern streiten«, sagte Albert vorwurfsvoll.

»Du kennst meine Mutter noch nicht so genau, sonst würdest du verstehen, wie es zu diesen Streitigkeiten kommen konnte«, verteidigte ich mich.

»Mit seinen Eltern muß man eben Nachsicht üben.«

Gerührt fiel ich ihm um den Hals und küßte ihn. »Ach, Albert, du bist die Güte selbst.«

So manches an mir erschien Albert unbegreiflich, doch während dieser kostbaren drei Tage zerbrach ich mir nicht den Kopf darüber.

Wir bekamen auch Besuch in Windsor. Unter anderem von Lord Melbourne.

Er ließ sich darüber aus, daß mir die Ehe ausgezeichnet zu bekommen schien. Das freute ihn.

Meine Mutter sollte aus dem Buckingham-Palast ausziehen. Lord Melbourne hatte gehofft, der König von Hannover würde ihr gestatten, in den St. James Palast einzuziehen. »Ich dachte, er hätte nichts dagegen einzuwenden, weil er ja ohnehin nie dort wohnt«, erklärte Lord Melbourne. »Aber Seine Majestät hat sich nicht erweichen lassen und das strikt abgelehnt.«

»Was für ein Jammer!« seufzte ich. »Es wird sicher Ärger geben, wenn Mama weiterhin im Buckingham-Palast wohnt.«

»Vielleicht solltet Ihr für die Herzogin, Eure Mutter, Ingestre House am Belgrave Square mieten. Die Miete beträgt nur 2000 Pfund pro Jahr. Später könntet Ihr Euch ja nach einer passenderen Residenz umsehen. Ich denke, Euer Majestät wünschen, daß der Umzug bald vonstatten geht. Soll ich die nötigen Vorkehrungen treffen?«

»Ja, bitte, tun Sie das.«

Wie umsichtig und verständnisvoll sich der gute Lord Melbourne wieder einmal zeigte!

Ich war mir sicher, daß wir auch nach unserer Rückkehr nach London ebenso glücklich sein würden wie in Windsor. Wir ritten auch in London aus, machten Spaziergänge, spielten Duos oder sangen Duette. Hin und wieder tanzten wir auch. Albert tanzte ausgezeichnet, doch lange wollte er nie bleiben. Ich hätte liebend gern länger getanzt, doch fügte ich mich Albert und machte früher Schluß, wenn er es wünschte.

Heute sehe ich natürlich deutlich, wie verschieden wir veranlagt waren. Mich traf die Schuld an vielem, was nicht klappte. Albert war aber auch die Vollkommenheit schlechthin. Ich weiß noch, Lord Melbourne hat mich einmal darauf aufmerksam gemacht, daß das Zusammenleben mit Menschen ohne Fehl auch seine Tücken hat. Mit Sündern lebte es sich leichter.

Unsere Schwierigkeiten mochten daher rühren, daß wir so unterschiedlich aufgewachsen und erzogen worden waren. Albert war der erklärte Liebling seiner Großmütter gewesen, doch streng protestantisch erzogen werden. Er war von Natur aus ein überaus ernster Mensch. Als hochbegabter junger Mann wollte er seine Talente natürlich auch ausleben und nutzbringend anwenden. Für die Rolle des Prinzgemahls war er daher denkbar ungeeignet.

Seine Devise lautete: »Morgenstund hat Gold im Mund.« Es war ihm unbegreiflich, warum ich so gern bis tief in die Nacht aufblieb. Ich hatte vieles an mir, was er nicht verstand. So sah er zum Beispiel nicht ein, was mich an Lord Melbourne faszinierte und warum ich so an Lehzen hing.

Natürlich bedeutete mir Lehzen viel. Sie war viele Jahre meine beste Freundin. Wir hatten es sehr schön zusammen, und wenn ich traurig war, wußte sie mich stets zu trösten. Ich wies Albert darauf hin, daß meine Mutter oft schwer zu ertragen war. Doch in Alberts Augen kam es einer Gotteslästerung gleich, wenn man sich so abfällig über seine Eltern äußerte.

Lehzens Machtbefugnisse behagten Albert nicht, und Lehzen konnte sich oft kleine Sticheleien gegen Albert nicht verkneifen.

»Ich weiß noch, wie gern du früher bis drei Uhr morgens getanzt hast, und jetzt steckst du deine Nase ständig in irgendwelche Bücher. Das ist schlecht für die Augen, Liebes«, hielt sie mir eines Tages vor.

»Albert ist sehr belesen.«

»Du solltest zusehen, daß du mehr an die frische Luft kommst.«

»Albert hält sich gern draußen auf. Er ist ein richtiger Frischluftfanatiker.«

»Wir können doch nicht zulassen, daß ein Trauerkloß aus dir wird. Du sollst immer mein liebes kleines Mädchen bleiben.«

»Ja, Lehzen, das bleibe ich – was immer auch geschieht.«

Albert bemängelte meinen vertrauten Umgang mit Lord Melbourne.

»Natürlich stehen wir auf sehr vertrautem Fuß miteinander. Er ist ja schon seit meiner Thronbesteigung mein Premierminister.«

»Trotzdem scheint ihr euch entschieden näherzustehen, als man es von der Königin und ihrem Premierminister erwarten würde.«

»Mein Lieber, Lord Melbourne ist ja auch kein gewöhnlicher Premierminister – ebensowenig wie ich eine gewöhnliche Königin bin.«

»Vielleicht solltest du dich zurückhaltender geben und ihm deine Zuneigung nicht so offen zeigen.«

»Lord Melbourne ist immer mein bester Freund gewesen. Ich habe die größte Hochachtung vor ihm und sehe gar nicht ein, warum ich ihm das verhehlen sollte. Mir graut es bei dem Gedanken, daß dieser entsetzliche Peel an seine Stelle treten könnte.«

»Du meinst Sir Robert Peel?«

»Ja. Er führt sich wie ein Tanzlehrer auf, bei dem man ständig damit rechnen muß, daß er ein Menuett zelebriert.«

»Ich habe mich mit Anson über ihn unterhalten. Anson hält sehr viel von ihm.«

»Aber Albert, Sir Robert Peel ist unser Gegner. Vergiß nicht, daß er sich gegen deine Einkünfte ausgesprochen hat. Außerdem hat er versucht, mir seine verdammten Tories aufzuzwingen. Er läßt nichts unversucht, um Lord Melbourne zu verdrängen.«

»Als Oppositionsführer bleibt ihm gar nichts anderes übrig. Meines Wissens hat Sir Robert viel für England getan. So beneiden uns zum Beispiel viele Länder um die von ihm eingeführten Polizeitruppen. Meiner Meinung nach liegt ihm das Wohl des Landes sehr am Herzen. Zudem ist er glücklich verheiratet und in moralischer Hinsicht über jeden Tadel erhaben, was man durchaus nicht von allen Politikern behaupten kann.«

»Mein lieber Albert, du lebst noch nicht lange hier in England. *Mir* ist Sir Robert Peel im höchsten Maße unsympathisch, und ich hoffe inständig, daß es Lord Melbourne auch weiterhin gelingt, ihn auszustechen.«

»Wenn du ihn auch nicht magst, so bedeutet das noch lange nicht, daß er kein guter Politiker ist.«

Das Thema begann mich so anzuöden, daß ich gähnte. »Albert, ich möchte das schöne Lied singen, das du komponiert hast.«

Da sah mich Albert wie so oft mit einem Blick an, in dem sich zärtliche Liebe und Verzweiflung mischten.

Ja, wir waren wirklich sehr verschieden, aber ich war davon überzeugt, daß Albert sich bald ändern würde. Daß auch *ich* mich ändern könnte, kam mir gar nicht in den Sinn. Wieso ich, die Königin?

Alberts Verwandte konnten nicht ewig bei uns bleiben. Schließlich war der Tag gekommen, an dem sein Vater abreisen sollte.

Er und Albert schieden traurig und unter zahlreichen Liebesbezeugungen voneinander. Beide schworen, sich schon bald wiedersehen zu wollen.

Kaum war sein Vater abgereist, da brach Albert regelrecht zusammen und weinte bitterlich.

Es erschreckte mich, ihn so verzweifelt zu sehen. Ich versuchte ihn zu trösten, doch er war untröstlich.

»Du weißt nicht, was es heißt, sich von seinem Vater zu verabschieden«, klagte er.

»Ich kann es mir vorstellen«, versicherte ich ihm. »Aber du hast doch *mich*. Ich als deine Frau werde dich schon trösten.«

Doch er stierte nur todtraurig vor sich hin, was mich maßlos ärgerte. Natürlich hing er sehr an seinem Vater, das war ja auch gut so, doch nun gehörten *wir* zusammen, und damit fing ein neues Leben für ihn an. Es erschien mir schon ein wenig übertrieben, daß er seinem Vater so nachtrauerte.

Anscheinend genügte ich ihm nicht. Wenn wir auch erst seit ein paar Wochen verheiratet waren, dürfte er doch nicht so verzweifelt sein. Zweifel kamen in mir auf. Ich liebte Albert leidenschaftlich, doch nun begann ich mich zu fragen, ob er meine Liebe im gleichen Maß erwiderte.

Anfänglich nahm ich an, das Volk sei von meiner Heirat hellauf begeistert, hatte es uns doch bei der Hochzeit zugejubelt und sich die Kehlen heiser geschrien. Doch das schien bald vergessen und ins Gegenteil umzuschlagen. Manchmal konnte ich mich des Eindrucks nicht erwehren, als gönne man uns unser Glück nicht.

In den Zeitungen tauchten Karikaturen auf, die Albert als unterdrückten Ehemann zeigten, der tun mußte, was ihm seine Frau befahl. Manchmal wurde er auch als raffgieriges Monster dargestellt, das sich diebisch freute über die 30000 Pfund pro Jahr anstatt der bisherigen jämmerlichen 2500 Pfund.

Ich wollte, daß das aufhörte, und sprach mit Lord Melbourne darüber.

»Wir rühmen uns doch der Pressefreiheit«, meinte er kopfschüttelnd. »Da lassen sich die Leute wohl kaum dreinreden.«

»Aber das ist doch pure Schikane und entspricht nicht der Wahrheit«, protestierte ich.

»Hochgestellte Persönlichkeiten müssen nun einmal damit rechnen, daß man sie bloßstellt und verspottet«, erwiderte Lord Melbourne.

Irgend jemand hatte sogar eine Parodie auf die Nationalhymne verfaßt. Die Leute sangen sie begeistert. Bald konnte ich sie auswendig.

›God save sweet Vic, mine Queen,
Long live mine little Queen,
God save de Queen.
Albert's victorious;
The Coburgs are glorious,
All so notorious,
God save the Queen.

Ah, Melbourne, soon arise
To get me de supplies –
My means are small.
Confound Peel's politics,
Frustrate de Tory tricks,
At dem now go like bricks,
God damn dem all.

The greatest gifts in store,
On me be pleased to pour,
And let me reign;
Mine Vic has vowed today

To honour and obey,
And I will have de sway –
Albert de King.‹

(Gott schütze die süße Vic, meine Königin,
Lang lebe meine kleine Königin,
Gott schütze die Königin.
Albert ist siegreich;
Die Coburger sind jetzt ruhmreich;
Alle so berühmt berüchtigt,
Gott schütze die Königin.

Melbourne, erhebe dich bald,
Um mir Zuschüsse zu besorgen –
Meine Mittel sind gering.
Bring Peels Politik durcheinander,
Durchkreuze die Tricks der Tories,
Mach sie unheimlich fertig,
Gott möge sie alle verdammen.

Die größten vorrätigen Gaben,
Mögen sich bitte über mich ergießen,
Und mich herrschen lassen;
Meine Vic hat heute gelobt,
Mich zu ehren und mir zu gehorchen,
Und ich werde die Macht haben –
Albert der König.)

Ich befürchtete, das könne auch Albert zu Ohren kommen. Ihm blieb auf die Dauer nichts verborgen, hatte er mich doch schon öfter auf den Schlendrian in der Hofhaltung hingewiesen.

»Albert, du darfst diese Dummköpfe gar nicht ernst nehmen.«

»Es ist nicht zu übersehen, daß sie mich nicht leiden können. Mal bin ich ein Schwächling, der sich von seiner Frau herumkommandieren läßt, und dann wieder ein gerissener Strolch, der sich bereichert.«

»Die Leute können ja nicht ahnen, was du für ein guter Mensch bist, aber irgendwann werden sie es einsehen. Wir müssen uns eben gedulden.«

Eines Tages fragte mich Albert: »Findest du die Abende nicht entsetzlich langweilig?«

»Nein, Albert, ich genieße unsere gemeinsamen Abende. Du denn nicht?«

»Vielleicht sollten wir bei Hofe interessantere Leute empfangen«, meinte er. »In Rosenau hatten wir häufig Wissenschaftler, Schriftsteller, Maler usw. zu Gast.«

»Solche Leute liegen mir aber nicht. Da kann ich den Unterhaltungen nicht folgen.«

»Du könntest dich doch einmal mit Kunst und Wissenschaft befassen. Das ist hochinteressant, du wirst schon sehen. Soviel ich weiß, hat dein Onkel George IV. großen Wert auf kulturelle Veranstaltungen gelegt.«

»Ich dachte, du bist glücklich mit mir.«

Albert griff nach meiner Hand und drückte zärtlich einen Kuß darauf. »Mein Kleines, du bist entzückend, doch ich vermisse so manches, was mich brennend interessiert.«

»Mein geliebter Albert, du sollst aber nichts entbehren.«

»Sieh mal, du hast deine Arbeit, deine Pflichten, du besprichst dich mit dem Premierminister, befaßt dich mit den Staatsgeschäften, unterzeichnest wichtige Papiere, und ich sitze einfach nur herum, zur Untätigkeit verdammt. Ich würde dir gern helfen.«

»Das ist sehr lieb von dir. Aber diese Staatsgeschäfte gehen eben nur die Königin etwas an. Dabei kannst du mir nicht helfen. Allein der ewige Papierkram. Die Pflichten einer Königin bestehen ja nicht nur aus der Parlamentseröffnung und den Auftritten in der Öffentlichkeit.«

»Du würdest mich wirklich glücklich machen, wenn du dir von mir helfen ließest.«

Ich sah ja ein, daß er nicht genug zu tun hatte. In Rosenau war er ständig beschäftigt gewesen. Als ernsthafter Mensch hatte er seine Interessen. Er war nun einmal nicht vergnügungssüchtig, sondern wollte sich nützlich machen.

Lord Melbourne brachte mir einen ganzen Berg Papiere, die ich unterzeichnen mußte. Da ließ ich Albert kommen.

»Liebster, ich habe Arbeit, bei der du mir gut helfen könntest«, sagte ich.

Albert freute sich.

»Mit dem größten Vergnügen.«

Als er jedoch nach den Dokumenten auf meinem Schreibtisch griff, wies ich ihn zurecht: »Die sind ausschließlich für die Königin bestimmt. Ich muß sie unterzeichnen.«

»Das ist mir schon klar, aber worum handelt es sich bei diesen Papieren?«

»Ich habe schon alles mit Lord Melbourne besprochen und muß nur noch unterschreiben.«

Ich reichte ihm das Löschpapier.

»So, mein Lieber, ich unterschreibe, und du sorgst dafür, daß die Tinte schneller trocknet.«

Seinen Gesichtsausdruck wußte ich nicht zu deuten. Er wirkte irgendwie frustriert. Fast hatte ich den Eindruck, als könne er sich nur mit Mühe beherrschen.

Morgens war mir immer öfter schlecht. Diese Übelkeit ließ Lehzen aufmerken. Sie fand sehr bald eine plausible Erklärung dafür.

»Ist es denn die Möglichkeit? So bald schon?« meinte sie.

Natürlich hatte auch ich schon an diese erschreckende Möglichkeit gedacht. Ich erwartete ein Kind. Ich fürchte, ich war nie mütterlich veranlagt, und der Gedanke an die Schwangerschaft behagte mir ganz und gar nicht. Mir waren größere Kinder lieber, mit denen man sich unterhalten und amüsieren konnte. Säuglinge ließen mich ziemlich kalt.

Außerdem mußte ich daran denken, daß viele Frauen im Kindbett starben. Junge kerngesunde Frauen, denen bis dahin nie etwas gefehlt hatte.

Ein entsetzlicher Gedanke.

»Wir werden dich nun schonen müssen«, meinte Lehzen. »Was sagt denn der Prinz dazu?«

»Ich habe es ihm noch nicht gesagt.«

»Also bin ich die erste, die davon erfährt«, erklärte Lehzen tiefbefriedigt.

Ich nickte.

»Und wann willst du es dem Prinzen sagen?«

»Sobald ich ihn sehe.«

»Männer bringen für derlei nicht viel Verständnis auf.«

Albert war jedoch überglücklich, als ich ihm erzählte, daß ich schwanger war. Er konnte es kaum fassen, daß es schon so bald dazu gekommen war. »Wann ist es denn soweit?« wollte er wissen.

»Ich weiß es nicht genau. Gegen Ende des Jahres. Vielleicht kommt das Kind im Dezember auf die Welt.«

Er griff nach meinen Händen und küßte sie voller Dankbarkeit. Dann erst fiel ihm meine Miene auf.

»Du scheinst dich aber gar nicht sehr zu freuen«, meinte er.

»Es ist kein erhebendes Gefühl, ein Kind zu bekommen«, murrte ich. »Eine einzige Strapaze.«

»Aber denk doch mal, was ein Kind für Freude macht, ein kleiner neuer Erdenbürger, unser Kind...«

»Ja eben, unser Kind«, sagte ich aufgebracht, »aber ich bringe es allein zur Welt.« Es ärgerte mich, daß er ganz zu vergessen schien, was das für Gefahren mit sich brachte.

»Meine liebe kleine Frau«, sagte er und küßte mich. »Tausende von Frauen überall auf der Welt bekommen in diesem Augenblick Kinder. Du wirst mir doch wohl nicht erzählen wollen, daß ausgerechnet die Königin Angst vor etwas hat, das anderen ganz natürlich erscheint?«

Ich unterdrückte die in mir aufkeimende Wut und sagte nur kurzangebunden: »Lehzen macht sich große Sorgen um mich, trotz ihrer Freude über diese Nachricht. Das habe ich ihr angesehen, obwohl sie sich natürlich bemüht hat, mich das nicht merken zu lassen.«

»Du hast es ihr also bereits erzählt.«

»Ja, natürlich.«

»Und wem sonst noch?«

»Sonst noch niemandem!«

»Sie wurde also als erste eingeweiht.«

»Nur weil sie zufällig zugegen war.«

»Bei Lehzen scheint das ein Dauerzustand zu sein.«

»Ja, sie ist immer da, ist bisher immer dagewesen und wird hoffentlich auch in Zukunft immer bei mir sein.«

»Irgendwann erübrigen sich doch diese älteren Bediensteten. Man wächst einfach über sie hinaus.«

»Lehzen ist beileibe keine Bedienstete, das mußt du einsehen, Albert.«

»So, muß ich?«

»Ja, allerdings.«

Da sah er mich wieder mit diesem schmerzlichen Gesichtsausdruck an, der mir allmählich auf die Nerven ging.

»Wir müssen offiziell verkünden, daß wir ein Kind erwarten«, meinte er.

»Nein, noch nicht.«

»Ich finde, es ist an der Zeit, das Volk zu unterrichten. Die Leute möchten das doch wissen, denn schließlich handelt es sich um den Thronerben.«

»Ich möchte das erst mit Lord Melbourne besprechen.«

»Mein Wunsch zählt also gar nicht?«

»Aber Albert, wie kannst du so etwas nur sagen?«

»Lehzen muß als erste von dem Kind erfahren, und Lord Melbourne darf die Entscheidung treffen, wann offiziell angekündigt wird, daß wir ein Kind erwarten. Da ist es doch wohl kaum zu übersehen, daß sich niemand auch nur einen Deut um meine Meinung schert.«

»Albert, du vergißt anscheinend meine Position. Schließlich bin ich Königin«, fertigte ich ihn kurz ab.

»Als ob ich das je vergessen könnte«, murmelte Albert gepeinigt. »Es wird mir ja bei jeder Gelegenheit unter die Nase gerieben.«

Lord Melbourne war zu Tränen gerührt, als ich ihm erzählte, daß ich schwanger war. Er erwies sich damit wieder einmal als getreuer Freund.

»Gott segne Eure Majestät und das Kleine«, sagte er.

Mit ihm konnte ich auch ungeniert über meine Ängste sprechen, und er zeigte sich sehr verständnisvoll.

»Da Ihr Euch bester Gesundheit erfreut, werdet Ihr die Geburt auch gut überstehen«, versicherte er mir.

Das war genau der Trost, der mir in meiner Verzagtheit half.

»Trotzdem solltet Ihr jetzt nicht mehr durch die Wälder galoppieren«, ermahnte er mich. »Und auch nicht mehr so wild und ausgelassen tanzen.«

»Was meinen Sie – sollen wir jetzt schon bekanntgeben, daß ich ein Kind erwarte?« wollte ich von ihm wissen.

Lord Melbourne schüttelte den Kopf. »Nein, ich halte es für besser, wenn das Gerücht aufkommt und sich rasch verbreitet. Das ist mehr nach dem Geschmack des Volkes. Dann geht nämlich das Rätselraten los. Ist unsere Königin nun schwanger oder nicht? Das regt die Fantasie mehr an als eine prosaische Erklärung.«

»Ob sich die Leute wohl darüber freuen?«

»Und ob, sie werden begeistert sein. Nichts beglückt sie so wie Babys. Hochzeiten und Krönungen sind auch ganz schön, aber Babys sind das höchste. Und sie bleiben ja auch eine ganze Weile Babys. ›Ach, wie schön‹, werden die Leute sagen, ›unsere liebe Königin ist ja genau wie wir.‹«

Ich unterhielt mich entschieden lieber mit Lord Melbourne als mit Albert.

Albert tat es sehr leid, daß er mich so in Rage gebracht hatte. Als wir uns wiedersahen, war er sehr nett zu mir. Wir waren dann wieder sehr glücklich miteinander, und da sich alle auf das Kind zu freuen schienen, versuchte ich, die Schrecknisse, die vor mir lagen, zu vergessen und mich mit den übrigen zu freuen.

Mir war schon länger aufgefallen, daß Ernst gar nicht gut aussah. Als ich Albert daraufhin ansprach, brachte ich ihn damit in Verlegenheit.

»Ja, mit Ernst stimmt etwas nicht. Er ist ziemlich krank«, bekannte er geknickt.

»Sag mir doch, was ihm fehlt.«

»Ich ringe schon seit geraumer Zeit mit mir, ob ich es dir anvertrauen soll.«

»Hast du vergessen, daß wir keine Geheimnisse voreinander haben wollten?«

»Nein, aber hier handelt es sich um eine sehr heikle Angelegenheit, und das wollte ich dir gern ersparen.«

»Wieso heikel? Was hat er denn nun eigentlich?«

»Er leidet an einer Krankheit, mit der Gott die Sünder straft. Er... er hat sich mit einem Weibsbild eingelassen, bei dem er sich diese schändliche Krankheit geholt hat.«

»Wie, Ernst leidet an dieser Krankheit?«

»Ja. Das scheint dich zu wundern. Mich eigentlich nicht. Bei seinem Lebenswandel mußte man irgendwann damit rechnen.«

»Wahrscheinlich hat er nicht gewußt...«

»Daß er sich bei dieser Frau anstecken würde? Natürlich nicht. Er dachte vermutlich, er könnte bis in alle Ewigkeit ungestraft sündigen.«

»Der arme Ernst! Hat es ihn schlimm erwischt?«

»Nein, gottlob nicht. Er ist noch glimpflich davongekommen. Sicher wird er bald wieder ganz gesund sein, denn er spricht schon auf die Behandlung an.«

»Das freut mich sehr.«

»Wenn er doch dieses Lotterleben endlich aufgeben und sich binden wollte!«

»Kaum zu glauben, daß ihr Brüder seid. Verschiedenartigere Brüder kann man sich gar nicht vorstellen«, sagte ich.

Da sah mich Albert dankbar an und drückte mir die Hand.

»Vielleicht entschließt er sich zur Ehe, wenn er sieht, wie glücklich wir miteinander sind.«

»Ja, ich glaube auch, daß ihm das schon aufgefallen ist.«

Ich fragte Albert, ob Ernst erfahren durfte, daß ich von seiner Krankheit wußte. Albert sah betreten aus. »Er würde sich bestimmt sehr darüber aufregen, und so sehr es mir auch widerstrebt, jemanden im unklaren zu lassen...«

»Überlaß das nur ruhig mir. Ich werde kein Wort davon verlauten lassen, wenn Ernst nicht selbst darauf zu sprechen kommt.«

»So etwas würde ihm nicht einfallen«, entrüstete sich Albert.

Obwohl sich Albert anfänglich dagegen gewehrt hatte, George Anson als Privatsekretär zu beschäftigen, freundeten sie sich allmählich miteinander an. George Anson zählte zu den Intellektuellen, wie Albert sie gern bei Hofe einführen wollte, um die Abende interessanter zu gestalten. Inzwischen hatte George Anson verständlicherweise große Hochachtung vor Albert, und sie verbrachten viel Zeit miteinander. Oft gesellte sich auch Baron von Stockmar noch zu ihnen. Dieses Triumvirat besprach dann alles, was das Land betraf. Albert interessierte sich sehr für Politik.

Eines Tages tranken wir zusammen Tee. Ich schenkte selbst ein, denn es machte mir große Freude, mich persönlich um meinen Mann zu kümmern und für ihn zu sorgen.

Albert saß belustigt da, ließ mir meinen Willen und sah mir lächelnd zu. Sein Lächeln gefiel mir über alle Maßen, und es ärgerte mich sehr, daß er in den Zeitungen als ›hübsch‹ bezeichnet wurde, was besagte, daß er dem englischen Ideal nicht entsprach. In England mußte ein Mann vor allem ›männlich‹ sein. Als wäre er das nicht gewesen! Aus den Leuten sprach doch nur der Neid.

Ich weiß nicht, wie wir auf meine Minister zu sprechen kamen.

»Viele deiner Minister scheinen von Moral nicht viel zu halten«, bemängelte Albert. »Lord Palmerston zum Beispiel hat einen denkbar schlechten Ruf.«

»Lord Melbourne hat mir erzählt, daß er Cupido genannt wird«, berichtete ich lachend, »weil er so viele Damen mit seiner Liebe beglückt. Ich finde, das paßt gut zu ihm.«

»Spricht aber nicht gerade für Charakterfestigkeit.«

»Er ist aber ein sehr kluger und umsichtiger Mann. Lord Melbourne hält sehr viel von ihm.«

»Um die Moral eines Ministers schert er sich wohl kaum.«

»Er bringt eben für alles Verständnis auf.«

Mit dem Thema Moral begab ich mich unweigerlich aufs Glatteis, denn Lord Melbournes Beispiel folgend, hatte ich es mir angewöhnt, Menschen gegenüber nachsichtig zu sein, die sich nicht gerade vorbildlich benahmen. »Wir sind doch schließlich alle nur Menschen«, pflegte Lord Melbourne zu sagen. »Manche sind eben menschlicher als andere.«

»Es freut mich jedenfalls, daß zumindest ein hochrangiges Parlamentsmitglied mit gutem Beispiel vorangeht und ein mustergültiges Leben führt«, eröffnete mir Albert.

»So?« meinte ich schnippisch. »Und wer ist dieser Heilige?«

»Sir Robert Peel.«

Ich kochte vor Wut. Unbeherrscht war ich schon immer gewesen, doch seit ich schwanger war, fiel es mir noch schwerer, mich an die Kandare zu nehmen.

»Mein lieber Albert«, sagte ich und kehrte die Königin heraus und nicht das liebe kleine Frauchen, »Peel kann so vollkommen sein wie er will – er interessiert mich nicht. Der Mann ist mir zuwider. Ich hoffe, daß er *niemals* an die Macht kommt.«

»Nach dem zu urteilen, was im Lande vorgeht, ist es sehr wahrscheinlich, daß er bald Premierminister wird.«

»Ich bin mit der derzeitigen Regierung sehr zufrieden, vor allem aber mit dem Premierminister. Besser könnte ich es gar nicht treffen.«

»Meine Liebe, es kommt gar nicht so sehr darauf an, ob dir die derzeitigen Zustände behagen oder nicht. Es muß bald Wahlen geben, dann hat diese Regierung ausgespielt. Deine entzückenden kleinen *Têtes-à-têtes* mit Lord Melbourne werden aufhören. Statt dessen mußt du Sir Robert Peel empfangen.«

»Er hat schlechte Manieren.«

»Entschuldige, meine Liebe, aber das ist purer Unsinn. Er hat Harrow besucht und in Oxford studiert. Er hat sich als stellvertretender Premierminister für Irland glänzend bewährt. Er ist zu Großem berufen. Ich weiß ihn sehr zu schätzen.«

»Albert, du kennst ihn nicht. Er ist so entsetzlich linkisch. Er hat sich wie ein Tanzlehrer aufgeführt, als er bei mir vorsprach.« Schon bei dem bloßen Gedanken daran mußte ich wieder lachen.

»Mir ist nichts dergleichen aufgefallen«, wehrte Albert ab.

»Wie, du kennst ihn?«

»Ja, ich war froh, seine Bekanntschaft machen zu dürfen.«

Ich war fassungslos und völlig außer mir vor Zorn. Albert tat sich hinter meinem Rücken mit diesem Mann zusammen! Erregt packte ich meine Teetasse und schüttete Albert den heißen Tee ins Gesicht.

Gleich darauf sprang ich auf. Was hatte ich da angerichtet?

Albert schien sich nicht einmal zu wundern. Als er aufstand, beobachtete ich, wie ihm der Tee vom Kinn auf das Jackett tropfte. Er verneigte sich gelassen. »Ich muß mich umziehen«, sagte er und ging.

Wie gelähmt sah ich ihm nach. Ich kam mir furchtbar albern vor, schämte mich zu Tode und fühlte mich hundeelend. Aber wütend war ich immer noch. Wie konnte er es wagen, sich mit Sir Robert Peel zu treffen! Schließlich war er nur der Mann der Königin, das schien er wieder einmal zu vergessen.

Trotzdem war das kein Grund, ihm den Tee ins Gesicht zu schütten. So etwas durfte einer Königin einfach nicht unterlaufen! Doch Albert war ganz ruhig geblieben, das genaue Gegenteil von mir.

Völlig zerknirscht machte ich mir die schlimmsten Vorwürfe. Wie hatte ich mich nur dazu hinreißen lassen können! Wie konnte ich mich ausgerechnet meinem geliebten Albert gegenüber so schrecklich gehenlassen?

Ich würde erst wieder glücklich sein, wenn er mir das verziehen hatte. Allmählich erlosch mein unbändiger Zorn, und ich bereute zutiefst, was ich getan hatte. Wie hatte ich nur so dumm sein können? Ich liebte Albert doch.

Sofort begab ich mich zu Albert. Er stand am Fenster und drehte sich langsam um. Ich sah, daß er sich umgezogen hatte.

»Ach, Albert!« rief ich und warf mich ihm in die Arme.

Er strich mir übers Haar.

»Kannst du mir das verzeihen?«

»Ich glaube, es tut dir aufrichtig leid«, meinte er lächelnd.

»Ich fürchte, ich bin zu impulsiv und unbeherrscht, bin einfach kein guter Mensch.«

Er küßte mich. »Doch, das bist du, doch zuweilen wirft dich deine Unbeherrschtheit aus der Bahn.«

»Ja, ich bekomme diese Wutanfälle und fahre aus der Haut, ohne daß ich es verhindern kann. Das muß anders werden.«

»Wir wollen gemeinsam gegen diesen kleinen Dämon ankämpfen.«

Da erschien mir wieder alles ganz einfach.

Ich ließ mich dazu hinreißen, Lord Melbourne bei unserem nächsten Zusammentreffen davon zu erzählen, doch er war beileibe nicht schockiert, sondern lachte schallend.

»Das finden Sie wohl komisch.«

»Ja, allerdings.«

»Aber das ist doch schockierend und hätte nicht passieren dürfen.«

»Ein kleiner königlicher Wutanfall – sicher nicht der erste und wahrscheinlich auch nicht der letzte.«

»Manchmal glaube ich fast, Albert ist zu vollkommen. Da komme ich mir noch schlechter vor als ohnehin schon.«

»Gegen so einen kleinen Temperamentsausbruch von Zeit zu Zeit ist doch gar nichts einzuwenden. Man macht sich Luft und verleiht dem Leben Würze.«

»Albert hat aber auch gar keine Fehler. Wenn ich ihn mit anderen Männern vergleiche...«

»Ja, ich weiß, die schneiden dabei schlecht ab.«

»Ich möchte Albert aber auch gar nicht anders haben. Er ist der reinste Engel.«

»Selbst Engel sind auf eine Beschäftigung erpicht.«

»Was wollen Sie denn damit sagen?«

Lord Melbourne sah mich forschend an. Erst jetzt wird mir so richtig klar, was für ein guter Freund er mir gewesen ist. Dank seiner in langen Jahren erworbenen Menschenkenntnis verstand er besser als ich, wie es um Albert und mich stand. Er hatte vollstes Verständnis für Alberts Rastlosigkeit. Nur Männer ohne Rückgrat hätten sich in dieser Position wohl gefühlt – als Schoßhündchen der Königin. In dieser Position durfte er nie er selbst sein.

»Der Prinz ist ein sehr fähiger Mann«, gab mir Lord Melbourne zu bedenken. »Deshalb würde es ihn sicher freuen, wenn Ihr Euch öfter mit ihm über Staatsangelegenheiten unterhalten wolltet. Ihr würdet sicher feststellen, daß er Euch eine große Hilfe sein kann. Für einen energiegeladenen Mann ist es frustrierend, so zur Untätigkeit verdammt zu sein.«

»Es macht mich noch immer wütend, wenn ich nur daran denke, daß er sich mit diesem widerwärtigen Peel getroffen hat.«

»Ich würde es als positiv betrachten, daß er die Bekanntschaft von Politikern macht.«

»Ausgerechnet Peel!« entfuhr es mir.

»Vergebt mir, Majestät, aber Euch ist Peel inzwischen regelrecht zuwider. Ihr würdet Eure Meinung sehr bald ändern, wenn Ihr ihn richtig kennenlerntet. Daß er die Fußspitzen nach außen stellt, sagt ja noch nichts über seine Qualifikation als Staatsmann aus. Er ist ein sehr fähiger Politiker. Und nun, Majestät, würde ich Euch gern um einen Gefallen bitten. Ihr würdet mich sehr glücklich machen, wenn Ihr Euch entschließen könntet, eine gute Freundin von mir zu empfangen, nämlich Mrs. Caroline Norton.«

Eine ungeheure Erregung ergriff mich, war diese Dame doch in einen Skandal mit Lord Melbourne verwickelt gewesen.

»Sie ist schrecklich verleumdet worden«, fuhr Lord Melbourne fort.

»Mein lieber Freund, dann will ich gern versuchen, das ihr widerfahrene Unrecht wiedergutzumachen. Selbstverständlich empfange ich Lady Norton.«

Dankbar küßte mir der Lord die Hand.

Ich war tatsächlich sehr gespannt auf Mrs. Norton. Eine sehr attraktive Frau mit wunderschönen dunklen Augen, die wie tief von innen her zu strahlen schienen. Ihre klassischen Züge gefielen mir ausnehmend gut. Ich war beeindruckt von ihrer samtenen Haut und ihrem dunklen Teint. Mrs. Norton erwies sich als sehr gesprächig, doch niemals langweilig. Sie hatte sich als Dichterin schon einen Namen gemacht. Sich mit ihr zu unterhalten, war eine reine Freude.

Lord Melbourne berichtete mir hinterher, Mrs. Norton halte mich für sehr anziehend, für ganz entzückend, warmherzig und für einen wirklich guten Menschen.

»Dem kann ich mich nur anschließen«, fuhr Lord Melbourne fort.

»Das beruhigt mich ein wenig«, sagte ich, »denn ich vergleiche mich ständig mit Albert und schneide dabei immer ziemlich schlecht ab – doch Albert ist schon fast ein Heiliger.«

Daß ich Caroline Norton empfangen hatte, paßte Albert gar nicht, so daß es darüber zum Streit kam.

»War es wirklich unumgänglich, dieser Frau eine Audienz zu gewähren?« wollte er von mir wissen.

»Ich wüßte wirklich nicht, warum ich sie nicht hätte empfangen sollen. Es spricht nichts dagegen, und wir haben uns glänzend unterhalten. Im übrigen wollte ich damit einem meiner besten Freunde einen Gefallen tun.«

»Lord Melbourne kann doch unmöglich daran gelegen sein, daß diese unglückselige Geschichte wieder Staub aufwirbelt. Menschen, die in so heikle Affären verwickelt sind, können dem Land nur schaden.«

»Und wenn sich herausstellte, daß sie keine Schuld trifft?«

»Etwas muß wohl drangewesen sein, warum wären sie sonst ins Gerede gekommen?«

»Mrs. Norton ist die Enkelin von Sheridan und künstlerisch hochbegabt. Sie schreibt anerkannt gute Gedichte, malt und musiziert. Solche Leute wolltest du doch hier bei Hofe haben.«

»Aber nur Leute von einwandfreiem Lebenswandel.«

»Verlangst du da nicht entschieden zuviel?«

Als er auch noch über Lord Melbourne herzog, verwahrte ich mich energisch dagegen. Da erhob sich Albert ganz abrupt, verneigte sich und murmelte: »Wenn Majestät mich bitte entschuldigen wollen...«

Bevor ich noch Einspruch erheben konnte, war Albert

schon an der Tür angelangt. »Albert, ich dulde nicht, daß du mitten im Gespräch verschwindest!« rief ich, doch er ignorierte mich und ging.

Ich konnte es nicht fassen. Wie konnte er es wagen, die Königin so zu erniedrigen? Natürlich befanden wir uns beide in einer äußerst schwierigen Lage. Kein Wunder, daß es Albert schwerfiel, sich mir unterzuordnen. Im allgemeinen dominierte doch der Mann.

Als mein Zorn verraucht war, ging ich zu ihm.

»Albert, ich möchte dich sprechen!« rief ich.

Keine Antwort. Albert verweigerte mir schon wieder den Gehorsam.

Der Schlüssel steckte außen in der Tür. Heimtückisch schloß ich Albert ein, dann setzte ich mich und wartete. Sicher würde er mich anflehen, ihn herauszulassen. Dann würde ich auf einer Aussprache bestehen und ihm klarmachen, daß er sich nicht einfach entfernen durfte, während ich noch mit ihm sprach. Er konnte mich schließlich nicht behandeln wie eine ganz gewöhnliche deutsche Ehefrau. Ich war Königin von England.

Ich wartete und wartete, doch nichts geschah. Bald fühlte ich mich hundeelend und sah ein, daß ich unüberlegt gehandelt hatte. Wenn ich mich auch mit Albert im Hinblick auf Caroline Norton nicht einigen konnte, so mußte ich doch zumindest seinen Standpunkt respektieren. In meiner Familie hatte die Moral nie einen hohen Stellenwert gehabt, Albert war hingegen ein guter, überaus anständiger Mensch. Mir war jämmerlich zumute. Ich wünschte mir nichts sehnlicher, als daß Albert mir verzieh.

Als ich es nicht mehr aushielt, schloß ich wieder auf.

»Albert«, sprach ich ihn an.

»Komm herein«, erwiderte er seelenruhig.

Bei meinem Eintreten entfuhr mir ein kleiner Schreckensruf. Albert saß nämlich ganz gelassen am Fenster und malte.

»Was machst du denn da?« fragte ich ihn verwirrt.

Da hielt er den Block hoch, um mir sein Werk zu zeigen. »Mir ist plötzlich aufgefallen, was für eine schöne Aussicht man aus dem Fenster hat«, erklärte er.

Er hatte also offensichtlich die ganze Zeit gemalt, als sei nichts vorgefallen. Jetzt sah er mich mit diesem Blick an, in dem Zärtlichkeit und Verzweiflung lagen.

»Gefällt es dir?« fragte er.

»Ja, sehr.«

»Ich wollte es dir schenken, wenn es fertig ist, damit du den Tag nicht vergißt, an dem du mich in meinem Zimmer eingeschlossen hast.«

»Ach, Albert, was bist du doch für ein guter Mensch. Ich habe wieder einmal die Beherrschung verloren, und du bist mir nicht einmal böse.«

»Nun, du hast ja öfter mal einen Wutanfall.«

»Das dürfte nicht vorkommen, doch manchmal kann ich einfach nicht dagegen an. Verzeih mir, Albert, es tut mir schrecklich leid.«

»Du bist und bleibst mein liebes kleines Frauchen.«

»Dann ist ja alles gut.«

Ernst erholte sich zusehends. Kaum war er wiederhergestellt, da reiste er ab.

Albert trauerte seinem Bruder nach. In den Tagen nach Ernsts Abreise ging er betrübt umher und verbrachte viel Zeit mit Anson und Stockmar. Wenn sie gemeinsam etwas unternahmen, fragte ich mich jedesmal, ob Albert sich wohl wieder mit Sir Robert Peel traf.

Ich wußte, daß er sich mit Geschichte und Politik beschäftigte, vor allem der englischen. Das faszinierte ihn.

Mein einundzwanzigster Geburtstag rückte näher, und ich war im zweiten Monat schwanger. Mir war zwar nicht mehr so häufig übel, doch dafür wurde ich jetzt schneller müde. Damit bewahrheitete sich, was ich schon immer befürchtet hatte: Das Kinderkriegen war ein notwendiges Übel, der größte Nachteil an der Ehe.

Bei meinen Besprechungen mit Lord Melbourne fühlte ich mich immer gleich viel besser. Wenn mich die Staatsangelegenheiten zu langweilen begannen, sprachen wir über etwas anderes. Ich erfuhr den neuesten Klatsch, oder Lord Melbourne erzählte eine Anekdote. Von Lord Melbourne erfuhr ich übrigens weit mehr über meine Vorfahren als aus sämtlichen Geschichtsbüchern.

Die Zeitungen brachten immer noch lästerliche Karikaturen und zogen öfter versteckt über uns her.

»Das würde ich gar nicht beachten«, meinte Lord Melbourne.

Ich weigerte mich, die Cambridges bei Hofe zu empfangen, da die Herzogin nicht aufgestanden war, als ein Toast auf Albert ausgebracht wurde. Eines Tages ging Albert zu einer Veranstaltung bei der Königinwitwe Adelheid. Da ich mich nicht wohl fühlte, zog ich es vor, nicht mitzugehen. Albert erklärte sich nur widerstrebend bereit, ohne mich an der Veranstaltung teilzunehmen.

Es konnte geschehen, daß Albert bei Banketten einschlief. Angeblich waren die trivialen Gespräche daran schuld.

Bei diesem Bankett ging Albert jedoch gleich nach dem Essen. Er glaubte, die Gelegenheit sei günstig, sich unbemerkt zu verdrücken, und hatte ganz vergessen, daß nach dem Essen noch Reden gehalten werden sollten.

Der Herzog von Cambridge leitete seine Rede mit den Worten ein: »Wie ich sehe, ist der Prinz bereits gegangen, aber dürfen wir ihm das verübeln? Natürlich hat er es eilig, wieder heimzukommen, um die Nacht mit einem schönen Mädchen zu verbringen.«

Albert war entrüstet. »So eine Geschmacklosigkeit. Ich finde das unverzeihlich«, schimpfte er, als uns das zu Ohren kam.

Lord Melbourne hingegen kicherte und meinte, das sei als Kompliment für mich gemeint.

An meinem einundzwanzigsten Geburtstag mußte ich mir sagen, daß im vergangenen Jahr allerhand geschehen war. Inzwischen war ich Ehefrau und würde bald auch noch Mutter sein.

Meine Geburtstage waren wirklich immer Festtage für mich gewesen. An meinem einundzwanzigsten Geburtstag sollte ein Ball gegeben werden. Was wäre ein Geburtstag ohne einen Ball! Albert hätte diesen Tag viel lieber ruhig auf dem Land verbracht, doch zum Glück konnte ich mir das in meiner Stellung nicht erlauben.

Albert und ich kamen wieder auf meine Mutter zu sprechen. Es mißfiel ihm sehr, daß es immer wieder zu Mißstimmungen zwischen Mama und mir kam. Er fand das unnatürlich und wollte, daß das endlich aufhörte. Wenn ich ihm erzählte, was ich als Kind durchgemacht hatte, lächelte er nur nachsichtig, als wolle er sagen, daß ich daran wohl auch nicht ganz unschuldig gewesen war.

Trotzdem liebte ich Albert mehr denn je zuvor. Er war so ein guter Mensch und ein ausgesprochen schöner Mann. Wir musizierten gern zusammen. Wenn ihm doch nur auch das Tanzen mehr Spaß gemacht hätte!

Als mir Lord Melbourne zum Geburtstag gratulierte, schien er sehr bewegt.

»Ich komme mir so alt vor«, jammerte ich.

»Wartet nur, wenn Ihr erst einmal vierzig seid, werdet Ihr Euch viel jünger fühlen«, prophezeite mir Lord Melbourne.

Ich mußte lachen, doch Lord Melbourne versicherte mir, es sei tatsächlich so.

Ich hatte seinen Rat übrigens befolgt und besprach nun die Staatsangelegenheiten mit Albert. Dabei fiel mir erst so richtig auf, daß ich gar nicht viel darüber wußte. Ich hatte mich bis dahin immer der Meinung Lord Melbournes angeschlossen und konnte mich für vieles nicht erwärmen.

Albert dachte ganz anders darüber. Er drang darauf, daß ich mich gründlicher mit diesen Fragen befaßte. Mit dem Handel ging es offenbar bergab. In den vergangenen vier Jahren war es aufgrund von Mißernten zu Preiserhöhungen gekommen. In Großstädten begann das Volk zu rebellieren, Aufstände brachen aus. Der Herzog von Wellington erzählte Albert, er habe außer im Krieg noch nie erlebt, daß eine Stadt wo verwüstet worden sei wie Birmingham, und zwar von den Bewohnern. Das konnte man nicht einfach verdrängen oder beiseite schieben, wie es Lord Melbourne so gern tat. Albert plädierte dafür, daß man den Dingen auf den Grund ging und gegebenenfalls Abhilfe schaffte. Auch im Ausland gab es Ärger. Die Kolonien in Westindien revoltierten, in Kanada und Irland ging auch nicht alles glatt, und die Chinesen machten Schwierigkeiten. Der englisch-chinesische Opiumkrieg brach aus.

Albert nahm das alles überaus ernst. Er traf sich mit vielen Leuten. Wahrscheinlich vertiefte er auch seine Bekanntschaft mit Sir Robert Peel. Er setzte sich für vieles ein, was sehr im argen lag. So wurde er unter anderem Präsident der Gesellschaft für die Abschaffung der Sklaverei und die Zivilisation Afrikas. Kurz nach meinem Geburtstag sollte er in dieser Eigenschaft eine Rede vor der Gesellschaft halten.

Die Rede kam gut an, die Zuhörer applaudierten wärmstens. Mit der Zeit würden die Leute Albert schon noch anerkennen, doch es schmerzte, so lange darauf warten zu müssen. Noch hatte er viele Feinde.

Den 10. Juni 1840 werde ich nie vergessen. Dabei fing der Tag wie alle anderen Tage an. Gegen sechs Uhr nachmittags pflegten wir in unserer kleinen Kutsche vierspännig auszufahren. Nur Albert und ich, der Kutscher und der Postillon.

Wir waren noch nicht weit gefahren, da hörte ich einen Schuß – so laut, daß ich zusammenfuhr. Ich riß entsetzt den Kopf herum und erblickte einen Mann, einen kleinwüchsigen, unangenehm aussehenden Burschen. Mit gezückter Pistole lehnte er sich zu uns herein. Ich sah ihm direkt ins Gesicht und zweifelte nicht mehr daran, daß er mich erschießen wollte.

Dann vernahm ich noch einen Schuß. Was für ein Alptraum. Der Mann rannte schleunigst weg, die Leute liefen durcheinander, und irgend jemand brüllte: »Faßt ihn! Tötet ihn!«

Albert blieb ganz ruhig. Er hatte den Arm um mich gelegt und drückte mich fest an sich.

»Weiterfahren!« rief er dem Kutscher zu. Die Pferde galoppierten los.

»Alles in Ordnung?« erkundigte sich Albert.

Ich nickte. »Er wollte mich erschießen, Albert.«

»Nicht nur dich, uns beide«, berichtigte er mich.

»Aber warum denn nur? Was haben wir ihm getan?«

»Das Volk macht eben den Herrscher für die Mißstände im Land verantwortlich. Ach, Liebchen, ich hatte solche Angst um dich! Bist du sicher, daß dem Kleinen nichts geschehen ist?«

»Das Kleine hat von alledem nichts mitbekommen«, sagte ich.

»Meine tapfere kleine Victoria.«

Im nachhinein erschien es mir merkwürdig, daß ich keine Angst verspürt hatte, als ich in die Mündung der Pistole blickte. Ich hatte instinktiv gewußt, daß Monarchen dem Tod jederzeit ins Auge blicken, daß sie ständig damit rechnen müssen, umgebracht zu werden.

Als wir wieder vor dem Palast eintrafen, erwartete uns eine riesige Menschenmenge. Alle jubelten uns zu.

Ich hatte mich in Lebensgefahr befunden und die Achtung des Volkes dadurch zurückgewonnen.

Lord Melbourne kam herbeigeeilt. Er wirkte mitgenommen.

»Eure Majestät«, murmelte er ergriffen und sah mich wie schon so oft mit Tränen in den Augen an.

»Aber Lord Melbourne, ich bin ja noch am Leben«, erwiderte ich lächelnd.

»Gottlob«, sagte er inbrünstig. »Aber der Übeltäter ist gefaßt. Das war gar nicht weiter schwierig. Er hat einfach dagestanden und darauf gewartet, festgenommen zu werden. Er ist achtzehn Jahre alt, hat sich wohl als eine Art Danton oder Robespierre gesehen. Dieser Edward Oxford ist kleinwüchsig und beinahe schwachsinnig, ein richtiger Straßenjunge. Mein Gott, ich darf gar nicht daran denken, was hätte geschehen können, Eure Majestät. Und noch dazu in Eurem Zustand.«

»Alles ging so schnell, daß mir gar keine Zeit blieb, mich zu ängstigen. Aber es ist natürlich ein schrecklicher Gedanke, daß es Menschen gibt, die mir den Tod wünschen.«

»Sie wollen nicht Euch ans Leben. Sie sind gegen das System, also vergehen sie sich gegen Gesetz und Ordnung.«

»Albert hat sich großartig bewährt«, gab ich ihm zu verstehen.

»Ja, der Prinz hat die Ruhe bewahrt. Es war die beste Lösung, weiterzufahren und so zu tun, als sei nichts geschehen. Das imponiert dem Volk.«

»Ja, das Volk hat uns zugejubelt.«

»Das kann ich mir lebhaft vorstellen. Nichts macht einen Herrscher so sympathisch, wie wenn er einem Mordanschlag entgeht. Hätte Euch dieser Schurke tatsächlich erschossen, so wärt Ihr und der Prinz als Märtyrer in die Geschichte eingegangen.«

Lord Melbourne sollte recht behalten. In der Oper brachte man uns Ovationen dar. Voller Inbrunst sangen die Leute die Nationalhymne. Danach brachen sie in den Ruf aus: »Lang lebe die Königin!«

Ich war wieder so beliebt wie vor der leidigen Affäre um Flora Hastings.

Der jugendliche Attentäter wurde in Newgate wegen Hochverrats angeklagt. Weil er als verrückt galt, wurde die Todesstrafe nicht verhängt. Statt dessen wurde der Attentäter in eine Irrenanstalt eingewiesen.

Schon bald nach diesem Vorfall suchte mich Lord Melbourne auf. Er wünschte mich in einer heiklen Angelegenheit zu sprechen. Einige Regierungsmitglieder hatten nach dem fehlgeschlagenen Attentat die Frage einer Regentschaft aufgeworfen.

»Vermutlich für den Fall meines Todes«, meinte ich.

Lord Melbourne wirkte sehr bedrückt.

»Aber diese Überlegung ist doch sehr vernünftig. Wie leicht hätte ich neulich erschossen werden können«, gab ich ihm zu verstehen.

»Majestät sind sehr weise. Wenn der schreckliche Fall eintreten sollte, dem ich nicht einmal mit Worten Ausdruck verleihen möchte, sollte der Prinz zum Regenten ernannt werden. Der Zustimmung der Regierung dürfte nichts im Wege stehen. Doch der Himmel möge verhüten, daß es je zu so einem tragischen Ereignis kommt.«

»Albert würde also dann Regent.«

Lord Melbourne nickte.

Ich war begeistert. Das würde ihm gefallen. Allmählich sah ich nämlich ein, daß er sich abgeschoben und beiseite gedrängt fühlen mußte. Es mußte ihm sehr schwergefallen sein, sich mit seiner bisherigen Rolle abzufinden.

»Auch bei der Opposition rechne ich kaum mit Widerstand«, fuhr Lord Melbourne fort. »Peel wird höchstwahrscheinlich auch dafür plädieren, Prinz Albert zum Regenten zu ernennen.«

Ich gab ihm zu verstehen, daß es mir sehr recht wäre, wenn das Parlament sich darauf einigte, Albert im Falle meines Todes zum Regenten zu ernennen. Der Beschluß wurde dann auch tatsächlich einmütig gefaßt.

Die arme Lehzen fühlte sich immer seltener wohl in ihrer Haut. Sie beklagte sich bei mir darüber, daß der Prinz sie ständig kritisiere. Immer wieder mische er sich in Angelegenheiten der Hofhaltung ein, das sei jedoch schon immer *ihr* Aufgabengebiet gewesen. Auch ich war der Überzeugung, daß alles bestens lief. Jedenfalls war mir noch nie zu Ohren gekommen, daß irgend etwas nicht klappte. Aber Albert mit seiner deutschen Gründlichkeit sah das natürlich anders. Bei seinem Streben nach Vollkommenheit machte er vor nichts halt.

Vermutlich hatte Lehzen Lord Melbourne als ihren Verbündeten angesehen, doch auch er zählte inzwischen zu Alberts Bewunderern und wollte ihn zu allem Unglück auch noch zum Regenten machen. Damit entfiel auch noch der letzte Strohhalm, nach dem sie hätte greifen können.

Nun machte sie kein Hehl mehr aus ihrer Abneigung gegen Albert.

Daß die beiden Menschen, die ich am meisten liebte, erbitterte Gegner waren, schmerzte mich natürlich sehr.

Albert fand an der Hofhaltung ständig etwas auszusetzen. Seiner Meinung nach waren viele Stellen doppelt besetzt.

Lehzen ließ durchblicken, daß das Volk nicht mit Alberts Ernennung zum Regenten einverstanden war.

»Ach, die Leute unterliegen Stimmungsschwankungen. Mal sind sie für, mal gegen eine Sache.«

»Ich wage kaum noch eine Zeitung aufzuschlagen.«

»Aber dafür besteht doch gar kein Grund.«

Ich wußte, daß Lehzen bestimmte Karikaturen ausschnitt und aufbewahrte. Karikaturen, die Albert betrafen. Jetzt nahm sie ein paar aus ihrer Schreibtischschublade. Die oberste zeigte Albert, wie er vor dem Spiegel stand und die Krone aufprobierte.

Ich mußte lachen. »Das sieht den Leuten ähnlich.«

»Der Gedanke behagt ihnen eben nicht.«

»Aber er ist ja schließlich nicht Regent. Das gilt nur für den Fall, daß mir etwas zustoßen sollte.«

»Daran darf ich gar nicht denken.«

Es bereitete mir Kopfzerbrechen, daß Albert und Lehzen sich so gar nicht mochten. Mir dämmerte allmählich, daß es keine Ruhe geben würde, solange sie unter ein- und demselben Dach wohnten. Albert war mein mir angetrauter Mann. Bis ans Ende unserer Tage würde uns nichts trennen, doch ich wollte auch Lehzen nicht verlieren.

Albert beschäftigte sich immer eingehender mit den Staatsangelegenheiten. Wenn ich etwas als allzu ermüdend empfand, wälzte ich es oft auf ihn ab. Die Unruhen im Lande machten ihm große Sorgen. Die Zahl der Arbeitslosen stieg ständig an. Es gab Schwierigkeiten in Afghanistan, und der Konflikt mit China konnte nicht beigelegt werden. Auch unsere Beziehung zu Frankreich ließ viel zu wünschen übrig. Louis Napoleon hatte versucht, nach Frankreich zurückzukehren, und war mit einem englischen Dampfer in Boulogne vor Anker gegangen, doch im Osten machten uns weit schwerwiegendere Probleme zu schaffen.

Albert ließ sich häufig über diese Fragen aus. England und Preußen, Österreich und Rußland versuchten, Mehmet Ali dazu zu bringen, daß er sich aus dem Norden Syriens zurückzog. Frankreich war dagegen, und dann sah es sogar aus, als wolle sich Frankreich auf die Seite Mehmet Alis und damit gegen die Bündnispartner stellen.

»Zum Glück ist es dazu nicht gekommen«, sagte Albert. »Ein Krieg mit Frankreich hätte uns gerade noch gefehlt.«

Albert interessierte sich brennend für Fragen der Außenpolitik und unterhielt sich darüber ausführlich mit Lord Melbourne und Lord Palmerston.

Beide waren sich darüber einig, daß er die Lage sehr gut einzuschätzen wußte.

Am 15. Juli kam es anläßlich der 1. Londoner Konvention zur Verständigung zwischen England, Rußland, Österreich und Preußen auf Kosten Frankreichs.

Im August mußte ich der Vertagung des Parlaments beiwohnen, und ich äußerte Lord Melbourne gegenüber, daß ich es für absurd hielt, daß Albert mich nicht begleiten durfte.

»Er dürfte wohl zugegen sein«, meinte Lord Melbourne, »doch man empfände es wohl kaum als richtig, wenn er in der königlichen Kutsche säße.«

»Aber das ist doch blanker Unsinn«, setzte ich mich zur Wehr. »Albert kennt sich aus und ist mir eine große Hilfe. Ich halte diese Regelung für ausgesprochen lächerlich.«

»Wie so manches im Leben«, pflichtete mir Lord Melbourne mitfühlend bei.

Albert schmerzte das natürlich. »Ich kann tun, was ich will«, meinte er. »Nichts wird jemals anerkannt.«

Ein paar Tage später erhielt ich eine Nachricht von Lord Melbourne. Albert sah, wie ich beim Lesen vor Freude errötete.

»Der gute Lord Melbourne!« rief ich aus. »Er läßt wirklich nichts unversucht, um mich glücklich zu machen. Hör dir das an! Er hat einen Präzedenzfall ausgegraben. Prinz Georg von Dänemark hat nämlich Königin Anne in der königlichen Kutsche auf diesem Weg begleitet. Lord Melbourne findet, daß du mit mir zur Vertagung fahren solltest, lieber Albert.«

Wie schön, Albert so glücklich zu sehen!

Lehzen dagegen war alles andere als begeistert. Im Gegensatz zu Lord Melbourne trug sie nichts dazu bei, daß sich die Beziehung zwischen Albert und mir erquicklich gestaltete, indem sie dafür sorgte, daß er sich wohlfühlte, womit sie schließlich auch mich sehr glücklich gemacht hätte.

Ich verlas meine Rede fließend und voller Freude. Meine Erleichterung sprach aus mir.

Der 10. November 1840 war ein denkwürdiger Tag, denn die erste Briefmarke der Welt erschien in England.

Im fortgeschrittenen Stadium der Schwangerschaft empfand ich fast alles als Strapaze. Albert fand, ich mute mir zuviel zu, und bat, mich nach Claremont bringen zu dürfen, wo wir eine Weile ein ruhigeres Leben führen könnten.

»Du darfst nicht mehr so spät zu Bett gehen«, meinte er. »Morgens könnten wir in Claremont im Park spazierengehen. Denk doch nur an die gute frische Luft.«

Mit Claremont verbanden mich so viele glückliche Erinnerungen. Ich fühlte mich in meine Kindheit zurückversetzt, als ich Onkel Leopold in Claremont besucht hatte. Wie glücklich war er hier gewesen, wo er mit Charlotte gelebt hatte! Jetzt war er glücklich mit Tante Louise verheiratet und war ungeheuer stolz auf seine Kinder. Ob er wohl noch manchmal an Charlotte und das Kind dachte, das mit ihr gestorben war?

Während dieser geruhsamen Tage mit Albert in Claremont gingen wir ein wenig spazieren, während die Hunde fröhlich kläffend um uns herumsprangen. Wir musizierten, spielten Schach, oder Albert las mir vor.

»Das tut dir unendlich gut«, meinte er zufrieden.

Es tat mir vor allem gut, mit Albert allein zu sein. Ohne ihn wäre ich noch öfter ins Grübeln geraten. Ständig sah ich Charlotte vor mir. Auch zu ihren Lebzeiten hatte viel von einem Thronerben abgehangen. Charlotte war lediglich Thronerbin gewesen, ich dagegen war Königin von England. Das Kinderkriegen war gefährlich. Eine schreckliche Angst befiel mich. Womöglich erginge es mir ebenso wie Charlotte. In der Geschichte wiederholt sich alles.

Ich war wie besessen von diesem Gedanken. Mein Kind würde in Claremont zur Welt kommen und mich das Leben kosten – genau wie Charlotte.

Wer weiß, wohin diese Wahnvorstellungen noch geführt hätten, wenn Albert mich nicht wieder zur Vernunft gebracht hätte.

Eines Tages saß ich völlig verängstigt in Charlottes Zimmer, als ich vor der Tür ein Geräusch vernahm. Langsam drehte sich der Türgriff.

»Charlotte«, flüsterte ich entsetzt, doch es war Albert.

»Aber Liebes, was tust du denn hier? Du siehst ja ganz verschreckt aus.«

Ich stürzte auf ihn zu. »Wie gut, daß du da bist, Albert«, seufzte ich erleichtert.

»Aber irgend etwas quält dich doch. Warum sitzt du denn so ganz allein in diesem Zimmer?«

»Ich habe an Charlotte gedacht. Hier ist sie gestorben.«

Entsetzt sah er mich an.

»Vor der Geburt des Kindes war sie kerngesund«, erzählte ich ihm stockend. »Allen erschien ihr Tod unfaßbar. Kinderkriegen ist gefährlich, Albert. Ich habe solche Angst!«

Er versuchte mich zu trösten und zog mich dann schnell aus dem Zimmer.

»Geh nicht noch einmal allein in dieses Zimmer«, bat er mich. »Ich komme mit, wenn du dich hier aufhalten möchtest.«

Seine Worte trösteten mich sehr, denn was auch geschah – Albert würde stets an meiner Seite sein.

»Alles wird gutgehen, du wirst schon sehen«, versicherte er mir. »Du brauchst keine Angst zu haben. Und schließlich hast du ja auch noch mich.«

»Ja«, seufzte ich überglücklich. Mir konnte ja nichts passieren, denn Albert würde immer bei mir sein und sich um mich kümmern.

Eigentlich sollte das Kind erst im Dezember zur Welt kommen, doch die Wehen setzten schon im November ein – drei Wochen vor dem errechneten Geburtstermin. Glücklicherweise hielten sich die Ärzte, die Hebamme Mrs. Lilly und die Amme bereits im Palast auf. Die englischen Ärzte waren Sir James Clark, Dr. Locock und Dr. Blagdon. Albert hielt mehr von deutschen Ärzten und hatte darauf bestanden, daß auch Dr. Stockmar hinzugezogen würde, falls sich das als nötig erweisen sollte.

Der Vorgang der Geburt flößte mir Entsetzen ein – aus gutem Grund. Ich quälte mich zwölf Stunden und schwor mir, das nicht noch einmal durchzumachen. Während ich in den Wehen lag, war mir bewußt, daß mehrere Regierungsmitglieder im Nebenzimmer saßen, darunter Lord Melbourne, Lord Palmerston und der Erzbischof von Canterbury, was ich als unwürdig empfand. Jedenfalls bewirkte ihre Gegenwart, daß ich im Entbindungszimmer nicht laut vor Schmerzen schrie. Doch alles hat einmal ein Ende, und ich dankte dem Himmel, als ich den ersten Schrei des Säuglings vernahm und erschöpft in die Kissen zurücksinken durfte.

Albert stand vor meinem Bett.

»Ein wunderschönes Kind«, sagte er stolz und gerührt.

»Ist es ein Prinz?«

»Nein, Liebchen, ein kleines Mädchen.«

Ich nickte sprachlos.

»Ist das nicht wundervoll?« meinte Albert. »Vielleicht wird dieses kleine Mädchen einmal Königin von England.«

Man reichte mir das Kind. Ich nahm es in den Arm, doch wider Erwarten durchströmte mich keine Liebe zu dem Kind, die Muttergefühle blieben aus. Ich dachte nur: »Was für ein häßliches Geschöpf! Sie sieht ja aus wie ein Frosch!«

Albert war da anderer Meinung. Ihm gefiel das Kind.

Nachdem ich mich ein wenig erholt hatte, empfing ich ein paar Leute, darunter auch Lord Melbourne. Er sah mich mit Tränen in den Augen an und sagte: »Gott segne Euch, Majestät – Euch und Euer Kind.«

Mama erschien. Sie war kaum wiederzuerkennen, wollte unbedingt dazugehören. Inzwischen fand ich, daß auch ich ihr sehr zugesetzt hatte. Sie war ganz vernarrt in Albert, hielt ihn für einen Mustergatten. Das machte sie mir sehr sympathisch. Kein Wunder, daß sie Albert mochte. Ihm hatte sie es schließlich zu verdanken, daß sie wieder willkommen war und wir wieder miteinander sprachen. Außerdem waren sie beide Deutsche und Verwandte. Mama hatte sich für die Engländer nie erwärmen können, was auf Gegenseitigkeit beruhte. Es freute mich jedenfalls, daß die beiden sich so gut verstanden. Albert gefiel es wiederum, daß meine Mutter und ich uns nicht mehr befehdeten.

Albert wollte, daß unsere Tochter nach mir Victoria genannt wurde. Da Mama auch so hieß, konnte sie sich einbilden, das Kind sei nach ihr benannt.

Was den zweiten Namen anging, so entschied ich mich für Adelheid – nach der gütigen Königinwitwe, die so kinderlieb war. Vor allem aber, weil diese überaus gütige Frau selbst kinderlos geblieben war. Ich wußte, daß sie sich sehr darüber freuen würde. So konnte ich mich dafür erkenntlich zeigen, daß sie während meiner schweren Kindheitsjahre so rührend lieb zu mir gewesen war. Unsere Tochter erhielt die Namen Victoria Adelheid Mary Louisa. Ich erholte mich erstaunlich schnell. Das Baby sah von Tag zu Tag weniger wie ein Frosch und immer mehr wie ein menschliches Wesen aus. Zweimal täglich begab ich mich in den Kindertrakt, um mich davon zu überzeugen, daß es dem Kind an nichts fehlte.

Von allen Seiten gratulierte man mir zu dem Kind. Merkwürdigerweise ließ Onkel Leopold nichts von sich hören.

Lehzen war natürlich überglücklich. An Mrs. Lilly ließ sie kein gutes Haar. Das wunderte mich nicht. Wie ich die Gute kannte, hätte sie am liebsten alle aus dem Kindertrakt vertrieben, um sich allein um das Kind zu kümmern.

Wenn mir das Kind gebracht wurde, war auch Albert da.

Seine Tochter entzückte ihn, und er fand sie täglich hübscher.

»Meine kleine Victoria«, murmelte er verliebt.

»So nennst du mich auch oft.«

»Eigentlich ist das ein ziemlich bombastischer Name für so ein kleines Menschlein«, meinte er.

»Sie erinnert mich an ein kleines Kätzchen«, sagte ich.

»Unsere kleine Pussy«, murmelte Albert zärtlich. Von da an nannten wir sie Pussy. Der Kosename paßte vorerst noch besser zu ihr als Victoria.

Ein paar Wochen nach der Geburt des Kindes ereignete sich etwas Sonderbares, was Lehzen – und infolgedessen auch mich – sehr erschreckte.

Es geschah in den frühen Morgenstunden, als längst alles schlief.

Mrs. Lilly schreckte aus dem Schlaf hoch, als sie vernahm, wie eine Tür geöffnet wurde. Sie sprang aus dem Bett und rief: »Wer ist da?«

Als ihr niemand antwortete, stürzte sie auf den Korridor hinaus und sah, wie die Tür meines Ankleidezimmers sich langsam von innen öffnete, bevor sie abrupt wieder zugeknallt wurde. Mrs. Lilly besaß gottlob die Geistesgegenwart, die Tür von außen abzuschließen. Dann rief sie einen der Pagen, die Nachtdienst hatten.

Inzwischen war auch Lehzen auf der Bildfläche erschienen.

»Was geht denn hier vor? Was unterstehen Sie sich zu nachtschlafender Zeit? Sie werden die Königin noch wekken!« hielt Lehzen Mrs. Lilly ganz entrüstet vor.

»Da ist jemand drin«, flüsterte Mrs. Lilly. »Ich habe selbst gesehen, wie die Tür aufging.«

»Das ist das Ankleidezimmer der Königin!« schrie Lehzen. »Jemand versucht, die Königin zu ermorden!«

Ihr sei es nur um mich gegangen, erzählte sie mir später. Zusammen mit einem angstschlotternden Pagen, der gerade Nachtdienst hatte, war sie in das Ankleidezimmer gestürmt und hatte einen kleinen Jungen vorgefunden, der hinter einem Sofa kauerte.

Inzwischen waren durch den Aufruhr auch Albert und ich aufgewacht. Albert nahm sich der Sache sofort an.

Der Junge war für uns kein Unbekannter. Er hieß Jones und war vor Jahren schon einmal in den Palast eingedrungen.

»Hier gefällt es mir«, entschuldigte er sich. »Es ist so schön hier. Ich muß einfach immer wieder kommen, ich kann nicht dagegen an. Nein, ich wollte niemandem etwas tun. Ich liebe die Königin. Ich habe das Baby weinen hören, aber ich wollte wirklich niemandem etwas tun.«

»Bringt den Jungen weg«, befahl Albert. »Ich verhöre ihn morgen. Durchsucht alle umliegenden Räume.«

»Es war niemand bei mir«, versicherte der Junge. »Ich bin über die Mauer geklettert – ganz allein.«

Albert erwies sich in solchen Situationen stets als Herr der

Lage. Ruhig und gelassen nahm er sich der Sache an, duldete jedoch keinen Widerspruch.

Wir gingen in unser Schlafzimmer zurück.

Ich lachte. »Soviel Lärm um nichts. Dieser kleine Jones ist doch schon einmal hier eingedrungen.«

Doch Albert meinte fast ein wenig vorwurfsvoll: »Was gibt es da zu lachen? Es war zwar ein harmloser Junge, hätte aber ebenso jemand anders sein können. So etwas darf nicht noch einmal vorkommen.«

Die Sicherheitsvorkehrungen im Palast ließen sehr zu wünschen übrig, darin stimmte ich mit Albert überein. Die Türschlösser funktionierten nicht, viele Fenster schlossen nicht richtig.

»Ich werde dafür sorgen, daß das in Ordnung gebracht wird«, nahm sich Albert vor. »Du wirst sehen, daß man vielleicht sogar mit weit weniger Geld weit mehr erzielen kann.«

Die Einmischung des Deutschen paßte dem Personal natürlich nicht.

Auch die Presse bekam Wind davon. Da hieß es gleich: »Die deutsche Invasion.«

Es war wirklich deprimierend. Albert gab sich die größte Mühe und erreichte damit auch sehr viel, doch niemand dankte es ihm.

Am meisten zürnte ihm ausgerechnet Lehzen. Mit seiner Kritik und seinen Verbesserungsvorschlägen traf er sie empfindlich, denn damit drang er in ihren Zuständigkeitsbereich ein. Zornig und verkniffen sprach sie mich daraufhin an.

»Mir ist noch nie zu Ohren gekommen, daß sich ein Prinz in der Palastküche zu schaffen macht«, entrüstete sie sich. »So etwas tun nur Leute, die es nicht gewohnt sind, sich in Euren Kreisen zu bewegen.«

Natürlich verteidigte ich Albert. »Aber Lehzen, er ist doch nur um meine Sicherheit besorgt.«

»Das bin ich ja wohl auch. Wäre es ein Mörder gewesen und nicht dieser Junge, so hätte ich mich ohne zu zögern vor Euch geworfen, um die Zielscheibe abzugeben.«

»Aber das weiß ich doch. Albert möchte jedoch verhindern, daß sich je wieder irgendein Eindringling in den Palast einschleicht.«

»Es war doch alles in bester Ordnung, bevor er aufgetaucht ist.«

»Nein, Albert hat völlig recht. Ich bin hier nicht sicher. Es muß etwas geschehen.«

»Aber ich hatte doch alles immer bestens im Griff.«

Ich sah sie traurig an, denn ich machte mir weit größere Sorgen, als sie ahnte. Ich sah deutlich, daß der Konflikt zwischen ihr und Albert auszuufern drohte.

Eines Tages würde ich zwischen ihr und Albert wählen müssen. Aber blieb mir wirklich eine Wahl?

Kurz vor Weihnachten schlug Albert vor, die Feiertage in Windsor zu verbringen. Er wollte Weihnachten wie in Deutschland feiern, mit einem Weihnachtsbaum und Geschenken auf dem Gabentisch. Mama hatte diese Sitte bei uns eingeführt. Sie war daher für mich nichts Neues.

Albert und ich fuhren in der Kutsche voraus, die übrige Hofhaltung folgte. In der Kutsche unmittelbar hinter der unseren fuhr Lehzen mit dem Baby und den Kinderschwestern. Auch Mama sollte uns nach Windsor begleiten. Das paßte Lehzen gar nicht. Sie wußte, daß Mama ganz auf Alberts Seite stand und damit ihre Feindin war. Albert hatte es erreicht, daß ich meiner Mutter nicht mehr feindselig gegenüberstand. Inzwischen plagte mich sogar das Gewissen, weil ich sie früher so schlecht behandelt hatte.

Albert wollte die Feiertage in aller Ruhe verbringen, und auch ich freute mich schon darauf. Die Schwangerschaft und die Geburt hatten mich viel Kraft gekostet, und ich fühlte mich noch immer ziemlich schwach.

Da geschah etwas, das mir die Feiertagsfreude gründlich verdarb.

Als ich eines Morgens zu Dash ans Körbchen trat, um nachzusehen, wo er blieb, lag er da und rührte sich nicht.

Da wußte ich, daß er tot war.

Tränenüberströmt kniete ich vor seinem Körbchen. So

fand mich Albert. Er hob mich hoch und schloß mich zärtlich in die Arme. »Dash war doch schon ziemlich alt und schmerzgeplagt«, versuchte er mich zu trösten. »Sicher war das Leben zum Schluß eine Qual für ihn. Nun ist er von seinen Schmerzen erlöst.«

Albert fand aber auch in jeder Lage tröstliche Worte.

Von Windsor aus schrieb ich Lord Melbourne und hielt ihm vor, daß er mich noch nicht besucht hatte. Albert war gar nicht so erpicht auf ihn. Er unterhielt sich zwar sehr gern mit klugen Leuten, doch war er auf ernsthafte Gespräche aus. Lord Melbourne erschien ihm zu leichtfertig. Er bat mich wieder, interessantere Leute zum Essen einzuladen – beziehungsweise das, was er darunter verstand. Er fand die Gespräche bei Tisch oft sehr langweilig. Mit Lord Melbourne langweilte ich mich nie, doch es gefiel Albert nicht, daß mein guter Premierminister vieles im Leben so zynisch betrachtete. Obwohl sich Lord Melbourne ihm gegenüber immer als guter Freund erwiesen hatte, fühlte Albert sich in seiner Gesellschaft nicht besonders wohl.

Lord Melbourne schrieb mir, die unruhigen Zeiten hielten ihn in London fest, und erinnerte mich daran, daß ich zur Parlamentseröffnung wieder in London sein müsse. Angesichts der schwierigen Lage hielt er es für angebracht, daß ich eine entsprechende Rede hielt. Außerdem müsse das Prinzeßchen getauft werden.

Ich schrieb ihm, daß ich nur ungern aus Windsor abreise. Nur er könne mir die Rückkehr nach London versüßen.

Als wir uns dann wiedersahen, fiel mir sofort auf, wie ernst er war. Das kannte ich gar nicht an ihm. Er gab mir zu verstehen, daß die Dinge nicht zum besten stünden. Die Finanzlage sei mehr als traurig. Vermutlich stand der Sturz der Regierung unmittelbar bevor. Ich wußte natürlich, daß das auf die Dauer gar nicht ausbleiben konnte. Doch was für ein deprimierender Gedanke! Albert ließ sich davon im Gegensatz zu mir nicht im geringsten niederdrücken. In seinen Augen war Sir Robert Peel ein weit besserer Politiker als Lord Melbourne.

Die Parlamentseröffnung fand Ende Januar statt. Die Taufe unserer kleinen Tochter wurde auf unseren Hochzeitstag festgesetzt.

Onkel Leopold versprach, zur Taufe zu kommen. Ich freute mich auf das Wiedersehen, doch war ich nicht mehr so außer mir vor Freude wie als Kind.

Es schneite, und die Gewässer froren zu. Albert war begeistert, denn nun konnte er Schlittschuh laufen. In Pelze eingehüllt sah ich in Gesellschaft meiner Hofdamen voller Bewunderung zu, wie er über das Eis glitt. Wie elegant er lief!

Eines Morgens geschah etwas Schreckliches. Ich werde es nie vergessen. Wie leicht hätte ich ihn da verlieren können! Der Augenblick wird mir auf ewig unvergeßlich bleiben, in dem ich ihn unter dem Eis verschwinden sah.

Gerade hatte ich mir gesagt, daß es schon merklich wärmer geworden war, doch auf den Gedanken, daß das Eis tauen könnte, war ich nicht gekommen.

»Albert!« schrie ich entsetzt. Ich durchlebte den schlimmsten Alptraum meines Lebens, sah ihn schon vor mir, wie er aus dem See gefischt und starr und erkaltet auf einer Bahre fortgetragen wurde.

Doch dann sah ich Alberts Kopf aus dem Loch im Eis auftauchen und lief so schnell wie möglich zu ihm. Ich wollte ihn retten, koste es was es wolle.

Kaum hatte ich das Eis betreten, da rief mir Albert zu: »Bleib zurück! Das ist gefährlich, das Eis trägt dich nicht mehr.«

Doch ich schenkte ihm kein Gehör. Ich dachte nicht im Traum daran, tatenlos zuzusehen, bis jemand kam, der Albert rettete.

Vorsichtig pirschte ich mich an ihn heran. Das Eis hielt. Ich war so fest entschlossen, ihn herauszuziehen, daß sich meine Angst in Grenzen hielt.

Als ich ihm die Hand hinstreckte, rief Albert noch einmal: »Zurück, das kann nicht gutgehen!« Doch da ich keine Anstalten machte umzukehren, ergriff er schließlich meine Hand. Freudig erregt stand ich da, während er sich an mir hochzog und aus dem Wasser kletterte.

»Ach, Albert«, stammelte ich und weinte Tränen der Erleichterung. Albert zitterte vor Kälte in seinen nassen Sachen. Sofort setzte mein Sinn für das Praktische wieder ein.

»Komm schnell in den Palast, du mußt dich umziehen«, drängte ich ihn besorgt.

Nachdem er seine nasse Kleidung abgelegt und sich in eine Decke eingewickelt hatte, saß er da und trank ein Glas heißen Punsch. Hin und wieder bedachte er mich mit einem zärtlichen Blick. »Mein tapferes Liebchen«, sagte er gerührt.

»Wenn ich dich verliere, Albert, möchte ich auch nicht mehr weiterleben«, seufzte ich, und das war mein voller Ernst.

Die Taufe war eine wahre Freude – schon weil ich bei der Gelegenheit Onkel Leopold wiedersah. Sobald wir uns gegenüberstanden, waren die Ressentiments wie weggeblasen. Wir hatten ihn gebeten, der Taufpate unserer Tochter zu sein – ebenso wie Alberts Vater, der jedoch leider nicht kommen konnte; daher vertrat ihn der Herzog von Wellington. Die übrigen Paten waren meine Mutter, Königinwitwe Adelheid, die Herzogin von Gloucester und der Herzog von Sussex.

Pussy benahm sich vorbildlich und vergoß keine Tränen. Sie wurde tatsächlich immer hübscher, was mich unsagbar freute.

Auch Lord Melbourne wohnte der Taufe bei. Gerührt sah er mich an. Ich fühlte mich unbehaglich bei dem Gedanken an die unsichere politische Lage, die ihn jederzeit seine Stellung kosten konnte.

»Das Baby hat sich untadelig benommen. Es zeigt sich jetzt schon, daß das Prinzeßchen darin seiner Mutter ähnelt«, lobte er das Kind und mich.

Ich mußte lachen.

Bei dem Essen im Anschluß an die Taufe sorgte ich dafür, daß Lord Melbourne neben mir sitzen konnte. Wir unterhielten uns über die alten Zeiten, und sein Esprit entzückte mich wie eh und je.

Ich durfte gar nicht daran denken, wie ich ihm nachtrauern würde, falls ein anderer an seine Stelle trat.

Es dauerte nicht lange, da stellte ich etwas Fürchterliches fest. Ich war schon wieder schwanger.

Mein erster Impuls war ein unbändiger Zorn, dann bekam ich es mit der Angst zu tun. Ich konnte das nicht noch einmal durchstehen, und schon gar nicht so bald nach der Geburt unseres ersten Kindes.

Ich liebte Albert, und man konnte unsere Ehe glücklich nennen, doch das Kinderkriegen betrachtete ich als Schattenseite der Ehe.

Albert strahlte bei der Aussicht, zum zweitenmal Vater zu werden, was ich ihm regelrecht verübelte.

»Du hast ja nicht darunter zu leiden, Albert, du ahnst nicht einmal, was das Kinderkriegen für eine Qual ist. Hinzu kommen noch die Unannehmlichkeiten einer Schwangerschaft.«

Albert meinte nur, es sei nun einmal Gottes Wille, daß die Kinder das Licht der Welt so und nicht anders erblickten.

»Ich wünschte wahrhaftig, die Männer hätten einen größeren Anteil daran und müßten sich mit uns in die Qualen teilen.«

Damit versetzte ich Albert einen Schock, denn in seinen Augen war das reine Blasphemie.

Lehzen reagierte mit Entsetzen, als ich ihr erzählte, daß ich schon wieder ein Kind erwartete. »Um Himmels willen, dazu ist es doch noch viel zu früh. Eine Frau muß doch erst einmal Gelegenheit haben, sich von einer Geburt zu erholen, bevor sie das nächste Kind austrägt. Was für eine Rücksichtslosigkeit, meiner Kleinen schon wieder so eine Plage aufzuhalsen!«

Es machte ihr offensichtlich Freude, Albert eins auszuwischen, und in der trüben Stimmung, in der ich mich befand, ließ ich sie gewähren.

»Es war ein Graus«, erzählte ich. »All diese Leute im Nebenraum, die warteten und warteten. Ich weiß ja, es ist so Sitte, wenn ein Königskind zur Welt kommt, aber...«

»Das ist unmenschlich«, lautete Lehzens Kommentar.

Auch das war eindeutig ein Seitenhieb auf Albert. Es tat mir ausgesprochen weh, die Animosität zwischen den beiden Menschen tatenlos mitansehen zu müssen, die ich am meisten liebte.

Dieses Jahr hielt wenig Positives für mich bereit. Ich mußte mich mit dem Gedanken vertraut machen, daß mir einer der liebsten Freunde genommen werden sollte, mein getreuer Lord Melbourne.

Der Loyalitätskonflikt ließ sich nicht leugnen. Mich verband viel mit meinen ausländischen Verwandten, denen das Wohl meines Landes jedoch nichts bedeutete – ganz im Gegenteil. Lord Palmerston war ein arroganter Mensch. Mir war natürlich klar, wie klug und gerissen er stets handelte. Er duldete nicht, daß sich außerhalb der Regierung jemand in die Außenpolitik einmischte. Meine diesbezüglichen Wünsche ließen ihn völlig kalt.

Die Kluft zwischen England und Frankreich vertiefte sich zusehends. Da Tante Louise die Tochter von Louis Philippe war, fühlte sich Onkel Leopold Frankreich natürlich sehr verbunden.

Die Krise im Orient nahm immer ernstere Formen an. Palmerston wollte Mehmet Ali vernichten und der französischen Vorherrschaft in Ägypten ein Ende machen. Lord John Russell stimmte da nicht mit Lord Palmerston überein. Das bedeutete eine Spaltung innerhalb der Regierung. Lord Melbourne plädierte wie gewöhnlich dafür, den Dingen ihren Lauf zu lassen, doch ich flehte ihn an, Palmerston dazu zu bringen, daß er eine friedliche Einigung mit Frankreich anstrebte. Doch Palmerston ließ sich nicht umstimmen und auch nicht überstimmen. Er ließ die britische Flotte eingreifen und zwang damit Mehmet Ali, dem Sultan wieder die Treue zu halten.

Als Palmerston das erreichte, triumphierte er auf der ganzen Linie. Er hatte sich nicht verrechnet. Louis Philippe war nämlich nicht geneigt, wegen seines Bündnispartners Ägypten Krieg zu führen. Statt dessen schloß er sich den übrigen beteiligten Staaten an, die für den status quo zwischen Ägypten und der Türkei plädierten.

Die Schwäche der Regierung zeigte sich indessen immer

deutlicher. Der Triumph im Ausland bedeutete dem Volk nicht viel. Für die Leute zählte nur die Innenpolitik.

Im Mai 1840, als ich zweiundzwanzig Jahre alt wurde, geschah es dann. Die Regierung mußte bei der Abstimmung über den Staatsetat eine Niederlage einstecken, und am 4. Juni setzte Peel ein Vertrauensvotum gegen die Whigs mit einer Stimme Mehrheit durch. Melbourne sah sich der Alternative gegenüber, zurückzutreten oder das Parlament aufzulösen. Nach langwierigen Diskussionen entschied er sich – veranlaßt durch die Gefühle und Wünsche der Königin – für das letztere. Am 29. Juli erfolgte die Auflösung des Parlaments.

»Das bedeutet Neuwahlen«, erklärte Albert mit ernster Miene.

»Hoffentlich bleiben die Whigs an der Macht«, erwiderte ich.

»Das halte ich für sehr unwahrscheinlich, meine Liebe.«

»Gar nicht auszudenken, wenn diese gräßlichen Tories an die Macht kämen.«

»Meine Liebe, Sir Robert Peel ist einer der besten Staatsmänner im Land, wenn nicht sogar der allerbeste.«

»Ich kann ihn nun einmal nicht ausstehen«, sagte ich kurzangebunden.

»Du änderst deine Meinung sicher, wenn du ihn erst näher kennst. Als er dich hier aufsuchte, war er sich ja der Tatsache bewußt, daß er dir unsympathisch ist. Das hat ihn natürlich stark verunsichert. Wenn du ihn einmal unvoreingenommen betrachtest, wirst du sehen, daß er durchaus seine Qualitäten hat.«

»Man kann gegen seine Antipathien schlecht an.«

»Du solltest ihm ohne Vorurteile gegenübertreten und ihn als den Menschen sehen, der er ist, und nicht als Gegner eines Mannes, den du unbedingt im Amt halten möchtest.«

»Du ahnst ja nicht, mein lieber Albert, was mir dieser Mann schon alles angetan hat. Er wollte mir meine Hofdamen nehmen. Noch einmal halte ich das nicht aus... und schon gar nicht in meinem Zustand.«

»Meine Liebe, da hilft nun alles nichts, du mußt den Tatsachen ins Gesicht sehen. Die Tories werden die Wahl mit Sicherheit gewinnen.«

»Woher willst du das wissen? Ein unerträglicher Gedanke.«

»Du mußt dich damit abfinden. Die jetzige Regierung ist zum Scheitern verurteilt und steht schon seit geraumer Zeit vor dem Zusammenbruch. Nun ist es also soweit, daß sie sich nicht mehr halten kann.«

»Das bedeutet, daß Sir Robert Peel Premierminister wird.«

Albert nickte. »Es ist nun einmal nicht die Aufgabe der Königin, darüber zu entscheiden, wer das Land regiert. Die Entscheidung kann nur zugunsten der Tories ausfallen.«

»Daß das aber auch ausgerechnet jetzt passieren muß... bei meinem Zustand! Wegen der Hofhaltung wird es sicher wieder Ärger geben.«

Albert schüttelte den Kopf.

»Das verstehe ich nicht, was soll das heißen?« fragte ich.

»Ich habe bereits dafür gesorgt, daß alles glatt geht.«

»Letztesmal hat sich Peel geschlagen geben müssen, als er nicht erreichen konnte, daß meine Hofdamen ausgewechselt werden.«

Albert zögerte, dann holte er tief Luft und sagte: »Ich habe bereits entsprechende Vorkehrungen getroffen.«

»Im Hinblick auf meine Hofdamen?«

»Liebling, reg dich nur nicht auf. Ich habe dabei nur an dich gedacht. Was sein muß, läßt sich ohnehin nicht ändern.«

»Wie stehe ich denn da, wenn er mir seine Tory-Ladys aufzwingt? Wenn ich mich gezwungen sehe, mich den Wünschen des Premierministers zu fügen.«

»Das erübrigt sich.«

»Aber meine Hofdamen werden doch wohl gehen müssen?«

»Ja, das schon... aber sie werden kündigen, und zwar schon jetzt.«

»Das würden sie nicht tun.«

»Doch, sie sind damit einverstanden. Noch vor der Wahl werden drei deiner Hofdamen freiwillig abtreten, und zwar

Lady Normanby, die Herzogin von Bedford und die Herzogin von Sutherland.«

Erstaunlicherweise nahm ich das ziemlich erleichtert zur Kenntnis, denn ich scheute eine weitere Konfrontation mit Sir Robert Peel. Mir war durchaus bewußt, daß er nicht damit einverstanden wäre, die Königin ausschließlich von Hofdamen aus den Kreisen der Whigs umgeben zu sehen. Ich hätte mich stark gedemütigt gefühlt, wenn ich meine Hofdamen entlassen und dafür Hofdamen aus Tory-Kreisen hätte einstellen müssen. Es graute mir vor einer solchen Auseinandersetzung, doch wenn sie von selbst kündigten, sah alles gleich ganz anders aus.

»Du hast schon alles arrangiert, Albert?«

»Ja, meine Liebe. Ich hatte dabei nur dein Wohl im Auge. Die Damen haben ein Einsehen gezeigt und sind damit einverstanden. Sie werden von sich aus kündigen, und sobald die neue Regierung feststeht, besprichst du die Frage der Hofhaltung mit dem Premierminister.«

Ich war Albert unendlich dankbar für seine Fürsorge, wollte jedoch gar nicht daran denken, daß die Tories die Wahl gewinnen könnten. Ein Regierungswechsel wäre mir sehr gegen den Strich gegangen. Mir ging es dabei vor allem um Lord Melbourne, doch mit Albert an meiner Seite fühlte ich mich ein wenig getröstet.

»Mein lieber, lieber Albert, was täte ich nur ohne dich!«

Albert erklärte nur bescheiden: »Das verdankst du nicht mir allein. Erst nach eingehenden Gesprächen mit Anson und Baron von Stockmar ergab sich diese Lösung. Auch Lord Melbourne hat dafür plädiert.«

»Mir gegenüber hat er das mit keinem Wort erwähnt.«

»Wir haben uns darauf geeinigt, nichts zu sagen, um dich nicht unnötig aufzuregen – erst wenn es wirklich soweit ist. Die Hofdamen sind jetzt bereit zu kündigen und werden kündigen, sobald das Wahlergebnis feststeht. Du wirst sehen, Sir Robert ist sehr verständnisvoll. Er will dich nicht unnötig quälen.«

»Willst du damit etwa andeuten, daß er Bescheid weiß?«

Albert zögerte nur kurz. »Es erschien uns angebracht, ihn

einzuweihen. Glaub mir, auch ihm ist daran gelegen, daß der Austausch möglichst glatt vonstatten geht.«

Albert hatte natürlich völlig recht, daran war nicht zu rütteln. Ich hing sehr an Lord Melbourne, meinem besten Freund; ich wollte, daß er an der Macht blieb. Doch die Entscheidung, wer das Land regieren sollte, lag beim Volk, und das war auch richtig so.

Ich würde mich mit dem Regierungswechsel abfinden müssen. Albert würde mir dabei eine große Hilfe sein. Was für ein Glück, einen solchen Ehemann zu haben!

Als Lord Melbourne zu mir kam, konnte ich nicht verhehlen, wie aufgewühlt ich war.

»Albert hat mich schon eingeweiht und mir auch gesagt, daß Sie von seinem Vorhaben wußten«, sagte ich geknickt.

»Nun, da Euch dieser Mann zur Seite steht, ist mir nicht mehr bange um Euch, und es fällt mir leichter, meinen Abschied zu nehmen«, erwiderte Lord Melbourne.

»Mir wird ganz elend, wenn ich nur daran denke, daß dieser Peel Ihren Platz einnehmen soll. Und das alles nur, weil Ihr gräßlicher Gegner und Feind so ein Theater um den Zucker macht.«

»Mein Gegner ist er nur in politischer Hinsicht. Privat verstehen wir uns sehr gut. Wenn Ihr ihn erst einmal besser kennt, werdet auch Ihr ihn mögen, da bin ich mir ganz sicher.«

Albert sollte in Oxford ehrenhalber ein akademischer Grad verliehen werden. Ich wollte ihn dorthin begleiten und freute mich schon auf die Reise.

Albert schlug vor, Lehzen nicht mitzunehmen.

»Wie, sie soll nicht mitkommen? Aber Albert, sie ist immer da, wo ich bin. Wir haben uns noch nie getrennt.«

»Das mag vor unserer Heirat gerechtfertigt gewesen sein.«

»Ich möchte aber, daß sie mitkommt.«

Albert überlegte, und als ich ihm gerade vorwerfen wollte, daß er sich Lehzen gegenüber unfair verhielt, sagte er: »Pussy kann uns nicht begleiten, weil sie noch zu klein ist. Ich denke, Lehzen hat die Oberaufsicht im Kindertrakt.«

»Ja, das stimmt allerdings.«

»Dann kann sie doch Pussy unmöglich im Stich lassen.«

Das leuchtete mir schließlich ein. Wenn wir Lehzen nicht mitnahmen, ließ sich das mit der Verantwortung für das Kind begründen. Ich war der ständigen Kompetenzstreitigkeiten müde. In meinem Zustand ertrug ich diese Reibereien nur sehr schwer.

Lehzen hatte zum Glück ein Einsehen. Natürlich widerstrebte es ihr, mich allein nach Oxford fahren zu lassen, doch daß man sie wegen Pussy für unabkömmlich hielt, behagte ihr. Das hatte Albert sehr schlau eingefädelt.

Wir fuhren also ohne sie nach Oxford, wo Albert die Ehrendoktorwürde verliehen werden sollte. Bei der Feierstunde führte der Herzog von Wellington als Kanzler der Universität den Vorsitz.

Nach der Abreise aus Oxford machten wir noch in verschiedenen vornehmen Häusern Englands Station. In Chatsworth übernachteten wir zweimal bei den Devonshires, fuhren dann zu den Bedfords nach Woburn und weiter nach Panshanger, wo Lord Cowper, der Neffe von Lord Melbourne, unser Gastgeber war.

»Ist das nicht ein wenig unklug?« wandte Albert ein. »Alle diese Leute gehören den Kreisen der Whigs an.«

»Sie sind aber meine Freunde«, erwiderte ich. »Vielleicht darf ich mir meine Freunde wenigstens noch selbst aussuchen, wenn ich schon nicht bestimmen darf, wer das Land regiert.«

Im Anschluß an Panshanger begaben wir uns nach Brocket Hall. Im Landhaus von Lord Melbourne, meinem lieben Freund, speisten wir erlesen. Was für eine Freude, von Lord Melbourne bewirtet zu werden. Auch er war überglücklich, uns zu Gast zu haben.

»Es ist mir eine Ehre, für Eure Majestät den Gastgeber spielen zu dürfen«, sagte er. »Da ich Eure Gastfreundschaft schon so oft genießen durfte.«

»Mein lieber Lord Melbourne«, sagte ich ergriffen. »Ich

hoffe doch, daß sich zwischen uns trotz allem niemals etwas ändert.«

»Das sicher nicht, aber ob wir an der Regierung bleiben, ist mehr als zweifelhaft.«

Es kam, wie es kommen mußte. Das Wahlergebnis zeigte, daß die Whigs eine vernichtende Niederlage erlitten hatten, während die Tories eine beträchtliche Stimmenmehrheit verzeichnen konnten.

Unser nächstes Zusammentreffen stand im Zeichen tiefer Trauer. Ich reichte Lord Melbourne die Hand. Er ergriff sie, küßte sie und sah mir dann ins Gesicht. Obwohl er sich alle Mühe gab, so gelassen wie sonst zu wirken, wollte ihm das nicht so recht gelingen. Dafür liebte ich ihn nur um so mehr.

»Es ging nicht anders«, sagte er. »Ich habe das schon lange kommen sehen. Die Tories haben uns um Längen geschlagen. Dreihundertachtundsechzig Sitze im Vergleich zu unseren zweihundertzweiundneunzig. Das Wahlergebnis, eine Mehrheit von sechsundsiebzig Sitzen, ist ein noch größerer Triumph der Konservativen, als ihn die Whigs erwartet hatten. Dies bedeutet also einen Regierungswechsel, zu dem es ohne Eure Majestät schon längst gekommen wäre.«

»Wenigstens konnte ich Sie dadurch noch ein bißchen länger behalten. Ach, mein lieber Lord Melbourne, Sie werden mir entsetzlich fehlen.«

»Dürfte ich Majestät noch einen guten Rat geben?«

»Selbstverständlich. Ich hoffe, Sie werden auch in Zukunft mein Ratgeber und guter Geist sein.«

»Laßt Peel umgehend kommen und habt Geduld mit ihm. Ihr werdet garantiert bestens mit ihm auskommen.«

»Er wird das Theater wegen meiner Hofdamen wohl kaum vergessen. Sicher haßt er mich genauso wie ich ihn.«

»Er ist ein getreuer Untertan. Ich bitte Euch, Peel eine Chance zu geben, dann wird er Euch stets zu Diensten sein, und Ihr werdet über nichts zu klagen haben.«

»Seltsam, Sie so über Ihren erbittertsten Gegner sprechen zu hören.«

»Gegner sind wir nur in der Politik, ansonsten aber keine

Feinde. Was die Führung der Staatsangelegenheiten angeht, sind wir zwar nicht der gleichen Ansicht, doch daß wir da unterschiedliche Vorstellungen haben, bedeutet noch lange nicht, daß Peel ein Schurke ist... nur weil er anderer Meinung ist.«

»Ach, Lord Melbourne, was sind Sie doch für ein kluger, souveräner und rücksichtsvoller Mensch. Wie ich Sie vermissen werde!«

Wir drohten beide in Tränen auszubrechen.

»Der Prinz wird Euch beistehen«, rief er mir ins Gedächtnis. »Ich halte sehr viel von ihm. Hört auf seinen Rat, denn er versteht etwas von Politik. Ihr hättet gar keinen besseren Ehepartner finden können. Er ist der ideale Gatte für Euch, Majestät.«

»Ich weiß.«

»Es ist mir ein großer Trost, zu wissen, daß Euch in Zukunft ein Mann helfen wird, der Euch so nahesteht.«

»Er sollte König sein.«

Lord Melbourne zog die Augenbrauen hoch und sah mich lächelnd an.

»Vergeßt nicht, was ich Euch gesagt habe. Eine Regierung sollte nie jemanden zum König ernennen dürfen, denn dann könnte sie auch versuchen, ihn wieder abzusetzen. Es ist besser so, wie es jetzt ist. Wir wollen dem Schicksal danken, daß es Euch den Prinzen beschert hat.«

»Hoffentlich besuchen Sie mich auch in Zukunft. Und schreiben wollen wir uns auch.«

»Majestät sind überaus gütig zu einem alten Mann.«

»Hoffentlich so gütig, wie Sie zu mir als unerfahrenem jungen Mädchen waren.«

Die Rührung übermannte uns, und wir brachten kein Wort mehr heraus.

So sah ich Lord Melbourne zum letztenmal als Premierminister.

Nach diesem bewegenden Abschied von meinem lieben Freund fiel es mir besonders schwer, Sir Robert Peel zu empfangen.

Vor meiner ersten Zusammenkunft mit dem neuen Premierminister strich Albert dessen Tugenden heraus und wies mich ausdrücklich darauf hin, wie sehr Sir Robert Peel daran gelegen sei, daß wir uns gut verstanden.

Alles ging dann auch tatsächlich viel glatter, als ich gedacht hatte. Sir Robert fühlte sich nicht entfernt so unbehaglich wie bei unserer letzten Begegnung vor zwei Jahren. Er verhielt sich mir gegenüber sehr ehrerbietig und zeigte sich von seiner angenehmsten Seite. Allmählich begann ich mich zu fragen, ob ich ihn nicht doch falsch eingeschätzt hatte. Mit Lord Melbourne konnte er sich freilich nicht messen, den gab es nur einmal, doch auch Sir Robert Peel war ein recht angenehmer Mensch.

Er legte mir eine Liste der Männer vor, die er im Kabinett zu sehen wünschte, und wollte von mir wissen, ob ich damit einverstanden sei.

»Ich glaube, ich brauche ein wenig Zeit, um mir das zu überlegen«, sagte ich.

»Selbstverständlich, Majestät.«

Trotz seiner Liebenswürdigkeit war ich erleichtert, als er ging, doch wir hatten unsere erste Sitzung bzw. Besprechung ohne nennenswerte Unstimmigkeiten hinter uns gebracht.

Der Vertagung im Oktober konnte ich nicht beiwohnen. Wegen meiner bevorstehenden Niederkunft ließ ich mich bei offiziellen Anlässen kaum mehr sehen.

Albert zeigte sich sehr verständnisvoll. Er wußte, daß es mir zuwider war, all diese Leute um mich geschart zu wissen, die vom Nebenzimmer aus die Niederkunft verfolgen würden und auf die Geburt des Königskindes lauerten. Albert sprach sich dafür aus, ihnen erst im letzten Augenblick Bescheid zu geben.

Das tröstete mich ein wenig, denn bei der Geburt meines ersten Kindes war ich mir vorgekommen wie ein Tier. Die Geburt meines zweiten Kindes empfand ich nicht als so demütigend, weil meine Privatsphäre doch immerhin bis zu einem gewissen Grad gewahrt blieb. Trotzdem war ich kolossal erleichtert, als es überstanden war. Diesmal herrschte noch größere Freude, denn ich hatte den langersehnten Sohn zur Welt gebracht.

Das ganze Land geriet in einen Freudentaumel. Daß ein Sohn so wichtig war! Über Pussy hatten sich die Leute längst nicht so gefreut.

Unser Sohn war ein kräftiges, robustes Kind. Er hatte große dunkelblaue Augen, eine ziemlich große Nase, dafür aber einen besonders hübschen kleinen Mund. Inzwischen kannte ich mich mit Neugeborenen schon etwas besser aus, und die anfängliche Häßlichkeit stieß mich nicht mehr so sehr ab, weil ich wußte, daß sich das geben würde.

Albert war überglücklich, wußte sich vor Freude kaum zu fassen.

»Hoffentlich wird er einmal genau wie du«, sagte ich.

Bescheiden, wie Albert nun einmal war, pflichtete er mir nicht bei, aber sicher dachte er das auch.

»Und er soll auch Albert heißen«, schlug ich vor.

Natürlich stieß ich damit auf Widerstand. Als Thronerbe durfte der Junge nicht Albert heißen, denn einen König Albert von England hatte es noch nie gegeben, dagegen aber schon sechs Edwards. Die Engländer wünschten, daß ihre Könige immer die gleichen Namen hatten. Also plädierten die meisten dafür, den Jungen Edward zu nennen.

Ich ließ mich jedoch nicht umstimmen. »Ich bin für Albert«, sagte ich. »Pussy heißt Victoria nach ihrer Mutter, also sollte unser Sohn nach seinem Vater Albert heißen. Edward kann er ja mit zweitem Namen heißen.«

Unser Sohn war am 9. November 1841 zur Welt gekommen. Weihnachten verbrachten wir in Windsor. Pussy war schon eine richtige kleine Persönlichkeit. Auf ihren Bruder war sie allerdings nicht sehr gut zu sprechen.

Sylvester gaben wir einen Ball. Da konnte sich selbst Albert nicht vorzeitig zurückziehen. Er mußte wenigstens bis Mitternacht aufbleiben. Wir standen Hand in Hand da, während die Fanfaren das neue Jahr verkündeten.

»Ein glückliches neues Jahr, mein Liebling«, wünschte mir Albert.

»Auf daß es uns beiden viel Glück bringe!« hoffte ich inbrünstig.

Die Taufe des Kleinen fand in der St.-Georgs-Kapelle statt. Man hatte es aus politischen Gründen für ratsam gehalten, Friedrich Wilhelm, den König von Preußen, zu bitten, der Taufpate des Kindes zu sein. Außerdem sollten der Herzog von Cambridge, Prinzessin Sophia und drei Mitglieder der Familie Sachsen-Coburg seine Taufpaten sein.

Der König von Preußen blieb ungefähr zwei Wochen. Er zeigte sich sehr umgänglich und interessierte sich sehr für alles in England.

Bei unserem Sohn verlief so manches nicht wie üblich. Zunächst hatte Albert die Nachricht, daß ich in den Wehen lag, so lange hinausgezögert, daß mehrere Würdenträger, deren Aufgabe es war, bei der Geburt Beistand zu leisten, erst ankamen, als das Ereignis schon stattgefunden hatte, insbesondere der Erzbischof von Canterbury und der Präsident des Geheimen Rates.

Da es unser Wille war, daß das Baby ein Ebenbild seines Vaters werden sollte, gaben wir ihm den Namen Albert und fügten zum Andenken an den Herzog von Kent noch Edward hinzu. Aus Gründen der Zweckmäßigkeit und zur Unterscheidung verkürzten wir Albert auf ›Bertie‹.

Da kam es wieder einmal zum Eklat, zumal der Junge den Titel eines Herzogs von Sachsen erhielt. Die Leute wollten nicht daran erinnert werden, daß er einen deutschen Vater hatte. Außerdem stand ihm ja der Titel Prinz von Wales zu.

Albert war höchst indigniert, aber immerhin war er so etwas ja schon gewöhnt und würde sich wohl immer leichter mit solchen Kommentaren abfinden.

Er hielt es für ratsam, ein wenig die Zweisamkeit zu genießen. Ihm schwebte ein kurzer Aufenthalt in Claremont vor. »Du brauchst jetzt erst einmal Ruhe, um dich von der Geburt des Jungen zu erholen«, meinte er.

Lehzen und die Kinderschwestern fuhren also zum Buckingham-Palast zurück, Albert und ich hingegen verbrachten eine herrliche Zeit in Claremont.

Es war kalt geworden und hatte auch geschneit. Wie ich

das genoß! Wir liefen ein wenig Schlittschuh, und Albert baute einen vier Meter hohen Schneemann.

Leider mußten wir schon bald zurück nach London. Dort mußten wir uns gleich wieder große Sorgen machen.

Wir hatten uns immer wieder über die Kinder unterhalten. Im Herbst hatte uns Pussy Kummer gemacht. Sie war stark abgemagert, wirkte teilnahmslos und ermattet. Aber zu Weihnachten schien es ihr wieder besser zu gehen.

»Deine Mutter hängt sehr an dem Kind«, bemerkte Albert einmal. »Es freut mich, daß ihr euch jetzt besser versteht. Es hätte nie zu diesen Differenzen kommen dürfen. Wäre es wohl auch nicht, wenn nicht...«

Ich sah ihn beschwörend an, was besagen sollte: »Bitte, Albert, verdirb mir doch die schönen Tage in Claremont nicht. Bitte sag nicht, Lehzen hätte mich verzogen, sei zu nachsichtig gewesen, hätte meine Wutanfälle nicht mit der nötigen Härte bestraft. Laste es ihr nicht an, daß ich immer noch so unbeherrscht bin...«

Albert verstand mich, als hätte ich das alles wirklich ausgesprochen. Natürlich lag auch ihm sehr viel daran, daß die kostbaren Tage in Claremont harmonisch verliefen.

So sagte er nur: »Eigentlich ist unsere Tochter jetzt schon so groß, daß wir sie nicht mehr Pussy nennen sollten, sondern Victoria.«

»Wie soll ich dann wissen, ob du sie oder mich meinst?«

»Wir nennen sie einfach Vicky.«

»Vicky – ja, das klingt sehr hübsch. Wahrscheinlich können wir es uns gar nicht so schnell abgewöhnen, sie Pussy zu nennen. Ich hoffe, daß es ihr gutgeht. Manchmal mache ich mir wirklich Sorgen um sie. Aber zu Weihnachten hat sie schon viel besser ausgesehen als im Herbst. Weißt du noch, die Christbaumkerzen hatten es ihr angetan.«

»Sie ist wirklich allerliebst. Ich bin ganz vernarrt in sie.« Aus Albert sprach der verliebte Vater.

Im Palast angekommen, begaben wir uns sogleich in den Kindertrakt. Der Kleine schlief ganz friedlich, ein Bild der Gesundheit. Doch unsere Tochter lag mit weitaufgerissenen Augen da und war kaum mehr wiederzuerkennen.

Entsetzt starrten wir sie an. Albert riß sie aus dem Bettchen. »Das Kind ist ja krank!« tobte er. »Sieh dir das an – völlig abgemagert, sie ist ja nur noch Haut und Knochen. Ich fürchte, sie bekommt hier nicht genug zu essen.«

»Wir richten uns genau nach den Anweisungen des Arztes«, verteidigte sich die Kinderschwester indigniert.

Albert legte das Kind in sein Bettchen zurück und eilte aus dem Raum. Ich folgte ihm.

In unserem Zimmer angekommen, sagte er entrüstet: »Das ist doch wirklich infam! Alles hat sich gegen mich verschworen, um mich von den Kindern fernzuhalten.«

Ich machte mir die größten Sorgen um das Kind. Diese Kompetenzstreitigkeiten widerten mich an. Es lief im Grunde genommen wieder einmal auf einen Konflikt zwischen Albert und Lehzen hinaus. Ich verlor die Beherrschung.

»Willst du damit vielleicht sagen, ich hielte dich von deinen Kindern fern?« schrie ich völlig außer mir.

»Jedenfalls diejenigen, die sich deiner Fürsprache und Unterstützung sicher sind.«

Wie mußte er Lehzen hassen! Ich verstand das nicht. Was hätte ich darum gegeben, wenn die beiden Menschen, die mir am meisten bedeuteten, gut miteinander ausgekommen wären.

Ich schämte mich und war verletzt. Albert gab sich aber auch nicht geringste Mühe, um sich mit Lehzen irgendwie zu arrangieren. Sie war ihm von Anfang an verhaßt gewesen, und natürlich wollte er sich nicht kampflos geschlagen geben.

Ich kannte Lehzen seit vielen Jahren. Sie würde ihr Leben für mich und die Kinder hingeben, soviel wußte ich. Trotzdem behauptete Albert allen Ernstes, Lehzen sei schuld an Vickys Krankheit.

»Fällt dir denn nichts anderes ein, als über diejenigen herzuziehen, die rührend für unsere Tochter sorgen?« tadelte ich ihn. »Für mich zählt nur, daß unsere Kleine krank ist.«

»Ich fürchte, sie wird nicht richtig behandelt und ernährt.«

»Diese Szene im Kinderzimmer war nicht nötig.«

»Mein Gott, und ob es nötig war, daß endlich einmal jemand diesen Frauen die Meinung sagt«, ereiferte sich Albert. »Diese Inkompetenz und Ignoranz. Ich sehe doch nicht tatenlos mit an, wie meine kleine Tochter umgebracht wird – und das alles bloß, damit man dieser alten Närrin nicht auf die Füße tritt!«

»Lehzen ist keine alte Närrin, also nenn sie auch nicht so!«

»Ich kann sie nennen, wie ich will. Ihretwegen müssen wir jetzt um Vicky bangen. Für die Aufzucht von Kindern ist sie denkbar ungeeignet.«

»Sie war meine Kinderschwester, hat mich erzogen und ist noch heute meine beste Freundin.«

»Ja, die Auswirkungen ihrer Erziehung bekomme ich heute noch zu spüren. Deine unbezähmbaren Wutanfälle hätte sie dir schon als Kind abgewöhnen müssen.«

»Albert, würdest du wohl auf deine Worte achten?«

»Ich sage, was mir paßt. Diese Weiber haben ein Komplott geschmiedet, um mich von meinen Kindern fernzuhalten. Jeden Tag bekomme ich zu spüren, daß ich hier nichts zu melden habe.«

»Albert, vergiß meine Stellung nicht. Schließlich bin ich Königin von England.«

»Wer könnte das je vergessen? Mir wird es ja ständig unter die Nase gerieben.«

»Aber das stimmt doch gar nicht.«

»Jeder kann dir das bestätigen. Du solltest die Augen nicht vor der Wahrheit verschließen und nicht als Evangelium betrachten, was diese verrückte, dumme, gewöhnliche Intrigantin sagt, dieses machtgierige alte Weib. In ihren Augen ist jeder ein Verbrecher, für den sie keine Göttin ist. Dafür hält sie sich nämlich!«

»Das ist ja unerhört! Wie kannst du es wagen, so über Lehzen herzuziehen! Ich wünschte ... ich wünschte, ich hätte nie geheiratet.«

»Wie schön, daß wir uns wenigstens in einem Punkt einig sind. Meine Tochter ist zwei völlig inkompetenten Menschen in die Hände gefallen – Lehzen und Dr. Clark. Es jammert einen, wenn man sie nur ansieht. Dr. Clark hat sie mit Kamille halb vergiftet. Sie ist am Verhungern, weil er ihr nichts als Eselsmilch und Hühnerbrühe zugesteht. Wir wissen ja bereits, was für ein geschickter Arzt er ist. Ohne ihn wäre Flora Hastings womöglich noch am Leben. Wenn hier bei Hofe einiges besser funktionieren würde, hätte dieser Mann schon längst seinen Abschied nehmen müssen. Aber als Freund der ehrenwerten Baronin muß er ja ein guter Arzt sein und kann gar keine Fehler machen. Ja, ja, ich weiß, du bist Königin, und ich habe gar nichts zu melden. Ich bin nur zu einem Zweck hier: Ich habe für die Nachkommenschaft zu sorgen. Ansonsten habe ich mich zu fügen. Nimm mir das Kind ruhig weg, ich habe ja kein Recht darauf. Wenn unsere Vicky aber stirbt, mußt du das allein mit deinem Gewissen ausmachen.«

Noch nie hatte mir Albert so erbitterte Vorhaltungen gemacht, und ich war noch nie im Leben so unglücklich gewesen.

Während ich noch ganz verdattert dastand, machte Albert auf dem Absatz kehrt und ging.

Ich weinte herzzerreißend. Der Kummer brachte mich schier um, doch ich vergoß auch Tränen der Wut. Wie konnte er es wagen, so mit mir zu sprechen! Doch er hatte einfach ausgesprochen, was ihn schon lange quälte. Bis zu einem gewissen Grad sah ich das sogar ein. Er fehlte mir, ich vermißte ihn schmerzlich.

Nachts fand ich kaum Schlaf. Ich fühlte mich todunglücklich, mir war erbärmlich zumute. Am nächsten Morgen sollte Albert die neue Börse eröffnen. Ich saß im Palast und grübelte.

Schließlich ertrug ich diesen Zustand nicht mehr. Wir mußten uns unbedingt in aller Ruhe aussprechen. Die Gesundheit des Kindes ging vor, also mußten sich die Eltern gemeinsam darum kümmern.

Ich schrieb Albert, wir hätten vieles überstürzt und übereilt gehandelt, indem wir üblen Gerüchten Glauben schenkten. Ich bat ihn zu mir, damit wir uns unterhalten konnten.

Mir war bekannt, daß Albert viel von Stockmar hielt. Ich

übrigens auch. In seiner Erregung würde Albert sich bestimmt an Stockmar wenden, um ihm seine Version der Geschichte zu unterbreiten.

Stockmar fand sich daraufhin bei mir ein, um mir ernsthafte Vorhaltungen zu machen. »Ich finde diese ständigen Streitigkeiten höchst beunruhigend«, hielt er mir vor. »Seit geraumer Zeit spiele ich mit dem Gedanken, nach Coburg zurückzukehren, wo meine Familie lebt, die ich natürlich gern wiedersehen möchte. Angesichts der Lage der Dinge hier bei Hofe ist mir in meiner Mission offensichtlich kein Erfolg beschieden. Euer Onkel hat mich hergeschickt, damit ich euch unterstütze, aber davon kann wohl keine Rede sein.«

»Sie denken doch wohl hoffentlich nicht im Ernst daran, uns zu verlassen!« rief ich völlig entgeistert.

»Ich habe schon oft daran gedacht. Wie ich sehe, wißt Ihr gar nicht, wie glücklich Ihr Euch schätzen könnt.«

»Albert dürfte mich nicht so herausfordern. Ich bin nun einmal unbeherrscht und leicht erregbar. Wenn ich in Wut gerate, sage ich oft Dinge, die mir später leid tun. Albert sollte bedenken, daß ich gerade erst ein Kind geboren habe. Einer Frau macht ja nicht nur die Schwangerschaft und die Geburt, sondern auch die Zeit nach der Geburt zu schaffen. Aber das versteht kein Mann...«

»Ihr bekommt aber diese Wutanfälle nicht nur, weil Ihr Euch noch schwach fühlt. Hier bei Hofe können Konfliktsituationen gar nicht ausbleiben.«

»Was wollen Sie denn damit sagen?«

Stockmar hatte mich noch nie wie eine Königin behandelt, mit seiner Meinung noch nie hinterm Berg gehalten. Er schenkte mir stets reinen Wein ein und ließ dabei durchblikken, daß er lieber gar nichts sagen und nach Coburg zurückkehren würde, als den Mund zu halten.

»Wir wollen uns doch nichts vormachen«, sagte er. »Es wird immer wieder zum Streit kommen, solange Baronin Lehzen noch bei Hofe ist.«

Entsetzt starrte ich ihn an.

»Tatsache ist«, fuhr Stockmar fort, »daß bei Hofe nun einmal kein Platz für den Prinzen *und* Baronin Lehzen ist.«

»Aber sie sind mir beide lieb und teuer...«

Stockmar zuckte die Achseln. »Doch nun ist es soweit, daß Ihr Euch zwischen beiden entscheiden müßt. Wer von beiden ist Euch wichtiger?«

»Albert ist schließlich mein Mann.«

»Eben. Ihr werdet Euer Leben an seiner Seite verbringen, doch Eure Ehe wird nicht glücklich sein, solange die Baronin noch in der Nähe ist.«

Ich ließ den Kopf hängen.

»Durch Baronin Lehzen wird es ständig Ärger geben, und obwohl Ihr den Prinzen jetzt noch zärtlich liebt, was auf Gegenseitigkeit beruht, wird der ständige Streit die Liebe mit der Zeit ganz sicher töten. Natürlich weiß ich, wie die Baronin an Euch hängt. Ihr seid ihr Lebensinhalt, doch ihre Liebe ist entschieden zu besitzergreifend. Den Prinzen haßt sie, weil sie jeden Menschen haßt, der Euch ihr wegzunehmen droht. Wenn Euch ein harmonisches Familienleben wichtig ist, müßt Ihr die Baronin wegschicken – Euch bleibt keine andere Wahl.«

Als ich darauf nicht reagierte, stand er auf und wollte gehen.

»Einen Augenblick noch«, bat ich ihn.

»Ja, Euer Majestät?«

»Gibt es denn gar keinen Ausweg? Wie ließe sich das denn bewerkstelligen?«

Ein Gefühl des Triumphes glomm in Stockmars Augen auf.

»Die Baronin hat eine Schwester in Coburg«, sagte er. »Diese Schwester hat mehrere Kinder, und die Baronin mag ja Kinder sehr. Mit einer großzügigen Abfindung ausgestattet, könnte sie ihrer Schwester eine große Hilfe sein.«

»Aber wie soll ich ihr das beibringen? Ich weiß wirklich nicht, ob ich das kann.«

»Man könnte ihr ja zunächst einmal nahelegen, Urlaub zu nehmen. Das wird dann eben zu einem längeren Urlaub ausgeweitet.«

Ich schwieg dazu. Natürlich mußte ich mir eingestehen, daß das die beste Lösung war. Obwohl ich Lehzen von ganzem Herzen liebte und mir der Abschied von ihr unsagbar schwerfallen würde, mußte ich Albert berücksichtigen, meinen Mann. Ich würde zu ihm halten, denn an ihm war mir mehr gelegen. Wenn Lehzen abgereist war, würde ich sie zwar sehr vermissen, doch diese ständige beängstigende Anspannung fiele weg, und wir könnten wieder glücklich und in Frieden zusammen leben.

»Die Baronin war ja vor kurzem krank«, fuhr Stockmar fort. »Sie hat sich von ihrer Gelbsucht noch nicht erholt. Sie braucht unbedingt Ruhe, und es sollte vorerst keine Verantwortung auf ihr lasten. Es wäre ratsam, daß sie erst einmal Urlaub macht, und aus diesem ausgedehnten Urlaub wird dann aus unserer Sicht ein Dauerurlaub.«

Ich nickte todtraurig und kam mir dabei erbärmlich vor.

Stockmar lächelte befriedigt. »Majestät haben sich sehr einsichtig gezeigt.«

Ich hatte es ja kommen sehen. Albert und Lehzen konnten nicht friedlich unter einem Dach leben. Ihre Antipathie beruhte auf Gegenseitigkeit. Ihre Liebe zu mir hatte sie zu Feinden gemacht.

Da Albert nun erreicht hatte, was er wollte, mußte er wohl sehr zufrieden sein. Endlich wurde er Lehzen los. Sicher würde er bald begeistert zu mir kommen und mir erzählen, wie glücklich ich ihn mit dieser Entscheidung machte. Aber er sollte nicht mehr glauben, daß er im Palast nicht erzählte. Ich mußte ihm beweisen, daß er für mich der wichtigste Mensch auf der Welt war.

Ich wartete und wartete, doch Albert ließ sich nicht blikken.

Wo er nur blieb? Stockmar hatte doch versprochen, sofort zu ihm zu gehen. Warum bedankte er sich dann nicht umgehend bei mir, wenn ich ihm schon so ein Opfer brachte?

Minute um Minute verstrich, schließlich hielt es mich nicht mehr in meinem Zimmer, und ich ging zu Albert.

Zu meiner großen Verwunderung saß er in einem Sessel und las. Wie konnte er in einem solchen Augenblick nur lesen? Schon fühlte ich wieder einen unbändigen Zorn in mir aufsteigen.

Da blickte Albert lächelnd auf.

»Warum bist du nicht zu mir gekommen?« fragte ich erbost.

»Als ich gegangen bin, warst du nicht besonders guter Laune«, sagte er.

»Du aber auch nicht, Albert. Leg das Buch weg, wenn ich mit dir spreche!«

»Ist das ein königlicher Befehl?« erkundigte sich Albert mit eisiger Miene.

»Lieber Himmel«, dachte ich, »das Gespräch verläuft ganz anders, als ich dachte. Wie kann er sich nur so aufführen – nach allem, was ich für ihn getan habe?«

»Ich erwarte von dir, daß du mir deine ungeteilte Aufmerksamkeit zuwendest, wenn ich hereinkomme!« maßregelte ich ihn.

»Oh, ich bitte vielmals um Vergebung.« Er stand auf, verneigte sich.

»Das ist nun auch wieder übertrieben«, rügte ich ihn. »Ich möchte nur, daß wir uns unterhalten.« Das Buch hielt er noch immer in der Hand.

»Leg das Buch weg!« schrie ich ihn an.

»Sobald du mich darum bittest – statt es mir zu befehlen.«

»Du möchtest wohl auch, daß ich dich bitte, das Wort an mich zu richten.«

»Damit würdest du zumindest dem Gebot der Höflichkeit genügen.«

Ich konnte schon kaum mehr an mich halten. »Am Ende erwartest du auch noch von mir, daß ich einen Hofknicks mache, um die Erlaubnis bitte, das Wort an dich richten zu dürfen, und schließlich bescheiden einen Rückzieher mache.«

Da erhob sich Albert wortlos und ging mit seinem Buch ins Schlafzimmer. Die Tür machte er hinter sich zu.

Jetzt kannte mein Zorn wirklich keine Grenzen mehr. Da hatte ich nun klein beigegeben und war zu ihm gekommen, um mich mit ihm zu versöhnen. Gegen meinen Willen hatte ich mich bereit erklärt, Lehzen in Urlaub zu schicken, und so dankte er mir dieses Opfer. Doch damit kam er nicht durch. Sollte es ruhig wieder zum Streit kommen.

»Öffne!« rief ich.

Ich spürte deutlich, daß Albert dicht hinter der Tür stand.

»Wer ist denn da?« erkundigte er sich.

»Als ob du das nicht wüßtest! Die Königin! Ich verlange, daß du auf der Stelle öffnest!«

Doch nichts geschah. Ich war todunglücklich. Um ein Haar wäre ich in Tränen ausgebrochen. Nur mein Zorn hielt mich noch davon ab.

Ich klopfte noch einmal.

»Wer ist da?« fragte Albert wieder.

»Das weißt du ganz genau. Hör doch auf mit diesem dummen Spielchen.«

»Ich will es aber von dir hören.«

»Die Königin!« rief ich aufgebracht.

Wieder blieb alles still. Warum sperrte er mich aus? Ich hatte mich seinem Willen doch gefügt. Völlig überstürzt hatte ich mich bereit erklärt, meine geliebte Lehzen wegzuschicken, und zum Dank dafür behandelte er mich so herablassend. Wahrscheinlich um mir zu beweisen, daß er Herr im Haus war.

Das war ja alles schön und gut, aber ich war Königin.

Meine Stimme zitterte vor Wut, als ich ihn anherrschte: »Mach gefälligst auf!«

»Wer ist denn da?« fragte er zum drittenmal.

»Die Königin«, fauchte ich wutschnaubend.

Noch nie war mir so jämmerlich zumute gewesen, hatte ich mich so frustriert gefühlt. Ich wollte zu ihm, wünschte mir nichts sehnlicher, als daß er mich in die Arme schloß und mir versicherte, daß diese albernen Streitereien nun ein Ende hätten, denn sie schmerzten fürchterlich. Ich wollte ihm sagen, daß ich damit einverstanden war, daß Lehzen ging, daß ich mit allem einverstanden wäre, wenn wir uns nur wieder vertrügen. Unsere Liebe war mir wichtiger als alles andere.

Ein Schluchzen entrang sich mir, ohne daß ich mir dessen bewußt war. Albert mußte es wohl auch vernommen haben, denn er fragte unendlich sanft: »Wer ist denn da?«

Da begriff ich endlich. Er wollte nicht die Königin in die Arme schließen, sondern seine Frau Victoria.

»Albert, hier ist deine Frau – Victoria!« rief ich erleichtert.

Die Tür flog auf, und er stand vor mir.

Ich stürzte auf ihn zu, er hob mich hoch und drückte mich fest an sich.

Niemand kann sich meine Freude und Erleichterung ausmalen. Ich gab zu, störrisch und unbeherrscht gewesen zu sein, eine wahre Xanthippe. Albert erklärte, er bereue bitter, was er gesagt habe. Wir waren uns jedoch darüber einig, daß es immer nur aus Liebe zu diesen Streitigkeiten kam. Wir wollten uns in Zukunft davor hüten. Sie warfen einen Schatten auf unser Glück. Die kleine Vicky sollte die bestmögliche Pflege haben. Wir wollten weitere Ärzte hinzuziehen. Zunächst einmal Stockmar.

Mir war bewußt, daß Lehzen protestieren würde. Ihre Eifersucht auf Albert war stärker als alle anderen Gefühle. Aber wir mußten dafür sorgen, daß unsere Ehe Bestand hatte und Vicky wieder gesund wurde.

Mir stand die schwere Aufgabe bevor, Lehzen mitzuteilen, was wir mit ihr vorhatten. Ich schob das immer wieder auf, und so kam es, daß Albert als erster mit ihr sprach. Das war wohl keine besonders gute Idee. Was von ihm kam, würde sie nur mißtrauisch machen.

Furchtbar aufgebracht kam sie hereingestürmt.

»Der Prinz hat mit mir gesprochen«, sagte sie.

Da wußte ich, was mir bevorstand.

»Er versucht, uns auseinanderzubringen.«

»Nein, das stimmt nicht.«

»Doch. Er hat einen längeren Urlaub in Coburg vorgeschlagen.«

»Deine Gesundheit macht mir Sorgen. Du arbeitest zuviel.«

»Ich arbeite für die Menschen, die ich liebe. Das wird mir nie zuviel.«

»Ja, ich weiß. Wie geht es Vicky?«

»Bestens. Ihr fehlt nicht das geringste.«

»Sie kommt mir aber schrecklich blaß vor, richtig abgemagert und so teilnahmslos. Ich erkenne meine sonst so quicklebendige Tochter kaum wieder.«

»Nein, ihr fehlt wirklich nichts.«

»Meine liebe Lehzen, der Prinz und ich haben entschieden, daß du längere Zeit Ferien in Coburg machst, wo deine Schwester lebt. Du hängst doch sehr an ihren Kindern. Du sollst dich einmal richtig erholen.«

Sie starrte mich fassungslos an, doch ich hielt ihrem Blick stand. Da sie mich kannte, wußte sie, daß das der endgültige Abschied war und sich eine Szene wie die in der Kinderstube nicht wiederholen würde. Ihr war es unbegreiflich, daß mich mit meinem Gemahl mehr verband als mit ihr. Sie hatte sicher fest daran geglaubt, daß die Bande zwischen ihr und mir weit stärker waren, da wir uns schon so viel länger kannten.

Leider konnte ich ihr nicht sagen, was ich so gern gesagt hätte. »Liebe Lehzen, ich werde dich nie vergessen und immer vor Augen haben, was du für mich getan hast. Du stehst meinem Herzen sehr nahe, und ich bin dir unendlich dankbar für die Liebe und Fürsorge, die du mir in all den Jahren hast angedeihen lassen. Ich werde immer gern an die Zeit zurückdenken, die wir gemeinsam verbringen durften, doch nun bin ich verheiratet, und mein Mann und meine Kinder gehen vor.«

Zu meinem Bedauern konnte ich ihr das nicht sagen, doch Lehzen wußte sicher, wie es in mir aussah. Ihr war auch klar, wie elend ich mich fühlte, weil wir uns trennen mußten. Sie zweifelte jedoch auch nicht daran, daß ich mich mit diesem neuen Lebensabschnitt angefreundet hatte. Ich mußte mich mit der Trennung von ihr abfinden, wie mit dem Abschied von dem mir sehr ans Herz gewachsenen Lord Melbourne. Seit Albert in mein Leben getreten war, spielte er bei mir die Hauptrolle, und alle anderen Menschen traten in den Hintergrund.

Lehzens Trauermiene war erschütternd. Der Anblick ging fast über meine Kraft. Ich schloß sie in die Arme und weinte still vor mich hin, während sie mich an sich drückte. Auch Lehzen weinte. Mit diesen Tränen der Resignation gestanden wir uns beide ein, daß es keinen anderen Ausweg gab.

Natürlich konnte Lehzen nicht sofort abreisen. Nach all den Jahren hier bei Hofe galt es viele Vorbereitungen zu treffen. Lehzen überlegte hin und her, was sie mitnehmen und wovon sie sich trennen sollte.

Zu unserer großen Erleichterung erholte sich Vicky zusehends. Albert verbrachte sehr viel Zeit mit ihr, denn er hatte eine ausgesprochene Schwäche für das Kind. Sie war aber auch wirklich ein ganz entzückendes Geschöpf, und schon in diesem zarten Alter zeigte sich, wie klug sie war. Das imponierte Albert.

Unser Sohn war noch sehr klein, doch wir bildeten uns ein, daß Vicky in seinem Alter schon viel weiter gewesen war. Für uns zählte die Gesundheit unserer Kinder aber mehr als alles andere.

Mit Albert verstand ich mich inzwischen besser, denn ich sah vieles mit seinen Augen und begriff nun endlich, was er an mir bemängelte. Meine plötzlichen Wutausbrüche machten ihm natürlich sehr zu schaffen. Wenn ich mich vor Zorn kaum mehr kannte, sagte ich Dinge, die mir normalerweise nicht über die Lippen gekommen wären. Ich nahm mir wieder einmal vor, mit allen Mitteln dagegen anzukämpfen.

In den meisten Dingen hatte Albert recht – auch was Lehzen anging, das sah ich inzwischen ein. Doch ich verhielt mich stets loyal, hielt den Menschen, die ich liebte, unbedingt die Treue. Natürlich war ich zuweilen überheblich, was wahrscheinlich daran lag, daß ich schon in so jungen Jahren Königin geworden war. Meine Unbeherrschtheit und Spontaneität waren allgemein bekannt. Ich neigte leider dazu, erst einmal zu handeln und hinterher nachzudenken, doch ich war ein liebevoller Mensch, und wenn ich jemanden liebte, hielt ich ihm unbedingt die Treue.

Meine Zuneigung zu Lehzen täuschte mich jedoch nicht darüber hinweg, daß sie sich stets einmischte, eifersüchtig und besitzergreifend war. Mir war klar, daß sie immer alles daransetzen würde, den ersten Platz in meinem Herzen einzunehmen. Wer sich zwischen uns drängte, war ihr von vornherein verhaßt. Zudem mangelte es ihr an Organisationstalent. In der Hofhaltung herrschten katastrophale Zustände, im Haushalt ging alles drunter und drüber. Albert hatte das sehr bald durchschaut, während ich mich diesbezüglich Illusionen hingab. Auch in diesem Punkt war er im Recht und ich im Irrtum, das mußte ich Albert zugestehen.

Sein Bruder Ernst schrieb ihm, er sei völlig wiederhergestellt. Es wurde aber auch allmählich Zeit, denn er wollte Prinzessin Alexandrina von Baden heiraten.

Albert war überglücklich, während ich eher meine Zweifel hatte. Doch Albert besaß einen stark ausgeprägten Familiensinn und glaubte fest daran, daß diese Heirat die Rettung für seinen Bruder sei.

Wir erhielten eine Einladung zur Hochzeit in Sachsen-Coburg, doch ich konnte nicht weg, das ließ die kritische Lage in England nicht zu, über die ich mich nicht mehr hinwegtäuschen konnte. Im Gegensatz zu Lord Melbourne widerstrebte es Sir Robert Peel, die Dinge einfach auf sich beruhen zu lassen. Ich sollte erfahren, was im Lande vorging, wie unerfreulich es auch sein mochte.

Doch wenn ich auch nicht nach Sachsen-Coburg reisen konnte, so bestand keineswegs ein Grund, Albert ebenfalls von dieser Reise abzuhalten. Es fiel mir schwer, ihn ziehen zu lassen, aber er wollte die Hochzeit seines Bruders natürlich um keinen Preis versäumen.

Albert war hin- und hergerissen. Er sehnte sich danach, seine Heimat wiederzusehen, wäre aber andererseits gern bei mir geblieben, was er dann auch tat. Ich atmete erleichtert auf. Daß er blieb, konnte natürlich daran liegen, daß sich Lehzen noch immer im Palast aufhielt, wenn ihre Abreise auch beschlossene Sache war. Möglicherweise fragte Albert sich besorgt, was ich mir während seiner Abwesenheit alles einreden lassen würde.

Jedenfalls freute ich mich über alle Maßen, daß er der Versuchung widerstand, nach Sachsen-Coburg reisen.

Da Albert nicht zur Hochzeit fuhr, machte ich den Vorschlag, das frisch getraute Paar statt dessen nach England einzuladen.

»Sie könnten ihre Flitterwochen in Claremont verbringen«, meinte ich.

Albert war von der Idee begeistert und schrieb seinem Bruder einen besorgten, liebevollen Brief voller gutgemeinter Ratschläge. Obwohl Ernst der ältere der beiden Brüder war, machte Albert sich zum Beschützer seines Bruders – als der eindeutig ernsthaftere und vernünftigere Mensch.

Ich sah ihm über die Schulter, als er diesen Brief schrieb.

»Laß Deine Frau nicht zu Hause, während Du Deinem Vergnügen nachgehst«, schrieb er. »Wenn Du weiter darauf bestehst, Dich stets nach der neuesten Mode zu kleiden, zum Rennen und auf die Jagd zu gehen, so reichen Deine Einkünfte dafür nicht aus. Hier ruinieren sich die Menschen für derlei Belanglosigkeiten. Lohnt sich das?«

Der gute Albert machte sich offensichtlich große Sorgen um seinen älteren Bruder. Daß Brüder aber auch so verschieden sein konnten!

Ernst und seine Frau nahmen unsere Einladung nach England hocherfreut an. Im Juli trafen sie dann bei uns ein. Meine neue Schwägerin, eine vernünftige, liebenswürdige, überaus charmante Frau, gefiel mir auf Anhieb.

Ernst hatte sich nicht geändert, sondern war noch so, wie ich ihn in Erinnerung hatte – ein sehr umgänglicher, ausgelassener Taugenichts. Ich konnte mir beim besten Willen nicht vorstellen, daß er einen guten Ehemann abgeben würde. Albert war jedoch davon überzeugt. Es wunderte mich immer wieder, wie nachsichtig er seinem Bruder gegenüber war, während er mit anderen Menschen sehr streng ins Gericht ging.

Doch vor dem Besuch der beiden empfingen wir Felix Mendelssohn-Bartholdy im Buckingham-Palast. Ich äußerte mich begeistert über seine Musik, für die ich schon immer eine Schwäche gehabt hatte. Mendelssohn nahm mich vollends für sich ein, als er Albert bat, ihm etwas vorzuspielen.

»Dann kann ich mich bei meiner Rückkehr nach Deutschland damit brüsten, daß der Prinz mir etwas vorgespielt hat«, sagte er.

»Ach ja, bitte spiel etwas«, forderte auch ich Albert auf. »Der Prinz ist sehr musikalisch, das können Sie mir glauben.«

»Aber Victoria!« wehrte Albert peinlich berührt ab. Trotzdem fühlte er sich geehrt.

Er spielte einen Choral von Herz. Mendelssohn war davon so beeindruckt, daß er Albert glaubhaft versicherte, sein Vortrag sei eines Berufsmusikers würdig.

»Bitte singen Sie uns etwas vor, Herr Mendelssohn«, bat ich. Er stimmte den Chor aus dem Oratorium ›Paulus‹ an. Albert und ich fielen nach einer Weile ein.

Hinterher klatschte ich begeistert und fragte Mendelssohn, ob er noch weitere Lieder geschrieben habe.

»Die Königin mag Ihre Lieder sehr«, wandte Albert sich an unseren Gast. »Möchtest du ihm nicht eins vorsingen?« fragte er mich.

Ich ließ mich nicht erst lange bitten, sondern setzte mich an den Flügel. Mendelssohn klatschte begeistert, nachdem ich *Laß mich nur* gesungen hatte. Natürlich war ich mir der Tatsache bewußt, daß das Lob vor allem der Königin und erst in zweiter Linie meinem Gesang galt.

Mendelssohns Besuch war eine angenehme Abwechslung, und zwar nicht nur, weil wir uns freuten, so einen berühmten Komponisten bei uns zu haben, sondern auch, weil er zu der Art von Gästen zählte, für die Albert stets plädierte und mit denen er sich so gern unterhielt. Bisher hatte ich mich immer dagegen verwahrt, solche Leute einzuladen. Natürlich lagen mir Musiker im allgemeinen mehr als Literaten, denn von Musik verstand ich etwas. Darüber konnte ich mich unterhalten.

An meinem dreiundzwanzigsten Geburtstag im Mai 1842 kam es wieder einmal zu einem unliebsamen Zwischenfall.

Als wir durch die Mall fuhren, erblickte Albert ganz in der Nähe unserer Kutsche einen häßlichen, finsteren Gesellen. Nur noch ein paar Schritte von uns entfernt, zog er eine Pistole und zielte auf uns. Irgend jemandem entrang sich ein Entsetzensschrei. Der Mann jagte wie gehetzt davon und ging in der Menge unter.

Wir hatten noch einmal Glück gehabt, wenn der Übeltäter auch entkommen war. Aber würde er nicht bei nächster Gelegenheit wieder versuchen, uns zu erschießen?

Lehzen war ein Nervenbündel. Sie rang verzweifelt die Hände und riet mir, nicht mehr auszufahren, das sei zu gefährlich.

»Ich kann mich doch nicht für immer im Palast verbarrikadieren«, widersprach ich.

Natürlich unterhielt ich mich auch mit Albert darüber. »In Zukunft fahren wir nur noch in Begleitung von persönlichen Dienern zu beiden Seiten der Kutsche aus«, entschied ich.

Wieder tauchte der Mann mit der Pistole auf, doch diesmal war die Polizei gewarnt. Er wurde festgenommen – zuvor gelang es ihm allerdings, einen Schuß aus der Pistole abzugeben.

Ich war natürlich heilfroh, daß der Schütze dingfest gemacht worden war. Sonst hätte ich bei jeder Ausfahrt vor ihm zittern müssen.

Es machte mir sehr zu schaffen, daß mich manche meiner Untertanen lieber tot sehen wollten, doch im Augenblick der Gefahr blieb ich erstaunlich ruhig und gelassen.

Nach der Festnahme des Täters kam Sir Robert Peel sofort in den Palast geeilt. Er wirkte ganz verstört.

»Der Mann heißt John Francis, Eure Majestät. Er ist erst Anfang zwanzig... ein Mitläufer.«

»Ist er verrückt?« wollte ich wissen.

»Ich glaube nicht, Madame.«

»Sir Robert, der Gedanke ist mir unerträglich, daß er mit dem Leben dafür bezahlen soll.«

»Aber Majestät, er wollte Euch erschießen.«

»Trotzdem behagt mir der Gedanke nicht, daß er dafür sterben soll. Für mich sind solche Leute nicht normal, daher können sie auch nicht zur Verantwortung gezogen werden. Sie müssen krank sein, sonst könnten sie nicht so handeln.«

»Majestät sind sehr großmütig.«

»Ich möchte, daß er am Leben bleibt. Niemand soll um meinetwillen sterben.«

»Aber man muß doch ein Exempel statuieren«, mischte sich Albert ein. »Sonst versucht es schon bald der nächste... nur damit man von ihm spricht.«

»Die Regierung muß entscheiden, ob dieser Mann begnadigt werden soll«, hielt mir Sir Robert vor. »Das ist kein Hoheitsrecht, kein königliches Privileg. Aber selbstverständlich werde ich dem Parlament den Wunsch Eurer Majestät vortragen.«

John Francis wurde tatsächlich nicht gehenkt, sondern deportiert, was sicher vor allem darauf zurückzuführen war, daß ich mich für ihn eingesetzt hatte.

Doch es zeigte sich, daß Albert recht behalten sollte. Er hatte mich sentimental genannt, was diesen Francis anging und war davon überzeugt, daß ihm auf das milde Urteil hin andere nacheifern würden. Ich konnte mir das nicht vorstellen und war froh, daß ich diesen jungen Mann nicht auf dem Gewissen hatte.

Doch Albert meinte, wenn John Francis seine verdiente Strafe bekommen hätte, wäre John William Bean erst gar nicht in unser Leben getreten.

Auf dem Weg zur Hofkapelle von St. James tauchte er plötzlich auf. Plötzlich kam dieser Junge, ein Krüppel, ein Buckliger und höchstens einen Meter zwanzig groß, auf unsere Kutsche zugestürzt. Auch er richtete eine Pistole auf uns.

Zwei andere Jungen stürzten sich auf ihn. Der eine riß den Buckligen zu Boden, der andere entwand ihm die Pistole.

»Diese schrecklichen Kinder spielen makabre Spiele«, meinte Albert, als wir weiterfuhren. »Aber da siehst du, meine Liebe, daß es keinen Sinn hat, solche Leute zu begnadigen. So glauben alle nur, sie kämen ungestraft davon.«

Ich wies Albert darauf hin, daß John Francis ja nicht freigesprochen, sondern für den Rest seines Lebens nach Australien deportiert worden sei. In meinen Augen kam das der Todesstrafe gleich. Für mich zählte aber vor allem, daß ich sein Leben nicht auf dem Gewissen hatte.

Albert schüttelte den Kopf. Er war und blieb da anderer Meinung.

Im Buckingham-Palast erfuhren wir später, daß die Polizei das alles für ein Spiel gehalten hatte. So war der Junge nur gerügt, die anderen beiden aber dafür belobigt worden, daß sie sofort eingegriffen hatten. Es handelte sich um Brüder namens Dassett. Einer der beiden Brüder hatte die Pistole jedoch behalten, und es stellte sich heraus, daß sie außer Tabak und Papier auch Schießpulver enthielt. Hätte Bean geschossen, so hätte das schlimme Folgen haben können. Die Polizei schämte sich natürlich, weil sie einen potentiellen Attentäter hatte entkommen lassen, und machte Jagd auf den Buckligen, der aufgrund seiner Mißbildung nicht schwer zu finden war. Er war durchaus kein Jugendlicher, sondern ein sehr klein geratener Erwachsener.

»Das sind Revolutionäre, wenn auch noch unausgegorene«, ereiferte sich Albert. »Solche Leute haben Frankreich in den Untergang gerissen.«

Sir Robert Peel hatte sich in Oxford aufgehalten. Er kam sofort in den Palast geeilt.

»Ich wollte mich selbst davon überzeugen, daß Ihr unversehrt seid, Majestät«, stammelte er mit Tränen in den Augen.

»Das ist sehr lieb von Ihnen, Sir Robert«, sagte ich gerührt, »aber wie Sie sehen, ist mir nichts passiert.«

Er war so erschüttert, daß ihm die Worte fehlten. So nickte er nur und hastete hinaus.

Ich war zutiefst gerührt. Dieser Mann, den ich immer für kalt und gefühllos gehalten hatte, war so um meine Sicherheit besorgt, daß er sofort herbeigeeilt war, um sich mit eigenen Augen davon zu überzeugen, daß mir nichts zugestoßen war.

Bean wurde zu einer Gefängnisstrafe von achtzehn Monaten verurteilt.

Dieser Vorfall zeigte mir vor allem, daß ich Sir Robert Peel völlig falsch eingeschätzt hatte, daß ich ihm ebenso vertrauen konnte wie Lord Melbourne. Ich durfte ihn als guten Freund betrachten und mußte mir wohl oder übel eingestehen, daß er ein Politiker von größerem Weitblick war als mein hochgeschätzter Lord Melbourne, dieser glänzende Erzähler, Charmeur und Mann von Welt.

Sir Robert machte niemals Ausflüchte und schob nichts auf die lange Bank, sondern nahm Probleme gleich in Angriff. Nach den beiden fehlgeschlagenen Attentatsversuchen erschien er im Palast, um seiner Besorgnis Ausdruck zu geben.

Besonders beängstigend erschien ihm die Tatsache, daß zwischen diesen beiden unliebsamen Vorfällen kaum Zeit verstrichen war.

»Ich glaube nicht einmal, daß dieser Beans Eurer Majestät ernsthaft nach dem Leben trachten wollte«, meinte Sir Robert Peel. »Er ist ein wenig einfältig, eigentlich ein bemitleidenswerter Bursche, der berühmt zu werden hoffte. Aber wir können es nicht zulassen, daß sich die Leute einen Spaß daraus machen, so zu tun, als wollten sie Eurer Majestät ans Leben. Deshalb bin ich dafür, daß umgehend ein neues Gesetz erlassen wird, das besagt, daß Mordanschläge auf den Herrscher mit sieben Jahren Deportation oder drei Jahren Gefängnis bestraft werden. Hinzu kommt noch, daß der Angeklagte öffentlich ausgepeitscht wird.«

»Was, glauben Sie, ist der Grund für diese Mordanschläge?« fragte ich.

Sir Robert überlegte. Schließlich sagte er nachdenklich: »Eins steht für mich fest. Es ist keine Kritik an Eurer Majestät. Ihr habt bewiesen, daß Euch Euer Volk am Herzen liegt, wart bei Euren Auftritten in der Öffentlichkeit immer huldvoll, und Ihr führt eine vorbildliche Ehe. Nein, für die Unzufriedenheit labiler Menschen seid Ihr nicht verantwortlich. Daran ist die Lage im Lande schuld.«

Mir war bekannt, daß er damit unter anderem die zweite Petition der Chartisten vom Mai 1842 meinte. Darüber wußte ich Bescheid, denn Albert hatte das Thema schon öfter zur Sprache gebracht. Das Volk bestand auf einer Reform des Wahlrechts und verlangte eine geheime Abstimmung. In verschiedenen Gegenden des Landes herrschte Aufruhr. Das versetzte die Leute in Angst und Schrecken, denn die Französische Revolution war noch nicht so lange her, und es ist ja allgemein bekannt, wie es da in Frankreich zugegangen ist. Die größten Sorgen machten sich diejenigen in den höchsten Ämtern. Nie würden wir vergessen, daß der König und viele seiner Anhänger hingerichtet worden waren.

Ständig herrschten irgendwo Revolten. So gingen in Wales zum Beispiel Leute auf die Barrikaden, die sich Rebecca und ihre Töchter nannten. Cobden machte Sir Robert wegen der

Korngesetze sehr zu schaffen, und in Schottland kam es zur Kontroversen hinsichtlich der Staatskirche.

All das bewirkte Unruhen im Lande, und in so schweren Zeiten verlieh das Volk seiner Unzufriedenheit zuweilen Ausdruck, indem es sich gegen den Monarchen wandte.

Albert hatte mich schon öfter darauf aufmerksam gemacht, und als Königin mußte ich stets mit solchen Anschlägen rechnen. Ich war Albert sehr zu Dank verpflichtet, weil er mich nicht nur unterrichtete – über alles, was im Lande vorging –, sondern meine Geschichtskenntnisse auch erweiterte, indem er mir aus historischen Werken vorlas.

Ich begann das Jungmädchenhafte abzustreifen und wurde erwachsen. Wenn ich nur daran dachte, wie falsch ich Sir Robert eingeschätzt hatte, schämte ich mich in Grund und Boden. Albert hatte mir die Augen geöffnet.

Der Gesetzesentwurf zum Schutz des Lebens des Monarchen wurde vom Parlament ohne Gegenstimmen angenommen.

Um ein Haar wäre ich im Zusammenhang mit den Cambridges in eine Falle geraten. Lord Melbourne wußte das zu verhindern. Sir Robert war ein hervorragender Politiker, doch ich glaube, mein guter Lord Melbourne besaß mehr Menschenkenntnis und konnte daher auch voraussagen, wie sich ein Mensch in einer bestimmten Situation verhalten würde.

Mit den Cambridges hatte ich mich noch nie besonders gut verstanden. Sie würden mir wohl nie verzeihen, daß ich ihren Sohn George nicht zum Mann genommen hatte, und ich nahm ihnen übel, daß sie Albert so brüskierten.

Ich gebe daher zu, daß ich mich diebisch freute, als mir zu Ohren kam, Lady Augusta sei in anderen Umständen und George sei dafür verantwortlich.

Natürlich sprach ich mit Albert darüber. Unmoral widerte ihn an, besonders wenn sich jemand aus der Familie etwas hatte zuschulden kommen lassen. Die Cambridges hatten sich ihm gegenüber immer ausgesprochen feindselig verhalten. Er fand, nun könne ich ihnen meine Mißbilligung einmal ganz offen demonstrieren, damit sie endlich aufhörten, uns ständig zu beleidigen.

Ich war jedoch auf der Hut. »Es kommt aber auch vor, daß Menschen ganz ohne ihre Schuld in einen Skandal verwickelt werden. Man darf nicht einfach alles glauben. Im übrigen haben sich sowohl dein Vater als auch dein Bruder Ernst alles mögliche zuschulden kommen lassen. Daß du trotzdem zu ihnen hältst, macht dich in meinen Augen nur noch tugendhafter.«

Albert ließ das Thema lieber fallen, denn er reagierte sehr empfindlich, wenn man auf die lockere Moral seiner engsten Angehörigen zu sprechen kam.

Er fand jedoch, daß man diesmal im Hinblick auf die Cambridges etwas unternehmen sollte, und da stimmte ich ihm zu.

Die Herzogin bat um eine Audienz, die ich ihr gewährte. Lady Augusta wollte ich jedoch nicht empfangen. Ich muß sagen, daß ich mich auf die Herzogin freute, weil ich sicher war, ihr jetzt so manchen Affront heimzahlen zu können.

»Ich wüßte gern, warum Euer Majestät sich weigern, meine Hofdame zu empfangen«, sagte sie.

»Aber meine liebe Herzogin, der Grund ist doch wohl nicht so schwer zu erraten«, antwortete ich.

»Doch, Majestät. Ich weiß wirklich nicht, worauf Ihr anspielt.«

»Dann fragen Sie doch Ihren Sohn oder Ihre Hofdame, die müßten es nämlich wissen. Der Prinz und ich sind darüber informiert, daß sich Ihre Hofdame in anderen Umständen befindet, und wir dulden keine Unmoral bei Hofe.«

»In diesem Fall sind Majestät falsch informiert – wie schon einmal.«

An Flora Hastings' tragisches Ende und die Konsequenzen, die sich für mich daraus ergaben, wollte ich nicht erinnert werden. Es machte mich unsagbar traurig, nur daran zu denken, daß die arme Frau einer schrecklichen Krankheit erlegen und die ganze Zeit der Unmoral bezichtigt worden war.

Die Herzogin rauschte indigniert davon. Vorher kündigte

sie mir noch an, sie könne die Sache nicht auf sich beruhen lassen.

Ich reagierte ganz verstört und stellte schon bald fest, daß das Gerücht jeder Grundlage entbehrte.

Wenn Lord Melbourne auch nicht mehr Premierminister war, so nahm er doch noch am Gesellschaftsleben teil und wußte daher nur allzugut, was sich im Privatleben der Menschen abspielte.

Hocherfreut sagte ich zu, als Lord Melbourne bat, mich privat sprechen zu dürfen.

»Lieber Lord Melbourne«, begrüßte ich ihn, »das ist ja wie in alten Zeiten.«

»Es freut mich, daß Majestät inzwischen auch den derzeitigen Premierminister zu schätzen wissen.«

»Nun ja, ich war wohl noch zu jung und unerfahren und habe ihn anfänglich ganz falsch eingeschätzt. Er ist ein großartiger, liebenswerter Mensch... sehr mitfühlend, wenn er das auch nicht immer zeigen kann.«

»Das habe ich Euch ja gleich gesagt.«

»Ja, inzwischen hat er mich eines Besseren belehrt. Ich weiß jetzt, daß er stets das tut, was für das Land und mich am besten ist. Wenn Sie mir auch vielleicht nicht zustimmen, was England angeht, so geben Sie doch sicher zu, daß ihm mein Wohl am Herzen liegt.«

»Da kann ich nicht widersprechen. Aber eigentlich wollte ich mit Euch über diese Cambridge-Affäre sprechen. Majestät können sich in der jetzigen Lage nicht noch einen Skandal wie den im Zusammenhang mit Flora Hastings leisten.«

»Nein, dazu darf es nicht noch einmal kommen!« rief ich.

»Diesesmal wäre es nicht mehr so leicht, den Hals aus der Schlinge zu ziehen – was selbst damals nicht gerade einfach war, finden Majestät nicht auch?«

Ich nickte. »Ich werde nie vergessen, wie sich das Volk im Handumdrehen gegen sich gewandt hat.«

»So verhält sich der Mob nun einmal. Die Herzogin von Cambridge ist völlig außer sich. Sie hat vor, die Presse einzuschalten. Ihr müßt Euch vorsehen, denn die Sache könnte sich leicht zu einem Skandal ausweiten. Euch ist doch sicherlich bekannt, daß in verschiedenen Landesteilen Aufruhr herrscht, und die Arbeitslosigkeit nimmt immer schlimmere Formen an. Peel hat Euch doch gewiß darüber unterrichtet.«

Ich nickte.

»Das habe ich mir gedacht. Aber das ist weiter nicht beängstigend. So etwas kommt eben vor.«

Ich sah ihn an und dachte: »Sir Robert ist da aber anderer Ansicht. Er steht auf dem Standpunkt, man müsse so etwas tunlichst vermeiden.«

Die beiden Männer waren wirklich grundverschieden, doch beide sorgten sich um mich.

»Etwas sollte unverzüglich geschehen«, fuhr Lord Melbourne fort. »Und zwar muß man sich bei der Herzogin entschuldigen.«

»*Ich* soll mich bei der Herzogin entschuldigen?«

»Der Prinz kann das ja tun. Die Cambridges machen ja ohnehin *ihn* zur Zielscheibe ihrer Feindseligkeit. Diese schriftliche Entschuldigung muß jedoch schnellstens abgeschickt werden, bevor die Sache ausufert wie die Affäre um Flora Hastings, die übrigens auch wieder aufgegriffen wird, wenn Ihr diese neuerliche Affäre nicht schleunigst aus der Welt schafft. Majestät müssen also umgehend handeln, wenn Ihr nicht in Teufels Küche kommen wollt.«

»Ich richte es Albert aus.«

»Er wird sich auch nicht gern so demütigen, aber Majestät müssen ihm klarmachen, was auf dem Spiel steht.«

Wie mir Lord Melbourne ganz richtig prophezeit hatte, war Albert nicht darauf erpicht, sich zu entschuldigen, doch es gelang mir, ihn davon zu überzeugen, daß es unerläßlich war. Ich brauchte ihn nur daran zu erinnern, wie ich unter der Affäre um Flora Hastings gelitten hatte.

Albert entschuldigte sich also schriftlich bei der Herzogin. Die Entschuldigung war in keinem besonders freundlichen Ton gehalten. Entsprechend kühl wurde sie auch aufgenommen. Zum Glück wurde die Sache daraufhin fallengelassen, doch die Cambridges verhielten sich Albert gegenüber auch weiterhin feindselig. Sie ließen immer wieder durchblicken, daß sie ihn nicht für ebenbürtig hielten.

Doch zumindest waren wir der Gefahr entronnen – dank Lord Melbournes gütiger Hilfe. In diesen Dingen kannte er sich entschieden besser aus als Sir Robert Peel.

Der September nahte.

Albert meinte, es sei allmählich an der Zeit, ein wenig Urlaub zu machen. Er hatte die Kinderstuben überprüft und vieles umgestaltet. Lehzen hatte keine Einwände erhoben. Sie sollte im September abreisen. Albert hatte das gesamte Personal, das unter Lehzen für die Kinder zuständig gewesen war, durch andere Leute ersetzt.

Vicky gedieh jetzt zu unserer großen Freude bestens. Sie war ein fröhliches, sehr amüsantes kleines Mädchen. Albert war hingerissen von seiner kleinen Tochter, und auch sie hing sehr an ihm. Sobald er sich im Kinderzimmer blicken ließ, stürzte sie auf ihn zu und umklammerte seine Beine. Dann hob er sie hoch oder ließ sie sogar auf sich reiten – spielte einen gefährlichen Tiger oder Grislybären, bis das Kind vor Freude und Entsetzen kreischte.

Was für eine wilde, ausgelassene Szene! Auch der Junge entwickelte sich prächtig, doch er war noch kleiner und daher nicht so interessant.

Ein wenig Urlaub würde mir unendlich guttun. Das Zusammensein mit Lehzen wurde immer strapaziöser, weil ich ständig daran denken mußte, daß sie nicht mehr lange dasein würde.

Ihre Trauer war einer tiefen Resignation gewichen. Sie kritisierte Albert nicht mehr. Oberflächlich betrachtet konnte man durchaus den Eindruck haben, als freue sie sich auf ihr neues Leben, als sei sie nicht besonders traurig, doch das täuschte. Die leise Melancholie, die sie an den Tag legte, betrübte mich zutiefst.

Daher konnte ich es kaum erwarten, ein paar Tage mit Albert zu verreisen. Ich dachte eigentlich nur an Claremont, was man genaugenommen kaum eine Reise nennen konnte, doch Albert hatte sich etwas anderes vorgestellt.

»Ich wollte immer schon nach Schottland«, meinte er.

»Nach Schottland? Aber das ist doch furchtbar weit.«

»Schottland gehört schließlich auch zu deinem Reich, da solltest du dich hin und wieder sehen lassen. Die Leute erwarten das von dir.«

Also nahmen wir uns vor, nach Schottland zu reisen.

Darüber freue ich mich heute noch.

Ende August 1842 fuhren wir um fünf Uhr früh aus Windsor ab. Eine knappe Stunde später trafen wir in London ein und erreichten Woolwich noch vor sieben Uhr. Die Leute hatten irgendwie davon erfahren. Eine große Menschenmenge hatte sich eingefunden, um uns an Bord gehen zu sehen, doch leider regnete es heftig, so daß wir sofort im Inneren des Schiffes Zuflucht suchten. Der Trinity House Dampfer und das Postschiff formierten sich zu einem Flottengeschwader, dem sich mehrere Vergnügungsboote anschlossen, denn die Passagiere hofften, einen Blick auf uns zu erhaschen.

Nach drei Tagen kam die Küste Schottlands in Sicht. Die Schotten empfingen uns mit Freudenfeuern.

Unser Reiseziel erreichten wir jedoch erst am 1. September. Bei unserer Ankunft in Edinburgh sahen wir leider kaum etwas, denn über allem lag ein Nebelschleier. Am Pier begrüßten uns der Herzog von Buccleuch und Sir Rober Peel, der extra nach Schottland gereist war, um uns dort empfangen zu können.

Von Edinburgh war ich begeistert, sobald sich der Nebel lichtete. Eine außergewöhnlich schöne Stadt mit einer steil ansteigenden Hauptstraße. Mitten in der Stadt thronte auf einem Felsen eine Burg.

Schottland gefiel mir, was zum Teil auch daran liegen mochte, daß Albert sich hier so wohl fühlte. Auch die Schotten fand ich sehr anziehend.

Wie glücklich waren wir, als wir in Schottland auf Entdekkungsreisen gingen. Die Nationalkleidung der Schotten – Kilts und Tartans – faszinierte mich, und an den Klang der Dudelsäcke gewöhnte ich mich bald.

Wir unternahmen ausgedehnte Reisen. Überall wo wir Station machten, wurden wir herzlich aufgenommen. Als unser Urlaub zu Ende ging, machte mich das traurig, doch ich sehnte mich nach den Kindern. Ich hätte nie gedacht, daß ich sie so vermissen würde, und obwohl ich wußte, daß es ihnen gutging, dachte ich immer häufiger an sie.

Albert wäre sicher gern länger geblieben. Er ging nur ungern an Bord des Schiffes, das uns wieder nach Süden bringen sollte. Traurig stand er an der Reling, bis die Küste Schottlands nicht mehr zu sehen war.

»Was für ein wunderschönes Land!« seufzte er sehnsüchtig. »Das schottische Hochland hat es mir besonders angetan. Laß uns bald hierher zurückkehren.«

Begeistert stimmte ich ihm zu.

Schließlich kam der Tag, an dem Lehzen und ich Abschied voneinander nehmen mußten.

Albert ließ mich nicht aus den Augen. Wahrscheinlich fürchtete er bis zum letzten Augenblick, ich könne es mir doch noch anders überlegen und Lehzen dabehalten. Die Trennung fiel mir verständlicherweise unbeschreiblich schwer. Über zwanzig Jahre hatte Lehzen mich auf meinem Lebensweg begleitet. Ihre Liebe und Hingabe hatten mich über meine oft so traurige Kindheit hinweggetröstet. Tief im Innern wußte ich jedoch, daß ich zwischen Lehzen und Albert wählen mußte. Natürlich konnte diese Entscheidung nur zugunsten Alberts ausfallen.

Daß die Entscheidung richtig war, zeigte sich schon vor Lehzens Abreise. Seit nämlich feststand, daß Lehzen uns verlassen würde, waren Albert und ich viel glücklicher. Wir hatten uns seitdem kaum mehr gestritten und verstanden uns immer besser. In Schottland hatte rein gar nichts unser Glück getrübt.

Albert war mein Leben, mit ihm würde ich bis ans Ende meiner Tage glücklich sein, so hoffte ich.

Lehzen kannte und durchschaute mich. Aus diesem Grund trat sie den Rückzug an, doch über unserem Haushalt lag die Trauer wie eine schwarze regenschwere Wolke.

Am letzten Tag, den wir zusammen verbrachten, hätte nicht viel gefehlt, und ich wäre beim geringsten Anlaß in Tränen ausgebrochen und hätte Lehzen angefleht, mich nicht im

Stich zu lassen. Es war eine bewundernswerte Leistung, wie Lehzen Haltung bewahrte. Sie wußte, daß ich gut daran tat, mich Albert zuzuwenden. Sie waren ja beide Deutsche, deshalb konnte sie sich gut in ihn hineinversetzen. Wahrscheinlich hätte sie Albert sogar bewundert, wenn er nicht mein Mann gewesen wäre. So war sie blind vor Eifersucht. Lehzen liebte mich aufrichtig und verzichtete daher selbstlos auf mich.

Als ich ihr eine gute Nacht wünschte, sagte sie: »Das ist das letztemal, daß wir uns sehen. Morgen sollten wir uns nicht mehr sehen, bevor ich abreise. Abschniednehmen ist so traurig, damit würden wir uns nur unnötig quälen. Paß auf dich auf, mein Liebes. Wir wollen uns schreiben, sooft es geht. Ich werde deinen Lebensweg auch weiterhin verfolgen. Du kannst dich glücklich schätzen, weil du alle Menschen glücklich machst, mit denen du zu tun hast. Du bist ein liebes gutes Mädchen, und ich bin stolz auf dich.«

Wir umarmten uns zum allerletzten Mal, dann eilte ich in mein Schlafgemach und weinte bitterlich.

Am nächsten Morgen fuhr sie ab. Albert freute sich bestimmt darüber, doch er verstand meine Gefühle und war sehr lieb und rücksichtsvoll.

Mir blieb nicht viel Zeit, meiner guten Lehzen nachzutrauern, denn ich mußte feststellen, daß ich schon wieder schwanger war.

Revolte im Anzug

Unsere zweite Tochter kam am 25. April 1843 zur Welt. Diesesmal hatten mir weder die Schwangerschaft noch die Geburt so zugesetzt wie bei meinen beiden ersten Kindern. Vielleicht hatte ich mich inzwischen schon daran gewöhnt. Der Gedanke ließ mich erleichtert aufatmen, denn allem Anschein nach war ich besonders fruchtbar. Drei Kinder in drei Jahren – war das kein Beweis dafür?

Alice Maud sollte unsere kleine Tochter heißen – und auch Mary, da sie am Geburtstag der Herzogin von Gloucester zur Welt gekommen war.

Nach Lehzens Abreise hatten sich die Wogen erstaunlich schnell geglättet. Albert rechnete die Ausgaben für die Hofhaltung gründlich durch und stellte fest, daß große Summen eingespart werden konnten. Den Bediensteten paßte das natürlich nicht, denn unter Lehzens Oberherrschaft hatten sie in Saus und Braus gelebt. Sie fügten sich nur murrend, und Albert machte sich durch seine Maßnahmen wahrhaftig nicht beliebt.

Zur Taufe unserer kleinen Alice mußten wir Onkel Ernest einladen, was mir verständlicherweise widerstrebte. Seit meiner Kindheit war er ein Schreckgespenst für mich. Wenn er sich in England aufhielt, war mir nicht wohl in meiner Haut. Er haderte offensichtlich mit dem Schicksal und nahm es uns wohl auch übel, daß die Krone Englands nicht an ihn gefallen war. Mir war das unbegreiflich. Ich mißgönnte es ihm doch auch nicht, daß er König von Hannover war. Warum gab er sich nicht einfach damit zufrieden, daß er König war? Der Streit flammte immer wieder auf, weil er Anspruch auf Prinzessin Charlottes Schmuck erhob. Ich pflegte diesen Schmuck ziemlich oft zu tragen. Ich selbst besaß für eine Königin eigentlich nicht viel Schmuck. Daher weigerte ich mich auch, den Schmuck herauszugeben. Vielleicht konnten wir Onkel Ernest ein wenig damit trösten, daß wir ihn zum Taufpaten unserer Tochter machten.

Auch meine geliebte Schwester Feodora sollte Taufpatin sein. Ich freute mich so auf sie, daß der Besuch Onkel Ernests etwas von seinem Schrecken verlor. Auch Alberts Bruder Ernst und Tante Sophia hatten wir gebeten, Taufpaten zu sein.

Feodora und ich begrüßten uns freudig. In ihrem Zimmer setzten wir uns auf das Bett und unterhielten uns ausgiebigst.

»Meine kleine Schwester ist Mutter von drei Kindern!« sagte sie. »Wirklich kaum zu glauben. Ich sehe dich immer noch mit deinen Puppen spielen. Lebendige Puppen sind doch etwas ganz anderes, findest du nicht auch?«

Wie gut wir uns verstanden! Mit ihr konnte ich auch darüber sprechen, wie mich der Abschied von Lehzen mitgenommen hatte. Feodora war nicht nur eine gute Zuhörerin, sie verstand mich auch.

»Ich kenne Lehzen, kenne sie sogar sehr gut«, sagte Feodora schließlich. »Eine fabelhafte Frau, aber sehr besitzergreifend. Es konnte gar nicht ausbleiben, daß sie und Albert sich ins Gehege kamen. Du gehörst zu Albert, meine liebe kleine Schwester, zu deinem Mann und deinen Kindern. Die Familie zählt mehr als jeder andere Mensch.«

Die kleine Alice, ein rundliches, zufriedenes Baby, entzückte Feodora.

»Was für ein allerliebstes kleines Ding«, sagte sie bewundernd.

»Ja, und entschieden friedlicher als die beiden anderen«, stimmte ich ihr zu. »Sie wird mir ein Trost sein.«

»Vicky ist ein kluges Kind.«

»Ja, das ist sie. Albert ist ungeheuer stolz auf sie. Ich wünschte, das könnte man von Bertie auch behaupten. Er hinkt ganz entschieden hinterher. Er brabbelt nur vor sich hin, schreit und saust herum.«

Da lachte Feodora. »Aber Bertie ist doch ganz entzückend, ein völlig normaler kleiner Junge. Einen besseren kannst du dir gar nicht wünschen.«

»Ganz wie die Expertin meint. Als Mutter hast du ja schon Übung.«

Liebevoll nahm ich sie in Augenschein. Die zarte, biegsame Gestalt von einst, die gab es nicht mehr. Feodora hatte zugenommen, aber sie würde immer eine Schönheit sein, denn sie strahlte wie von innen her, und die Güte stand ihr ins Gesicht geschrieben.

Damit stand sie in krassem Gegensatz zu Onkel Ernest, aus dem die Bosheit sprach – nein, nicht nur das, er schien das Böse zu verkörpern.

Er kam erst, als die Taufe schon vorüber war. Ich fragte mich natürlich, ob er das absichtlich so arrangiert hatte. Er sah noch bösartiger aus, als ich ihn in Erinnerung hatte, wenn auch physisch nicht mehr in der Lage, seine bösen Absichten in die Tat umzusetzen. Er ging gebückt, hatte eine Glatze und war anscheinend schwerhörig. Alice benahm sich bei der Taufe mustergültig. Alle lobten sie und waren entzückt von ihr.

Nach der Taufe bat mich Onkel Ernest, in den Kindertrakt geführt zu werden. Aus seinem Mund eine höchst sonderbare Bitte, die mir Angstschauer über den Rücken jagte. Ich hielt es für ausgeschlossen, daß ihn die Kinder interessierten.

Vicky kam unbefangen angelaufen.

»Wo hast du denn dein anderes Auge gelassen?« fragte sie Onkel Ernest.

»Im Kampf verloren«, brummte der.

»Hat es dir jemand weggenommen?«

»Ja.«

»Aber warum denn?« wollte Vicky wissen.

Albert machte dem ein Ende und legte Vicky lächelnd die Hand auf die Schulter, um ihr Einhalt zu gebieten. Doch nur, um Onkel Ernest zu schonen. Vicky konnte in seinen Augen gar nichts falsch machen. Ihn begeisterte und amüsierte rein alles, was sie tat.

Der König von Hannover hatte sich schon abgewandt. »Und wo ist der Junge?« fragte er.

Bertie stand vor ihm. Er sagte kein einziges Wort, was Albert mit gerunzelter Stirn konstatierte. Er war maßlos enttäuscht von Bertie, was vor allem daran lag, daß Vicky so intelligent war. Bei dem Vergleich schnitt Bertie schlecht ab. Ich mußte Albert immer wieder ins Gedächtnis rufen, daß Bertie ein Jahr jünger war als Vicky.

Ich erschrak maßlos, als Onkel Ernest Bertie hochhob und ihn in Augenhöhe vor sich hielt. Dann sah er ihn eindringlich mit seinem einen Auge an. Wahrscheinlich ging ihm dabei durch den Kopf, daß dieser kleine Junge höchstwahrscheinlich einmal König von England werden würde. Diese Krone hatte er selbst zu tragen gehofft.

Ich wechselte einen Blick mit Albert, der fühlte sich offenbar auch sehr unbehaglich. Alle im Kinderzimmer standen wie gelähmt um Onkel Ernest herum, doch nichts geschah.

Allein Bertie schien sich wohl zu fühlen. Völlig ungeniert und wie gebannt starrte er in Onkel Ernests leere Augenhöhle.

»Ein kerngesunder kleiner Bursche«, bemerkte mein Onkel.

»Ja, darin gleicht er ganz seinem Vater«, stimmte ich ihm zu.

»Das würde ich nun nicht gerade sagen«, wehrte mein Onkel ab. »Das hat er wohl eher von unserer Seite der Familie.«

Vicky sah ungeduldig zu ihm hoch. Sie hatte noch nie erlebt, daß jemand Bertie mehr Aufmerksamkeit widmete als ihr.

»Ich bin nicht nur Vicky, sondern die Princess Royal«, erklärte sie selbstbewußt.

Doch Onkel Ernst hatte nur Augen für Bertie. Er schien ihn gar nicht wieder loslassen zu wollen.

Später unterhielt ich mich mit Albert über diesen Vorfall.

»Er hat mich wirklich in Angst und Schrecken versetzt, als er Bertie hochhob und solches Interesse an ihm bekundete«, bekannte Albert. »Vicky hat er völlig ignoriert, und dem Baby hat er keinen Blick gegönnt. Dabei hat er doch darauf bestanden, in den Kindertrakt geführt zu werden.«

Ich sagte mir, daß er in Bertie den Thronerben sah. Wäre er nämlich kinderlieb, so hätte Vicky ihren Bruder sicher ausgestochen.

Schweren Herzens nahm ich Abschied von meiner Schwester Feodora, obwohl mir klargewesen war, daß sie nicht lange bleiben konnte. Ihre häuslichen Pflichten ließen das nicht zu.

Der schlechte Ruf, den Onkel Ernest genossen hatte, war noch in aller Munde. Meine Mutter hatte stets befürchtet, er könne mich entführen, um mir etwas anzutun. Wir erhielten Briefe, in denen von einem Komplott die Rede war, wonach unsere Kinder entführt werden sollten. Sir Robert Peel nahm diese Briefe ernst, obwohl sie anscheinend von Verrückten geschrieben worden waren. So wirkte sich Onkel Ernests Besuch aus. Ich bereute bitter, daß ich ihn zur Taufe eingeladen hatte.

Wir waren alle ziemlich durcheinander und sehr auf der Hut. Albert machte jeden Abend höchstpersönlich die Runde durch die Kinderzimmer, um sich davon zu überzeugen, daß alles in Ordnung war, denn er traute keinem Menschen.

Ich konnte mich wirklich glücklich schätzen, daß Albert sich um alles kümmerte.

Auch Mama machte sich große Sorgen um die Kinder, die jetzt ihr ganzer Lebensinhalt waren. Sie erzählte Albert, was sie während meiner Kindheit für Qualen ausgestanden hatte, weil sie ständig befürchten mußte, der bösartige Cumberland könne mich vergiften. Sie habe mich nicht aus den Augen lassen können.

»Stimmt – ich war nie allein. Konntest du einmal nicht bei mir sein, so hat Lehzen dich vertreten«, sagte ich.

»Ja, auf Lehzen konnte man sich verlassen.«

Mama lächelte selbstgefällig. Lehzens Einfluß entfiel, seit wir sie weggeschickt hatten, dafür setzte sich Albert immer und unbedingt für Mama ein. Sie betete ihn förmlich an, denn ihm hatte sie die Aussöhnung mit ihrer Tochter zu verdanken.

Als Onkel Ernest wieder abreiste, atmeten wir erleichtert auf. Eine glückliche Zeit brach für uns an. Ich hielt mich öfter bei den Kindern auf. Mein Mutterinstinkt war erwacht, den ich bei mir gar nicht vermutet hatte. Besonders mütterlich war ich wohl nicht veranlagt. Für kleine Babys konnte ich mich nicht erwärmen. Erst wenn die Kinder sprechen konnten, mich amüsierten und hübsch anzusehen waren, fand ich mich bereit, mehr Zeit mit ihnen zu verbringen. Ich muß jedoch zugeben, daß Alice ein liebes, gutartiges Baby war. Meistens lag ein zufriedenes Lächeln auf ihrem Gesicht. Gurgelnd, glucksend und vor sich hinlachend lag sie in ihrer Wiege. Die Säuglingsschwester und die Kindermädchen waren regelrecht vernarrt in sie.

Lady Lyttelton erzählte, Alice habe viel für Bertie übrig. Wann immer er sich blicken ließe, gluckse sie vor Vergnügen. Er gehe unendlich zart mit ihr um, fügte sie hinzu, und sei sehr lieb zu seiner kleinen Schwester. Anscheinend zog Lady Lyttelton unseren Sohn seinen beiden Schwestern vor, denn sie nahm ihn stets in Schutz. Vermutlich tat er ihr leid, weil er etwas zurückgeblieben war.

Als ich das Albert gegenüber einmal zur Sprache brachte, meinte er: »Ich hoffe nur, daß sie den Jungen nicht verzieht. Darauf müssen wir unbedingt achten.«

Ich hoffte inständig, daß Albert nichts zu beanstanden haben würde, denn Lady Lyttelton war ein wahrer Segen für die Kinder, und sie hingen alle sehr an ihr.

Sir Robert Peel machte sich große Sorgen, was die Beziehung Englands zu Frankreich betraf, und setzte sich dafür ein, daß wir uns um ein *Rapprochement* bemühten.

Unsere nagelneue Jacht *Victoria and Albert* war inzwischen fertiggestellt, und da es in England relativ friedlich zuging – wie übrigens schon lange nicht mehr –, schlug uns Sir Robert vor, Louis Philippe in Frankreich zu besuchen. Ich hielt das für eine glänzende Idee. Da hätte ich Albert endlich wieder einmal ganz für mich allein, denn in England ging er so in der Politik auf, daß ich ihn kaum mehr zu Gesicht bekam.

Nach der Vertagung des Parlaments stachen wir in See. Zuerst ging es an der Küste von Devon entlang, dann überquerten wir die Meerenge nach Frankreich. Der König von Frankreich kam uns schon auf hoher See entgegen, und die Küste war gesäumt von Menschen, die Flaggen hißten und *Vive la Reine* riefen.

Bei Hofe erlebten wir eine freudige Überraschung. Tante Louise, Onkel Leopolds Frau und die Tochter von Louis Philippe, erwartete uns schon, um uns ihr Vaterland zu zeigen.

Wir nahmen die Gastfreundschaft des Königs fünf Tage in Anspruch und fuhren auch aufs Land, wo wir eine *fête champêtre* miterleben.

Auch bei Onkel Leopold machten wir noch kurz Station. Er schloß uns überglücklich in die Arme.

»Meine lieben Kinder!« rief er. »Meine beiden Lieblinge! Was für ein Glück, daß ich euch zusammengebracht habe!«

Tante Louise führte uns ihre Kinder vor. Die kleine Charlotte entzückte Albert – wahrscheinlich weil sie im gleichen Alter war wie seine geliebte Vicky.

So unterhielt ich mich also mit Tante Louise zur Abwechslung einmal nicht über Modefragen, sondern über Kinder, doch die schönen Tage vergingen nur allzurasch. Wir mußten zurück nach Windsor.

Sir Robert Peel nannte die Reise äußerst nutzbringend.

Kurz nach unserer Rückkehr aus Frankreich geschah etwas Entsetzliches. Lord Melbourne hatte einen Schlaganfall. Ich war ganz verstört, als mir das zu Ohren kam, und schrieb ihm sofort einen sehr liebevollen Brief.

Zum Glück war es nur ein leichter Schlaganfall, doch ich erkundigte mich laufend nach seinem Gesundheitszustand. Er sollte wissen, daß ich ihn nicht vergessen hatte, daher schrieb ich ihm sehr oft und versicherte ihm, daß wir immer Freunde bleiben würden.

Ich wußte mich vor Freude nicht zu fassen, als er mir antwortete, er sei – von ein paar kleinen Unpäßlichkeiten abgesehen – schon fast wieder der alte. Voller Freude setzte ich mich sofort an meinen Schreibtisch und bat ihn in meinem Brief, mich zu besuchen, sobald er sich dazu wieder imstande fühle.

Aber als er dann erschien, machte mich sein Anblick doch sehr traurig, wenn er sich auch überschwenglich wie immer gebärdete. Seine prägnanten Aussprüche brachten mich zum Lachen, und es war wie in alten Zeiten. Doch es entging mir nicht, daß er den einen Fuß ein wenig nachzog und einen Arm nicht mehr richtig bewegen konnte. Als ich ihn fragte, ob er auch gut auf seine Gesundheit achte, meinte er, das beste Tonikum sei es für ihn, mich so glücklich zu sehen – mit meinem Mann und meiner wachsenden Kinderschar. Als Ehefrau, als Mutter und große Königin.

Er sah mich wieder mit dieser Miene an, die ich so gut an ihm kannte – halbzärtlich, halb amüsiert, aber mit Tränen in den Augen. Da war er wieder ganz mein lieber guter Lord Melbourne.

Ich dachte viel an ihn und schrieb ihm oft.

Kurz nach der Jahreswende erfuhren wir, daß Alberts Vater gestorben war. Das kam allerdings nicht völlig unerwartet, denn wir hatten ja gewußt, daß er schon seit längerer Zeit krank gewesen war.

Der arme Albert war untröstlich. Er weinte bitterlich und trauerte sehr um seinen Vater. Ich wußte jedoch, daß Herzog Ernst kein besonders guter Vater gewesen war. Selbstherrlich wie er war, hatte er sich von Alberts Mutter scheiden lassen, doch mit seiner eigenen Moral war es nicht weit her. Alberts Mutter hatte für ihren einzigen Fehltritt bitter büßen müssen. Die Promiskuität von Alberts Vater war jedoch kaum zu überbieten. Auch seine zweite Ehe war alles andere als glücklich. Später hatte er uns sehr verübelt, daß wir Bertie nicht nach ihm benannt hatten.

Nein, ich sah eigentlich nicht ein, weshalb Albert seinen Vater so in den Himmel hob, doch nun, da er tot war, schien Albert all seine Sünden vergessen zu haben. In bewegten Worten schilderte er mir die Tugenden seines Vaters, bis er auch mich fast überzeugte.

»Natürlich fahre ich zur Beerdigung«, erklärte Albert.

»Ich begleite dich.«

Doch das ging nicht. Sir Robert meinte, es sei gerade zu diesem Zeitpunkt sehr davon abzuraten. Ich dürfe nicht ins Ausland reisen.

»Dann ist das unsere erste Trennung«, klagte ich. »Ich darf gar nicht daran denken.«

Der gute Albert war trotz seines Kummers noch um mein Wohlergehen besorgt. Ich war gerührt, als er mir erzählte, er habe Onkel Leopold geschrieben, um ihn zu fragen, ob er Tante Louise nicht entbehren könne, während er, Albert, in Deutschland sei. Es wäre sehr schön, wenn sie mir Gesellschaft leisten könnte. Zu meiner großen Freude hatte Onkel Leopold nichts dagegen einzuwenden.

Betrübt nahm ich von Albert Abschied, und als Tante Louise eintraf, begrüßte ich sie freudig.

Ich war ein wenig deprimiert, weil ich schon wieder ein Kind erwartete. Ich hätte viel darum gegeben, wenn mir mehr Zeit geblieben wäre, mich von der Geburt des dritten Kindes zu erholen. Tante Louise half mir nach Kräften, die Zeit der Trennung zu überbrücken. Albert und ich schrieben uns oft. Seine Briefe waren mir heilig, denn aus jedem Wort sprach seine Liebe zu mir.

So schrieb er mir aus Dover: »Mit jedem Schritt entferne ich mich weiter von Dir. Ein bedrückender Gedanke.«

Den Brief, der mich am meisten freute, schrieb er mir aus Köln.

»Überall sind Bilder von Dir aufgehängt, so daß Du von den Wänden auf mich hinunterschaust.«

Natürlich waren seine Verwandten glücklich, ihn wieder einmal bei sich zu haben. Sie hingen sehr an ihm, was mich nicht wunderte.

»Du hättest sehen sollen, wie sich meine Familie gefreut hat, mich wieder in die Arme schließen zu können«, schrieb er mir. »Dann wäre Dir das Opfer lohnend erschienen, eine Weile auf mich zu verzichten. Wir haben viel von Dir gesprochen...

Auf Wiedersehen, mein Liebes. Tröste Dich mit dem Gedanken, daß ich ja bald wieder bei Dir bin. Möge Gott Dich und unsere lieben Kinder segnen.«

Albert wußte zweifellos, wie sehr ich ihn vermißte.

Tante Louise kehrte zu Onkel Leopold zurück. Nun ließ Albert nicht mehr lange auf sich warten.

Wie glücklich waren wir, wieder vereint zu sein. Wir klammerten uns aneinander und hielten uns fest umschlungen. Für dieses Wiedersehen hatte sich die Trennung fast gelohnt. Albert zog es bald in den Kindertrakt. Er wollte sich am Charme seiner Vicky weiden und über ihre Klugheit staunen. Daß Bertie nicht entfernt so klug war, würde er wieder einmal seufzend konstatieren müssen. Doch das zufriedene Lächeln seiner Jüngsten – bei Alice offenbar ein Dauerzustand – würde ihn wieder trösten. Und genauso war es dann auch.

Als wir dann wieder ganz für uns waren, erzählte Albert mir von seinem Besuch in Deutschland. Wie traurig er gewesen sei, als sein geliebter Vater zu Grabe getragen wurde.

»Und wie geht es deinem Bruder?« erkundigte ich mich. »Jetzt ist er ja Herzog.«

»Ach, Ernst hat sich eigentlich kaum geändert.«

»Ich hoffe, daß seine Ehe glücklich ist und er sein früheres Lotterleben aufgegeben hat.«

Albert war sich da nicht so sicher.

»Ich habe übrigens auch Stockmar wiedergesehen«, berichtete er mir.

»Er hat sich sicher sehr gefreut.«

»Ja, das hat er. Ich muß immer wieder daran denken, daß wir ihm viel zu verdanken haben. Er hat uns beiden sehr geholfen.«

Das stimmte allerdings.

»Jetzt ist er endlich wieder mit seiner Familie vereint. Daran war ihm ja immer sehr gelegen, doch ich habe durchblicken lassen, daß wir ihn gern bei uns in England hätten, und habe ihm von Bertie erzählt. Der Junge macht mir nämlich große Sorgen.«

»Lady Lyttelton hält übrigens sehr viel von ihm.«

»Sie ist eben eine überaus sentimentale Frau, die sehr an dem Jungen hängt.«

»Ja, und darüber bin ich ausgesprochen froh.«

»Aber jemand muß Bertie an Disziplin gewöhnen. Schließlich muß er einmal große Verantwortung übernehmen.«

»Aber bis dahin vergeht noch sehr viel Zeit.«

»Trotzdem kann man gar nicht früh genug damit beginnen, ihn auf seine Pflichten vorzubereiten.« Er runzelte die Stirn.

»Ist es nicht eine Schande, wenn man bedenkt, daß mich hier in England niemand so recht ernst nimmt? Ich bin der Mann der Königin und sonst gar nichts. Und dieser dumme kleine Junge wird einmal hoch über mir stehen.«

»Bertie? So habe ich das noch nie betrachtet.«

»Und doch ist es so. Der Prinz von Wales ist weit wichtiger als der Mann der Königin.«

»Ich gäbe viel darum, wenn ich daran etwas ändern könnte, Albert.«

»So wichtig ist das nun auch wieder nicht. Ich betrachte es lediglich als Ironie des Schicksals.«

Doch ich sah ihm an, wie er darunter litt. Er tat mir unendlich leid, und ich wünschte, ich hätte ihn zum König ernennen können.

»Bertie muß also Disziplin lernen«, kam Albert wieder auf unser eigentliches Thema zu sprechen. »Stockmar wüßte ganz genau, wie man ihm das eintrichtert.«

»Dann müssen wir Stockmar dazu bringen, daß er zu uns kommt.«

An meinem fünfundzwanzigsten Geburtstag im Mai 1844 konstatierte ich betrübt, daß ich allmählich alt wurde. Eine Frau, die in die Jahre kam, bald Mutter von vier Kindern.

Albert gratulierte mir überschwenglich und überreichte mir sein Geschenk. Ich stieß einen Freudenschrei aus, denn er hatte sich für mich malen lassen. Er sah gut aus auf dem Bild, doch nicht entfernt so gut wie in Wirklichkeit. Etwas Schöneres hätte er mir jedoch gar nicht schenken können.

Den Hintergrund bildete eine Engelsschar. Sie hielt ein Medaillon in ihren zarten Händen, auf dem die Worte *Heil und Segen* standen.

Kurz nach meinem Geburtstag berichtete man uns, Zar Nikolaus I. von Rußland sei auf dem Weg zu uns. Ich konnte es nicht fassen und war nicht gerade hocherfreut, denn inzwischen war ich im siebten Monat schwanger. So ein Besuch kostete viel Kraft, die brachte ich in diesem fortgeschrittenen Stadium der Schwangerschaft nicht auf.

Sir Robert meinte, der Besuch des Zaren sei zweifellos auf unseren Besuch bei Louis Philippe zurückzuführen. Der Zar lege keinen Wert auf eine allzu enge Freundschaft zwischen England und Frankreich.

»Ich wünschte, er hätte sich nicht einfach angesagt«, jammerte ich. »So möchte ich mich gar nicht sehen lassen, und was wäre, wenn er erschossen würde?«

Sir Robert fuhr zusammen.

»Es gibt so viele Anarchisten«, fuhr ich fort. »Besonders bei den Russen. Zar Nikolaus soll ja ein sonderbarer Mensch sein.«

»Aber sein Besuch wird für die Beziehungen zwischen England und Rußland sehr von Vorteil sein«, gab Sir Robert zu bedenken. Albert war der gleichen Meinung.

Es blieb mir also gar nichts anderes übrig, als dem Zaren Gastfreundschaft zu gewähren. Er reiste auf seinem Schiff an, und ich quartierte ihn in Windsor Castle ein, was mir am angemessensten erschien.

Der Zar erwies sich tatsächlich als merkwürdiger Mensch. Er jagte mir beinahe Angst ein mit seinen weißen Augenwimpern und seinem starren Blick. Als junger Mann sollte er sehr gut ausgesehen haben, doch das konnte ich kaum glauben.

Wenn er auch zäh und soldatisch wirkte, so war er mir gegenüber doch von ausgesuchter Höflichkeit. Trotzdem jagte mir sein Lächeln Schauer über den Rücken. Wenn er lächelte, sah er hinterhältig und gemein aus. Auch mit seinen Manieren konnte ich mich nicht anfreunden. Natürlich stellte ich ihm im Schloß ein prächtiges Schlafzimmer zur Verfügung, doch er schickte seinen Kammerdiener in den Stall hinunter, um sich Heu bringen zu lassen. Das stopfte er in den mitgebrachten Ledersack. Der diente ihm als Bett. Wahrhaftig eine seltsame Angewohnheit.

Sir Robert legte mir ans Herz, ihn keinesfalls zu brüskieren und ihm während seines Aufenthalts in England die ihm gebührende Ehre zu erweisen. Das käme der Politik zugute.

Also gab ich mir die größte Mühe, ihm etwas zu bieten. Gemeinsam nahmen wir eine Parade ab, wir gingen in die Oper und zum Pferderennen. Ihm zu Ehren arrangierte ich ein Konzert im Buckingham-Palast. Zum Glück hielt sich Joseph Joachim gerade in England auf. Ich engagierte ihn, damit er vor dem Zaren spielte.

Hochschwanger wie ich war, strengte mich das alles maßlos an. Der Zar zeigte sich trotz seines militärischen Gehabes als der rücksichtsvollste Gast, den man sich nur denken konnte. Von Albert war er offensichtlich tief beeindruckt, denn er gab mir zu verstehen, er sei noch nie einem so edlen und gütigen jungen Mann begegnet, der zudem noch blendend aussah. Mit nichts hätte er mir eine größere Freude machen können als mit diesem Loblied auf meinen geliebten Albert. Als sich Sir Robert mit dem Zaren über die ungute Lage zwischen der Türkei und Rußland unterhielt, gab der Zar ihm zu verstehen, daß er keinen einzigen Meter türkischen Bodens für sein Land beanspruche, jedoch auch nicht dulden werde, daß sich ein anderes Land an der Türkei vergriff. Sir Robert versprach sich viel von dem Besuch des Zaren, und mit dieser Meinung stand er nicht allein da. Obwohl der Zar sich sehr kurzfristig angesagt hatte und der Zeitpunkt für seinen Besuch denkbar ungünstig gewählt war, überwog die Ansicht, daß er sich bezahlt machen würde. Das beweist doch wieder einmal, daß für eine Königin die Pflicht an erster Stelle stehen muß.

Inzwischen befand ich mich in einem so weit fortgeschrittenen Stadium der Schwangerschaft, daß mir alles zu beschwerlich war. Leider kam es ausgerechnet da zu einer Regierungskrise.

Inzwischen geriet ich bei dem Gedanken, Sir Robert Peel zu verlieren, ebenso in Panik wie erst vor geraumer Zeit, als mir der Verlust Lord Melbournes drohte.

So herrschten unter anderem Unruhen in Irland. Allmählich schien es mir, als sei das dort ein Dauerzustand. Zudem hatten die Franzosen den britischen Botschafter auf der Insel Tahiti eingesperrt. Diese Insel hatten sie erst kurz zuvor besetzt. Damit stand es so schlecht um unsere Beziehungen zu Frankreich, daß sogar ein Krieg nicht mehr ausgeschlossen erschien. Darauf waren wir wahrhaftig nicht erpicht. Sir Robert sagte, wir müßten alles tun, um einen Krieg zu verhindern.

Die Regierungspartei hatte für sie Senkung der Zuckersteuer plädiert, war aber überstimmt worden. Das war im Augenblick das schwerwiegendste Problem. Die Aufwiegler unter den Tories hatten wieder einmal für Aufsehen gesorgt.

Das brachte mich in Rage. Ich durfte mir jetzt keine Sorgen machen – aber wenn die Whigs wieder an die Macht gelangten, würde ich auf Sir Robert verzichten müssen.

War es nicht eine Ironie des Schicksals, daß ich den Whigs einmal nachgetrauert hatte und jetzt befürchtete, sie könnten wieder an die Macht kommen? Für mich zählten jedoch weder die Whigs noch die Tories, sondern immer nur der Mann, der an ihrer Spitze stand. Natürlich würde ich mich zu Sir Robert niemals so hingezogen fühlen wie zu meinem hochverehrten Lord Melbourne. Doch Albert hatte mir die Augen geöffnet, so daß ich nun selbst sah, was wir an Sir Robert hatten. Ich wollte ihn keinesfalls verlieren.

Sir Robert klärte uns über die Lage auf. Ein paar Aufwiegler bei den Tories hätten die Krise hervorgerufen.

»Wer sind denn diese Leute?« erkundigte ich mich.

»Da ist zum Beispiel ein gewisser Benjamin Disraeli«, berichtete Sir Robert. »Er ist ein sonderbarer Kauz, vor dem man sich hüten muß.«

»Davon bin ich überzeugt. Er hat sich offensichtlich in den Kopf gesetzt, meine Regierung zu Fall zu bringen«, gab ich erbost zurück.

»Disraeli ist Jude und sehr hartnäckig, würde ich sagen. Er hat doch tatsächlich die Dreistigkeit besessen, um einen Posten im neuen Kabinett zu bitten. Das habe ich abgelehnt, doch er gibt sich nicht so leicht geschlagen. Er ist sehr selbstbewußt. Wie gesagt – ein sonderbarer Kauz. Hat ein Buch mit dem Titel *Sybil* geschrieben. Darin stellt er die Behauptung auf, die Rechte der Arbeiter seien genauso heilig wie die Rechte der besitzenden Klasse. Er nennt die Dinge wahrhaftig beim Namen. Er ist mit der Witwe von Wyndham Lewis verheiratet, was ihm ein Vermögen eingebracht hat.«

»Dieser Disraeli muß ein unangenehmer Mensch sein«, meinte ich.

»Seine Frau hat mir geschrieben und ihren Mann gerühmt«, erzählte uns Sie Robert. »Sie hat mich darauf hingewiesen, wie sehr ihm an einem Regierungsposten gelegen ist.«

»Anscheinend hängt sie sehr an ihm«, warf ich ein.

»Auf diese Art und Weise werden solche hohen Posten ja wohl kaum vergeben«, meinte Albert.

»Trotzdem bleibe ich dabei, daß uns dieser Mann noch in Erstaunen setzen wird«, betonte Sir Robert wieder.

»Ein ganz gewöhnlicher Unruhestifter«, sagte ich verächtlich. »Ich hoffe nur, daß er so endet, wie er es verdient.«

Überall herrschte große Aufregung, denn es stand zu befürchten, daß die Regierung das Mißtrauensvotum nicht überstehen würde. Doch als es kritisch wurde, unterstützten die Aufwiegler den Premierminister und verhinderten damit den Umsturz, denn wenn Leute wie dieser Disraeli auch nicht mit Sir Robert einverstanden waren, so wollten sie doch um keinen Preis, daß die Whigs an die Macht kamen.

Da sich nichts änderte, konnte ich von nun an ungestört der Niederkunft entgegensehen.

Am 6. August 1844, einem erstickend heißen Tag, kam mein viertes Kind zur Welt, wieder ein Junge. Wir nannten ihn Alfred Ernst Albert nach Alberts Vater und Bruder und nach Albert selbst.

Zwei Jungen und zwei Mädchen – ein ausgewogenes Quartett. Nun mußte ich aber endlich einmal zur Ruhe kommen.

Noch vor Ende dieses Monats erhielten wir wieder königlichen Besuch. Diesmal war es der Prinz von Preußen, der Bruder des Königs. Damals konnte ich noch nicht ahnen, daß er der erste deutsche Kaiser werden würde.

Wir mochten uns auf Anhieb. Auch er und Albert wurden gleich die besten Freunde, denn sie hatten viel gemeinsam.

Der Prinz war ausgesprochen kinderlieb. Vicky setzte ihn in Erstaunen. Sie sah entzückend aus und bestach durch ihre Klugheit. Es läßt sich nicht beschreiben, wie stolz Albert auf seine Erstgeborene war.

Nach der Abreise des Prinzen fand Albert, ich müsse Urlaub machen. Im gleichen Jahr hatten wir Osborne House erworben, einen hübschen kleinen Besitz, der mich schon fasziniert hatte, als Mama und ich in Norris Castle auf der Insel Wight gewohnt hatten.

Wir hatten schon lange vorgehabt, ein kleines Haus zu erwerben, in das wir uns zurückziehen konnten, wenn wir Ruhe brauchten. Auch in den Augen des Premierministers war es eine glänzende Idee, Osborne House zu kaufen. Mich störte daran nur, daß es einmal Sir John Conroy gehört hatte, doch darüber setzte ich mich hinweg, denn es hatte mir schon immer sehr gefallen.

Als wir Urlaubspläne machten – ich hatte Ruhe wirklich bitter nötig –, dachte ich daher sofort an Osborne House, doch Albert stellte sich etwas ganz anderes vor.

»Weißt du noch, wie wohl wir uns in Schottland gefühlt haben, meine Liebe? Warum machen wir nicht wieder eine Reise in dieses wunderschöne Land? Dabei könntest du auch deine Untertanen im Norden besser kennenlernen.«

So kam es, daß wir in Blair Athole landeten.

Als Vicky von unserer Reise hörte, bestand sie darauf, uns zu begleiten.

»Nein, Liebling, das geht nicht«, wehrte ich ab. »Papa und Mama reisen allein.«

»Vicky auch!« forderte die Kleine hartnäckig.

Albert nahm sie auf den Schoß und erklärte ihr, Mama müsse sich unbedingt erholen, und Papa müsse sich um Mama kümmern.

»Ich will mich auch um Mama kümmern«, versprach Vicky. Albert schmolz dahin. Er war hin- und hergerissen. Dem Charme seiner Tochter konnte er sich nicht entziehen.

Vicky hatte aber auch kein bißchen Angst vor ihm, was man von dem armen Bertie nicht behaupten konnte. Er hatte sich noch nie klar ausdrücken können, und nun stotterte er auch noch, in Alberts Beisein sogar besonders schlimm.

Vicky schlang Albert die Ärmchen um den Hals und flüsterte ihm etwas ins Ohr. Albert lächelte beglückt und strich ihr übers Haar.

»*Bitte*, Papa, laß mich doch mitkommen«, hörte ich Vicky sagen.

»Das geht nicht, Liebchen, tut mir leid...«

Vicky brach in Tränen aus. Sogar dabei sah sie ganz allerliebst aus – im Gegensatz zu Bertie, wenn er laut losheulte.

Albert sah mich mit Tränen in den Augen an. Es rührte mich, wie sehr er an seiner Tochter hing.

»Eigentlich besteht doch gar kein Grund, Vicky nicht mitzunehmen«, meinte er.

Ich mußte lachen. »Dieses kleine Luder hat dich regelrecht verhext. Du bist nicht imstande, dich ihr zu widersetzen.«

Vicky war natürlich nicht dabei, als diese Worte fielen.

»Sie ist dir so unglaublich ähnlich, meine Liebe! Was für ein entzückendes Geschöpf.«

Da gab ich mich geschlagen. Wir beschlossen, Vicky mitzunehmen.

Vicky war so glücklich, daß sie sich im Kinderzimmer damit brüstete. Nun wollte auch Bertie mit.

Als wir das ablehnten, warf er sich auf den Boden, schrie und trat heftig um sich. Lady Lyttelton versuchte ihn zu trösten, doch Albert schlug ihn, weil er sich so ungebärdig aufführte. Ich regte mich darüber furchtbar auf, weil Bertie noch so klein war, doch Albert hielt es für unerläßlich. Allerdings behauptete er allen Ernstes, es schmerze ihn mehr als den Jungen.

Lady Lyttelton war so entsetzt, daß ich schon befürchtete, sie könnte ihre Stellung kündigen. Vermutlich hätte sie das auch getan, wenn sie sich nicht gesagt hätte, daß sie zu Berties Schutz bleiben mußte.

»Er ist doch noch so klein, Madame«, betonte sie mir gegenüber immer wieder. »Fast noch ein Baby.«

»Meine liebe Lady Lyttelton«, pflegte ich darauf zu erwidern, »ich weiß ja, wie Sie an den Kindern hängen, aber Berties Vater weiß doch wohl am besten, was für den Jungen gut ist. Bertie wird einmal große Verantwortung tragen. Darauf muß man ihn vorbereiten.«

Ich muß zugeben, daß ich es kaum ertrug, Bertie schluchzen zu hören, doch ich redete mir ein, daß Albert im Recht war und Bertie gezüchtigt werden mußte.

Am Tag unserer Abreise im September standen wir schon vor sechs Uhr auf. Vicky war schon startbereit und furchtbar aufgeregt. Alice und der kleine Alfred wurden heruntergebracht, damit wir uns von ihnen verabschieden konnten. Bertie war tief geknickt. Gegen sieben Uhr bestiegen wir die Kutsche, die uns zum Bahnhof bringen sollte. In Paddington stiegen wir in die Kutsche, mit der wir nach Woolwich fuhren.

Zwei Tage später liefen wir im Hafen von Dundee ein. Uns zu Ehren war ein roter Teppich ausgerollt worden. Arm in Arm schritten wir an Land. Albert hielt Vicky an der Hand. In Dundee begrüßte man uns freudig.

Das herrliche schottische Hochland gefiel mir über alle Maßen. Albert natürlich auch. Ihm verdankte ich es, daß ich einen Blick für Naturschönheiten entwickelt hatte. Auf unserer Reise bot sich uns immer wieder ein atemberaubender Anblick. Wir kamen durch Dunkeld, Cupar Angus und Pitlochrie zum Killiecrankie-Paß. Von der Paßhöhe bot sich uns ein überwältigender Ausblick auf die bewaldeten Hügel. Albert war hingerissen.

Es stellte sich heraus, daß Blair Athole nur ein paar Meilen vom Killiecrankie-Paß entfernt lag. Lord und Lady Glenlyon erwarteten uns schon am Schloßtor – zusammen mit ihrem kleinen Sohn.

Was für schöne Urlaubstage! Ich ging viel mit Albert spazieren, oder er fuhr mit mir und Vicky im leichten vierrädrigen Ponywagen aus. Eine so herrliche, urwüchsige Landschaft hatte ich noch nie gesehen. Albert machte uns auf alles Sehenswerte aufmerksam. Er wollte um jeden Preis verhindern, daß uns irgend etwas entging. Ich malte ziemlich viel, und Albert ging auf die Pirsch.

Vicky war in ihrem Element. Natürlich kam sie sich sehr erwachsen vor, weil sie ihre Eltern auf eine Reise begleiten durfte. Ihre Wangen waren rosig überhaucht, ihre Augen leuchteten, und sie nahm ein paar Pfund zu.

Albert meinte, sie müsse Gälisch lernen. Im Gegensatz zu dem phlegmatischen Bertie interessierte sich Vicky für alles und war unglaublich aufgeschlossen. Sie machte sich sofort daran, sich ein paar gälische Begriffe einzuprägen.

Alberts Entzücken kannte keine Grenzen, und auch ich hatte meine helle Freude an Vicky.

Doch alles Schöne nimmt einmal ein Ende. Bald mußten wir zurück nach London.

Gleich nach unserer Rückkehr riet uns Sir Robert Peel, Louis Philippe einzuladen. Albert und ich waren von der Idee nicht sonderlich begeistert, denn durch die Festnahme des britischen Botschafters auf Tahiti nach der Besetzung der Insel durch Frankreich stand es zwischen England und Frankreich nicht zum besten. Doch Sir Robert erklärte uns, es sei ihm sehr daran gelegen, die Beziehungen wieder zu festigen. Der Besuch Louis Philippes sei in politischer Hinsicht von größter Wichtigkeit.

Albert leuchtete das sofort ein. Er meinte, auch wir müßten unseren Beitrag leisten.

Ich fühlte mich ziemlich unbehaglich, als ich erfuhr, wie entrüstet die Presse auf diesen Besuch reagierte, doch der König hatte beschlossen, in Begleitung seines Außenministers M. Guizot nach England zu kommen.

Albert fuhr mit dem Herzog von Wellington nach Portsmouth, um den König gebührend zu empfangen. Sie geleiteten ihn nach Windsor, wo wir ihn in den Staatsgemächern bzw. Prunkzimmern empfingen. Zärtlich wie ein Vater schloß er mich in die Arme. Er war ein überaus charmanter Mann und fest entschlossen, sich von seiner besten Seite zu zeigen. Einmal ließ er durchblicken, er habe nicht vergessen, wie freundlich er in England aufgenommen worden sei, als er gezwungen gewesen sei, hier im Exil zu leben. Es täte ihm daher immer weh, wenn es zu einer Konfliktsituation zwischen England und Frankreich käme.

Alles ließ sich ziemlich vielversprechend an. Sicher würde es gar nicht so schwierig sein, mit dem König von Frankreich auszukommen, wie ich befürchtet hatte.

»Sie sind der erste König von Frankreich, der uns hier als Monarch besucht«, erklärte ich ihm.

»Ich hoffe, daß sich mein Besuch für uns beide als fruchtbar erweist«, erwiderte Louis Philippe.

Wir gingen in die weißen Säle, wo wir das Mahl einnahmen. Auch Mama war dabei. Albert hatte erreicht, daß sie jetzt immer bei uns war. Ich hatte nichts mehr dagegen einzuwenden und war glücklich, daß ich mit der Vergangenheit abschließen konnte. Beim Essen erzählten wir dem König von unserem Besuch in Blair Athole, von dem wir erst vor einer Woche zurückgekehrt waren.

»Vielleicht hätte ich meinen Besuch auf einen späteren Zeitpunkt verlegen sollen«, meinte Louis Philippe.

»Ganz und gar nicht«, versicherte ich ihm. »In dem herrlichen schottischen Hochland haben wir uns so wohl gefühlt, daß uns zu Hause alles schal erschien. Ihr Besuch reißt uns aus unserer Lethargie.«

Dieses Lob wußte Louis Philippe sehr zu schätzen.

Albert erzählte, wie oft wir in Schloß Windsor schon königlichen Besuch empfangen hatten – den König von Preußen, den russischen Zaren, den Herzog von Sachsen und nun den König von Frankreich.

Ich ließ Vicky bringen und stellte sie dem König vor. Er war entzückt von ihr.

Später besprachen sich Sir Robert Peel und Lord Aberdeen, der englische Außenminister, mit Louis Philippe und dem französischen Außenminister M. Guizot. Zu der Gesprächsrunde gehörten auch Albert und ich.

Louis Philippe sprach erstaunlich offen. Er ließ sich über Tahiti und die Schwierigkeiten aus, die es dort gab, und er ließ durchblicken, daß wir Engländer das viel zu wichtig nähmen. Er gab uns zu verstehen, daß die Franzosen nicht die gleichen Verhandlungsprinzipien verfolgten wie die Engländer, daß sie sich gern ein wenig aufplusterten und mit den Säbeln rasselten.

»Sie bedenken dabei nicht, was das für schlimme Folgen haben kann«, erklärte er lächelnd. »Die Franzosen gehen die Dinge nun einmal nicht so ruhig und gelassen an wie die Engländer. Aber zum Krieg darf es darüber nicht kommen. Nein, völlig undenkbar, das wäre eine Katastrophe. Frankreich wird doch England, der Beherrscherin der Meere, dem größten Empire der Welt, nicht den Krieg erklären.«

Das hörte ich natürlich gern, denn es schmeichelte mir ungemein. Es war ein Vergnügen, so zivilisiert über Staatsaffären zu verhandeln.

So tat der König die Tahiti-Frage ab.

Wir zeigten dem König die Gegend im weiten Umkreis, auch Hampton Court. Verständlicherweise hatte der König den Wunsch, das Haus wiederzusehen, in dem er während seines Exils gelebt hatte. Also fuhren wir dorthin und anschließend nach Claremont.

Bei unserer Rückkehr nach Windsor empfing uns eine jubelnde Menschenmenge. Ich war heilfroh, daß die Leute keine Animosität empfanden und Louis Philippe akzeptierten.

Ich verlieh ihm den Hosenbandorden.

Wir konnten den Besuch des Königs von Frankreich als Erfolg verbuchen. Sir Robert war sehr zufrieden, und ich atmete erleichtert auf, weil alles glattgegangen war. Am meisten freute mich die Bewunderung, die Louis Philippe so augenscheinlich für meinen lieben Albert hegte.

»Er wird Wunder vollbringen«, äußerte er sich mir gegenüber »denn er ist sehr klug – versucht hingegen nicht, sich in den Vordergrund zu drängen. Er gewinnt sehr, wenn man ihn besser kennenlernt. In ihm werden Sie stets einen guten Ratgeber haben.«

Dem konnte ich nur von ganzen Herzen beipflichten. Ich erzählte Louis Philippe, daß sich der Zar ganz ähnlich geäußert hatte.

Ich war völlig außer mir vor Freude – wie immer, wenn mir jemand zu verstehen gab, daß er Alberts Qualitäten zu schätzen wußte.

An dem Tag, an dem der König unser Land wieder verließ,

begleitete ich ihn an Bord des Schiffes, wo ich mit dem König auf die freundschaftlichen Beziehungen zwischen unseren beiden Ländern anstieß. Dann lichtete das Schiff die Anker.

Mein Volk ließ keinen Zweifel daran, daß es mit mir zufrieden war. Die Leute akzeptierten mich jetzt wieder voll und ganz. Auch in den Zeitungen las ich Schmeichelhaftes über mich. Da hieß es, kein Monarch sei so beliebt wie ich. Das mußte wohl an meinem glücklichen Familienleben liegen.

»Wir können dem Volk als gutes Beispiel dienen«, äußerte ich mich Albert gegenüber.

Das fand Albert auch.

Die Zeit der Besuche nahm kein Ende. Nun war die Reihe wieder an uns. Ich hatte Albert kaum je so aufgeregt gesehen. 1845 nahm er mich nämlich mit in sein Heimatland, nach Deutschland. Mit diesem Land verbanden ihn viele schöne Kindheitserinnerungen. Wahrscheinlich fühlte er sich nirgends so wohl wie in den Bergen seiner Heimat, und in seinen Augen ließ sich wohl kein Wald mit dem Thüringer Wald vergleichen.

Die Kinder ließen wir in Osborne. Sie waren gern am Meer, und die Seeluft schien ihnen gutzutun. Sie waren traurig, weil wir ohne sie verreisten. Vicky hatte uns förmlich angefleht, sie mitzunehmen, und ich begann schon zu befürchten, daß sich Albert wieder geschlagen geben würde, doch er fand, daß sie für das viele Herumreisen noch zu klein war. Von Osborne fuhren wir zum Buckingham-Palast, der ohne die Kinder wie ausgestorben wirkte. Sir Robert fand sich bei uns ein, um uns zu versichern, daß wir uns um England keine Sorgen zu machen brauchten. Die Maßnahmen, die er Irland gegenüber ergriffen hatte, begannen schon Wirkung zu zeigen. Es bestand also keinerlei Grund zur Besorgnis.

Die Überfahrt war wieder einmal alles andere als ruhig und machte dem armen Albert sehr zu schaffen. Daß ich ihm zur Seite stand, bedeutete ihm sicher einen Trost, und die Überfahrt dauerte ja auch nicht lange.

Bei unserer Ankunft in Antwerpen regnete es leider in Strömen. Es goß auch noch, als wir am nächsten Morgen erwachten. Als wir von Bord gingen, um die Staatskarosse zu besteigen, die uns Onkel Leopold geschickt hatte, wehte uns der Sturm fast um.

Onkel Leopold und Tante Louise erwarteten uns in Malines. Tiefbewegt und voller Freude sanken wir uns in die Arme. Das belgische Königspaar wollte uns nach Verviers begleiten. Mein Onkel hatte dafür gesorgt, daß wir in allen Städten, durch die wir fuhren, gebührend empfangen wurden. Onkel Leopold war sehr stolz auf sein Land, und wir genossen das Zusammensein mit diesen lieben Menschen. Natürlich kam er auch wieder darauf zu sprechen, wie glücklich es ihn machte, daß Albert und ich uns so gut verstanden.

»Ihr dürft nicht vergessen, daß ich praktisch vom Tage eurer Geburt an darauf hingearbeitet habe, aus euch einmal ein glückliches Paar zu machen. Mein größter Wunsch ist damit in Erfüllung gegangen.«

Gerührt versicherte ich ihm, daß wir ihm dafür ewig dankbar sein würden. Der Abschied war wie immer schmerzlich.

In Aachen wurden wir von dem preußischen König Friedrich Wilhelm IV. und Mitgliedern seiner Familie begrüßt.

Deutschland gefiel mir sehr, was auch daran liegen mochte, daß Albert in diesem Land geboren war und sich hier heimisch fühlte.

Der König wollte, daß Deutschland Eindruck auf uns machte. Zu diesem Zweck hatte er ein aufwendiges Festprogramm für uns zusammengestellt. Wir übernachteten auf Schloß Brühl. Dort spielten im Schein von Fackeln fünfhundert preußische Militärmusiker den Zapfenstreich und *God Save the Queen*. Natürlich hinterließ das einen tiefen Eindruck.

Am nächsten Tag wurde uns zu Ehren auf Schloß Brühl ein Festkonzert gegeben, das Meyerbeer dirigierte.

Einer der Höhepunkte unserer Deutschlandreise war das festliche Bankett am 12. August 1845. Bei dieser Gelegenheit hielt der König eine bewegende, ermutigende Rede.

»Füllt Eure Gläser«, sagte er. »Es gibt ein Wort, das sowohl in den Ohren der Briten als auch für Deutsche unaussprechlich süß klingt. Vor dreißig Jahren hörte man es nach tagelangen verzweifelten Kämpfen in Waterloo aus britischen und deutschen Mündern, um den glorreichen Triumph der Waffenbruderschaft zu bezeichnen. Jetzt hört man es allenthalben an den Ufern unseres schönen Rheins. Es unterstreicht die Segnungen des Friedens, der das geheiligte Ergebnis des großen Kampfes war. Das Wort, von dem ich spreche, lautet Victoria, der Sieg. Wir wollen auf Ihre Majestät, die Königin Großbritanniens und Irlands, und ihren erlauchten Gemahl trinken.«

Da übermannte mich die Rührung. Ich wandte mich dem König zu und küßte ihn ganz spontan. Beifall brandete auf.

Dieses Bankett wird mir immer im Gedächtnis bleiben.

In Deutschland bekamen wir überall Musik zu hören, was Albert und ich sehr zu schätzen wußten. In Bonn fand gerade das Beethovenfest statt. In dem Konzert, das wir dort besuchten, stand zu meinem Leidwesen von Beethoven jedoch nur die Egmont-Ouvertüre auf dem Programm. Dafür hatte ich Gelegenheit, die zahlreich erschienen, langhaarigen und bärtigen Studenten mit ihren Schmissen zu bewundern, die sie sich selbst beibrachten, indem sie sich beim Zweikampf mit scharfen Hiebwaffen diese Wunden zufügten, die dann vernarbten. Damit demonstrierten sie die Zugehörigkeit zu bestimmten studentischen Verbindungen.

Auf Coburg freute Albert sich natürlich am meisten, was ich ihm gut nachfühlen konnte. Überall im Herzogtum war geflaggt, und die Menschen jubelten uns zu. Alberts Bruder Ernst, inzwischen Herzog, sah prächtig aus in seiner Galauniform. Die Brüder begrüßten sich freudig, und wir fuhren sechsspännig in einer offenen Kutsche los.

Wir fuhren mit Ernst nach Ketschendorf, wo unsere verstorbene Großmutter residiert hatte. Albert hatte sie sehr geliebt. Zu unserer großen Freude trafen wir dort auf Onkel Leopold und Tante Louise.

Im Schloß begrüßten uns dann weißgekleidete Mädchen mit Blumensträußen. Uns zu Ehren sagte sie Gedichte auf. Es brachte Albert und mich einander näher, daß wir uns in diesem wunderschönen Land, seinem Vaterland, aufhielten. Ich sah, wie er auflebte, wenn er mir Kindheitserlebnisse erzählte. Ich zeichnete viel in dieser unbeschreiblich schönen

Zeit, wollte alles Wichtige für immer festhalten. Auch das Wetter spielte mit. Nichts trübte die schönen sonnigen Tage. Alberts Geburtstag am 26. August feierten wir auf Schloß Rosenau, wo er geboren war. Albert hatte mir so oft davon erzählt, daß ich mir schon einbildete, es zu kennen, bevor ich es zum erstenmal sah. Seit zwölf Jahren hatte er seine Geburtstage nicht mehr hier gefeiert.

Sein Geburtstag war ein Fest, wie man sich kein schöneres wünschen kann. Schon am Morgen wurde Albert mit einem Frühkonzert geehrt. So erklang zum Beispiel *O Isis und Osiris* aus der *Zauberflöte*.

Von Ernst und Alexandrina unterstützt, hatte ich den Tisch festlich geschmückt und die Geburtstagsgeschenke darauf plaziert. Auch Mama war gekommen. Sie hatte in Deutschland Verwandte besucht. Früher hätte das meiner Freude einen Dämpfer aufgesetzt, doch jetzt freute ich mich, sie zu sehen.

Den ganzen Vormittag nahm Albert Glückwünsche entgegen. Wir freuten uns, als wir dann endlich allein spazierengehen konnten.

Albert gestand mir, daß es sein Wunschtraum war, Vicky nach Deutschland zu verheiraten.

»Man könnte fast glauben, daß du Vicky mehr liebst als mich«, sagte ich. »Ständig sprichst du von ihr.«

Albert sah mich erschrocken an. »Aber sie ist doch unsere Tochter!« erwiderte er vorwufsvoll.

»Ja, natürlich. Ach, wie dumm von mir. Aber du weißt ja, wie ich bin. Ich spreche eben aus, was mir so durch den Kopf geht.«

Albert streichelte lächelnd meine Hand. »Wenn du das selbst erkennst, mein Liebes, kannst du ja dagegen angehen. Ich möchte übrigens nicht nur, daß Vicky einen Deutschen heiratet, ich möchte, daß sie Königin von Preußen wird.«

Da strahlte ich vor Freude. Was Albert doch für ein wunderbarer Mensch war. Immer hatte er nur uns, seine Familie, im Sinn.

»Ich habe das dem König gegenüber schon einmal vorsichtig angedeutet«, fuhr er fort. »Er schien nicht abgeneigt.«

»Aber Vicky ist doch noch so jung!«

»Über diese Fragen kann man sich gar nicht früh genug Gedanken machen. Sie und Friedrich müssen sich kennenlernen.«

»Du denkst aber auch wirklich weit voraus. Ich möchte jetzt nur den Augenblick genießen. Wir beide ganz allein in deinem geliebten Thüringer Wald, Albert.«

Da lächelte er nachsichtig.

Diesen vollkommenen Tag werde ich nie vergessen. Die Landschaft und das Wetter hätten nicht schöner sein können, und neben mir ging mein geliebter Albert, der die Vollkommenheit schlechthin war.

Es machte mich sehr traurig, Rosenau und Deutschland den Rücken kehren zu müssen. Die Tränen flossen reichlich, und wir schworen uns, nicht wieder so viel Zeit verstreichen zu lassen bis zum nächsten Wiedersehen. Die arme Großmama von Sachsen-Coburg fühlte sich elend und krank vor Kummer.

Auf dem Heimweg mußten wir dem König von Frankreich noch einen Besuch abstatten. Sir Robert hatte uns darauf hingewiesen, daß das unumgänglich war. In Frankreich wußte man natürlich von unserer Deutschlandreise, und da auch ein Besuch der Russen stattgefunden hatte, mußte das Gleichgewicht unbedingt wiederhergestellt werden. Sir Robert Peel hatte mich ausdrücklich darauf hingewiesen, daß ich nicht irgendeine junge Frau war, die ihre Verwandten besuchte, sondern daß ich eine ganze Nation verkörperte.

Also trafen wir uns in Treport mit Louis Philippe. Dort konnten wir auch Lord Aberdeen, Lord Liverpool, den Prinzen von Joinville und Monsieur Guizot begrüßen.

Im Schloß zeigte uns der König voller Stolz die Galerie Victoria, wo auch ein Bild hing, das den König bei seinem Besuch in Windsor zeigte. Er machte uns auf zwei wunderschöne Porträts von Winterhalter aufmerksam, die Albert und mich darstellten. Da der König unsere Liebe zur Musik kannte, hatte er fast hundert Orchestermusiker und Ensemblemitglieder der Opéra Comique aus Paris anreisen lassen. Sie brachten Boildieus einaktige Oper und Grétrys *König Richard* zu Gehör. Wir unterhielten uns glänzend.

Am nächsten Tag unterhielt ich mich eingehend mit Lord Aberdeen über Spanien, das England sehr zu schaffen machte. Der König zeigte sich überaus freundlich, was Lord Aberdeen tiefbefriedigt konstatierte.

Am 11. Oktober traten wir endgültig den Heimweg an. Die Überfahrt wurde zum krönenden Abschluß dieser schönen Reise. Das Meer zeigte sich ausnahmsweise einmal von seiner besten Seite, nämlich spiegelglatt, und leuchtete im schönsten Himmelsblau.

Die ganze Deutschlandreise war ein erhebendes Erlebnis gewesen. Ich hatte jeden Augenblick genossen, und doch läßt sich die Freude kaum beschreiben, mit der ich in der Nähe von Osborne von Bord des Schiffes ging.

Lady Lyttelton stand mit allen Kindern an der Tür, um uns zu begrüßen. Vicky stürzte selig sofort auf Albert zu. Zärtlich schlossen wir unsere Kinder in die Arme. Sie sahen alle wohlgenährt und kerngesund aus und freuten sich, ihre Eltern wieder bei sich zu haben.

Die Zeit, die wir nach unserer Rückkehr bei unseren Kindern in Osborne verbrachten, wird mir immer unvergeßlich bleiben. Wir befaßten uns mit den Kindern, und Albert schilderte Vicky die Berge, die ausgedehnten Wälder und die liebenswerten Deutschen. Er versprach ihr, sie eines Tages mit nach Rosenau zu nehmen und ihr zu zeigen, wo er aufgewachsen war. Auch der preußischen Königsfamilie wollte er sie vorstellen, die ihm sehr sympathisch war. Sie würde Vicky auch gefallen, meinte er.

Natürlich konnte diese schöne Zeit nicht ewig dauern. Bald häuften sich die Probleme.

Der Sommer des Jahres 1845 wirkte sich mit seinem mörderischen Klima katastrophal auf die Ernten aus. Der Regen ruinierte vor allem die Kartoffelernte in Irland, so daß man von einer Mißernte sprechen mußte. Infolgedessen herrschte dort jetzt eine Hungersnot.

Damit befand sich Sir Robert Peel in einem Dilemma. An

den Korngesetzen hatte sich seit 1842 nichts geändert, doch Sir Robert begann umzudenken. Er glaubte nicht mehr an den Schutz der Landwirtschaft und hielt den Versuch für einen Fehlschlag. Er sprach sich dafür aus, Korn nach Irland auszuführen, doch leider war die Ernte auch in England mager ausgefallen. Sir Robert fand, die Kornzölle müßten abgeschafft werden. Er würde sich nicht dazu hergeben, sie je wieder einzuführen.

»Das Allheilmittel besteht darin, alles auszumerzen, was die Einfuhr von Nahrungsmitteln jeglicher Art behindern könnte, und damit meine ich die endgültige Abschaffung von Zöllen auf alles, was der Mensch zum Überleben braucht«, verkündete er mit fester Stimme.

Darüber kam es zu erregten Diskussionen; die Meinungen prallten aufeinander, und Peel hatte seine eigene Partei gegen sich. Er wollte die Korngesetze ein für allemal außer Kraft setzen.

Ich war eher traurig, als Sir Robert bei mir vorsprach und mir sagte, er sehe sich gezwungen, seinen Rücktritt zu erklären. Mir fiel wieder ein, wie Lord Melbourne aus dem gleichen Grund vor mir gestanden hatte.

Sir Robert Peel legte mir nahe, Lord John Russell zu bitten, seine Nachfolge anzutreten und die Amtsgeschäfte zu übernehmen.

Ein Regierungswechsel wäre mir nicht recht gewesen. Daß die Whigs wieder an die Macht kommen könnten, war ein bedrückender Gedanke. Und dabei hatte ich die Whigs einmal für *meine* Partei gehalten!

Doch Lord John Russell wollte nicht Premierminister werden, und so blieb Sir Robert Peel im Amt. Damit waren die Probleme jedoch nicht aus der Welt geschafft. Die Tories waren gegen ihren Parteivorsitzenden eingestellt. Er stand ganz allein da und kämpfte um die Abschaffung der Kornzölle. Die Opposition hingegen hielt ganz fest zu ihm.

Albert sagte, so etwas sei noch nie dagewesen. Wir standen natürlich beide auf Sir Roberts Seite.

Doch mich bedrückten noch andere Sorgen privater Natur. Meine Vermutung bestätigte sich: Ich erwartete das fünfte

Kind. Dadurch reagierte ich ziemlich gereizt und aufbrausend auf alles.

Ich beklagte mich bitter bei Albert, der mir zwar nachfühlen konnte, was in mir vorging, sich jedoch auf das Kind zu freuen schien. Seine ständig wachsende Familie war sein ganzer Stolz. Natürlich hatte er gut reden, er brauchte ja die beschwerlichen Schwangerschaften und gräßlichen Geburten als Mann nicht durchzustehen. Für ihn war es die gottgewollte Pflicht der Frauen, Kinder zu gebären. »So kann Gott nur denken, weil auch er ein Mann ist«, gab ich erbost zurück. Damit schockierte ich Albert und hatte wieder einmal Grund, mich meiner Ungebärdigkeit zu schämen.

Ich gab mir alle Mühe, mich mit dem Gedanken anzufreunden, daß meine Kinder bald noch ein Geschwisterchen bekommen würden, und tröstete mich damit, daß Kinder ja auch viel Freude machten.

»Aber das muß das letzte sein«, verlangte ich.

Worauf Albert nur erwiderte: »Das liegt ganz in Gottes Hand.«

Überall im Lande herrschten solche Unruhen, daß Sir Robert mit der Zeit ganz mitgenommen aussah. Zu allem Überfluß entfachte Albert auch noch einen Sturm der Entrüstung, als er sich während der Debatte hinsichtlich der Kornzölle ins Unterhaus begab. Er hatte sich verschiedentlich mit Sir Robert darüber unterhalten und interessierte sich sehr für dieses Thema. Sein Erscheinen blieb nicht unbemerkt, und es gab großen Ärger.

Seit wann hatten Fremde und noch dazu Ausländer im Unterhaus etwas zu suchen? Das Unterhaus war ausschließlich für gewählte Mitglieder bestimmt, nur diese hatten Zutritt. Wollte der Prinz damit womöglich demonstrieren, daß er auf Peels Seite stand, mit dem er ja befreundet war? Das Land duldete es nicht, daß er sich so aufführte. Prinz Albert mußte ein für allemal klargemacht werden, daß er das Unterhaus unaufgefordert nicht betreten durfte.

Mich deprimierte vor allem die Tatsache, daß mein Volk

ihn immer noch als Fremdling und Ausländer betrachtete, obwohl er der Vater des Thronerben war und sich lebhaft für die Staatsangelegenheiten interessierte.

Der Kummer nahm mich mehr mit, als mir in meinem Zustand guttat.

Die Whigs hielten fest zu ihm, und so gelang es Sir Robert Peel im Mai 1846, die Kornzölle abzuschaffen. Doch die Regierung war zum Scheitern verurteilt. Peel mußte zurücktreten und verlor sein Amt. Im Juni sprach John Russell als neuer Premierminister bei mir in Windsor vor. Die Whigs waren wieder an die Macht gelangt.

Bertie machte uns ernsthafte Sorgen. Er war nicht nur ein äußerst schwieriges Kind, er ließ auch im Unterricht sehr zu wünschen übrig. Ständig war er in Schwierigkeiten, wenn auch Lady Lyttelton immer versuchte, das herunterzuspielen und den Jungen abzuschirmen. Vermutlich wäre er uns nicht unangenehm aufgefallen, wenn Vicky nicht so klug gewesen wäre. Albert hielt Vicky für sehr intelligent, Bertie hingegen für besonders dumm. Zu allem Unglück stotterte er auch noch. Ein Prinz von Wales, der stotterte – so etwas hatte es noch nie gegeben!

»Nach Lady Lytteltons Auffassung liegt das an seiner Nervosität«, sagte ich. »Sie behauptet, daß er kaum je stottert, wenn sie mit ihm allein ist.«

»Dann kann er das also abstellen, wenn er will.«

»Sicher gibt er sich alle Mühe, Albert.«

»Wahrscheinlich strengt er sich erst richtig an, wenn er den Stock zu spüren kriegt.«

Ich fand es entsetzlich, wenn Bertie Prügel bekam. Dieser Aufgabe unterzog sich Albert selbst. Bertie reagierte darauf mit Trotz und fand das ungerecht.

Da nahm ich Bertie ins Gebet und machte ihn darauf aufmerksam, daß er einen vorbildlichen Vater hatte, der mehr als Bertie selbst darunter litt, daß er ihn hin und wieder strafen mußte.

»Wenn Papa aufhört, mich zu schlagen, braucht er auch nicht zu leiden«, sagte Bertie lakonisch.

Ich versuchte ihm klarzumachen, daß Gott den Menschen manchmal Leiden auferlegt, daß dies aber immer nur zu ihrem Besten geschehe. Bertie brauche sich doch nur zu bessern.

Ich unterhielt mich auch mit Lady Lyttelton. Doch sie spitzte nur die Lippen und verschloß sich vor mir. Ich mochte sie und freute mich, daß sie zartbesaitet war und sanft mit den Kindern umging. Wenn Albert sich wieder einmal gezwungen gesehen hatte, seinen Sohn zu züchtigen, so nahm Lady Lyttelton den Kleinen hinterher in die Arme und tröstete ihn nach Kräften. Wenn ich Albert auch nicht in den Rücken fallen wollte, so beruhigte mich das doch ungemein. Lady Lyttelton behandelte die Schwielen und Striemen auf Berties Kehrseite mit einer besonderen Salbe.

Daß Bertie hinterher getröstet wurde, durfte Albert keinesfalls erfahren, denn er hätte das sonst unterbunden. Dieses Verheimlichen kann man mir vielleicht als Schwäche auslegen, aber Bertie tat mir leid, denn er war ja noch ein kleines Kind.

Albert hatte Stockmar gebeten, nach England zu kommen, da er sich ernsthaft mit ihm über seinen ältesten Sohn unterhalten wollte. Erfreulicherweise sagte Stockmar zu.

Wir fuhren mit ihm nach Windsor, wo wir über Bertie sprachen. Albert bekannte traurig, daß er keinen anderen Ausweg gesehen habe, als seinen Sohn den Stock spüren zu lassen. Das nehme ihn sehr mit und habe überdies bisher noch nichts bewirkt.

Stockmar vertrat die Ansicht, wir seien bisher viel zu nachsichtig gewesen. »Er ist ja ausschließlich von Frauen umgeben – sowohl im Kinderzimmer als auch beim Unterricht. Frauen sind ja für ihre Sanftheit und Nachgiebigkeit bekannt. Zweifellos verwöhnen sie den Jungen. Ich möchte den Unterrichtsraum gern einmal sehen und mich mit den Damen unterhalten, die den Jungen unterrichten.«

Also nahmen wir ihn mit in den Kindertrakt.

Vicky saß am Tisch und schrieb. Bertie saß neben ihr, und auch Alice war im Zimmer.

Alle sprangen auf, als wir den Raum betraten. Vicky und

Alice machten einen Knicks, Bertie verbeugte sich. Alle sahen sehr adrett aus. Bei genauerem Hinsehen jedoch nur die Mädchen. Bertie hatte einen Fleck auf seinem Hemd.

»Kinder«, sagte ich, »Baron von Stockmar ist ein guter Freund eurer Eltern.«

Die Kinder sahen den Baron an. Sympathisch war er ihnen offensichtlich nicht.

»Vicky... Bertie...« sagte Albert, und sie traten vor.

»Unsere Tochter«, stellte Albert Vicky vor. Es war nicht zu übersehen, wie stolz er auf sie war.

Vicky lächelte.

»Und das ist Bertie.«

»Aha, der Schwerfällige, etwas Zurückgebliebene«, bemerkte der Baron. Bertie zuckte zusammen.

»Er bringt es zu nichts, weil er sich keine Mühe gibt«, behauptete Albert. Bertie blickte trotzig drein. Das wird problematisch, sagte ich mir.

Vicky ertrug es einfach nicht, wenn sich nicht alles immer nur um sie drehte. Daher sagte sie: »Ich bin nicht zurückgeblieben. Ich bin gut... in allem.«

Lächelnd legte ihr Albert die Hand auf die Schulter, um zu verhindern, daß sie weitersprach. Beifallheischend sah sie zu ihm auf.

»Mein liebes Kind, du darfst erst sprechen, wenn der Baron dich etwas fragt«, erklärte Albert seiner Tochter.

»Warum denn das?« wollte Vicky wissen.

Albert warf mir einen zärtlichen Blick zu, in dem aber auch ein Anflug von Verzweiflung lag.

»Weil Papa es so will«, belehrte ich sie.

»Ach so.«

»Der Junge macht einen störrischen und trägen Eindruck«, konstatierte der Baron. »Vielleicht sollte ich mir seine Arbeiten einmal ansehen.«

Miß Hildyard fiel es schwer, die Kritik an dem Jungen zu verkraften. Sie hob Berties gute Eigenschaften hervor. In ihren Augen war Bertie sehr erfinderisch und fantasiebegabt. Doch der Baron sah darin nur eine Neigung zur Unlauterkeit und Lügenhaftigkeit.

»Seine kleineren Geschwister sind ganz vernarrt in ihn«, fuhr Miß Hildyard mit ihrem Loblied auf den Jungen fort. »Sie strahlen richtig, wenn er den Raum betritt. Er denkt sich Spiele für sie aus, mit denen sie sich stundenlang beschäftigen. Sie lieben ihn von ganzem Herzen.« Trotzig sah sie uns an. »Wie wir alle«, schloß sie.

»Ja, schon gut«, wehrte der Baron ungeduldig ab. »Mir gefällt nicht sonderlich, was ich hier so höre.«

Der Baron erwiderte, er habe nun genug gesehen und gehört. Er wolle sich nun mit Albert und mir allein unterhalten.

»Was für ein eklatanter Unterschied zwischen Vater und Sohn«, bemerkte er, als wir allein waren. »Ich weiß noch gut, was für ein ernsthafter junger Mensch Sie waren, Prinz Albert. Es könnte sein, daß der Junge einiges von seinen hannoverschen Ahnen geerbt hat. Da heißt es auf der Hut sein.«

»Ich wünsche mir nichts sehnlicher, als daß er wie sein Vater wird«, versicherte ich dem Baron.

»Es bedeutet ein hartes Stück Arbeit, dieses Wunder zu vollbringen«, sagte Stockmar daraufhin.

»Wir hatten gehofft, daß Sie Rat wissen, was den Jungen angeht«, sagte ich.

»Zunächst einmal lebt er ausschließlich unter Frauen, und von Eurer Majestät einmal abgesehen, sind Frauen im Hinblick auf Kinder viel zu nachgiebig. Anstatt sie zu züchtigen, verwöhnen sie die Kinder. So kann ja nichts aus dem Jungen werden.«

»Ganz meine Meinung«, sagte Albert.

»Er darf nicht mehr in der Obhut von Miß Hildyard bleiben«, fuhr der Baron fort.

»Sie ist aber eine kluge Frau«, wandte ich ein.

»Mag sein, aber für einen so faulen, widerspenstigen Jungen ist sie denkbar ungeeignet. Ich würde vorschlagen, einen Erzieher einzustellen. Ich werde mich unverzüglich nach einem geeigneten Hauslehrer umsehen, und wenn ich einen gefunden habe, werde ich ihm klarmachen, daß der Junge mit Strenge zur Disziplin erzogen werden muß.«

»Werter Baron...« Ich sah ihn mit einem dankbaren Lächeln an. »Ich habe mir ja gleich gedacht, daß Sie eine Lösung finden.«

Bald darauf berichtete uns Stockmar, er habe Henry Birch, den Rektor von Prestwich engagiert, der in Eton unterrichtet habe.

Ich war erleichtert. Wenn Stockmar sich für ihn entschieden hatte, so mußte er wohl geeignet sein.

Nach dem Eintreffen von Henry Birch konnten wir es kaum erwarten zu sehen, wie sich Bertie bei ihm machte.

Henry Birch freute sich über die Ernennung zum Erzieher unseres Sohnes.

Zusammen mit dem Baron geleiteten Albert und ich ihn in das Schulzimmer.

»Das ist der Prinz von Wales«, stellte ich ihm unseren Sohn vor. »Komm, Bertie, sag deinem neuen Lehrer gute Tag.«

Bertie kam angetrottet und warf Mr. Birch einen äußerst mißtrauischen Blick zu.

»Sie werden feststellen, daß der Prinz von Wales ziemlich träge und zurückgeblieben ist«, erklärte Stockmar im Beisein des Kindes. »Man muß ihn antreiben, denn für das Lernen hat er nicht viel übrig. Ich habe zusammen mit seiner Hoheit, dem Prinzen, einen Lehrplan ausgearbeitet. Wenn Sie nach diesem Lehrplan vorgehen, wird der Junge seinen Weg schon machen. Ohne hartes Durchgreifen geht das freilich nicht. Ihre Majestät und der Prinz gestatten Ihnen daher, den Jungen streng zu bestrafen, wann immer Sie das für nötig halten.«

»Ach, ich hoffe doch, es geht auch ohne Strafe«, sagte Mr. Birch.

Mir fiel auf, daß Bertie immer ängstlicher dreinblickte. Kein Wunder! Insgeheim sagte ich mir, daß es überflüssig war, den armen Jungen in so einem schlechten Licht erscheinen zu lassen, bevor sich Mr. Birch selbst ein Bild von ihm machen konnte.

»Gelegentlich war ich selbst schon gezwungen, Bertie ein

paar Stockhiebe zu verpassen«, sagte Albert. »Eine denkbar undankbare Aufgabe, die mich sehr mitgenommen hat.«

Bertie wirkte so verängstigt, als rechne er jeden Augenblick damit, daß der Stock wieder einmal in Aktion trat. Daher konnte ich es kaum erwarten, daß wir wieder gingen.

Mr. Birch blieb gleich bei Bertie, und wir versuchten, uns über ihn klarzuwerden.

Es war nicht leicht, sich jetzt schon ein Urteil zu bilden, doch er genoß einen sehr guten Ruf, wie der Baron ganz richtig sagte, und da sich der Baron für ihn entschieden hatte, mußte er wohl geeignet sein.

Bald berichtete uns Mr. Birch, Bertie sei keineswegs schwerfällig, geschweige denn zurückgeblieben. Es mache keine Mühe, ihn für den Lehrstoff zu interessieren, er lerne immer besser, und vor allem mache ihm das Lernen Freude.

Ich sah Bertie ein paarmal zusammen mit seinem Lehrer. Bertie lächelte beglückt, er stotterte nicht mehr, und es war nicht zu übersehen, daß er seinen Lehrer mochte und sich nicht vor ihm fürchtete.

Ich erzählte Albert nichts davon. Vielleicht war er ja der Meinung, der Junge *müsse* Angst vor seinem Lehrer haben, wenn der Lehrer nach den Anweisungen vorging, doch der Junge machte solche Fortschritte, daß Albert der Sache gar nicht auf den Grund ging.

Es sah ganz danach aus, als würde es mit Bertie so bald keinen Ärger mehr geben. Ich atmete erleichtert auf.

In dieser schwierigen Phase war uns Osborne ein großer Trost. Doch so wohl wir uns dort auch fühlten, als königliche Residenz konnte man Osborne kaum bezeichnen. Daher machte Albert Pläne für den Ausbau. Wie bei allem, was Albert in die Hand nahm, ging er auch hier sehr gründlich vor. Er beriet sich mit Thomas Cubitt, einem modernen Architekten.

Der Solent erinnerte Albert an die Bucht von Neapel.

»Deshalb machen wir eine neapolitanische Villa aus Osborne«, sagte er, »mit mehreren Campaniles und vielleicht auch einer Loggia. Auf der Ostseite werden zwei Flügel angebaut und auch eine Art Pavillon. So können auch die Gäste und Bediensteten untergebracht werden.«

Auch die Finanzierung stand schon fest. Ich hatte den »Pavillon« in Brighton verkauft, und dank der Haushaltseinsparungen im Buckingham-Palast, die ich natürlich Albert zu verdanken hatte, konnten wir etwa eine Viertelmillion Pfund für den Ausbau von Osborne House ausgeben.

Es machte Albert große Freude, sich mit dem Ausbau zu beschäftigen – vor allem aber, den Park neu anlegen zu lassen. Das hatte er auch im Buckingham-Palast bereits versucht, war jedoch auf Widerstand gestoßen. Hier konnte er jedoch schalten und walten, wie er wollte, denn Osborne House gehörte uns. Albert ließ sich aus Deutschland Tannenbäume schicken. In der Schweiz bestellten wir ein Spielhaus für die Kinder, das wir das Schweizer Chalet nannten. Albert wollte um jeden Preis verhindern, daß die Kinder hier nur untätig herumsaßen. Daher lernten die Mädchen kochen und Hausarbeit, die Jungen besaßen Werkzeug und bearbeiteten das Holz.

Wir sahen Schiffe vorüberfahren. Albert meinte, vielleicht fühle sich der Prinz von Wales davon so angezogen, daß er einmal zur Marine gehen wolle.

Während der Ausbauarbeiten inspizierte Albert Osborne House in regelmäßigen Abständen.

Zu meinem Schrecken war ich schon wieder schwanger. Mein Zorn kannte keine Grenzen. Mein sechstes Kind! Das ging entschieden zu weit. Die Schwangerschaften waren mir verhaßt. Ich hatte noch immer einen Horror davor, ein Kind zur Welt zu bringen. Das Leben hätte so schön sein können und ganz ohne Schattenseiten, wenn mir nicht von Zeit zu Zeit unangenehme Staatsangelegenheiten einen Strich durch die Rechnung gemacht hätten.

Ich traute dem neuen Außenminister nicht. Lord Palmerston war so ganz anders als Lord Aberdeen. Ich war davon überzeugt, daß er uns wichtige Dinge vorenthielt und uns nicht zu Rate zog, sondern einfach überging. Albert war auch nicht gut auf ihn zu sprechen.

Und ich erwartete wieder ein Kind, das im April das Licht der Welt erblicken sollte.

Dann erhielten wir schreckliche Nachrichten. In Frankreich kam es zur Februarrevolution. Damit wiederholte sich im Jahr 1848, was gegen Ende des vorigen Jahrhunderts schon einmal geschehen war. Ich hatte Tränen um die arme Marie-Antoinette vergossen. Ich hatte mich stets mit ihr verglichen, bevor Albert mich eines Besseren belehrte. Auch der arme Louis, Marie-Antoinettes Gemahl, der so gern ein guter König gewesen wäre, doch dazu viel zu schwach war, hatte mir immer schrecklich leid getan.

Der Mob setzte sich in Bewegung und marschierte auf die Tuilerien zu. Die arme Tante Louise war gewiß in Panik. Sie liebte ihren Vater und hatte jetzt allen Grund, um ihn zu zittern. Ich hoffte inständig, daß er nicht enden würde wie Louis und Marie-Antoinette im vorigen Jahrhundert.

Die Nachrichten überstürzten sich. Schließlich kam uns zu Ohren, daß der ›Bürgerkönig‹ Louis-Philippe abgedankt hatte und die Republik ausgerufen worden war.

Wie hätte ich mich wohl unter diesen Umständen gefühlt? Gekrönte Häupter haben es wirklich nicht leicht!

Lord Palmerston sprach bei mir vor. Er gebärdete sich herablassend und nahm keinerlei Notiz von Albert, sondern wandte sich ausschließlich an mich.

»Der König wird bestimmt versuchen, Frankreich zu verlassen«, meinte Lord Palmerston. »Das Außenministerium hätte nichts dagegen einzuwenden, daß ihm ein Schiff zur Verfügung gestellt wird. Ich möchte jedoch darauf hinweisen, daß man in Großbritannien sicher nicht damit einverstanden wäre, Mitgliedern der französischen Königsfamilie hier im Land Zuflucht zu gewähren.«

»Aber mich verknüpfen Familienbande mit dem französischen Königshaus«, wandte ich ein.

»Das ist Pech, Madame. Ihr müßt Euch die derzeitige Lage in England vor Augen halten, und Ihr wißt ja wohl, daß vieles auf Unruhen schließen läßt. Ihr solltet das Volk darin nicht noch bestärken, indem Ihr bei diesem ausländischen Konflikt Partei ergreift.«

»Sie raten mir also, meine Verwandten im Stich zu lassen«, konstatierte ich.

Lord Palmerston zuckte gleichmütig die Achseln und redete auf mich ein, wie man mit einem Kind spricht. »Wenn Unruhen von unseren Nachbarn drohen, so muß man alles tun, um diese zu vermeiden. Revolutionen breiten sich aus wie ein Flächenbrand. Dagegen müssen wir Vorsichtsmaßnahmen ergreifen, auf der Hut sein.«

»In England...« setzte ich an.

Er besaß doch tatsächlich die Frechheit, mich zu unterbrechen. Das war typisch für Lord Palmerston. »Auch in England, Madame, und ganz gewiß in so manchen der kleineren Länder Europas.«

Albert horchte auf. »Das stimmt«, murmelte er.

»Ein Schiff darf ich ihnen also zur Verfügung stellen, wenn ich Sie recht verstanden habe...«

Daß ich aber auch ausgerechnet diesen Mann um die Erlaubnis bitten mußte, meinen Verwandten beizustehen. Wie entwürdigend! Natürlich wußte ich, daß es nicht anders ging, aber sympathischer wurde er mir dadurch nicht.

Bald darauf sprach er wieder bei mir vor. Albert war bei mir, als ich ihn empfing. Lord Palmerston berichtete, der König und die Königin von Frankreich seien in England eingetroffen.

»Sie haben sich gestern abend in Le Havre eingeschifft und sind jetzt in Newhaven eingetroffen«, sagte er. »Sobald sie erfuhren, daß die Republik ausgerufen worden war, fühlten sie sich in Frankreich nicht mehr sicher. Soviel ich weiß, beabsichtigt der König, hier in England strengstens sein Inkognito zu wahren. Er und die Königin werden als Graf und Gräfin von Neuilly in Erscheinung treten.«

Ich hätte mich nicht gewundert, wenn der verhaßte Lord Palmerston von mir verlangt hätte, daß wir sie zurückschikken, doch das tat er nicht.

»Vielleicht könnten Majestät ihnen Claremont überlassen. Schließlich ist es fast so etwas wie ein Privathaus, wenn auch ein überaus prächtiges.«

»Ja, das tun wir«, sagte ich erleichtert, wobei ich Albert fragend ansah. Albert nickte mit gesenktem Kopf, so sehr nahm ihn das alles mit.

»Der König und die Königin fahren morgen von Newhaven ab«, fügte Lord Palmerston hinzu.

Nachdem er sich verabschiedet hatte, meinte Albert: »Wenigstens können wir ihnen hier Zuflucht gewähren.«

Onkel Leopold und Tante Louise hatten uns geschrieben. Blind vor Tränen las ich ihre Briefe. Tante Louise tat mir entsetzlich leid, denn ich wußte ja, wie sie an ihren Eltern hing.

Als sie ihren Brief versiegeln wollte, hatte sie erfahren, daß ihre Eltern in England eingetroffen waren und einen Brief für ihre Mutter beigelegt mit der Bitte an mich, ihr den zu übergeben.

Etwas Ungutes lag in der Luft. Das Sprichwort »Ein Unglück kommt selten allein« schien sich zu bewahrheiten. Der nächste Schicksalsschlag ließ auch nicht lange auf sich warten. Wir erfuhren, daß unsere liebe Großmutter in Coburg gestorben war. Albert, der immer ihr Liebling gewesen war und sehr an seiner Großmutter gehangen hatte, war vor Kummer völlig außer sich. Trotzdem konnte er nicht einmal zur Beerdigung nach Coburg fahren. In diesen unruhigen Zeiten konnte er mich und die Kinder nicht allein lassen.

Doch es sollte noch schlimmer kommen.

Lord John Russell sprach ganz verstört bei mir im Palast vor. Die Chartisten rotteten sich auf dem Trafalgar Square zusammen. Lord Russell befürchtete, sie könnten es sich einfallen lassen, auch zum Palast zu kommen.

Da befand ich mich bereits in einem fortgeschrittenen Stadium der Schwangerschaft, war müde und erschöpft und machte mir große Sorgen um die Kinder.

Ich sprach mich dafür aus, sie im Schulzimmer zu lassen und sie erst dann über die Vorgänge zu informieren, wenn es sich nicht mehr vermeiden ließ. Als Albert erschien, klammerte ich mich an ihm fest, denn ich fürchtete, der Mob würde ihn angreifen, wenn er sich entschloß, den Palast zu stürmen. Beim Volk war er immer verhaßt gewesen. Sie verübelten ihm sogar allen Ernstes, daß er Deutscher war. Was er Gutes bewirkt hatte, wollten sie nicht wahrhaben. Sie verschlossen die Augen vor seiner Güte und seinem Edelmut und hielten ihn für blasiert.

Im Geist hörte ich die Meute schon brüllen, sah sie schon die Mall heraufströmen. Verschreckt ließ ich mich in einen Sessel sinken. Albert hielt mir die Hand.

»Wenn es zum Schlimmsten kommt, wirst du an meiner Seite sein«, murmelte ich verstört.

»Ja, ich beschütze dich«, versprach er mir.

»Sie werden mir bestimmt nichts tun... in meinem Zustand.«

»Da bin ich mir nicht so sicher.«

Wir saßen da und warteten. Die Zeit verrann. Aber so sehr ich auch die Ohren spitzte, kein Laut drang an mein Ohr.

Schließlich wurde uns Lord John gemeldet. Er wirkte sehr mitgenommen.

»Ich bin gekommen, um Eurer Majestät zu sagen, daß wieder Ruhe eingekehrt ist«, sagte er. »Die Menge hat sich zerstreut. Den Leuten war wohl nicht nach einer Revolution zumute. Die Engländer sind eben nicht aus dem gleichen Stoff wie die Franzosen, Madame.«

»Was für ein Segen«, sagte ich erleichtert.

Albert legte mir den Arm um die Schultern.

»Sie sind vom Trafalgar Square abgezogen und haben gerufen: ›Die Königin trifft keine Schuld, es liegt an der Regierung‹« berichtete Lord John. »Ich habe diese Sprechchöre immer noch im Ohr. Doch das war noch nicht alles...«

Er sprach nicht weiter, doch ich wußte, daß die Leute auch Albert die Schuld in die Schuhe schoben. Das ärgerte mich zwar, doch die Erleichterung ließ alle anderen Empfindungen in den Hintergrund treten.

Am 18. März 1848 kam mein sechstes Kind zur Welt – wieder ein kleines Mädchen, das wir Louise Caroline Alberta nannten. Die Geburt verlief ohne Komplikationen, nahm mich jedoch sehr mit. Ich fühlte mich so ermattet, daß ich gar nicht aufstehen wollte. Zu meinem großen Leidwesen nahm ich auch noch schrecklich zu. Albert pflegte mich vom Bett zur

Couch zu tragen. Ich tat ihm wohl sehr leid, denn es ist keine Kleinigkeit, ein Kind nach dem anderen zur Welt zu bringen. Vermutlich erschien es sogar Albert unfair, daß die Frauen die ganze Last allein zu tragen haben, während sich die Männer an den Kindern freuen können, so wie Albert seine helle Freude an unserer Vicky hatte. Ich weiß, daß mir diese trübseligen Gedanken nicht gerade zur Ehre gereichten. Albert wäre entsetzt gewesen, hätte ich sie ausgesprochen. Ich hielt das Martyrium der Frauen jedoch für ungerechtfertigt.

Im April sagte ich mir, daß sich meine Geburtstage jetzt regelrecht zu jagen schienen, so schnell verging die Zeit. Und wie langsam waren die Jahre bis zu meinem ersehnten achtzehnten Geburtstag verstrichen.

Albert saß bei mir und machte gerade Anstalten, mir etwas vorzulesen, da erschien Lord John. Ein Blick in seine Miene sagte mir, daß uns wieder irgendein Unheil bevorstand.

»Lord John, es gibt doch hoffentlich nicht schon wieder Ärger«, sagte ich.

»Ich fürchte doch, Euer Majestät. Die Chartisten sollen am zehnten dieses Monats eine Zusammenkunft in London haben. Das Kabinett ist davon überzeugt, daß es diesmal zu Ausschreitungen kommen wird.«

»Wie können sie mir das nur antun?« ereiferte ich mich. »Ich bin von der Geburt der Prinzessin noch sehr angegriffen.«

»Den Chartisten geht es nur um ihre Rechte, Madame. Ich bin gekommen, um Euch mitzuteilen, daß wir alles tun werden, was in unserer Macht steht, um Euch, Eure Familie und den Palast zu schützen.«

»Wollen die Chartisten denn zu mir?«

»Nein, ins Unterhaus, aber bei dem Pöbel kann man sich da nicht so sicher sein. Ich wollte Euch unverzüglich davon in Kenntnis setzen. Sobald ich mit dem Kabinett besprochen habe, wie Ihr am besten zu schützen seid, erlaube ich mir, wieder bei Euch vorzusprechen.«

Ich war entsetzlich deprimiert. Wie widerwärtig war das

alles! Ich mußte an die Zeit zurückdenken, als mir die Leute zugejubelt hatten, wenn ich in der Kutsche durch die Stadt fuhr. Das schien schon eine Ewigkeit zurückzuliegen.

Es dauerte nicht lange, da erschien Lord John wieder im Palast.

»Euer Majestät, das Kabinett hat sich dafür ausgesprochen, daß Ihr Euch so bald wie möglich nach Osborne begebt. In ein paar Tagen findet dieser Marsch statt. Könntet Ihr morgen abfahren?«

Ich war außer mir vor Zorn. Da wurde ich doch tatsächlich von meinem Untertanen aus meinem Palast vertrieben! Eine Zumutung! Am liebsten wäre ich ihnen zum Trotz geblieben.

Albert schüttelte traurig den Kopf, als wolle er mir bedeuten, daß ein Wutanfall nun wirklich fehl am Platze war.

Am 9. April 1848 begaben wir uns nach Osborne auf der Insel Wight.

Bis dahin hatte ich mich immer gern in Osborne aufgehalten, doch wie sollte ich mich hier wohl fühlen, wenn ich nicht wußte, was sich inzwischen in der Hauptstadt abspielte? Auch die schreckliche Lage in Frankreich machte mir sehr zu schaffen.

Albert hing düsteren Gedanken nach. In seinen Augen waren Revolutionen ein Grundübel der Menschheit, das mit der verheerenden Wirkung eines Großbrandes um sich griff. Erste Ansätze zu einer Revolution in Deutschland zeigten sich. Es kam zu Aufständen in Wien, Berlin und München und in Italien zu einer Erhebung gegen die österreichische Herrschaft. Das alles machte uns natürlich große Sorgen. Wir kamen auch in Osborne nicht zur Ruhe.

Schließlich erhielten wir Nachricht aus London. Der groß angesagte Marsch der Chartisten und die Erstürmung des Unterhauses waren im Sande verlaufen. Anstatt der großen zu erwartenden Teilnehmerzahl waren nur wenige Chartisten erschienen. Als die Polizei sie warnte und ihnen zu verstehen gab, der Marsch sei illegal, zerstreuten sie sich unverzüglich.

Die Anführer wurden ins Unterhaus gebracht, wo sie ihre

Petitionen vorlegten, und damit war die Sache ausgestanden.

Wir atmeten erleichtert auf.

»Die Engländer haben eben nichts von Revolutionären an sich«, sagte Albert. »Der Erfolg der Französischen Revolution ist Agitatoren zu verdanken. Was für ein Glück, daß das Schlimmste noch abgewendet werden konnte!«

Trotzdem kamen wir den ganzen Sommer nicht zur Ruhe. Die Gerüche jagten sich. Ständig war von einer Revolution die Rede. Onkel Leopold wußte sich in Belgien zu behaupten.

»Die Leute dürfen nicht vergessen, was er für sie getan hat«, sagte ich. »Unter seiner Herrschaft leben sie viel besser als zuvor.«

»Ach, die Leute sind ja oft so dumm! Sie rennen dem Pöbel nach und schließen sich dem an, der am lautesten schreit. Da vergessen sie dann rasch, was ihnen Gutes widerfahren ist.«

Dem konnte ich nur beipflichten.

Den ganzen Sommer über fühlten wir uns bedroht. Die Kinder spielten in ihrem Schweizer Chalet. Auch ihnen kann die ständige Anspannung nicht entgangen sein, vor allem Vicky nicht, der kaum etwas verborgen blieb. Die Kinder wurden auch hier unterrichtet. Alles sollte seinen geregelten Gang gehen.

Eines Tages sagte Albert: »Auf der Insel Wight sind wir überaus gefährdet, wenn es Ärger gibt. Vielleicht sollten wir uns weiter nach Norden zurückziehen. Was hältst du von Schottland? Ist das nicht ein herrliches Fleckchen Erde?«

Ich hielt das für eine glänzende Idee.

Als Lord John uns auf der Insel Wight besuchte, erzählten wir ihm von unserem Wunsch, uns nach Schottland zu begeben. Er hielt das für sehr angebracht, wenn er uns auch beruhigen konnte, was die Gefahr betraf, es könne zu Ausschreitungen kommen. Die Leute erinnerten sich noch allzugut an das schreckliche Desaster in Frankreich Ende des vorigen Jahrhunderts. So lange lag das ja noch nicht zurück. Sie hatten erlebt, wie verheerend sich eine Revolution auswirken konnte. Auf so ein Chaos waren sie nicht aus.

Lord John meinte, die Engländer verfügten über zuviel gesunden Menschenverstand, um eine Revolution anzuzetteln. In England verlaufe alles relativ friedlich und ohne Blutvergießen.

»Den Engländern steht der Sinn nicht nach einer Revolution«, sagte er. »In Europa schlagen die Wogen derzeit allerdings hoch, was in Rußland wohl nicht passieren kann, denn der Zar hat sein Volk fest im Griff. Da könnte es nicht zum Aufstand kommen.«

Lord John versprach, sich nach einem passenden Haus in Schottland zu erkundigen, das wir mieten konnten.

»Es sollte eine Residenz im Hochland sein«, bemerkte Albert. »Ich war zwar nur kurz dort, doch der erste Eindruck war überwältigend.«

Im September 1848 mieteten wir Balmoral House. Es war Liebe auf den ersten Blick. Balmoral House wurde zu unserem Wohnsitz, nachdem wir einen Pachtvertrag mit den Treuhändern von Fife unterzeichnet hatten. Das Haus war klein, aber sehr schön – ganz zu schweigen von der Landschaft ringsum –, wild, einsam und dicht bewaldet.

»Was ich daraus machen könnte!« rief Albert begeistert aus. In Gedanken baute er Balmoral schon aus wie vorher Osborne.

Wir kamen zum erstenmal seit Monaten zur Ruhe, und ich wußte schon nach einer Woche, wie wichtig Balmoral für uns war.

Krieg und Meuterei

Im November starb Lord Melbourne. Obwohl ich wußte, daß er schon länger leidend war und unmöglich noch Freude am Leben haben konnte, war sein Tod ein fürchterlicher Schock für mich.

Oft hatte ich daran gedacht, was für ein zurückgezogenes Leben er in Brocket führte – dieser gesellige, unkonventionelle Mensch, der so geistvoll und witzig zu erzählen wußte und auf Gesellschaften stets der umschwärmte Mittelpunkt gewesen war. Wie oft hatten wir miteinander gelacht! Seine Freundschaft war mir sehr wichtig gewesen. Immer hatte ich Angst davor gehabt, auf ihn verzichten zu müssen. Er hatte mir unendlich viel bedeutet, und ich würde ihn nie vergessen.

Albert hatte mir stets versichert, als Staatsmann besäße er nicht das Format Sir Robert Peels. Damit mochte er recht haben, doch für mich war Lord Melbourne immer ein ganz besonderer Mensch gewesen.

Albert begriff natürlich nicht, wieso ich so sehr um ihn trauerte.

Ich war heilfroh, als das alte Jahr zu Ende ging und das neue anbrach.

Ich machte es mir zur Gewohnheit, mehr Zeit mit den Kindern zu verbringen. Jetzt wo sie allmählich größer wurden, begann ich mich für sie zu interessieren. Meine Nachkommenschaft entzückte mich – sogar Bertie, der kaum mehr stotterte, seit Mr. Birch ihn unterrichtete. Mr. Birch hatte nur Gutes über Bertie zu berichten. Das machte Albert mißtrauisch. Er verdächtigte Mr. Birch, Bertie zu verwöhnen, doch Stockmar hatte sich für diesen Erzieher ausgesprochen, was eindeutig für ihn sprach. Trotzdem meinte Albert, es gehe nun einmal nicht an, daß Bertie zu sehr an seinem Lehrer hing.

Inzwischen waren wir schon längst wieder nach Osborne

übergesiedelt. Was sich in Deutschland und Frankreich abspielte, hatte Albert so entsetzlich mitgenommen, daß er sich nach ein wenig Frieden sehnte. In Osborne House fühlte er sich in seinem Element. Er brachte viele Stunden mit den Kindern in deren Schweizer Chalet zu, unternahm ausgedehnte Spaziergänge mit ihnen und unterrichtete sie dabei in Botanik.

Auch ich genoß dieses relativ ungebundene Leben, wenn ich mir auch zuweilen wünschte, öfter ohne die Kinder mit Albert allein sein zu können. Ich war zu der Erkenntnis gelangt, daß ich wohl eher zur Ehefrau geboren war als zur Mutter. Die Mutterrolle lag mir weniger. Obwohl ich meine Kinder liebte, nahm Albert den ersten Platz in meinem Herzen ein, stand mir am nächsten.

Auf Vicky war ich fast ein wenig eifersüchtig, denn sie beanspruchte einen Großteil der Zeit ihres Vaters. Manchmal wollte es mir fast scheinen, als sei er lieber mit ihr zusammen als mit mir. Einmal konfrontierte ich ihn mit dieser Tatsache. Darüber wäre es fast zum Streit gekommen. Albert wies mich jedoch darauf hin, daß ich allen Grund hatte, mich zu schämen. Wie konnte man nur auf seine eigene Tochter eifersüchtig sein!

Ich hielt ihm vor, es sei unfair Bertie gegenüber, daß er sich fast ausschließlich Vicky widmete, und es sei lächerlich, daß er behaupte, Bertie werde von seinem Erzieher und seinen Gouvernanten verwöhnt. Man könne ein Kind gar nicht schlimmer verwöhnen und verzärteln, als er es mit Vicky tue. Der Wutanfall blieb aus, die Ressentiments waren jedoch nicht so leicht aus der Welt zu schaffen. Trotzdem konnte nichts unser Glück in Osborne so leicht trüben. Ich war schon allein deshalb glücklich, weil ich ausnahmsweise einmal kein Kind erwartete. Diese schöne, unbeschwerte Zeit wollte ich mir nicht durch alberne Eifersüchteleien verderben. Ich hing ja schließlich auch an Vicky, ich liebte alle meine Kinder – aber eben nicht so sehr wie Albert.

Im Herbst kehrten wir wieder nach Schottland zurück und hielten Einzug in Schloß Balmoral. Ich glaube fast, Schottland war noch schöner als die Insel Wight. Albert gefiel es dort allein schon deshalb besser, weil es ihn an die Berge und Täler seiner Heimat erinnerte.

»Es wäre schön, wenn Balmoral ganz uns gehörte«, sagte er eines Tages. »Noch ist es zwar klein, aber ich könnte es zu einer königlichen Residenz ausbauen lassen.«

»Warum eigentlich nicht?« dachte ich. Albert verstand sich sehr gut auf so etwas. Er hätte einen hervorragenden Architekten abgegeben. Der Umbau würde ihm große Freude machen und damit auch uns.

Während dieses Aufenthalts in Schottland lernte ich die Schotten besser kennen. Meine Kinder trugen Kilts. Damit wollte ich den Leuten demonstrieren, daß wir uns hier zu Hause fühlten.

Ich ahnte schon, daß Balmoral unsere Lieblingsbleibe werden würde, wohin wir uns zurückziehen konnten, wenn wir Erholung von dem aufreibenden Leben in London brauchten. Das schottische Hochland und Balmoral waren genau das, was wir brauchten. Hier lebten wir in einer anderen Welt.

Doch zu meinem großen Kummer mußte ich bald feststellen, daß ich wieder ein Kind erwartete. Ich war völlig außer mir.

Zudem erhielten wir alarmierende Nachrichten aus Irland. Die Kartoffelernte war miserabel ausgefallen, eine regelrechte Mißernte. Die Iren verhungerten zu Tausenden und wurden in Massengräbern beigesetzt. In ihrer Not ermordeten die Iren zuweilen die Landeigentümer bzw. Grundbesitzer. Wie auf dem europäischen Festland, so brachen auch in Irland überall Aufstände aus.

Nach unserer Rückkehr nach London fuhren wir am 19. Mai 1849 Constitution Hill hinunter. Da kam zu meinem großen Schrecken ein Mann auf die Kutsche zugestürzt und schoß auf mich. Zum Glück war die Waffe nicht geladen, sonst wäre ich nicht mehr am Leben.

Der Täter war ein Ire namens William Hamilton, der mich für die schlimmen Zustände in Irland verantwortlich machte. Irgendwie tat mir der arme Mann sogar leid, und ich verstand, was in ihm vorging. Es mußte schrecklich sein, die eigene Familie und die Freunde hungern zu sehen, während andere im Überfluß lebten. Ich hätte ihm vergeben – schließlich hatte er mir nur einen Schrecken eingejagt, mich aber nicht verletzt, doch Lord John wies mich darauf hin, daß man so etwas nicht dulden konnte. Wenn wir jetzt Gnade walten ließen, werde uns das nur als Schwäche ausgelegt.

Also wurde William Hamilton sieben Jahre in die Verbannung geschickt.

Im Mai 1850 kam mein Kind zur Welt – ein Junge, den wir Arthur William Patrick Albert nannten. Nun hatten wir sieben Kinder, alle kräftig und gesund. Angesichts meiner Fruchtbarkeit begann das Volk zu murren. Die Leute mokierten sich darüber, daß eine so große Kinderschar den Steuerzahler ein Vermögen koste.

Ich gab den Leuten recht, mir reichte es allmählich. Schließlich war ich schon einunddreißig Jahre alt, zählte also schon zu den reiferen Jahrgängen. Damit sollte die ehrenvolle Aufgabe, Kinder zu gebären, eigentlich hinter mir liegen und erfüllt sein. Ich hatte meine Pflicht getan – und mehr als das. Wir sollten es dabei belassen.

Albert beschäftigte sich emsig mit Plänen für eine große Weltausstellung. Es sollte eine internationale Industrieausstellung werden, die erste ihrer Art. Ein königlicher Ausschuß trat unter seiner Leitung zusammen. Im Zusammenhang mit dem Projekt verausgabte sich Albert völlig und leistete Schwerarbeit. Der Hyde Park erschien ihm als Ausstellungsgelände sehr geeignet. Bald hieß es, das sei eine Entweihung des Hyde Parks, und man sah der erwarteten Invasion von Ausländern mit sehr gemischten Gefühlen entgegen. Albert schwebte ein großer Glaspalast im Hyde Park vor.

Es nahm Albert schrecklich mit, sich ständig gegen alle diesbezüglichen Anwürfe zur Wehr setzen zu müssen.

»Alle sind gegen mich«, beklagte er sich. »Sie können sich nicht damit abfinden, daß ich Deutscher bin. Überall bekomme ich das zu hören.«

»Aber nur von dummen Menschen«, sagte ich. »Du hast auch viele Bewunderer, und das mit Recht. Die Schar deiner

Bewunderer wird noch anwachsen, davon bin ich überzeugt.«

Nie werde ich den Tag im Juli vergessen, an dem mir die traurige Nachricht überbracht wurde.

Es handelte sich um Sir Robert, der mir anfänglich so zuwider gewesen war, den ich aber inzwischen als lieben Freund betrachtete. Nie hätte ich gedacht, daß ihm so etwas zustoßen könnte. Er ritt Constitution Hill hinauf, als sein Pferd scheute und ihn abwarf. Man trug ihn in sein Haus in Whitehall Gardens, und vier Tage später war er tot.

England verlor einen seiner besten Staatsmänner. Es war ein schwerer Schlag.

Da war mir schon mein lieber Lord Melbourne genommen worden und nun auch noch Sir Robert Peel. Das Leben konnte wirklich grausam sein.

Viele Menschen, die mir nahestanden, waren in letzter Zeit gestorben. So die arme Tante Sophia. Tante Gloucester ließ merklich nach und wurde sonderbar. Es würde nicht mehr lange dauern, bis sie ihrer Schwester folgte. Onkel Cambridge war sehr krank. Allerdings waren sie alle schon recht betagt. Ich war ja mit einunddreißig auch nicht mehr die Jüngste.

Zu allem Unglück erhielt ich auch noch eine bestürzende Nachricht von Onkel Leopold. Tante Louise war schwerkrank. Das traurige Schicksal ihrer Eltern hatte sie so mitgenommen, daß sie keine Kraft mehr hatte, gegen die Krankheit anzukämpfen. Onkel Leopold war verzweifelt.

Ich besuchte Onkel Cambridge mit einigen der Kinder. Er mochte sie, und sie verstanden es, ihn ein wenig aufzuheitern. Vicky kam nicht mit, sie blieb bei ihrem Vater. Wenn sie nicht mit von der Partie war, wirkte Bertie gleich viel klüger. Ich hatte Alfred und Alice mitgenommen, die Bertie nicht von der Seite wichen und seine ergebenen Sklaven waren.

Wir konnten nicht lange im Kensington Palast bleiben, denn Onkel Cambridge war sehr krank. Bald fuhren wir wieder zum Buckingham-Palast zurück. Zahlreiche Menschen kamen herbeigelaufen und drängten sich bis dicht an die Kutsche heran. Sie wollten unbedingt die Kinder sehen, die sie zu faszinieren schienen. Ich hatte die Kinder gelehrt, dem Volk zuzuwinken. Bertie machte das so überschwenglich, daß die Menge in Jubelrufe ausbrach.

Plötzlich kam ein Mann auf die Kutsche zugestürzt, riß seinen Stock hoch und ließ ihn auf meinen Kopf herniedersausen. Bevor ich in Ohnmacht fiel, sah ich noch die bestürzten Gesichter meiner Kinder.

Außer ein paar Prellungen nahm ich jedoch keinen Schaden, wenn mir der Schreck auch noch lange in den Gliedern saß. Die Ärzte meinten, meine Haube habe mir vermutlich das Leben gerettet, mich aber zumindest vor schweren Verletzungen bewahrt.

Das war ja nicht der erste Anschlag auf mein Leben. So etwas war für jemanden in meiner Position anscheinend an der Tagesordnung.

Die Ärzte verordneten mir Ruhe, doch auf meinem Programm stand am gleichen Abend ein Opernbesuch. Da ich mich leidlich wohl fühlte, ging ich hin.

Donnernder Beifall und Jubelrufe empfingen mich. Dieser Vorfall zeigte wieder einmal, daß mein Volk im Grunde genommen doch getreulich zu mir hielt. Kaum zu glauben, daß wir uns noch vor kurzem vor den Chartisten gefürchtet hatten, als es hieß, diese gedächten den Buckingham-Palast zu stürmen.

Der Applaus, der mir galt, war Musik in meinen Ohren.

Die Leute riefen begeistert: »Lang lebe die Königin!« Wie gern hörte ich das! Wenn der leidige Zwischenfall solche Emotionen hervorrief, war er fast der Mühe wert. Ich muß wohl grotesk ausgesehen haben mit meinem blauen Auge, das von den Schlägen herrührte. Der Schädel brummte mir noch immer, doch nun machte mir das nichts mehr aus. Ich konnte gar nicht genug davon bekommen, wie mir mein Volk seine Zuneigung demonstrierte.

Als ich erfuhr, wer mich angegriffen hatte, gab mir das doch sehr zu denken. Es handelte sich um Robert Pate, den Sohn des höchsten Verwaltungsbeamten der Grafschaft Cambridge, und damit um einen Mann aus guter Familie. Nun begriff ich noch weniger, warum er über mich hergefallen war. Er war nicht etwa geistesgestört, und so wurde er für sieben Jahre deportiert.

Die Prellungen waren auch nach Wochen noch zu sehen. Es machte mich zornig, daß ich mich ständig solchen Affronts, Angriffen und Gefahren aussetzen mußte und nicht einfach ausfahren konnte, wann immer mir danach zumute war.

Daß ein Mann es fertigbrachte, eine Frau zu schlagen, erschien mir als der Gipfel der Brutalität. Ich empfand das als weit schlimmer, als wenn Schüsse auf mich abgegeben wurden. Daß der Mann aus guter Familie war, bedrückte mich besonders, denn ich konnte mir beim besten Willen nicht denken, was ihn zu dieser Tat bewogen hatte.

Bald darauf erfuhr ich, daß Tante Louise gestorben war.

Der arme Onkel Leopold tat mir entsetzlich leid. Ich konnte mir so gut vorstellen, wie er um Tante Louise trauerte. Vor vielen Jahren hatte er schon seine geliebte Charlotte hergeben müssen und nun auch noch Louise, mit der er so glücklich gewesen war. Daß sie so um ihre Eltern hatte bangen müssen, hatte ihr Ende sicherlich beschleunigt.

Im Kabinett mußte es wohl immer einen Menschen geben, der uns nicht zur Ruhe kommen ließ. Meistens handelte es sich um einen Mann, der ein hohes Amt innehatte. Diesmal war es zur Abwechslung einmal Lord Palmerston, der uns so zu schaffen machte. Albert fand ihn vollends unerträglich. Er gab ihm den Spitznamen *Pilgerstein.*

Zwei unterschiedlicher veranlagte Menschen als Albert und Lord Palmerston konnte man sich kaum vorstellen. Daher rührte vermutlich die Antiphatie, die Albert für Lord Palmerston empfand. Was Palmerston von Albert hielt, war schwer zu sagen. Wahrscheinlich gehörte er zu den Leuten, die meinen Gemahl für blasiert und selbstgefällig hielten. Er brachte ihm nur ein Mindestmaß an Respekt entgegen, wenn wir jedoch gemeinsam in Erscheinung traten, wandte er sich ausschließlich an mich, als wolle er Albert deutlich zu verstehen geben, daß er ihn nur als Anhängsel betrachtete.

Mit nichts hätte er Albert mehr treffen können, denn er leistete Schwerarbeit und war über die Staatsangelegenheiten stets auf dem laufenden. Er war in der Tat oft besser informiert als ich. Unter diesen Umständen behandelt zu werden, als sei er Luft für die Leute, ärgerte ihn sehr.

Palmerston genoß keinen guten Ruf. Er galt als Libertin. Die Zahl seiner Mätressen war unübersehbar, solange er noch Junggeselle war. Mit fünfundfünfzig Jahren hatte er dann doch noch geheiratet, und zwar die drei Jahre jüngere verwitwete Lady Cowper.

Lady Cowper hieß mit Mädchennamen Emily Lamb und war die Schwester von Lord Melbourne. Mit achtzehn Jahren hatte sie Earl Cowper geheiratet. Sie war eine hochintelligente Frau, was bei Lord Melbournes Schwester auch nicht anders zu erwarten war. Der junge ehrgeizige Palmerston war sowohl im Londoner Haus der Cowpers als auch auf ihrem Landsitz in Panshanger ein gerngesehener Gast. Palmerston und Emily wurde nachgesagt, sie seien schon lange ein Liebespaar gewesen, und nach Earl Cowpers Tod heirateten sie gleich.

Sie führten eine sehr glückliche Ehe und waren immer füreinander da. Emily tat alles, was seiner beruflichen Laufbahn förderlich sein konnte. Sie war nicht nur eine vorbildliche Gastgeberin, sondern verstand auch sehr viel von Politik und machte sich als Privatsekretärin und Beraterin ihres Mannes nützlich.

Palmerston war ein ausgeprägter Individualist, der sich um nichts und niemanden scherte und das Außenministerium nach eigenem Gutdünken leitete.

Albert und ich kamen immer wieder auf ihn zu sprechen. Wir überlegten hin und her, wie wir ihn um seinen hohen Posten bringen konnten, denn gerade als Außenminister war er in unseren Augen eine besondere Gefahr.

Albert fand, man müsse ihm aufgrund moralischer Bedenken nahelegen, seinen Rücktritt einzureichen. Über ihn kursierten die wildesten Gerüchte.

Palmerston schien es richtig Spaß zu machen, sich gegen die Monarchie zu stellen. Uns kam es schon fast vor, als stehe er auf der Seite der Aufständischen. Wo blieb da die Loyalität? Vor geraumer Zeit war ihm zur Last gelegt worden, er habe sizilianische Rebellen mit Waffen des britischen Heeres versorgt, weil er es für gerechtfertigt hielt, daß sie sich gegen den tyrannischen König erhoben. Der König hatte darauf bestanden, daß man sich bei ihm dafür entschuldigte.

Lord John wollte Pam, wie das Volk Palmerston liebevoll nannte, die Grafenwürde und den Hosenbandorden verleihen und ihn nach Irland schicken, doch ich war strikt dagegen. »Das käme ja einer Belohnung gleich«, begründete ich mein ablehnendes Verhalten. Palmerston entschuldigte sich schließlich bei dem König, und über die ganze Sache wuchs Gras.

Im Anschluß daran bat mich Lord John, Palmerston bei Hof zu empfangen; bei meinem Außenminister bliebe mir gar nichts anderes übrig. Albert und ich mußten uns wohl oder übel fügen. Wir zeigten uns Palmerston gegenüber höflich, aber von eisiger Zurückhaltung, was diesen jedoch nur zu amüsieren schien. Seine unerschütterliche Selbstsicherheit ging uns auf die Nerven. Er war eben unverbesserlich.

Als der österreichische General Haynau, bekannt für sein blindes Wüten, England einen Besuch abstattete, ließ Palmerston durchblicken, daß er mit den Aufständischen sympathisierte. Haynau hatte den Volksaufstand in Ungarn mit grausamer Härte niedergeschlagen. In den Zeitungen erschienen Berichte, wonach er nicht einmal davor zurückgeschreckt war, Frauen öffentlich auspeitschen zu lassen. Seine Barbarei und Roheit waren bereits Legende.

In London besichtigte er eine Brauerei, wo die Rollkutscher über ihn herfielen. Sie faßten ihn nicht gerade mit Samthandschuhen an und hätten ihn wahrscheinlich sogar umgebracht, wenn die Polizei nicht noch rechtzeitig eingeschritten wäre.

General Haynau war wütend ob dieser Behandlung und bestand auf einer strengen Bestrafung der Männer, die über ihn hergefallen waren und ihn mißhandelt hatten.

Lord Palmerston lehnte das jedoch ab.

»In den Augen dieser Leute ist General Haynau ein Verbrecher«, begründete er seine Haltung. »So würden diese Rollkutscher auch einen gefühllosen, völlig abgestumpften Mörder behandeln, wenn sie ihn zu fassen kriegten. Genaugenommen ist der General ja auch nichts anderes.«

Wir überlegten hin und her.

»Man muß doch berücksichtigen, daß der General bei uns zu Gast ist«, wandte Albert ein. »Die Behandlung, die ihm hier zuteil geworden ist, muß als Affront Österreich gegenüber gelten. Da ist eine offizielle Entschuldigung wohl unumgänglich.«

Ich schrieb Lord Palmerston und verlangte eine schriftliche Entschuldigung von ihm, die er mir vorlegen sollte, bevor sie abging.

Er wirkte aufsässig wie immer, als er im Palast vorsprach, als wolle er uns daran erinnern, daß das Außenministerium sich nichts befehlen ließ, auch nicht von der Königin.

Ich brachte mein Bedauern über diesen unliebsamen Vorfall zum Ausdruck.

»Eigentlich ist das eher ein Grund zur Freude«, erklärte Lord Palmerston ganz unverblümt, »denn wenn die Polizei nicht noch rechtzeitig eingetroffen wäre, könnte sich der General jetzt nicht mehr über die Behandlung beklagen, die ihm zuteil geworden ist.«

»Zeigen Sie mir das Entschuldigungsschreiben«, forderte ich ihn auf.

Mit einer Verbeugung überreichte er es mir.

Ich fand es sehr geschickt formuliert, und doch grenzte es schon fast an eine Unverschämtheit. Palmerston schloß nämlich mit der Bemerkung, es sei angesichts des schlechten Rufes des Generals sehr unklug von ihm gewesen, sich überhaupt nach England zu wagen, denn damit habe er das Volk verständlicherweise gegen sich aufgebracht.

»So geht das nicht«, gab ich Palmerston zu bedenken.

Ich reichte Albert das Schreiben, der las es und schüttelte heftig den Kopf.

»Das müssen Sie weglassen«, befahl ich.

»Zu spät, Madame«, erklärte Palmerston mit dem für ihn bezeichnenden unverschämten Grinsen. »Der Entschuldigungsbrief ist schon unterwegs.«

»Dann muß eben ein zweiter hinterhergeschickt werden. Wir können ja behaupten, uns sei ein Fehler unterlaufen. Setzen Sie bitte ein neues Schreiben auf, Lord Palmerston, und diesmal möchte ich es sehen, *bevor* es abgeschickt wird!«

»Das könnt Ihr von Eurem Außenminister nicht verlangen, Madame.«

»Es ist aber mein Wunsch – ich *bestehe* darauf.«

»Wenn Euer Majestät darauf bestehen, kann ich nicht Außenminister bleiben. Jetzt möchte ich mich mit Eurer gütigen Erlaubnis verabschieden.«

»Ja, gehen Sie!« fuhr ich ihn an.

Es fiel mir schwer, mich zu beherrschen.

»Beruhige dich doch«, bat Albert, kaum daß er gegangen war. »Es ist Sache des Premierministers, den Außenminister zu entlassen.«

»Ich bestehe darauf, daß er Palmerston hinauswirft!«

Albert schüttelte den Kopf. »Das ist, wie gesagt, ausschließlich Sache des Premierministers.«

»Wir müssen ihn unbedingt loswerden.«

»Irgendwann einmal wird er den Bogen überspannen«, meinte Albert zuversichtlich.

»Hoffentlich schon bald.«

Palmerston war ein auffälliger Mensch und unberechenbar in der Außenpolitik, die er betrieb. Ständig stand er im Mittelpunkt irgendwelcher Kontroversen. Schon bald nach der leidigen Geschichte im Zusammenhang mit General Haynau steckte er in der nächsten Krise.

Er war sozusagen ein Volksheld. Das Volk hielt begeistert zu ihm, was immer er auch tat. »Guter alter Pam«, nannten sie ihn liebevoll. Wann immer er irgendwo auf der Welt das Prestige Englands in Gefahr sah, schickte er Kriegsschiffe los, die vor der Küste der Nation, die eine Bedrohung darstellte, vorbeizogen. Ich muß zugeben, daß das meistens die gewünschte Wirkung hatte. Das Volk war begeistert von dieser Demonstration von Macht und Stärke. »Kanonenboot-Pam«, wie er im Volksmund hieß, war ein Volksheld.

Als der ungarische Revolutionär Kossuth England besuchte, führte die Frage, ob Palmerston ihn empfangen sollte, zum nächsten Streitfall zwischen dem Außenminister, dem Hof und Teilen des Kabinetts. Die Abreise Kossuths aus der Türkei, wo er Zuflucht gefunden hatte, war ein Politikum ersten Ranges. Der britische Außenminister drängte Istanbul, die ungarischen und polnischen Flüchtlinge der Revolutionsjahre ziehen zu lassen, Russen und Österreicher suchten das zu verhindern. Kossuth wollte Palmerston danken, unter diesem Vorwand sollte die Begegnung stattfinden. Sie stieß in Wien auf schärfste Proteste und machte auch mich mißtrauisch.

Mir leuchtete beim besten Willen nicht ein, warum Palmerston uns da mit hineinzog, doch er handelte wie immer nach eigenem Gutdünken und war unbelehrbar. Um zu demonstrieren, auf wessen Seite England stand, hatte er wieder einmal unsere Kanonenboote ausgesandt, damit sie die Dardanellen durchpflügten. Nicht etwa, um die Russen zu bedrohen, wie er betonte, sondern zum Trost für die Türken. »Es ist, wie wenn man einer verschreckten Dame ein Riechfläschchen unter die Nase hält«, bemerkte er »und ich bin derjenige, der ihr das Fläschchen hinhält.«

Palmerston besaß eine ausgesprochene Rednergabe, und seine Eloquenz bewahrte ihn immer wieder vor dem Sturz, wenn er sein unbegreifliches Vorgehen vor dem Parlament begründete. Es gelang ihm stets, seine Zuhörer einzulullen. Wie feindselig sie sich zu Beginn auch gebärden mochten, er verstand es immer, sie für sich einzunehmen.

Kossuth kam also nach England. Bei der Begrüßung durch die Radikalen kam es zu tumultartigen Szenen.

»Das kann gefährlich werden«, meinte Albert. »Kossuth ist zweifellos ein tapferer Mann, doch er war ein Aufwiegler, und beim derzeitigen Stand der Dinge darf man Rebellen nicht auch noch ermutigen, wie tapfer sie auch sein mögen.«

Palmerston erklärte, er werde Kossuth nicht nur empfangen, sondern ihn auch noch als Gast in sein Haus aufnehmen.

Damit überschritt er eindeutig seine Kompetenzen. Als

Privatmann konnte er beherbergen, wen er wollte, nicht aber als Außenminister Großbritanniens.

Ich ließ Lord John kommen und gab ihm zu verstehen, ich dächte nicht daran, ihn weiter bei Hofe zu empfangen, wenn er Kossuth in sein Haus aufnehme.

»Dieser Opportunist!« rief ich aufgebracht. »Besitzt er denn überhaupt kein Feingefühl?«

Man hätte doch meinen sollen, das würde ihn eines Besseren belehren, doch Palmerston war, wie gesagt, unbelehrbar. Er setzte seinen Willen durch, immer und unbedingt, ohne daß er sich damit schadete. Doch das war ein unhaltbarer Zustand. Ewig konnte das ja nicht so weitergehen.

Wir erfuhren, daß Louis Napoleon, der Neffe von Napoleon Bonaparte, der Präsident der Republik Frankreich, sich nun Napoleon III. von Frankreich nannte.

Ich war entrüstet. Wie konnten diese Emporkömmlinge es wagen, sich Kaiser oder Könige zu nennen!

Der arme Onkel Leopold! Wie mußte ihn das kränken. Da konnte er sich ja fast glücklich schätzen, daß Tante Louise das nicht mehr zu erleben brauchte.

Ein brisanter Präzedenzfall. Jetzt mußten die gekrönten Häupter in ganz Europa um ihre Stellung zittern.

Überaus besorgt suchte mich Lord John auf.

»Das ist ein sehr bedeutsamer Schritt«, gab er seiner Besorgnis Ausdruck. Mir fiel wieder ein, wie Lord Melbourne mir bedeutet hatte, es ginge nicht an, daß Regierungen jemanden zum König oder zur Königin ernannten, die sie dann ebensogut auch wieder absetzen könnten.

»Wir gehen auf Distanz und äußern uns nicht dazu«, erklärte Lord John. »Als ausländische Macht steht es uns nicht zu, uns einzumischen. Wir können einfach passiv bleiben und ignorieren, was geschehen ist.«

Auch ich fand, daß uns keine andere Wahl blieb.

Als ich hörte, was sich zugetragen hatte, konnte ich es nicht fassen. Mein Zorn kannte wieder einmal keine Grenzen. Ohne irgend jemanden zu konsultieren, hatte der Außenminister den französischen Botschafter zu sich gebeten, um dem neuen Kaiser, den er hier vertrat, Freundschaft und Unterstützung zuzusichern.

»Ich glaube, damit hat er sich sein eigenes Grab geschaufelt.«

Lord John kam eiligst zu uns. Er bedauerte zutiefst, was sich der Außenminister da wieder hatte einfallen lassen. Damit hatte er den Botschafter, Lord Normanby, in eine sehr peinliche Lage gebracht. Es würde Palmerston nicht leichtfallen, sich zu rechtfertigen.

Zu unserer großen Freude geriet er diesmal wirklich in ernsthafte Schwierigkeiten. Es half ihm auch nichts, daß er einwandte, er habe nur seinen persönlichen Empfindungen Ausdruck verliehen. Damit stieß er vor dem Unterhaus auf taube Ohren. Als Außenminister konnte er es sich nicht leisten, eine offizielle Erklärung abzugeben und dann zu behaupten, er habe damit nur seine rein private Meinung kundgetan.

Ich hatte Lord John einen genau durchdachten Brief geschrieben, in dem ich ihn darauf hinwies, daß Lord Palmerston sich mir widersetzt und mir den Respekt verweigert hatte. Ich beklagte mich darüber, daß er mir nie verriet, was er in einem bestimmten Fall zu tun gedachte, so daß er mich im unklaren darüber ließ, wozu ich meine Zustimmung gab. Er pflegte oft im nachhinein bestimmte Dinge abzuändern, in meinen Augen ein Zeichen für Unaufrichtigkeit. Ich bestand darauf, genauestens informiert zu werden, bevor eine Entscheidung getroffen wurde.

Ich bat, Lord Palmerston den Brief vorzulegen, womit Lord John sich jedoch nicht begnügte. Er verlas den Brief im Parlament.

Damit war es um Lord Palmerston geschehen. Trotz seiner Beredsamkeit gelang es ihm diesmal nicht, sich herauszureden. Man ließ seine fadenscheinigen Entschuldigungen nicht mehr gelten, und so sah er sich gezwungen, seinen Rücktritt einzureichen.

Alle staunten, weil Lord John den Brief im Parlament verlesen hatte. Manche meinten, damit habe er sich nicht gerade als Gentleman erwiesen, und er machte sich damit nicht überall beliebt – sehr wohl aber bei Hofe. Mit nichts hätte er uns eine größere Freude machen können.

Die Ernennung Lord Granvilles zum Außenminister fand meine Zustimmung.

Es mag sein, daß er als Persönlichkeit nicht an Lord Palmerston heranreichte, doch das kümmerte uns nicht, wir waren den Störenfried und Feind los, und das war die Hauptsache.

Albert und Stockmar hatten sich darauf geeinigt, Mr. Birch zu kündigen.

Bertie lernte zwar ein wenig besser als zuvor, doch große Fortschritte hatte er noch nicht gemacht, wie Stockmar ganz richtig sagte.

»Bertie ist nun einmal kein Gelehrtentyp«, gab ich zu bedenken. »Aber das bin ich auch nicht.«

»Dich hat Baronin Lehzen gebremst, meine Liebe, und damit bist du entschuldigt«, wehrte Albert ab. »Du mußt bedenken, was uns Bertie für Mühe gekostet hat. Deshalb kann man das auch nicht vergleichen.«

»Aber Bertie ist jetzt glücklich, weil er sich mit Mr. Birch so gut versteht.«

»Glücklich – als ob es darauf ankäme! Warum sollte er auch nicht glücklich sein – er hat ein faules Leben und braucht sich überhaupt nicht anzustrengen, weil er nicht gefordert wird.«

»Ich habe den Jungen lange und gründlich beobachtet«, erklärte Stockmar. Albert hing an seinen Lippen – wie immer, wenn Stockmar sprach.

»Was ich dabei feststellen mußte, hat mir nicht gefallen«, fuhr der Baron fort.

Das machte mich sehr traurig. Es tat mir weh, wenn jemand über Bertie Klagen führte. Ich hatte mich so gefreut, daß er gut mit seinem Lehrer und Erzieher auskam.

»Aber er ist sehr beliebt«, kam ich meinem Ältesten zu Hilfe. »Seine Geschwister sind ganz vernarrt in ihn. Sie beten ihn förmlich an.«

»Ja, kindliche Spiele scheinen ihm sehr zu liegen«, sagte Albert kurz angebunden.

»Affie weicht ihm nicht von der Seite, er läuft ihm überallhin nach. Als Affie Ohrenschmerzen hatte, konnte ihn nur Bertie pflegen.«

»Aus ihm soll aber keine Krankenschwester werden«, wies Albert mich zurecht.

Was sollte ich dazu sagen? Natürlich hatte er wieder einmal recht. Und wenn er davon überzeugt war, daß Bertie bei Mr. Birch zu wenig lernte und seine Fortschritte zu wünschen übrig ließen, so mußte das wohl stimmen.

»Der Prinz von Wales läßt sich gern bewundern«, sagte Stockmar, »und darauf versteht er sich sehr gut. Damit hat er Erfolg, besonders bei den Frauen. Er scheint eine Schwäche für weibliche Wesen zu haben, was offenbar auf Gegenseitigkeit beruht.«

Albert sah ihn bestürzt an. »Ein schlechtes Zeichen«, sagte er.

»Ja, in der Tat«, pflichtete ihm Stockmar bei.

»Was können wir nur tun, um ihn vor sich selbst zu retten?« überlegte Albert. »Wenn man bedenkt, was auf diesen dummen Jungen einmal zukommt!«

»Dumm ist er eigentlich nicht, Albert«, verteidigte ich Bertie. »Vielleicht ein wenig faul, aber das sind viele Jungen.«

»Bertie ist aber kein gewöhnlicher Junge, meine Liebe, das darfst du nicht vergessen.«

»Ich habe mich schon nach einem neuen bzw. anderen Lehrer für den Prinzen umgesehen«, sagte Stockmar, »und einen sehr seriösen Gentleman gefunden, einen gewissen Mr. Frederick Gibbs. Er ist Barrister, vor den höheren Gerichten plädierender Rechtsanwalt. Er würde dem Prinzen so leicht nichts durchgehen lassen. Ich habe ihn schon darauf hingewiesen, daß dem Prinzen angesichts seines Charakters nur mit äußerster Strenge beizukommen ist und er auch nicht davor zurückschrecken darf, Stockhiebe auszuteilen, sollte der Prinz von Wales wieder einmal nicht parieren.«

Albert hatte nichts dagegen einzuwenden und fand, wir sollten es mit Mr. Gibbs versuchen.

Wir ließen Bertie kommen. Seinen Gesichtsausdruck werde ich nie vergessen. Was mochte in ihm vorgehen, als er seinen Vater ansah? Fürchtete er sich vor Albert? Ich las jedoch noch etwas anderes aus seinem Blick. Einen starken Widerwillen? Das konnte doch nicht sein!

»Mr. Birch verläßt uns, Bertie«, wandte ich mich an den Jungen, »dafür kommt von nun an Mr. Gibbs zu dir.«

Das Herz wurde mir schwer vor Trauer, ich konnte nicht dagegen an. Natürlich hatte Albert recht, doch auch, wenn sich als richtig erwies, was er tat, fügte er Bertie damit einen großen Schmerz zu. Bertie war so verzweifelt, daß es mir fast das Herz zerriß. Hätte die Entscheidung allein bei mir gelegen, so hätte ich gesagt: »Wir behalten Mr. Birch und finden uns einfach damit ab, daß aus Bertie niemals eine Geistesgröße wird.«

»Na, Bertie?« sagte ich voller Mitleid.

»Ich... ich... Mr. B...«, stammelte Bertie.

Albert sah ihn ungeduldig an. »Ich dachte, du stotterst nicht mehr. Kannst du denn immer noch nicht richtig sprechen?« fuhr er den Jungen an.

»Der arme Bertie hat einen Schock erlitten«, entschuldigte ich ihn. »Aber es ist ja nur zu seinem Besten.«

»Du solltest Baron von Stockmar lieber dankbar dafür sein, daß er sich um unsertwillen solche Mühe gibt«, ermahnte mich Albert. »Wir haben gemeinsam einen Unterrichtsplan ausgearbeitet. Das war ein schönes Stück Arbeit, vielleicht machst du dir das einmal klar.«

»Bedank dich bei Papa, Bertie«, forderte ich den Jungen auf.

Doch Bertie stammelte nur verstört: »Wird Mr. B-Birch wirklich weggeschickt?«

Albert verlor allmählich die Geduld, das sah ich ihm an.

»Ja, Bertie, das hat Papa dir doch schon gesagt«, mischte ich mich vorsichtshalber ein.

»Aber... ich... ich habe Mr. Birch so gern!«

»Ja, ich weiß«, sagte ich rasch, bevor Albert eingreifen konnte. »Er ist ein guter Lehrer und Erzieher, sonst hätten Papa und der Baron ihn ja nicht für dich ausgesucht.«

Ich sah Bertie an, daß er gleich in Tränen ausbrechen würde, daher schickte ich ihn rasch in sein Zimmer zurück.

»Er ist wirklich kindisch«, sagte Albert irritiert.

Bertie ging mir nicht mehr aus dem Kopf. Ständig sah ich sein todunglückliches Gesichtchen vor mir.

Ich beschloß, mich noch einmal allein mit Mr. Birch zu unterhalten, das hielt ich für unumgänglich. In Alberts Beisein dachte ich wie er. Ich wollte einmal ganz ich selbst sein, auch wenn ich im Irrtum war.

Mr. Birch hatte seine Ablösung mit stoischer Ruhe zur Kenntnis genommen. Ich sah ihm an, daß er mehr an Bertie dachte als an sich. Daher auch der Mut, sich zu seinen Gefühlen zu bekennen. Da ich selbst ein gefühlsbetonter Mensch war, verstand ich ihn nur allzugut.

»Kaum jemand versteht den Prinzen richtig«, schwang er sich zur Verteidigung meines Sohnes auf. »Er ist keineswegs dumm oder zurückgeblieben, wenn auch nicht gerade eine Leuchte. Ein Gelehrter kann nicht aus ihm werden, aber er hat viele guten Eigenschaften. So bezaubert er zum Beispiel alle durch sein liebenswertes Wesen. Er ist zärtlich und liebebedürftig. Er braucht Liebe wie alle Menschen, vor allem Kinder.«

Ich nickte und dachte dabei an meine gute Lehzen und Onkel Leopold. Diese beiden rührend lieben Menschen waren ein Glück für mich gewesen. Sie hatten meine Kindheit erträglich gemacht – auch wenn Albert glaubte, Lehzen habe mich völlig falsch erzogen. Sie hatte mich jedenfalls geliebt.

»Ich war immer schon der Ansicht, daß man mit strengen Strafen oder Prügel bei Kindern nichts erreicht«, fuhr Mr. Birch fort.

»Gerade in diesem Punkt sind der Prinz und Baron Stockmar anderer Meinung«, sagte ich.

»Aber mit meiner Methode habe ich beste Erfolge erzielt«, wandte Mr. Birch ein.

»Das mag ja sein, aber Bertie ist nicht entfernt so weit wie seine Schwester.«

»Weil diese beiden Kinder grundverschieden sind, Euer Majestät. Ihre Talente liegen auf ganz unterschiedlichem

Gebiet. So ist der Prinz von Wales zum Beispiel einfallsreich, sehr aufgeweckt und schlagfertig.«

»Das ist uns auch schon aufgefallen.«

Mr. Birch zuckte die Achseln und fuhr fort: »Es tut mir außerordentlich leid, daß ich Euer Majestät nicht zufriedenstellen konnte. Die Trennung von dem Prinzen fällt mir schwer, doch ich hoffe, daß er glücklich wird.«

»Irgendwann wird er begreifen, daß alles nur zu seinem Besten geschieht.«

Mr. Birch konnte gar nicht anders, als sich weiter für Bertie einzusetzen und sich zu seinem Fürsprecher zu machen. »Der Prinz von Wales ist von der Natur reich bedacht worden. Er ist überaus gütig und versteht es, andere Menschen zu erfreuen. Er ist sehr beliebt. Prinz Alfred und Prinzessin Alice lieben ihn über alles. Er geht aber auch rührend mit ihnen um. Bitte, Madame, laßt nicht zu, daß man zu streng mit ihm ins Gericht geht. Damit erreicht man gar nichts.«

»Sie sind ein guter Mensch, Mr. Birch, und ich weiß, daß Sie für den Prinzen getan haben, was in Ihrer Macht steht. Dafür bin ich Ihnen dankbar. Wenn es ausschließlich nach mir ginge...«

Ich wandte mich ab. Daß er so besorgt um meinen Jungen war, rührte mich zutiefst. Allmählich begann ich mich zu fragen, ob Albert und Stockmar nicht vielleicht doch einen Fehler machten, indem sie diesen Mann wegschickten, der mit Leib und Seele Lehrer war. Aber Albert irrte sich doch *nie*! Bertie *war* vermutlich faul. Kein Wunder, daß er so an Mr. Birch hing, denn er hatte ihn nie geschlagen und nicht ernsthaft versucht, ihm seine Trägheit auszutreiben.

»Ich würde Eurer Majestät gern zeigen, was heute morgen auf meinem Kissen lag«, sagte Mr. Birch. Seine Stimme zitterte.

Er zeigte mir ein zerknülltes Stück Papier, darin eingewickelt war ein Zinnsoldat in der Uniform eines französischen Soldaten vor der Revolution.

Ich nahm ihm den Zinnsoldaten aus der Hand.

»Das ist sein schönster und liebster Zinnsoldat«, erklärte Mr. Birch. »Er hat ihn mir zum Abschied geschenkt und mir auch einen kleinen Brief geschrieben.«

In dem Briefchen stand in Berties Kinderschrift, wie sehr er Mr. Birch liebte und wie unsagbar traurig es ihn machte, daß er sich von ihm trennen mußte. Deshalb wollte er ihm seinen liebsten Soldaten schenken – zum Andenken an die schöne Zeit, die nun zu Ende ging.

Mr. Birchs Mundwinkel zitterten, und in seinen Augen glänzten Tränen.

Er machte eine tiefe Verbeugung, nahm den Zinnsoldaten und das Briefchen wieder an sich und bat, sich verabschieden zu dürfen.

Erleichtert ließ ich ihn gehen, denn um ein Haar wäre auch ich in Tränen ausgebrochen. Diese Gefühlsduselei mußte ich mir abgewöhnen, wie Albert ganz richtig sagte. Doch am liebsten wäre ich zu ihm geeilt, um ihm zu verkünden, daß ich Mr. Birch behalten wollte, auch wenn Bertie bei ihm vielleicht nicht genug lernte. Hauptsache, unser Sohn war glücklich.

Ich glaubte Alberts Stimme zu hören, die mir einflüstern wollte, das Briefchen sei sehr schlecht geschrieben. Ein Junge in Berties Alter müsse besser schreiben können.

Natürlich hatte Albert damit recht – wie immer.

Was Bertie anging, plagten mich Gewissensbisse.

An dem Tag, an dem Mr. Birch aus seinem Leben verschwand, stand Bertie mit Alfred am Fenster. Beide sahen dem Lehrer nach und weinten bitterlich. Bertie weinte um Mr. Birch und Alfred aus Mitgefühl mit Bertie. Ich sah die Szene förmlich vor mir, und mir wollte es zuweilen scheinen, als sähe selbst Alfred seinen Vater mit haßerfüllter Miene an. Ich hoffte inständig, daß Albert das nicht merkte. Doch meistens war Vicky zum Glück dabei, dann hatte Albert nur Augen für sie.

Mr. Birch arbeitete Mr. Gibbs ein paar Wochen ein. Solange Mr. Birch noch da war, hielt sich Mr. Gibbs merklich zurück. Doch nach dessen Weggang arbeitete er nach seiner eigenen Methode. Bertie wehrte sich vehement gegen diese Art des Unterrichts. Er trotzte seinem Lehrer und lehnte sich gegen das Lernen auf. Deshalb bekam er oft den Stock zu spüren, doch auch das hatte nicht die gewünschte Wirkung. Einmal warf er sogar mit einem Stein nach Mr. Gibbs. Auch Alice und Alfred wurden renitent, weil ihnen Bertie leid tat. Helena und Louise fingen an zu weinen, sobald Mr. Gibbs erschien.

Bei Mr. Gibbs lernte Bertie offenbar noch schlechter als bei Mr. Birch, doch Albert und Stockmar waren davon überzeugt, daß Bertie gezähmt werden mußte, was Mr. Birch mit seiner Sanftmut nie gelungen wäre. Anscheinend konnte ihnen Bertie niemals etwas recht machen.

Wenn ich ohne Albert mit den Kindern zusammen war, benahm sich Bertie ganz normal. Keine Spur von diesem Trotz, den man ihm nachsagte. Wir lachten und sangen miteinander, und ich erzählte den Kindern von früheren Zeiten, wie ich im Kensington Palast aufgewachsen war, wie ich auf die Puppe gespart hatte. Auch daß ich Typhus gehabt hatte, unterschlug ich nicht – und daß ich so krank war, daß mir die Haare ausgefallen waren. Ich erzählte ihnen auch von Lehzen und den Onkeln. Die Kinder hingen wie gebannt an meinen Lippen.

»Bist du schon immer Königin gewesen?« wollte Bertie wissen.

»Nein, mein Junge, erst nach dem Tod von Onkel William. Danach war die Reihe an mir.«

Ich fragte ihn, was das bedeutete. Da er es nicht wußte, erklärte ich es ihm.

»Und nach mir wirst du dann König. Du folgst mir einmal auf den Thron«, schloß ich.

Bertie schüttelte den Kopf. »Nein, Mama, nicht ich, sondern Vicky. Du und Papa, ihr habt mich doch gar nicht lieb. Aber Vicky habt ihr lieb, deshalb macht ihr sie zur Königin.«

Ich war erschüttert, murmelte ganz verstört: »Natürlich haben wir dich lieb, du bist doch unser Sohn.«

Doch Bertie blieb bei seiner Meinung und sagte im tiefsten Brustton der Überzeugung: »Vicky wird nach dir Königin.«

»Du meinst, weil sie älter ist als du? Jungen haben Mädchen gegenüber Vorrang.«

Auch das schien ihn nicht zu überzeugen. »Aber ihr mögt mich nicht. Vicky liebt ihr, sogar sehr.«

Ich versuchte ihm zu erklären, daß ich alle meine Kinder gleichermaßen liebte, doch da fiel mir auf, daß er weit weg zu sein schien. Höflich verzichtete er darauf, mir zu widersprechen, doch seine Miene verriet mir, daß es völlig sinnlos war, ihn von etwas überzeugen zu wollen, wovon er ganz genau wußte, daß es nicht stimmte.

Bertie bereitete mir viel Kopfzerbrechen, und ich fuhr immer öfter aus der Haut, wenn sich Vicky Dinge anmaßte, die ihr nicht zustanden.

An Minderwertigkeitskomplexen litt Vicky ganz gewiß nicht. Sie war sehr von sich überzeugt. Albert hielt das für selbstverständlich. Schließlich sei sie ein hübsches und sehr kluges Mädchen. Sie sonnte sich förmlich in seiner Bewunderung. Albert unterhielt sich liebend gern mit ihr. Von den meisten Dingen verstand sie schon eine ganze Menge. Als es um den Ausbau von Balmoral ging, besprach er die Baupläne mit ihr, bevor er sich mir gegenüber dazu äußerte. Er ließ sich tatsächlich von ihr beraten, gab viel auf ihre Meinung. »Das ist eine glänzende Idee«, pflegte er zu sagen.

Ich nahm ihm das übel. Schließlich war Vicky noch ein Kind.

Dann geschah etwas, das dem Faß den Boden ausschlug. Albert fühlte sich seit geraumer Zeit nicht wohl. Er war wohl schon immer von zarter Gesundheit und sehr anfällig gewesen. Nun hatte er eine Erkältung nach der anderen. Ich machte mir natürlich große Sorgen und hegte und pflegte ihn, was er nur murrend hinnahm, sich insgeheim aber wohl gern gefallen ließ. In Windsor wohnte ein Arzt namens Brown, der einen sehr guten Ruf genoß. Ich schlug vor, ihn zu konsultieren, anstatt Sir James Clark extra kommen zu lassen. Er kannte sich mit dem Klima in Windsor besser aus. Vielleicht wußte er, was Albert fehlte.

Vicky bekam mit, daß Albert den Arzt einfach Brown

nannte, also nannte sie ihn auch so, wenn sie von ihm sprach.

»Das ist unhöflich«, rügte ich sie. »Für dich ist er Dr. Brown.«

»Aber Papa nennt ihn doch auch Brown«, wandte sie ein. Nie nahm sie etwas kommentarlos hin.

»Das ist etwas anderes. Papa kann tun, was er für richtig hält, und ihn ruhig Brown nennen; aber für dich ist und bleibt er Dr. Bown.«

»Das sehe ich nicht ein...« schmollte Vicky.

»Ganz gleich, ob du das nun einsiehst oder nicht, nenne ihn gefälligst Dr. Brown!«

Doch Vicky setzte sich gern in Szene und ließ den Doktortitel in Gegenwart anderer wieder weg.

Albert schmunzelte, er fand das amüsant. Doch ich war wütend, weil Vicky meine Anordnungen wieder einmal nicht befolgte und darüber hinaus unhöflich war.

Ich warnte sie und gab ihr zu verstehen, daß ich sie sofort ins Bett schicken würde, wollte sie es noch einmal wagen, den Arzt einfach nur Brown zu nennen.

Als Dr. Brown am nächsten Morgen bei uns vorsprach, sagte Nicky doch tatsächlich: »Guten Morgen, Brown.« So ein kleines Biest! Als sie meinen zornigen Blick auf sich spürte, fuhr sie ungerührt fort: »Gute Nacht, Brown, ich gehe jetzt zu Bett.«

Damit machte sie auf dem Absatz kehrt und trollte sich.

Albert lachte schallend, was nicht sehr oft vorkam. Er erklärte dem Arzt, was sich da soeben abgespielt hatte, und Dr. Brown fiel in das Gelächter ein. Ob er das wirklich komisch fand, kann ich nicht sagen. *Ich* fand es überhaupt nicht komisch. Als Albert später zu Vicky ging und mit einem stolzen Lächeln auf den Lippen wiederkam, erzürnte mich das erst recht.

»Was für ein Kind!« erzählte er begeistert. »Sie ist wirklich umwerfend. Es macht ihr gar nichts aus, den Tag in ihrem Zimmer zu verbringen. Sie liest gern und hat ja dort alle ihre Bücher. Eine Strafe ist das also nicht für sie, das hat sie mir deutlich zu verstehen gegeben.«

»Sie war sehr ungezogen, Albert, und du bestärkst sie noch darin«, beschwerte ich mich.

»Ja, unverschämt – aber auch unwiderstehlich«, meinte Albert verschmitzt.

»Sie hat sich mir widersetzt.«

»Aber findest du das nicht auch umwerfend komisch: Guten Morgen... Gute Nacht, ich gehe jetzt zu Bett.«

»In deinen Augen macht sie wohl niemals etwas falsch, wie?«

»Aber meine Liebe, ich sehe sie ganz so, wie sie ist.«

»So, und wie siehst du Bertie?« fuhr ich auf. Alles brach aus mir heraus, was schon lange in mir gärte und worüber ich mir selbst nicht richtig im klaren gewesen war. »Zu Bertie bist du grausam, aber deine Tochter verwöhnst und verzärtelst du!«

Bestürzt sah mich Albert an. »Ich und grausam zu meinem Sohn? Was soll das heißen, Victoria, wie kannst du so etwas nur behaupten?«

Ich war entschieden zu weit gegangen, hatte gesagt, was ich gar nicht sagen wollte. Natürlich wollte Albert auch für Bertie immer nur das Beste. Bertie hingegen war bockig und wollte einfach nicht lernen.

»Wenn ich nur daran denke, was ich mir mit diesem Jungen für Mühe gegeben habe... und da behauptest du allen Ernstes...« Die Stimme versagte Albert.

»Denk nicht mehr daran, ich habe das nicht so gemeint. Ich mache mir eben Sorgen um Bertie, und wenn ich dann sehe, wie du mit Vicky umgehst...«

»Aber Liebchen...«, versuchte er mich zu trösten. Er bekannte, mich vernachlässigt zu haben. Ich sei eifersüchtig, weil er Vicky einen Großteil seiner Zeit widme. Aber sie brauche ihn, gerade jetzt in ihrem Alter. Sie sei ein liebes, gutes, kluges Kind und berechtige zu den schönsten Hoffnungen. Er liebe *alle* unsere Kinder. Wenn es den Anschein habe, als sei er Bertie gegenüber grausam, so geschehe das doch nur zu seinem Besten. Es müsse doch auch mein Wunsch sein, daß aus Bertie einmal etwas wurde.

»Entschuldige bitte, Albert, ich habe es nicht so gemeint.«

Da umschloß er mein Gesicht mit beiden Händen.

»Du bist eifersüchtig auf Vicky, Liebes«, sagte er. »Ich habe meine liebe kleine Frau um meiner Tochter willen vernachlässigt. Aber ich liebe sie doch gerade deshalb so sehr, weil sie *unser* Kind ist, deins und meins.«

Mit Tränen in den Augen schmiegte ich mich an ihn. Was für ein guter Mensch er war, ein wahrer Heiliger! Doch das Leben mit einem Heiligen ist manchmal gar nicht so leicht zu ertragen.

Wenn der Tod zuschlägt, so schlägt er oft nach allen Seiten gleichzeitig um sich. In rascher Folge entreißt er einem Menschen, ohne die die Welt dann ganz verändert aussieht.

Als meine liebe Tante Adelheid starb, trauerte ich sehr um sie und mußte daran denken, wie sie mich als Kind verwöhnt hatte. Die große Puppe war ein Geschenk von ihr gewesen. Um ein wenig Freude in mein ansonsten so trostloses Leben zu bringen, hatte sie mich häufig zu Kinderbällen eingeladen.

Louis Philippe starb in Claremont. Wie traurig, im Exil zu sterben! Kaum jemand nahm Notiz von seinem Tod.

Albert litt sehr unter dem Tod von George Anson, dem Sekretär, den er ursprünglich gar nicht hatte haben wollen und der dann sein Freund geworden war. Wochenlang lief Albert bleich und mit Trauermiene herum. Anfänglich hatte er bittere Tränen um seinen Freund vergossen, was ich ihm gut nachfühlen konnte.

George Ansons Tod bewirkte, daß sich Albert vehement auf die Pläne für die Weltausstellung stürzte. Anfänglich hatte er gegen einen starken Widerstand anzukämpfen, doch das lenkte ihn von seinem Kummer ab. Er ließ sich weder einschüchtern noch entmutigen und kämpfte um die Verwirklichung seines Traumes.

Diese Weltausstellung war Alberts Idee gewesen, war *sein* Werk. Ich hatte allen Grund, stolz auf ihn zu sein. Damit konnte er den Leuten endlich einmal demonstrieren, was in ihm steckte. Für wen machte er sich denn die Mühe? Für unser Volk und für die ganze Welt. Diese Weltausstellung sollte die Nationen einander näherbringen. Hier würde sich einmal zeigen, was für eine Bereicherung die Kunst und der Welthandel für die Menschheit sein konnten.

Der von Joseph Paxton entworfene Glaspalast konnte sich sehen lassen. Natürlich bot sich der Hyde Park dafür geradezu an. Einen besseren Standort hätte man sich kaum denken können. Ich fuhr häufig mit den Kindern hin, um mich am Fortschritt der Bauarbeiten zu erfreuen. Natürlich ließ ich nicht unerwähnt, daß all das ihrem Vater zu verdanken war und daß Menschen aus aller Welt anreisen und staunen würden.

Die Bauarbeiten zogen sich in die Länge, doch am 1. Mai 1851 wurde die Ausstellung schließlich eröffnet. Unser Arthur wurde an diesem Tag ein Jahr alt. Der kleine Bursche konnte sein Glück kaum fassen, als er mit Geschenken überschüttet wurde. Jedes Geschenk, nach dem er griff, reichte er gleich an Bertie weiter, als wolle er sich vergewissern, daß es auch die Zustimmung des geliebten Bruders fand. Bertie verstand sich wirklich ausgezeichnet auf den Umgang mit kleinen Kindern. Darin war er unschlagbar.

Die feierliche Ausstellungseröffnung werde ich mein Lebtag nicht vergessen. Neben mir ging Bertie, Albert mit Vicky ein paar Schritte hinter mir. Brausende Orgelklänge erfüllten den nagelneuen Glaspalast, die Blumen verströmten einen betörenden Duft, und die Springbrunnen spien Wasserfontänen in die Luft. Ein aus zweihundert Musikern bestehendes Orchester spielte, und ein sechshundert Mitglieder starker Chor erfreute die Gemüter.

Ich mußte beinahe lachen bei dem Gedanken an alle diejenigen, die versucht hatten, Alberts Pläne zu vereiteln. Die mußten sich jetzt in Grund und Boden schämen. Selbst Lord John Russell hatte sich lächerlich gemacht, als er sich gegen die Böllerschüsse im Hyde Park aussprach. Er hatte befürchtet, das Glas könne zerspringen, und sich dafür eingesetzt, daß die Böllerschüsse im St.-James'-Park abgefeuert wurden. Doch Albert war strikt dagegen. Die Leute hätten nicht das Gefühl, daß die Böllerschüsse etwas mit der Ausstellung zu tun hatten, wenn sie nicht im Hyde Park abgefeuert wurden, meinte er ganz richtig. Und setzte seinen Willen durch. Natürlich beschlich mich die Furcht, Lord John könne eventuell doch recht haben. Aber alles ging gut.

Tiefbewegt sah ich mit an, wie die Leute Albert zujubelten. Über nichts auf der Welt hätte ich mich mehr freuen können.

Vielleicht merken sie jetzt endlich, was sie an ihm haben, dachte ich beglückt.

Die Ausstellung fand ganz offensichtlich den Beifall der Besucher. Eine buntgemischte Menschenmenge drängte sich im Glaspalast. Es rührte mich, sogar den uralten Herzog von Wellington zu sehen, der diese Ausstellung um keinen Preis versäumen wollte. Auch Lord Palmerston war erschienen. Sogar ihn ertrug ich an diesem Freudentag.

»Ist das nicht eine großartige Ausstellung, Lord Palmerston?« fragte ich ihn.

Da warf er mir einen schelmischen Blick zu und meinte: »Selbst ich finde nichts daran auszusetzen, Madame.«

Das machte ihn mir fast sympathisch.

Auf der Fahrt zurück zum Buckingham-Palast durchströmte mich ein Glücksgefühl. Der Herzog von Wellington sprach vor, um Albert zu gratulieren. Unser kleiner Arthur überreichte ihm ein Sträußchen. Der Herzog von Wellington war ja sein Patenonkel, und Arthur war nach ihm benannt. Der Kleine zeigte sich der Situation gewachsen, wenn er auch nicht wußte, was das alles zu bedeuten hatte.

Doch damit war der Tag noch nicht zu Ende. Am Abend fuhren wir nach Covent Garden, wo wir die Oper *Die Hugenotten* hörten. Auf dem Weg zur Oper und auch in Covent Garden jubelten uns die Menschen zu. Als ich jemanden rufen hörte: »Guter alter Albert!« war mein Glück vollkommen.

Es folgte eine glückliche Zeit. Die herrliche Ausstellung war in aller Munde. William Makepeace Thackeray schrieb sogar eine Ode darüber.

Der Premierminister schrieb mir:

»Die großartige Anlage, die Hingabe, der Erfindungsgeist und die Begabung, die sich in der Ausführung zeigen, und darüber hinaus natürlich auch die Tatsache, daß vom ersten bis zum letzten Tag alles wie am Schnürchen lief, haben entscheidend dazu beigetragen, daß der Ruhm Prinz Alberts nicht verblassen wird.«

Ich äußerte mich Onkel Leopold gegenüber:

»So stolz und glücklich war ich noch nie im Leben. Ich kann an gar nichts anderes mehr denken. Mit diesem Werk ist Albert unsterblich geworden, und mein Volk hat sich dessen als würdig erwiesen.«

Ich fuhr fast jeden Tag zur Ausstellung und ließ mir dort alles genauestens erklären, selbst die Maschinen, von denen ich nichts verstand, bis in alle Einzelheiten.

Illustre und auch ganz bescheidene Besucher kamen. Wir freuten uns besonders über den Kronprinzen und die Kronprinzessin von Preußen. Sie hatten ihren Sohn, Prinz Friedrich Wilhelm mitgebracht, kurz Fritz genannt. Er war zweiundzwanzig Jahre alt und hatte wunderschöne blaue Augen, wenn er auch nicht gerade ein Adonis war. Mich interessierte er natürlich sehr, weil Albert wollte, daß aus ihm und Vicky einmal ein Paar wurde. Seine Mutter, Prinzessin Augusta, war eine sehr liebenswerte Frau, mit der ich mich auf Anhieb gut verstand. Natürlich sprachen wir auch über Vicky und Fritz, und sie hatte nichts gegen die Verbindung einzuwenden. Natürlich tröstete es uns, daß sich Fritz und Vicky ausgezeichnet zu verstehen schienen.

Ende Juli begaben wir uns nach Osborne. Immer wieder sprachen wir darüber, was die Ausstellung für ein Erfolg gewesen war, und so verbrachten wir glückliche Tage in Osborne. Die Ausstellung sollte am 15. Oktober ihre Pforten schließen.

Am 15. Oktober vor zwölf Jahren hatten wir beschlossen, den Rest unseres Lebens miteinander zu verbringen.

»So lange hat das Volk gebraucht, um dich kennenzulernen«, sagte ich zu Albert, »Um dich richtig einzuschätzen und zu erfassen, was es an dir hat.«

Im November 1851 starb auch noch Onkel Ernest, der Herzog von Cumberland. Als ich das erfuhr, erschrak ich maßlos. Ich hatte diesen unbegreiflichen, sonderbaren Mann zwar nie gemocht, doch jetzt, wo der Alptraum meiner Kinderjahre nicht mehr lebte, war ich seltsamerweise von einer leisen Trauer erfüllt. So merkwürdig das auch klingen mag, aber er war einer der beliebtesten Könige Europas gewesen. Er hatte immer großen Anteil an seinem Volk genommen, und als sich die Revolution wie ein Flächenbrand durch ganz Europa zog, war es ihm mühelos gelungen, schon die Ansätze zu einem Aufstand in Hannover zu unterdrücken. Jetzt war mein armer blinder Vetter George König von Hannover.

Zum Glück verstand ich mich mit Lord Granville bestens. Im Gegensatz zu Lord Palmerston war er nämlich überaus charmant. Zudem erstattete er mir regelmäßig Bericht über alles Wichtige. Was die Politik betraf, so konnte es nicht ausbleiben, daß es wieder einmal Schwierigkeiten gab.

Aus Frankreich gelangten beunruhigende Gerüchte über die Meerenge zu uns. Louis Napoleon ließ die Uniformen der Soldaten abändern und den kaiserlichen Adler wieder auf den Fahnen anbringen. Das ließ auf militärische Ambitionen schließen. Lord John war dafür, das Militär zu verstärken, Lord Palmerston war anderer Meinung. Seine Außenpolitik beruhte stets auf Aggression. Schon bei der geringfügigsten Provokation pflegte er Kriegsschiffe zum Unruheherd zu schicken. Lord Palmerston war mir weiß Gott nicht sympathisch, doch insgeheim war ich auch dafür vorzugehen, wie er es für richtig hielt, denn ich bin davon überzeugt, daß man Unruhestifter mit nichts so leicht einschüchtern kann wie mit der Zurschaustellung von Stärke. Lord Palmerston trat für eine nationale Miliz ein, von anderen Vorschlägen wollte er nichts hören. Damit kam es zu Kontroversen zwischen Lord John und ihm – und zum Sturz der Regierung.

Ich ließ Lord Derby als Vorsitzenden der Tories kommen und beauftragte ihn mit der Regierungsbildung. Doch das Kabinett, das so zustande kam, erwies sich auf die Dauer nicht als regierungsfähig. Benjamin Disraeli wurde jedoch Schatzkanzler bzw. Finanzminister und Fraktionsführer der Regierungspartei.

Dieser außergewöhnliche Mann begann mich zu interessieren. Anfänglich war ich entsetzt vor ihm zurückgeprallt.

Mit seinem dunklen Teint, den schwarzen Augen und Augenbrauen und den schwarzen Locken sah er typisch jüdisch aus. Später kam mir zu Ohren, daß er sich die Haare färbte. Er hatte mehrere Bücher geschrieben, die gut ankamen, und war nach allem, was man so hörte, ein Meister der Beredsamkeit. Aus Neugier lud ich Disraeli und seine Frau in den Palast zum Essen ein. Darüber wunderten sich viele Leute, die dachten, daß Disraeli so ungefähr der letzte Mensch war, mit dem ich mich abgeben würde, wenn es sich vermeiden ließ.

Doch von ihm war so oft die Rede, daß mir meine Neugier keine Ruhe ließ. Ihm wurde nachgesagt, er habe Mary Anne Wyndham ursprünglich ihres Geldes wegen geheiratet, doch inzwischen gäbe es in London wohl kein Ehepaar, das mehr aneinander hing, Victoria und Albert eingeschlossen. Deshalb wollte ich Disraeli und seine Frau verständlicherweise kennenlernen.

Die Frau fand ich vulgär – nicht wegen ihres Äußeren, sondern aufgrund ihrer Art zu reden. Disraeli befleißigte sich einer blumenreichen Sprache, doch sie waren beide nicht uninteressant, das mußte man ihnen lassen.

Es starb noch jemand, dessen Tod mich schrecklich mitnahm – der Herzog von Wellington. Natürlich war er schon sehr alt gewesen, doch noch immer recht agil. Alberts Weltausstellung hatte er oft besucht, und jedesmal hatten ihm die anderen Besucher zugejubelt. Als Held von Waterloo würde er den Menschen immer im Gedächtnis bleiben. Er hatte sich bis kurz vor seinem Tod bester Gesundheit erfreut. Von seinem Wohnsitz Walmer Castle aus war er nach Dover gefahren. Nach seiner Rückkehr hatte er eine kräftige Mahlzeit zu sich genommen. In der darauffolgenden Nacht hatte er einen Anfall gehabt und am Nachmittag des nächstens Tages war er dann gestorben.

Natürlich erhielt er ein pompöses, feierliches Staatsbegräbnis. Tennyson schrieb anläßlich seines Todes eine großartige Ode, und sogar Lord Palmerston gab zu, daß kein Mensch im Leben und im Tode so sehr die ungeteilte Liebe, den Respekt und die Hochachtung seiner Landsleute genossen habe. Als er im November zu Grabe getragen wurde, folgten anderthalb Millionen Trauernde dem Sarg zur St.-Paul's-Kathedrale.

Die Trauer übermannte auch mich. Alle meine lieben alten Freunde starben. Ich fühlte mich irgendwie vereinsamt.

Alles war im Wandel begriffen. Lord Derbys Kabinett war nicht von Bestand, und ich mußte Lord Aberdeen mit der Bildung einer neuen Regierung beauftragen. Wir befanden uns in einer unhaltbaren Lage und brauchten unbedingt eine starke Regierungsmannschaft. Nichts blieb mehr beim alten, sogar die Namen änderten sich. Die Whigs nannten sich jetzt Liberale, und die Tories teilten sich nun auf in diejenigen, die sich unter den Schutz von Lord Derby und Benjamin Disreali begeben wollten, und die Anhänger Peels, die unter Lord Aberdeen für den Freihandel plädierten. Sie nannten sich Konservative.

Eine starke Regierung konnte wohl nur zustande kommen, wenn eine Koalition gebildet wurde. Lord Aberdeen versuchte das. Er zog Lord John Russell und Lord Palmerston als Vertreter der Whigs bzw. Liberalen hinzu. Gladstone und er selbst vertraten die Tories, jetzt Anhänger von Peel.

Das fand meine Zustimmung, denn Lord Aberdeen war mir sehr sympathisch. Ich hielt es auch für angebracht, die besten Männer beider Parteien unter einen Hut zu bringen. Lord Palmerston lag mir zwar weniger, doch seine Stärke wußte ich zu schätzen. Da es vor allem darum ging, das Land mit fester Hand zu regieren, durften solche Antipathien meinerseits keine Rolle spielen.

Inmitten all des Durcheinanders wurde ich noch einmal schwanger, und dabei hatte ich doch so gehofft, daß der kleine Arthur mein letztes Kind sein würde. Doch anscheinend sollte das nicht sein.

Ich fürchte, ich war ziemlich reizbar, denn ich hielt Albert vor, er nehme keine Rücksicht, und stieß wilde Verwünschungen aus, weil die Frauen dazu verdammt waren, das Entsetzliche immer wieder durchzumachen. Schließlich war eine Geburt kein Kinderspiel. Wie ungerecht, daß die Frauen die ganze Last allein zu tragen hatten.

Albert bewies erstaunlich viel Geduld. Auch wenn ich ihn

fast zur Verzweiflung trieb, ließ er noch Nachsicht walten. Er pflegte mich sein ›liebes Kind‹ zu nennen, als sei ich noch nicht erwachsen.

Doch dann wurde mir völlig unerwartet ein großer Trost zuteil. Da Sir James Clark wußte, wie es mir vor den Geburten grauste, kam er zu mir, um mich zu fragen, ob ich das neue Chloroform ausprobieren wolle. Davon hatte ich schon gehört. Albert zeigte sich nicht davon angetan. Er meinte, Gott habe den Frauen dieses Leiden auferlegt. Vielleicht sollten sie auf diese Weise Sühne dafür tun, daß Eva als ihre Stellvertreterin Adam dazu verführt hatte, den Apfel zu essen. Albert meinte, es sei Gottes Wille, daß die Frauen die Qualen der Geburt tapfer und ohne Murren ertrugen.

Davon wollte ich jedoch nichts hören. Ich erkundigte mich bei Sir James Clark genauestens nach den Vor- und Nachteilen des Chloroforms. Der Arzt versicherte mir glaubhaft, das Chloroform schade seines Wissens weder Mutter noch Kind. Die Kirche sprach sich vehement dagegen aus. »Alles Männer«, tat ich diesen Standpunkt ab. Auch in den Zeitungen konnte man sich nicht einig werden. Sollte man das Betäubungsmittel anwenden oder nicht?

Ich beschloß, es zu versuchen, denn noch so eine schmerzhafte Geburt wollte ich nicht erleben.

Also ließ ich mich mit Chloroform betäuben, und mit Hilfe dieses Wundermittels ging die Geburt ganz leicht vonstatten. Ich konnte es kaum fassen. Da lag ich wieder einmal im Bett, lag in den Wehen und fürchtete mich vor den Schmerzen, und als ich aus einem friedlichen Schlaf erwachte – so schien es mir zumindest –, war ich nicht einmal erschöpft.

»Majestät haben einen Sohn zur Welt gebracht«, hörte ich eine Stimme wie aus weiter Ferne sagen, als ich wieder zu mir kam. Ich war so glücklich, daß ich am liebsten lauthals gesungen hätte. Es war also überstanden: Dieses Chloroform war ein wahrer Segen. Ich war Sir James unendlich dankbar, daß er mir dazu geraten hatte.

»Damit bricht eine neue Zeit an«, meinte er. »Überall in

Großbritannien werden es die Frauen von nun an bei den Geburten leichter haben, denn Euer Majestät haben ihnen den Weg gewiesen, und alle werden Euch nacheifern wollen.«

Ich war glücklich und erleichtert.

Wir nannten den neuen Erdenbürger Leopold George Duncan Albert.

Leider zeigte sich schon bald, daß das Kind nicht entfernt so kräftig und gesund war wie seine Geschwister. Später mußten wir zu unserem Leidwesen feststellen, daß der Kleine eine seltene Krankheit hatte. Er litt an Hämophilie, der Bluterkrankheit. Als er größer wurde, fürchteten wir ständig, er könne hinfallen oder sich schneiden, denn wenn er erst einmal blutete, war es äußerst schwierig, diese Blutungen zu unterbinden. Im Gegensatz zu all meinen anderen Kindern ließ Leopolds Gesundheit also sehr zu wünschen übrig.

Es kam leider immer häufiger zu Differenzen.

Ich machte mir nicht nur Sorgen um den Jüngsten, sondern dachte auch viel darüber nach, wie Bertie zu seinem Vater stand, versuchte mir einzureden, daß die strenge Zucht und selbst die Schläge das einzige Mittel waren, um ihn zur Raison zu bringen, doch so richtig konnte ich daran nicht glauben. Der Junge tat mir einfach leid. Er selbst schien sich mit seinem Schicksal abgefunden zu haben, war aber genaugenommen noch mutwilliger und boshafter als zur Zeit von Mr. Birch. Auch lernte er immer noch nicht besser. Er machte uns wirklich Sorgen.

Beim geringsten Anlaß bekam ich einen Wutanfall, und mein Zorn richtete sich gegen Albert. Tief im Innern machte ich ihn für alles verantwortlich. Mama hielt immer zu ihm, doch selbst, wenn ich mir sagte, daß ich bestimmt im Unrecht war, so half das nichts.

Albert war stets gleichbleibend liebevoll und zärtlich und nannte mich so oft sein liebes Kind, daß ich ihn am liebsten angeschrien hätte. Immerhin war dieses ›Kind‹ Königin von Großbritannien. Doch wann immer ich mich als Königin gebärdete, zog sich Albert in sein Schneckenhaus zurück und war nicht mehr ansprechbar. Hinterher tat es ihm dann leid.

»Ich sollte dir eine Hilfe sein«, warf er sich immer wieder vor, »damit du dir diese Wutanfälle abgewöhnst, die man dir ja leider nicht ausgetrieben hat, als du noch ein Kind warst.«

Wenn ich heute an die Zeit nach Leopolds Geburt zurückdenke, so nimmt es mich nicht wunder, daß ich damals schon beim geringfügigsten Anlaß aus der Haut fuhr. Ich war zu Tode erschöpft und überarbeitet. Ich legte es sogar darauf an, einen Streit vom Zaun zu brechen, um mich dann rasch wieder mit Albert auszusöhnen.

Im Herbst begaben wir uns nach Balmoral. Es war noch nicht ganz fertiggestellt, was Albert wahrscheinlich sehr zustatten kam. So konnte er die Bauarbeiten selbst beaufsichtigen. Es würde sich prachtvoll ausnehmen, wenn es erst einmal fertig war – mit seinem über dreißig Meter hohen Turm, den kleinen Türmchen und den Giebeldächern. Die Aussicht auf das Hügelland, die ausgedehnten Wälder und das Flüßchen Dee waren überwältigend. Inzwischen war ich längst zum Frischluftfanatiker geworden, und bei den einfachen, grundehrlichen Leuten fühlte ich mich ausgesprochen wohl. Doch selbst in Balmoral ließ man mich nicht in Ruhe. Natürlich hatte ich nichts dagegen einzuwenden, daß der überaus charmante Lord Aberdeen erschien. Er machte sich sofort mit den schottischen Sitten und Gebräuchen vertraut, trug einen Kilt und tanzte den Schwertertanz mit mir. Mit ihm amüsierten ich mich bestens, doch auf Lord Palmerston hätte ich liebend gern verzichtet. Mir fiel auf, daß er nicht mehr so gut sah und stark gealtert war. Lord Palmerston unterrichtete mich darüber, daß sich im Osten etws zusammenbraute, doch in Balmoral zerbrachen wir uns nicht den Kopf darüber.

Was wir schon immer befürchtet hatten, war nun eingetreten.

Natürlich wußte ich, daß die Dinge nicht zum Besten standen, doch ich hatte gehofft, daß wir dank der Außenpolitik, die Lord Aberdeen betrieb, nicht mit hineingezogen werden würden.

Rußland war in den Fürstentümern an der Donau eingefallen, und die Türkei war England freundschaftlich verbunden.

Noch in Balmoral erfuhr ich, daß die britische Kriegsflotte in den Dardanellen kreuzte. Also wieder einmal eine dieser Kanonenboot-Aktionen von Lord Palmerston. Während meiner Abwesenheit hatte er Lord Aberdeen dazu gebracht, ihm das Entsenden der Kriegsflotte zu gestatten.

Im Oktober 1853 erklärte die Türkei Rußland den Krieg. Palmerston bestand sofort darauf, die Türken zu unterstützen – zusammen mit den Franzosen, unseren Alliierten. Doch Lord Aberdeen war für den Frieden. Palmerston bestand darauf, etwas zu unternehmen. Ich war hin- und hergerissen und wußte nicht, wem ich recht geben wollte. Ich konnte mir kaum vorstellen, daß es Lord Aberdeen gelingen würde, den russischen Zaren zur Vernunft zu bringen. Trotzdem widerstrebte es mir im höchsten Maße, mich auf die Seite von Lord Palmerston zu schlagen.

Eines Tages kam Lord Aberdeen furchtbar aufgebracht zu mir. Er warf Lord Palmerston vor, er habe sich ohne sein Wissen direkt mit unserem Botschafter in Konstantinopel in Verbindung gesetzt.

»Das ist doch sicher Hochverrat«, entrüstete ich mich.

Lord Aberdeen zuckte die Achseln. Ihm war vor allem daran gelegen, England aus dem Krieg herauszuhalten, doch mit seiner Sanftmut und Nachgiebigkeit war er Lord Palmerston nicht gewachsen. Ich neigte inzwischen mehr dazu, Lord Aberdeens Haltung zu befürworten.

»Der Zar muß siegen«, sagte ich. »Wenn die Russen großmütig sind und die Türken vernünftig, müßte diese unangenehme Sache doch aus der Welt zu schaffen sein.«

Dann trat Lord Palmerston zurück.

Die Leute machten kein Hehl daraus, was sie davon hielten. Schatzkanzler Gladstone setzte sich dafür ein, Palmerston wieder in die Regierungsmannschaft aufzunehmen. Lady Palmerston arbeitete unermüdlich daran, der Menschheit klarzumachen, daß das Land ihren Mann gerade zu diesem Zeitpunkt dringend brauchte. Lord Aberdeen war beunruhigt, denn er fürchtete, es könne zum Sturz der Regierung kommen. Das wäre eine Katastrophe gewesen. Lord Aberdeen konnte sich nicht vorstellen, wie es ohne Lord Palmerston weitergehen sollte. Also wurde Palmerston gebeten, sein Amt wieder zu übernehmen, was er auch tat.

Dann erfuhren wir, daß Rußland die türkische Flotte versenkt hatte.

Palmerston war der Held des Tages. Seine Prophezeiungen erwiesen sich als richtig. Monatelang hatte er die Regierung genau davor gewarnt. Die hatte es jedoch vorgezogen, seine Warnungen in den Wind zu schlagen. Alle waren sich darüber einig, daß es dazu nicht gekommen wäre, hätte man Palmerston nicht hinausgeekelt.

Man sah sich nach einem Schuldigen, nach einem Prügelknaben um und verfiel auf Albert.

Lord Palmerston war der Nationalheld, und Albert sah sich in die Rolle des Schurken gedrängt.

In den Zeitungen erschienen Artikel über ihn. Wände wurden mit Sprüchen beschmiert. Die Leute liefen mit Transparenten durch die Stadt, auf denen sie seine Rückkehr nach Deutschland forderten. Dort gehöre er hin. Es gab rein gar nichts, was man Albert nicht in die Schuhe schob. Mir erschien es unfaßbar, daß die Weltausstellung und all das Gute, das er bewirkt hatte, so schnell in Vergessenheit geraten konnten.

Warum waren wir der armen kleinen Türkei nicht zu Hilfe gekommen? Das hätte ich auch gern gewußt. Weil Albert es nicht wollte, dieser vermaledeite Deutsche. Die Königin hatte sich dagegen ausgesprochen, weil sie unter Alberts Einfluß stand. Von wem wurde das Land regiert? Von dem Deutschen Albert. Und wer wollte, daß England den deutschen Verwandten in die Hände fiel? Für die Engländer würde er immer der Ausländer bleiben. Er sah nicht einmal wie ein Mann aus, jedenfalls nicht wie ein Engländer. Er war viel zu hübsch für einen Mann und lachte nie. Er war kalt wie ein Fisch, sehr reserviert, er verachtete das Volk, war blasiert und arrogant. All das sagte man ihm nach.

Der lebenslustige, lässig-elegante, überaus kluge Pam war

das genaue Gegenteil von Albert. In jungen Jahren hatte er öfter über die Stränge geschlagen, aber was machte das schon. Er war eben ein Mann, ein richtiger Mann. Er lachte gern, genoß das Leben und lenkte nebenbei noch die Geschicke des Landes so, wie es sich gehörte. Er hatte es immer verstanden, die Feinde in ihre Schranken zu verweisen, als er an der Macht gewesen war. Und woher kam das? Weil Lord Palmerston daran gelegen war, England den Engländern zu erhalten, anstatt es den aufgeblasenen Deutschen zu überlassen. Nieder mit Albert!

Überall erschienen Spottverse und Karikaturen. Einer dieser Spottverse endete folgendermaßen:

»Mach dich an die Arbeit, alter Türke,
zeig dem Bären deine Macht.
In ganz Großbritannien wird gemunkelt,
daß Albert im Tower schmacht'.«

Dadurch verbreitete sich das Gerücht, Albert sei festgenommen worden und säße im Tower. Neugierige drängten sich vor dem Verrätertor, um sich genüßlich an dieser Tatsache zu delektieren.

Das ganze Land verfiel in Hysterie.

Das machte mich rasend. Ich weinte und tobte vor Wut. Es war mir unbegreiflich, wie die Leute so dumm sein konnten. »Wie können sie es wagen?« schrie ich. »Da muß etwas geschehen.« Es stellte sich heraus, daß nicht nur ich so dachte.

Mr. Gladstone erwies sich als wahrer Freund. Er schrieb einen Artikel, der in der *Morning Post* erschien und seine Wirkung nicht verfehlte. Die Anwürfe gegen Albert kamen auch im Parlament zur Sprache und wurden als unhaltbar bezeichnet. Viele sprachen sich sehr positiv für den Prinzen aus, darunter auch Benjamin Disraeli. Lord John Russell hielt eine zündende Rede, in der er dafür plädierte, daß dieser Hysterie sofort Einhalt geboten wurde, denn sie entbehre jeder Grundlage.

Zum Glück beruhigten sich die Leute daraufhin wahrhaftig, doch in gewissen Kreisen wuchs die Angst, Albert könne einem Attentat zum Opfer fallen. Ich war ja diese Mordanschläge schon gewöhnt, doch nun zitterte ich um Albert.

Ich eröffnete das Parlament in Alberts Beisein. Der Premierminister bestand darauf, daß strengste Sicherheitsvorkehrungen getroffen wurden. Also fuhren wir streng bewacht durch die Stadt. Der Premierminister sollte recht behalten. Lord Palmerston jubelten die Leute zu, Albert und ich wurden ausgepfiffen.

Lord Aberdeen schreckte vor dem Eintritt in den Krieg zurück, doch Lord Palmerston bestand auf einer Politik der Stärke und drohte andernfalls mit seinem Rücktritt. Die Leute hielten fest zu Palmerston. Der Krieg hatte für sie einen gewissen Reiz, was ich mir nur damit erklären konnte, daß er sich so weit entfernt abspielte. Ich sah, wie das Land unaufhaltsam darauf zusteuerte.

Im Februar stellte die Regierungspartei den Russen ein Ultimatum. Wir drohten ihnen mit einer Kriegserklärung, wenn sie sich nicht bis Ende April aus den Donaufürstentümern Moldau und Walachei zurückzogen. Die Russen ignorierten unser Ultimatum, und wir traten in den Krieg ein.

Rußland konnten wir nur vom Meer aus angreifen. Daher begab sich unsere Kriegsflotte unter Admiral Napier in die Ostsee. Im September landeten britische, französische und türkische Truppen auf der Krim – 24000 Engländer, 22000 Franzosen und 8000 Türken –, um die seit dem 17. Oktober 1854 belagerte Festung Sewastopol einzunehmen.

Kriege waren mir in tiefster Seele verhaßt. Und nun beherrschte dieser Krieg all meine Gedanken, der Tod und Vernichtung nach sich zog, und mittendrin zahlreiche Engländer, meine Untertanen.

Lord Palmerston verbreitete, der Krieg hätte vermieden werden können, wenn er an der Macht gewesen wäre. Die alberne Beschwichtigungspolitik habe jedoch schon so manches Mal zum Krieg geführt. Hätte Rußland sich nicht in dem Glauben gewiegt, England werde doch noch einen Rückzieher machen und angesichts der Regierungskrise klein beigeben, so hätte Rußland unsere Drohung ernst genommen und keinen Krieg riskiert.

Mir dämmerte allmählich, daß Palmerston damit wahrscheinlich recht hatte.

Noch heute geht es mir sehr zu Herzen, wenn ich an diese schreckliche Zeit zurückdenke. Was mußten meine Landsleute alles erdulden! Balaclava ein Desaster, Inkerman ein Sieg, der um Haaresbreite keiner gewesen wäre. Die Cholera brach aus und wütete entsetzlich. Ihr erlagen auf beiden Seiten mehr Soldaten als den feindlichen Geschossen.

Der Gedanke an Florence Nightingale erfüllte mich mit Stolz. Aufopfernd pflegte diese tapfere Frau die Kranken mit Hilfe ihrer Krankenschwestern. Es ist ihr besonders hoch anzurechnen, daß sie unter den schrecklichsten Bedingungen arbeitete.

Albert saß stundenlang am Schreibtisch und erarbeitete Verbesserungen für das Militär. Die wurden der Regierungspartei vorgelegt und fast alle übernommen. Die Regierung erwies sich als schwach. Albert stimmte immer häufiger mit Lord Palmerstons Ansichten überein. Irgendwann geschah das Unvermeidliche. Palmerston mußte die Dinge in die Hand nehmen. Alle glaubten, nur er könne diesen schrecklichen Krieg beenden. Dieser Meinung schloß auch ich mich an.

Lord Palmerston sprach bei mir im Palast vor. Traditionsgemäß küßte er mir die Hand und machte sich an die Regierungsbildung – er selbst als Premierminister an der Spitze der Regierung.

Neue Hoffnung erwachte in den Menschen. Vor Freude tanzten sie in den Straßen. »Palmerston ist wieder da«, riefen sie im Chor. »Jetzt kann uns nichts mehr passieren. Jetzt gewinnen wir.« Wenn es auch keine Wunder gab, so ließ sich hinfort tatsächlich alles besser an. Der energiegeladene, optimistische und konstruktive Palmerston hatte die Leute hinter sich. Er und Albert waren sich in vielen wichtigen Fragen einig. Das machte ihn mir etwas sympathischer.

Er zweifelte nicht im leisesten daran, daß er sich auf dem richtigen Weg befand, von dem er um keinen Preis abweichen wollte – und wenn es ihn die Stellung kosten sollte. Ich hielt ihn inzwischen für einen grundanständigen Menschen. Manche Politiker waren allerdings gegen ihn. So war Benjamin Disraeli zum Beispiel maßlos enttäuscht. Vermutlich hatte er gehofft, selbst Premierminister zu werden. Jedenfalls zog er auf die unflätigste Weise über Lord Palmerston her. Er nannte ihn einen alten aufgetakelten Hanswurst, so gut wie taub, so gut wie blind, mit falschen Zähnen, die ihm jeden Augenblick aus dem Mund fallen konnten. Aus seinen Worten sprach der blanke Neid. Es stimmte, daß Lord Palmerston ein alter Mann war. Er mochte etwa siebzig Jahre alt sein. Es kann auch durchaus sein, daß er ein wenig Rouge auflegte, doch ich hatte Disraeli im Verdacht, daß er sich die Haare färbte. Disraeli war ein großartiger Mensch mit herausragenden Fähigkeiten. Um so mehr wunderte es mich, daß ihn der Neid zu solchen lächerlichen Anwürfen trieb. Das sollte doch entschieden unter seiner Würde sein.

Als ich erfuhr, daß Zar Nikolaus gestorben war, bewegten mich gemischte Gefühle. Im allgemeinen nahm man die Nachricht hocherfreut zur Kenntnis. Das sei ausgleichende Gerechtigkeit, hieß es überall. Nun hatte der Tod den Mann ereilt, der die Schuld am Tod von vielen tausend Soldaten trug. Mir war er nur als Mensch mit wildem Blick und ziemlich exzentrischen Angewohnheiten in Erinnerung.

Doch der Krieg ging auch ohne ihn weiter.

Albert schiffte sich nach Frankreich ein, um sich mit dem Kaiser zu besprechen. Er kam mit einer Fülle von Noten und Aufzeichnungen zurück. Albert mußte einen guten Eindruck hinterlassen haben, denn die Beziehungen zu Frankreich besserten sich merklich.

Wir standen auf so gutem Fuße mit dem Kaiser, daß er und seine Gemahlin einen Gegenbesuch bei uns machten. Ich war sehr gespannt auf sie. Louis Napoleon war ein überaus charmanter Mensch, wenn auch ziemlich klein. Seine Frau dagegen war schlank und hochgewachsen. Was für ein Gegensatz: Ich war so klein und zugegebenermaßen ziemlich rundlich, sie dagegen groß und gertenschlank. Albert wiederum war groß, wodurch besonders auffiel, wie klein der Kaiser war.

Wir fuhren hinaus nach Windsor. Unsere Gäste waren sehr beeindruckt von dem Schloß – wie auch alle unsere anderen Gäste, die es bisher gesehen hatten.

Ich empfand den Kaiser und seine Gemahlin als sehr angenehm. Damit hatte ich nicht gerechnet. Ich hatte vielmehr angenommen, der Kaiser sei ein Emporkömmling. Er hatte eine sanfte, wohlklingende Stimme und machte mir ständig Komplimente. Auf Frauen verstand er sich ganz offensichtlich. In seiner Gesellschaft fühlte ich mich ausgesprochen wohl.

Wir nahmen ihn mit zu einer Truppenparade im Schloßpark. Er ritt einen herrlichen Braunen und verneigte sich so liebenswürdig, daß ihm die Zuschauer laut zujubelten. Er erzählte mir, er habe mich vor vierzehn Jahren einmal vorbeireiten gesehen, als er ganz bescheiden in England lebte. Das sei ein unvergeßlicher, in seiner Würde bewegender Anblick gewesen. »Ich werde weder diese Szene noch Euch, Majestät, jemals vergessen«, beteuerte er. Auch die Kaiserin gefiel mir sehr.

Als wir sie mit den Kindern bekanntmachten, erstarrte Vicky fast vor Ehrfurcht – nicht einmal so sehr angesichts der Würde, die diese Frau ausstrahlte, wie wegen ihrer Schönheit und eleganten Kleidung, die sie so lässig trug. Beide verstanden es gut, mit Kindern umzugehen. Das entzückte mich, und es freute mich, daß sich der Kaiser besonders für Bertie zu interessieren schien. Bertie war dadurch wie ausgewechselt. Er war so daran gewöhnt, immer im Schatten seiner hochintelligenten Schwester zu stehen, daß er regelrecht aufblühte, wenn ihm einmal ein Mensch seine volle Aufmerksamkeit widmete.

Völlig ungezwungen schwatzte er drauflos, und ich war heilfroh, daß Albert nicht mitgekommen war, sonst hätte er Bertie vermutlich zur Ordnung gerufen. Ich fand, daß es Bertie unendlich guttat, auch einmal beachtet zu werden. Ich sah dem Kaiser an, daß er seine helle Freude an den Fragen meines Sohnes hatte. Bertie wollte alles mögliche über die französische Armee, die Waffen und die Uniformen wissen.

»Wenn ich einmal groß bin, will ich nämlich Soldat werden«, vertraute er dem Kaiser an.

»Aus dir wird einmal ein guter Soldat«, versicherte ihm Louis Napoleon lächelnd. »Zu schade, daß du dann nicht zu unserem Heer gehörst.«

»Ja, das tut mir auch leid«, sagte Bertie. Und fügte sehnsüchtig hinzu: »Ich wünschte, *Sie* wären mein Vater!«

Ich erschrak und wollte protestieren, doch der Kaiser ignorierte die Bemerkung taktvoll, ging gar nicht darauf ein und tat die Kinderworte damit als gedankenlos ab. Trotzdem blieb ihm sicher nicht verborgen, wie ernst es Bertie damit war. Ich zweifelte jedenfalls nicht daran.

Im August fuhren wir zum Gegenbesuch nach Frankreich. Der Krieg spitzte sich nicht weiter zu. In Frankreich bereitete man uns einen wahrhaft königlichen Empfang. Die Leute am Straßenrand riefen: *»Vive la Reine d'Angleterre.«* Zu meiner großen Freude fügen sie auch hinzu: *»Vive le Prince Albert!«*

Nun hatte ich wirklich das Gefühl, daß der Kaiser und die Kaiserin unsere Freunde waren.

Alberts Geburtstag fiel in die Zeit unseres Frankreichaufenthalts, und wir feierten ihn in St. Cloud. Es war ein wunderschöner Tag. Der Kaiser hatte zu diesem festlichen Anlaß etwas komponiert, und Albert erhielt genau wie in England Geschenke. Er wurde siebenunddreißig Jahre alt, und ich flehte Gott an, meinen Albert zu beschützen und mir noch lange zu erhalten.

Ich schenkte ihm schöne Manschettenknöpfe mit einer freien, blankpolierten Stelle, an der man etwas eingravieren lassen konnte. Mir schwebte Sewastopol vor, wenn diese Festung endlich eingenommen würde.

Wir sehnten den Fall von Sewastopol herbei, denn dann wäre das Ende des Krieges abzusehen. Aber wenn der Krieg für uns auch nicht schlecht stand, so hielt sich diese Festung doch erstaunlicherweise immer noch.

Ich erzählte Albert, wie begeistert ich von dem Kaiser war.

Albert lächelte nachsichtig. »Mein liebes Kind, du bist sehr schnell von jemandem begeistert.«

»Ja, da hast du recht.«

»Vor kurzem hast du ihn noch als Emporkömmling abgelehnt, und bloß weil er dir ein paar artige Komplimente zugeflüstert hat...«

»Nein, das hat damit nichts zu tun«, setzte ich mich zur Wehr. »Da habe ich ihn noch nicht gekannt. Inzwischen kenne ich ihn besser.«

Aber Albert hatte natürlich wieder einmal recht. Er war viel ruhiger und ausgeglichener als ich und ließ sich nicht so leicht von Menschen einwickeln, die ihren Charme versprühten. Doch seit meiner Heirat hatte ich Fortschritte gemacht. Ich war Albert inzwischen schon ein wenig ähnlicher. Vielleicht würde ich im hohen Alter einmal genau wie er sein. Natürlich war das wünschenswert, aber ob mir das Leben dann auch noch so viel Freude machen würde?

Obwohl die Russen Sewastopol noch immer halten konnten, war der Sieg schon abzusehen. Daher schlug ich vor, ein wenig Urlaub zu machen – wenigstens ein paar Wochen. Wenn ich in London gebraucht wurde, konnte man mich ja zurückholen.

Wir machten uns also erleichtert auf den Weg nach Schottland. In dem Jahr war es dort besonders schön, denn Balmoral war inzwischen fertiggestellt worden, ganz so, wie es Alberts Vorstellung entsprach.

»Es hätte gar nicht schöner werden können!« rief ich begeistert aus. Am meisten freute mich, da es Alberts Werk war. Die Baupläne stammten von ihm, genau wie die für Osborne. Sein ausgezeichneter Geschmack machte sich hier bezahlt. Überall stieß man auf Dinge, die bezeichnend für ihn waren.

Nie werden wir diese denkwürdige Zeit in Balmoral vergessen, denn wir erhielten dort schon bald die Nachricht, daß Sewastopol eingenommen worden war. Wir waren wie erlöst. Dreihundertneunundneunzig Tage hatte die Stadt und Festung standgehalten.

Albert griff nach meiner Hand. Mit Tränen in den Augen sahen wir uns an. Dann traten wir ans Fenster, um hinauszublicken. Schon vor einem Jahr war auf einer Hügelkuppe nicht weit weg ein Holzstoß für das Freudenfeuer aufgeschichtet worden.

Albert ging mit feierlicher Miene los. Vom Fenster aus sah

ich zu, wie er den Hügel erklomm und den Scheiterhaufen anzündete. So feierten wir den Fall von Sewastopol.

Die Zeit in Balmoral war auch noch aus einem anderen Grund denkwürdig.

»Ich habe Fritz nach Balmoral eingeladen«, verkündete mir Albert.

Natürlich wußte ich, was er damit bezweckte. Ihm schwebte vor, daß Fritz und Vicky Gefallen aneinander fanden, und sah Vicky schon als Königin von Preußen.

Ich fand, sie sei noch zu jung.

»Heiraten dürfte sie natürlich erst mit siebzehn«, meinte Albert, »aber ich möchte, daß sie Fritz jetzt schon kennenlernt. Sie soll ja schließlich keinen Fremden heiraten. Wenn sie jetzt schon einige Zeit miteinander verbringen, können sie sich in aller Ruhe kennenlernen, sich aneinander gewöhnen und Gefallen aneinander finden.«

Ich hielt das für eine ausgezeichnete Idee und freute mich auf Fritz.

Er gefiel mir ausnehmend gut. Er war ein großer, breitschultriger junger Mann von angenehmem Äußeren. Jemand mußte ihn wohl darauf hingewiesen haben, was Albert für ein wundervoller Mensch war, denn er betrachtete ihn geradezu ehrfürchtig. Deshalb schloß ich ihn auch gleich ins Herz.

Es fiel Fritz nicht schwer, sich einzufügen. Mit seinem Charme bezaubert er uns alle. Natürlich hatte er sich vorgenommen, sich von seiner besten Seite zu zeigen. Es entging uns nicht, daß er große Bewunderung für Vicky hegte, was uns ganz natürlich erschien, denn Vicky war nicht nur sehr hübsch, sondern auch außergewöhnlich intelligent.

Fritz ging mit Albert auf die Pirsch, ritt mit uns beiden aus und war auch mit von der Partie, wenn wir ein Picknick machten. So verbrachten wir alle miteinander eine wunderschöne Zeit.

Vicky fühlte sich natürlich in ihrem Element, weil sich wieder einmal alles um sie drehte. Selbstverständlich wußte sie, worum es ging und was auf dem Spiel stand.

Sie kokettierte ganz offen mit Fritz, gab sich ganz lieb und zärtlich und zeigte ihm dann zur Abwechslung die kalte Schulter.

Als Fritz bat, mich aufsuchen zu dürfen, wußte ich gleich, was er auf dem Herzen hatte. Natürlich empfing ich ihn sofort. Er bedankte sich für die schöne Zeit auf Balmoral und betonte, wie wohl er sich bei uns fühle. Er bewundere Albert und mich mehr als irgend jemanden sonst, und er liebe unsere Tochter Vicky. Nun wollte er von mir wissen, ob er um Vickys Hand anhalten dürfe.

Ich gestand ihm, daß Albert und ich das gehofft hatten.

Da strahlte Fritz. Was für ein lieber Junge. Junge konnte man ihn eigentlich nicht mehr nennen. Er muß wohl etwa sechsundzwanzig Jahre alt gewesen sein, also viel älter als Vicky, aber nicht zu alt für sie. Mit einem sehr jungen Mann wäre Vicky ohnehin nicht glücklich geworden. Ihr wäre mit einem älteren, erfahrenen Mann weit besser gedient, denn andernfalls würde sie zu sehr dominieren.

Als ich Albert die freudige Nachricht überbrachte, reagierte er nicht wie erwartet. Ich sah ja ein, daß es zuweilen frustrierend für ihn war, daß man sich in so wichtigen Fragen an mich wandte und nicht an ihn. Normalerweise hätte der Bräutigam in spe beim Vater um die Hand der Tochter angehalten. Aber ich war nun einmal Königin von England.

Wie nicht anders zu erwarten, nahm es ihn sehr mit, daran zu denken, daß seine kleine Vicky in absehbarer Zeit aus dem Haus gehen würde. Ich reagierte gereizt. Vicky, Vicky und immer wieder Vicky!

»Das hast du doch gewollt«, hielt ich ihm vor. »Du hast es absichtlich so arrangiert, und Fritz erschien dir als der ideale Mann für Vicky.«

»Ja, ja, ich weiß. Einmal muß es ja wohl sein. Aber Vicky wird uns schrecklich fehlen!«

»Schließlich bleiben uns ja noch die anderen Kinder.«

»Die kann man doch mit Vicky nicht vergleichen«, meinte er traurig lächelnd.

»In deinen Augen ist sie ein Wunderkind, und alles, was

sie macht, ist richtig. Hoffentlich ist ihr Mann so nachsichtig wie ihr Vater.«

Albert sah mich so zärtlich und verzweifelt an, als habe er es mit einem etwas zurückgebliebenen Kind zu tun. Das ärgerte mich natürlich, vor allem da der Zankapfel wieder einmal Vicky war.

»Ich gebe zu, daß Vicky sehr begabt ist und gut aussieht«, sagte ich erbost, »aber du läßt uns alle ständig spüren, daß dir an ihr viel mehr liegt als an uns.«

»Liebchen, wie kannst du so etwas behaupten!«

»Tu nur nicht so entsetzt, damit führst du mich nicht hinters Licht. Vicky hier und Vicky da. Vicky ist so vollkommen, daß Bertie ständig heruntergeputzt werden muß, um sie im rechten Licht erscheinen zu lassen.«

»Victoria, was du mir da vorwirfst, ist ja ungeheuerlich!«

Ich sah meinem geliebten Albert erschrocken ins Gesicht. Wie blaß er war! Er arbeitete entschieden zuviel – zum Besten des Landes und seiner Familie. Das Rheuma plagte ihn ganz schrecklich. Manchmal trug er eine Perücke, denn sein Haar begann sich schon zu lichten, und er fror am Kopf. Unter dieser dunkelhaarigen Perücke wirkte er besonders bleich und elend.

Zerknirscht lief ich auf ihn zu. »Albert, du mußt dich schonen.«

»Mein liebes Kind, du wechselst wieder mal abrupt das Thema.«

»Ich bin eben sehr impulsiv und sage, was mir gerade einfällt. So war ich schon immer.«

Er strich mir übers Haar. »Du kannst ja nichts dafür, du bist eben falsch erzogen worden. Niemand hat dir deine Unbeherrschtheit ausgetrieben, mein armes, armes Kind.«

Es ärgerte mich, daß er keine Gelegenheit ausließ, der guten Lehzen eins auszuwischen, doch diesmal raffte ich mich nicht zu ihrer Verteidigung auf, weil Albert gar so elend aussah.

Der Gedanke schoß mir durch den Kopf, daß Vicky ja nach ihrer Heirat nach Preußen gehen würde. Dann hätte ich Albert endlich ganz für mich allein.

Albert arrangierte einen Ritt nach Craig-na-Ban. Abgesehen von den Kleinsten sollte die ganze Familie mitkommen.

Der Ausflug war ein Erfolg, denn Fritz ließ die Gelegenheit nicht ungenutzt verstreichen. Er und Vicky ritten nebeneinander und nahmen ein ganzes Stück von uns entfernt Platz, als wir uns zum Picknick niederließen.

Ich sah ihnen an, daß Fritz Vicky gebeten hatte, seine Frau zu werden, und daß Vicky damit einverstanden war.

In Balmoral kam Vicky dann sofort zu uns, wie ich es vorausgesehen hatte. Sie stürzte auf Albert zu und schlang ihm die Arme um den Hals.

»Papa, ich heirate Fritz«, sagte sie atemlos. Dann wandte sie sich mir zu.

»Das überrascht uns nicht«, sagte ich lächelnd und gab ihr einen Kuß. »Dein Vater hält ihn für eine ausgezeichnete Partie.«

»Aber wir hätten dich niemals gezwungen oder dich auch nur dazu gedrängt, ihn zum Mann zu nehmen, das weißt du doch hoffentlich«, versicherte ihr Albert hastig.

»Natürlich weiß ich das, geliebter Papa.« Vicky sah ihn mit einem liebevollen Lächeln an.

»Mit der Hochzeit mußt du allerdings noch ein wenig warten«, sagte Albert.

»Das freut mich, Papa.« Entsetzt sah sie ihn an. »Ich kann mir gar nicht vorstellen, wie ich ohne dich leben soll...« Ihr Blick fiel auf mich. »Ihr werdet mir beide ganz entsetzlich fehlen.«

»Aber das ist nun einmal der Lauf der Welt«, rief ich ihr ins Gedächtnis.

»Bis zu deiner Heirat vergehen noch mindestens drei Jahre«, versuchte Albert sie zu trösten. Sie wechselten einen liebevollen Blick, in dem soviel Zärtlichkeit lag, daß es weh tat.

»Du kommst öfter zu uns nach England, und wir besuchen dich in Preußen«, versprach Albert.

»Ein Leben ohne *dich* kann ich mir gar nicht vorstellen«, sagte Vicky traurig. »Wir wollen uns oft besuchen, ja?«

Albert nickte und legte die Arme um uns beide. »Ich bete

zu Gott, daß du so glücklich wirst wie deine Mutter und ich«, sagte er.

Anscheinend wimmelte es überall von Schnüfflern und Spionen. Wir hatten uns eigentlich vorgenommen, Vickys Verlobung noch nicht offiziell bekanntzugeben. Sie war ja noch so jung, und bis zu ihrer Heirat würden noch Jahre vergehen. Doch für die Presse war die Nachricht ein gefundenes Fressen.

»Wer ist denn dieser Friedrich von Preußen schon?« lauteten die Schlagzeilen. »Wieder so ein unbedeutender kleiner deutscher Prinz, ein Prinzchen.«

Die alte Geschichte wurde wieder ausgegraben, wonach Alberts Familie sich England anzueignen gedachte.

Die Preußen schlugen daraufhin zurück und zahlten uns das heim. War das wirklich so eine gute Partie? Wie hoch würde die Mitgift sein? Schließlich würde Friedrich einmal König von Preußen sein, das schienen die Engländer ganz zu vergessen. Die Prinzessin würde nach Deutschland kommen müssen, um zu heiraten.

Ich war wütend, als mir das zu Ohren kam. Wie überheblich diese Deutschen waren! Es kam zu einem Zerwürfnis mit Albert, weil er sie in Schutz nahm.

Albert gab sich alle Mühe, mich zu besänftigen. »Das ist nur wieder der übliche Pressezirkus«, meinte er. »Ohne Sensationen und Kontroversen ließen sich die Zeitungen ja nicht verkaufen. Bald wird für die Monarchie und für die *Times* in ein- und demselben Land kein Platz mehr sein. Die Monarchie möchte Gutes tun, die *Times* nur Ungelegenheiten machen. Wir dürfen uns diese Hetzartikel nicht so zu Herzen nehmen, denn genau das bezweckt die Zeitung ja damit. Wir können sie nur damit ärgern, daß wir die Artikel einfach ignorieren. Du wirst sehen, mit der Zeit glätten sich die Wogen, und Vicky heiratet natürlich hier in England.«

Er hatte wieder einmal recht – wie immer.

Der Krimkrieg neigte sich dem Ende zu. Ich wollte eine Tapferkeitsmedaille prägen lassen, die die höchstmögliche Auszeichnung sein sollte. Dieser Orden sollte für außergewöhnliche Verdienste verliehen werden.

Mir schwebte die Bezeichnung ›Victoria Cross‹ vor. Die Tapferkeitsmedaille sollte aus Bronze sein und die Form eines Malteserkreuzes haben. In der Mitte war die Königskrone abgebildet, darüber ein Löwe und um den Löwen herum ein Schriftzug mit den Worten ›For Valour‹. Marineangehörige bekamen diesen Orden an einem blauen Band verliehen, Armeeangehörige an einem roten Band. Die Ordensschnalle war mit Lorbeerblättern verziert, das Kreuz selbst von innen durch den Buchstaben V gestützt.

Nach dem Ende des Krimkrieges im Jahr 1856 wurde mir die Freude zuteil, die großartige Miß Florence Nightingale kennenzulernen, die sich mit ihren Helferinnen tatsächlich auf die Schlachtfelder begeben hatte, um den Verwundeten zu helfen und die an Cholera Erkrankten zu pflegen.

Sobald sie wieder nach England zurückgekehrt war, lud ich sie zum Essen in den Palast ein. Gerührt begrüßte ich sie. Florence Nightingale trat sehr bescheiden auf. Wir waren ungefähr im gleichen Alter und verstanden uns auf Anhieb. Wie bewunderte ich diese anziehende, liebenswürdige und damenhafte Krankenschwester dafür, daß sie unsere verwundeten Soldaten so aufopfernd gepflegt hatte. Während der schlimmen Kriegsjahre hatte sie mir wieder Mut gemacht.

Beim Essen erzählte sie mir, was sich aus menschlicher Sicht beim Krimkrieg abgespielt hatte. Was sie da zu berichten wußte, klang herzzerreißend – aber auch herzerwärmend.

Daß sie alles getan hatte, um die Leiden der Soldaten zu lindern, bestärkte mich wieder in meinem Glauben an die Menschheit.

Nach dem Ende des Krimkriegs unterhielt ich mich mit Albert über die Friedensbedingungen. Im Pariser Frieden am 30. März 1856 mußte das dem Zusammenbruch nahe Rußland das Donaudelta und Süd-Bessarabien an das Fürstentum Moldau abtreten und das Protektorat über die Donaufürstentümer aufgeben. Die christlichen Untertanen des Sultans wurden unter den Schutz sämtlicher Großmächte gestellt. Rußland mußte sich zur Entmilitarisierung des Schwarzen Meeres verpflichten. Albert meinte, er sei damit einverstanden. Dem Schwarzen Meer drohe angesichts der Neutralität vorerst keine Gefahr mehr, Rußland sei gedemütigt worden und die Türkei gesichert.

Ich schätzte mich glücklich, längere Zeit nicht mehr in anderen Umständen gewesen zu sein, aber ewig konnte diese Freude ja nicht währen. Inmitten all der Wirren und freudigen Erregung mußte ich leider feststellen, daß es wieder einmal soweit war. Zum Glück brauchte ich mich vor der Geburt nicht mehr so sehr zu fürchten, denn das segensreiche Chloroform bewahrte mich vor den Schmerzen. Es gab natürlich keine Möglichkeit, den Unannehmlichkeiten einer Schwangerschaft aus dem Wege zu gehen.

Am 10. April 1857 brachte ich mein neuntes Kind zur Welt. Wir nannten unsere Tochter Beatrice Mary Victoria Feodora. Im Gegensatz zu dem kleinen Leopold, der uns große Sorgen machte, war sie kräftig und gesund. Insgeheim hatte ich mir schon Vorwürfe gemacht und mich gefragt, ob sich das Chloroform, das mir Erleichterung verschaffte, nicht vielleicht nachteilig auf das Kind ausgewirkt haben konnte, doch Beatrice bewies, daß das nicht der Fall war, denn auch bei ihrer Geburt hatte ich zum Chloroform gegriffen. Wir wollten die größte Sorgfalt darauf verwenden, eine geeignete Amme und Kinderschwester für Beatrice zu finden, denn als Leopold etwa ein Jahr alt war, mußten wir zu unserem Schrecken feststellen, daß seine Amme Mary Brough verrückt geworden war und ihre sechs Kinder umgebracht hatte. Der Gedanke, daß so eine Frau einem meiner Kinder nahekam, entsetzte mich. Zum Glück hatte Sir James Clark festgestellt, daß Mary Brough wunderlich wurde, nachdem sie schon eine Weile bei uns gewesen war, und wir hatten sie daraufhin entlassen. So eine Erfahrung vergißt man nicht so schnell. Doch Beatrice wuchs und gedieh – die personifizierte Lebensfreude, und die ganze Familie liebte Baby, wie wir unsere Jüngste nannten, abgöttisch.

Im Juni 1857 verlieh ich die ersten Victoria-Orden. Ich nahm im Hyde Park die Truppenparade ab und zeichnete zweiundsechzig Männer aus, die sich um das Vaterland verdient gemacht hatten.

Albert wollte, daß Vicky die Mahlzeiten mit uns zusammen einnahm. Schließlich sei sie alt genug dafür und werde ohnehin bald heiraten und nach Deutschland gehen. Mir war das gar nicht lieb, denn ich genoß die traute Zweisamkeit mit Albert. Doch ich fügte mich seinem Wunsch, wenn ich mich auch empfindlich durch Vicky gestört fühlte.

Selbst bei Tisch hatte Albert nur Augen und Ohren für Vicky. Ich fühlte mich von den Gesprächen ausgeschlossen, und das fuchste mich natürlich sehr.

Vicky war aufgeweckt und schlagfertig und hing ebenso an ihrem Vater wie dieser an seiner Ältesten. Sie waren ein Herz und eine Seele und harmonierten bestens miteinander. Ich fand es rührend, wie sie aufeinander eingingen.

Ich liebte meine Tochter auch und war sehr stolz auf sie, und doch wußte ich, daß sie bei weitem nicht so vollkommen war, wie Albert sie zu sehen schien.

So war sie zum Beispiel furchtbar eitel und wollte stets bewundert werden. Darüber hinaus war sie halsstarrig, und es hatte ihr immer eine diebische Freude bereitet, Bertie auszustechen. Wie alle Menschen hatte sie ihre Vorzüge und Schwächen. Damit hatte ich mich schon längst abgefunden, es ärgerte mich nur, daß Albert sie immer als mustergültig hinstellte. Er hatte doch sonst so einen klaren Blick für alles, nur seiner Tochter gegenüber war er blind. Es blieb ihm auch verborgen, wie kokett sie war. Vielleicht fiel es mir als Frau einfach leichter, einer anderen Frau auf die Schliche zu kommen.

Die Zeit schien wie im Flug zu vergehen. Manchmal dachte ich mit Schrecken daran, daß uns Vicky bald verlassen würde. Sie kam mir noch so jung und so verletzlich vor. Wie würde sie sich in diesem fremden Land zurechtfinden? Die Preußen waren ja nicht gerade ein fröhliches Völkchen, ganz im Gegenteil. Sie galten als todernst und unflexibel. Vicky tat mir leid, doch wenn sie erst einmal fort wäre, würde sich Albert mir wieder zuwenden.

Beim Abendessen wartete ich darauf, daß es zehn Uhr wurde, denn dann zog sich Vicky zurück, und ich hatte Albert ganz für mich.

Bei einer unserer Szenen warf mir Albert vor, ich könne es kaum erwarten, Vicky loszuwerden. Ich war schockiert, doch ich gebe zu, daß in dieser Behauptung ein Körnchen Wahrheit steckte.

Schließlich war es soweit, daß die Hochzeit all unsere Gedanken beherrschte. Nun stand uns noch die leidige Aufgabe bevor, die Zustimmung des Parlaments zu Vickys Mitgift einzuholen. Ich empfand es als demütigend, um Geld zu feilschen, doch ich muß sagen, daß sich Palmerston da glänzend bewährte. Er wußte, wie man in so einem Fall etwas erreichte.

»Da geht man so vor, Madame«, meinte er augenzwinkernd. »Man horcht die Opposition aus, bevor man die Angelegenheit offiziell zur Sprache bringt. Wir holen die Zustimmung einfach schon vorher ein.«

Er sollte recht behalten. Es gab nur achtzehn Gegenstimmen, eine verschwindend kleine Zahl. Vicky wurde eine Mitgift von achtzigtausend Pfund zugebilligt sowie achttausend Pfund pro Jahr. Wir konnten also nicht klagen.

Da sich die Onkel immer quergestellt hatten, war Albert nie der Titel zugestanden worden, der ihm zustand. Immer wenn das Thema zur Sprache gekommen war, hatten sie ein großes Lamento angestimmt. Die Onkel hatten sich immer dagegen verwahrt, daß Albert in der Rangfolge vor ihnen rangierte, doch nun waren sie tot.

Ich litt darunter, daß man Albert angesichts seiner Verdienste noch immer nicht die gebührende Anerkennung zollte. In meiner Naivität glaubte ich, äußere Erhöhung könne dazu beitragen, die inneren Widerstände des Pöbels und der von ihm beeinflußten Blätter gegen den ausländischen Prinzen zu verdrängen. Mir lag viel daran, daß er zum Prinzgemahl ernannt, offiziell neben mich gesetzt wurde und bei allen Fürstenbesuchen vor den Brüdern, Söhnen und sonstigen Würdenträgern des Hofes rangierte. Könnte es sonst nicht eines Tages soweit kommen, daß Bertie als Prinz von Wales und Thronfolger vor dem eigenen Vater einherzog und die Kaiserin der Franzosen oder die Kronprinzessin von Preußen zur Tafel führte, gleich hinter mir und dem mich geleitenden männlichen Ehrengast? Mein Verhältnis zu Palmerston hatte sich so gebessert, daß ich ihm dieses Dilemma vortragen konnte.

Gichtgebeugt prüfte er die Gesetzesbücher und fand einen klassischen Kompromiß zwischen seiner Furcht vor einer Parlamentsabfuhr und der Einsicht in die Notwendigkeit. Er fand, ich brauche zu einem solchen Schritt die Zustimmung des Unterhauses nicht, dieses sei dazu gar nicht bevollmächtigt. Es genüge eine Bestallungsurkunde der Monarchin. Ich war von der Simplizität des sich nun plötzlich auftuenden Verfahrens gleichermaßen begeistert wie entsetzt. Am 25. Juni 1857 beendete ich ein leidiges langes Kapitel und machte Albert per Federstrich zum »Prince Consort«.

Das Schicksal schlug wieder einmal zu. 1857 meuterten in Indien die Sepoys, die eingeborenen Soldaten des britischen Heeres, und es kam zum Aufstand gegen Großbritannien. Ich war fassungslos angesichts der Schreckensnachricht.

Die Inder meuterten und brachten unsere Landsleute um. Lord Palmerston konnte das anscheinend nicht aus der Ruhe bringen, was mich natürlich ärgerte.

»Wie konnte es nur dazu kommen?« fragte ich ihn, als er deshalb bei mir vorsprach.

»Das ist schwer zu sagen, Madame. Meiner Meinung nach hängt es mit der europäischen Zivilisation zusammen und dem ungeheuren Fortschritt, der hier zu verzeichnen ist. Die nationalen Institutionen des Landes werden einfach mit eingemeindet. Erst vor kurzem haben wir uns den Punjab und Oude angeeignet. Die Inder befürchten sicher, daß wir uns vorgenommen haben, ganz Indien einzunehmen, die alten Sitten und Gebräuche und den Glauben zu verbieten bzw. einfach abzuschaffen. Die Sepoys waren unter britischem Kommando siegreich und scheinen nun zu glauben, daß sie den Kampf auch aus eigener Kraft gewinnen können.«

»Dieser Aufstand muß niedergeschlagen werden, und zwar sofort.«

»So bald wie möglich, Euer Majestät.«

Das Schreckliche, das in Indien geschah, verfolgte mich. Unsere Landsleute wurden dort gefoltert oder sogar umgebracht. Ich dachte nicht daran, mich damit abzufinden, das gab ich Palmerston deutlich zu verstehen. Wir mußten etwas unternehmen, um dem Einhalt zu gebieten.

»Was geschieht denn?« wollte ich von ihm wissen.

»Alles, was in unserer Macht steht.«

»Offenbar genügt das nicht«, wandte ich ein. »Ich verlange, daß endlich etwas Definitives unternommen wird!«

»Ich kann von Glück sagen, daß Majestät nicht auf der Oppositionsbank sitzen«, meinte Palmerston mit einem Augenzwinkern.

Man hätte meinen können, er täte alles einfach mit einem Scherzwort ab, doch ich wußte, daß er sich ernsthafte Sorgen machte. Er ließ es sich niemals anmerken, wenn er in Panik geriet. Ihm lag daran, den Anschein zu erwecken, als sei er jeder Situation gewachsen, was er dadurch zum Ausdruck brachte, daß er sich ruhig gab und sogar scherzte. Ich sah jedoch an dieser Tragödie weiß Gott nichts Komisches, worüber man lachen konnte.

Am meisten nahm mich mit, daß selbst Frauen und Kinder entsetzlich zugerichtet wurden. Diese Schreckensvisionen verfolgten mich bis in meine Träume. Der Aufstand in Indien hing wie eine schwarze bedrohliche Wolke über mir, der ich mich nicht entziehen konnte. Was ich auch tat und dachte, das Gemetzel in Indien war mir stets gegenwärtig.

Zu dem Aufstand war es angeblich gekommen, weil die Sepoys glaubten, die Patronen seien mit Rinder- oder Schweinefett eingefettet worden und damit sowohl für Hindus als auch für Mohammedaner unrein. Sie hielten das für ein Komplott, um ihre Kaste zu vernichten.

Ich konnte nicht daran glauben und neigte eher zu der Ansicht, daß sie sich gegen die Vorschriften der Ostindiengesellschaft zur Wehr setzten.

Natürlich waren wir ihnen kräftemäßig überlegen. Lange konnten sie sich gegen uns nicht halten. Es gelang uns, den Aufstand niederzuschlagen. Die Sepoys bekamen eine feste, aber nicht übermäßig strenge Hand zu spüren. Die Verwaltung Indiens ging von der Ostindiengesellschaft an die Krone über.

Lord Canning war Generalgouverneur. Ich ließ mitteilen, daß die Inder zwar meine Untertanen seien, ich aber keine Vorurteile hege, was die Hautfarbe betreffe. Dunkle Haut sei mir ebenso lieb wie helle. Für mich zähle nur, daß sie glücklich und zufrieden seien.

Ein solches Desaster blieb nicht ohne Nachwirkungen. Lord Palmerston wurde von seinem Podest gestürzt. Wie wankelmütig war der Pöbel! War er gestern noch der Held des Volkes, so wurde er nun zum Schurken degradiert. Aber hatte ich es nicht vorausgesehen? Disraeli hatte sich lautstark zu der Meuterei geäußert und behauptete, er habe das Elend kommen sehen und davor gewarnt. Doch auf ihn habe ja niemand hören wollen. War da ein neuer Held im Anmarsch? Aber wie dem auch sei, Lord Palmerston war in Ungnade gefallen.

Er trug es mit Fassung, es berührte ihn nicht sonderlich. Schließlich war er inzwischen etwa fünfundsiebzig Jahre alt. Achselzuckend tat er das mit Gelächter ab und machte weiter wie bisher, ein altersschwacher Dandy, grell gekleidet, mit Rouge auf den Wangen und gefärbtem Haar.

Ich hegte die größte Bewunderung für ihn, denn ich hielt ihn schon seit langem für einen hervorragenden Staatsmann.

Die Katastrophe

Dann ereignete sich etwas Schreckliches, das dazu angetan war, die Menschen von dem Aufstand abzulenken. Ein Mann namens Felice Orsini hatte zusammen mit drei anderen einen Mordanschlag auf Napoleon III. verübt. Wir waren entsetzt. Der Kaiser und die Kaiserin waren offenbar in der Kutsche zur Oper unterwegs gewesen, als diese Attentäter drei Bomben auf die Kutsche warfen. Dem Kaiser und der Kaiserin geschah zwar nichts, sie blieben unverletzt, doch zehn Menschen kamen dabei um und hundertfünfzig wurden verletzt. Die Verantwortlichen wurden festgenommen. Leider hatte dieser Orsini in England gelebt und sich den Sprengstoff hier beschafft. Das warf ganz deutlich einen Schatten auf unsere guten Beziehungen zu Frankreich.

Orsini war ein Revolutionär, der es sich zum Ziel gesetzt hatte, Italien solange aufzuwiegeln, bis es zur Revolte kam. In seinen Augen hatte Napoleon dazu beigetragen, daß das nicht geschah. Daher wollte er ihn beseitigen.

Und das passierte ausgerechnet, als wir mitten in den Vorbereitungen für die Hochzeit steckten. Ich war kolossal erleichtert, daß der Kaiser und die Kaiserin das Attentat überlebt hatten, und gratulierte ihnen eiligst dazu, daß sie davongekommen waren.

Wir ließen uns jedoch durch diesen unliebsamen Zwischenfall nicht daran hindern, die Hochzeit auszurichten. Sie war auf den 25. Januar 1858 festgesetzt worden. Etwa eine Woche vor dem Hochzeitstermin trafen Alberts Verwandte im Buckingham-Palast ein. Was für eine Freude, den guten Onkel Leopold wiederzusehen. Er war stark gealtert. Tante Louises Tod mußte ein schwerer Schlag für ihn gewesen sein, doch auch schon vor diesem tragischen Ereignis hatte es Louise und ihn sehr mitgenommen, daß Louises Vater entmachtet worden war. Wahrhaft tragisch, was die Jahre einem Menschen anhaben konnten. Auch Alberts Bruder Ernst war zur Hochzeit gekommen, so heiter und unbefangen, wie wir ihn kannten. Albert schloß ihn freudig in die Arme. Natürlich zählten auch die Eltern des Bräutigams zu den Hochzeitsgästen. Eine ansehnliche Hochzeitsgesellschaft! Alberts ältere Verwandte empfand ich als sehr angenehm, doch die jüngeren Männer gefielen mir nicht besonders. Ihre Schnurrbärte erschienen mir übertrieben, und für die Schmisse, die ihre Gesichter verunstalteten, hatte ich keinerlei Verständnis. Wie konnte man sich nur aus freien Stücken so verunstalten, das als Heldenmut betrachten und darauf auch noch stolz sein? In meinen Augen war das der reine Schwachsinn!

Der arme Albert war hin- und hergerissen zwischen Wiedersehensfreude und der Trauer um seine Tochter, die uns nun bald verlassen würde. Er wurde von Tag zu Tag deprimierter.

Ein feierliches Staatsbankett fand statt, und in Her Majesty's Theatre gab es eine Galavorstellung von *Macbeth* zu Ehren der Hochzeitsgäste, an die sich ein festlicher Ball anschloß.

Schließlich war der große Tag da. Ich dachte an meinen eigenen Hochzeitstag zurück. Was war seit dem alles geschehen! Mit dem leichtlebigen, vergnügungssüchtigen Mädchen von damals hatte ich nichts mehr gemein. War es wirklich einmal meine größte Seligkeit gewesen, bis zum Morgen durchzutanzen? Albert hatte mich eines Besseren belehrt. Was hatte ich ihm alles zu verdanken? Und nicht nur ich, auch England. Wie hätte ich all die Jahre ohne ihn überstanden? Nun war ich Königin meines geliebten Landes und Mutter von neun Kindern. Kein Wunder, daß mich die Gefühle übermannten. Ein tiefes Glücksgefühl durchströmte mich. Nicht so Albert. Er konnte den Gedanken an die Trennung von seiner Tochter nicht ertragen.

Ich schickte Vicky ein Briefchen, kaum daß sie erwacht war. Ich schrieb gern, und das Schreiben tat mir ausgesprochen gut. Schriftlich konnte ich viel besser formulieren, was ich sagen wollte. Also schrieb ich Vicky, wie wichtig dieser heilige Bund der Ehe war, der für die Frauen vermutlich eine viel größere Bedeutung hatte als für ihre Männer.

Vicky kam herein, während ich mich anzog. Sie küßte mich zärtlich und dankte mir für mein Briefchen. Dann schenkte sie mir eine Brosche, die eine Locke von ihr enthielt, und sagte, sie hoffe inständig, sie werde sich meiner als würdig erweisen. Ich war zutiefst gerührt.

Vicky wollte in meinem Zimmer angekleidet werden, damit ich ihr sagen konnte, ob alles in Ordnung war und richtig saß. In ihrem weißen mit Honiton-Spitze besetzten Hochzeitskleid aus Seide sah sie entzückend aus. Albert kam herein, als sie fertig angekleidet war, und wir ließen uns fotografieren. Ich war so aufgeregt, daß ich nicht stillstehen konnte, daher war die Daguerrotypie dann ein wenig verwackelt. Schließlich war es an der Zeit, uns auf den Weg zu machen.

In den Straßen drängte sich eine jubelnde Menschenmenge, als wir vom Buckingham-Palast zum St.-Jame's-Palast fuhren. Genau wie an meinem Hochzeitstag vor achtzehn Jahren – und doch ganz anders. Ich sah mich an Vickys Stelle – ein junges, unschuldiges Mädchen, viel unschuldiger als Vicky. Harmloser und naiver. Die jungen Leute waren aufgeklärter und unabhängiger als zu meiner Zeit. Außerdem war ich ja von allem ferngehalten worden. Ja, es hatte sich wirklich viel geändert. Jetzt trug Lord Palmerston das Schwert, und ich mußte an den beklagenswerten Lord Melbourne denken, der an meinem Hochzeitstag so stolz auf mich gewesen war. Ich weiß noch, wie er mich mit Tränen in den Augen ansah und nach der Zeremonie zu mir sagte: »Das habt Ihr fabelhaft gemacht, Madame.« Was war mir dieser Mann für ein Trost gewesen!

Und nun trat Vicky in meine Fußstapfen.

Mama sah prächtig aus in ihrem hermelinbesetzten violetten Kleid aus Samt und Seide. Bei Mama konnte man immer sicher sein, daß sie königliche Farben tragen würde. Als ich heiratete, hatten wir uns gar nicht gut verstanden. Auch das hatte sich geändert. Albert hatte mich – und vielleicht auch meine Mutter – gelehrt, toleranter zu sein. Jetzt waren wir die besten Freunde und fühlten uns viel wohler. Mama lebte fast nur noch für die Kinder, sie waren ihr eigentlicher Lebensinhalt. Sie entschuldigte alle kleinen Vergehen und Unarten, so sehr vergötterte sie meine Kinder. Wenn sie etwas ausgefressen hatten, bat sie immer, sie nicht zu bestrafen. Es ging über Mamas Kraft, eins der Kinder vor Kummer und Schmerzen weinen zu sehen. Bei mir hatte sie das nie gestört. Wenn ich nur daran denke, daß sie mich gezwungen hat, stachlige Zweige um den Hals zu tragen, damit ich stets mit hocherhobenem Kopf einherging, kommt mir heute noch die Galle hoch.

Arthur und Leopold behielt ich bei mir, damit ich sie beaufsichtigen konnte. Ich hatte ihnen eingeimpft, sich bei diesem feierlichen Anlaß tadellos zu benehmen, was sie sich dann auch zu Herzen nahmen.

Mein Blick fiel auf Vicky. Sie ging zwischen Albert und Onkel Leopold. Fritz wirkte furchtbar blaß und aufgeregt, aber er sah sie zärtlich an.

Bald darauf waren diese beiden lieben Menschen Mann und Frau. Die Rührung übermannte mich, als sie zu den Klängen von Mendelssohns ›Hochzeitsmarsch‹ den Mittelgang entlangschritten.

Nach der Hochzeit fuhren wir zurück zum Buckingham-Palast, und als wir auf den berühmten Balkon hinaustraten, raste die Menge vor Freude und jubelte uns hellbegeistert zu.

An diesem denkwürdigen Tag kämpften in mir die widerstreitendsten Gefühle miteinander.

Der Tag rückte immer näher, an dem Vicky abreisen sollte. Ich sah ihm mit Bangen entgegen, denn der Abschied von meiner Ältesten würde mir unendlich schwerfallen, das wußte ich inzwischen. Wenn ich auch nicht unbedingt begrüßt hatte, daß sie abends mit uns zusammen aß, so war sie doch immerhin meine Tochter, an der ich hing. Daß sie nun auch verheiratet war, brachte sie mir näher. Ich fragte mich besorgt, ob ihr das Leben in Preußen wohl zusagen würde. Albert hatte sie immer sehr verwöhnt. Wer weiß, ob ihre angeheirateten Verwandten sie so vergöttern würden.

Als wir Vicky ziehen lassen mußten und uns von ihr verabschiedeten, weinten die Kinder herzzerreißend, und auch ich hatte alle Mühe, die Tränen zurückzuhalten. Albert schlich bleich und elend umher. Der Abschied von seiner geliebten Tochter brach ihm schier das Herz. Er wollte Vicky und ihren Mann nach Gravesend begleiten, von wo das Schiff abging. Albert wollte bis zur letztmöglichen Minute bei seiner Tochter bleiben.

Es fing heftig an zu schneien, als die Kutsche abfuhr. Blind vor Tränen stand ich im Schneegestöber und sah der Kutsche nach. »Die Zeit vergeht erschreckend schnell«, dachte ich bedrückt. »Nun ist meine Tochter wahrhaftig schon verheiratet.«

Albert wirkte ganz verstört, als er wiederkam. Ich versuchte, ihn zu trösten und ihm klarzumachen, daß ich seinen Kummer nur allzugut verstand, weil auch ich todtraurig war, doch das glaubte er mir nicht. Er konnte nicht vergessen, wie eifersüchtig ich die meiste Zeit auf Vicky gewesen war. Daher konnte er sich auch nicht vorstellen, wie sehr sie mir jetzt fehlte. Albert verschwand in seinem Zimmer, zog sich vor lauter Kummer ganz in sich selbst zurück. Das konnte und wollte ich nicht zulassen, ich wollte seinen Kummer mit ihm teilen. Daher ging ich ihm nach.

Albert saß an seinem Schreibtisch und schrieb einen Brief. Ich konnte mir schon denken, an wen dieser Brief gerichtet war, denn er schrieb mit Tränen in den Augen. Voller Mitgefühl legte ich die Arme um ihn, sah ihm über die Schulter und las mit, was er schrieb:

»Als du den Kopf an meine Brust gelegt und Deinen Tränen freien Lauf gelassen hast, floß mir das Herz schier über. Ich gehöre nicht zu den Menschen, die ihre Gefühle offen zur Schau stellen, deshalb kannst Du gar nicht wissen, wie lieb Du mir stets gewesen bist und was für eine Leere Du in meinem Herzen hinterläßt. Doch der Platz in meinem Herzen ist Dir für alle Zeiten sicher. Natürlich werde ich Dich auch in Zukunft weiterlieben wie bisher, wenn mich auch täglich alles daran erinnern wird, daß Du nicht mehr bei mir bist.«

Das las sich wie ein Liebesbrief, aber Albert liebte Vicky ja von ganzem Herzen, liebte seine Tochter vielleicht mehr als irgendeinen anderen Menschen.

Darüber durfte ich nicht nachdenken, das wollte ich nicht wahrhaben. Vicky war nun fort, und Albert war *mein* Mann. Ich wollte ihn trösten, seinen Kummer mit ihm teilen. »Wir wollen uns gegenseitig trösten, Albert«, sagte ich. Weinend hielten wir uns ganz fest umschlungen, klammerten uns aneinander fest.

Ich schrieb Vicky jeden Tag, denn ich hatte das Gefühl, daß es noch unendlich viel gab, was sie wissen mußte. Vicky schrieb mir auch, doch nicht so oft. Sie war romantisch veranlagt und glaubte sicher, die Ehe sei der Himmel auf Erden. Sie sollte wissen, daß eine Ehe auch ihre Schattenseiten hatte. Ich konnte nur hoffen, daß sie das noch nicht so bald am eigenen Leib erfuhr.

Ich hoffte, daß sie sich mir anvertrauen würde, und sehnte mich danach, ihr zu helfen. Am liebsten wäre es mir gewesen, wenn sie mir bis in alle Einzelheiten berichtet hätte, wie jeder Tag verlief. Wie behandelten die Preußen sie? Wußten sie die Ehre überhaupt zu schätzen, die ihnen durch die Einheirat in das englische Königshaus zuteil wurde? Behandelte man sie überhaupt mit dem ihr gebührenden Respekt?

Mit der Antwort auf alle diese Fragen bewies Vicky großes diplomatisches Geschick. Sie schrieb mir, sie liebe Fritz, und damit habe auch alles andere seine Richtigkeit. Sie könne mir nicht sagen, was die Preußen von ihr hielten. Sie hielten sie auf jeden Fall für winzig.

»Winzig!« rief ich entrüstet aus. »Vicky ist größer als ich, und selbst ich bin keine Zwergin!«

Irgendwie hatte ich das Gefühl, sie rechtzeitig warnen zu müssen, und schrieb ihr, daß sich auch die hochherzigsten Männer in der Ehe oft sehr selbstsüchtig verhielten. Von den Frauen werde erwartet, daß sie sich den Männern unterwarfen, das könne sehr demütigend sein.

Bald erfuhr ich jedoch zu meinem Entsetzen, daß Vicky ein Kind erwartete.

»Aber dafür ist es doch noch viel zu früh!« ereiferte ich mich.

Albert war so verstört, daß er Ende Mai nach Preußen reiste, um sich mit eigenen Augen davon zu überzeugen, daß alles in Ordnung war.

Als er zurückkam, erzählte er kolossal erleichtert, daß es Vicky gutzugehen schien. Sie freute sich sehr auf ihr Kind. Es werde im Januar zur Welt kommen.

Im August besuchten wir sie beide. Auch fünf Monate vor der Geburt schien sich Vicky noch sehr wohl zu fühlen. Ich freute mich sehr, sie wiederzusehen und wäre gern mit ihr allein gewesen in der Hoffnung, daß sie sich mir anvertrauen würde. Das muß das einzige Mal in meinem Leben gewesen sein, daß ich mich nicht nach Alberts Gesellschaft sehnte.

»Wie gern wäre ich bei dir, wenn dein Kind zur Welt kommt«, sagte ich. »Darauf hat selbst die bescheidenste Mutter Anspruch.«

»Du bist aber keine bescheidene Mutter, liebste Mama, sondern Königin von England.«

Also mußte ich mich wohl oder übel damit zufriedengeben, Vicky zu beraten und sie vor dem zu warnen, was ihr bevorstand, ohne sie jedoch zu erschrecken. Meine eigenen diesbezüglichen Erfahrungen hatte ich immer als sehr demütigend empfunden. Warum hatte sich die Natur nichts Besseres einfallen lassen, wenn es um den Fortbestand der menschlichen Rasse ging? Weshalb gab es im Leben einer Frau immer wieder Zeiten, wo sie sich wie ein Tier vorkommen mußte?

Nach unserer Rückkehr nach England schrieb ich Vicky jeden Tag. Albert versuchte, mich davon abzubringen.

»So sieh doch ein, daß dieser ständige Briefwechsel viel zu anstrengend für Vicky ist«, hielt er mir vor. »Sie hat doch jetzt weiß Gott an etwas anderes zu denken und kann nicht ständig deine Briefe beantworten. Glaub mir, sie ist in guter Hand und braucht deine Ratschläge gar nicht.«

»Du willst doch nur verhindern, daß irgend jemand außer dir an Vicky schreibt«, entgegnete ich aufgebracht.

»Stockmar hat mich wissen lassen, daß du unsere Tochter

noch ganz krank machst, wenn du ihr weiter so oft schreibst. Gewöhn es dir doch endlich ab, sie mit Trivialitäten zu behelligen.«

»Da setze ich mich hin und mache mir die Mühe, ihr zu schreiben, obwohl ich die meiste Zeit erschöpft bin und viel Ärger habe«, sagte ich gekränkt. »Und dann heißt es, daß man diejenige zu Tode langweilt, der man schreibt.«

Albert zeigte sich wieder einmal als Muster an Geduld und nannte mich sein liebes Kind. »Vicky macht eine schwere Zeit durch, denn sie muß sich in einem fremden Land einleben. Bitte, hab doch ein Einsehen.«

»Als ob ich das nicht wüßte! Du wirst es vielleicht nicht glauben, aber auch ich denke ständig an sie.«

Und so ging es weiter, doch ich schrieb ihr von da an wirklich nicht mehr so oft, wenn ich mir auch weiter Sorgen um sie machte.

Seltsamerweise fühlte ich mich ihr jetzt näher als früher, als sie noch bei uns gelebt hatte.

Im Januar erhielten wir Nachricht aus Preußen. Nach einer langen qualvollen Niederkunft hatte Vicky einen Sohn zur Welt gebracht, den sie Wilhelm nennen wollten.

Ich schrieb ihr sofort:

»Mein geliebtes Kind, Du hast viel mehr leiden müssen als ich zu meiner Zeit. Wie gern hätte ich Dir geholfen und Dir die Schmerzen abgenommen!«

Ich fühlte mit meiner Tochter und war wütend, daß Frauen dazu ausersehen waren, so zu leiden.

Wir befanden uns urplötzlich in einer Kabinettskrise, und zwar aufgrund der Nachwirkungen des von Orsini angezettelten Mordanschlags. Inzwischen stand nämlich eindeutig fest, daß die Attentäter das Komplott in England ausgeheckt hatten. Walewski, der französische Außenminister, schrieb Lord Palmerston einen gepfefferten Brief, in dem er verlangte, daß England Ausländern, die gegen Frankreich konspirierten, keine Zuflucht mehr gewährte. Palmerston reagierte darauf mit einem Gesetzentwurf, wonach Mordkomplotte in Zukunft geahndet werden sollten.

Als Politiker fand Palmerston zu der Zeit noch immer keine Anerkennung, und seine Gegner hielten die Gelegenheit für günstig, ihn um seine Stellung zu bringen, in der sie sich selbst schon sahen. Ich hielt den Gesetzentwurf für gut, doch das vernichtende Urteil lautete, Palmerston habe sich schwach gezeigt und sich seinem alten Freund Napoleon gefügt. Daraufhin trat Palmerston zurück, und mir blieb nichts anderes übrig, als Lord Derby mit der Neubildung des Kabinetts zu beauftragen.

In dieser beunruhigenden Lage machte uns auch Bertie noch zu schaffen. Mr. Gibbs konnte unseren Sohn auch nicht dazu bringen, mehr zu leisten als bei Mr. Birch. Die Presse gierte regelrecht nach Geschichten über Bertie, denn er war ihr erklärter Liebling. In den Zeitungen wurde hin und wieder angedeutet, Albert und ich verhielten uns Bertie gegenüber grausam. Immer wieder tauchte die Frage auf, warum man den Prinzen nicht öfter zu Gesicht bekam. Das Volk hatte ihn ins Herz geschlossen.

Albert befürchtete, diese Liebe und Anerkennung würde Bertie nur zu Kopfe steigen, er werde sich nur noch unmöglicher aufführen als ohnehin schon. Also beriet er sich wieder mit Stockmar, und sie einigten sich auf einen Erzieher, der Bertie ihrer Meinung nach besser fördern würde als ein Lehrer. Der sollte strenge Maßnahmen ergreifen und Bertie zum Beispiel nicht aus dem Haus gehen lassen, ohne daß er sich bei ihm abmeldete. Sie entschieden sich für Oberst Bruce, einen Mann mit ehernen Grundsätzen, der sich durchzusetzen verstand.

Dann wurde beschlossen, Bertie eine Zeitlang nach Oxford oder Cambridge zu schicken, weil ihm das nur guttun konnte. Der Dekan von Christ Church sprach sich dafür aus, daß Bertie im College wohnte, doch Albert wollte nichts davon wissen. Soviel Freiheit sollte Bertie nicht vergönnt sein. Er sollte zusammen mit seinem Erzieher in einem Privathaus wohnen, wo er ständig unter Aufsicht war.

Bertie hatte für das Lernen nicht viel übrig, was ich ihm

sehr gut nachfühlen konnte. Als ich in seinem Alter war, hatte ich mich unter den fadenscheinigsten Vorwänden davor gedrückt. Darin war mein Sohn mir offenbar sehr ähnlich, doch Albert hatte dafür nicht das leiseste Verständnis, denn von ihm konnte Bertie das unmöglich haben.

Auch Leopold machte uns große Sorgen. Ständig zitterten wir davor, daß er hinfallen und sich verletzen könne. Alfred hatte den Wunsch geäußert, zur Marine zu gehen, doch das würde ihm das Herz brechen, denn das hieße ja, daß er sich von Bertie trennen mußte.

Kinder konnten einem nicht nur Freude, sondern auch viel Kummer machen.

Dann erhielten wir die Nachricht, daß Vicky uns besuchen wollte. Albert war vor Freude völlig aus dem Häuschen. Er hatte in letzter Zeit krank und elend ausgesehen, so daß ich mir die größten Sorgen um ihn machte. Er blickte gepeinigt drein, weil das Rheuma ihn schmerzte. Auch daß er sich so leicht Erkältungen zuzog, gab ständig Anlaß zur Besorgnis. Ich bat ihn, nicht so viel zu arbeiten. Er solle öfter ausspannen und die gute Seeluft in Osborne oder das Gebirgsklima von Balmoral genießen.

Doch als er Vicky in die Arme schließen konnte, ging es ihm gleich viel besser. Als Ehefrau und Mutter war sie gereift und kam mir viel erwachsener vor. Ihre entzückende Naivität hatte sie inzwischen eingebüßt. Bei der Geburt des Sohnes hatte Vicky Schlimmes durchgemacht.

Natürlich konnte ich es kaum erwarten, mit ihr allein zu sein, um mit meiner Tochter ein vertrauliches Gespräch zu führen, wie es nur unter Frauen möglich ist. Ich wollte in allen Einzelheiten wissen, wie die Geburt verlaufen war.

Irgend etwas lastete auf Vicky, was sie auch zur Sprache brachte, sobald sie mit Albert und mir allein war.

»Ich muß euch etwas sagen«, begann sie das Gespräch. »Es geht um meinen kleinen Wilhelm.«

Furchtsam warteten wir darauf, daß sie weitersprach. »Es fehlt ihm eigentlich nichts, es geht ihm gut. Abgesehen von dieser Kleinigkeit ist er völlig gesund. Aber da ist eben diese Sache...« Sie biß sich auf die Lippen und wußte nicht, wie sie es ihren Eltern beibringen sollte. »Also, es war eine sehr schwierige Geburt. Ich weiß nicht, ob man euch mitgeteilt hat, was es für Komplikationen gab. Die Ärzte haben befürchtet, ich würde nicht überleben.«

Alberts Miene drückte blankes Entsetzen aus, auch ich erschrak zu Tode. Aber sie war ja davongekommen und war jetzt hier bei uns.

»Es war, wie gesagt, eine extrem schwierige Geburt. Steißlage. Dadurch ist es bei Wilhelm zu einer Verrenkung des Ärmchens gekommen.«

»Soll das heißen, daß er mißgebildet ist?«

»Nur sein Ärmchen, wie gesagt«, wiederholte Vicky.

»Kann man denn da gar nichts tun?«

»Wir haben natürlich sofort die besten Ärzte konsultiert, aber da ist leider nichts zu machen. Abgesehen davon ist der Kleine jedoch kerngesund.«

Ich ging zu ihr und nahm sie in die Arme, während Albert wie betäubt vor sich hinstarrte. Da ich ihn so gut kannte, wußte ich, was in ihm vorging. Das deformierte Ärmchen seines Enkels nahm ihn nicht entfernt so sehr mit wie der Gedanke, daß seine heißgeliebte Vicky beinahe bei der Geburt gestorben wäre.

Albert ging ganz in diesen Zwiegesprächen mit seiner Tochter auf. Anders konnte man es kaum nennen, denn ich kam mir dabei fast überflüssig vor. Am liebsten hätte er sie wohl ganz für sich gehabt. Aber vielleicht bildete ich mir das auch nur ein. Vicky war ebenso meine Tochter wie die seine, und ich hatte sie unter Schmerzen zur Welt gebracht. Sie war sehr lieb und zärtlich zu uns beiden. Mir fiel auf, daß sie jetzt entschieden netter zu mir war als früher. Sie hat mich wohl erst in der Ferne richtig schätzen gelernt, dachte ich bei mir.

Albert vertraute sich ihr gern wie einer Erwachsenen an. Aber das war sie ja wohl inzwischen auch. Wir erzählten ihr, was Bertie uns für Sorgen machte.

»Der liebe Bertie«, meinte sie. »Wißt ihr, im Grunde ist er schon in Ordnung.«

»Er ist faul«, erklärte Albert. »Daß ihn später einmal eine

große Verantwortung erwartet, scheint ihn gar nicht zu berühren.«

»Wenn es erst einmal soweit ist, wird er seiner Aufgabe schon gerecht.« Sie bedachte mich mit einem liebevollen Blick. »Außerdem vergehen bis dahin noch viele Jahre.«

»Als Prinz von Wales trägt Bertie auch jetzt schon eine gewisse Verantwortung«, wandte Albert ein. »Aber er will einfach nicht lernen.«

»Trotzdem kann ein sehr guter König aus ihm werden«, verteidigte Vicky ihren Bruder. »Dafür gibt es genügend Beispiele.«

Es freute mich natürlich sehr, daß sie ein gutes Wort für Bertie einlegte.

»Er hat stets in deinem Schatten gestanden, mein liebes Kind«, warf Albert ein. »Im Vergleich zu dir...«

»Dafür hat er Talente, die mir völlig abgehen. Jetzt besucht er die Universität, das muß eine große Umstellung für ihn sein. Ich möchte ihn unbedingt sehen, bevor ich wieder abreise. Ohne Vorankündigung – ich will ihn überraschen.«

»Das wird eine freudige Überraschung sein«, versicherte ihr Albert.

Vicky besuchte ihn tatsächlich und hatte nur Gutes zu berichten. Doch in den Augen von Mrs. Bruce, der Frau des furchteinflößenden Erziehers, zeigte sich bei diesem Besuch ganz deutlich eine weitere unangenehme Eigenschaft des Zöglings. Vicky erschien nämlich in Begleitung einer ihrer besten Freundinnen, Lady Walburga Paget, die sie aus Preußen mitgebracht hatte und die eine sehr attraktive Frau war.

Mrs. Bruce glaubte in Berties Verhalten Lady Walburga gegenüber etwas Subversives entdeckt zu haben. Er habe ganz unverhohlen mit ihr geflirtet und sich frivol gegeben. Damit bestätigte sich ein schon lange gehegter Verdacht.

Bertie hatte ein ausgeprägte Schwäche für das andere Geschlecht. Man würde ihm in Zukunft noch mehr auf die Finger sehen müssen.

Das führte zu weiteren Diskussionen über Bertie. »Wir sollten ihn verheiraten«, meinte Albert.

»Ja, das wäre wohl die beste Lösung«, stimmte ich ihm zu.

»Ich mache mir übrigens schon länger Gedanken darüber«, erklärte Albert. Bei Albert konnte man sich stets darauf verlassen, daß er die Lage früher als andere überblickte. »Im übrigen habe ich mich auch schon mit Stockmar und Onkel Leopold darüber unterhalten und eine Liste der Prinzessinnen zusammengestellt, die für Bertie in Frage kommen könnten.«

»Was, eine Liste?« rief Vicky aus. »Zeig sie mir, Papa!«

»Aber bitte«, sagte Albert und legte sie ihr vor. »Ein paar von ihnen kennst du sicher«, sagte Albert.

»Ja, das stimmt.«

»Du sollst für uns Ausschau halten, Vicky«, bat Albert seine Tochter. »Und uns Bericht erstatten. Vielleicht kannst du eine Braut für Bertie auswählen. Wenn sie dir gefällt, wird sie schon die Richtige für Bertie sein.«

»Wie ich sehe, steht auch Alexandra von Dänemark auf deiner Liste«, bemerkte Vicky.

»Ja, aber an letzter Stelle. Vielleicht ist sie Onkel Leopold erst ganz zum Schluß eingefallen.«

»Nun ja, sie ist allerdings Dänin, während die anderen alle Deutsche sind. Das macht diese in den Augen von Onkel Leopold und Stockmar von vornherein geeigneter.«

Wir fielen in ihr Gelächter ein.

»Anscheinend kennst du diese Alexandra.«

»Ja, ich bin ihr schon begegnet. Sie ist nicht nur ungewöhnlich schön, sondern auch sehr liebenswert und völlig unverdorben.«

»Gut, dann wollen wir sie nicht von der Liste streichen«, versprach Albert.

»Überlaß mir deine Liste«, bat ihn Vicky. »Damit ich das Feld sondieren kann.«

»Du weißt doch hoffentlich, daß das eine sehr ernste Sache ist, mein Liebling«, gab Albert seiner Tochter zu bedenken.

»Aber ja. Die Ehe ist immer eine ernste Angelegenheit, und die Ehe des Prinzen von Wales erst recht.«

Albert war sehr traurig, als Vicky abreisen mußte, doch wir hatten uns fest vorgenommen, uns recht bald wiederzusehen. Zum Glück lebte sie ja nicht so weit entfernt, und es war durchaus möglich, sich öfter gegenseitig zu besuchen.

»Das macht die Trennung etwas erträglicher«, gab selbst Albert zu.

Die Lage war natürlich wieder einmal äußerst angespannt. Es kam zu Wahlen – mit dem Ergebnis, daß Lord Palmerston zum zweitenmal Premierminister wurde. Aus den Whigs waren Liberale geworden, und sein Kabinett setzte sich aus verschiedenen Elementen zusammen: Die Leute nannten sich Whigs, Radikale, Anhänger von Peel und Anhänger von Palmerstone, doch alle zusammen firmierten unter der Bezeichnung Liberale.

Mr. Gladstone schloß sich ihrer Partei an und wurde Schatzkanzler.

Palmerston zeigte sich tatkräftig wie immer. Wenn er auch bei längeren Debatten manchmal wirkte, als sei er eingenickt, so bewies er doch mit seinen Äußerungen, daß ihm nichts entgangen war.

Bertie mochte er besonders gern. Sicher fand auch er, daß wir ihn zu streng behandelten. Eines Tages schlug er vor, Bertie als Repräsentanten des englischen Königshauses nach Amerika und Kanada zu schicken.

Albert war fassungslos, der bloße Gedanke erschien ihm absurd.

»Keineswegs«, widersprach Lord Palmerston amüsiert, wie er sich Albert gegenüber öfter zeigte. »Er wird den Menschen dort sehr sympathisch sein, davon bin ich überzeugt.«

Wenn wir das auch nicht glauben konnten, so stimmten wir doch schließlich zu. Albert fand, sein Erzieher, Oberst Bruce, solle ihn begleiten, damit Bertie sein Studium fortsetzen konnte.

»Bei dem Programm, das ich bereits für ihn zusammengestellt habe, bleibt ihm für sein Studium keine Zeit«, sagte Lord Palmerston ungerührt. »Der Herzog von Newcastle soll ihn begleiten. Der Prinz wird viel zu tun haben. Der Zweck der Reise wäre verfehlt, wenn der Prinz sich auf der Reise auch noch dem Studium widmen sollte. Das kann er ja dann zu Hause wieder aufnehmen.«

Schließlich gaben Albert und ich uns geschlagen – unter der Bedingung, daß Oberst Bruce Bertie begleitete.

Die Reise war ein ungeahnter Erfolg. Bertie war offenbar ein hervorragender Botschafter. Lord Palmerston rieb sich beglückt die Hände, als er deshalb bei uns vorsprach. Dieser Besuch sei mehr wert als hundert Konferenzen, meinte er. Auf dem Wege der Diplomatie sei dem Land damit ein guter Dienst erwiesen worden. Die Leute seien hell begeistert von dem Prinzen, alle wollten mit ihm sprechen, und er habe für jeden einzelnen ein Lächeln übrig. Er könne Reden halten, daß es eine wahre Freude sei, und die Frauen beteten ihn förmlich an.

Natürlich freute es uns, daß Bertie so einen guten Eindruck machte. Oberst Bruce berichtete jedoch, der Prinz habe inzwischen eine noch größere Schwäche für das andere Geschlecht entwickelt. Man müsse mit dem Schlimmsten rechnen. Der Herzog von Newcastle war da ganz anderer Ansicht. Er hielt den Prinzen für einen sehr liebenswerten Menschen, der alle für sich einnahm. Damit habe er dem Land einen großen Dienst erwiesen, denn jeder sei von ihm begeistert.

»Dann muß er sich wohl gebessert haben«, meinte Albert. »Dieses Lob von allen Seiten ist ja ganz ungewohnt. Das alles verdanken wir nur Oberst Bruce. Man sollte ihm für das Erreichte eine Ehrung zuteil werden lassen.«

»Ich werde mich mit Lord Palmerston beraten«, versprach ich ihm.

Doch Lord Palmerston reagierte ganz anders als erwartet.

»Oberst Bruce, Euer Majestät? Aber das ist doch nicht *sein* Verdienst! Die Ehre gebührt dem Prinzen ganz allein. Nur ihm selbst ist der Erfolg dieser Reise zu verdanken.«

»Der Prinzgemahl ist aber der Ansicht, die strenge Disziplin, die ihm Oberst Bruce hat angedeihen lassen, habe diese Besserung bewirkt. Wir haben schon daran gedacht, ihm den Bath-Orden zu verleihen...«

Lord Palmerston runzelte die Stirn und schüttelte bedächtig den Kopf.

»Wenn jemand gute Arbeit geleistet hat, belohne ich ihn gern dafür«, erklärte ich.

»Dafür bin ich auch, aber dann solltet Ihr den Prinzen belohnen, Madame. Das ist einzig sein Verdienst. Die Regierung

Eurer Majestät würde doch gewiß niemandem einen Orden verleihen wollen, der ihn nicht verdient hat. Nein, Madame, dem Oberst steht kein Orden zu.«

Das grenzte schon fast an eine Unverschämtheit, doch Lord Palmerston brachte das so leichthin und amüsant heraus, daß ich es ihm nicht verübelte.

»Majestät müssen sehr stolz auf den Prinzen sein«, fügte er hinzu.

»Natürlich bin ich froh, daß er sich so gut bewährt hat.«

»Und zwar, obwohl ihn Oberst Bruce begleitet hat.« Es sah ihm ähnlich, daß er sich diese Bemerkung nicht verkneifen konnte.

Sein trotziger Gesichtsausdruck sprach Bände. Er würde stur bleiben und dafür sorgen, daß Oberst Bruce keinen Orden bekam. Er würde das zu verhindern wissen.

Mein Ärger hielt sich in Grenzen. Albert nahm sich das viel mehr zu Herzen. Mich freute vor allem, daß Bertie ein solcher Erfolg beschieden war, den er niemandem zu verdanken hatte.

Doch sein Triumph war nicht von langer Dauer, denn schon bald gab es wieder Ärger. Die Freiheit, die er auf seiner Reise genossen hatte, war ihm offenbar zu Kopf gestiegen, und es fiel ihm denkbar schwer, sein Studium wieder aufzunehmen.

Bertie hatte wieder einmal eine Eskapade ausgeheckt, doch Oberst Bruce kam ihm gerade noch rechtzeitig auf die Schliche. Bertie war es tatsächlich gelungen, dem Oberst zu entkommen. Er wollte bei Freunden unterschlüpfen, die er aus Oxford kannte.

Zuerst mußte er also nach London fahren und von da aus nach Oxford. Zum Glück konnte dieser Plan vereitelt werden, denn Oberst Bruce telegrafierte uns, und als Bertie dann in London eintraf, stand schon eine Kutsche bereit, um ihn in den Palast zu bringen.

Die Verzweiflung brachte Albert fast um den Verstand. Bertie war kein Kind mehr, das man schlagen konnte, doch Albert sah sich gezwungen, drastische Maßnahmen zu ergreifen.

Wir setzten uns zusammen und beratschlagten, wie es mit Bertie weitergehen sollte. Schließlich einigten wir uns darauf, ihn nicht mehr nach Cambridge zurückzuschicken.

So landete er im Curragh Camp in Irland, damit man ihm beim Militär Disziplin beibrachte.

Vicky kam wieder zu Besuch, doch diesmal in Begleitung ihres Mannes. Nun war nicht nur von einer Prinzessin für Bertie die Rede, sondern auch von einem Mann für Alice. Meine sanftmütige, verständnisvolle Alice würde mir entsetzlich fehlen, und ich ließ sie nur sehr ungern ziehen, doch das war nun einmal der Lauf der Welt. Ich freute mich, daß Vicky mit Fritz so glücklich war, doch ich hegte den Verdacht, daß sie sich mit ihren preußischen Verwandten nicht sehr gut verstand. In jenem Herbst fühlte ich mich ausgesprochen wohl. In Balmoral war es herrlich, und ich war immer glücklich, wenn ich mich dorthin zurückziehen konnte. Doch um Alberts Gesundheitszustand machte ich mir ständig Sorgen. Auch wenn er sich nicht wohl fühlte, bestand er darauf, selbst zu kutschieren. Balmoral schien ihm jedoch am allerbesten zu bekommen, und schon allein deshalb war es mir besonders wichtig.

Ich legte großen Wert auf die Zusammenkünfte im Hochland und am Dee. In jenem Jahr lud ich zweihundert Gäste ein. So besuchte uns zum Beispiel Onkel Leopold in Begleitung des Prinzen Ludwig von Hessen-Darmstadt und seines Bruders. Es freute mich, daß Prinz Ludwig und Alice Gefallen aneinander fanden.

Vicky schrieb mir, daß sie wieder ein Kind erwarte. Mama und ich hielten das für verfrüht.

»Ich will hoffen, daß sie nicht meinem Beispiel folgt«, seufzte ich. »Neunmal habe ich diese Qualen durchgestanden!«

Albert war außer sich vor Freude, doch um seine Tochter machte er sich Sorgen.

»Du wirst nie begreifen, wie so eine Schwangerschaft an einer Frau zehrt und wieviel Kraft eine Geburt kostet«, hielt ich ihm verärgert vor.

Ich zeigte mich reizbar, weil ich mir solche Sorgen machte. Vicky war schon wieder schwanger, Alice würde vielleicht bald heiraten, Bertie machte uns ständig Kummer, und Alberts Gesundheit ließ sehr zu wünschen übrig.

Wir atmeten erleichtert auf, als Vicky von einem kleinen Mädchen entbunden wurde. Die Eltern nannten es Charlotte. Albert schlug vor, Vicky zu besuchen.

»Ich sehne mich nach Deutschland und möchte es gern noch einmal wiedersehen«, erklärte er mit ernster Miene.

Wir nahmen Alice mit. Dieses liebe, ruhige, ausgeglichene und so hilfsbereite Mädchen war eine reine Freude, und sie würde mir sehr fehlen, wenn sie einmal heiratete und wegging.

Vicky ging es gut. Ihre Kinder schloß ich gleich ins Herz, sie waren ganz allerliebst. Wilhelms mißgebildetes Ärmchen war sehr geschickt kaschiert und fiel deshalb kaum auf. Er war ein ausgesprochen hübscher Junge, ein kleiner Blondschopf, kräftig und auffallend klug. Das Baby mußte man einfach liebhaben.

Vicky machte einen glücklichen und zufriedenen Eindruck. Albert war natürlich froh, wieder einmal in Deutschland zu sein. Wir fuhren auch nach Rosenau, und es machte Albert große Freude, Alice von seiner Kinheit zu erzählen. Trauer ergriff ihn jedoch, wenn er an seine Stiefmutter dachte, an der er sehr gehangen hatte und die vor kurzem erst gestorben war.

»Nun ja, wir müssen alle einmal sterben.« Damit versuchte er sich zu trösten.

Wir trafen uns auch mit Herzog Ernst und Alexandrina. Albert bestand immer wieder darauf, mit Ernst alleinzusein. Im nachhinein will es mir fast scheinen, als habe Albert sein Schicksal damals schon vorausgeahnt und als habe er jeden Augenblick der Kindheit noch einmal nachvollziehen wollen.

Es kam zu einem schrecklichen Zwischenfall, der ihn das Leben hätte kosten können. Zum Glück erfuhr ich erst hinterher davon. Ich war nicht mit von der Partie gewesen, als er vierspännig in einer offenen Kutsche fuhr und die Pferde scheuten. Hilflos mußte der Kutscher – zur Untätigkeit verdammt – zulassen, daß die Pferde durchgingen und auf einen Bahnübergang zupreschten. Albert, der stets einen kühlen Kopf bewahrte, sah, daß er keine Zeit verlieren durfte, und sprang gerade noch rechtzeitig ab. Die Kutsche sauste schon im nächsten Augenblick gegen die geschlossene Schranke. Der Kutscher wurde eingeklemmt und konnte sich nicht rühren, Albert lag bewußtlos auf dem Boden. Zum Glück hatte sich eins der Pferde losgerissen und war allein zum Stall zurückgekehrt. Deshalb konnte Albert und dem Kutscher schon bald geholfen werden.

Ich war nicht dagewesen. Bei meiner Rückkehr erfuhr ich, was geschehen war, und stürzte sofort hinauf in Alberts Zimmer. Er lag im Bett, hatte Prellungen davongetragen und stand offenbar noch unter Schockwirkung.

Zum Glück war Stockmar da, den wir in Sachsen-Coburg wiedergesehen hatten. Er hatte Albert sofort verarztet und versicherte mir, Albert sei nicht so schwer verletzt, wie es den Anschein hatte. Um den Kutscher stände es weit schlimmer, und eins der Pferde habe man erschießen müssen.

Ich erschrak zu Tode. Wie leicht hätte uns das Schicksal ereilen können! Ich sandte ein Dankgebet gen Himmel, weil Albert davongekommen war.

Er erholte sich erstaunlich schnell. Seinen Geburtstag feierten wir in Rosenau.

Albert verbrachte sehr viel Zeit mit Stockmar. Sie sprachen so ernsthaft über ihre Leiden und Wehwehchen wie Generäle über ihre Strategie im Kriegsfall, was mich zum Lachen reizte.

Doch Albert sah mich traurig an und sagte: »Mein liebes Kind, ich hoffe, du wirst immer glücklich sein.«

Ein sonderbarer Wunsch. Später habe ich mich oft gefragt, ob er wohl ahnte, was ihm blühte.

Ludwig von Hessen-Darmstadt stattete uns noch einen Besuch ab. Mir erschien er für Alice sehr geeignet, und er war ihr offenbar sympathisch. Mir war aufgefallen, daß sie und Vicky sich mehrmals vertraulich miteinander unterhalten hatten. Vicky hatte sie wohl eingeweiht und ihr erklärt, was von einer verheirateten Frau erwartet wurde, damit sich Alice nicht ganz unvorbereitet auf das Eheleben einließ. Alice schien das nicht abzuschrecken. Sie war durchaus bereit, es auf sich zu nehmen. Ludwig mußte es ihr wohl sehr angetan haben. Ob Vicky ihr wohl einen der Briefe zu lesen gegeben hatte, die ich ihr kurz nach der Geburt des kleinen Wilhelm geschrieben hatte?

Da hieß es zum Beispiel:

›Wie wird das weibliche Geschlecht doch verachtet und herabgewürdigt. Anders kann man es wirklich nicht nennen, denn wir sind dazu da, daß die Männer sich mit uns vergnügen. Das steckt mehr oder weniger in jedem Mann. Selbst dein Vater ist davon nicht ausgenommen, wenn er es auch nicht zugibt ...‹

Doch obwohl wir das wissen, lassen wir uns auf die Ehe ein – wie auch meine liebe Alice.

Ich bat Albert, Ludwig ein wenig auszuhorchen. Der junge Mann war Alice sehr zugetan und offenbar nicht abgeneigt, das Wagnis einzugehen.

»Er ist klug und vernünftig«, sagte ich. »Man kommt bestens mit ihm aus. Ich habe jetzt schon das Gefühl, als gehöre er zur Familie. Mir gefällt sein wettergegerbtes Gesicht. Ich finde, er sieht sehr gut aus, und das freut mich, wenn ich das auch nicht zur Bedingung machen würde.«

Albert bedachte mich wieder einmal mit einem seiner zärtlich-nachsichtigen Blicke und meinte, gegen die Verbindung habe wohl auf beiden Seiten niemand etwas einzuwenden.

Am Abend hatten wir Gäste. Mir fiel auf, daß Ludwig und Alice ein sehr ernstes Gespräch miteinander führten.

Als ich zu ihnen trat, flüsterte mir Alice zu: »Mama, Ludwig hat mich gebeten, seine Frau zu werden. Gibst du uns deinen Segen?«

Ich sah sie zärtlich an und murmelte, dies sei wohl kaum der richtige Ort, um über so etwas zu sprechen. Wir wollten dieses Thema zu einem geeigneteren Zeitpunkt noch einmal zur Sprache bringen.

Später ließen Albert und ich Alice und Ludwig zu uns kommen. Wir umarmten uns und gaben dem glücklichen Paar unseren Segen.

So verlief der Abend glückverheißend.

Den März des Jahres 1861 werde ich nie vergessen. Mama hatte sich schon längere Zeit nicht wohl gefühlt. Sie hatte einen sehr schmerzhaften Abszeß unter dem Arm gehabt, und Sir James war der Ansicht gewesen, sie würde sich erst dann wieder besser fühlen, wenn der Abszeß aufgeschnitten würde. Das war dann auch geschehen, und als wir sie schon auf dem Weg der Besserung glaubten, erfuhren wir, daß sie sich eine schlimme Erkältung zugezogen hatte. Sir James suchte uns extra auf, um uns mitzuteilen, daß er sich große Sorgen um sie machte.

Zusammen mit Albert begab ich mich eilends nach Frogmore. Mama lag nicht etwa im Bett, sondern mit einem wunderschönen Morgenrock bekleidet auf dem Diwan. Ich fand, daß sie glänzend aussah, und atmete erleichtert auf, doch dann machte ich mir klar, daß sie diesen Eindruck nur erweckte, weil die Rolläden herabgerissen waren.

»Wir sind sofort zu dir geeilt, als wir hörten, daß es dir schlecht geht«, sagte ich. Ich kniete mich neben sie, ergriff ihre Hand und drückte einen Kuß darauf.

Mama sah mich ganz verstört an. Ich wechselte verwundert einen Blick mit Albert. Als er mir die Hand auf die Schulter legte, dämmerte mir die entsetzliche Erkenntnis, daß meine Mutter mich nicht mehr erkannte.

Albert drückte mich zärtlich an sich. »Wir bleiben über Nacht«, versprach er.

Natürlich war an Schlaf gar nicht zu denken, denn ich wußte, daß Mama im Sterben lag. Eine schreckliche Rastlosigkeit ergriff mich, ich machte mir die größten Vorwürfe. Die Vergangenheit stand wieder ganz lebendig vor mir, so manche Szene aus meiner Kindheit und Jugend durchlebte ich in dieser nicht endenwollenden Nacht noch einmal.

In aller Herrgottsfrühe – es war noch nicht einmal vier Uhr – erhob ich mich gemartert und ging in Mamas Zimmer.

Reglos und mit weitaufgerissenen Augen lag sie da, ohne daß sie mich erkannte oder auch nur wahrnahm.

Den Vormittag verbrachte ich an ihrem Bett. Sie starb, ohne mich zu erkennen.

Albert tröstete mich rührend. »Das ist nun einmal nicht zu ändern, meine Liebe«, sagte er. »Wir alle müssen einmal sterben.«

Todtraurig klammerte ich mich an ihm fest. Albert begriff, daß ich mir Vorwürfe machte. Ich las meine Tagebücher daraufhin noch einmal. Was für schreckliche Dinge standen über meine Mutter darin. Wie tragisch, daß es zu dieser Kluft zwischen uns gekommen war. Es lag an mir, daß es dahin gekommen war. Dabei hatte Mama mich doch nur schützen wollen. Lehzen und ich waren immer wieder über sie hergezogen, obwohl sie stets nur das Beste für mich wollte. Erst Albert hatte mir das klargemacht.

Ich hätte Mama gern gesagt, daß all das Schreckliche, was über sie in meinem Tagebuch stand, gar nicht so gemeint war. Ich wollte es ihr sagen, wollte, daß sie das wußte...

Ich weigerte mich, aus dem Palast zu gehen, wollte keinen Menschen sehen. Die Trauer nahm mich ganz gefangen.

Albert versuchte, mich zur Vernunft zu bringen, erzählte mir, daß ich schon ins Gerede kam, weil ich mich so sonderbar benahm. Schon wegen meines Großvaters dürfe ich das auf keinen Fall auf mir sitzen lassen. Die Leute warteten ja nur darauf, Gerüchte in die Welt zu setzen und Lügen über mich zu verbreiten.

Ich durfte mich nicht mehr vergraben, mich nicht von dem Kummer übermannen lassen. Ich hatte meiner Mutter Unrecht getan, das sah ich inzwischen ein, und es tat mir leid. Als Entschuldigung konnte man höchstens gelten lassen, daß ich ja noch ein Kind gewesen war.

Albert bewirkte, daß ich die Dinge in einem neuen Licht sah. Also vergrub ich mich nicht mehr, sondern ließ mich wieder sehen. Ich konnte sogar wieder lachen und sagte mir erleichtert, daß Mama durch ihren Tod kein besserer Mensch geworden war als zu Lebzeiten. Sie hatte tatsächlich immer die erste Geige spielen wollen, sie war tatsächlich grob und unhöflich zu Onkel William gewesen und hatte die arme Tante Adelheid immer wieder vor den Kopf gestoßen.

Ich mußte endlich wieder vernünftig sein. Natürlich bereute ich meine Fehler, doch ich war ja noch ein ahnungsloses Kind gewesen. Trotzdem hätte ich Mama gern so manches erklärt.

Irland lag hinter Bertie. Er kehrte nach Cambridge zurück. Vicky hatte bei der Suche nach der geeigneten Prinzessin für ihren Bruder noch kein Glück gehabt. Prinzessin Alexandra von Dänemark ging uns nicht aus dem Kopf. Das dänische Königshaus bzw. die dänische Königsfamilie war zwar ziemlich unbedeutend und rangierte ganz unten auf der Liste, doch Vicky schrieb uns, Alexandra sei mit Abstand die schönste der Prinzessinnen.

»Wenn das so ist, unterschlagen wir sie Bertie besser«, schlug ich vor. »Er braucht von ihrer Existenz gar nichts zu erfahren, bis wir eine Braut für ihn gefunden haben.«

Doch es sollte anders kommen. Alberts Bruder Ernst war strikt gegen eine Allianz zwischen England und Dänemark. Daher schrieb er Bertie und riet ihm von einer Ehe mit Prinzessin Alexandra ab. Da Bertie dadurch zum erstenmal von Alexandra hörte, erwachte der Widerspruchsgeist in ihm und machte ihn erst so richtig neugierig.

Albert zürnte Ernst und machte ihm Vorhaltungen.

Wir berieten uns. Bertie hatte die Prinzessin von Meiningen und die Tochter des Prinzen Albrecht von Preußen bereits kennengelernt. Beide hatten ihn völlig kalt gelassen. Die Tochter von Friedrich der Niederlande war zu häßlich. Ludwig von Hessen-Darmstadt hatte zwar eine Schwester, doch da Alice schon in dieses Herrscherhaus einheiratete, erübrigte sich eine weitere Verbindung.

Fast wollte es uns scheinen, als käme für Bertie nur Alexandra von Dänemark in Frage, und da wir von allen Seiten hörten, daß sie eine strahlende Schönheit war, würde auch Bertie nichts gegen sie einzuwenden haben.

Inzwischen war es Winter geworden. Albert war schwer erkältet, und das Rheuma quälte ihn so, daß er nachts nicht schlafen konnte.

An einem düsteren Novembertag geschah das Schreckliche. Doch zu der Zeit wußte ich noch nichts davon, denn Albert hielt es vor mir geheim. Ich hätte es wahrscheinlich nie erfahren, wenn ich nicht später seine Papiere geordnet hätte. So stieß ich auf den Brief von Stockmar.

Mir fiel nur auf, daß er ständig tief in Gedanken versunken zu sein schien, von einer tiefen Melancholie ergriffen. Er fühlte sich offenbar höchst unbehaglich, und doch wollte er sich mir nicht anvertrauen.

Schließlich konnte ich dieses selbstzerstörerische Grübeln einfach nicht mehr mitansehen und fragte ihn, was ihn bedrücke.

»Ach, es ist nichts... nichts, was für dich von Interesse wäre, liebes Kind. Mit dir hat es nichts zu tun. Mach dir bitte keine Sorgen.«

Da sagte ich mir, daß er sich eben nicht wohl fühlte, und legte ihm nahe, sich zu schonen und vor allem bei dem miserablen Wetter nicht hinauszugehen.

Nach ein paar Tagen behauptete er, er müsse zu Bertie nach Cambridge.

»Doch nicht bei diesem Wetter«, sagte ich entsetzt. »Bertie kann doch wohl noch etwas warten.«

»Nein, ich möchte gleich heute fahren.«

»Bitte nicht, Albert. Das Wetter ist zu schlecht, und du bist ohnehin nicht ganz gesund.«

»Die Fahrt dauert ja nicht lange. Ich bin bald wieder da.«

»Ich verbiete es dir!« sagte ich aufgebracht.

»Es hilft alles nichts, mein Liebling, die Sache duldet keinen Aufschub. Ich muß heute noch nach Cambridge.«

Sein Ton verriet mir, daß ich ihn nicht davon abhalten konnte, und so fuhr er gegen meinen Willen noch am gleichen Tag nach Cambridge.

Bei seiner Rückkehr fror er entsetzlich und zitterte vor Kälte. Ich bestand darauf, daß er sofort zu Bett ging. Diesmal fügte er sich ohne Widerrede.

Ich setzte mich zu ihm ans Bett und schalt ihn, weil er sich mir widersetzt hatte, um Bertie in Cambridge zu besuchen. Das widersprach doch jeglicher Vernunft. Wie ging es Bertie überhaupt? Albert berichtete, es gehe Bertie gut. Sie hätten sich lange unterhalten.

»Das hätte doch noch Zeit gehabt!« ereiferte ich mich.

Da sah er mich nachsichtig lächelnd an und schüttelte den Kopf. Angesichts seines Erschöpfungszustandes ließ ich das Thema lieber fallen.

Am nächsten Tag schien sich Albert ein wenig besser zu fühlen. Ich hoffte, daß er sich von dieser leidigen Erkältung schon bald wieder ganz erholen würde. Sicher würde sich auch etwas finden, was sein Rheuma linderte. Ich freute mich schon auf die Zeit, wo er wieder ganz gesund sein würde.

Da kam es unvermittelt zu einer Krise, die weltweite Ausmaße anzunehmen drohte. In Amerika hatte ein Krieg zwischen den Nord- und den Südstaaten getobt. Die Südstaaten hatten zwei Gesandte nach England geschickt, um uns für ihre Sache zu gewinnen. Diese beiden Männer, Mason und Slidell, befanden sich an Bord des englischen Schiffes *Trent*. Es wurde von den Gegnern der Südstaaten geentert, die Gesandten wurden von Bord geholt. Das konnten wir natürlich nicht einfach hinnehmen. Niemand durfte britische Schiffe auf hoher See behindern, oder er bekäme die Macht Großbritanniens zu spüren. Es sah ganz danach aus, als bekämpften sich die Amerikaner nicht nur gegenseitig, sondern als kämpften sie auch gegen uns.

Die britische Regierung verlangte die sofortige Freilassung der Gesandten, andernfalls werde unser Botschafter aus Washington abberufen. Die Regierung war fest entschlossen, diese Drohung notfalls wahrzumachen, und ich stand hinter ihr. Lord John Russell schickte mir einen Entwurf des Ultimatums zur Begutachtung.

Nie werde ich vergessen, wie elend Albert in seinem wattierten Hausmantel mit dem scharlachroten Samtkragen aussah, doch auf seinem eingefallenen Gesicht lag ein Ausdruck wilder Entschlossenheit.

»So geht das nicht«, konstatierte er.

»Willst du wohl gleich wieder ins Bett gehen, Albert!« schalt ich ihn. »Solange du noch nicht ganz wiederhergestellt bist, darfst du dich mit derlei Dingen nicht befassen!«

»Siehst du denn nicht, daß wir uns in einer sehr prekären Lage befinden?« ereiferte er sich. »So darf das Ultimatum keinesfalls abgeschickt werden.«

»Aber wir wollen doch genau das sagen, was in dem Ultimatum steht. Wir können nicht zulassen, daß diese Piraten unsere Schiffe einfach kapern.«

»Aber das ist doch ein Sonderfall. Wir dürfen keinesfalls einen Krieg mit Amerika riskieren. Wir wollen, daß in Großbritannien Frieden herrscht.«

»Natürlich wollen wir, daß Frieden herrscht. Trotzdem lassen wir uns von diesen Amerikanern weder zu Land noch auf See etwas vorschreiben.«

»Es geht mir ja nur um die Formulierung dieses Ultimatums. Die Amerikaner sind sicher auch nicht auf einen Krieg mit uns erpicht. Sie haben genug damit zu tun, sich gegenseitig zu bekämpfen. Aber bei einem Ultimatum dieses Wortlauts bleibt ihnen gar keine andere Wahl. Es muß umgeschrieben werden.«

»Das sagst du wohl besser Russell. Nein, nicht einmal das. Du solltest schleunigst wieder ins Bett gehen und dich ausruhen.«

»Wie soll ich denn zur Ruhe kommen bei diesem brisanten Ultimatum? Ich werde es selbst umschreiben und anders formulieren, damit wir uns nicht in eine gefährliche Lage manövrieren.«

»Aber Albert, du bist doch noch krank!«

Doch er knipste seine kleine grüne Schreibtischlampe an und machte sich an die Arbeit. Als er fertig war, stützte er die Ellenbogen auf den Schreibtisch und legte den Kopf erschöpft in die Hände.

»Victoria, meine Liebe«, klagte er, »ich fühle mich so unendlich schwach, daß ich kaum die Feder halten konnte.«

»Ich habe dir ja gleich gesagt, du sollst das bleibenlassen. Aber du hörst ja nie auf mich.«

Er sah mich mit einem todtraurigen Lächeln an.

Mir wurde erst später richtig klar, daß uns Albert in einer sehr brenzligen Situation vor dem Schlimmsten bewahrt hatte. Ohne seinen Weitblick wäre es womöglich zum Krieg gekommen. Die *Trent*-Affäre ist einer dieser Vorfälle, die in den Geschichtsbüchern kaum je Erwähnung finden, und kaum jemand ahnt, welche Rolle Albert dabei gespielt hat. Doch auch das ist ein gutes Beispiel dafür, was Albert alles für unser Land getan hat.

Alberts Zustand verschlimmerte sich zusehends. Sir James brachte mir schonend bei, daß er noch einen anderen Arzt hinzuziehen wollte. Seit dem tragischen Tod von Flora Hastings hegte ich den Verdacht, daß es mit Sir James' Selbstvertrauen nicht weit her war.

»Der Prinz muß wohl sehr krank sein, wenn Sie sich solche Sorgen machen, daß Sie einen Kollegen zu Rate ziehen möchten«, meinte ich.

»Nun ja, es kann nie etwas schaden, einen Kollegen hinzuzuziehen«, erwiderte Sir James.

»Tun Sie, was Sie für richtig halten«, sagte ich.

Ich erschrak, als ich sah, daß er Dr. William Jenner hinzugezogen hatte, der auf Fieber und insbesondere auf Typhus spezialisiert war.

Angstgepeinigt wartete ich auf die Diagnose, während Dr. Jenner Albert untersuchte.

»Typhus hat der Prinz nicht...« ließ er dann verlauten.

»Was für ein Glück!« rief ich erleichtert.

»Jedenfalls vorerst noch nicht«, fuhr Dr. Jenner fort. »Aber ich möchte Euch nicht verhehlen, Madame, daß er sich durchaus noch infizieren kann. Wir müssen mit allem rechnen.«

Ein Grauen beschlich mich. Typhus, diese gefürchtete Seuche! Unzählige Menschen waren ihr schon zu Opfer gefallen. Aber doch nicht Albert...nein, das durfte nicht sein!

Doch Alberts Zustand verschlimmerte sich weiter. Es hatte keinen Sinn, die Augen vor der Wahrheit zu verschließen. Er fand keinen Schlaf und keine Ruhe und schlug vor, in ein anderes Bett umzuziehen.

»Nein, auf keinen Fall!« protestierte ich. »Es macht mir nichts aus, daß du dich herumwälzt. Ich will ja selbst nicht schlafen, sondern bei dir wachen.«

Wieder dieses todesmatte Lächeln. Ich glaube, Albert wußte Bescheid, und zwar schon seit geraumer Zeit.

Ich konnte nicht einmal mehr weinen. Als Albert meinen Kummer wahrnahm, versuchte er nach besten Kräften, mich zu trösten.

»Es wird ja alles wieder gut, mein Kleines«, sagte er. »Du liebst das Leben und hängst weit mehr daran, als ich es je getan habe. Aber der Gedanke schmerzt, die Menschen verlassen zu müssen, die ich liebe.«

Erstaunlicherweise erholte sich Albert ein wenig, und ich machte mir wieder Hoffnung, daß er bald wiederhergestellt sein würde. Er äußerte den Wunsch, Musik zu hören. Also bat ich Alice, ins Nebenzimmer zu gehen, die Tür offen zulassen und ihrem Vater etwas vorzuspielen. Alice setzte sich ans Klavier und spielte *Ein feste Burg ist unser Gott*. Albert lächelte beglückt.

»Die gute Alice«, sagte er gerührt. »Weiß Vicky eigentlich, wie es um mich steht?«

»Ich habe ihr noch nicht geschrieben, daß du krank bist. Sie würde sich furchtbar ängstigen, was in ihrem Zustand nicht gerade ratsam ist.«

Vicky erwartete wieder ein Kind. Wenn ihr Vater stürbe, wäre das auch ihr Tod, dachte ich. Selbst in diesem Augenblick plagte mich die Eifersucht, weil Albert seine Tochter so abgöttisch liebte.

Albert hatte solche Schmerzen, daß ich die Ärzte anflehte, ihm etwas einzugeben, was Schmerzen linderte. Daraufhin verabreichten sie ihm ein Opiat, und er schlief friedlich ein. Ich rührte mich nicht von seinem Bett weg. Mein Blick hing wie gebannt an dem geliebten Gesicht. Wie hatte er sich seit dem Tag verändert, an dem wir nebeneinander vor dem Traualtar gestanden hatten!

Mit Hilfe des Opiats schlief er die ganze Nacht durch. Am nächsten Tag schien er sich besser zu fühlen, denn er bat Alice, ihm etwas vorzulesen. Alice entschied sich für *Silas*

Marner, doch Alberts Gedanken schweiften immer wieder ab. Er konnte sich nicht konzentrieren und war nicht bei der Sache. Schließlich erklärte er, das Buch gefiele ihm nicht.

Als er sich ruhelos im Bett hin und her warf, wußte ich mir keinen Rat. Ich hatte in den letzten fünf Nächten kaum ein Auge zugetan. Albert konnte nur noch mit starken Betäubungsmitteln schlafen. Er sprach jetzt fast nur noch deutsch. Wahrscheinlich glaubte er, wieder ein Kind zu sein.

Ich fühlte mich sterbenselend und glaubte, das Herz müsse mir brechen. Wahrscheinlich sah mir jeder meine Angst an. In meiner Not wandte ich mich von Dr. Jenner an Sir James, dem daran gelegen war, mich zu beruhigen und zu trösten, indem er vorgab, Albert werde sich wieder erholen.

Doch schließlich schenkte mir Dr. Jenner reinen Wein ein. Albert leide an Magenfieber, auch Darmfieber genannt. Ich wußte, was das bedeutete, wenn er auch das Schreckenswort ›Typhus‹ nicht aussprach.

Ich wich Albert nicht mehr von der Seite. Er wußte, daß ich bei ihm war, denn er murmelte immer wieder: »Gutes Frauchen.«

Jenner sprach sich dafür aus, noch weitere Ärzte hinzuzuziehen, zum Beispiel Dr. Watson und Sir Henry Holland – doch ich befürchtete, Albert könne beim Anblick eines solchen Ärztekonsortiums an seinem Bett in Panik geraten und erkennen, wie ernst es um ihn stand.

»Wenn Stockmar doch hier wäre«, murmelte Albert.

Ja, das wäre sicher eine Hilfe. Vermutlich hielten wir den alten Mann fälschlicherweise für einen Zauberer, der Wunder vollbringen konnte, aber was spielte das für eine Rolle? Wir hatten nun einmal Vertrauen zu ihm.

Mir war danach, jemanden für Alberts Siechtum verantwortlich zu machen. Also gab ich Stockmar die Schuld, weil er uns im Stich gelassen hatte. Er hätte Albert wieder gesund gemacht.

Ich saß an Alberts Bett, und er lehnte den Kopf an meine

Schulter. »Das ist bequem, mein liebes Kind, so fühle ich mich wohl.«

Vicky ließ ihm keine Ruhe. »Weiß sie inzwischen, daß ich krank bin? Sterbenskrank?«

»Ich habe ihr mitgeteilt, daß es dir nicht gut geht.«

»Du hättest ihr lieber schreiben sollen, daß ich im Sterben liege.«

»Nein!« erwiderte ich heftig. »Nein, Albert, nein!«

Später bat er mich, nach dem Abendessen wieder zu ihm zu kommen. Abendessen! Als brächte ich auch nur einen Bissen hinunter!

Der Arzt fing mich an der Tür ab.

»Euer Majestät sollten nicht zu lange bleiben, der Prinz braucht unbedingt Ruhe.« Ich trat ein.

»Albert, mein geliebter Albert.«

Er sah mich lächelnd an.

»Ich darf nicht lange bleiben.«

»Dann siehst du mich vielleicht nicht mehr lebend wieder«, sagte er.

»Nichts wäre mir lieber, als bei dir zu bleiben. Aber die Ärzte bestehen darauf, daß ich dich allein lasse, weil du Ruhe brauchst.«

Ich küßte ihn zärtlich auf die Stirn und ging.

Am nächsten Tag benachrichtigte Alice ihren Bruder Bertie in Cambridge und bat ihn zu kommen.

Sie hatte ihm nicht mitgeteilt, wie krank sein Vater war. Sicher glaubte er, es handle sich nur um eine kleine Unpäßlichkeit. Doch die Ernüchterung folgte auf dem Fuß, denn er sah sofort, wie es um seinen Vater stand.

Die Krankheit erreichte eine Phase, die sich Krise nannte. Angstgepeinigt durchwachten wir die ganze Nacht, warteten und hofften auf ein Wunder. Die Ärzte behaupteten, Albert könne wieder gesund werden. Das war um sechs Uhr früh. Ich ging in den Blauen Salon. Im Licht der heruntergebrannten Kerzen hatten die Ärzte ernste Mienen aufgesetzt. Albert lag im Bett, die wunderschönen blauen Augen weit aufgerissen. Trotzdem schien er nichts wahrzunehmen. Mir fiel auf, daß er erstaunlich jung aussah.

Ich trat dicht an sein Bett und sah auf ihn hinunter.

Alle Kinder mit Ausnahme von Beatrice kamen herein und drückten ihm einen Kuß auf die Hand. Sprechen konnte er nicht mehr.

Schweratmend hauchte er: »Wer ist das?«

»Albert, ich bin deine kleine Frau«, sagte ich gequält.

Es fiel mir immer schwerer, mich zu beherrschen, denn nun konnte ich die Augen nicht mehr vor der Wahrheit verschließen.

Ich mußte mich irgendwie mit dem Gedanken an eine entsetzliche Tragödie vertraut machen. Von Schluchzen geschüttelt, stürzte ich aus dem Zimmer, doch Alice rief mich schon bald wieder zurück.

Ich kniete mich neben Alberts Bett. Alice stand auf der anderen Seite, Bertie und Helena am Fußende des Bettes. Daß sich außer uns auch noch andere Menschen in diesem Raum befanden, kam mir kaum zu Bewußtsein.

Alberts Lippen bewegten sich, formten die Worte: »Gutes Frauchen.«

Ich ertrug die Qual kaum mehr. Bis zum Schluß hielt Albert meine Hand. Als sein Griff sich lockerte, wußte ich, daß er gestorben war. Schmerzgebeugt erhob ich mich und küßte ihn auf die Stirn.

»Mein Lieber, mein Geliebter«, flüsterte ich verzweifelt.

Albert war von mir gegangen, mein Leben hatte keinen Sinn mehr.

Hoftrauer war angesagt. Ich fand, daß eigentlich die ganze Welt um Albert trauern müßte.

Vor Schmerz war ich wie versteinert, konnte gar nicht fassen, was geschehen war. Wie sollte ich ohne Albert weiterleben?

Natürlich mußte ich für meine Kinder dasein, die sich um mich scharten. Selbst Baby Beatrice versuchte mich zu trösten, und die gute Alice kümmerte sich rührend um mich, doch sie konnte mir nicht helfen. Niemand konnte etwas für mich tun. Albert war dahingegangen. Durch seinen Tod war auch mein Leben sinnlos geworden.

Ich wollte keinen Menschen sehen, mein Zimmer nicht verlassen, wollte nur allein sein und mich ganz meiner Trauer und abgrundtiefen Verzweiflung überlassen.

Mein geliebter Albert, ein Heiliger, der Unvergleichlichste auf Erden, war von mir gegangen.

Alexandra

Als ich dahinterkam, war ich so aufgebracht, daß alles andere in den Hintergrund trat und ich sogar meinen Kummer fast vergaß. Bertie, mein eigener Sohn! Was für eine Schande! Ich erfuhr es, als ich auf den Brief von Stockmar stieß. Deshalb war Albert so deprimiert gewesen, als er diesen Brief erhielt! Ein paar Tage später hatte er sich durch nichts davon abbringen lassen, zu Bertie nach Cambridge zu fahren. Nun kannte ich den Grund.

Bertie hatte Schande über uns gebracht. Stockmar schrieb, unser Sohn habe während seiner Zeit in Curragh Camp eine Mätresse gehabt. Der Skandal war selbst Stockmar zu Ohren gekommen, und wir ahnten hier nicht einmal etwas davon. *Ich* jedenfalls nicht. In gewissen Kreisen rümpfte man sicher die Nase.

Ich erinnerte mich noch gut an diesen kalten, regnerischen Tag. »Bei diesem Wetter kannst du nicht nach Cambridge fahren«, hatte ich Albert vorgehalten, doch er hatte nur erwidert: »Doch, es muß sein.« Auf dieser Fahrt hatte er sich das Fieber geholt, an dem er dann gestorben war.

Somit hatte Bertie Albert auf dem Gewissen!

Ich war von so einem unbändigen Zorn auf meinen Sohn erfüllt, daß er alles andere überschattete. »Wäre Albert nicht nach Cambridge gefahren, so wäre er wahrscheinlich noch am Leben«, sagte ich mir immer wieder.

Wenn mir Bertie unter die Augen kam, ertrug ich seinen Anblick kaum. Er war inzwischen zwanzig Jahre alt und damit wohl ein Mann. Bertie war eine einzige Enttäuschung. Kaum zu glauben, daß er Alberts Sohn war, so grundverschieden waren die beiden. Und nun hatte Bertie seinen Vater auch noch umgebracht!

Nein, da ging ich nun doch etwas zu weit, aber seine Schamlosigkeit und Lüsternheit hatten dazu beigetragen, daß Albert in so jungen Jahren gestorben war.

Es lag nicht in meiner Art, mit so etwas hinterm Berg zu halten. Ich dachte gar nicht daran, meinen Sohn zu schonen.

»Papa ist nach seinem Besuch bei dir in Cambridge so krank geworden«, hielt ich ihm vor.

»Aber Mama, er war doch schon krank, als er ankam.«

»Ja, das weiß ich. Deshalb habe ich ihn ja auch angefleht, nicht zu dir zu fahren.«

»Bei diesem schlechten Wetter hätte er nicht kommen dürfen.«

»Er hat das aber für seine Pflicht gehalten, du weißt ja wohl, warum.«

Bertie errötete schuldbewußt.

»Ihm war zu Ohren gekommen, was in Currough Camp vorgefallen ist«, sagte ich vorwurfsvoll.

»Ach, deshalb also«, meinte Bertie. »Aber das war doch nicht der Rede wert.«

»Nicht der Rede wert? Ein leichtes Mädchen und der Prinz von Wales, das nennst du ›nicht der Rede wert‹? Papa war nicht dieser Ansicht. Er fand, es sei sehr wohl der Rede wert, und auf der Fahrt zu dir hat er sich dann den Tod geholt...«

Traurig trat Bertie zu mir und nahm mich in die Arme. Seltsamerweise fühlte ich mich getröstet.

»Er war schon krank, bevor er abgefahren ist, und hätte niemals kommen dürfen. Das war auch gar nicht nötig. Die Sache war längst ausgestanden und ohnehin nicht wichtig. Es war einfach nur eine kurze, unbedeutende Affäre. Mich trifft keine Schuld daran, daß er zu mir gekommen ist. Ich habe ihn nicht darum gebeten.«

»Du wirst deinen Vater nie begreifen, Bertie«, sagte ich kopfschüttelnd. »Er war ein Heiliger.«

Ich brach in Tränen aus, der ganze Kummer und die Verzweiflung brachen wieder über mich herein, daran konnte nun auch meine Wut auf Bertie nichts mehr ändern.

Es gab keinen Trost. Nicht einmal die Menschen, die mich liebten, waren mir eine Hilfe. Mir war der einzige Mensch genommen worden, der mich glücklich machen konnte.

Manchmal saß ich stundenlang da und dachte an unsere

gemeinsame Zeit zurück, rief mir jede Einzelheit noch einmal ins Gedächtnis. Ich machte mir bittere Vorwürfe, wenn ich an meine häufigen Wutausbrüche dachte. Und Albert war so nachsichtig gewesen, so gütig – und immer hatte er recht behalten. Daß aber auch ausgerechnet er so früh hatte sterben müssen, dessen Klugheit und Weitblick wir jetzt so vermißten.

Ich schrieb an Onkel Leopold:

›Wenn wir uns auch bald wiedersehen, so Gott will, muß ich Dir doch ein paar Zeilen schreiben, um Dich auf das trostlose Dasein vorzubereiten, das Dein armes, verlorenes, völlig verzweifeltes Kind jetzt führt, ein freudloses, mühevolles Leben. Nur eines liegt mir jetzt noch am Herzen, das ich gar nicht oft genug wiederholen kann: Es ist mein fester Wille, meine unwiderrufliche Entscheidung, seine Pläne und Wünsche auch nach seinem Tode noch zu verwirklichen, sie zum Gesetz zu machen, von dem ich mich leiten lassen will. Ich hoffe, daß Du mich darin unterstützen und mir dabei helfen wirst. Das gilt besonders im Hinblick auf die Kinder, vor allem für Bertie. Was die Zukunft der Kinder angeht, so hatte er sich alles schon bis ins kleinste ausgemalt... So elend und schwach ich mich auch fühle, weil mir der Boden unter den Füßen weggezogen worden ist, so geht es mir doch gleich besser, wenn ich überlege, wie sich Alberts Wünsche und Pläne in die Tat umsetzen lassen...

Ich weiß, Du wirst mir helfen, die ich von schwärzester Nacht umgeben bin. Er ist mir so nah, mein geliebter Albert ist ein Teil von mir. Gott segne und schütze Dich.

In Liebe,
Dein todtrauriges, aber Dir
treu ergebenes Kind.‹

Onkel Leopold fand, ich solle nicht in Windsor bleiben, sondern nach Osborne reisen. Alle schienen das für eine gute Idee zu halten.

Ich ließ das Zimmer fotografieren, in dem Albert gestorben war. Mein Briefpapier und meine Taschentücher hatten wegen Mama einen Trauerrand. Den ließ ich nun auf zweieinhalb Zentimeter verbreitern. Die Porträts von Albert bekränzte ich mit Lorbeer. Auch ließ ich mich mit den Kindern fotografieren, wie wir uns um eine Büste Alberts scharten, die ihm sehr ähnlich war. So hatte ich wenigstens etwas zu tun, und diese Dinge trösteten mich auch ein wenig.

Wie leer und öde mir Osborne ohne Albert vorkam! Wie konnte Onkel Leopold nur annehmen, es gäbe irgendwo auf der Welt einen Ort, an dem ich mich getröstet fühlen würde! Und ausgerechnet in Osborne, das Albert selbst umgebaut und erweitert hatte. Aufgrund seiner Begabung für derlei Dinge hatte er aus dem kleinen Haus ein Schloß gemacht! Und ausgerechnet hier sollte ich ohne Albert glücklich sein? Es spielte keine Rolle, wo ich lebte. Ich würde nie wieder glücklich sein. Nirgendwo!

Ich pflegte am Fenster zu sitzen und aufs blaue Meer hinauszuschauen. Auf das Kissen neben mir legte ich sein Porträt, weinte bitterlich bei seinem Anblick. Als ich nach seinem Nachthemd griff und es an mich drückte, tröstete mich das ein wenig.

Alberts Bruder besuchte mich in Osborne. Es regnete und war eiskalt, als er gegen Mitternacht eintraf. Die Überfahrt war sehr stürmisch gewesen – aber was machte das noch aus bei dem Kummer, der uns quälte? Wir sanken uns in die Arme und beweinten den Dahingegangenen, unseren geliebten Albert.

Am 23. Dezember 1861 wurde er in der Georgskapelle in Windsor zur letzten Ruhe gebettet. Das heißt, genaugenommen nur vorübergehend, denn später wurde er ins Mausoleum von Frogmore überführt. Eines Tages würde ich dort an seiner Seite ruhen. Ich betete zu Gott, er möge mich bald zu sich holen.

Natürlich dachte ich an all die Weihnachten, die wir gemeinsam mit ihm gefeiert hatten. Albert hatte sich aus Coburg Tannen schicken lassen und die Weihnachtsbäume damit auch in England eingeführt. Der liebe Albert hatte mein Leben von Grund auf verändert und auch im Leben meines Volkes einschneidende Veränderungen bewirkt.

Welche Tragik, schon so jung zu sterben – mit erst vierzig Jahren! Ein so wundervoller Mensch, der so viel Gutes bewirkt hatte!

Ich konnte seinen Tod einfach nicht verwinden. Bei seiner Beerdigung war ich nicht leiblich zugegen, wohl aber im Geist.

Der Hauptleidtragende war Bertie. Was mag wohl in ihm vorgegangen sein, als er hinter dem Sarg seines Vaters herschritt? Sicher machte er sich die schwersten Vorwürfe. Wenn Albert doch nur nicht nach Cambridge gefahren wäre...

Alles in mir schrie danach, Bertie für Alberts Tod verantwortlich zu machen, doch tief im Innern wußte ich, daß ich ihm damit unrecht tat. Genaugenommen mußte ich mir nämlich sagen, daß Albert ja schon längere Zeit krank gewesen war und so geschwächt, daß seine Abwehrkräfte für eine schwere Krankheit nicht mehr ausreichten. Aber ich gierte danach, jemandem die Schuld in die Schuhe zu schieben. Ich warf sogar Gott vor, daß er ihn mir genommen hatte, doch es war viel einfacher, Bertie die Schuld zu geben.

Wie benommen saß ich da und starrte auf das graue Meer hinaus. In diesem Augenblick begann der Trauergottesdienst, die Böllerschüsse und das Glockengeläut müßten zu hören sein. Der Sarg mit Alberts Leichnam sollte am Eingang der Gruft placiert werden.

Sobald das Mausoleum fertig war, würde er nach Frogmore überführt.

Die Kinder ließen nichts unversucht, um mich zu trösten. Meine Töchter Alice und Beatrice waren mir auch wirklich eine Hilfe. Viel konnten sie allerdings auch nicht tun. Auch Helena, die Albert immer Lenchen genannt hatte, und Louise waren rührend besorgt um mich, doch Alice war besonders lieb und einfühlsam. Das hatte sich bereits gezeigt, als sie noch ein dickes kleines Mädchen war, das wir Fatima zu nennen pflegten. Alfred war inzwischen siebzehn. Ich hatte jahrelang befürchtet, er könne seinem älteren Bruder ähnlich werden. Er hatte so an Bertie gehangen und so unter der Trennung von seinem Bruder gelitten, daß ich glaubte, er könne in seine Fußstapfen treten. Arthur machte mir nur Freude. An ihm hing ich besonders, weil er Albert mit seinen elf Jahren am ähnlichsten sah. Um Leopold, den Butler, machte ich mir natürlich ständig Sorgen.

Aber abgesehen von Alice half mir die kleine Beatrice in dieser Zeit am meisten. Daß bei uns nicht mehr alles lief wie vorher, machte ihr sehr zu schaffen. Sie ließ keinen Zweifel daran, daß sie alles wieder so haben wollte wie früher. Als Jüngste – sie war zu der Zeit vier Jahre alt – hatte sie immer eine Sonderstellung eingenommen. Albert und ich hatten dieses ungezwungene, fröhliche Kind immer besonders geliebt.

Beatrice hatte die Angewohnheit, morgens in mein Bett zu klettern und sich an mich zu schmiegen. Ich hegte den Verdacht, daß Alice dahintersteckte und die Kleine zu mir schickte. Ihre kindliche Unschuld entzückte mich so, daß mir Beatrice wirklich ein kleiner Trost war. Wenn sie sich zärtlich an mich drückte, mußte ich daran denken, unter welchen Qualen ich meine Kinder zur Welt gebracht hatte. Diese gefürchteten Schwangerschaften, was für eine Plage!

Das zumindest würde mir ja in Zukunft erspart bleiben, aber ich hätte es liebend gern auch weiterhin auf mich genommen, wenn ich Albert hätte behalten dürfen.

Beatrice pflegte mit feierlicher Miene dazusitzen und mir beim Ankleiden zuzusehen.

»Mama«, sagte sie eines Tages, »setz doch diese traurige Haube nicht auf.«

Damit meinte sie die Witwenhaube, die ich seit dem Tod meines geliebten Albert trug.

»Die muß Mama jetzt tragen, Baby.«

»Baby mag diese Haube aber nicht. Baby will nicht, daß Mama diese Haube trägt.«

Den Tränen nahe drückte ich sie an mich. »Mama mag die Haube ja auch nicht.«

»Dann trag sie doch nicht«, meinte Beatrice verschmitzt.

»Mama muß sie aber tragen, weil Papa gestorben ist.«

Das Wort ›gestorben‹ sagte Beatrice noch nichts.

»Aber du nimmst die Haube ab, wenn Papa wiederkommt, ja?« fragte sie in aller Unschuld.

Der Schmerz ließ mich verstummen. Ich schüttelte nur den Kopf.

»Ich will, daß Papa wiederkommt.«

»Ja, ich weiß, mein Liebling. Du vermißt ihn sicher sehr.«

Da wiederholte Beatrice mit fester Stimme: »Ich *will* nicht, daß Mama diese traurige Haube trägt!«

Ich mußte wider Willen lächeln. Wenn meine kleine Beatrice sich etwas in den Kopf gesetzt hatte, war sie nicht mehr davon abzubringen. Meine Witwenhaube, das äußere Symbol meiner Witwenschaft, war ihr nun einmal ein Dorn im Auge.

Es betrübte mich, daß Vicky so weit weg war. Ich sagte mir, daß sie mir meinen Kummer weit besser nachfühlen konnte als meine anderen Kinder, denn sie hatte Albert so sehr geliebt wie ich. Ich werde nie vergessen, wie sie sich voneinander verabschiedet hatten, als Vicky ihrem Mann nach Preußen folgte. Sie waren beide untröstlich gewesen. Man hätte meinen können, sie würden beide an gebrochenem Herzen sterben, und mir fiel auch wieder ein, wie eifersüchtig ich gewesen war. Ich fürchte, mit meinen charakterlichen Qualitäten war es nicht weit her – aber wenn ich mich mit Albert, diesem Heiligen verglich, mußte ich ja schlecht wegkommen. Wahrscheinlich schnitt ich im Vergleich zu den meisten normalen Sterblichen nicht einmal so schlecht ab.

Ich nahm mir Vickys Brief noch einmal vor, den sie mir kurz nach Alberts Tod geschrieben hatte.

›Heute vor einer Woche hat uns dieser furchtbare Schicksalsschlag getroffen. Kummer und Verzweiflung haben uns schier um den Verstand gebracht. Doch wenn ich jetzt so an diese dunklen, schrecklichen, grausamen Tage zurückdenke, so habe ich doch allen Grund zur Dankbarkeit, denn Papa leuchtet in dieser Dunkelheit wie ein heller Stern... In Osborne hat mir Papa aus den *Idyllen eines Königs* vorgelesen und mich gebeten, ihm ein Bild zu malen. Wochenlang war ich damit beschäftigt, habe dabei an ihn gedacht und mich gefragt, ob ihm die Bilder wohl gefallen würden, ob sie seinen Vorstellungen entsprächen. Möchtest Du sie vielleicht haben, soll ich sie Dir schicken oder bringen? Es hat mir Freude gemacht, sie zu malen, und das war das letzte, was ich für ihn tun konnte. Da er sie sich gewünscht hat, finde ich, daß sie Dir zustehen. Ich kenne Papas Geschmack ganz genau. Da er geradezu ein Muster an Reinheit, Güte, Wahrhaftigkeit und Tugendhaftigkeit war, konnte man sich auf seine Urteilsfähigkeit in Fragen der Kunst unbedingt verlassen.

Ach, ich habe solche Angst um Dich. Wie gut kann ich Dir Deinen Schmerz nachfühlen! Ich bete zu Gott, daß er Dir Stärke verleiht, wie er es auch bisher immer getan hat. Wie ich selbst über Papas Tod hinwegkommen soll, ist mir nach wie vor ein Rätsel...

Auf Wiedersehen, liebe, liebe Mama. Möge Gottes Segen immer auf Dir ruhen, meine über alles geliebte Mutter.‹

Was für ein tröstlicher, wunderbarer Brief. Vicky verstand mich besser als irgend jemand sonst. Ich las Vickys Briefe immer wieder, wenn ich dabei auch in Tränen ausbrach.

Bald darauf schrieb sie mir schon wieder.

›Wenn Papa und ich 1856 und 1857 abends zusammensaßen, haben wir oft über den Tod gesprochen. Er pflegte zu sagen, es käme ihm nicht ungelegen, wenn Gott ihn noch im gleichen Augenblick zu sich holen würde, er sei allzeit bereit...

Der arme Bertie, er tut mir ja so leid. Ständig macht er uns allen Kummer. Du kannst Dir gar nicht vorstellen, wie bestürzt ich über seinen ›Fehltritt‹ bin. Damit hat er sich zum erstenmal versündigt, und wer weiß, ob das nicht wieder vorkommt. Es steht zu befürchten. Mit der Aufzucht von Söhnen laden sich die Eltern eine große Verantwortung auf, und sie machen ihren Eltern nichts als Kummer, wenn sie ihnen all die Mühe nicht vergelten. Ich fange an zu zittern, wenn ich überlege, was uns die Zukunft wohl im Hinblick auf unseren kleinen Wilhelm bringen wird...‹

Vicky zeigte so viel Verständnis, daß sie mir ein Trost war. Wir verstanden uns jetzt viel besser als zu der Zeit, als sie noch bei uns lebte. Nur sie konnte das volle Ausmaß meines Kummers erfassen.

Ich las alle Briefe noch einmal, die sich in meinem Besitz befanden, meine Tagebücher, einfach alles. Dumpf vor mich hinbrütend, betrachtete ich unsere Hochzeitsfotos. Baby war meistens mit von der Partie und saß auf meinem Schoß. Es ärgerte sie maßlos, daß sie auf den Fotos aus den ersten Jahren meiner Ehe nicht zu sehen war.

»Wie schade, daß ich bei Deiner Hochzeit nicht dabeisein konnte, Mama«, sagte sie bedauernd. »Aber da war ich wohl noch zu klein.«

Alice sah sie zärtlich lächelnd an. Baby war wirklich rührend.

Albert hatte vorgehabt, einen Besuch Berties im Heiligen Land zu arrangieren, in der Hoffnung, daß der Anblick all der heiligen Stätten und Reliquien Bertie läutern würde.

Ich erwähnte das in einem Brief an Vicky. Da sie viel Zeit mit Albert verbracht hatte, konnte man sich auf ihre Urteilskraft verlassen. Sie verstand, daß mir Berties Unzulänglichkeiten großen Kummer machten, doch sie selbst ließ ihm gegenüber immer wieder Nachsicht walten.

Bertie war nun einmal ein schwacher Mensch. So klug wie Vicky würde er nie sein, doch er hatte auch seine guten Seiten und war sehr beliebt beim Volk. Vicky war davon überzeugt, daß er zur Ruhe kommen würde, sobald man ihn mit einer Frau verheiratete, die zu ihm paßte.

Ihre Lieblingshofdame war Gräfin Walburga von Hohenthal gewesen. Diese hatte den dänischen Botschafter Augustus Paget geheiratet, und das bedeutete natürlich, daß Walburga am Hof von Dänemark fast jeden kannte. Alexandra, die Tochter von Prinz Christian, hatte sie Vicky in den glühendsten Farben geschildert. Alexandra war siebzehn Jahre alt, wunderschön und völlig unverdorben. Die Familie war allerdings sehr arm. Sie wohnte in dem Gelben Palast in Kopenhagen. Das hatten Alexandras Eltern dem guten König Christian zu verdanken. Alexandra wäre die ideale Frau für

Bertie, schrieb mir Vicky, obwohl er damit nicht gerade eine glänzende Partie machen würde – aber es gäbe in Europa kaum Prinzessinnen im heiratsfähigen Alter.

Vicky sprach sich dafür aus, ein Treffen zu arrangieren. Albert hatte Vicky schon immer für eine geschickte Diplomatin gehalten, und da Albert aus ihr zu sprechen schien, befolgte ich ihren Rat nur allzugern.

Berties Besuch im Heiligen Land war schon fest ins Auge gefaßt, doch vorher lud ihn Vicky noch nach Preußen ein. Meine Älteste war die geborene Heiratsvermittlerin. Sie sorgte dafür, daß Bertie den Dom von Speyer besichtigte. Davon war Bertie sicher nicht begeistert, denn für Kunst oder sonstige höhere Dinge hatte er nur wenig Sinn. Doch im Dom zu Speyer sah er sich auf einmal Alexandra gegenüber, von der Vicky wußte, daß sie dasein würde. Sie wurden einander vorgestellt, und wenn man Vicky glauben darf, so fanden sie sofort Gefallen aneinander.

»Der erste Schritt wäre damit getan«, lautete Vickys Kommentar.

Anschließend reiste Bertie wie geplant ins Heilige Land. Er kehrte England erleichtert den Rücken, und auch ich trauerte ihm nicht nach, denn wann immer er mir unter die Augen kam, mußte ich an Alberts verhängnisvollen Besuch in Cambridge denken, den wohl auch Bertie nie vergessen würde.

Albert hätte bestimmt gewollt, daß alles so weiterging wie vorher. Wenn ich von ihm träumte, so erinnerte ich mich im Traum oft gestreng an meine Pflichten.

Es spielte keine Rolle, ob die Trauerzeit nun um war oder nicht, denn ich würde bis an mein Lebensende um ihn trauern.

Alice sollte im Juli heiraten – sieben Monate nach Alberts Tod, und doch hielt ich es für angebracht, den Hochzeitstermin nicht zu verschieben.

Alice konnte ihren Hochzeitstag kaum mehr erwarten, was ich gut verstand. Vielleicht ging es ihr auch darum, diesem Trauerhaus so bald wie möglich zu entkommen. Von jungen Menschen konnte ich ja nicht erwarten, daß sie genauso empfanden wie ich. Außerdem war das gute Kind natürlich bis über beide Ohren verliebt.

Bertie war wieder heimgekehrt. Bald würde auch er heiraten. Albert war dafür gewesen, ihn zu verheiraten, und wenn Prinzessin Alexandra auch keine großartige Partie war, so paßte sie selbst doch gut zu Bertie.

Eine großartige Hochzeitsfeier konnten wir natürlich nicht veranstalten, denn wie sollte dabei Freude aufkommen? Ich konnte mir nicht vorstellen, daß ich je wieder an irgend etwas Freude haben würde. Alice sollte in aller Stille in Osborne heiraten.

Der Speisesaal wurde zu einer Kapelle umgestaltet. Auch Bertie nahm an der Hochzeit teil und versuchte, eine Trauermiene aufzusetzen, wann immer sich unsere Blicke trafen. Die Aussicht, auch bald zu heiraten, erschien ihm sehr verlockend.

Der Erzbischof von York, der Alice und ihren Bräutigam trauen sollte, zeigte sich mitfühlend. Uns verband eine Art Seelenverwandtschaft, denn er hatte drei Jahre zuvor seine Frau verloren. Wir unterhielten uns über unsere Lieben und versicherten uns gegenseitig, daß wir bis ans Ende unseres Lebens um sie trauern würden. Es war mir ein ausgesprochener Trost, daß er die beiden traute.

Ich erschien in Trauerkleidung und sagte mir, daß alles ganz anders ablaufen würde, wenn Albert noch am Leben wäre. Ich sah fast bildhaft vor mir, wie er seine Tochter zum Altar geleitete.

Was für ein Schicksalsschlag! Nie würde ich mich davon erholen.

Nun war meine liebe Alice also verheiratet. Das junge Paar verbrachte ein paar Tage in Ryde – sehr kurze Flitterwochen – und brach dann nach Deutschland auf.

Meine kleine Alice, die sich so rührend um mich gekümmert hatte, war nun eine Prinzessin von Hessen-Darmstadt.

Ich suchte bei Lenchen und Louise Trost.

Im Mai begab ich mich zum ersten mal nach Alberts Tod wieder nach Balmoral. Ich wußte nicht, wie ich mich in diesem

Schloß fühlen würde, das Albert so viel zu verdanken hatte. Alles erinnerte mich dort an ihn. Man begrüßte mich dort herzlich und voller Mitgefühl. Die guten Leute fanden sich damit ab, daß ich in Trauer war, doch Annie MacDonald, meine dortige Kammerzofe, und John Brown, der Jagdgehilfe, der immer mehr und wichtigere Pflichten übernahm, wiesen mich ziemlich unverblümt darauf hin, daß ich mich nicht ganz meiner Trauer überlassen dürfe. Es sei allmählich an der Zeit, wieder am Leben teilzunehmen. Die guten Seelen – um nichts auf der Welt hätten sie mit ihrer Meinung hinterm Berg gehalten, doch sie meinten es nur gut mit mir.

Zu meiner Verwunderung fühlte ich mich in Balmoral bedeutend wohler als sonst irgendwo. Die Schotten erschienen mir nicht so gekünstelt wie die Menschen weiter südlich. Sie gaben sich ganz offen, und was sie sagten oder taten, kam von Herzen. Das war mir schon seit langem aufgefallen, daher setzte sich mein Personal in Balmoral vor allem aus Schotten zusammen. Darauf hatte ich besonderen Wert gelegt. Manche betrachtete ich fast als Freunde. Sie besaßen nicht so geschliffene Manieren, wie ich es aus London gewohnt war. Manche gebärdeten sich fast ein wenig grobschlächtig, doch dafür nahmen sie mich mit ihrem unverfälschten Wesen für sich ein. John Brown sprach mich besonders an, der Sohn eines Bauern auf dem Besitztum, der schon seit 1849 in unseren Diensten stand, doch ich hatte seine Qualitäten bald erkannt und wollte ihn ständig um mich haben. Auch Albert hatte ihn sehr geschätzt, daher war ich mir ganz sicher, daß ich mich auf ihn verlassen konnte. Alle seine Brüder waren ebenfalls im Haushalt untergebracht worden. Mit der Zeit betrachtete ich John Brown als persönlichen Freund.

Erleichtert konstatierte ich, daß die leidige Angelegenheit mit der *Trent* noch beizeiten beigelegt werden konnte. Nach Erhalt der überaus höflich abgefaßten Note hatten sich die Amerikaner der Aufforderung der britischen Regierung gefügt. Auch das hatten wir Albert zu verdanken. Wäre statt dessen die erste, ziemlich kämpferische Fassung dieser Note überbracht worden und nicht Alberts Zweitfassung, so hätten sich die Amerikaner mit Sicherheit gedemütigt gefühlt, und wer weiß, was das für Auswirkungen gehabt hätte.

Als mir Lord Palmerston die gute Nachricht überbrachte, rief ich ihm ins Gedächtnis, daß der friedliche Ausgang der Sache Albert zu verdanken war.

Palmerston nickte tief beeindruckt.

»Euer Majestät, ich habe schon immer die größte Bewunderung für das Taktgefühl und Urteilsvermögen des verstorbenen Prinzen gehegt.«

Traurig lächelnd nahm ich das zur Kenntnis. Dieses Eingeständnis machte mir Lord Palmerston richtig sympathisch.

In Balmoral legte ich den Grundstein zu einem Denkmal in Form eines Steighügels mit der Inschrift:

»In liebevollem Gedenken an Albert den Großen, Prinzgemahl, errichtet von seiner Witwe mit dem gebrochenen Herzen.«

Auch die Kinder waren bei dieser Grundsteinlegung zugegen. Ihre Initialen wurden in den Gedenkstein eingraviert.

Ich dachte oft daran, wie stolz und glücklich Albert gewesen war, als er mir seine Heirat gezeigt hatte, so daß ich mir vornahm, noch einmal nach Deutschland zu reisen, um dort in den Wäldern spazierenzugehen. Ich wollte Rosenau wiedersehen, das Unterrichtszimmer und den Raum, in dem Albert mit Ernst gefochten hatte.

Alle stimmten mit mir darin überein, daß diese Deutschlandreise eine ausgezeichnete Idee war. Die Kinder waren davon überzeugt, daß sie mir helfen würde, mich wieder zu fangen und zu mir selbst zu finden. Palmerston deutete vorsichtig an, meine Trauerzeit müsse jetzt bald ein Ende haben, ich solle mich meinen Untertanen endlich wieder zeigen. Wie kaltherzig und gefühllos manche Menschen waren! Als könnte ich je aufhören, um meinen geliebten Albert zu trauern. Vielleicht wollten sich die Leute ja auch an meinem Kummer weiden, doch der war meine Privatangelegenheit.

Ich nahm Lenchen und Louise mit auf diese Reise. Beide waren rührend um mich besorgt und taten alles, um mich meinen Kummer vergessen zu lassen, was natürlich ein aussichtsloses Unterfangen war.

Zuerst wollte ich zu Onkel Leopold, damit wir gemeinsam um Albert trauern konnten. In meiner Witwenkleidung sah ich ziemlich düster aus, als wir in seinem Palast in Laeken eintrafen. Ich schlang Onkel Leopold die Arme um den Hals und brach in Tränen aus. Wir vergossen beide bittere Tränen um unseren geliebten Albert.

»Kein Mensch auf der Welt kann so verzweifelt sein wie ich, Onkel«, schluchzte ich.

»Auch ich leide sehr unter Alberts Tod und teile deinen Kummer«, versicherte er mir.

Wir bekamen nie genug davon, über ihn zu sprechen.

»Aber dir sind wenigstens zwanzig glückliche Jahre mit ihm vergönnt gewesen«, erklärte Onkel Leopold, »während ich Charlotte schon sehr bald verloren habe, und nun ist mir auch noch Louise genommen worden.«

Natürlich hatte er es auch nicht leicht gehabt, doch nichts auf der Welt ließ sich mit meinem Schmerz um Albert vergleichen.

Onkel Leopold war ein gebeugter alter Mann geworden. Die üppige Perücke wollte nicht mehr so recht zu ihm passen. Er berichtete ausgiebigst von seinen Leiden. Er litt nicht nur an Rheuma, auch sonst tat ihm ständig alles weh.

Am nächsten Tag sollten Prinz Christian von Dänemark und seine Familie eintreffen. Onkel Leopold wollte mich damit überraschen und gab der Hoffnung Ausdruck, sie mir vorstellen zu dürfen. »Sie sind ganz einfache, überaus angenehme Menschen«, versicherte er mir. »Sie machen Urlaub hier in Belgien, und es wäre ein grober Affront gewesen, sie nicht einzuladen.«

»Ich nehme an, daß ihre Tochter mitgekommen ist.«

»Ja, allerdings. Ich möchte gern, daß du sie kennenlernst. Sie ist ein wunderschönes, liebenswertes Mädchen mit sehr geschliffenen Manieren und von auserlesenem Geschmack.«

Onkel Leopold hatte das absichtlich so arrangiert. Eine Ehe

mit einer dänischen Prinzessin käme Belgien sehr zustatten. Die Absichten, die Preußen hegte, begannen so manchen europäischen Staat zu beunruhigen. Ein gewisser Bismarck-Schönhausen machte seinen Einfluß offenbar überall auf dem Kontinent geltend. Sein Ziel war der Aufstieg Preußens. Preußen sollte Österreich gleichgestellt sein. Er kam auch nach London und besprach sich mit Lord Palmerston und Mr. Disraeli. Beide fanden, man müsse ein Auge auf ihn haben.

Da ich mit fast allen Königshäusern Europas irgendwie verwandt war, geriet ich in solchen Fällen natürlich in eine sehr prekäre Lage. Vicky war durch ihre Heirat Preußin geworden, und Onkel Leopold beäugte Bismarck voller Mißtrauen.

Die Verbindung mit Dänemark käme Onkel Leopold gelegen, daran zweifelte ich nicht. Er vergaß auch nicht zu erwähnen, daß Albert für diese Verbindung gewesen war, denn davon sei ja auch schon vor seinem unglückseligen Tod die Rede gewesen. Mit Albert sei wirklich der größte Mensch auf Erden dahingegangen.

Ich war völlig überreizt. Durch die Gespräche mit Onkel Leopold kam mir das volle Ausmaß meines Kummers wieder zu Bewußtsein. Ich durchlebte alles noch einmal, so zum Beispiel den verhängnisvollen Tag, an dem mich Albert mit seinen tief in den Höhlen liegenden, einst so schönen Augen angesehen und mir gesagt hatte, er müsse unbedingt nach Cambridge. Ich hatte versucht, ihn davon abzubringen. Ach, hätte er doch nur auf mich gehört!

Weinend saß ich in meinem Zimmer und konnte an nichts anderes mehr denken. Albert ging mir nicht aus dem Kopf.

Da kam Lenchen zu mir und berichtete: »Mama, sie sind eingetroffen. Alexandra ist ganz entzückend, sie sind überhaupt alle sehr reizend.«

»Mein liebes Kind, ich kann mich nicht zu euch gesellen.«

»Aber Mama, alle warten doch auf dich.«

»Liebling, ich will niemanden sehen, das wirst du doch wohl verstehen. Vergiß nicht, daß es noch gar nicht lange her ist, daß mich der schwerste Verlust betroffen hat, den man sich nur denken kann. Ich sehe mich daher außerstande, jemanden zu empfangen, und ich möchte auch nichts zu mir nehmen. Mir wird schon bei dem bloßen Gedanken an das Essen übel.«

»Aber Mama, ich bitte dich – Onkel Leopold hat sich doch solche Mühe gegeben.«

Ich schüttelte den Kopf, wollte mich nicht zu den anderen gesellen. Ich würde in meinem Zimmer bleiben. Das Essen würde auch ohne mich vonstattengehen.

Nachdem ich etwa eine Stunde so dagesessen und vor mich hingebrütet hatte, klopfte jemand sachte an die Tür. Ich reagierte nicht darauf, weil ich niemanden sehen wollte. Da wurde die Tür einen Spaltbreit geöffnet, und Walburga Paget steckte den Kopf herein. Ich hatte sie schon immer sehr gemocht. Sie war eine strahlende Schönheit, davor konnte auch ich die Augen nicht verschließen.

»Darf ich hereinkommen, Euer Majestät?«

»Ja, bitte, Wally.«

Da kam sie auf mich zugelaufen, kniete vor mir nieder und sah mich mit tränenverschleierten Augen an. »Mein liebes Kind«, murmelte ich gerührt.

»Ach, Euer Majestät, was müßt Ihr gelitten haben!«

Ich nickte.

»Ich habe so oft an Euch gedacht, doch nun fehlen mir die Worte. Sie reichen ohnehin nicht aus, um das auszudrücken, was ich fühle. Niemand kann ermessen, was Ihr durchgemacht habt.«

Ich strich ihr über das wunderschöne Haar.

»Der Prinzgemahl war ein wunderbarer Mensch«, sagte sie.

»Ach, Wally, kaum jemand weiß ihn richtig zu schätzen. Wie schnell ist er in Vergessenheit geraten.«

»Euer Majestät werden ihn nie vergessen.«

»Nein, niemals!« sagte ich heftig. »Mein liebes Kind, wie ich mich freue, daß Sie zu mir gekommen sind.«

»Das war mein Wunsch, seit ich weiß, daß Ihr hier seid.«

»Sind Sie mit Prinz Christian und seiner Familie gekommen?«

»Ja, das sind sehr liebe Menschen.«

»Das habe ich auch schon gehört.«

»Euer Majestät, wenn ich mich nicht irre, war es doch *sein* Wunsch, daß eine Verbindung zwischen dem Prinzen von Wales und Prinzessin Alexandra zustandekommt...«

»Ja, ihm ist so vieles durch den Kopf gegangen.«

»Sicher wäre es nach seinem Herzen, wenn Ihr mit der Verbindung einverstanden wärt. Er würde wollen, daß Ihr die Prinzessin in Augenschein nehmt.«

»Ja, das glaube ich auch.«

»Sie hätte ihm bestimmt gefallen. Sie hat einen ganz hervorragenden Geschmack, genau wie er. Und sie ist so lieb und sanft wie er.«

Ich nickte.

»Vielleicht wünschen Eure Majestät die Prinzessin zu begrüßen, da sie auch hier im Palast ist. Die Gelegenheit solltet Ihr Euch nicht entgehen lassen. Ist es nicht eine göttliche Fügung, daß Prinzessin Alexandra ausgerechnet eingetroffen ist, während Ihr hier im Schloß zu Gast seid?«

»Mag sein«, dachte ich bei mir, »aber Onkel Leopold hat dabei auch die Hand im Spiel.«

Aber Albert hätte sich wohl wirklich gewünscht, daß ich sie empfange. Also gab ich mich geschlagen.

»Nun gut, dann will ich sie begrüßen. Sie dürfen mich zu ihnen führen, Wally.«

Wally strahlte. Sie schien Prinzessin Alexandra sehr zu mögen.

Die Prinzessin und ihre Eltern wurden mir vorgestellt. Der Prinz war ein nordischer Typ und sah sehr gut aus. Er war zwar kein ausgesprochen schöner Mann wie Albert, doch hochgewachsen und offensichtlich kerngesund. Mit seinen blauen Augen, die in die Ferne zu sehen schienen, erinnerte er an einen Seemann. Doch was wäre ohne König Christians Güte aus dieser Familie geworden? Als ich mich mit Albert über Prinzessin Alexandras Eignung als Ehefrau für Bertie unterhalten hatte, war auch zur Sprache gekommen, daß König Christian von Dänemark dem Prinzen eine Stellung in der Armee verschafft und der ganzen Familie das Gelbe

Schloß als Wohnsitz zur Verfügung gestellt hatte. Louise, die Frau des Prinzen, war die Tochter des Landgrafen von Hessen-Kassel, und die Landgräfin war König Christians Schwester. Daher hatte sich der König dieser verarmten Familie gegenüber so gnädig gezeigt.

Wenn man all das in Erwägung zog, erschien einem Prinzessin Alexandra nicht gerade als die ideale Braut für den Prinzen von Wales. Bei Onkel Leopold hatte sie ja auch ganz unten auf der Liste rangiert. Andererseits mußte man Bertie schleunigst verheiraten.

Die Frau des Prinzen gefiel mir nicht besonders. Sie war ein wenig schwerhörig, und ihr Teint machte mich gleich stutzig. Sie hatte tatsächlich Rouge aufgelegt! Was Albert wohl dazu gesagt hätte? Ihm war alles Künstliche, Unnatürliche verhaßt gewesen. Aber das Mädchen war entzückend. Wally hatte nicht übertrieben. Und so ganz anders als die Mutter!

Ich hielt es für albern, die Frage, die uns alle so beschäftigte, nicht aufs Tapet zu bringen, daher sagte ich zu Prinzessin Alexandras Eltern: »Natürlich hängt alles von dem Prinzen von Wales ab. Ich kann nicht sagen, ob er zärtliche Gefühle für Eure Tochter hegen wird.«

In ihren Augen lag Bestürzung, auch Onkel Leopold war sehr pikiert, doch er führte mir Alexandra zu. Ein bildhübsches Mädchen, und dabei ganz bescheiden. Als sie vor mir kniete, sah sie mit ihren wunderschönen Augen zu mir auf, und ich spürte das Mitgefühl in ihrem Blick.

Dann wandte ich mich wieder Onkel Leopold zu, der sich offenbar sehr unbehaglich fühlte. Das Zusammentreffen war wohl nicht ganz nach Wunsch verlaufen.

Das Abendessen nahm ich nicht gemeinsam mit den anderen Gästen ein, denn das ging über meine Kraft, doch hinterher gesellte ich mich wieder zu ihnen. Prinzessin Alexandra trug ein schwarzes Kleid, das fiel mir sofort auf. Als sie mir einen ängstlichen Blick zuwarf, verstand ich diese Geste. Da ich in Trauer war, wollte sie ihr Mitgefühl dadurch demonstrieren, daß sie auch ein schwarzes Kleid trug. Damit hatte sie mein Herz gewonnen.

Wenn ihre Familie auch verarmt war und kaum zählte, so

besaß dieses Mädchen doch soviel Charme, daß man sich ihm nicht entziehen konnte. Ich sah kein Hindernis mehr für eine Ehe zwischen ihr und Bertie, denn eine bessere Schwiegertochter konnte ich mir gar nicht wünschen.

Lächelnd sah ich sie an, und unser Pakt war von diesem Moment an besiegelt.

Ich nahm Abschied von Onkel Leopold und reiste nach Coburg. An der Stätte seiner Kindheit sah ich ihn fast wie zu Lebzeiten vor mir, meinen geliebten Albert, denn alles erinnerte mich hier an ihn.

Von Ernst war ich maßlos enttäuscht. Der Tod seines Bruders hatte ihn zwar mitgenommen, doch ich fürchte, seine Gefühle gingen nicht sehr tief. Wenn ich daran denke, daß ich ja auch ihn hätte heiraten können, danke ich dem Himmel, daß daraus nichts geworden ist. Aber ich hatte ja die Wahl, und für ihn hätte ich mich auf keinen Fall entschieden.

Mich schreckte vor allem sein unmoralischer Lebenswandel ab. Kein Wunder nach der schändlichen Affäre und peinlichen Erkrankung. Albert hatte sich darüber maßlos aufgeregt. Physisch war er wohl längst davon genesen, doch ändern würde er sich im Grunde seines Herzens nie. Er war sehr ehrgeizig und habgierig.

Da Ernst kinderlos geblieben war, sollte Alfred nach Ernsts Tod das Herzogtum übernehmen, so hatte Albert es gewollt. Natürlich stand es Bertie zu, doch Bertie würde einmal König von England sein, das Herzogtum Sachsen-Coburg mußte daher aus praktischen Gründen an seinen Bruder fallen.

In Griechenland herrschte Aufruhr. In der Volksversammlung dieses Landes war beschlossen worden, König Otto zu entthronen. Die Krone Griechenlands war Alfred angeboten worden.

Zunächst erschien mir das sehr vorteilhaft, doch dann überzeugten mich Lord Palmerston und Lord John davon, daß das nicht ratsam sei. Sie erinnerten mich daran, daß es Alberts Wunsch gewesen war, daß Alfred nach Ernsts Tod das Herzogtum Sachsen-Coburg übernahm.

Als Alfred ablehnte, wurde Ernst die griechische Krone angeboten. Mir war das sehr recht, denn wenn Ernst nach Griechenland ging, konnte Alfred Sachsen-Coburg sofort übernehmen. Doch Ernst wollte sowohl die griechische Krone als auch das Herzogtum Sachsen-Coburg. Er meinte, Alfred könne als eine Art Statthalter dort hingehen, jedoch ganz und gar abhängig von ihm.

»Das geht nicht«, meinte Lord Palmerston, »denn das würde bedeuten, daß Ernst in dem Herzogtum immer noch das Sagen hätte, und Alfred würde möglicherweise für Ernsts Mißwirtschaft haftbar gemacht und gezwungen, dessen Berg von Schulden abzutragen.«

Die Angelegenheit kam immer wieder zur Sprache, was mir die Zeit in Coburg verdarb, die ich ganz im Gedenken an Albert verbringen wollte. Ich konnte die Abreise kaum erwarten.

Ich beschloß, Alexandra nach Osborne einzuladen. Ich wollte das Mädchen nämlich besser kennenlernen, das Bertie vielleicht heiraten würde. Da sie in diesem Fall einmal Königin von England sein würde, mußte ich sie auf ihre Eignung prüfen. Alexandra war mir von Anfang an sehr sympathisch gewesen. Auf Schloß Laeken war mir ihr Feingefühl gleich aufgefallen. Ich lud sie also ein, und Alexandra traf mit ihrem Vater auf der Isle of Wight ein. Prinz Christian sollte bei den Cambridges untergebracht werden, Alexandra jedoch bei mir lassen.

Sie kam an einem gräßlichen kalten Tag. Wie verhaßt mir der November war! Im November war Albert ernsthaft erkrankt, und im Dezember – kurz vor Weihnachten – war er dann von mir gegangen. Ich würde dieses Fest nie wieder richtig feiern können, denn die schrecklichen Erinnerungen würden nicht verblassen und mich jedes Jahr wieder heimsuchen.

Alexandra sah so frisch und jung aus, daß ihr Anblick eine wahre Freude war. Prinz Christian machte sich sichtlich Sorgen. Er wollte unbedingt, daß seine Tochter einen guten Eindruck machte. Was für ein Aufstieg für die Tochter aus so einfachem Hause!

Doch obwohl Alexandra nicht gerade nobel aufgewachsen war, konnte man beim besten Willen nicht behaupten, daß sie sich ungeschickt oder gar linkisch benahm. Ihre Schönheit und Anmut würden sie aus jeder noch so mißlichen Lage befreien. Alle erwiesen sich mir gegenüber betont ehrerbietig. Vermutlich machte ich meine um vieles kleinere Statur durch königliches Auftreten wieder wett. Allerdings war ich ja schon seit vielen Jahren Königin, da geht einem so etwas in Fleisch und Blut über.

Ich empfand Erleichterung, als sich Christian verabschiedete, und auch seine Tochter gab sich von diesem Augenblick an sehr viel unbefangener. Sie benahm sich ganz natürlich. Ich hatte nicht den Eindruck, daß sie zu gefallen suchte, weil sie sich diese glänzende Partie nicht entgehen lassen wollte, sondern weil sie ein gutartiges Mädchen war und mir meinen Kummer nachfühlen konnte.

Baby fand sie wunderschön und verkündete uns das auch gleich so unumwunden, wie es ihre Art war. Lenchen war hingerissen von der jungen Alexandra, und auch Louise fand nichts an ihr auszusetzen. Alfred konnte den Blick nicht von ihr losreißen. Ich begann schon zu befürchten, er könne die Dinge komplizieren, indem er sich selbst in sie verliebte. Alfred war für so etwas außerordentlich empfänglich. Als Bertie und er noch Kinder waren, hatte er seinen älteren Bruder förmlich angebetet, und auch jetzt noch eiferte er Bertie nach, wann immer sich das machen ließ. So hatte auch er reges Interesse am anderen Geschlecht.

Alexandra verfehlte ihre Wirkung nicht, das war nicht zu übersehen. Als sie mich über Osborne ausfragte, erzählte ich ihr, daß wir es als kleines Haus gekauft hatten. Der Ausbau zu einem fürstlichen Palast war Albert zu verdanken. Alexandra gefiel das Schloß ausnehmend gut. Alles daran beeindruckte sie tief.

Sie verstand meine Verzweiflung, und ich wußte, daß ihr Mitgefühl von Herzen kam. Immer wieder ermutigte sie mich dazu, über Albert zu sprechen. Natürlich brauchte man mich dazu gar nicht erst zu überreden. Es war mir ein Herzensbedürfnis und Trost, jemandem von Albert zu erzählen, der nur vom Hörensagen wußte, was für ein guter Mensch er gewesen war.

Wir fuhren auch nach Windsor, das Alexandra regelrecht begeisterte. Ich erzählte ihr, wie wohl sich Albert hier gefühlt hatte, daß wir hier oft ausgeritten waren und er alle Blumen und Bäume gekannt hatte. »Aber ich glaube, am besten hat es ihm in Balmoral gefallen«, sagte ich. »Eines Tages werden Sie auch dieses Schloß noch sehen, mein liebes Kind. Sicher wird es Ihnen dort so gut gefallen wie mir... und Albert. Die Schotten sind gute, aufrichtige Menschen. Balmoral haben wir auch Albert zu verdanken. Es ist wirklich ein Prachtbau und ein Beweis für seine außerordentliche Begabung.«

Gegen Ende des Monats verabschiedete sich Prinz Christian von den Cambridges und holte Alexandra ab, um sich mit ihr auf den Heimweg zu machen.

Da waren wir bereits die besten Freunde, und ich zweifelte nicht daran, daß sie die ideale Frau für Bertie war.

Es bestand kein Grund, die Hochzeit aufzuschieben, daher plädierte ich für Januar, doch Alexandras Mutter erhob Einspruch. Ihre Tochter könne zu dieser Jahreszeit nicht reisen. Das leuchtete mir ein.

Also wurde der Hochzeitstermin auf März festgesetzt. Ich freute mich über die Ablenkung, denn jetzt galt es, sich Gedanken über die Hochzeit zu machen. Allerdings wurde ich dadurch erst recht lebhaft an Albert erinnert, weil ich mich immer wieder fragte, wie er wohl alles arrangiert hätte.

Ich beschloß, Alexandra das Hochzeitskleid zu schenken. Es sollte genau wie mein Hochzeitskleid seinerzeit mit Honiton-Spitze besetzt sein. Auf dem Weg nach England machte Alexandra ein paar Tage in Laeken Zwischenstation. In seiner Freude über diese Heirat schenkte ihr Onkel Leopold ein Hochzeitskleid aus Brüsseler Spitze.

Das war von dem guten Onkel Leopold natürlich gut gemeint, und doch hätte er sich nicht einmischen dürfen. Ich konnte nicht zulassen, daß die Prinzessin von Wales in einem Kleid zum Traualtar schritt, das mit ausländischer Spitze besetzt war. Es mußte unbedingt Honiton-Spitze sein.

Also schrieb ich Onkel Leopold und brachte ihm das schonend bei. Natürlich wußte ich, daß er sehr enttäuscht sein würde, aber ich hatte ihm ja schon vor vielen Jahren klargemacht, daß ich zwar sehr an ihm hing und gern an meine Kindheit und Jugend zurückdachte, als er mir so viel bedeutet hatte, daß ich es jedoch nicht dulden würde, daß er sich in interne Angelegenheiten meines Landes einmischte – und dazu gehörte die Heirat des Prinzen von Wales ja wohl.

Brüsseler Spitze kam also nicht in Frage. Alexandra würde in Honiton-Spitze zum Altar schreiten.

Ich schickte mein Schiff, die *Victoria and Albert*, nach Antwerpen, um Alexandra und ihr Gefolge an Bord zu nehmen. Das Schiff traf in Gravesend ein, wo Bertie Alexandra begrüßte. Von da aus sollten sie nach London fahren und den Zug nach Windsor nehmen.

Als sie im Schloß eintraf, begrüßte ich sie mit den Mädchen. Die Braut in spe sah in ihrem lavendelfarbenen Kleid und Umhang ganz bezaubernd aus. Wahrscheinlich hatte sich das gute Kind aus einem ganz bestimmten Grund für Lavendel entschieden: Sie war sozusagen in Halbtrauer erschienen. Schwarz konnte sie ja nicht gut tragen, doch sie gab mir durch diese Geste zu verstehen, daß sie Albert nicht vergessen hatte.

Was für ein krasser Gegensatz zu mir in meiner Witwentracht mit der ›traurigen Haube‹, wie Baby sie zu nennen pflegte.

Qualvolle Erinnerungen übermannten mich und nahmen mich so mit, daß ich während des Abendessens in meinem Zimmer blieb. Ich mußte an den Tag zurückdenken, an dem Albert eingetroffen war. Mir war vom ersten Augenblick an klar gewesen, daß er der Mann war, den ich bis an mein Lebensende lieben würde.

Was für eine Freude, Vicky wiederzusehen. Sie hatte den vier Jahre alten Wilhelm mitgebracht. Gerührt fielen wir uns in die Arme, und ich freute mich schon auf die vertraulichen Gespräche mit ihr. Da konnten wir uns über Albert unterhalten und gemeinsam um ihn weinen.

Die Kapelle war für die Hochzeit mit purpurfarbenem

Samt geschmückt. Ich erreichte sie auf einem überdachten Weg, denn ich wollte mich nicht neugierig anstarren lassen. Ich nahm in einer versteckten Loge Platz, von der aus ich die Vorgänge genau beobachten konnte. Der einzige Schmuck auf meinem Trauerkleid war der Hosenbandorden, der quer über die Brust verlief. Es entging mir natürlich nicht, daß viele Blicke auf mir ruhten, doch mir ging so viel durch den Kopf, daß ich sie kaum wahrnahm. Ich dachte an meinen eigenen Hochzeitstag zurück.

Die Mädchen sahen in ihren weißen Kleidern ganz entzückend aus. Mary von Cambridge führte sie an. Zwar wirkte sie noch größer als sonst, doch in Lila mit Honiton-Spitze sah sie prächtig aus. Ich sah keine andere Spitze als Honiton-Spitze, was mich mit Genugtuung erfüllte.

Beatrice sah sich mit großen Augen ganz begeistert um. Als sie mich erblickte, winkte sie mir zu. Ich mußte wider Willen lächeln und hätte gern gewußt, was in ihr vorging. Wahrscheinlich würde sie später wieder einen drolligen Kommentar zu dem Geschehen abgeben. Die Kapelle flößte ihr sicher genausowenig Respekt ein wie der feierliche Anlaß.

Der kleine Wilhelm stand zwischen Arthur und Leopold. Er sah entzückend aus, wenn auch etwas aufgebracht – ganz so, als langweile er sich entsetzlich. Seine Ärmel waren so geschickt geschnitten, daß sein verkümmertes Ärmchen gar nicht auffiel.

Alexandra und Bertie gaben ein schönes Paar ab. Trotzdem bedauerte ich, daß Bertie seinem Vater so gar nicht ähnlich sah. Nur Arthur ähnelte seinem Vater. Wie gern hätte ich Alberts geliebte Züge in mehreren meiner Kinder wiederentdeckt.

Von den Kindern konnte man natürlich nicht erwarten, daß sie sich vorbildlich benahmen, denn die Trauung mußte ihnen ja endlos erscheinen. Lenchen und Louise fuhren sich erschöpft mit der Hand über die Augen, in denen vielleicht sogar ein Tränchen glitzerte. Als Baby das bemerkte, begann sie haltlos zu schluchzen.

Lenchens Zugriff wurde fester. Da hörte ich, wie Baby

laut und vernehmlich sagte: »Wenn du weinst, darf ich auch weinen. Auf Hochzeiten weinen immer alle.«

Die liebe Kleine! Das hätte Albert amüsiert. Wahrscheinlich hätte er Baby ebenso verwöhnt wie Vicky. Baby hätte möglicherweise Vickys Stelle eingenommen. Ich werde nie vergessen, daß ihm fast das Herz brach, als Vicky ihrem Mann nach Deutschland folgte.

Nun waren die Kinder wirklich nicht mehr zu bändigen. Wilhelm kroch auf dem Boden herum und suchte nach dem Dolch, der zu seinem Kostüm gehörte. Zuvor hatte er ihn scheppernd hinuntergeworfen. Alle horchten auf bei diesem Lärm.

Arthur beugte sich zu Wilhelm hinunter und flüsterte ihm etwas zu. Da biß ihn Wilhelm ins Bein. Als Leopold vermitteln wollte, biß Wilhelm auch ihn noch ins Bein.

Ich rang verzweifelt die Hände. »Hoffentlich blutet Leopold nicht«, hoffte ich inständig.

Nach der Trauung fanden sich alle zu einem festlichen Frühstück im Schloß ein. Ich fühlte mich jedoch außerstande, daran teilzunehmen, denn die Trauung hatte mich viel Kraft gekostet. Die Erinnerung an meine eigene Hochzeit ließ mich nicht zur Ruhe kommen und trieb mir immer wieder Tränen in die Augen.

Nach dem Frühstück gesellte sich meine Tochter Lenchen zu mir. Sie erzählte mir, daß Wilhelm ihren Muff aus der Kutsche geworfen hatte.

Das Brautpaar fuhr nach dem Frühstück nach Osborne, wo es die Flitterwochen verbringen wollte.

Ich konnte erleichtert aufatmen, da Bertie nun endlich verheiratet war.

Disraeli und Gladstone

Lord Palmerston suchte mich in Windsor auf und hielt mir vor, ich dehne die Trauerzeit über Gebühr aus, sie müsse doch irgendwann einmal ein Ende haben. Wie unsensibel und gefühllos! Ich würde bis an mein Lebensende um Albert trauern.

Er äußerte sich hocherfreut darüber, daß die Prinzessin von Wales beim Volk so beliebt war. Wo immer sie und der Prinz sich zeigten, jubelte man ihnen zu. Das Volk begrüßte diese Heirat sehr.

»Prinzessin Alexandra ist aber auch wirklich ein sehr liebes Mädchen«, sagte ich.

»Sie und der Prinz passen hervorragend zusammen, Madame«, erwiderte Lord Palmerston. »Ein Glück, daß der Prinz nichts gegen Auftritte in der Öffentlichkeit einzuwenden hat.«

Er sah mich beinahe hinterhältig an. ›Sympathisch waren Sie mir noch nie, Lord Palmerston‹, dachte ich bei mir, ›aber Albert hat Sie für einen guten Politiker gehalten, was Sie ja wohl auch sind – doch an Lord Melbourne reichen Sie nicht heran.‹ Ach, wie sehnte ich micht jetzt nach seiner Gesellschaft.

»Das Volk möchte die Herrscherin gern hin und wieder sehen«, gab mir Lord Palmerston zu verstehen.

»Ich habe den größten Verlust erlitten, den ein Mensch überhaupt erleiden kann«, wandte ich ein.

»Das ist der Welt nicht verborgen geblieben, Majestät.«

Wieder diese Ironie.

Eisig kehrte ich die Königin heraus.

»Ich hoffe, Sie bringen mir keine schlechten Nachrichten, Lord Palmerston. Die lassen ja nie lange auf sich warten.«

»So ist das Leben nun einmal, Madam. Aber mit dieser Heirat können wir zufrieden sein, das junge Paar ist sehr beliebt. Das ist ein wahrer Glücksfall, da Majestät ja ganz zurückgezogen leben. Und dann wäre ja auch noch die Sache mit dem Thron Griechenlands.«

»Macht Herzog Ernst etwa schon wieder Schwierigkeiten?«

»Er scheidet aus dem Rennen aus. Der nächste Anwärter ist ein Bruder des Prinzen von Wales.«

»Tatsächlich!«

»Ich halte das für eine gute Lösung, Eure Majestät. So bleibt Herzog Ernst in Sachsen-Coburg, und irgendwann geht dieses Herzogtum an Prinz Alfred über.«

»Der älteste Sohn des dänischen Königshauses wird irgendwann als König über dieses Land herrschen.«

»Eben! Deshalb wird es nicht der älteste, sondern der zweitälteste Sohn sein.«

»Ist der nicht noch sehr jung?«

»Wie Majestät ja selber wissen, müssen Mitglieder des Königshauses ihre Bürde oft schon in sehr jungen Jahren tragen.«

Flüchtig dachte ich daran zurück, wie ich eines Morgens im Kensington Palast als Königin erwacht war.

»In dieser Sache sind sich wohl alle einig, und das ist ein wahrer Segen«, sagte Lord Palmerston. »Aber mit Schleswig-Holstein wird wohl nicht alles so glatt gehen. Bismarck ist sehr daran gelegen, Preußen zu vergrößern.«

»Was mir über diesen Mann zu Ohren kommt, gefällt mir gar nicht. Der Kronprinz und die Kronprinzessin von Preußen finden ihn widerwärtig.«

»Manchmal ergibt es sich eben, Majestät, daß Herrscher Staatsmänner ertragen müssen, die sie überhaupt nicht mögen.«

Wieder sah er mich spöttisch an. Selbstverständlich wußte er, wie unsympathisch er mir gewesen war, bis Albert mir vor Augen gehalten hatte, wie gut er sich im Krimkrieg und bei dem Aufstand bewährt hatte. Sicher war ihm auch zugetragen worden, daß es mir vor Sir Robert Peel regelrecht gegraust hatte, doch mit der Zeit waren wir Freunde geworden.

»Wir können nur hoffen, daß es da keine ernsthaften Schwierigkeiten gibt«, erwiderte ich kühl.

»Man sollte die Hoffnung zwar niemals aufgeben, Majestät, doch in diesem Fall müssen wir uns darauf gefaßt machen, daß es Ärger geben wird.«

Ich durchschaute ihn. Er hatte mich aus zweierlei Gründen aufgesucht: Vor allem wollte er mich darüber aufklären, daß das Volk schon zu murren begann, weil ich mich ihm nicht zeigte. Und Schleswig-Holstein würde uns noch sehr zu schaffen machen. Wenn es zu Streitigkeiten zwischen europäischen Staaten kam, so war ich davon stets betroffen, denn immer waren es meine Verwandten, die sich da bekriegten, da ich mit fast allen europäischen Königshäusern irgendwie verwandt war. Jeder wollte, daß ich für ihn Partei ergriff. Wie konnte ich das?

Als sich Lord Palmerston verabschiedete, gab er der Hoffnung Ausdruck, daß er micht schon bald in London sehen würde. Ich äußerte mich nicht dazu. Noch fühlte ich mich außerstande, mich dem Volk zu zeigen.

Eine Angelegenheit, die mir große Sorgen machte, hatte er mit keinem Wort erwähnt. Alfred schlug offensichtlich seinem Bruder Bertie nach. Es war zum Eklat gekommen, weil er sich mit einer jungen Frau eingelassen hatte, als er auf Malta stationiert gewesen war.

Ich hätte gern Genaueres darüber in Erfahrung gebracht, doch ließ sich mir gegenüber niemand gern darüber aus. Bertie war mir in diesem Punkt natürlich keine Hilfe. Er fand das ganz natürlich. Alle jungen Männer hätten solche Affären, meinte er. Das ginge vorüber, habe nichts zu bedeuten. Auch Lord Palmerston tat das mit einem Achselzucken ab, als ich ihn daraufhin ansprach.

»Auf solche Gerüchte solltet Ihr nichts geben, Euer Majestät. Das Volk hat das größte Verständnis dafür und freut sich, wenn sich die Prinzen wie normale Sterbliche benehmen.«

Wie blasiert sich diese Männer gaben! Keiner konnte sich mit meinem Albert messen!

Der Herbst zog ins Land. Albert hatte immer gefunden, das sei die beste Zeit für Balmoral. Natürlich fragte ich mich, ob ich mir den Aufenthalt dort schon zumuten durfte, aber ich wollte es damit gern genauso halten wie bisher. In dieser herrlichen Gegend fühlte ich mich Albert ganz besonders nah.

Alice und ihr Mann waren mit von der Partie. Alice konnte mir meinen Kummer besser nachfühlen als irgend jemand sonst. Sie war schon immer die Güte selbst gewesen – und mir die liebste von allen meinen Töchtern. Was ihre Klugheit anging, so reichte sie allerdings an Vicky nicht heran, doch hatte ich Vicky oft verübelt, daß sie Albert so mit Beschlag belegte. Alice hatte immer zu mir gehalten. In meiner Selbstsucht bedauerte ich fast, daß sie nun verheiratet war. Wie gern hätte ich sie bei mir behalten. Doch dann kam mir mein armer verrückter Großvater wieder in den Sinn, der seine Töchter so geliebt hatte, daß er sich nicht von ihnen trennen wollte. Damit hatte er ihnen jede Chance genommen, jemals ihr Glück zu finden. Das brächte ich nie über mich. Jedenfalls empfand ich Alice jetzt als Trost.

Alle hatten sie beschlossen, in Schottland Urlaub zu machen.

Ich hatte mich mit Vicky und Fritz unterhalten. Der Aufstieg Bismarcks bereitete ihnen Unbehagen. König Wilhelm, der im Banne Bismarcks stand, hatte sich mit seinem Parlament überworfen und seinen Rücktritt angeboten. Wäre es tatsächlich dazu gekommen, so wären nach seiner Abdankung Fritz und Vicky König und Königin geworden. Doch der König zog es vor, doch nicht abzudanken, und machte Bismarck zu seinem Ministerpräsidenten. Mit ihrer Abneigung gegen Bismarck machten sich Fritz und Vicky in Preußen unbeliebt. Bismarcks Wahlspruch lautete »Blut und Eisen«, was besagen sollte, daß er es sich zum Ziel gesetzt hatte, Preußen eine Vormachtstellung in Europa zu verschaffen.

Ich wußte schon seit geraumer Zeit, was sich da abspielte und fragte mich, wie Albert sich wohl verhalten hätte. Preußen machte sich gegen Österreich stark. Bismarck schwebte wohl eine Vereinigung sämtlicher deutscher Staaten unter der Vorherrschaft Preußens vor. Sich selbst sah er dabei an der Spitze.

Es freute mich natürlich, daß Vicky sich in Schottland wenigstens eine kurze Atempause gönnen konnte, doch was für ein Jammer, daß Albert nicht mehr da war. Er hätte garantiert eine Lösung für das Problem Preußens gefunden.

Wir hatten Vicky und Fritz mit den Kindern in Abergeldie gelassen, sie sollten sich später zu uns gesellen. Eines Morgens kam Alice zu mir, um mir vorzuschlagen: »Laß uns nach Clova fahren, Mama, dort gefällt es dir doch so gut.«

Ich lächelte traurig und schüttelte den Kopf. »Die Erinnerungen wären zu qualvoll, Liebchen.«

»Aber die suchen dich überall heim. Bitte, komm doch mit. Du wirst sehn, es wird dir guttun.«

»Na schön, wenn du darauf bestehst.«

»Nur wir zwei und Lenchen, Mama.«

Ich nickte. »Sag Brown, er soll seine gute Brühe machen. Dein Vater pflegte zu sagen, er hätte kaum je etwas so Gutes gegessen wie Browns Brühe im schottischen Hochland.«

An einem ziemlich dunstigen Morgen machten wir uns auf den Weg. Der alte Smith saß auf dem Kutschbock. Er stand schon dreißig Jahre in unseren Diensten und wurde langsam alt. Brown fand, er sei als Kutscher nicht mehr zu gebrauchen, doch Albert hatte viel von ihm gehalten. Ich wollte die Leute um mich haben, die Albert gefallen hatten.

Gegen halb eins kamen wir in Altnagiuthasach an. Brown bereitete geschickt alles für das Picknick vor. Er wärmte die Brühe wieder auf und kochte die Kartoffeln. Mich schalt er in seiner unverblümten Art, weil ich seiner Meinung nach zu wenig aß. »Liebe Frau, Sie sollten tüchtig zugreifen. Sie essen ja kaum mehr als ein winzig kleines Vögelchen.«

Gehorsam wie ein kleines Kind nahm ich noch etwas von der Brühe. Es brachte mich zum Lachen, wie er mit mir sprach. Er sah in mir anscheinend nur den Menschen, nicht die Königin. Alice und Lenchen glaubten sich verhört zu haben und sahen mich sprachlos an. Seltsamerweise empfand ich es sogar als Wohltat, ein wenig zusammengestaucht und bevormundet zu werden. Außerdem bewies mir Brown damit, daß er sich um mich sorgte, und bei ihm kam das von Herzen – weit mehr als all die glänzend formulierten Beileidsbezeugungen in London.

Nach dem Picknick ging es weiter nach Chapel Month hinauf. Es schneite ein wenig, trotzdem bot sich uns ein überwältigender Ausblick. Auch mit Albert hatten wir an dieser Stelle immer haltgemacht, damit er uns auf all das Schöne aufmerksam machen konnte. Er hatte uns erst die Augen so richtig für die Schönheit der Natur geöffnet. Die Sonne brach erst spät durch die Wolken und ging schon unter, als wir in Loch Muick eintrafen. Ich war traurig und erschöpft. Vielleicht war es doch nicht richtig, den Erinnerungen an die wunderschöne Zeit mit Albert jetzt wieder nachzuhängen.

Auf dem Rückweg hielten wir in Altnagiuthasach. Brown machte Tee, der uns sehr guttat.

Als wir weiterfuhren, brach die Nacht herein. Mir kam es vor, als führe Brown im Zickzack. Nach einer Strecke von ungefähr zwei Meilen legte sich die Kutsche auf die Seite, wir schienen in der Luft zu hängen.

»Was gibt es denn?« erkundigte ich mich erschrocken.

»Mama, ich glaube, wir kippen um«, schrie Alice.

Sie hatte recht. Ich weiß nicht, wie es zuging, aber schon im nächsten Augenblick lag ich mit dem Gesicht nach unten auf dem Boden. Die Kutsche war umgestürzt, die Pferde hingen in den Seilen. Ich bekam es mit der Angst zu tun.

»Der Herr sei uns gnädig. Hat man so was schon gesehen?« hörte ich Brown schnauben.

Er kam auf mich zugestürzt und hob mich auf.

»Ich dachte schon, Sie wären alle tot«, bekannte er. »Alles in Ordnung?«

Schwer verletzt war ich anscheinend nicht. Ich hatte nur ein paar Kratzer abbekommen, und mein rechter Daumen schmerzte.

»Helfen Sie den anderen, Brown«, befahl ich.

Der arme Smith stand ganz verwirrt und hilflos da, er tat mir richtig leid. Brown hatte recht, zum Kutscher taugte er nicht mehr.

Brown zog meine beiden Töchter aus der Kutsche. Auch

ihnen war zum Glück weiter nichts geschehen. Sie hatten sich lediglich ein paar Prellungen zugezogen, und ihre Kleider waren zerrissen, doch abgesehen davon waren sie unversehrt. Brown schnitt die Zügel durch und stellte die Pferde wieder auf die Beine. Zum Glück war auch ihnen weiter nichts geschehen.

»Jetzt sitzen wir hier in den gottverlassenen Bergen fest, was sollen wir nur machen?« fragte ich.

»Ich schicke Smith mit den Pferden los«, entschied Brown. »Man kann uns eine andere Kutsche schicken.«

»Aber er ist doch schon so alt. Glauben Sie, daß er das noch schafft?« Ich hatte meine Zweifel. Smith war noch ganz durcheinander.

»Er muß es einfach schaffen. Ich lasse Sie hier nicht allein... Sie und die beiden jungen Frauen.«

Was für eine Wohltat, so einen starken Mann um sich zu haben, der sich um alles kümmerte. Der gute Brown, was hätten wir nur ohne ihn getan? Albert hatte ihn schon immer für einen ausgezeichneten Bediensteten gehalten und wieder einmal recht gehabt.

Wir faßten uns also in Geduld und warteten. Brown entdeckte noch eine Flasche Bordeaux, der uns ausgezeichnet mundete. Alice hatte ihren schwarzen Diener mitgebracht. Der hielt uns die Laterne, damit wir nicht im Dunkeln saßen.

Wir warteten und warteten, doch nichts geschah, und niemand kam.

»Euer Vater hat immer gemeint, man müsse aus jeder Situation das Beste machen«, sagte ich zu meinen Töchtern.

»Da hatte er recht«, meinte Alice.

»Er hatte immer recht«, sagte ich mit unumstößlicher Gewißheit. »Ach, wie gern würde ich ihm von unserem Malheur erzählen.«

»Er weiß davon«, sagte Lenchen im tiefsten Brustton der Überzeugung.

»Ja, ich glaube, er hat seine Hand über uns gehalten, denn wir haben alle großes Glück gehabt«, fügte Alice hinzu.

Nach etwa einer halben Stunde hörten wir Pferdegetrappel. Kennedy war aufgefallen, daß wir noch nicht zurück waren, und konnte sich die Verspätung nicht erklären. Daher war er losgeritten, um zu sehen, ob uns etwas zugestoßen war. Zum Glück hatte er uns Ponies mitgebracht. Dankbar bestiegen wir sie, denn sonst hätten wir noch bis zehn Uhr am Straßenrand warten müssen. John Brown ging zu Fuß, er führte mein Pony und das von Alice. Ich erhob Einspruch, denn beim Sprung aus der Kutsche hatte sich Brown am Knie verletzt. Doch er brachte mich rasch zum Schweigen. Er trug die Verantwortung und hatte nicht die Absicht, mich einfach drauflosreiten zu lassen. Wie leicht konnte noch einmal etwas passieren.

Was für ein getreuer Diener und herzensguter Mensch!

Irgendwann stießen wir dann auf Smith, der mit einer Kutsche kam, und stiegen ein.

Bei unserer Rückkehr wurden wir mit großem Trara begrüßt. Fritz und Vicky hatten erfahren, was uns zugestoßen war und waren herbeigeeilt. Louis wartete schon voller Angst. Brown meinte, ich müsse sofort zu Bett gehen. Er befahl, mir Suppe und Fleisch aufs Zimmer zu bringen. Beim Anblick meines zerschundenen Gesichts erschrak er maßlos. Mein Daumen war stark angeschwollen und schmerzte fürchterlich, war aber zum Glück nicht gebrochen.

Was für ein Tag! Doch trotz meiner Schmerzen bedauerte ich den Ausflug nicht, hatte er mir doch wieder einmal gezeigt, was für einen getreuen Diener ich in John Brown hatte.

Natürlich war mir bewußt, daß es wegen Schleswig-Holstein irgendwann zum Eklat kommen mußte.

Ein paar Wochen nach unserem Unfall starb König Frederik von Dänemark, und Alexandras Vater wurde König. Nun ließ sich der schwelende Konflikt nicht mehr auf die lange Bank schieben, denn sowohl Deutschland als auch Dänemark erhoben Anspruch auf die beiden Herzogtümer. Bismarck würde das Problem nicht auf sich beruhen lassen.

Im Jahr 1852 war auf einer Konferenz unter der Leitung Englands vereinbart worden, daß elf Jahre Frieden gehalten werden mußte, was diesen Zankapfel anging. Die Dänen sollten in den beiden Herzogtümern unter deutscher Aufsicht regieren.

Die Frist ging jetzt zu Ende, und König Frederik von Dänemark erhob Anspruch auf die Herzogtümer. Nach seinem Tode brachte König Christian klar zum Ausdruck, daß er Frederiks Ziele in dieser Hinsicht weiter zu verfolgen gedachte.

Die Deutschen drohten nun, die Dänen mit Hilfe Österreichs hinauszukomplimentieren. Waren die Dänen erst einmal aus Schleswig-Holstein vertrieben, wollten Deutschland und Österreich das Gebiet besetzen, bis eine Einigung darüber erzielt worden war, wie es mit Schleswig-Holstein weitergehen sollte. Noch jemand erhob Anspruch auf die Herzogtümer, nämlich Herzog Friedrich von Schleswig-Holstein-Sonderburg-Augustenburg, ein Deutscher, der Erbansprüche anmeldete. Nun erhoben also schon drei Anwärter Anspruch auf Schleswig-Holstein: Preußen samt Österreich, Dänemark und Herzog Friedrich.

Die Situation war äußerst peinlich. Meine Sympathien galten natürlich den Deutschen. Albert war Deutscher gewesen, hätte also gefühlsmäßig auch auf Seiten der Deutschen gestanden. Andererseits war Bertie mit einer Dänenprinzessin verheiratet, deren Vater ebenfalls Anspruch auf Schleswig-Holstein erhob.

Herzog Friedrich und Dänemark baten mich um Unterstützung. Mit allen irgendwie verwandt oder verschwägert, war ich hin und her gerissen. Herzog Friedrich war der Gemahl von Feodoras Tochter Adelheid. Berties Frau hingegen war die Tochter des Königs von Dänemark.

Ich wußte mir keine Hilfe. Hätte Albert mir doch zur Seite stehen können! Er hätte sich mit allen unterhalten und sicher eine vernünftige Lösung gefunden, die allen gerecht wurde.

Das war kein gewöhnlicher Krieg, sondern darüber hinaus auch noch ein Familienzwist. Jeder ergriff Partei für irgend jemanden. Vicky haßte Bismarck, ergriff aber Partei für Preußen. Feodora erwartete von mir, daß ich mich auf die Seite des Gatten ihrer Tochter schlug. Alexandra setzte sich natürlich für ihren Vater ein. Sie erwartete ein Kind, und die leidige Angelegenheit setzte ihr sehr zu.

Auch bei Tisch kam es immer wieder zu erhitzten Diskussionen über Schleswig-Holstein. Schließlich wurde es mir zu bunt; ich verbat mir bei Tisch jegliche Diskussion darüber.

Überall im Lande herrschte große Aufregung. Die Leute waren natürlich auf der Seite Dänemarks. »Das Kleine Dänemark«, stand in den Zeitungen zu lesen. Dadurch entstand der Eindruck, als werde das tapfere kleine Ländchen mit Drohungen eingeschüchtert und unter Druck gesetzt.

Im übrigen waren alle restlos begeistert von der Prinzessin von Wales. Sie und Bertie zeigten sich dem Volk, wann immer sich ein Anlaß dazu bot.

»Wir sind dem Prinzen sehr zu Dank verpflichtet«, sagte Lord Palmerston ganz offen. »So vergißt das Volk wenigstens nicht, daß Großbritannien eine Monarchie ist.«

Ein Seitenhieb gegen mich. Aber sollte ich mich vielleicht von einem alten Mann herumkommandieren lassen, der Rouge auflegte, sich die Haare färbte und herumscharwenzelte wie ein Dandy in seinen besten Jahren? Und so etwas nannte sich Premierminister!

Weihnachten rückte näher – ein freudloses Weihnachten. So würde es von nun an immer sein. Hinzu kamen noch die Sorgen wegen Schleswig-Holstein. Das Problem hing bedrohlich über uns wie eine schwarze Wolke. Besonders Alexandra litt darunter, was ihr in ihrem Zustand nicht zuträglich war.

Kurz nach Weihnachten hielten Bertie und Alexandra sich in Frogmore auf. Ich glaube, Bertie gefiel es dort besser als in Windsor. Trotzdem konnte ich ihn jederzeit erreichen. Bertie wußte nicht, was Kummer war. Er hatte seinen Vater wahrscheinlich nie gemocht. Ich wußte, daß er ein fröhliches, ausgelassenes Leben führte. Was sein Leben in gesellschaftlicher Hinsicht mit sich brachte, wußte er sehr zu schätzen. Lord Palmerston erwähnte das mir gegenüber immer wieder. Er begrüßte das. Er und Bertie waren in vielen Dingen genau der gleichen Meinung. Beide hatten Alfreds Affäre in Malta mit einem Achselzucken abgetan, als sei sie nicht der Rede wert. Sie empfanden so etwas nicht als Schande, sondern amüsierten sich darüber.

Bertie gab in Frogmore ausgelassene Feste und Gesellschaften, was ich zutiefst bedauerte. Dort ging es so ganz anders zu als bei mir im Schloß. Unter Berties Freunden gab es meiner Meinung nach ausgesprochen liederliche, pöbelhafte Menschen. Auch Albert hätten sie nicht zugesagt.

Virginia Water fror zu. Mir kam zu Ohren, daß Bertie und seine Freunde Schlittschuhlaufen gingen. Oft wurde es sehr spät, und Alexandra hätte sich mehr Ruhe gönnen müssen. Sie schonte sich nicht und sollte doch in zwei Monaten ihr Kind zur Welt bringen. Das arme Ding mußte ja zu Tode erschöpft sein. Ewig der Trubel im Schloß, die beschwerliche Schwangerschaft und dann auch noch die Sorgen wegen Schleswig-Holstein.

Es passierte, als Bertie mit seinen Freunden Schlittschuhlaufen war. Alexandra hatte sich mit ein paar ihrer Hofdamen aufgemacht, um den Eisläufern zuzusehen. Zum Glück war Alexandra nicht so unvernünftig, sich selbst aufs Eis zu begeben. Sie fror und zog sich schon bald wieder ins Haus zurück. Gleich darauf setzten die Wehen ein.

Ein Bote überbrachte mir die Nachricht, und ich machte mich umgehend auf den Weg nach Frogmore. Zum Glück war Dr. Brown schon da. Albert hatte viel von ihm gehalten.

Bald suchte Dr. Brown auch mich auf. Ich fürchtete schon das Schlimmste, denn Alexandras Kind hätte eigentlich erst in zwei Monaten zur Welt kommen sollen.

»Ich freue mich, Eurer Majestät mitteilen zu können, daß die Prinzessin wohlauf ist, wenn auch etwas erschöpft, doch dem kann abgeholfen werden. Das Kind hat eine sehr zarte Konstitution, wird aber am Leben bleiben.«

»Ein Siebenmonatskind, aber der Prinzessin geht es gut!«

»Ja, zum Glück. Nach einer Stunde war das Kind schon da. Es ist ein Junge.«

»Gottlob mußte sie nicht so lange leiden«, sagte ich erleichtert. Mir selbst war dieses Glück bei den ersten Kindern nicht beschieden.

»Wünschen Euer Majestät das Kind vielleicht zu sehen?«

Die meisten Neugeborenen sehen widerwärtig aus mit ihren abstoßenden, froschähnlichen Gesichtern. Sie kommen mir immer wie verschrumpelte alte Männer vor, die nicht mehr lange zu leben haben, und nicht wie kleine Erdenbürger, die gerade erst das Licht der Welt erblickt haben. Als Frühgeburt war Berties und Alexandras Sohn natürlich noch häßlicher als andere Neugeborene.

Ich eilte an Alexandras Bett. Sie wirkte zwar noch etwas mitgenommen, erschien mir aber trotzdem strahlend schön. Und wie stolz sie war, einen Sohn zur Welt gebracht zu haben! Ich beugte mich über sie und küßte sie zärtlich. Nun lernte dieses arme Ding auch die Schattenseiten des Ehelebens kennen.

Als ich Bertie und Alexandra später zusammen antraf, kam ich darauf zu sprechen, wie der Junge heißen sollte.

»Ich will ihn Victor nennen«, verkündete Bertie.

»Victor!« wiederholte ich entrüstet. »Einen König namens Victor hat es noch nie gegeben. Vergiß nicht, daß dieses Kind Thronprätendent ist, Bertie, und gleich nach dir an zweiter Stelle kommt.«

»Aber warum sollten wir nicht endlich einmal von den alten Normen abweichen?« meinte Bertie. »Findest du nicht selbst, Mama, daß es allmählich Zeit wird, einmal etwas Neues einzuführen?«

»Ich wünsche, daß er auf den Namen Albert getauft wird«, ordnete ich an. Bertie seufzte.

»Meinetwegen Albert Victor«, fuhr ich fort. »Er soll nach seinem Großvater benannt werden, damit die Leute nicht vergessen, was der alles für das Land getan hat. Die Menschen sind so undankbar. Man gerät so leicht in Vergessenheit...«

Bertie starrte trotzig vor sich hin. Ich glaube, daß er an seinen Vater nicht erinnert werden wollte. So kann es einem Kind ergehen, das ein großes Unrecht einfach nicht wahrhaben will. Bertie wollte wohl verdrängen, daß er seinen Vater durch sein Fehlverhalten dazu gebracht hatte, ihn in Cambridge aufzusuchen. Das hatte dann zu Alberts Tod geführt bzw. seinen Tod beschleunigt. Man mußte sich schrecklich fühlen, wenn man so eine Schuld auf sich geladen hatte. Andererseits erschien mir Bertie oft regelrecht gewissenlos.

Alexandra meinte: »Ich finde, Albert Victor ist ein schöner Name«, und spielte damit den Friedensengel.

Ich sah sie freundlich lächelnd an, dieses entzückende Geschöpf.

»Dann steht der Name also fest. Das freut mich«, sagte ich.

Bertie zeigte keine Neigung, weiter darüber zu diskutieren. Es zog ihn wohl zurück zu seinen Freunden, die für ihn die Lebenslust verkörperten.

Trotz seines vorzeitigen Erscheinens auf der Welt entwikkelte sich der Kleine prächtig. Er wurde in der St. George's Chapel, der Georgskapelle, getauft, und ich pflanzte zu steter Erinnerung an dieses freudige Ereignis einen Baum in Frogmore.

Alexandra war der Verzweiflung nahe, als sich der Konflikt um Schleswig-Holstein zuspitzte. Ihr Vater schrieb ihr und bat sie flehentlich, sich dafür einzusetzen, daß ihm ihr neues Heimatland zu Hilfe kam. Auch Vicky schrieb und warf Bertie und Alexandra vor, daß sie sich die Sympathie der Briten sichern wollten und auch darauf aus waren, die Presse für ihre Sache zu erwärmen. Da machte ich Vicky Vorhaltungen, weil sie sich erdreistete, mir etwas vorschreiben zu wollen. Daraufhin kühlte unsere Beziehung merklich ab. Alexandra warf uns vor, daß wir Palmerston nicht halfen, und Lord John ließ durchblicken, es ginge nicht an, daß ich Preußen begünstigte. Die Regierung stand auf der Seite Dänemarks. Ich fand, wir dürften uns nicht mit in einen Krieg hineinziehen lassen. Sollte sich das Kabinett zu einer Kriegserklärung durchringen, so würde ich mich gezwungen sehen, das Parlament aufzulösen.

Ich staunte selbst über meine starken Empfindungen. Ständig überlegte ich, wie Albert sich wohl verhalten hätte. Da mir Albert jedoch nicht mehr beistehen konnte, sah ich mich gezwungen, selbst die Initiative zu ergreifen. Ich wußte, daß er zu Preußen gehalten hätte. Infolgedessen hätte er sich vehement dagegen zur Wehr gesetzt, daß es zum Krieg zwischen England und Deutschland kam.

Inzwischen waren die Preußen schon zur Tat geschritten

und in Schleswig-Holstein einmarschiert, so daß Fritz gegen Alexandras Vater kämpfen mußte.

Ich war so frustriert, daß ich mich hundeelend fühlte. Wenn der Krimkrieg auch viel schlimmer gewesen war, weil wir daran teilgenommen und viele Tote zu beklagen hatten, so war sich die Familie doch zumindest einig gewesen, während sie jetzt regelrecht entzweit war.

Die Preußen hatten mit ihren Verbündeten, den Österreichern, einen Sieg nach dem anderen zu verzeichnen. Palmerston wies darauf hin, daß sie auf Eroberung aus waren und sich seiner Meinung nach nicht einmal mit diesen beiden Herzogtümern begnügen würden. Wenn nicht bald etwas geschehe, würden sie auch noch in Dänemark einmarschieren. Seit Bismarcks Aufstieg hätten sie sich das zum Ziel gesetzt.

»Das eben ist es, was Bismarck mit ›Blut und Eisen‹ meint«, erklärte mir Lord John. Es sei sein Ziel, eine Vormachtstellung in Europa einzunehmen. Man müsse ihm klarmachen, daß Großbritannien das nicht dulden werde.

»Ich habe dem österreichischen Botschafter schon zu verstehen gegeben, daß die britische Kriegsflotte sofort einschreiten wird, falls sich die österreichische Flotte in der Ostsee blicken läßt.«

»Das kommt ja schon fast einer Kriegserklärung gleich«, rief ich entrüstet aus.

»Anders geht es nun einmal nicht«, erklärte Palmerston. »Im Namen der Regierung muß ich Eure Majestät ersuchen, sich nicht für die Preußen einzusetzen.«

Wütend starrte ich ihn an. Wie konnte er sich erdreisten, mir Vorschriften zu machen, dieser von der Gicht geplagte alte Mann! Er und Lord John hätten schon längst ihren Rücktritt einreichen sollen. Gräßliche alte Männer! Und sie wagten es tatsächlich, mir Vorwürfe zu machen und mir vorzuschreiben, was ich zu tun und zu lassen hatte. Als ob ich nicht selber wüßte, was für mein Land am besten war.

»Der Prinzgemahl war der Meinung, wir sollten einen Krieg um jeden Preis vermeiden. Gegen einen Krieg mit Deutschland hätte er sich vehement zur Wehr gesetzt.«

»Der Prinzgemahl war Deutscher, Majestät«, gab Palmerston zu bedenken. »Es ist doch ganz natürlich, daß man an seiner Heimat hängt. Wir sind jedoch Engländer, Majestät, und hängen ebenso an unserem Vaterland.«

Was für eine Unverschämtheit! Niemand außer Palmerston hätte sich zu so etwas hinreißen lassen.

»Ein Krieg hat noch nie irgend jemandem genutzt.«

»Das würde ich nicht sagen. Den Preußen kommt er sehr zugute. Sie werden Schleswig-Holstein annektieren – und gleich auch noch Dänemark, wenn man das zuläßt. Wir können sie nicht daran hindern, die Herzogtümer zu besetzen, Majestät. Es wird sogar behauptet, sie hätten ein Anrecht darauf. Aber falls die Preußen auch noch in Dänemark einmarschieren sollten, so werden wir das keinesfalls tatenlos mitansehen.«

Ich konnte es kaum erwarten, daß sie gingen, denn es fiel mir immer schwerer, an mich zu halten. Zumindest hatte ich ihnen klargemacht, daß ich das Parlament auflösen würde, falls sie sich dazu entschließen sollten, Preußen den Krieg zu erklären.

Palmerston war natürlich auch nicht auf einen Krieg erpicht, doch seine Sympathien galten Dänemark.

»Mit Sympathie ist uns noch nicht gedient gewesen«, betonte Alexandra.

Doch mehr konnten wir für Dänemark vorerst nicht tun. Palmerston würde die Kriegsflotte in die Ostsee dirigieren, wie es seiner Kanonenbootpolitik entsprach. Damit würde er Preußen daran hindern, in Dänemark einzumarschieren. Kein Land konnte auf eine Konfrontation mit der britischen Flotte aus sein. Palmerston hatte gehofft, Napoleon würde einschreiten. Rein geographisch gesehen lag Frankreich ja näher am Unruheherd als England. Hätte Napoleon Dänemark geholfen, so hätten wir uns ihm womöglich angeschlossen. Ich war froh, daß es nicht dazu kam, denn dann hätten wir gegen Fritz und Vicky kämpfen müssen.

Was für ein unerträglicher Zustand!

Bis April war die Angelegenheit dann ausgestanden. Schleswig-Holstein fiel an Preußen. Alexandra war sehr unglücklich darüber, und Bertie versuchte sie zu trösten. Fritz und Vicky triumphierten, und ich mußte mir wieder einmal eingestehen, daß Palmerston es sehr geschickt verstanden hatte, uns aus dem Krieg herauszuhalten, obwohl meine Familie von allen Seiten auf mich eingestürmt war und die Presse und das Volk gedankenlos ein übriges getan hatten.

Sicher, ich hatte mich die ganze Zeit gefragt, wie Albert sich verhalten hätte, doch ich hatte ja wohl oder übel nach eigenem Gutdünken handeln müssen. Ich konnte mit mir zufrieden sein. Das brachte mich ein wenig auf andere Gedanken.

Man verübelte mir immer mehr, daß ich so zurückgezogen lebte, doch London ertrug ich einfach nicht. Den Winter verbrachte ich in Osborne, den Sommer in Schottland. Palmerston machte keinen Hehl daraus, daß das Volk mir das sehr übel nahm, und meinte, ich könne mich glücklich schätzen, daß der Prinz von Wales seinen Verpflichtungen in der Beziehung nachkam.

Als ich einwandte, daß der Prinz ein sehr loses, unsolides Leben führte, lächelte der Premierminister, als sei das etwas sehr Erstrebenswertes.

Einmal erschien er mit einem Zettel in Osborne. Er meinte, das müsse er mir unbedingt zeigen. Irgend jemand habe es an das Tor vom Buckingham-Palast geheftet.

Er lächelte ironisch, als er mir den Zettel reichte. »Grundstück zu verkaufen oder zu vermieten, weil die Bewohner schon lange nicht mehr gesichtet worden sind.«

»So eine Unverschämtheit!« rief ich aus.

»Aber das zeigt doch deutlich, was das Volk denkt, Majestät. Dafür sollten wir den Leuten dankbar sein.«

»Warum verstehen diese Menschen nicht, was in mir vorgeht?«

»Sie verstehen es ja und sehen auch ein, daß Eurer Majestät eine gewisse Trauerzeit vergönnt sein muß, doch inzwischen erscheint sie ihnen übertrieben lang. Monarchen sollten sich nicht allzulange absondern und zurückziehen.

Aber wir können uns ja, wie gesagt, sehr glücklich schätzen, daß der Prinz von Wales die Königin so gut vertritt.«

Ich sah Bertie und Alexandra vor mir, wie sie durch die Stadt fuhren. Sicher war Berties ausschweifendes Leben in aller Munde. Die Menschen fanden daran offenbar nichts auszusetzen. Eigentlich war es eine Ironie des Schicksals, wenn man bedachte, mit welchem Mißtrauen das Volk Albert begegnet war, der soviel für sie getan hatte. Sie hatten es ihm nie gedankt. Bertie hingegen mit seinem Kartenspielen und seinen zwielichtigen Kumpanen hoben sie in den Himmel. Auch der armen, traurigen Alexandra gehörte ihre Sympathie, denn wir waren ihrer Familie nicht zu Hilfe gekommen und hatten es zugelassen, daß die verhaßten Preußen Schleswig-Holstein annektierten.

Onkel Leopold schrieb mir. Er schien genau zu wissen, was sich bei uns abspielte. So war ihm auch zu Ohren gekommen, wie beliebt der Prinz und die Prinzessin von Wales beim Volk waren.

»Anscheinend hast Du abgedankt und Bertie die Krone überlassen«, schrieb er.

Das ärgerte mich natürlich maßlos. Was hätte Albert wohl dazu gesagt? Er hatte immer befürchtet, Bertie sei unfähig zu regieren, wenn er sich nicht grundlegend änderte. Bertie war Albert immer noch nicht ähnlicher geworden, und ihm bot sich ja inzwischen oft genug die Gelegenheit zu demonstrieren, daß er mit seinem Vater so gut wie nichts gemein hatte. Nein, Albert hätte wahrhaftig nicht gewollt, daß Bertie meinen Platz einnahm.

Also begab ich mich nach London und fuhr in einer offenen Kutsche durch die Straßen. Scharenweise kamen die Menschen herbeigeströmt, um die traurige Königin zu sehen, die ihren Gemahl nicht vergessen konnte.

Ohrenbetäubender Jubel empfing mich.

Palmerston war außer sich vor Freude. »Jetzt hatten Eure Untertanen endlich wieder einmal Gelegenheit, Euch zu zeigen, wie sie Euch lieben und verehren, Majestät«, lobte er mich.

Diese Tatsache erfüllte mich mit Stolz und Genugtuung.

Sie hatten mich daran erinnert, daß ich ihre Königin war. Noch nie hatten sie irgend jemanden – nicht einmal Bertie und Alexandra – mit solchen Ovationen empfangen.

»Majestät müssen den Untertanen noch öfter Gelegenheit geben, Euch zu zeigen, wie beliebt Ihr seid«, legte mir Palmerston ans Herz.

So, mußte ich? Die Königin mußte gar nichts. Ich hatte nicht die Absicht, mich jetzt schon wieder voll zu engagieren. Ich wollte vielmehr auch weiterhin zurückgezogen leben.

In Osborne gab mir Dr. Jenner zu verstehen, ich hätte nicht genug Bewegung, worauf ich ihm erwiderte, daß mir daran auch nicht gelegen sei. Wo ich auch hinging, wurde ich an den Prinzgemahl erinnert. Natürlich auch im Haus, doch ich konnte mich nicht dazu aufraffen, spazierenzugehen oder auszureiten.

Eines Tages sprach Dr. Jenner bei mir vor und berichtete, er habe sich zu einem Schritt entschlossen, gegen den ich hoffentlich nichts einzuwenden hätte. Zuvor habe er Prinzessin Alice konsultiert, die diesen Schritt für eine ausgezeichnete Idee hielt. Auch mit Sir Charles Phipps habe er sich besprochen.

Ich konnte mir gar nicht vorstellen, wovon er sprach; Sir Charles Phipps war der Intendant der Zivilliste. Was Dr. Jenner sagte, klang sehr geheimnisvoll, und es dauerte noch eine ganze Weile, bis er sich klar ausdrückte.

»Majestät werden vielleicht gar nicht so erfreut sein. Aber in diesem Fall läßt sich ja alles ganz leicht wieder rückgängig machen.«

»Nun sagen Sie mir doch endlich, worum es geht.«

»Wir haben uns erlaubt, einen Eurer schottischen Bediensteten nach Osborne kommen zu lassen, Majestät. Er hat sich in Schottland rührend um Euch gekümmert, und Eure Majestät waren mit seinen Diensten auch immer sehr zufrieden. Da haben wir uns gedacht, es könnte für Eure Majestät vielleicht von Nutzen sein, ihn hierzuhaben.«

»Einer meiner schottischen Bediensteten ist also hier?«

»Ja, Euer Majestät, John Brown. Er war vor Freude völlig

aus dem Häuschen. Aber wenn Majestät nicht wünschen, daß er hierbleibt, schicken wir ihn umgehend zurück.«

Ich lächelte erfreut. John Brown hier in Osborne! »Es freut mich, daß er hier ist. Ja, es freut mich sehr. Aber ist es ihm auch recht?«

»John Brown ist überglücklich, wieder bei Eurer Majestät zu sein.«

Ich war gerührt. Diese guten Leute waren so besorgt um mich.

Ich fühlte mich gleich viel wohler, als sich John Brown wieder um mich bemühte. Er sorgte bestens für mich. Wenn er es für nötig hielt, hob er mich ohne viel Federlesen hoch und trug mich. Er legte mir den Umhang um die Schultern und schloß die Spange vorn. Eines Tages stach er mich dabei ins Kinn. Anstatt sich zu entschuldigen, murrte er laut und vernehmlich mit gebieterischer Stimme: »Himmel, können Sie den Kopf nicht hochhalten?« Wenn ihm meine Kleidung nicht gefiel, fragte er unumwunden: »Was haben Sie denn da an?« John Brown nahm kein Blatt vor den Mund, das hätte seinem Wesen nicht entsprochen, aber er war ein guter und getreuer Diener. Wenn mir Gefahr drohte, würde er mich beschützen – koste es, was es wolle.

Ich erwähnte ihn in einem Brief an Onkel Leopold. »Du glaubst nicht, was er mir für ein Trost ist. Er hängt an mir und liest mir jeden Wunsch von den Augen ab. Er ist ein ganz einfacher, aber kluger Mann. Mit einem gewöhnlichen Bediensteten hat er kaum etwas gemein.«

Er sollte auch kein gewöhnlicher Diener mehr sein. Ich wollte ihn zu meinem Kammerdiener machen. Niemand wußte so recht, welche Position er innehatte und wie man ihn nur nennen sollte. So war er bald bekannt als der Diener der Königin, der aus dem Hochland stammte.

Ich gewährte ihm eine Lohnerhöhung und erklärte ihm, daß ich ständig von ihm bedient werden wolle. Nach den Mahlzeiten pflegte er zu mir zu kommen, damit ich ihm Aufträge erteilen konnte, die er stets zu meiner Zufriedenheit ausführte. Er war ruhig und ausgeglichen, schon fast schweigsam – und besaß ein hervorragendes Gedächtnis. Er las mir buchstäblich jeden Wunsch von den Augen ab und war sehr klug. Mir zu dienen, schien sein höchstes Ziel zu sein, und da mir Albert fehlte, tat es mir unendlich gut, so umsorgt zu werden.

John Brown sah sehr gut aus, und für gutaussehende Männer hatte ich schon immer eine Schwäche gehabt. Ich fühlte mich sehr zu ihnen hingezogen. Brown war von kräftiger Gestalt, hatte lange Beine, gelocktes Haar und strahlend blaue Augen. Vor allem aber fiel mir sein festes, wohlgeformtes Kinn auf. Darauf achtete ich immer. Das mochte daran liegen, daß ich selbst kein ausgeprägtes Kinn besaß. In jungen Jahren hatte mich das sehr gestört. Immer wieder begutachtete ich mich daraufhin im Spiegel. Lehzen hielt mir öfter vor: »Sei nicht so eitel, Liebes. Ständig starrst du in den Spiegel.« Ich erklärte ihr, daß das mit Eitelkeit wahrhaftig nichts zu tun habe, es mache mich vielmehr traurig, mein schwach ausgeprägtes Kinn zu sehen. »Ich habe überhaupt kein nennenswertes Kinn.« Lehzen wollte das nicht wahrhaben. »Unsinn, du hast ein Kinn wie jeder andere Mensch.« Doch ich wußte, daß das nicht stimmte. Deshalb war mir auch das stark ausgeprägte Kinn John Browns sofort an ihm aufgefallen.

Eines Tages erzählte ich ihm das. »Menschen mit einem stark ausgeprägten Kinn sind sehr willensstark«, betonte ich.

Da sah er mich nachdenklich an und erklärte unverblümt, wie es nun einmal seine Art war: »Liebe Frau, Sie scheinen auch ganz gut zurechtzukommen, obwohl Ihr Kinn kaum der Rede wert ist.« Er brachte mich zum Lachen, wie ich seit Alberts Tod nicht mehr gelacht hatte. Schon dadurch zahlte es sich aus, daß John Brown jetzt wieder bei mir war.

Bertie und Alexandra bereisten um diese Zeit den Kontinent. Natürlich wollte Alexandra ihre Eltern und Geschwister wiedersehen. Seit wir uns entschlossen hatten, Bertie und Alexandra miteinander zu verheiraten, hatten sie alle einen unerhörten Aufstieg zu verzeichnen. Alexandras Vater war inzwischen König von Dänemark geworden, ihr Bruder König von Griechenland, und ihre jüngste Schwester Dagmar sollte die Frau des russischen Thronfolgers werden.

Die Familie war mir sehr sympathisch, nur von Alexandras Mutter hielt ich nicht besonders viel. Eltern und Kinder verstanden sich sehr gut. Die Mutter war in meinen Augen viel zu dominierend und schreckte nicht einmal davor zurück, Rouge aufzulegen. Für Alexandra freute es mich jedoch, daß ihre Eltern nicht mehr so arm und unbedeutend waren. Die leidige Affäre um Schleswig-Holstein hatte ihr schon genug zu schaffen gemacht.

Eine Auslandsreise so kurz nach Kriegsende war jedoch riskant. Ich war strikt dagegen, doch Alexandra hatte Sehnsucht nach ihren Eltern und Geschwistern. Bertie, der sich – vermutlich seiner Frau zuliebe – immer für Dänemark eingesetzt hatte, ließ dort ein paar sehr unkluge Bemerkungen über Preußen fallen, die Vicky gewiß zu Ohren kommen würden. Entrüstete Briefe ihrerseits wären dann garantiert die Folge.

Es ging einfach nicht an, daß der Prinz von Wales in dieser kritischen Phase Dänemark einen Besuch abstattete und sich in Preußen gar nicht blicken ließ. Ich befahl ihm, sofort nach Stockholm zu reisen, um dort kurz inkognito Urlaub zu machen und sich von da aus nach Preußen zu begeben. Ich wollte nicht, daß Vicky erfuhr, daß er nach Dänemark gefahren war, bevor er sie besuchte.

Doch sie verhielten sich höchst unverantwortlich. Anstatt inkognito durch Schweden zu reisen, wurden Bertie und Alexandra im Palast von der Königsfamilie empfangen. Am schlimmsten aber fand ich, daß sie das Baby, den kleinen Eddy, bei König Christian und Königin Louise von Dänemark gelassen hatten.

Wütend schrieb ich ihnen, der kleine Eddy sei schließlich Thronanwärter, der Nachfolger seines Vaters, wie sein Vater mir auf den Thron folgen würde. Ich drohte ihnen an, Eddy nach Windsor zurückholen zu lassen, wenn sie nicht umgehend zu ihm zurückfuhren. Wenn er schon nicht bei seinen Eltern sein könne, so solle er doch wenigstens bei mir sein.

Bertie und Alexandra kehrten daraufhin sofort nach Dänemark zurück. Sie fuhren auf der königlichen Jacht nach

Kiel. Dort gab es wieder Ärger, weil Alexandra Bertie bat, nicht zuzulassen, daß die preußische Flagge gehißt wurde.

Vicky verhielt sich Bertie gegenüber natürlich ziemlich reserviert. Der Besuch bei ihr fiel kurz aus, was mir sehr angebracht erschien, denn Bertie und Alexandra hatten ja kein Hehl daraus gemacht, daß sie für Preußen nicht viel übrig hatten. Daher erschien es ihnen auch nicht ratsam, nach Berlin zu reisen. Sie besuchten Preußen überhaupt nur, weil ich darauf bestanden hatte. Der Zeitpunkt für den Besuch war denkbar schlecht gewählt.

Nach ihrer Heimkehr stellte Alexandra fest, daß sie wieder ein Kind erwartete. ›Das arme Mädchen! Eddies Geburt liegt noch gar nicht lange zurück‹, dachte ich. Ob sie wohl so fruchtbar war wie ich? Kinder waren ja schön und ließen sich wohl kaum umgehen. Das galt vor allem für eine Königin. Doch mir wurde schon bei dem bloßen Gedanken an die Plage übel, die eine Schwangerschaft bedeutete, von der Geburt ganz zu schweigen. Zum Glück war das für mich nun endlich ausgestanden, doch die arme Alexandra tat mir leid.

Auch das zweite Kind war wieder ein Junge und wurde auf den Namen George getauft. Zwei Söhne, zu denen man Alexandra nur gratulieren konnte. Ihr zweites Kind war keine Frühgeburt, sie hatte es voll ausgetragen. Der Kleine war daher gleich viel kräftiger als Eddy.

Alexandra freute sich unbeschreiblich über ihre Kinder. Als gute Mutter brachte sie ihnen weit mehr Interesse entgegen als ich seinerzeit. Zuweilen fragte ich mich, wie sich ihr Zusammenleben mit Bertie wohl gestaltete. Sie schien wirklich sehr an ihm zu hängen, doch ich war davon überzeugt, daß er nicht treu sein konnte. Das hätte mir für Alexandra unendlich leid getan. Wie dankbar mußte ich doch sein, daß mein Gemahl in dieser wie auch in jeder anderen Hinsicht über jeden Tadel erhaben gewesen war. Ich hoffte inständig, daß ihre Kinder sie für das entschädigten, was ihr Ehemann ihr antat.

Es ergab sich, daß ich nach Coburg reisen mußte, um ein Denkmal Alberts zu enthüllen. Dieser Aufgabe konnte und wollte ich mich natürlich nicht entziehen.

Ich empfand das Reisen ohne Albert als bedrückend. Alles erinnerte mich irgendwie an ihn – wohin ich mich auch wandte.

Alle meine Kinder reisten mit mir, darauf hatte ich bestanden.

»Schließlich wird eurem Vater ein Denkmal gesetzt«, hatte ich meinen Wunsch begründet, »da müßt ihr doch dabeisein.«

Wir wurden von Ernst und Alexandrina begrüßt. Ernst war entsetzlich gealtert. Wahrscheinlich führte er immer noch ein Lotterleben. Solche Menschen änderten sich nicht. Ich zürnte dem Schicksal. Hätte es mir Albert nicht lassen können, der über jeden Vorwurf erhaben war, anstatt einen Bruder am Leben zu lassen, der seiner Frau nicht treu sein konnte? Ernst war älter als Albert, hatte an einer unaussprechlichen Krankheit gelitten und sich schon viel zuschulden kommen lassen, doch Albert war von meiner Seite gerissen worden, und Ernst durfte weiterleben.

Die Gefühle übermannten Ernst, wenn er von Albert sprach, doch ich kann nicht glauben, daß das bei ihm sehr tief ging.

Es war ein bewegender Augenblick für mich, das Denkmal zu enthüllen. Als ich sein Gesicht sah, mußte ich an unsere gemeinsame Zeit in Coburg zurückdenken. Ich führte die Kinder überall herum, zeigte ihnen Alberts Klassenzimmer, die Degenspuren an der Wand, wo er mit Ernst gefochten hatte, die herrlichen ausgedehnten Waldungen und Alberts geliebtes Rosenau.

Lenchen stand mir zu dieser Zeit besonders nahe und nahm damit den Platz von Alice ein. Sie war ein liebes gutes Mädchen, wenn auch nicht so klug wie Vicky, dafür aber auch nicht so überheblich.

Während unseres Aufenthalts in Deutschland lernten wir auch Prinz Christian von Schleswig-Holstein-Sonderburg-Augustenburg kennen. Ein ziemlich hochtrabender Titel für einen ziemlich mittellosen Mann. Doch war er jung und sah sehr gut aus, und so verliebte Lenchen sich in ihn, was auf Gegenseitigkeit beruhte. Es freute mich natürlich, daß die jungen Leute so glücklich miteinander waren. Ganz so wie Albert und ich seinerzeit. Als sich der Besuch dem Ende näherte, zeigte sich immer deutlicher, daß mein kleines Lenchen todunglücklich sein würde, wenn sie von ihrem hübschen Christian Abschied nehmen müßte, und er ließ keinen Zweifel daran, daß es ihm ebenso erging.

Es würde natürlich heißen, er sei nicht die richtige Partie für die Tochter der Königin von England, denn als der jüngere Bruder Herzog Frederiks, der auch um Schleswig-Holstein gekämpft hatte, stand ihm kein Erbe zu. Als die Preußen den Sieg davontrugen, hatte seine Familie ihren gesamten Besitz eingebüßt.

Doch Christian und Lenchen waren ein rührender Anblick. Verliebt sahen sie sich an. Schließlich hatte auch Albert bei unserer Heirat kaum etwas besessen. Sehr zum Kummer meines Liebsten hatte sich die Presse hämisch darüber ausgelassen. Ich brachte es nicht über mich, der Liebe dieses jungen Pärchens im Weg zu stehen. Sollten Lenchen und Christian glücklich miteinander werden.

Natürlich konnte ich diesbezüglich im Augenblick nichts unternehmen, doch als wir abreisten, war Lenchen sozusagen mit Christian verlobt und ihm versprochen.

Natürlich wollte ich nicht nach England zurückkehren, ohne Onkel Leopold besucht zu haben. Der arme alte Onkel Leopold war nur noch ein Zerrbild des einst so schönen jungen Mannes, wie ich ihn aus meinen Kinderjahren in Erinnerung hatte. Damals war er mir als der Herrlichste von allen erschienen. Natürlich lag das schon lange zurück, aber ich würde nie vergessen, daß er wie ein Vater zu mir gewesen war. Ich hatte ihm immer aufmerksam zugehört. Alles, was er sagte, war für mich das Evangelium gewesen. Natürlich würde ich ihn immer lieben, wenn er auch jetzt ein alter, gramgebeugter Mann war, von tausend Schmerzen gepeinigt und zu tiefen Depressionen neigend, wie er mir gestand. Er verkraftete es nicht, daß ihm der Tod immer wieder die Menschen entriß, die ihm am meisten bedeuteten. Erst Charlotte, dann Louise und schließlich auch noch Albert. Als wir über Albert sprachen, vergossen wir beide bittere Tränen.

Onkel Leopold erinnerte mich auch daran, daß nach Charlottes Tod seine ganze Liebe und Aufmerksamkeit Albert und mir gegolten hatte. Er schmiedete Zukunftspläne für uns beide, und sein größter Wunsch ging in Erfüllung, als wir Mann und Frau wurden.

Er ließ sich auch ausführlich über alle seine Leiden aus. Darüber hatte er schon immer liebend gerne gesprochen. Mich wunderte es natürlich längst, daß ein so kranker Mensch so alt hatte werden können. Manchmal hatte ich fast den Verdacht – und das galt auch für Stockmar –, daß diese Wehwehchen allmählich sein ganzer Lebensinhalt wurden. Deshalb verstanden er und Stockmar sich vermutlich auch so gut.

Onkel Leopold konnte es sich noch immer nicht verkneifen, sich in Dinge einzumischen, die ihn nicht betrafen. Immer wieder kam er auf Bertie zu sprechen. Am liebsten hätte er sich wohl zu seinem Berater aufgeschwungen. Doch Bertie konnte man nicht raten, Bertie tat, was er für richtig hielt.

»Nach allem, was man so hört, scheint er ja sehr beliebt zu sein«, meinte Onkel Leopold. »Und das Volk hängt auch an Alexandra.«

»Ja, sie ist sehr schön, so etwas gefällt den Leuten ... und dann die ganze Hysterie um Dänemark.«

»Es war aber auch wirklich Pech, daß es gleich dazu kommen mußte, nachdem Christian den Thron bestiegen hatte. Preußen wird wie ein Wirbelsturm über ganz Europa hinwegfegen und alle kleinen Königreiche annektieren, darauf ist Bismarck nämlich aus.«

»Ein fürchterlicher Mensch. Vicky ist er zuwider. Ich fürchte, sie hat kein leichtes Los. Dabei hätte alles ganz anders kommen sollen. Albert hat sich immer gewünscht, daß sie eines Tages Königin von Preußen wird. Er hätte Fritz und Vicky auch beraten können, wie man sich diesem Emporkömmling Bismarck gegenüber am besten verhält, damit er nicht zur Gefahr wird.«

»Überall in Europa hinterläßt er Spuren«, sagte Onkel Leopold. »Täglich frage ich mich besorgt, was ihm wohl als nächstes in den Sinn kommt.«

»Er hat Vicky vorgeworfen, auf Seiten der Engländer zu stehen«, berichtete ich indigniert. »Was soll man dazu sagen? So eine Unverschämtheit! Natürlich liegt ihr England auch am Herzen. Schließlich ist sie dort geboren und aufgewachsen!«

»Männer wie Bismarck sind eine Bedrohung für die ganze Welt. Aber eigentlich wollte ich mich über etwas ganz anderes mit dir unterhalten. Die Engländer schätzen persönliche Beziehungen, treiben schon fast einen Personenkult. Sie schließen nur diejenigen ins Herz, die sie öfter zu Gesicht bekommen. Nur denen bewahren sie die Treue.«

»Schon wieder die alte Leier«, dachte ich seufzend und sagte dann: »Lieber Onkel, ich bezweifle, daß du mir nachfühlen kannst, was in mir vorgeht.«

»Und ob ich dir das nachfühlen kann! Ich habe Albert geliebt wie einen Sohn. Er hat mir unendlich viel bedeutet, und ich trauere sehr um ihn.«

»Das kann man doch nicht vergleichen, Onkel«, wies ich ihn zurecht. »Albert war mein Mann. Zwanzig Jahre lang waren wir Tag und Nacht zusammen und kaum je einen Tag getrennt...«

»Ja, ja, ich weiß. Aber du bist nun mal Königin von England. Und wenn du nicht abdanken und Bertie die Krone überlassen möchtest, mußt du dich so oft sehen lassen, wie es sich für eine Königin geziemt. Eine Königin hat nämlich ihrem Volk gegenüber Pflichten.«

»Die Pflichten einer Königin! Glaubst du wirklich, daß ich sie je vergessen könnte?«

»Nein, eigentlich nicht, aber das Volk könnte das allmählich glauben. Bertie und Alexandra bekommen die Leute ständig und bei allen möglichen Gelegenheiten zu Gesicht. Das Volk darf aber nicht vergessen, daß die Königin die Krone trägt.«

»Ich bin in meiner offenen Kutsche durch die Stadt gefahren, da hättest du einmal sehen sollen, wie mir die Leute zugejubelt haben. Viel enthusiastischer als Bertie und Alexandra.«

»Ja, ich weiß, aber das beweist doch nur, wie recht ich habe. Du mußt unbedingt versuchen, nicht mehr so abgeschieden und zurückgezogen zu leben und dich dem Volk öfter zeigen. Es ist nämlich unklug, sich den Wünschen des Volkes nicht zu fügen.«

Ich bedachte ihn mit einem liebevollen Blick. Der gute Onkel Leopold, da mischte er sich wieder einmal ein, er konnte es nicht lassen. Er war ein Bild des Jammers und wirkte irgendwie erschütternd mit seinen Schuhen mit Plateausohlen, die ihn größer erscheinen lassen sollten, mit dem Rouge auf den welken Wangen und der üppigen Lockenperücke, die ihn mit seinen Runzeln noch älter aussehen ließ.

Ich küßte ihn gerührt und ohne im entferntesten zu ahnen, daß ich ihn nie wiedersehen würde.

Am 18. Oktober 1865 erfuhr ich zu meinem Entsetzen, daß Lord Palmerston gestorben war. Bei ihm hatte ich immer das Gefühl gehabt, als mache er sich lustig über mich. Deshalb hatte ich ihn auch nie sonderlich gemocht. Seltsamerweise ereilte ihn der Tod in Brocket Hall, wo auch Lord Melbourne gestorben war. Aber Lord Palmerston war ja mit Lord Melbournes Schwester verheiratet gewesen, und nachdem das Haus an sie gefallen war, hatten sie dort gelebt. Trotzdem erschien es mir als sonderbarer Zufall, daß sowohl Lord Melbourne als auch Lord Palmerston dort gestorben waren.

Wenn jemand stirbt, ruft man sich seine guten Eigenschaften ins Gedächtnis. Zwei unterschiedlichere Menschen als Albert und Lord Palmerston konnte man sich kaum vorstellen, und doch besaß auch Lord Palmerston ein paar von Alberts guten Eigenschaften. Palmerston war zwar ein Dandy und Lebemann gewesen, aber nichtsdestotrotz ein ausgezeichneter Politiker. Von ihm hieß es immer, er habe die seltene Gabe, die Stimmung des Hauses genau richtig einzuschätzen und seine Äußerungen dementsprechend zu formulieren. Er wirkte meinungsbildend. Als ehrlicher Politiker wich er niemals von dem ab, wovon er glaubte, es sei für sein

Land von Vorteil. Er besaß zwei Eigenschaften, die bei einem Politiker von unschätzbarem Wert sind: Mut und Selbstvertrauen.

Daher betrachtete ich seinen Tod als schweren Schlag für das Land. Jeder Wechsel verursachte mir ohnehin starkes Unbehagen. Kleinere Veränderungen mochten ja noch angehen, doch nun sahen wir uns plötzlich einer völlig veränderten Situation gegenüber.

Versonnen lächelnd dachte ich an unsere häufigen Reibereien und Streitigkeiten zurück. Lord Palmerston hatte niemals ein Blatt vor den Mund genommen und mich niemals im Zweifel darüber gelassen, daß er die Krone zwar respektierte, daß der Monarch in seinen Augen jedoch auch nur ein Mensch mit all seinen Schwächen und Unzulänglichkeiten war, was ja schließlich nicht von der Hand zu weisen war. Als ich daher von seinem Tod erfuhr, trauerte ich um ihn. Nun zählte nicht mehr, daß ich mich oft maßlos über ihn geärgert hatte, sondern daß er das Land in Krisenzeiten meisterhaft durch alle Fährnisse gelenkt hatte.

Lord Palmerston würde dem Land sehr abgehen.

Zwei Monate später starb noch jemand, dessen Tod mich zutiefst erschütterte, ja weit mehr mitnahm als der Tod Lord Palmerstons. Es fiel mir unsagbar schwer, mich an den Gedanken zu gewöhnen, daß Onkel Leopold nicht mehr unter den Lebenden weilte.

Wieder zog ich mich völlig zurück. Nur in der Abgeschiedenheit konnte ich an die vielen glücklichen Stunden zurückdenken, die er mir als Kind beschert hatte. Wie hatte ich den Besuchen in Claremont entgegengefiebert! Wie gern war ich bei ihm gewesen! Als junger Mann hatte Onkel Leopold blendend ausgesehen. Ich weiß doch, daß ich mich an ihm nicht sattsehen konnte, wenn ich als kleines Kind auf seinem Schoß saß. Er hatte mich gelehrt, ein gutes Kind zu sein und mich auf das vorbereitet, was mich erwartete. Er hatte mir Albert zugedacht und uns zusammengeführt.

Er war ein fester Bestandteil meines Lebens gewesen, und nun gab es ihn nicht mehr.

Natürlich hatte es auch zwischen uns hin und wieder

kleine Differenzen gegeben. Selbst Albert hatte ja unter meinen Wutanfällen zu leiden gehabt. Doch als Kind hatte mir Onkel Leopold unendlich viel bedeutet, und auch später hatte ich immer sehr an ihm gehangen.

Onkel Leopold hatte den Wunsch geäußert, in Windsor zur letzten Ruhe gebettet zu werden. Ich weiß ja, wie eng er sich mit England verbunden gefühlt, wie sehr er gehofft hatte, das Land mit Charlotte zu regieren. Doch wenn ihm das auch nicht vergönnt gewesen war, so hatte er England nichtsdestoweniger stets geliebt.

Die belgische Regierung weigerte sich jedoch, den Leichnam Onkel Leopolds nach England zu überführen – mit der Begründung, als belgischer König müsse er in Belgien beerdigt werden.

Ich war außer mir.

»Kann man denn dagegen gar nichts unternehmen?« fragte ich Lord Russell, meinen neuen Premierminister.

»Leider nicht«, erwiderte Lord John.

Lenchen und Louise versuchten mich zu trösten. Brown meinte verächtlich, es lohne sich wohl kaum, sich darüber aufzuregen.

»Er ist tot, und damit hat es sich.«

»Es liegt wohl in der Hauptsache daran, daß die Belgier katholisch sind«, erklärte ich.

»Katholiken sind ganz üble Leute«, behauptete John Brown.

»Also Brown, Sie sind wirklich unverbesserlich!« Ich konnte mir das Lachen kaum verkneifen.

»Schließlich bin ich hier, um mich um Sie zu kümmern, gute Frau«, erklärte er selbstbewußt, »und es tut Ihnen ganz bestimmt nicht gut, sich den Kopf darüber zu zerbrechen, wo ein Verstorbener nun beerdigt wird.«

Was für ein Mann! Wenn ich sein gutes ehrliches Gesicht sah und mir seine unverblümte Ausdrucksweise vor Augen hielt, ging es mir gleich besser.

Nach dem Tode Palmerstons berief ich Lord John auf dessen Posten. Er hatte als Earl Russell einen Sitz im Oberhaus gehabt. Mein lieber Freund Lord Clarendon wurde Außenminister, was Russel bisher gewesen war. William Gladstone, Finanzminister bzw. Schatzkanzler, wurde Führer der Partei.

In diesem Jahr wurde Alfred volljährig, und Lenchen würde heiraten. Ich hoffte inständig, daß das Parlament keine Schwierigkeiten machen würde, was das Geld anging, das ihnen zustand.

Lord John bat mich eindringlich, zur Parlamentseröffnung nach London zu kommen. Obwohl das seit fünf Jahren nicht mehr geschehen war, leuchtete mir die Notwendigkeit ein.

Daher erklärte ich mich unter der Bedingung damit einverstanden, daß die üblichen Trompetenfanfaren und der Zierrat diesmal wegfielen, die sonst jedes Jahr zu der Zeremonie gehörten. Anstatt in der Staatskarosse fuhr ich an einer moderneren Kutsche, wenn diese auch von acht Pferden gezogen wurde. Ich trug auch nicht meine offizielle Robe. Die wurde auf den Stuhl neben mir gelegt. Ich hingegen erschien schwarzgekleidet, mit einer Kopfbedeckung, wie man sie stets mit Maria Stuart in Verbindung brachte. Lediglich der Hosenbandorden lenkte von meiner schmucklosen Gewandung ab.

Man begrüßte mich hocherfreut. Ich gab mich ernst und feierlich, um niemanden darüber im Zweifel zu lassen, daß ich noch in Trauer war.

Glücklicherweise kam es nicht zu Unstimmigkeiten, was die Summen angeht, die meinen Kindern zugesprochen werden sollten. Helena wurde ein Mitgift von 30000 Pfund und ein jährlicher Betrag von 6000 Pfund zugestanden. Alfred sprach man 15000 Pfund im Jahr zu. Bei seiner Eheschließung würde diese Summe auf 25000 Pfund im Jahr erhöht.

Ich konnte mich wirklich nicht beklagen.

Später nahm ich in Aldershot die Truppenparade ab.

Zu meiner Freude hatte sich Mary von Cambridge mit dem Herzog von Teck verlobt. Sie war nicht mehr die jüngste und viel zu groß geraten, um als attraktiv gelten zu können. Der Herzog von Teck war zudem mit der Familie von Sachsen-Coburg verwandt, deshalb war ich mit der Heirat mehr als einverstanden.

Bei Marys Hochzeit in Kew war ich zugegen – tiefschwarz gekleidet, damit niemand auf die Idee kam, ich könnte Albert vergessen haben. Einen Monat später heiratete mein liebes Lenchen in Windsor.

Zwischen Österreich und Preußen kriselte es immer stärker. Nun, da sich Schleswig-Holstein in ihrem Besitz befand, stritten sie sich um die Überreste und den Profit. Ich wußte, worum es ihnen ging: um die Vereinigung der deutschen Staaten und die Frage, wer die Oberherrschaft ausüben sollte.

Bismarck sah Preußen in der Führungsrolle; seine Devise lautete ja nicht umsonst ›Blut und Eisen‹.

Durch diese Streitigkeiten spaltete sich die Familie natürlich wieder einmal in zwei Lager. Der Kronprinz stand selbstverständlich auf der Seite Preußens, doch Louis, der Mann meiner Tochter Alice, und mein armer blinder Vetter George von Hannover setzten sich für Österreich ein. Der Gedanke, daß sich zwei meiner Schwiegersöhne in feindlichen Lagern gegenüberstanden, machte mich ganz krank.

Albert hätte Preußen gern in der Vormachtstellung gesehen, das steht fest, doch seit Alberts Tod hatte sich die Situation geändert, vielleicht würde er jetzt ganz anders darüber denken. Er hatte sich in der Hoffnung gewiegt, daß Vicky eines Tages Königin von Preußen sein würde. Wenn Preußen den Sieg davontrug, würde das bedeuten, daß Fritz und Vicky einmal die mächtigsten Herrscher in Europa wären. Was aber sollte aus Alice und Louis, was aus dem armen blinden George werden?

Ich flehte Lord Russell an, alles Menschenmögliche zu tun, um einen Krieg zu verhindern. Ich erbot mich, zwischen den beiden Staaten zu vermitteln. Bismarck lehnte fast verächtlich ab. Was für ein widerwärtiger Mensch! Ich verfluchte den Tag, an dem er an die Macht gekommen war.

Es gab jedoch nicht nur im Ausland die allergrößten Schwierigkeiten, auch in England spitzte sich die Lage zu. Lord Russel berichtete mir, daß die Regierung über den kürzlich eingebrachten Gesetzesentwurf zu Fall kommen könnte.

Es ging um die wirtschaftliche Expansion. Darum gab es schon seit langem Streitigkeiten.

»Die Regierung Eurer Majestät meint, Ihr solltet dieses Frühjahr in Windsor bleiben, anstatt nach Balmoral zu reisen, denn im Fall einer Kabinettskrise solltet Ihr in der Nähe sein.«

Das lehnte ich strikt ab, weil mir das, was sich auf dem Kontinent abspielte, weit größere Sorgen machte als die Innenpolitik.

Die Gesetzesreform lag dem Ausschuß vor, als der Sturm losbrach. Am 15. Juni 1866 kam es zwischen Preußen und Österreich zum Krieg um die Vorherrschaft. Unmittelbar darauf reichte Lord Russel in Balmoral sein Abschiedsgesuch ein.

Ich war sehr verärgert und schrieb ihm postwendend, ich hielte es angesichts der Lage in Europa für beschämend, daß sich die Regierung infolge einer Niederlage geschlagen gab, die von beiden Seiten Zugeständnisse verlangte. Ich bat ihn, von dem Rücktritt abzusehen. Lord Russell blieb jedoch unnachgiebig. Ich ließ ihn wissen, daß sein Rücktritt in meinen Augen an Verrat grenzte, blieb jedoch in Balmoral.

Lord Derby wurde englischer Premierminister, Benjamin Disraeli Schatzkanzler und Führer des Abgeordnetenhauses. Doch auch zu diesem Zeitpunkt berührte mich die Innenpolitik weit weniger als der Krieg zwischen Preußen und Österreich auf dem Kontinent, der mir schlaflose Nächte bereitete. Ich bat Alice, ihre Kinder zu mir zu schicken, weil ich das ungute Gefühl hatte, daß sich Hessen-Darmstadt gegen Preußen nicht würde halten können. Ich schickte Verbandszeug für die Verwundeten nach Deutschland. Damit unterstützte ich zwar die Feinde von Fritz, doch seine Feinde waren meine geliebte Tochter und ihr Mann. Solche Familienzwistigkeiten lassen sich mit einem Bürgerkrieg vergleichen – in meinen Augen die schlimmste Form des Krieges.

Die Preußen fielen einfach in Hannover ein und brachten den armen George um seinen Thron. Er floh zu seiner Familie nach Paris, so kam er wenigstens mit dem Leben davon.

Sechs Wochen dauerte der Krieg. Preußen trug den Sieg

davon. Bismarck war seiner Wunschvorstellung um vieles nähergekommen.

Wir mußten einen hohen Preis dafür bezahlen. Hannover, das bisher der britischen Krone unterstanden hatte, gehörte uns nicht mehr. George I. hatte es uns eingebracht. Ich wäre Königin von Hannover geworden, doch das verbot das Salische Gesetz. Der arme Louis hatte einen Großteil seines Landes eingebüßt und damit natürlich auch einen Großteil seiner Macht. Ebenso erging es den anderen deutschen Kleinstaaten.

Bald würden sie alle unter der Herrschaft Preußens vereinigt sein. Ich schätzte mich glücklich, weitab in Balmoral einen Bericht über Alberts Jugendjahre verfassen und besprechen zu können, der als Buch erscheinen sollte. Ich arbeitete mit meinem Sekretär General Grey daran. Über Alberts Briefen, aus denen das Buch hauptsächlich bestehen sollte, vergoß ich bittere Tränen, doch ich vertiefte mich so in diese Briefe, daß ich ihn fast wieder zur Seite zu haben glaubte.

Das Buch war sehr gefragt, als es erschien, so daß ich eine Biographie Alberts ins Auge faßte. Damit beauftragte ich Sir Theodore Martin, der sich gleich an die Arbeit machte.

Ich ging ganz in dieser Arbeit auf und genoß die Gesellschaft dieser Männer, die sich so gut in Albert hineinversetzen konnten. Das brachte mich auf den Gedanken, selbst auch etwas zu veröffentlichen. Ich hatte schon immer Tagebuch geführt und alles festgehalten, was mir denkwürdig erschien. Diese Tagebücher las ich jetzt noch einmal durch. Erinnerungen an vergangene Zeiten stiegen wieder in mir auf, und ich durchlebte im Geist alles noch einmal.

Anfang 1868 erschien mein erstes Schottland-Tagebuch, dem ich den Titel ›Blätter aus unserem Leben im Hochland von 1848 bis 1861‹ gab. Es fand reißenden Absatz. Es war ganz simpel formuliert, kam aber von Herzen. Vermutlich wurde den Leuten da erst so richtig klar, wieviel Albert mir bedeutet hatte. Nun erst begriffen sie, warum ich so ein zurückgezogenes Leben führte: weil ich noch immer um ihn trauerte.

Ich lernte Benjamin Disraeli besser kennen, in meinen Augen ein hochinteressanter Mann. Albert war nicht besonders gut auf ihn zu sprechen gewesen. Er hatte ihn in Verdacht gehabt, daß er sich die Haare färbte. Das mochte sein, doch legte er vorbildliche Manieren an den Tag und hielt sehr viel von Albert. Dadurch nahm er mich für sich ein, und es fiel mir leicht, mich mit ihm zu unterhalten. Er war ein hochintelligenter Mann und renommierter Autor, und da ich selbst schriftstellerische Ambitionen hatte oder doch zumindest sehr gern schrieb, ging uns der Gesprächsstoff selten aus.

Er schenkte mir ein Exemplar seines Romans *Sybil*. Gerührt las ich die Widmung: *Der vollkommenen Ehefrau*.

»Ihre Frau ist die perfekte Frau, Mr. Disraeli«, sagte ich, »und mein Mann war der vollkommene Ehemann.«

»Den richtigen Partner zu finden ist das größte Glück, das einem widerfahren kann«, entgegnete er bewegt. »Wem dieses Glück zuteil wird, der ist wahrhaftig zu beneiden.«

Mit ihm konnte ich mich gut über Albert unterhalten, denn er bewunderte ihn sehr. Er sprach stets in den wärmsten Worten von ihm und hielt ihn für einen großen Staatsmann.

Als die Tagebuchaufzeichnungen erschienen, beglückwünschte er mich dazu. »Für einen Autor ist es ein herrliches Gefühl, sein Werk gedruckt zu sehen«, meinte er verständnisinnig.

Lachend erwiderte ich, daß ich mich als Autorin wohl kaum mit ihm vergleichen könne, doch davon wollte er nichts hören und meinte, die ›Blätter‹ werde es geben, solange es die Literatur gab.

»Die Widmung wird mir immer im Gedächtnis bleiben. ›Diese simplen Erinnerungen widme ich voller Dankbarkeit dem Manne, der das Leben der Autorin so bereichert und sie so glücklich gemacht hat.‹«

»Sie haben das ja noch sehr gut im Kopf, Mr. Disraeli.«

»Selbstverständlich, Majestät, solche denkwürdigen Worte vergißt man nicht so leicht.«

Das freute mich unendlich, und ich dachte an die Zeit zurück, da es Lord Melbourne so gut verstanden hatte, mir wieder Mut zu machen.

Ich gelangte zu der Überzeugung, daß mir Mr. Disraeli auch in Zukunft ein großer Trost sein würde.

Ich konnte einfach nicht in Frieden leben, das ließen die Menschen nicht zu. Es wollte ihnen partout nicht in den Kopf, daß mir John Brown mit seiner unverblümten Ausdrucksweise und seiner rührenden Anhänglichkeit eine große Hilfe war. Sie mußten alles Schöne und Gute in den Schmutz ziehen. Ich würde nie vergessen, wie sie über Albert hergezogen waren. Nun war John Brown ihr Sündenbock, und sie trafen mich, indem sie diesen außerordentlichen Mann herabsetzten und kritisierten. Es kursierte sogar das Gerücht, ich hätte ihn geheiratet! Das war dermaßen absurd, daß ich es nur als lachhaft abtun konnte. Längst vergessene Erinnerungen stiegen in mir auf. Ascot fiel mir wieder ein, wo boshafte Menschen ›Mrs. Melbourne‹ hinter mir hergeflüstert hatten, nur weil mich mit Lord Melbourne eine tiefe Freundschaft verband. Jetzt zogen sie John Brown und damit natürlich auch mich in den Schmutz. Sie schienen dabei völlig zu vergessen, daß ich ihre Königin war.

Was hätte Lord Melbourne wohl zu solch üblen Gerüchten gesagt? Oder auch Lord Palmerston? Einfach lächerlich, absurd, und doch wollten die Stimmen nicht verstummen. Die üble Nachrede hielt sich erstaunlich lange.

›Mrs. John Brown‹, nannten mich die Leute! Wie konnten sie es nur wagen? Punch brachte sogar eine Sonderausgabe unter dem Titel *Balmoral* heraus, in der es hieß:

›Mr. John Brown erging sich auf den Berghängen. Später nahm er Haggis zu sich, und abends lauschte er erfreut dem Dudelsack.‹ So eine Art Hofbericht.

Der skurrile *Tomahawk* brachte unverschämte und diffamierende Karikaturen. So zum Beispiel eine mit der Unterschrift: ›Wo steckt Britannia?‹ Man sah die Staatsrobe über einen Thron drapiert, die Krone obendrauf, aber so am Rande, daß sie jeden Augenblick herunterzufallen drohte. ›Ist es denn wirklich soviel ermüdender, sich mit Menschen des gleichen Standes abzugeben, als mit Reitknechten und Bediensteten?‹ lautete der Text dazu.

Anscheinend konnte man mir den tragischen Verlust nicht nachfühlen, den ich erlitten hatte. Was mochte in diesen Wirrköpfen vorgehen?

Erstaunlicherweise erfuhr die Presse selbst Dinge, von denen ich nie geglaubt hätte, daß sie nach außen dringen könnten. So war mir natürlich nicht verborgen geblieben, daß John Brown hin und wieder gern ein Gläschen trank. Er hatte eine Vorliebe für Scotch Whisky. Es kam auch vor, daß er ein Glas über den Durst trank. Da war er dann nicht mehr ganz bei sich. In diesem Zustand bekam ich ihn nicht zu Gesicht, denn dann hielt er sich wohlweislich von mir fern. Am nächsten Tag pflegte er mir dann zu gestehen, er habe sich aus naheliegenden Gründen am Vortag nicht zu mir gewagt.

Ich fand es rührend, daß er so ehrlich war.

Noch etwas nahm mich ziemlich mit. Prinz Christian hielt sich bei uns auf. Er ging immer erst sehr spät zu Bett. So saß er da und rauchte und unterhielt sich bis in die frühen Morgenstunden. John Brown erwähnte mir gegenüber, daß er dadurch gezwungen sei, immer sehr lange aufzubleiben. Also bat ich Lord Charles Fitzroy, den königlichen Hofbeamten, Prinz Christian gegenüber zu erwähnen, daß der Rauchsalon um Mitternacht geschlossen werde.

Das machte irgendwie die Runde. Die Dienerschaft zerriß sich bald den Mund darüber. Alle hielten es für lachhaft, daß sich Mitglieder der Königsfamilie den Wünschen von John Brown zu beugen hatten, weil Mr. Brown es so für richtig hielt.

Wieder erschien im *Tomahawk* eine unverschämte Karikatur unter dem Titel: ›Eine Studie von Brown.‹ Da saß John Brown lässig mit dem Rücken an den Thron gelehnt, ein Glas Whisky in der Hand.

Eines Abends wollte Bertie zu mir. Brown stellte sich ihm in den Weg und sagte: »Sie können die Königin jetzt nicht besuchen, weil sie ruht.«

»Der Prinz von Wales wird die Königin besuchen!« fuhr Bertie Brown an, der ihm ohnehin verhaßt war.

»Ihr Ältester!« rief Brown mir zu. »Ich habe ihm gesagt, daß Sie zu müde sind, um ihn heute noch zu empfangen.«

»Danke, Brown.«

Ich konnte mir gut vorstellen, wie wütend Bertie war, doch ich duldete es nicht, daß er Brown herablassend behandelte.

Am nächsten Morgen kam Bertie zu mir und schwenkte eine Zeitung in der Hand. Ich wußte sofort, was es war: die ›Studie von Brown‹.

»Mama, das ist eine Schande und eine Schmach«, hielt er mir vor.

»Solchen Unsinn muß man einfach ignorieren.«

»Aber das gilt dir und der Krone, das kannst du doch nicht einfach in den Wind schlagen. Brown muß gehen, Mama. Er hat sich mir gegenüber unverschämt betragen. Unglaublich, was sich dieser Mann herausnimmt! Christian kann davon auch ein Liedchen singen. Brown ist einfach untragbar. Er macht uns alle zum Gespött der Leute.«

»Er ist mein Diener, Bertie. *Ich* entscheide, wer in meinen Diensten stehen soll.«

»Brown ist aber kein gewöhnlicher Bediensteter.«

»Da hast du recht«, gab ich zurück, »das ist er wahrhaftig nicht. Er versteht mich entschieden besser als so manches Familienmitglied. Euch liegt wohl auch nicht viel daran, mich zu verstehen.«

»Natürlich haben wir Verständnis für dich und sorgen uns um dich.«

»Ich glaube, daß du der Familie weit mehr Kopfzerbrechen bereitest als ich, Bertie. Es macht Alexandra sicher traurig, wie du dich immer wieder aufführst. Ich weiß, daß du Schulden hast, daß du der Spielleidenschaft verfallen bist und dich mit leichten Mädchen einläßt.«

»Aber Mama, ich bitte dich!«

»Du hast uns schon immer sehr zu schaffen gemacht, Bertie. Deinem armen Papa hast du so manche bittere Stunde bereitet. Und schließlich hat er sich auch noch veranlaßt gesehen, bei diesem rauhen Wetter zu dir nach Cambridge zu fahren. Ich sage mir immer wieder, daß er vielleicht noch am Leben wäre, wenn er auf diese Fahrt verzichtet hätte.«

Damit konnte ich Bertie immer wieder treffen. Er zuckte entmutigt die Achseln und ging.

Ich ärgerte mich über ihn, und auch dieser gräßliche *Tomahawk* machte mir sehr zu schaffen. Wie konnten es die Leute wagen, so einen haarsträubenden Unsinn in die Welt zu setzen, wo mir dieser gute, anhängliche Diener so einen Trost bedeutete! Alles, was mir darüber hinaus angedichtet wurde, war an den Haaren herbeigezogen.

Alexandra erwartete wieder ein Kind. Sie würde wohl genau wie ich ein Kind nach dem anderen bekommen. Wäre es nicht günstiger, zwischen den einzelnen Kindern ein wenig mehr Zeit verstreichen zu lassen? Doch Alexandra war eine gute Mutter, und ihre beiden Söhne hingen mit rührender Liebe an ihr. Alexandra hing auch sehr an ihren Eltern und Geschwistern, nahm sich alles sehr zu Herzen, was ihre Familie betraf. Als es um Schleswig-Holstein ging, war sie fast außer sich vor Sorge. Nun litt sie mit ihrer Schwester Dagmar, die mit dem russischen Zarewitsch Nikolaus starb an Tuberkulose. Diese glanzvolle Ehe hätte auch den Dänen Prestige eingebracht. Dagmar sollte nun statt dessen Alexander heiraten, den Bruder von Nikolaus. Mich überlief ein eisiger Schauer bei dem Gedanken, Albert wäre vor unserer Heirat gestorben und ich hätte Ernst an seiner Stelle heiraten sollen. Angeblich verliebte sich Dagmar dann auch in Alexander, aber das wird in solchen Fällen oft behauptet. Ich kann es nicht recht glauben.

Dagmar würde also nach Rußland gehen. Bertie und Alexandra wollten an der Hochzeit teilnehmen.

Da Alexandra jedoch ein Kind erwartete und ihr erstes Kind eine Frühgeburt gewesen war, rieten ihr die Ärzte von dieser strapaziösen Reise ab. Alexandra sah das durchaus nicht ein. Also verbot ich ihr, die Reise anzutreten. Bertie ließ sich jedoch nicht davon abhalten, das tat mir sehr leid für Alexandra. Albert war das genaue Gegenteil gewesen. Freiwillig hätte er sich keinen Tag von mir getrennt, und solche glanzvollen Festlichkeiten waren ihm ohnehin zuwider. Ich versuchte Bertie klarzumachen, daß er eine gute Ausrede habe, weil sich Alexandra schonen müsse und nicht nach Rußland reisen könne. Doch Bertie war ein gerissener Bursche. Er ging zum Premierminister, um seinen Rat einzuholen. Sowohl Derby als auch Disraeli plädierten dafür, daß er die Reise antrat – mit der Begründung, die Russen könnten es als Affront auffassen, wenn weder Bertie noch Alexandra an der Hochzeit teilnahm.

Bertie sah sich in seinem Wunsch bestärkt und fuhr nach Rußland. Ich bestand darauf, daß er entweder auf der Hinfahrt oder auf der Rückreise in Preußen vorsprach. Bertie sah das nicht ein. Vicky könne es nicht lassen, ständig an ihm herumzumäkeln. In ihren Augen sei er immer noch der kleine Bruder.

Bertie machte auch in Paris Station. Paris gefiel ihm ausnehmend gut. Er und der Kaiser waren die besten Freunde, seit er ihm als Kind erklärt hatte, er hätte ihn gern zum Vater. Damit war er Albert ganz eindeutig in den Rücken gefallen. Vicky schrieb mir, er führe sich auch auf dem Kontinent so auf, daß sich alle den Mund über ihn zerrissen. Er sei zweifelsohne sehr beliebt, doch ausgesprochen vergnügungssüchtig, und er gebe sich mit Leuten ab, die man nur als zwielichtig bezeichnen könne – insbesondere mit Frauen, die nicht den besten Ruf genössen.

Bei Vicky wunderte es mich nicht, daß sie mir solche Briefe schrieb, doch als ich dann auch noch von Alice erfuhr, daß Bertie wieder einmal einen Skandal verursacht hatte, nahm ich mir das sehr zu Herzen.

Wenn Albert mir doch zur Seite stehen könnte, dachte ich verzweifelt. Ich überlegte, wie er sich wohl verhalten hätte. Natürlich sah nun alles anders aus, denn Bertie war kein kleiner Junge mehr. Er hielt inzwischen selbst hof und umgab sich mit Menschen, die seinem Naturell entsprachen, die das Leben von der leichten Seite nahmen und vor allem danach trachteten, sich immer gut zu amüsieren. Ich mußte mir allerdings sagen, daß Bertie überaus beliebt war – entschieden beliebter als Albert. Nicht einmal zur Zeit der großen Weltausstellung war er so beliebt gewesen. Auch die Regierung schien mit Bertie einverstanden zu sein. Er galt als hervorragender Botschafter, und wenn ich Einwände erhob und auf sein Betragen hinwies, gab man mir mehr oder weniger deutlich zu verstehen, daß ich viel zu zurückgezogen lebte.

Alexandra machte uns große Sorgen, denn sie litt jetzt immer häufiger an Gliederschmerzen, die sich die Ärzte nicht erklären konnten. Sie konnte manchmal kaum noch laufen. Die Ärzte diagnostizierten schließlich Rheuma. Da sie ein Kind erwartete, erschien mir das besonders besorgniserregend.

Als das Kind zur Welt kam, war Alexandra richtig krank. Die Ärzte befürchteten das Schlimmste, und da Bertie fort war, ließen sie Alexandras Eltern kommen. Ich eilte von Windsor aus zum Marlborough House und fand bei meinem Eintreffen Alexandras Mutter vor, die am Bett der Tochter saß. Es hieß, auch Alexandras Vater werde so bald wie möglich kommen.

Ich ärgerte mich, denn niemand hatte meine Erlaubnis eingeholt, doch als ich sah, wie liebevoll Königin Louise und ihre Tochter miteinander umgingen, war ich tief gerührt. Alexandra war mir sehr ans Herz gewachsen. Sie erzählte mir, sie sei überglücklich, weil ihre Mutter bei ihr sei, und es ginge ihr auch schon viel besser.

Da erst konnte ich Louise gestehen, wie ich mich freute, daß sie gekommen war, und wie sehr ich ihre Tochter ins Herz geschlossen hatte. Von da an verstanden wir uns etwas besser, weil sie wußte, daß ich das ehrlich meinte.

Alexandras drittes Kind war ein kleines Mädchen, das wir Louise Victoria Alexandra nannten. Ich war kolossal erleichtert, daß sie die Geburt gut überstanden hatte, doch Schmerzen hatte sie noch immer.

Die Ärzte diagnostizierten Gelenkrheumatismus und konstatierten, daß ihre Gesundheit durch die Schwangerschaft und Geburt erheblichen Schaden genommen habe. Nun ging das arme Ding an Krücken und litt unsägliche Schmerzen. Ich hielt Bertie vor, das liege an dem Leben, das sie führten. Alexandra brauche unbedingt mehr Ruhe. »Für deinen Vater und mich gab es nichts Schöneres, als allein zu sein, uns etwas vorzulesen oder gemeinsam zu musizieren. Das war immer so behaglich und eine wahre Wohltat. Vom

Tanzen hielt dein Vater nichts und vom Spielen erst recht nichts.«

»Nicht jeder kann wie Papa sein«, entgegnete mein Sohn.

»Da hast du recht«, gab ich zurück. »Und du anscheinend am allerwenigsten. Aber schließlich bist du sein Sohn. Das sollte dich mit Stolz erfüllen, und du solltest dich bemühen, ihm nachzueifern.«

Bertie tat, als höre er mir zu, doch in Wahrheit war er wahrscheinlich mit seinen Gedanken ganz woanders.

Alexandra ging es mit der Zeit ein wenig besser, doch beim Gehen hinkte sie noch immer. Doch wie war so schön und kleidete sich so elegant und mit auserlesenem Geschmack, daß sie allen Menschen genauso attraktiv erschien wie früher. Ihre Art zu gehen wurde sogar von vielen imitiert, weil das ihrer Meinung nach entzückend aussah. Sie nannten das den Alexandra-Hinkegang, als sei das ein neuer Tanz.

Auf dem Kontinent herrschten schon wieder Unruhen.

Wenn ich mich auch mit Louis Napoleon gut verstand, fragte ich mich doch immer häufiger, was er wohl im Schilde führen mochte. Er entstammte einer Familie geborener Kämpfer. Er stellte die Behauptung auf, daß seine Grenzen aufgrund der Vormachtstellung Preußens in Europa durch das Herzogtum Luxemburg bedroht seien. Die Preußen hätten es darauf abgesehen, Luxemburg an der französischen Grenze auszubauen und zu festigen. Er beriet sich mit dem König von Holland und plädierte dafür, das Herzogtum Luxemburg Frankreich einzuverleiben oder es Belgien zu überlassen, wenn er dafür ein anderes Stück Land bekäme. Das sieggewohnte Preußen erklärte sich damit jedoch nicht einverstanden.

Ich erklärte, der Friede müsse unbedingt gewahrt bleiben. In London wurde daraufhin eine Konferenz abgehalten, auf der beschlossen wurde, Luxemburg die Unabhängigkeit zu garantieren. Die Festung sollte geschleift werden. Der Londoner Vertrag aus dem Jahre 1867 besagte also, daß Luxemburg hinfort ein neutraler Staat sein sollte.

Von da an verhielt sich Louis Napoleon mir gegenüber

ziemlich kühl. Er stellte Gebietsansprüche und fand, ich habe seine Pläne vereitelt, indem ich diese Konferenz einberief, um zu verhindern, daß es zum Krieg kam.

Zu dieser Zeit ließ ich mich schon wieder öfter sehen. So legte ich zum Beispiel den Grundstein zur Albert Hall, die Albert zu Ehren errichtet werden sollte. Der Festakt ging mir sehr zu Herzen. Es blieb mir gar nichts anderes übrig, als bei der Grundsteinlegung selbst zugegen zu sein. Wer hätte mich bei einem solchen Anlaß auch vertreten sollen?

Mir kamen immer noch unflätige Kommentare hinsichtlich meiner Beziehung zu John Brown zu Ohren. Immer wieder riet man mir, ihn nach Schottland zurückzuschicken, doch dazu konnte ich mich nicht entschließen.

Ich hatte mich überreden lassen, die Truppenparade im Hyde Park abzunehmen. Ich würde in der Kutsche sitzen und John Brown natürlich auf dem Kutschbock. Da sich alle Welt den Mund über John Brown zerriß, würden die Menschen sicher in Scharen zusammenlaufen, um uns zusammen zu sehen.

Lord Derby ließ sich bei mir melden und riet mir davon ab, John Brown mitfahren zu lassen.

»Warum sollte ich ihn nicht mitnehmen?« wandte ich ein. »Sein Platz ist auf dem Kutschbock. Schließlich ist er mein Bediensteter aus dem Hochland.«

»Denkt doch nur an die unflätigen Karikaturen und Zeitungsartikel, Euer Majestät.«

»Ja, damit wird wohl bezweckt, einen guten, aufrichtigen Menschen und auch die Königin zu demoralisieren. Für derlei Machenschaften habe ich keinerlei Verständnis. Man sollte die Schuldigen bestrafen.«

»Bei uns herrscht Pressefreiheit, Euer Majestät, wenn das auch zuweilen sehr unangenehm und lästig ist. Ich halte es jedoch für angebracht, daß John Brown bei dieser Truppenparade nicht in Erscheinung tritt.«

Ich sah das nicht ein und wollte mich nicht geschlagen geben. Ich glaubte es meiner Selbstachtung schuldig zu sein, mich nicht schwach zu zeigen. Meine Beziehung zu John Brown war schließlich über jeden Tadel erhaben, ich war die

Königin, er mein Diener, wenn ich auch sehr viel von ihm hielt. Vor der sensationslüsternen Skandalpresse würde ich bestimmt nicht kuschen. Also beharrte ich auf meinem Vorsatz, die Truppenparade im Beisein von John Brown abzunehmen.

Doch dann kam alles ganz anders.

Erzherzog Maximilian von Österreich, der Bruder von Kaiser Franz Joseph I., hatte im Oktober 1863 auf Betreiben Napoleons III., der ihm militärische Unterstützung zusicherte, die mexikanische Kaiserkrone angenommen und mit Hilfe französischer Truppen den mexikanischen Präsidenten Benito Juárez García vertrieben. Als die USA nach dem Ende des Sezessionskrieges auf den Abzug der französischen Truppen drängten, verließ Maximilian das Land nicht. In Querétaro eingeschlossen, ergab er sich am 14. Mai 1867 Juárez García. Ein Kriegsgericht verurteilte ihn zum Tode, er wurde erschossen. Er war mit Charlotte, der Tochter Onkel Leopolds, verheiratet gewesen und stand mir daher sehr nah.

Ich zürnte Napoleon III., auf dessen Betreiben der Erzherzog Kaiser von Mexiko geworden war und der ihn dann im Stich gelassen hatte. Aufgrund der Ermordung des Erzherzogs war Hoftrauer angesagt. Dadurch entfiel die Truppenparade im Hyde Park, was Lord Derby sicher erleichtert registrierte. Er hatte wohl befürchtet, der Mob könne auf die Barrikaden gehen, wenn er John Brown zu Gesicht bekam.

Um diese Zeit eröffnete Napoleon III. die Weltausstellung in Paris, zu der verschiedene Staatsoberhäupter eingeladen waren. Bertie vertrat England.

Bertie gab sich locker und leutselig wie gewohnt. Es fiel ihm nicht schwer, die Menschen für sich einzunehmen. In Paris traf er auch mit dem türkischen Sultan zusammen und lud ihn ganz spontan nach England ein, ohne jedoch einen Zeitpunkt festzusetzen. Der Sultan reagierte ebenso spontan und beschloß, die Einladung sofort anzunehmen und keine Zeit mehr verstreichen zu lassen.

Ich war davon nicht sehr erbaut, denn angesichts dieses

illustren Besuchs konnte ich nicht gut weiter so zurückgezogen leben.

Alice und Louis waren bei mir. Sie waren noch immer sehr bedrückt und nahmen sich den Ausgang des preußischen Krieges sehr zu Herzen. Ich dagegen lebte auf, wenn ich Alice bei mir hatte, denn von all meinen Kindern verstand sie mich am besten.

»Der Prinz von Wales hat den türkischen Sultan nach England eingeladen«, sagte ich. »Daher trägt Bertie auch die Verantwortung für ihn und hat die Honneurs zu machen.«

Auch Lord Derby hielt das für eine ausgezeichnete Idee, doch er gab mir zu verstehen, daß bei bestimmten Anlässen auch ich zugegen sein müsse. Wir wollten den Sultan ja schließlich nicht vergraulen.

Also spielte Bertie den Gastgeber, und da ich meinen Sohn gut kannte, hoffte ich inständig, daß er sich nichts zuschulden kommen lassen und nicht wieder einen Skandal auslösen würde.

Ich begab mich nach Osborne, wo ich die Gäste empfing. Der Sultan erwies sich als sehr liebenswürdig, und da mir wärmstens empfohlen worden war, es ihm gegenüber nicht an Aufmerksamkeit fehlen zu lassen, beschloß ich, ihm den Hosenbandorden zu verleihen.

Als Bertie ihm erklärte, was das für eine Ehre war und daß dieser hohe Orden nur sehr selten verliehen wurde, wußte sich der Sultan vor Freude nicht zu lassen. Bertie besaß einen ausgeprägten Sinn für alles Dramatische und Theatralische, daher sprach er sich dafür aus, dem Sultan den Orden an Bord der königlichen Jacht zu verleihen. Natürlich sollten auch Alice und ihr Mann die Zeremonie miterleben.

Selbst im Juli herrschte hoher Seegang. Bald stellte sich heraus, daß sich der Sultan ziemlich elend fühlte. Bertie mußte zugeben, daß es doch keine gute Idee gewesen war, dem Sultan seinen Orden an Bord eines Schiffes zu verleihen – selbst im Juli und in Landnähe sprach wie gesagt einiges dagegen. Wir mußten die Ordensverleihung also so rasch wie möglich über die Bühne bringen.

John Brown wich auch bei dieser Gelegenheit nicht von

meiner Seite. Sein Gesichtsausdruck verriet einen Hauch von Amüsement und besagte unmißverständlich, daß es niemand wagen dürfe, mich zu attackieren, sonst bekäme er es mit ihm zu tun. Ich machte ihm deswegen immer wieder Vorhaltungen und wies ihn darauf hin, daß ich ja gar nicht in Gefahr sei. Es erübrige sich also, so kriegslüstern dreinzuschauen. Bertie hatte natürlich recht: Es galt, die Ordensverleihung schnellstens vorzunehmen, bevor dem Sultan richtig übel war. Doch die Ordensverleihung wurde zur Farce. Einer schob dem anderen die Schuld in die Schuhe, als sich herausstellte, daß niemand an das Ordensband gedacht hatte. Es war einfach nicht da.

Dicht neben mir stand Prinz Louis. Er trug das Ordensband, das ich ihm verliehen hatte. John Brown flüsterte mir unüberhörbar zu: »Hat keinen Sinn, groß herumzulamentieren. Kein Mensch hat an das Band gedacht. Wird dieses eben herhalten müssen.«

Schon streckte er seine kräftige Hand nach dem Ordensband meines Schwiegersohnes aus.

»Geben Sie ihm das«, wandte sich Brown an mich. »Er wird es gar nicht merken.«

Ich zögerte nur kurz, dann griff ich nach dem Ordensband und überreichte es dem Sultan. Dem armen Mann war inzwischen so übel, daß ihm wirklich gar nicht auffiel, daß da etwas nicht stimmte.

Fast wäre ich laut herausgeplatzt, was mir damals eigentlich kaum mehr passierte, und wenn es doch einmal vorkam, so lachte ich meistens über irgendeinen Ausspruch von John Brown.

So brachten wir die Ordensverleihung dank der Findigkeit meines Dieners aus dem Hochland doch noch zu einem guten Ende.

Lord Derby war stark gealtert. Mir war schon seit längerem aufgefallen, daß er nicht gut aussah. Daher wunderte ich mich nicht, als er eines Tages zu mir kam, um mir mitzuteilen, daß er sich aus gesundheitlichen Gründen gezwungen sehe, sein Amt niederzulegen.

Ich sagte ihm, daß ich vollstes Verständnis dafür habe, ein Premierminister führe ja auch nicht gerade ein geruhsames Leben. Ich mochte ihn, fühlte mich sehr zu ihm hingezogen. Er verhielt sich stets, als sei er wie verzaubert, als läge das nicht nur an meiner hohen Stellung, sondern vor allem an mir selbst. Er verhielt sich mir gegenüber so charmant, daß ich mich wieder jung zu fühlen begann.

Inzwischen hatte ich allerhand über ihn in Erfahrung gebracht, weil mir daran gelegen war. Ich verglich ihn mit Lord Melbourne, der ein ungewöhnlich gutaussehender Mann gewesen war. Schon dadurch hatte er auf mich sehr anziehend gewirkt. Als junges Mädchen war ich leicht zu beeindrucken gewesen. Da konnte es mich auch nicht schrecken, wenn jemand versuchte, dem Leben stets die besten Seiten abzugewinnen und nicht alles so genau nahm. Albert hatte mir das später ausgetrieben.

Benjamin Disraeli konnte sich nicht mit Lord Melbourne oder mit Lord Derby messen, was das Aussehen betraf. Ihn konnte man beim besten Willen nicht gutaussehend nennen. Er fiel durch seine fahle Gesichtsfarbe, die schweren Augenlider und die große Nase auf. Ich hatte immer angenommen, große Nasen seien ein Zeichen für Stärke, doch Lord Melbourne hatte mir das Gegenteil versichert. Disraeli hatte fettiges Haar, von dem es hieß, es sei gefärbt. Doch sein Wesen faszinierte mich, seine Ausdrucksweise. Er verstand es glänzend, mit Worten umzugehen, sich der Sprache zu bedienen, und er war überaus galant. Er gab mir das Gefühl, sehr attraktiv zu sein, wofür ich mich eigentlich schon lange nicht mehr hielt. Immer fand er genau die richtigen Worte und gab mir das Gefühl, nicht nur anziehend, sondern auch intelligent zu sein. Benjamin Disraeli war ein Meister in der Kunst, das Selbstvertrauen einer Frau zu stärken.

Er war fünfzehn Jahre älter als ich, also 1804 geboren. Irgendwann einmal erzählte er mir, er sei das zweite Kind von Isaac d'Israeli, einem recht wohlhabenden Juden. Dessen Vater wiederum sei ein italienischer Jude gewesen, der durch die Herstellung von Strohhüten ein vermögender

Mann geworden sei. Seine Familie sei 1492 während der Inquisition aus Spanien vertrieben worden.

All das schilderte er mir sehr anschaulich und hochdramatisch. Ich lauschte ihm wie gebannt, so fesselnd wußte er zu berichten.

Disraeli erzählte mir auch, sein Vater Isaac habe sich als voltairianischer Freidenker vom Judaismus losgesagt und alle seine Kinder taufen lassen.

»Das war für mich sehr wichtig, euer Majestät«, erklärte er, »wenn ich das damals auch noch nicht begriff. Als Jude hätte ich ja nicht ins Parlament aufgenommen werden können. Erst von 1858 an, als ich schon über zwanzig Jahre über einen Sitz im Parlament verfügte, waren auch Juden als Parlamentsmitglieder zugelassen.«

Über dergleichen Dinge wußte er so interessant zu berichten, daß sie einem im Gedächtnis haften blieben.

»Ich war schon immer furchtbar ungeduldig, Euer Majestät. Deshalb wollte ich auch nicht abwarten, ob ich mein Glück machen würde oder nicht, ich wollte mit beiden Händen danach greifen und es einfach an mich reißen. Ich war fassungslos, als ich mit zwanzig Jahren noch kein erfolgreicher Mann war, mußte immer daran denken, daß Pitt mit vierundzwanzig Jahren schon Premierminister war. ›Und wo stehe ich?‹ fragte ich mich immer wieder.«

»Aber irgendwann mußten Sie ja Erfolg haben, Mr. Disraeli, das konnte ja nicht ausbleiben.«

»Majestät sind zu gütig. Ich versuchte mein Glück an der Börse, und zunächst ließ sich auch alles ganz gut an. Dann versuchte ich mich als Herausgeber einer Zeitung. Eine Katastrophe! Da entschloß ich mich, Romanschriftsteller zu werden. Mein erster Roman *Vivian Grey* verkaufte sich noch recht gut, wenn ich mit diesem Buch auch viele Leute vor den Kopf stieß.«

»Die Leute sind immer gleich beleidigt. Aus ihnen spricht wahrscheinlich nur der Neid, weil Ihrem Buch Erfolg beschieden war.«

So verliefen unsere Gespräche. Mit Disraeli konnte ich mich viel besser unterhalten als mit den meisten meiner Premierminister. Ich fühlte mich fast in die Zeit zurückversetzt, als mir Lord Melbourne noch zur Seite stand.

Mir war bekannt, daß Disraeli vor seiner Heirat Mätressen gehabt hatte, doch über diese Liebschaften sprachen wir natürlich nicht. Er erzählte mir jedoch von seiner Freundschaft mit Wyndham Lewis und daß er sich als dessen Protegé auch mit Lewis' Frau angefreundet hatte.

»Von Liebe auf den ersten Blick konnte da keine Rede sein«, erzählte er, »doch mit der Zeit wurde eine tiefe Liebe daraus. Mary Anne sagte einmal, ich hätte sie zwar ihres Geldes wegen geheiratet, würde sie jetzt aber sicher auch aus Liebe heiraten.«

»Und haben Sie sie ihres Geldes wegen zur Frau genommen, Mr. Disraeli?«

»Ich muß zugeben, daß mir ihr Vermögen sehr gelegen kam.«

»Wie berechnend!« hielt ich ihm lachend vor. Seit Alberts Tod hatte ich kaum mehr gelacht. John Brown gelang es zwar hin und wieder, mir ein Lächeln zu entlocken, doch nur Disraeli konnte mich zum Lachen bringen.

Er erzählte mir liebend gern von Mary Anne und schilderte sie so anschaulich, daß ich sie fast zu kennen glaubte. Er berichtete, daß sie ihm sehr zugetan sei und immer aufbliebe und auf ihn warte. Wann immer er auch heimkam, immer hielt sie ein Abendessen für ihn bereit. Sie liebten sich nicht nur, sondern waren auch die besten Freunde.

»Wie gut ich das verstehe! Ich kann es Ihnen nachfühlen«, seufzte ich.

»Euer Majestät, wir haben etwas sehr Seltenes gemeinsam – eine glückliche Ehe.«

Wie recht er damit hatte!

Er schenkte mir ein Exemplar von *Sybil*, das mir sehr, sehr gut gefiel. Ich revanchierte mich mit einer signierten Kopie meiner *Tagebuchblätter*.

Es machte mich sehr stolz, daß er von mir als seiner Schriftstellerkollegin sprach. Genau wie früher bei Lord Melbourne, so konnte ich es jetzt kaum erwarten, daß Disraeli mich besuchte.

Allmählich erwachten meine Lebensgeister wieder. Ich hatte wieder Freude am Leben, wenn ich mir das auch noch nicht eingestehen wollte.

Aber diese segensreiche Zeit konnte ja nicht ewig andauern. William Gladstone, für den ich mich nicht erwärmen konnte, machte Schwierigkeiten. Es kam zu ernsthaften Meinungsverschiedenheiten im Hinblick auf die Irlandpolitik, genauer gesagt die Trennung von Kirche und Staat in Irland. Die Regierung war gegen diese Maßnahme, wurde jedoch durch eine Mehrheit von fünfundsechzig Stimmen überstimmt.

Als Disraeli mich in Windsor aufsuchte, freute ich mich wie immer über seinen Besuch, ohne auch nur im entferntesten zu ahnen, welche Nachricht er mir überbringen wollte.

Er berichtete mir, was sich im Unterhaus abgespielt hatte. »Mir bleibt nichts anderes übrig, als Eurer Majestät meinen Rücktritt anzubieten«, fügte er hinzu.

»Rücktritt, ich höre wohl nicht recht! Soll das etwa heißen, daß dieser gräßliche Gladstone mir hier Vorträge halten würde?«

Disraeli zuckte betrübt die Achseln.

»Was soll denn dieser Unsinn mit der Kirche in Irland?« wollte ich wissen. »Im gesamten Königreich ist die Kirche der Krone angegliedert.«

»Gladstone denkt darüber eben anders, Euer Majestät. Und offensichtlich nicht nur er, sonst hätten wir wohl kaum so eine schwere Schlappe erlitten.«

»Wenn ich mich mit Ihrem Rücktritt einverstanden erkläre, bin ich gezwungen, Ihr Amt Mr. Gladstone zu übertragen. Dann käme es durch die Regierung unweigerlich zur Trennung von Kirche und Staat. Ich finde, man sollte den Leuten viel Zeit lassen, um sich einen solchen Schritt gründlich zu überlegen. Wenn Sie aber zurücktreten und ich Gladstone zum Premierminister ernenne, kommt es garantiert zu einem voreiligen Entschluß.«

»Majestät können sich natürlich auch weigern, meinen Rücktritt anzunehmen, und das Parlament auflösen.«

»Das werde ich tun. Es kommt nicht gleich zur Wahl, das

wird eine Weile dauern, und bis dahin bleibt Ihre Regierung an der Macht; Ihr Kabinett bleibt bestehen.«

»Ich bleibe also in Amt und Würden, Euer Majestät, und in etwa einem halben Jahr wird man dann weitersehen.«

Damit mußte ich mich wohl zufriedengeben. Ein halbes Jahr ist in der Politik eine kleine Ewigkeit, da kann alles mögliche geschehen, es kann zu einem Meinungsumschwung kommen.

Disraeli überzeugte mich davon, daß ich mich öfter sehen lassen müsse. Seit Alberts Tod hatte ich kaum mehr eine Audienz gewährt. Ich entschloß mich, das wieder einzuführen. Später nahm ich im Park von Schloß Windsor eine Truppenparade ab. Die Truppe bestand aus zwanzigtausend Freiwilligen. Nach ein paar Tagen gab ich dann eine große Gesellschaft im Buckingham-Palast.

Ich wollte jedoch nicht den Eindruck erwecken, als gedenke ich von jetzt an wieder ein geselliges Leben zu führen.

Im August des Jahres reiste ich in die Schweiz. Da ich kein Aufsehen erregen wollte, reiste ich als Herzogin von Kent. Napoleon III. bot mir für die Fahrt durch Frankreich freundlicherweise den königlichen Zug an. In Paris traf ich mit Kaiserin Eugénie zusammen. In Luzern mietete ich dann eine Villa am See und machte rein privat Ferien, die ich sehr genoß.

Trotzdem kehrte ich dann gern nach Balmoral zurück, denn ich hatte Brown damit beauftragt, ein kleines Haus für mich ausfindig zu machen – ein einfaches, aber gemütliches kleines Haus. Balmoral war ja ein Schloß, doch was mir vorschwebte, war ein Haus, in dem ich ein einfaches Leben führen konnte.

Auf Brown konnte ich mich verlassen. Er würde ganz gewiß genau das finden, was ich suchte. Er fand es auch, und zwar in einer Gegend, die Albert besonders beeindruckt hatte. Es nannte sich Glassalt Shiel, das bedeutet Dunkelheit und Kummer. Besser konnte man meinen Gemütszustand wohl kaum beschreiben! Es lag in einer wildromantischen Landschaft, wo der Glassalt Burn von den Bergen zum Loch Muick hinunterstürzt.

Ich nannte dieses neue Heim mein Witwenhaus, denn hier

war nirgends Alberts Hand zu spüren. Balmoral und Osborne waren sein Werk, Glassalt Shiel hingegen nicht.

In Begleitung von Louise und einer der Hofdamen – ich glaube, es war Jane Churchill – machte ich mich auf den Weg dorthin. Die klare reine Luft verhieß schon Frost, es war ziemlich kalt für den ersten Oktober. In Birkhill legten wir eine Teepause ein. Dort gesellten sich John Grant und Arthur zu uns, der aus Genf gekommen und erst ein paar Stunden zuvor in Ballater eingetroffen war. Arthur stieg zu uns in die Kutsche, während Grant neben Brown auf dem Kutschbock mitfuhr.

In Glassalt Shiel brannte Licht. Freudig erregt ging ich auf das Haus zu. Wir wurden bereits erwartet. Die Dienerschaft bereitete uns einen herzlichen Empfang.

Das Haus erschien mir sehr geräumig, war offenbar viel größer, als es von außen wirkte. Über eine Treppe gelangte man in das obere Stockwerk hinauf. Dort befanden sich mehrere Schlafzimmer, in denen man die Dienerschaft unterbringen konnte. Unten befanden sich mein Salon, mein Schlafzimmer sowie das Zimmer der Kammerzofen. Jenseits der Eingangshalle lagen der Speisesaal, die Küche, das Zimmer des Verwalters, eine Vorratskammer und ein Zimmer für die männlichen Bediensteten. Auch die Stallungen konnten sich sehen lassen. Auf dem Grundstück befand sich auch noch eine Kate für den Aufseher, in der die Pagen schlafen würden.

Nach dem Essen erschien Brown unangemeldet und verkündete, der Einstandsfeier stünde nun nichts mehr im Wege. Ich sollte mit von der Partie sein, wogegen ich nichts einzuwenden hatte.

Nachdem der Tisch abgeräumt war, feierten wir im Speisesaal, neunzehn Leute insgesamt. Zwei Männer spielten Dudelsack, die anderen tanzten Reels zu der Musik. Brown meinte, ich dürfe mich da nicht ausschließen. Wie lange hatte ich nicht mehr getanzt! Glücklich drehte ich mich im Tanz und mußte daran denken, wie gern ich als junges Mädchen auf Bälle gegangen war, bis ich das Tanzen genau wie Albert als sinnlose, leichtfertige Beschäftigung betrachtete.

Nun tanzte ich also Reels und unterhielt mich bestens. Die einfachen, grundehrlichen Schotten fanden gar nichts Ungewöhnliches daran, daß ihre Königin mit ihnen tanzte.

Nach dem ersten Tanz kam Brown mit einem ›Whisky Toddy‹ an, wie er das nannte.

Ich lehnte dankend ab, doch Brown ließ sich nicht abweisen. »Nun kommen Sie schon, liebe Frau«, redete er mir gut zu, »trinken Sie ein Schlückchen von dem Feuerwasser.«

Ich probierte also einen Schluck. Dann hielt Grant eine Rede, erflehte »Gottes Segen für unsere Herrin, unsere gute Königin. Möge sie noch lange leben, um uns zu regieren.«

Alle tranken auf meine Gesundheit und prosteten mir mit Whisky zu. Sie feierten immer ausgelassener.

Kurz nach elf Uhr zog ich mich zurück. Die Dienerschaft tanzte und sang noch bis zum frühen Morgen weiter.

Als ich im Bett lag, dachte ich an frühere Zeiten zurück. ›Albert würde es hier gefallen‹, sagte ich mir. Sicher wachte er über mich und segnete mein kleines Witwenheim. Mit diesem tröstlichen Gedanken schlief ich ein.

Die Wahlen fanden statt, während ich noch in Schottland war. Mit einer Mehrheit von einhundertachtundzwanzig Stimmen trugen die Liberalen den Sieg davon. Das bedeutete den Sturz von Disraeli und seinem Kabinett.

»Nun ist also dieser widerwärtige Gladstone mein Premierminister«, dachte ich bedrückt.

Ich empfing ihn sehr zurückhaltend, denn ich konnte mich nun einmal nicht für ihn erwärmen. Alles, was er von sich gab, klang so gebieterisch, als hielte er eine Rede vor großem Publikum. Er sprach unglaublich vehement, sein Redestrom versiegte nie. Was er sagte, erschien ihm offensichtlich als das Alleinseligmachende, Selbstzweifel kannte er wohl nicht. Sicher setzte er seine Worte auch immer in die Tat um.

Da ich Erkundigungen über meine Premierminister einzuziehen pflegte, wußte ich natürlich, daß er als Politiker unschlagbar war. Da ich eng mit meinen Premierministern zusammenarbeitete, erschien es mir unerläßlich, so viel wie möglich über sie in Erfahrung zu bringen.

William Ewart Gladstone war zehn Jahre älter als ich, der Sohn eines Kaufmanns aus Liverpool, der jedoch aus Schottland stammte. Der Vater hatte sich auch als Politiker betätigt. Er war nicht nur ein erfolgreicher Geschäftsmann, sondern hatte auch als Tory über zehn Jahre einen Sitz im Parlament gehabt. Gladstone war in Eton gewesen und hatte in Oxford studiert, wo er sich natürlich schon sehr bald als Redner auszeichnete.

Gladstone war ein sehr ehrsamer, gewissenhafter Mensch. In Eton war Lord Lincoln sein bester Freund gewesen, der Sohn des Herzogs von Newcastle. Der Herzog war tief beeindruckt gewesen von Gladstones unglaublicher Energie, Beredsamkeit und seinen sonstigen überragenden Qualitäten. Daher wollte er ihm dazu verhelfen, für die Tories den Sitz von Lewark zu gewinnen. Bei den Gladstones hatte Canning als Held gegolten. Er war inzwischen tot, doch der Herzog von Newcastle hatte öffentlich verkündet, Canning sei der lasterhafteste Politiker gewesen, den es in England je gegeben habe. Der junge Gladstone hielt es daher für unehrenhaft Canning gegenüber, sich von einem Mann helfen zu lassen, der ihm so etwas nachsagte.

Sein Vater riet ihm, nicht so dumm zu sein, wies ihn darauf hin, daß er es nie zu etwas bringen werde, wenn er sich eine solche Gelegenheit entgehen ließe. Gladstone sah das schließlich ein und bekam den Sitz im Parlament. Seitdem hatte er Sprosse um Sprosse der Erfolgsleiter der Politik erklommen. Wie konnte ein so begabter und bestrebter Mann unbemerkt bleiben?

Als junger Mann freundete er sich mit der Familie Glynne an. Lady Glynne war eine Witwe mit zwei Söhnen – einer davon Parlamentsmitglied – und zwei Töchtern namens Catherine und Mary. Er verliebte sich in Catherine, doch es dauerte offenbar geraume Zeit, bis sie seinen Heiratsantrag annahm. Ich konnte mir lebhaft vorstellen, wie er ihr den Hof gemacht hatte. Wahrscheinlich hatte er auch sie mit seinen endlosen Reden angeödet. Aber schließlich hatte sie sich doch bereit erklärt, seine Frau zu werden, und er hatte mit ihr eine gute Wahl getroffen. Eine bessere Frau hätte er gar nicht finden können. Sie entstammte einer Familie von Politikern. Ihr Großvater war der Premierminister George Grenville gewesen, und sie war die Nichte von Lord Grenville, der 1806 Premierminister war. Ihre Großtante war Chathams Frau, William Pitt ihr Vetter. Sei war also mit vier Premierministern verwandt, daher erschien es ganz logisch, daß sie auch einen heiratete.

Sie war das genaue Gegenteil von Gladstone – stets heiter, unglaublich beliebt und von einem unverwüstlichen Optimismus. In geistiger Hinsicht konnte sie es nicht mit ihrem Gatten aufnehmen, doch durch ihr angenehmes Wesen machte sie das wieder wett. Sie gefiel mir auf Anhieb, und ich bedauerte sie, weil sie mit diesem Mann verheiratet war.

Sie hatte acht Kinder geboren, von denen sieben am Leben blieben. Sie sorgte ganz offenbar dafür, daß alles in einem menschlicheren Licht erschien. Ich konnte mir Gladstone als Familienoberhaupt gut vorstellen. Bei ihm verlief alles ganz präzise in genau vorgesteckten Bahnen, bei ihm hatte alles seinen Platz. Seine Frau hingegen war völlig sorglos und ging nie methodisch vor. Danach stand ihr nicht der Sinn, und ihr blieb auch keine Zeit dafür. Doch sie hatte sehr viel Charme, was ihrem Mann natürlich nicht verborgen blieb, denn er selbst besaß keinerlei Charme. Er hing ebenso an ihr wie sie an ihm. Das gefiel mir an dem Ehepaar. Sie sorgte dafür, daß er Bewegung hatte und sich schnellstens umzog, wenn er in einen Regenschauer geraten war. Sie paßte auf, daß er sich warmhielt. Genau wie Mary Anne Disraeli setzte sie ihm immer etwas zu essen vor, wenn er nach Hause kam. Sie sorgte bestens für ihn und nahm auch lebhaften Anteil an der Politik, obwohl sie sich eigentlich nicht dafür begeistern konnte. Da nutzte auch die Verwandtschaft mit all den Premierministern nichts.

All das wurde mir durch Dienstboten zugetragen. Ein paar meiner Lieblingskammerzofen hielten mich stets auf dem laufenden. Albert und mir war immer vorgehalten worden, wir verstünden uns besser mit den niederen Bediensteten als mit den Höflingen. Darin steckte ein Körnchen Wahrheit. Ich war sogar noch freundlicher zu ihnen, als es Albert je gewesen war. Sie sollten ruhig wissen, daß mir an ihrem Wohlergehen gelegen war. Deswegen hingen sie an mir, und so brachte ich manches in Erfahrung, was mir normalerweise verborgen geblieben wäre.

So war es also um die menschlichen Qualitäten meines neuen Premierministers Gladstone bestellt. Zweifelsohne ein bewundernswerter, durch und durch aufrichtiger Mensch. Wenn er sich im Recht fühlte, konnte er sehr stur sein. Früher hätte er sich vermutlich für seine Überzeugungen auf dem Scheiterhaufen verbrennen lassen.

Ich hätte mich eigentlich glücklich schätzen müssen, so einen Premierminister zu bekommen, doch das war nicht der Fall. Ich konnte ihn nun einmal nicht leiden, empfand eine heftige Abneigung gegen ihn.

Kaum war er an der Macht, da nahm er schon eine ganze Reihe von Reformen vor. Gladstones Hang zu Reformen grenzte schon an Besessenheit. Ich hatte immer für religiöse Toleranz und die Freiheit des einzelnen plädiert, doch Gladstone gab sich damit nicht zufrieden, sondern ging noch weit darüber hinaus. Er führte den Radikalismus ein. Es erschien mir absurd, die Klassenunterschiede abschaffen zu wollen. Auch mir erschien es nicht besonders wichtig, welcher Gesellschaftsschicht jemand entstammte. Erziehung, Ausbildung, die Haltung den Mitmenschen gegenüber sowie die Wertvorstellungen eines Menschen hatten bei mir einen viel höheren Stellenwert. Ich hatte oft genug erlebt, daß Menschen von niedriger Geburt sich da durchaus auch sehen lassen konnten. Gladstone ergriff im Handumdrehen Maßnahmen, die sich so schnell kaum in die Tat umsetzen oder auch nur nachvollziehen ließen. Immer wieder stand er vor mir, hielt mir endlose Vorträge, ließ sich in aller Ausführlichkeit über seine verschiedenen Projekte aus. Er redete und redete und redete. Sein Redestrom schien niemals zu versiegen. Ich muß allerdings zugeben, daß seine Eloquenz beeindruckend war. Doch nach einer Weile konnte ich mich nicht mehr konzentrieren, schweifte ab und fragte mich, wie es die arme Mrs. Gladstone mit diesem Mann nur aushielt.

Natürlich wußte ich, daß ich mich ihm laut Verfassung

nicht entgegenstellen durfte. Nicht die Königin traf die Entscheidungen, sondern die jeweilige Regierung. Aber ich hatte immerhin auch ein Wörtchen mitzureden und nahm mir vor, mich ihm zu widersetzen, wann immer sich das machen ließ.

Seine erste Maßnahme war die Trennung von Kirche und Staat in Irland. Bei der Wahl hatte sich gezeigt, daß die Leute hinter ihm standen, doch nachdem die Gesetzesvorlage im Unterhaus durchgesetzt worden war, sprach sich das Oberhaus dagegen aus. Da konnte es großen Ärger geben, denn in einem solchen Fall mußte sich das Oberhaus dem Unterhaus fügen. Mir ging es vor allem um eine Entscheidung, und wenn ich auch nicht mit dieser Regelung einverstanden war, so sagte ich mir doch, daß der Konflikt dem Land nur schaden konnte. Daher bat ich das Oberhaus, sich dem Unterhaus zu beugen. Wenn man sich im Prinzip erst einmal einig war, konnte man die Einzelheiten später klären.

Dank meines Eingreifens wurde das Gesetz verabschiedet, doch es kam hinsichtlich des Verfahrens zu endlosen Wortklaubereien. Ich wurde noch einmal hinzugezogen und trug dazu bei, die beiden Seiten miteinander zu versöhnen. Denjenigen, die bisher der Ansicht gewesen waren, ich vernachlässige meine Pflichten als Königin, weil ich um meinen Gatten trauerte, konnte ich jetzt demonstrieren, daß ich reges Interesse an allen Staatsangelegenheiten hatte.

Das änderte jedoch nichts an der Tatsache, daß ich mich für Gladstone nicht erwärmen konnte.

Um mich Disraeli gegenüber dankbar zu erweisen, wollte ich ihn in den Adelsstand erheben. Ich ließ ihn also kommen und weihte ihn in meine Pläne ein. Er war überwältigt. Mit Tränen in den Augen küßte er mir die Hand und gab mir zu verstehen, er verdiene es doch gar nicht, daß ihm die bewundernswerteste aller Königinnen und liebreizendste Frau eine solche Ehre erweisen wolle.

Seine überschwenglichen Worte brachten mich zum Lachen, doch sie rührten mich auch. Was für ein Unterschied, wenn ich an die endlosen Reden und gestelzten Phrasen meines Premierministers dachte!

Disraeli lehnte es jedoch ab, zum Earl ernannt zu werden. Vielleicht befürchtete er ja, das würde ihm im Unterhaus nur schaden.

»Majestät waren so gütig, daß ich mir einen anderen Vorschlag erlauben möchte«, erklärte er.

»Aber bitte, reden Sie!« ermutigte ich ihn.

Er zögerte, und ein schmerzlicher Ausdruck trat in sein Gesicht. Seine ausdrucksvollen Züge nahmen mich immer wieder gefangen.

»Es geht mir um Mary Anne«, gestand er mir.

Über seine Frau sprach er immer ganz vertraut mit mir, was ich sehr zu schätzen wußte. So hatte ich fast das Gefühl, sie selbst zu kennen. Disraeli schilderte sie mir als wundervolle Frau. Einmal sollte er eine wichtige Rede vor dem Unterhaus halten. Seine Frau fuhr mit ihm hin. Beim Aussteigen klemmte sie sich die Hand in der Tür ein. Obwohl sie fürchterliche Schmerzen hatte, ließ sie sich nichts anmerken, damit er sich keine Sorgen machte und sich das nicht negativ auf seine Rede auswirkte.

Ich sprach auch oft mit ihm über Alberts gute Eigenschaften. Dann sagte er immer lachend: ›Wir können gar nicht genug davon bekommen, unsere Ehepartner in den Himmel zu heben.‹

Dann pflegten wir zu seufzen und uns zu sagen, daß wir uns glücklich schätzen konnten.

»Mary Anne ist furchtbar krank und glaubt, das sei mir nicht bekannt. Daher tut sie, als sei alles in bester Ordnung. Dabei hat sie nur noch etwa ein Jahr zu leben.«

»Ach, wie schrecklich! Das tut mir entsetzlich leid.«

»Majestät, was seid Ihr für ein wundervoller Mensch. Ja, ich werde meine geliebte Mary Anne nicht mehr lange um mich haben, und ich weiß, daß mir Eure Majestät wie kaum ein anderer Mensch meinen Kummer nachfühlen können.«

Ich brachte es kaum über mich, ihn anzusehen.

Nach einer kurzen Pause fuhr er fort: »Ich wollte Euch

nun bitten, Mary Anne vor ihrem Tode einen Adelstitel zu verleihen, wenn das möglich ist...«

»Aber selbstverständlich!« rief ich aus. »Ich werde mich sofort darum kümmern.«

Gerührt griff er nach meiner Hand und zog sie an die Lippen. In seinem Blick lag nicht nur Dankbarkeit, sondern Bewunderung. Er schien mich richtig zu verehren.

So wurde aus Mary Anne die Gräfin von Beaconsfield.

Disraeli erzählte mir, wie glücklich seine Frau darüber war. Überschwenglich dankte er mir für alles, was ich für ihn getan hatte.

Ich erwiderte, auch ich sei ihm sehr dankbar, denn er habe unendlich viel für mich getan. Ich betrachte ihn als meinen Freund, und daran werde sich auch niemals etwas ändern. Wenn er einmal Trost brauche, solle er sich vertrauensvoll an mich wenden.

Leider konnten wir uns nicht mehr so oft sehen, denn dagegen hätte die Regierung protestiert. Es machte keinen guten Eindruck, wenn sich die Königin dem Oppositionsführer gegenüber allzu freundlich verhielt. Doch niemand konnte uns daran hindern, uns zu schreiben.

Ich freute mich immer sehr auf Disraelis Briefe. Er schrieb so interessant, so geistreich. Auch enthielten seine Briefe immer eine Menge Klatsch. Disraeli verstand es gut, mich aufzuheitern.

Aus Osborne schickte ich ihm Himmelsschlüssel. Er bedankte sich dafür in seinem nächsten Brief und versicherte mir, sie seien von nun an seine Lieblingsblumen.

Der schicksalhafte Vierzehnte

Die verleumderischen Gerüchte über John Brown und mich verstummten nicht, doch ich war inzwischen schon so daran gewöhnt, daß ich sie einfach nicht mehr zur Kenntnis nahm.

Ein Gerücht, das über mich kursierte, machte die Leute besonders neugierig: Mir wurde nachgesagt, ich befasse mich mit Spiritismus. Vor geraumer Zeit war das eine richtige Modeerscheinung gewesen. Viele Leute behaupteten, es sei ihnen gelungen, Verbindung mit den Toten aufzunehmen. Aus meiner Freundschaft zu John Brown zog man den Schluß, er sei das Medium, über das ich mich mit Albert in Verbindung setzen könne.

Wie glücklich hätte es mich gemacht, wäre das tatsächlich möglich gewesen!

Ich wußte, daß er sich mir zu erkennen geben würde, wenn er könnte. Natürlich interessierte ich mich deshalb für den Spiritismus und unterhielt mich mit mehreren meiner Hofdamen darüber. Sie berichteten von außergewöhnlichen Erlebnissen. Ich saß sogar im Dunkeln mit ihnen an einem Tisch, doch Albert erschien mir nicht.

Der Gedanke, daß ausgerechnet der so offene und ehrliche, ziemlich derbe John Brown ein Medium sein sollte, durch das man Verbindung mit einer anderen Welt aufnehmen konnte, war absurd.

Wirklich erstaunlich, was für Geschichten in die Welt gesetzt wurden und die Runde machten, doch sollten die Leute John Brown lieber für mein Medium halten als für meinen Liebhaber.

Wie leer mußte ihr eigenes Leben sein, wenn sie nichts im Sinn hatten, als die Nase in die Angelegenheiten anderer Menschen zu stecken.

Mir fiel wieder ein, wie gern Albert Schriftsteller bei Hofe empfangen hätte. Er hielt sie für entschieden interessanter als die meisten Menschen, mit denen wir zusammenkamen.

Ich hatte mich dagegen verwahrt aus Sorge, sie könnten so hochtrabende Gespräche führen, daß ich nicht folgen konnte, wollte ich mich doch auf keinen Fall ausgeschlossen fühlen. Natürlich war das dumm von mir gewesen, und ich fürchte, ich habe Albert damit um etwas Wichtiges gebracht.

Ich beschloß, nun wenigstens im nachhinein Schriftsteller einzuladen. Wenn ich auch nicht sonderlich an Büchern interessiert war, so bewunderte ich die Schriftsteller doch ob ihrer Energie, denn es war keine Kleinigkeit, ein Buch zu schreiben.

Natürlich hatte ich schon immer die größte Bewunderung für Tennyson gehegt. Sein *In Memoriam* war mir ein Trost gewesen, was ich ihm auch geschrieben hatte. Er war bereits in Windsor und Osborne bei mir zu Gast gewesen. Ich hatte mich mit diesem liebenswerten Mann sehr gut unterhalten können.

Eine meiner Hofdamen erzählte mir, Thomas Carlyle, offenbar ein angesehener Schriftsteller, habe seine Frau verloren. Ich schickte ihm ein Beileidsschreiben.

Ich las *Die Mühle am Floß* von George Eliot, doch die Bücher von Charles Dickens gefielen mir am besten. Ich lud ihn zu mir in den Buckingham-Palast ein, und wir unterhielten uns sehr angeregt. Im Anschluß an den Besuch von Charles Dickens machte ich mir erst recht Vorwürfe, daß ich Alberts Rat in den Wind geschlagen hatte, Schriftsteller bei Hofe zu empfangen. Sie waren so ganz anders als die Menschen, mit denen ich sonst zusammenkam. Sie hatten Ideen, waren fantasiebegabt. Ich hätte sie zwar nicht ständig um mich haben wollen, doch es war sehr aufschlußreich, sie kennenzulernen, nachdem ich ihre Bücher gelesen hatte. So erhielt ich doch ein wenig Einblick in ihre Art zu denken und verstand ihre Werke besser.

In die Bücher von Charles Dickens vertiefte ich mich am liebsten. Die Welt, die er schilderte, erschien mir faszinierend, weil es eine so ganz andere Welt war als die, die ich kannte.

Ich bat Dickens um signierte Exemplare seiner Bücher. Er betrachtete meine Einladung als große Ehre, und er hatte tatsächlich Tränen in den Augen, als wir uns über Little Nell unterhielten. Er war ein warmherziger, einfühlsamer Mensch, den ich auf Anhieb mochte.

Ich revanchierte mich mit einem Exemplar meiner *Tagebuchblätter*, und er bat mich, etwas hineinzuschreiben.

»Dem größten Schriftsteller von der bescheidensten Schriftstellerin«, schrieb ich.

Etwa um diese Zeit kam es zu dem Mordaunt-Skandal.

Albert und ich hatten immer befürchtet, daß es mit Bertie Ärger geben würde. Wir hatten uns nicht geirrt.

Mir war bekannt, daß Bertie sozusagen ein Doppelleben führte, was natürlich unverzeihlich war. Er hatte eine gute Frau, die allseits beliebt war und als eine der schönsten Frauen des Landes galt. Außerdem hatte er vier entzükkende, wohlgeratene Kinder. Da hätte man doch meinen sollen, daß es ihm an nichts fehlte. Und doch löste er einen Skandal aus, und was für einen!

Es konnte gar nicht ausbleiben, daß Bertie irgendwann zu Fall kam. Er schlug sich die Nächte um die Ohren, ließ sich mit Schauspielerinnen ein, gab seiner Spielleidenschaft nach und ließ kein Laster aus, das früher oder später in einer Katastrophe enden mußte. Trotzdem liebte ihn Alexandra. Albert wäre allerdings nicht mir ihren Erziehungsmethoden einverstanden gewesen. In den Kinderzimmern herrschte keine Disziplin. Die Kinder schrien und johlten herum und kletterten über Bertie, während Alexandra lachend Beifall klatschte. Unter Kindererziehung hatte Albert etwas anderes verstanden. Vicky gegenüber war er schon besonders nachgiebig und tolerant gewesen, doch auch von ihr hatte er mehr Respekt verlangt und sie mehr auf Distanz gehalten.

Ich warnte Bertie immer wieder und prophezeite ihm, daß es mit den Kindern Ärger geben würde.

»Denk doch an deine eigene Kindheit, Bertie«, hielt ich ihm vor. Worauf er lächelnd erwiderte: »Genau das tue ich ja, Mama.« Das sollte wohl eine Kritik an Albert und mir sein.

Und nun dieser Skandal! Ich war wie vor den Kopf geschlagen.

›Es ist zu einem unglückseligen *Contretemps* gekommen‹, schrieb er mir. Er hatte eine Vorladung erhalten und mußte vor Gericht erscheinen.

Der Prinz von Wales vor Gericht! Hatte man so etwas schon gehört?

Ich ließ ihn unverzüglich kommen. Er erklärte mir, Sir Charles Mordaunt wolle sich von seiner Frau scheiden lassen, er sei im Besitz von Briefen, die Bertie geschrieben habe. Sein Name sei gefallen, daher müsse er vor Gericht erscheinen.

»Vielleicht erzählst du mir jetzt einmal ganz genau, was vorgefallen ist!« forderte ich Bertie auf.

Es war nicht zu übersehen, daß er sich große Sorgen machte. ›Die arme Alexandra‹, ging es mir durch den Kopf. Ich versuchte, mich in ihre Lage zu versetzen. Unmöglich – mit Albert wäre mir das nie passiert.

»Mich trifft keine Schuld«, erklärte Bertie.

Ich atmete erleichtert auf.

»Was für ein Jammer, daß du ständig mit Leuten zu tun hast, die keinen guten Ruf genießen. Dadurch gerätst auch du ins Zwielicht«, hielt ich Bertie vor.

»Mama, mich trifft wirklich keine Schuld«, versicherte er mir.

Wenn einem Mitglied der Familie Gefahr droht, halten die übrigen fest zu ihm, auch wenn sie nicht unbedingt von seiner Unschuld überzeugt sind. Bertie protestierte so heftig und war so indigniert, daß ich ihm wohl oder übel glauben mußte.

»Aber du kennst die Frau doch wohl«, wandte ich ein.

»Ja, natürlich, ich kenne sie und ihren Mann.«

»Aber Sir Charles Mordaunt gibt dich als Mitbeklagten an.«

»Nein, nein«, wehrte Bertie ab. »Nicht mich, sondern Frederick Johnstone und Lord Cole.«

»Was hast du dann mit der Angelegenheit zu tun?«

»Sie hat meinen Namen genannt, und außerdem existieren Briefe.«

»Briefe!« wiederholte ich entrüstet. »Weißt du denn nicht

mehr, was sich mein Onkel George mit seinen Briefen für Ärger aufgeladen hat? Davon hast du doch bestimmt gehört. Hast du dir denn nie klargemacht, was Briefe für Schaden anrichten können?«

»Wenn ich auch nicht so gern schreibe wie du, Mama, muß ich doch auch gelegentlich zur Feder greifen.«

»Meine Briefe könnten jederzeit vor Gericht verlesen werden, ohne daß dadurch irgend jemandem Schaden zugefügt wird, Bertie. Ich bin schockiert, mein Sohn, und freue mich ausnahmsweise einmal, daß dein Vater das nicht mehr erleben muß, denn er wäre verzweifelt und entsetzt.«

»Aber wenn ich dir doch sage, daß mich keine Schuld trifft«, wiederholte er.

»Und wie steht Alexandra zu der ganzen Angelegenheit?«

»Das alles nimmt sie natürlich furchtbar mit.«

»Das arme Ding! Ich brauchte so etwas nie durchzumachen.«

»Nein, natürlich nicht, Papa war ja auch ein Heiliger«, sagte Bertie und zog eine Grimasse. »Ich fürchte, Mama, ich bin alles andere als ein Heiliger, aber in diesem Fall trifft mich, wie gesagt, ausnahmsweise einmal keine Schuld.«

»Der Thronfolger wird vor Gericht gestellt!«

Ich löcherte ihn mit Fragen und erfuhr dann auch, was vorgefallen war. Lady Mordaunt hatte ein blindes Kind zur Welt gebracht und war völlig verzweifelt. Auch ohne dieses Unglück neigte sie schon zur Hysterie. Nun war sie dem Wahnsinn nahe und behauptete doch wahrhaftig, sie sei schuld daran, daß das Kind blind zur Welt gekommen sei. Sie habe gesündigt. Sie gestand Mordaunt, nicht er, sondern Lord Cole sei der Vater des Kindes. Dann brach es aus ihr heraus, und sie gab zu, ihn mit mehreren Männern betrogen zu haben. Sie nannte Frederick Johnstone und den Prinz von Wales. Daraufhin brach Mordaunt ihren Schreibtisch auf, durchsuchte ihn und stieß dabei auf Rechnungen, die bewiesen, daß sie mit Lord Cole und Johnstone in Hotels genächtigt hatte. Sir Mordaunt fand auch Briefe des Prinzen von Wales.

Das nahm ich mir sehr zu Herzen. Wie gern hätte ich mich

Disraeli anvertraut, doch da er zur Opposition gehörte, verstieß das gegen die Etikette. Wie gut hätte ich auch mit Lord Melbourne über alles sprechen können, was mich quälte, doch leider blieb mir jetzt nur Gladstone. Mit ihm konnte ich nicht über so etwas Delikates reden. Er würde sich doch nur wieder aufs Deklamieren verlegen, bis ich es nicht mehr hören konnte, ihn anschrie und wegschickte.

Albert hat es vorausgesehen, sagte ich mir. Doch das tröstete mich nicht, denn auch er konnte mir nicht helfen. Was konnten wir nur tun? Eigentlich überhaupt nichts. Auch die Königsfamilie mußte sich dem Gesetz beugen und ihm Folge leisten. Bertie war nun einmal vorgeladen worden und mußte vor Gericht erscheinen.

Er tat mir aufrichtig leid. Wenn er auch leichtlebig war, was ich als Makel empfand, so hatte er das doch nicht verdient. Aber mit dem hervorragenden Albert durfte ich ihn eben nicht vergleichen, das war Bertie gegenüber unfair. Er hatte behauptet, ihn treffe keine Schuld, und sagte bestimmt die Wahrheit. Ich mußte an all die schlimmen Dinge denken, die Albert nachgesagt worden waren, und an all die Verleumdungen, unter denen ich wegen John Brown zu leiden hatte.

Ich sah Bertie als kleinen Jungen vor mir. Manchmal war ich der Meinung gewesen, Albert sei zu streng zu ihm. Bertie war in Tränen aufgelöst gewesen, wenn Albert ihn geschlagen hatte. Krampfhaft versuchte ich, die trüben Gedanken zu vertreiben. Wie oft war es zwischen Albert und mir zum Streit gekommen, wenn ich den Eindruck hatte, daß er zu Bertie zu streng und Vicky gegenüber zu nachgiebig gewesen war.

Ich setzte mich hin und schrieb Bertie, daß ich ihm glaubte, daß es aber immer Menschen geben würde, die uns zu ihrem Angriffsziel machten. Er müsse die Sache nun wohl oder übel durchstehen. Auf seine Mutter könne er sich verlassen, sie halte fest zu ihm.

Bertie war so gerührt, daß er mich gleich aufsuchte. Er gab sich lieb und sanft und war mir überaus dankbar. Bei der Gelegenheit gestand er mir, er sei manchmal wohl wirklich ein wenig indiskret. Er habe Lady Mordaunt zwar geschrieben, die Briefe seien aber völlig harmlos. Er sei nie ihr Liebhaber gewesen, habe aber von ihren Liebschaften gewußt, zumindest was Lord Cole und Johnstone anging. Die hätten sich mit ihr eingelassen, er jedoch wirklich nicht.

»Wenn du wirklich unschuldig bist, wird sich das herausstellen«, versicherte ich ihm. »Ein reines Gewissen ist die beste Verteidigung, du wirst schon sehen.«

»Mordaunt hat Sergeant Ballantine engagiert. Er ist der reinste Horror.«

»Sag nur die Wahrheit, Bertie, dann brauchst du dich vor niemandem zu fürchten.«

Da schloß er mich in die Arme. Seltsamerweise stand er mir in diesem Augenblick näher als je zuvor.

Der Fall erregte großes Aufsehen. Die Zeitungen berichteten ausführlich darüber. Ich wußte, daß das eine ernste Sache war, denn man würde Bertie die Schuld in die Schuhe schieben, wie immer das Urteil auch ausfiel. Die Menschen verurteilten ihre Mitmenschen mit dem größten Vergnügen – vor allem, wenn es sich dabei um hochstehende Persönlichkeiten handelte.

Ich erfuhr, was sich bei dem Prozeß abspielte. Bertie wurde in den Zeugenstand gerufen und beantwortete die Fragen, die ihm der Barrister Sergeant Ballantine stellte. Er beantwortete die Fragen aufrichtig und ganz ruhig, gab zu, daß er Lady Mordaunt kannte und vor ihrer Heirat mit ihr befreundet gewesen war.

»Haben Sie sich im Zusammenhang mit Lady Mordaunt einer Unehrenhaftigkeit oder eines Verbrechens schuldig gemacht?« lautete die entscheidende Frage. Bertie beantwortete sie mit Nein.

Damit war er entlastet und freigesprochen. Es stellte sich zudem heraus, daß Lady Mordaunt nicht klar bei Verstand war, und der Fall wurde zu den Akten gelegt. Bertie war mit einem blauen Auge davongekommen. Ich hoffte inständig, daß ihm das eine Lehre sein würde, die ihn in Zukunft vor solchen Dummheiten bewahrte.

Was Vicky, Alice und Lenchen wohl von der Sache hielten? Ich sah mich veranlaßt, Vicky zu schreiben. Sie hatte ohnehin schon keine hohe Meinung von Bertie und hielt ihren Bruder nun bestimmt für schuldig.

»Ich zweifle nicht an seiner Unschuld«, schrieb ich. »Es war schmerzlich und erniedrigend, daß er vor Gericht aussagen mußte, doch er hat sich wacker geschlagen. Der Thronfolger dürfte sich mit solchen Menschen niemals einlassen. Hoffentlich ist ihm das nun eine Lehre. Nötigenfalls werde ich daran erinnern. Glaub mir, Kinder sind oft eine wahre Plage und machen entschieden mehr Ärger, mehr Kummer und Sorgen als Freude.«

So empfand ich es tatsächlich.

Zum Glück traf Bertie in dieser delikaten Sache keine Schuld, wenn er auch nicht ganz unbeschadet daraus hervorgegangen war. Es hatte sich herausgestellt, daß Lady Mordaunt nicht zurechnungsfähig war. Trotzdem blieb bei so einem Prozeß immer etwas hängen.

Ich hatte mich noch gar nicht richtig von diesem Schock erholt, als sich auf dem Kontinent etwas zusammenbraute. Lord Clarendon, auf dessen Urteil ich so viel gegeben hatte, war gestorben. Lord Granville nahm seine Stelle ein. Granville war ein guter Mann, aber mit Lord Clarendon konnte er sich doch nicht messen. Gerade zu diesem Zeitpunkt brauchten wir jedoch den bestmöglichen Außenminister. Zwischen Frankreich und Deutschland kriselte es schon seit längerem. Ich schrieb den Herrschern beider Länder und mahnte sie, bat sie, behutsam vorzugehen. Doch sie schlugen meine Warnung in den Wind. Am 19. Juli 1870 erklärte Napoleon Preußen den Krieg. Ich hielt das für völlig überflüssig, und als mir zu Ohren kam, daß er die Unabhängigkeit Belgiens bedrohte, ergriff ich Partei für Deutschland.

Belgien war mir besonders lieb und teuer. Zum Glück mußte Onkel Leopold nicht mehr miterleben, daß sein Reich bedroht war. Obwohl ich Bismarck nicht mochte, fühlte ich mich Deutschland sehr verbunden. Dabei spielten natürlich familiäre Gründe eine Rolle. Andererseits empfand ich aber auch Freundschaft für Napoleon. Bertie hatte ihn ins Herz geschlossen. Ich fühlte mich also wieder einmal hin und her gerissen. Immer wieder kam es zu Kriegen, die völlig überflüssig waren.

Vickys und Alice' Ehemänner waren natürlich auch betroffen und kämpften gegen die Franzosen. Ich schickte Alice, was im Krankenhaus von Darmstadt benötigt wurde, und verfolgte den Verlauf des Krieges mit zunehmendem Entsetzen.

Es zeigte sich, daß die Franzosen den Deutschen nicht gewachsen waren, als diese in Frankreich einfielen. Ich schrieb an Vicky und Fritz und flehte sie an, ihren Einfluß geltend zu machen, damit Paris nicht weiter bombardiert wurde. Als sie sich Bismarck gegenüber dafür einsetzten, forderten sie seinen Zorn heraus. Er warf ihnen weibische Sentimentalität vor und beschuldigte sie, den Vormarsch der Deutschen aufhalten zu wollen.

Ein Quentchen dieser ›weibischen Sentimentalität‹, wie Bismarck es nannte, erschien mir jedoch durchaus angebracht, wenn es dazu beitrug, Kriege zu verhindern, die unendliches Leid über die Menschheit brachten.

Am 1. September 1870 kam es zur entscheidenden Schlacht bei Sedan. Napoleon III. ergab sich, geriet in deutsche Gefangenschaft, und Paris fiel den Deutschen in die Hände. Damit war der Krieg zu Ende.

Napoleon und Eugénie taten mir entsetzlich leid. Es bedrückte mich, daß sie so gedemütigt wurden. Der Kaiser, ein überaus charmanter Mann, war mir sehr sympathisch, und Eugénie war eine ausgesprochen attraktive Frau.

Nun waren sie Ausgestoßene. Als sich Eugénie hilfesuchend an mich wandte, bot ich ihr in England Zuflucht. Sie kam nch Chichester. Napoleon befand sich monatelang in deutscher Gefangenschaft. Nach seiner Entlassung begab er sich zu Eugénie nach Chichester.

Wenn ich Napoleons Politik auch nicht gutheißen konnte und meine Sympathie den Deutschen galt – mehrere meiner Kinder lebten in Deutschland, und durch Albert und meine Mutter fühlte ich mich dem Land verbunden –, so vergaß ich doch nicht, daß Napoleon und Eugénie meine Freunde waren.

Die Ärmsten waren mir ja so dankbar! Wir dürfen nicht vergessen, wie schnell sich das Schicksal wenden kann, sage ich mir seitdem immer wieder.

Ich war erschüttert, als mir zu Ohren kam, daß die arme Lehzen nicht mehr lebte. Das Gewissen plagte mich, wenn ich an sie zurückdachte. Wir hatten uns so nahegestanden. Jahrelang war mir niemand so wichtig gewesen wie sie. Gelegentlich hatte ich sie sogar mit ›Mutter‹ angesprochen. Nach ihrer Abreise aus England hatte ich sie kaum mehr zu Gesicht bekommen. Albert hatte mir zu verstehen gegeben, daß er nicht unter dem gleichen Dach mit ihr leben konnte. Als ich mich zwischen Albert und Lehzen entscheiden mußte, blieb mir nichts anderes übrig, als Lehzen wegzuschicken. Ich sah mich wieder als Kind – gemeinsam hatten wir die Puppen umgezogen, hatten viel gelesen. Lehzen hatte mich wie ein Wachhund behütet und beschützt. Notfalls hätte sie auch unter Einsatz ihres Lebens dafür gesorgt, daß mir niemand ein Leid zufügte.

Was für ein Jammer, daß wir uns hatten trennen müssen!

Ich trauerte ihr nach und bedauerte zutiefst, daß sie so ganz aus meinem Leben verschwunden war, doch ich hatte die gute Lehzen nie vergessen.

In ihren letzten Lebensjahren war ihr noch einmal Glück beschieden. Sie hatte sehr an ihren Neffen und Nichten gehangen und sie sicher ebenso gefördert und umsorgt wie mich. Ich konnte nur hoffen, daß es sie nicht traurig gemacht hatte, an ihre Zeit im Kensington-Palast zurückzudenken.

Gladstone und seine Minister standen wegen der Geschehnisse auf dem Kontinent ständig unter Anspannung. Die einzelnen deutschen Staaten wurden zu einem großen Kaiserreich zusammengefaßt. Am 18. 1. 1871 kam es zur Proklamation Wilhelms I. zum deutschen Kaiser, am 26. Februar zur Beendigung des Krieges im Vorfrieden von Versailles. Es sah Bismarck ähnlich, ausgerechnet im Spiegelsaal des Schlosses von Versailles die Überlegenheit und Vorherrschaft der Deutschen zu besiegeln. Jetzt gab es also nicht mehr viele kleine deutsche Staaten, sondern ein großes Kaiserreich, das den Kontinent beherrschte. Bismarck wurde Reichskanzler des Deutschen Reichs, Frankreich wurde Republik.

Natürlich sprach Gladstone bei mir vor. Ich bot ihm keinen Stuhl an, sondern ließ ihn stehen. Ohne meine ausdrückliche Erlaubnis durfte er nicht Platz nehmen. Wie um sich zu rächen, ließ er sich endlos über die gefährliche Situation aus. Daß der französische Kaiser abgesetzt worden sei, müsse allen Monarchen zur Warnung dienen. Es sei unerläßlich, das Volk hinter sich zu wissen.

Er wollte mir damit zu verstehen geben, daß ein Herrscher, der die meiste Zeit zurückgezogen lebte und sich dem Volk nur selten zeigte, nicht mit dem Beifall des Volkes rechnen könne. Im Augenblick sei auch der Prinz von Wales nicht sonderlich beliebt. Er habe sich die Gunst des Volkes durch den Mordaunt-Skandal verscherzt. Wenn ihm auch keine Schuld nachgewiesen werden konnte, so würden doch notorische Unruhestifter mit Sicherheit dafür sorgen, daß etwas an ihm hängenblieb.

Ich trug ihm auf, sich an Dr. Jenner zu wenden, der darauf bestanden hatte, daß ich mich mehr schonte.

»Der Prinzgemahl ist ganz eindeutig an Überarbeitung gestorben«, sagte ich. »Er hat sich nämlich nie geschont, sonst wäre er wahrscheinlich noch am Leben.«

Wieder ließ sich Gladstone langatmig über die veränderte, besorgniserregende Lage in Europa aus.

Ich konnte mich nicht mehr konzentrieren. »Die arme Mrs. Gladstone«, dachte ich. »Wie hält sie diesen Mann nur aus?«

Alexandra war bestimmt sehr traurig und machte sich nun über Bertie keine Illusionen mehr. Wie stand sie wohl zu der Mordaunt-Affäre? Inzwischen wußte sie ja wohl, was Bertie für ein Mensch war. Zu allem Unglück hatte sie auch noch ihren Sohn verloren, den kleinen Alexander. Sie bat mich, in der Kirche von Sandringham ein Buntglasfenster einsetzen lassen zu dürfen, zur steten Erinnerung an ihren kleinen Sohn. Ich hielt das für eine hervorragende Idee und glaube, daß es ihr Freude machte, sich mit mir darüber zu unterhalten.

Ihr Gelenkrheumatismus hatte sich verschlimmert. Es machte mich unendlich traurig, dieses von Natur aus so heitere Geschöpf so schmerzgeplagt zu sehen. Wie einfühlsam von ihr, sich für unsere erste Begegnung ebenfalls schwarz zu kleiden, um mir zu zeigen, daß sie meine Trauer gut verstand. Alexandra war noch immer wunderschön, daran würde sich wohl auch nichts ändern, doch ihre Lebensfreude war dahin.

Vielleicht sollte ich einmal mit Bertie über Alexandra sprechen. Aber das hatte wahrscheinlich keinen Sinn, denn bei den Gesprächen mit Bertie war noch nie etwas herausgekommen.

In Balmoral freundete Louise sich mit den Argylls an, vor allem mit dem Sohn und Erben des Herzogs, dem Marquis von Lorne. Als mir Louise gestand, daß Lorne sie gebeten hatte, seine Frau zu werden, war mir das gar nicht recht.

»Ein Bürgerlicher«, dachte ich. »Das kann ich doch nicht zulassen.«

»Was empfindest du denn für ihn, mein liebes Kind?« fragte ich Louise.

»Mama, ich liebe ihn und möchte ihn heiraten. Ich hoffe, daß du uns deinen Segen gibst.«

Louise strahlte vor Glück, so daß ich es nicht fertigbrachte, ihr ihren Herzenswunsch abzuschlagen.

»Mein Liebling, ich hoffe, daß ihr sehr glücklich miteinander werdet«, sagte ich.

Da schlang sie mir die Arme um den Hals. »Liebe, liebe Mama«, flüsterte sie selig.

Es freute mich natürlich, daß sie so glücklich war, doch ich erinnerte sie daran, daß Mitglieder der Königsfamilie nur sehr selten Verbindungen mit Bürgerlichen eingingen.

»Ja, das weiß ich, Mama. Zuletzt hat die Schwester von Heinrich VIII. den Herzog von Suffolk geheiratet.«

»Das kann man aber nicht vergleichen«, berichtigte ich Louise. »Sie hat nämlich erst um Erlaubnis gebeten, nachdem sie den Herzog geheiratet hatte.«

»Nun ja, ihr Bruder war so ein Tyrann, daß ihr wohl nichts anderes übrigblieb. Du bist jedoch nicht tyrannisch wie Heinrich VIII., sondern die liebste, beste Mama der Welt.«

Ich war so gerührt, daß ich um ein Haar in Tränen ausgebrochen wäre. »Alle verlassen mich und gehen aus dem Haus«, ging es mir durch den Kopf. »Jetzt bleibt mir nur noch Beatrice.« Meine Jüngste durfte ich keinesfalls verlieren, das ginge über meine Kraft.

Es bestand kein Grund, die Heirat auf die lange Bank zu schieben, also heirateten Louise und der Marquis von Lorne im März des folgenden Jahres. Ich ging an der Spitze des Hochzeitszuges. Wenn ich zu diesem Anlaß auch Diamant- und Rubinschmuck trug, so schritt ich doch schwarzgekleidet durch das Mittelschiff der Kirche, um daran zu erinnern, daß ich immer noch in Trauer war.

Wie immer bei solchen Gelegenheiten dachte ich besonders intensiv an Albert und sehnte ihn herbei. Nach der Trauung verfiel ich regelrecht in Schwermut.

Ich wurde alt, die Kinder wurden flügge. Jetzt blieb mir nur noch Beatrice. Ich hoffte inständig, daß sie immer bei mir bleiben würde.

Gladstones Tiraden hatten ihre Wirkung auf mich doch nicht ganz verfehlt. Wenn ich auch nicht vorhatte, hinfort gänzlich auf das zurückgezogene Leben zu verzichten, so fand ich mich doch immerhin bereit, das St. Thomas-Krankenhaus und die Albert Hall einzuweihen. Ich fühlte mich verpflichtet, bei der feierlichen Eröffnung der ›Royal Albert Hall‹ zugegen zu sein.

Auch an der Parlamentseröffnung nahm ich teil. Ich trug zu diesem Anlaß immerhin ein hermelinbesetztes schwarzes Kleid, das nicht mehr ganz so trostlos wirkte, und eine neue Krone, die ein entschieden freundlicheres Bild bot.

Natürlich setzte sofort Getuschel ein. Bei dieser Sitzung sollten auch Louises Mitgift und Arthurs Jahresrente zur Sprache kommen. Gleich hieß es, ich habe mich durch meine veränderte Aufmachung einschmeicheln wollen, da ich ja sozusagen mit der Sammelbüchse ankam. Wir standen nicht besonders hoch im Kurs, denn der Skandal um Bertie war noch in aller Munde, und man verübelte mir immer noch, daß ich mich so selten sehen ließ. Gladstone hatte mich immer wieder darauf hingewiesen, daß ich Gefahr lief, eines Tages ebenso zu enden wie Napoleon. Vierundfünfzig Parlamentsmitglieder sprachen sich gegen Arthurs Jahresrente aus. Für mich war das ein Schock, denn damit hatte ich nicht gerechnet.

»Die Monarchie muß für das Volk stets gegenwärtig und in greifbare Nähe gerückt sein«, hielt mir Gladstone vor. Arthur habe zwar sein Geld, doch man erwarte dafür auch eine Gegenleistung.

Ich wurde krank. Eines Morgens stelte ich beim Erwachen fest, daß mein rechter Ellenbogen stark entzündet war. Unglücklicherweise hatte ich so lange völlig zurückgezogen gelebt und immer gesundheitliche Gründe vorgeschützt, daß mir nun niemand glaubte. Das war natürlich fatal, denn so krank war ich nicht mehr gewesen, seit ich in Ramsgate Typhus gehabt hatte.

Aus London bekam ich zu hören, ich solle abdanken und den Thron für den Prinzen von Wales räumen. Die Zeitungen waren voll davon. Das lasen natürlich auch die Schotten, doch die Zeitungen in Schottland schwangen sich zum Glück zu meiner Verteidigung auf.

Dr. Jenner trat sehr für mich ein und hielt alles von mir fern. Ich hatte einen schlimmen Abszeß am Arm, der entsetzlich schmerzte und mich nachts kaum schlafen ließ. Zu allem Überfluß litt ich auch noch an Gicht und Rheumatismus. Die Gicht bewirkte, daß ich nicht mehr laufen konnte, so daß mich John Brown vom Sofa zum Bett tragen mußte.

Natürlich deprimierte mich das alles maßlos. Alfred besuchte mich, und es dauerte nicht lange, da lagen er und John Brown sich in den Haaren. Über Alfred mußte ich mich fast ebensoviel ärgern wie über Bertie. Auch er ließ sich von den Frauen leicht den Kopf verdrehen, womöglich übertraf er Bertie darin noch. Zudem war er längst nicht so umgänglich wie Bertie und sehr von sich überzeugt. Er behandelte John Brown betont herablassend oder ignorierte ihn, während mir daran gelegen war, daß man ihn nicht als Diener, sondern als Freund behandelte. Als eines Tages ein paar Geiger den Bediensteten zum Tanz aufspielten, verbot Alfred ihnen das, John Brown forderte sie jedoch zum Weiterspielen auf, was Alfred maßlos gegen ihn aufbrachte. John Brown ließ sich jedoch nicht umstimmen oder auch nur aus der Ruhe bringen.

Es kam auch noch zu einer anderen unerfreulichen Szene. Diesmal war Vickys Tochter Charlotte daran beteiligt, die in Balmoral bei uns zu Besuch war.

Als Brown ins Zimmer kam, bat ich Charlotte, ihn zu begrüßen und ihm die Hand zu geben.

Charlotte begrüßte ihn, weigerte sich aber, ihm die Hand zu geben. »Mama hat gesagt, das habe ich nicht nötig«, begründete sie ihre ablehnende Haltung.

Zwischen Vicky und mir kam es zu einem heftigen Streit darüber, wie sich ihre Kinder aufführten. Sie beharrte auf dem Standpunkt, Charlotte habe sich mit Recht geweigert, einem Bediensteten die Hand zu geben. Ich wies sie darauf hin, daß Brown kein gewöhnlicher Diener sei. Im übrigen seien Bedienstete auch Menschen. »Sie sind mir gegenüber oft viel fürsorglicher und rücksichtsvoller, als sich dies von hochgestellten Persönlichkeiten behaupten läßt«, hielt ich ihr vor.

Doch Vicky blieb bei ihrer Meinung und nahm kein Blatt vor den Mund. Sie fand, Brown spiele im Haushalt eine entschieden zu wichtige Rolle, und erinnerte mich daran, daß ich seinetwegen immer wieder ins Gerede kam. Das war höchst unerfreulich, vor allem die Geschichte mit Alfred und den Musikanten.

Brown entschuldigte sich tatsächlich. Er konnte sich wohl denken, daß mich die Angelegenheit bedrückte. Dankbar versicherte ich ihm: »Jetzt ist Prinz Alfred wieder versöhnt.« Die Antwort, die er mir gab, war typisch für ihn. »So? Na, dann muß ich mich wohl auch zufriedengeben.« Ich quittierte das mit einem Lächeln.

»Wozu legt man sich überhaupt Kinder zu?« fragte ich mich wieder einmal. »Bis sie auf der Welt sind, leidet die Mutter wie ein Vieh. Als kleine Kinder mögen sie ja noch ganz amüsant sein. Baby ist dafür das beste Beispiel. Doch wenn sie dann größer werden, machen sie einem nur noch Kummer.«

Mir geriet ein Flugblatt in die Finger. Es stammte offensichtlich von einem liberalen Parlamentsmitglied. ›Was fängt sie nur damit an?‹ las ich entrüstet.

Es ging um die 385000 Pfund der Zivilliste, der zur Bestreitung des königlichen Haushalts bewilligten Beträge sowie weiterer Einkünfte, die auf ca. 200000 Pfund geschätzt wurden. Eine bodenlose Frechheit! Die Leute schreckten wirklich vor nichts zurück.

Ende September ging es mir dann wieder etwas besser, wenn ich beim Gehen auch noch immer Schmerzen hatte und das Rheuma mir sehr zu schaffen machte. Ich hatte mehr als zwanzig Pfund abgenommen, was mich natürlich freute, konnte ich den böswilligen Verleumdern damit doch beweisen, daß ich keine Simulantin war.

Als ich mich wieder ein wenig besser fühlte, kam mir zu Ohren, daß ein gewisser Sir Charles Dilke in Newcastle eine Rede gehalten hatte und fürchterlich über mich hergezogen war. Er hatte den Zuhörern eingeredet, ich hätte vollkommen versagt. Seit dem Tod des Prinzgemahls habe man mich kaum mehr zu Gesicht bekommen. Die Monarchie sei zu nichts nutze, man solle sie bald abschaffen und England zur Republik erklären. Das sei entschieden billiger, als sich eine Königin zu halten.

Diese aufwieglerischen Worte konnten mir in der Tat gefährlich werden; daher plädierte ich dafür, Dilke aus der Partei auszustoßen.

Doch damit nicht genug; mich traf auch noch ein anderer Schicksalsschlag. Der Dezember rückte näher, für mich die schlimmste Zeit im Jahr, in der mich immer düstere Gedanken quälten. Am 14. Dezember war Albert von mir gegangen. Daher verfiel ich jedes Jahr um diese Zeit in Schwermut.

Ich erhielt die beängstigende Nachricht, Bertie sei erkrankt. Die Ärzte diagnostizierten Typhus, die gefürchtete Krankheit, der Albert erlegen war. Nun drohte sie auch Bertie noch dahinzuraffen!

Ich nahm den Zug nach Sandringham, Brown reiste mit mir. Er gab sich noch schroffer als gewöhnlich, denn er wußte ja um meinen Kummer und sorgte sich um mich.

In Sandringham wimmelte es von Menschen. Zum Glück war Alice da. Sie war ja oft bei uns. Der arme Louis war nicht gerade ein guter Fang gewesen, und durch diesen gräßlichen Bismarck war sie jetzt regelrecht verarmt.

Alice verstand es bestens, Alexandra zu trösten, die um Bertie zitterte und bangte. Sie erzählte mir, Bertie sei bei Lord Londesborough in Scarborough zu Besuch gewesen. Auch Lord Chesterfield sei dort zu Gast gewesen und inzwischen ebenfalls erkrankt. Deshalb sei nicht auszuschließen, daß mit der Kanalisation der Londesboroughs etwas nicht in Ordnung sei.

Ich durchlebte den ganzen Alptraum noch einmal. Auch diesmal machte mir das unwirtliche Wetter wieder sehr zu schaffen. In Sandringham lag sogar Schnee. Die ärztlichen Bulletins klangen immer alarmierender. Einer der Diener, die Bertie nach Scarborough begleitet hatten, war inzwischen auch an Typhus erkrankt.

Natürlich besuchte ich meinen Sohn am Krankenbett. Der ansonsten so unbeschwerte Prince of Wales war kaum mehr wiederzuerkennen. Sein Gesicht war rot und aufgedunsen, seine Augen strahlten in einem unnatürlichen Glanz, und er murmelte unverständliche Worte vor sich hin.

»Der vierzehnte Dezember rückt immer näher«, dachte ich.

Die ganze Nation bangte und zitterte um Bertie. Aus dem lasterhaften Liederjan, dem Verführer, der sich die königlichen Privilegien zunutze machte, war ein Held geworden. Der leichtlebige, stets gutgelaunte Prinz ein Volksheld!

So konnte eine lebensgefährliche, ansteckende Krankheit einen Sünder in einen Heiligen verwandeln.

Natürlich standen ihm die besten Ärzte zur Verfügung. In erster Linie mein Leibarzt Dr. Jenner, doch darüber hinaus hatte Alexandra auch noch Dr. Gull, Dr. Clayton und Dr. Lowe hinzugezogen.

Bertie hatte Fieberfantasien. Ständig nannte er die Namen

irgendwelcher Leute, darunter auch die von Frauen. Offenbar hielt er sich für den König, was nur bedeuten konnte, daß ich schon tot war. Er sprudelte vor Lebhaftigkeit schier über, sein rasselndes Lachen erschreckte mich zutiefst. Das mitanzusehen brachte mich an den Rand der Verzweiflung.

Die Ärzte bestanden darauf, einen Wandschirm zwischen mir und dem Krankenbett aufzustellen, mit der Begründung, die Krankheit sei hochgradig ansteckend.

Als sich Bertie bereits auf dem Weg der Besserung befand, erlitt er noch einmal einen Rückfall.

Die Zeitungen berichteten fast nur noch vom Gesundheitszustand des ›guten alten Teddy‹. Er wurde Teddy genannt, weil er für das Volk Edward und nicht Albert war. Die Leute wollten keinen König Albert. Bertie sollte Edward VII. sein.

Eine unheimliche Spannung lag in der Luft. Die Zeitungen riefen ihren Lesern ins Gedächtnis, daß der Prinzgemahl am 14. gestorben war, daher warteten nun alle wie gebannt auf den vierzehnten Dezember.

Die Leute waren davon überzeugt, daß Bertie genau wie sein Vater am vierzehnten Dezember sterben würde. Überall im Lande betete man für Bertie. Alexandra ging in die Kirche von Sandringham, um dort für ihren Mann zu beten.

Wir alle empfanden es als Wohltat, Alice um uns zu haben. Ruhig und gelassen bewegte sie sich durch das Krankenzimmer und war den Ärzten und damit auch Bertie eine große Hilfe. Sie gab eine hervorragende Krankenschwester ab. Darin hatte sie ja auch Übung, seit Bismarck halb Europa in einen Krieg verwickelt hatte. Alexandra war wirklich eine rührend gute Ehefrau. Trotz allem, was ihr Bertie angetan hatte, liebte sie ihn von ganzem Herzen. Wenn mein Mann mich ständig betrogen hätte, so hätte ich ihn wohl kaum geliebt. Andererseits war das eine absurde Vorstellung. Albert wäre mir unter keinen Umständen untreu geworden.

An den 13. Dezember erinnere ich mich noch gut. Bertie war in einer schrecklichen Verfassung, es ging ständig bergab mit ihm.

Inzwischen waren sowohl Lord Chesterfield als auch Berties Diener dem Typhus erlegen, obwohl Alexandra dafür gesorgt hatte, daß auch dem Diener die bestmögliche Pflege zuteil wurde. Da das alles nichts geholfen hatte, befürchteten wir nun für Bertie auch das Schlimmste.

Der vierzehnte Dezember stand vor der Tür.

Sir Henry Ponsonby meinte, der Prinz würde bestimmt wieder gesund. So einen Zufall gäbe es doch gar nicht, daß er am gleichen Tag starb wie sein Vater.

Ich klammerte mich an jeden Strohhalm, doch die Angst um Bertie ließ mich nicht mehr los. Ich betete unaufhörlich darum, mir meinen Sohn zu lassen.

An dem gefürchteten vierzehnten Dezember schien das ganze Land den Atem anzuhalten, während Bertie um sein Leben kämpfte.

Als er so mit dem Tode rang, geschah ein Wunder, und er überstand die Krise. Der vierzehnte Dezember verstrich, der fünfzehnte brach an, und er befand sich ganz eindeutig auf dem Weg der Besserung. Am nächsten Tag erkannte er mich bereits wieder.

Bertie begrüßte mich mit einem Lächeln und küßte mir die Hand. »Liebe Mama«, sagte er, »wie freue ich mich, dich zu sehen. Warst du die ganze Zeit hier?«

»Ach, Bertie«, stammelte ich und schluchzte haltlos.

Alle früheren Streitigkeiten waren vergessen. Bertie lebte, nichts sonst zählte.

Ich schlug einen Dankgottesdienst vor, an dem sich das ganze Land beteiligen sollte.

In einem Brief bedankte ich mich bei dem Volk für seine Liebe und Fürsorge. Wir waren nun wieder sehr beliebt. Was der widerwärtige Charles Dilke wohl dazu sagte? Von der Abschaffung der Monarchie konnte nun nicht mehr die Rede sein, dafür hatte der Typhus gesorgt! Wir würden ihm und seinen Gesinnungsgenossen zeigen, daß das Volk uns liebte und fest zu uns hielt. Die Tatsache, daß sich die Menschen so um Bertie gesorgt hatten, war doch der beste Beweis dafür.

Bis Ende Februar hatte sich Bertie immerhin soweit erholt, daß er an dem Dankgottesdienst teilnehmen konnte. In der

Kutsche saß er neben mir. Die Jubelrufe der Menschenmassen waren herzerwärmend.

»Gott segne die Königin! Gott segne den Prinzen von Wales!«

Jetzt hielten sie wieder zu uns, weil sie Bertie um ein Haar verloren hätten.

In den Augen der Ärzte grenzte Berties Genesung an ein Wunder. Wer so schwer an Typhus erkrankte, überlebte für gewöhnlich nicht. Gott war ihm gnädig gewesen und hatte das Volk erhört, als es ihn angefleht hatte: »Gott erhalte uns den Prinzen von Wales.«

In der Gegend um Temple Bar drängten sich die Menschen am dichtesten. Ich ließ die Kutsche halten, ergriff Berties Hand und küßte sie. Zunächst schwieg das Volk ergriffen, dann kannte der Jubel keine Grenzen.

Auf der Weiterfahrt zur St.-Paul's-Kathedrale dachte ich an Gladstones Prophezeiungen. Der Jubel, der uns umbrandete, würde ihm zeigen, daß die Monarchie viel tiefer verwurzelt war, als er glaubte. Doch es hatte erst um ein Haar zu einer Tragödie kommen müssen, damit das Volk begriff, wie sehr wir zu seinem Leben gehörten. Zum Glück war Bertie noch einmal davongekommen.

»Aus dem Leiden erwächst uns oft große Freude«, hätte Albert wohl dazu bemerkt.

Am nächsten Tag kam es jedoch zu einem besorgniserregenden Vorfall.

Ich fuhr mit Arthur in der Kutsche. John Brown saß auf dem Kutschbock, und während ich gerade daran dachte, wie gut der Dankgottesdienst verlaufen war, braute sich etwas zusammen. Irgendwie wiegte ich mich in der Hoffnung, daß diese schreckliche Erfahrung Bertie läutern würde. Alexandra hatte treu zu ihm gehalten. Hoffentlich würde er jetzt endlich erkennen, was er an ihr hatte und sich nicht mehr mit den losen Frauen einlassen, zu denen er sich so stark hingezogen fühlte. Es wurde langsam Zeit, sich seiner schönen tugendhaften Frau zu widmen.

Es setzte mich immer wieder in Erstaunen, wie Alexandra

an Bertie hing, und den Kindern erging es ebenso. Sie umringten ihn, wann immer er sich blicken ließ, doch hatten sie nicht den leisesten Respekt vor ihm, und auch er ging ganz ungezwungen und locker mit ihnen um. Es machte mir sogar Spaß, sie miteinander zu beobachten; doch ob das die richtige Kindererziehung war? Albert hatte das so ganz anders gehandhabt.

Plötzlich erspähte ich einen jungen Mann ganz in der Nähe der Kutsche... gefährlich nah. Er starrte mich eindringlich an und richtete seine Pistole auf mich.

Die Zeit schien stillzustehen, ich war wie gelähmt. Es war nicht das erstemal, daß ich dem Tod ins Gesicht sah. Mein Leben war schon öfter in Gefahr gewesen.

Brown sprang mit einem Satz vom Kutschbock. Er rang mit dem jungen Mann und warf ihn zu Boden. Auch Arthur sprang aus der Kutsche und packte den Mann, den Brown schon überwältigt hatte.

Ich zitterte noch im nachhinein. Die Menschen kamen in Scharen herbeigestürzt und drängten sich um den Missetäter. Der Mann, der auf mich hatte schießen wollen, wurde abgeführt.

Brown sah mich besorgt an. »Alles in Ordnung, gute Frau?«

»Mein lieber Brown, Sie haben mir das Leben gerettet«, sagte ich ergriffen.

Doch Brown brummelte nur vor sich hin, und wir fuhren zum Palast zurück.

Dort begab ich mich auf Anraten aller unverzüglich zu Bett. Ich glaube, das war der sechste Mordanschlag auf mich. Alle Attentate konnten bisher vereitelt werden. Allerdings hatten die Missetäter mich nicht immer töten wollen, doch das änderte nichts an dem Schock, den mir so ein Vorfall jedesmal versetzte. Was mochte diesen jungen Mann dazu bewogen haben, die Waffe auf mich zu richten?

Es dauerte nicht lange, da sprach Gladstone bei mir vor.

Bei dem Attentäter handelte es sich um einen Iren namens Arthur O'Connor. Genaugenommen konnte man von einem

Mordanschlag nicht sprechen, denn die Pistole war nicht geladen.

»Das mindert aber nicht den Mut John Browns, der blitzschnell eingegriffen hat«, bemerkte ich.

Gladstone neigte den Kopf.

»Diese Treue!« fuhr ich fort. »Dieser Todesmut!«

»O'Connor hat ausgesagt, er habe Euch nur erschrecken wollen, damit Ihr die gefangenen Fenier wieder freilaßt, die Aufständischen des Geheimbundes, der sich für die Loslösung Irlands von England einsetzt. O'Connor wollte Euch also nur aufrütteln und einen Schreck einjagen.«

Browns tapferes Eintreten für mich rührte mich zutiefst; dafür wollte ich mich erkenntlich zeigen; indem ich ihm einen Orden verlieh und ihm zusätzlich fünfundzwanzig Pfund pro Jahr gewährte.

Als sich das herumsprach, erinnerte Bertie mich daran, daß Arthur auch von der Kutsche gesprungen war und mit O'Connor gerungen hatte. Er konnte John Brown nach wie vor nicht ausstehen.

»Ja, aber erst, nachdem John Brown O'Connor bereits überwältigt hatte.«

»Daß Arthur ebenfalls sehr mutig war, wird gar nicht anerkannt. In deinen Augen ist nur Brown ein Held.«

»Das stimmt doch gar nicht. Ich lasse für Arthur eine goldene Nadel anfertigen, die ihn stets daran erinnern soll, daß ich seine Bemühungen um mich durchaus zu schätzen weiß.«

»Nun, das ist ja immerhin etwas, wenn auch nicht mit einer Goldmedaille und fünfundzwanzig Pfund pro Jahr vergleichbar. Aber besser als gar nichts, das muß ich zugeben.«

»Was sollte Arthur denn mit einer Goldmedaille und fünfundzwanzig Pfund pro Jahr? Es war alles andere als einfach, seine Jahresrente durchzusetzen. Kinder sind zuweilen ganz schön undankbar, und ich weiß wirklich nicht, warum ihr alle immer über den armen Brown herzieht. Er widmet mir entschieden mehr Aufmerksamkeit und sorgt sich mehr um mich als irgendeines meiner Kinder.«

Bertie verdrehte die Augen und sagte spöttisch: »Der edle,

uneigennützige John Brown! Ich werde mich hüten, je wieder etwas gegen ihn zu sagen.«

Bertie war wirklich unerträglich und gar nicht mehr zu bändigen. Die Aufmerksamkeit und Sorgfalt, die wir ihm während seiner Krankheit hatten angedeihen lassen, waren ihm offenbar zu Kopf gestiegen.

Gladstone kam, um mir zu berichten, O'Connor sei zu einem Jahr Gefängnisstrafe verurteilt worden.

Ich war entsetzt. »Was, nur ein Jahr? Und wenn er es nach seiner Entlassung noch einmal versucht? Mir wäre es entschieden lieber, wenn er deportiert würde. Ich möchte auch nicht, daß er streng bestraft wird. Schließlich ist er ja verrückt – aber mir ist nicht wohl bei dem Gedanken, daß er in England bleibt.«

Da hielt mir Gladstone doch tatsächlich einen Vortrag über den Sinn der Gesetze und wies mich darauf hin, daß an einem vom Gericht gefällten Urteil nicht mehr zu rütteln war. Da man meine Befürchtungen jedoch verstand, bot man O'Connor Geld für die Fahrt ins Ausland an, so daß er England den Rücken kehren konnte, anstatt seine Strafe abzusitzen.

Dazu erklärte er sich gern bereit. Sobald er außer Landes war, fühlte ich mich sicherer.

Feodora schrieb mir einen todtraurigen Brief, in dem sie mich bat, sie möglichst bald zu besuchen, weil es sonst vielleicht zu spät sei und wir uns nie mehr wiedersehen würden.

»Ich bin sehr krank«, schrieb sie, »und eine innere Stimme sagt mir, daß mir nicht mehr viel Zeit bleibt. Vor meinem Tod möchte ich Dich noch einmal sehen, um Dir auf Wiedersehen zu sagen.«

Als ich Gladstone darauf vorbereitete, daß ich nach Baden-Baden reisen wollte, schüttelte er den Kopf und hielt mir wieder einen Vortrag.

Durch Berties Krankheit und den Mordanschlag auf mich seien wir beim Volk jetzt wieder viel beliebter, meinte er. Wir müßten dafür sorgen, daß das auch so blieb, dürften also nichts tun, wodurch wir Gefahr liefen, uns beim Volk wieder unbeliebt zu machen.

»Aber meine Schwester ist sehr krank, liegt vielleicht im Sterben, ich möchte sie noch einmal sehen«, beharrte ich auf meinem Wunsch.

Trotz seiner Einwände reiste ich zu Feodora.

Ich fand sie ganz verändert vor. Das ehemals so strahlend schöne Mädchen war nicht mehr wiederzuerkennen. Ich sah sie vor mir, wie sie glücklich und sehr verliebt mit unserem Vetter Augustus durch den Park geschlendert war, während ich in aller Unschuld die Blumen gegossen hatte.

Feodora war ziemlich korpulent geworden, von ihr ging kein Glanz mehr aus. Sie wirkte fahl und ermattet. Ich sah gleich, daß sie sehr krank war.

»Ich bin froh, daß ich gekommen bin«, flüsterte ich.

Ein sehnsüchtiger Blick trat in ihre Augen, wenn sie von früher sprach. »Du warst ein entzückendes kleines Mädchen«, sagte sie. »So warmherzig, so liebevoll und voller Unschuld. Ich war ganz vernarrt in meine kleine Schwester.«

Der Besuch bei Feodora machte mich unendlich traurig, denn wir wußten beide, daß wir uns nicht wiedersehen würden. Wenn sie von früheren Zeiten sprach, vermied sie es, an das zu denken, was ihr blühte.

»Onkel George hat sich damals sehr für dich interessiert«, rief ich ihr ins Gedächtnis. »Du hättest ebensogut Königin von England werden können. Ganz bestimmt – wenn Mama nur gewollt hätte.«

»Mama hat *dir* diese Rolle aber zugedacht.«

»Kein Wunder«, sagte ich. »Denn sie selbst wollte ja durch mich das Zepter führen. Mit dir als Königin an der Seite von Onkel George wäre ihr das versagt geblieben.«

»Schwesterchen, hast du dir jemals überlegt, daß es im Leben immer Hunderte von Möglichkeiten gibt? Hätte man dies oder jenes getan, und zwar zu einem ganz bestimmten Zeitpunkt, so wäre das Leben ganz anders verlaufen.«

Ich gestand ihr, daß mir das auch schon durch den Kopf gegangen war.

Die Tage vergingen wie im Flug. Manchmal fuhren wir in

der Kutsche aus. Zum Laufen oder Reiten war Feodora nicht kräftig genug.

»Aber du brauchst mir nicht ständig Gesellschaft zu leisten«, sagte sie eines Tages.

»Meine liebe Schwester, ich bin ja schließlich hergekommen, um dich zu besuchen«, wandte ich ein. »Du kannst dir gar nicht vorstellen, was für finstere Blicke mir mein Premierminister zugeworfen hat, als er erkannte, daß ich nicht davon abzubringen war.«

»Mit Mr. Gladstone kommst du anscheinend nicht gut aus. Hier hält man viel von ihm. Er soll sehr stark sein; sein Durchsetzungsvermögen wird gerühmt.«

»Ja, stark ist er wohl, trotzdem fühle ich mich in seiner Gegenwart sehr unbehaglich, und wir können einfach nicht miteinander reden, weil wir zu verschieden sind. Hätten die Leute Disraeli doch bloß nicht gehen lassen!«

Feodora lachte schallend, als ich Gladstone und seine Art zu reden parodierte. »Wenn er loslegt, habe ich immer das Gefühl, als ob er eine Rede vor einer Vielzahl von Zuhörern hielte. Seine Frau ist ein sehr angenehmer Mensch, und sie tut mir schrecklich leid. Ich kann mir gar nicht vorstellen, wie sie es mit ihm aushält.«

»Vielleicht liebt sie ihn.«

»Ja, es sieht fast so aus.«

»Sie sieht ihn wahrscheinlich mit ganz anderen Augen.«

Oft glaubte ich zu träumen und vergaß ganz, wie krank Feodora war. Sie bestand darauf, daß ich mir die Stadt ansah. Man zeigte mir die Schlupfwinkel einiger der übelsten Kreaturen beiderlei Geschlechts in ganz Europa. Vor allem aber erinnere ich mich noch an ein Folterinstrument, das zur Zeit der Inquisition zur Anwendung gekommen war. Es nannte sich Eiserne Jungfrau. Ein Kasten, in dem Messer installiert waren. Stellte man einen angeblichen Ketzer hinein und schloß den Kasten, so bohrten sich ihm bzw. ihr die Messer in den Leib, was die armen Opfer wohl kaum je überlebten.

So etwas Entsetzliches hatte ich noch nie gesehen, und ich werde es nie vergessen.

Schließlich mußte ich von Feodora Abschied nehmen. Wir

umarmten uns zärtlich in dem Bewußtsein, daß es jetzt sehr tapfer zu sein galt, denn wir würden uns gewiß nicht wiedersehen. Wir waren immer die besten Freundinnen gewesen. Nur ein einziges Mal war es zwischen uns zu einem Mißklang gekommen, und zwar wegen Schleswig-Holstein. Da hatte sie mich gebeten, den Mann ihrer Tochter zu unterstützen, doch das war mir nicht möglich gewesen.

Diese elenden Kriege trieben immer einen Keil zwischen die einzelnen Familienmitglieder. Doch wir hegten deswegen schon lange keinen Groll mehr. Zärtlich und voller Liebe nahmen wir Abschied voneinander.

Gleich nach meiner Rückkehr ging mir Gladstone wieder auf die Nerven. Er stand vor mir, wippte auf und ab, hielt mir endlose Vorträge und fand wieder einmal kein Ende. Diesmal ging es um Bertie. Er meinte, das Volk würde es zu schätzen wissen, wenn der Prinz von Wales irgendeiner Tätigkeit nachginge.

»Er soll arbeiten? Was schwebt Ihnen denn da vor?« erkundigte ich mich verärgert.

Gladstone erinnerte mich daran, daß Berties Vater sich für die Kunst und auch für die Wissenschaft interessiert hatte. »Der Prinzgemahl hat zum Beispiel viel von Architektur verstanden«, fügte er hinzu.

»Leider ist der Prinz von Wales seinem Vater aber nicht sehr ähnlich«, sagte ich bedauernd. »Hätte er mehr von seinem Vater, so bräuchten wir uns sicher nicht solche Sorgen um ihn zu machen.

»Vielleicht könnte er sich als Philanthrop bewähren«, meinte Gladstone, »sich einer guten Sache, einem wohltätigen Zweck widmen.« Er sprach dozierend auf mich ein und tat, als wisse ich nicht, was ein Philanthrop sei. Er war wirklich ein Plage, und ich konnte es kaum erwarten, ihn wieder loszuwerden.

Schließlich fiel ich ihm ins Wort. »Es hat wenig Sinn, sich Illusionen hinzugeben, was den Prinz von Wales angeht. Soviel ich weiß, ist er ein guter Botschafter bzw. Gesandter. Auf so etwas versteht er sich, aber es erscheint mir völlig hoffnungslos, ihn dahin bringen zu wollen, daß er sich den Künsten oder Wissenschaften widmet oder sich als Philanthrop bestätigt. So etwas liegt ihm einfach nicht.«

Das mußte Gladstone einsehen, obwohl er das nicht so ohne weiteres zugab. Jedenfalls nahmen wir uns vor, erst einmal alles auf sich beruhen zu lassen.

Ein Unglück kommt selten allein, und so starb nicht nur die arme Feodora, womit ich ja gerechnet hatte, sondern auch Napoleon III. Es machte mich sehr traurig, daß ein Mann mit so grandiosen Plänen im Exil in Chichester hatte sterben müssen.

Ganz besonders aber betrübte mich der Tod der Gräfin Beaconsfield. Der arme Disraeli war untröstlich, dieser hochsensible Mensch. Er schrieb mir lange Briefe, und ich bekundete ihm mein Mitgefühl. Niemand verstand seinen Kummer besser als ich, wenn es auch schon Jahre zurücklag, daß ich meinen Partner verloren hatte. Sicher verstanden nur wenige Menschen, wie sehr er um sie trauerte. Kaum jemand konnte ihm seine Verzweiflung nachfühlen, da war ich mir ziemlich sicher.

Er schrieb mir, sie sei einundachtzig Jahre alt geworden. Nun, das war doch immerhin ein beträchtliches Alter. Disraeli selbst war achtundsechzig. ›Natürlich wußte ich, daß sie vor mir sterben würde‹, schrieb er mir. ›Doch das mindert meinen Kummer nicht, macht diesen schweren Schlag nicht leichter.‹ Der arme, arme Disraeli. Der Herz blutete mir, wenn ich an ihn dachte.

Seine Briefe erschienen mir als wahre Meisterwerke, rissen alte Wunden wieder auf. Ständig wurde ich durch sie daran erinnert, daß auch ich einen schweren Verlust erlitten hatte. Uns verband das gleiche Schicksal. Daran erinnerte ich Disraeli in einem meiner Briefe. Der Tod seiner Frau schien ihn mir noch näherzubringen.

Doch mit dem Tode dieser Menschen hatte man rechnen müssen, so z. B. mit dem Tod von Napoleon III., der am 9. Januar 1873 starb. Dann starb jedoch ein kleines Wesen, dessen Tod ich als besonders tragisch empfand.

Ich litt mit meiner Lieblingstochter Alice. Sie hatte sieben

Kinder. Ich hielt das für übertrieben, doch Alice liebte sie alle abgöttisch und hatte auch gegen die Schwangerschaften und Geburten nicht entfernt soviel einzuwenden wie ich seinerzeit. Sie fand sich einfach damit ab und hielt die Unbequemlichkeit und Qual für lohnend.

Als ich erfuhr, was geschehen war, konnte ich es kaum glauben. Alice war in den Hof gegangen. Ihr kleiner Friedrich Wilhelm, ungefähr drei Jahre alt, sah sie von oben und rief ihr etwas zu. Dabei beugte er sich zu weit aus dem Fenster, fiel hinaus und landete auf dem Kopfsteinpflaster.

Kurz darauf war er gestorben. Alice war untröstlich, und ich litt mit ihr. Was für ein Glück, daß sie noch mehr Kinder hatte.

Seit ihrer Eheschließung war das arme Mädchen schon vom Pech verfolgt. Sie hatte ohnehin unter ihrem Stande geheiratet – ganz im Gegensatz zu Vicky, die die Frau des Kronprinzen von Preußen war –, und einen Großteil dessen, was Louis bei der Eheschließung besessen hatte, hatte er später eingebüßt, durch die Schuld von Bismarck. Wie mir dieser Erzschurke zuwider war!

Seit ihrer Heirat standen Alice und ich uns nicht mehr so nahe. Ein paarmal war es sogar zum Streit gekommen. So hatte ich ihr zum Beispiel Vorhaltungen gemacht, weil sie darauf bestanden hatte, ihre Kinder selbst zu stillen, anstatt das einer Amme zu überlassen. Ich fand das erniedrigend. Stellte man sich damit nicht auf eine Stufe mit einer Kuh? Wie irrwitzig die Natur so manches eingerichtet hatte. Doch Alice ließ sich nicht beirren und nicht davon abbringen, ihre Kinder selbst zu stillen. Sie behauptete, dadurch habe sie die Kinder vor der Ruhr bewahrt. Außerdem fand ich, sie habe ihre Kinder zu rasch hintereinander bekommen. Natürlich duldete sie es nicht, daß ich mich da einmischte, und gab mir das auch ziemlich deutlich zu verstehen.

Sie vergaß Vickys Geburtstag, was Vicky ihr sehr verübelte. Ich lud Alice deshalb nicht nach England ein, als Vicky bei mir war, weil ich fürchtete, daß es zwischen den Schwestern zu Unstimmigkeiten kommen könnte.

Ich war auch davon überzeugt, daß sie und Alfred ein

Komplott geschmiedet hatten, um mich davon abzubringen, daß ich weiterhin so zurückgezogen lebte. Ich vergaß zwar nie, daß ich an Alice immer am meisten gehangen hatte, doch seit ihrer Heirat war eine Entfremdung eingetreten.

Alfred schien es wie Bertie bestimmt zu sein, ständig Ärger zu machen. Er sollte natürlich heiraten, aber er traf mit schöner Regelmäßigkeit immer die unmöglichste Wahl. Vor einer Weile hatte er überlegt, ob er nicht Frederika heiraten sollte, die Tochter meines blinden Vetters George, der in Hannover entthront worden war.

Ich hatte mich ganz entschieden dagegen ausgesprochen. Da ihr Vater blind war, bestand die Möglichkeit, daß die Krankheit durch seine Tochter übertragen wurde. Da Alfred ohnehin noch nicht fest entschlossen war, ließ er sich rasch umstimmen. Dann verliebte er sich in eine Bürgerliche. Allmählich begann ich zu befürchten, er könne noch mehr Ärger machen als sein Bruder Bertie.

Doch dann war es ihm auf einmal wirklich ernst. Seine Wahl war auf die Tochter des Zaren gefallen.

Meine Begeisterung hielt sich in Grenzen, um es milde auszudrücken. Die Russen waren unsere Feinde gewesen, und ich traute ihnen nicht so recht. Dagegen erschien mir Frederika fast noch als das kleinere Übel. Ich hatte meinen blinden Cousin einmal sehr gern gehabt, und Frederika war ein sehr liebenswertes Mädchen. Doch Alfred, dieser wankelmütige Bursche, hatte Frederika längst vergessen und versteifte sich auf Maria, die Zarentochter.

Der Zar war anfänglich nicht erpicht darauf gewesen, Alfred seine Tochter zur Frau zu geben, doch dann hatte er es sich offensichtlich anders überlegt. Durch unseren Botschafter in Rußland kamen mir Gerüchte zu Ohren, Maria habe eine Affäre mit dem Prinzen Golitzin gehabt, und nicht nur mit ihm. Der Zar wolle sie daher möglichst bald unter die Haube bringen. Daher also war er plötzlich mit der Heirat einverstanden.

Mir war das natürlich gar nicht recht, und da Alfred so ein schwacher Mensch war, mußte ich ihn zur Vernunft bringen. Was seine Vergangenheit anging, so forschte man besser gar nicht näher nach. Für mich sprachen mehrere Gründe gegen diese Ehe. Die Russen waren halbe Orientalen, ein zügelloses Volk, und von den Romanows hielt ich ohnehin nicht viel. Außerdem gäbe es im Falle einer Heirat eine russisch-orthodoxe Trauung. Nein, ich war strikt dagegen.

Inzwischen schienen es sich die Russen auch wieder anders überlegt zu haben und waren gar nicht mehr so erpicht auf diese Heirat. Sie schwankten und konnten sich nicht entscheiden. Ich hoffte, Alfreds Stolz werde es nicht zulassen, sich weiter auf diese Ehe zu versteifen. Doch er fegte alle Einwände beiseite und verfolgte sein Ziel mit einem Eifer und einer Zähigkeit, wie er sie noch nie an den Tag gelegt hatte. »Wäre er nur auch in anderen Dingen so zielstrebig«, seufzte ich.

Zu meinem Kummer galten sie bald als offiziell verlobt. Ich lud Marie daraufhin nach Balmoral ein. Der Zar brüskierte mich, indem er das ablehnte, mit der Begründung, er denke nicht daran, mir seine Tochter zwecks Begutachtung und Genehmigung vorzuführen. Im Anschluß daran schlug die Zarin eine Zusammenkunft in Köln vor.

»Was für eine Unverschämtheit«, fuhr ich auf. »Sie erwarten doch wohl nicht im Ernst, daß *ich ihr* nachlaufe.«

Ich reagierte auch wütend, als mir Alice riet (mir, der Königin), mich doch mit der Zarin und ihrer Tochter in Köln zu treffen. »Die Zarin leidet weit mehr unter der Hitze als du, Mama, und das Reisen strengt sie furchtbar an. Da ist es doch nur fair, wenn Ihr Euch auf halbem Wege trefft.«

Fair! Ich griff nach meiner Feder und schrieb meiner Tochter:

›Wie ich sehe, stehst Du ganz auf der Seite der Russen. Ich sitze jedoch schon fast zwanzig Jahre länger auf dem Thron als der Zar. Kein lebender Herrscher kann sich einer so langen Regierungszeit rühmen wie ich. Ich bin regierende Monarchin, die Zarin hingegen nicht, und da solltest du mir nicht vorschreiben, was ich zu tun und zu lassen habe, liebes Kind. Das weiß ich nämlich selbst am besten. Du mußt bedenken, daß ich nicht irgendeine kleine Prinzessin bin, die auf den leisesten Wink der allmächtigen Russen alles stehen und liegen läßt und sich eiligst auf den Weg macht.‹

Bertie und Alexandra waren natürlich für die Ehe mit der russischen Prinzessin, weil Alexandras Schwester Dagmar mit dem Zarewitsch verheiratet war. Bertie lud sie nach England ein, und sie nahmen die Einladung gern an. Ich fand beide ausgesprochen liebenswert, und meine Animosität den Russen gegenüber verflüchtigte sich ein wenig. Alexandras Schwester Dagmar war ein entzückendes Geschöpf, wenn auch nicht so schön wie Alexandra. Die beiden Schwestern liebten sich offensichtlich sehr, und ich erwärmte mich immer mehr für sie und ihren Gatten.

Als ich Prinzessin Maria dann schließlich kennenlernte, konnte ich feststellen, daß sie ein warmherziger, liebevoller Mensch war, und bald war ich davon überzeugt, daß sie Alfred eine gute Frau sein würde. Die englischen Sitten und Gebräuche würde sie sich bestimmt in kürzester Zeit aneignen. Und Alfred brauchte weiß Gott einen Menschen, der mäßigend auf ihn wirkte.

Ich unterhielt mich eingehend mit Alfred, wies ihn auf die Pflichten und die Verantwortung hin, die eine Ehe mit sich brachte, und gab der Hoffnung Ausdruck, daß er sich grundlegend ändern würde, sobald er verheiratet war. Ich fürchte jedoch, daß das keinen großen Eindruck auf ihn machte.

Schließlich heirateten Alfred und Maria in Petersburg. Ich schickte meinen lieben Freund Dean Stanley nach Rußland, damit er die beiden nach dem anglikanischen Ritus traute. Es war in jeder Hinsicht ein großartiges Fest.

Wie wankelmütig die Menschen doch sind! Diejenigen, die Gladstones Politik noch vor ein paar Jahren befürwortet hatten, wollten nun nichts mehr von ihm wissen.

Ihm waren die Anzeichen von Schwäche bei den Liberalen nicht verborgen geblieben; er sah ein, daß sie nicht mehr genügend Macht besaßen, um die Regierung zu bilden.

Als er bei mir vorsprach, überschüttete er mich wieder mit einer seiner nicht endenwollenden Litaneien, doch diesmal hörte ich ihm zu, weil er offensichtlich daran dachte, sein

Amt zur Verfügung zu stellen. Das Gesetz hinsichtlich der irischen Universitäten, das sein Werk war, führte zu Unstimmigkeiten, und mehrere Kandidaten der Liberalen waren bei Nachwahlen abgeschmettert worden. Ich muß allerdings zugeben, daß Gladstone ein großer Reformator war, und wenn die Leute auch anfänglich immer sehr dafür zu haben sind, so stellen sie doch später meistens fest, daß sich die Reformen nicht so auswirken, wie sie ursprünglich gedacht waren.

Als ich gerade die Berichte über Alfreds glanzvolle Hochzeit las, erfuhr ich durch ein Telegramm von Gladstone, daß das Kabinett beschlossen hatte, das Parlament aufzulösen.

Es kam zu Neuwahlen. Gladstone behielt zwar seinen Sitz, doch die Tories konnten einen triumphalen Sieg verzeichnen.

Ungeduldig wartete ich darauf, daß mir mein neuer Premierminister seine Aufwartung machte.

Disraeli war gealtert. Der Kummer wegen des Todes seiner Frau hatte tiefe Spuren hinterlassen, das fiel mir sofort auf. Als ich ihm die Hand zum Kuß hinstreckte, legte ich die andere Hand auf sein gebeugtes Haupt und sagte: »Was für eine Freude, Sie wieder um mich zu haben, mein lieber Mr. Disraeli!«

»Damit bricht für mich ein neues Leben an, Madam«, erwiderte er gerührt.

Ich wußte natürlich, was er damit sagen wollte. Es würde ihn ein wenig von seinem Kummer ablenken, mir wieder zur Seite zu stehen.

Nun, da mich Disraeli wieder regelmäßig aufsuchte, hatte auch ich wieder viel mehr Freude am Leben. Wir hatten zwar auch in Verbindung gestanden, während er jahrelang der Opposition angehörte, denn wir schrieben beide gern Briefe, doch es befriedigte mich natürlich mehr, mit ihm persönlich sprechen zu können.

Gladstone war ein prinzipientreuer Mensch gewesen, der sich für sein Land aufgeopfert hatte, doch das tat Disraeli auch, und zwar nicht so verbissen. Das Zusammensein mit ihm war eine reine Freude. Er ließ die Staatsangelegenheiten in einem viel lebendigeren Licht erscheinen. Mit ihm konnte ich lachen – fast wie damals mit Lord Melbourne. Mit solchen Menschen verstand ich mich viel besser. Bei Gladstones trokkenen Vorträgen hingegen wäre ich oft um ein Haar eingeschlafen.

Disraeli wußte so fesselnd zu berichten, daß es ein Vergnügen war, ihm zuzuhören. Er fand es viel schwieriger, sich an der Spitze zu *halten*, als den langen dornigen Weg zurückzulegen, den ein Premierminister beschreiten mußte, um an die Spitze zu *gelangen*.

Von Disraeli erfuhr ich auch, daß Gladstone nach Einbruch der Dunkelheit durch London zu streifen pflegte auf der Suche nach leichten Mädchen, die er auf den Pfad der Tugend zurückzuführen hoffte.

Ich konnte es nicht fassen. »Wie, ausgerechnet Gladstone? Was seine Frau wohl dazu sagt?«

»Als hingebungsvolle Ehefrau heißt sie alles gut, was ihrem Mann einfällt. Sie glaubt unverbrüchlich an die Treue ihres Mannes.«

»Unterstützt sie ihn in seinem Bemühen?«

»Ich glaube in der Tat, Madame, daß sie schon das eine oder andere Mädchen ›gerettet‹ haben. Das geht ja schon seit Jahren so.«

»Ist das nicht eine merkwürdige Beschäftigung für so einen Mann?«

»Sogar ausgesprochen gefährlich.« Er sah mich mit einem schelmischen Lächeln an. »Die Leute könnten ihm das falsch auslegen.«

»Ich kann mir nicht vorstellen, daß Gladstone je vom Pfad der Tugend abweichen würde, aber die arme Mrs. Gladstone tut mir leid!«

Disraeli war mir wirklich eine große Hilfe. Ich hatte mich seit Alberts Tod nicht mehr so wohl gefühlt, so überaus lebendig. Endlich kam ich mir nicht mehr so alt vor. Disraeli sah in mir nicht nur die Königin, sondern auch eine recht anziehende Frau.

Fast wollte es mir scheinen, als sei er in mich verliebt. Die meisten Menschen verstehen so etwas nicht, es übersteigt ihr

Begriffsvermögen ganz entschieden. In ihren Augen ist Liebe immer etwas Physisches. Doch weit gefehlt! Für die physische Seite der Liebe hatte ich nie sonderlich viel übrig gehabt. Auf diese Art von Nähe bzw. Annäherung konnte ich gut verzichten. Meine Emotionen waren eher geistiger Art. Mir kam zu Ohren, Disraeli habe geschrieben, nun, da Mary Anne von ihm gegangen sei, gebe es nur noch einen Menschen auf der Welt, den er lieben könne: mich. Er erwies sich als getreuer Verehrer, unsere Zusammenkünfte und Gespräche gaben ihm genausoviel wie mir. Ich wußte, daß er mich ›Märchenkönigin‹ zu nennen pflegte, fand das ganz allerliebst und war ihm dafür sehr dankbar.

So manch einer behauptete boshafterweise, sein Mitgefühl sei Heuchelei, er rede mir nur nach dem Munde. Das berührte mich jedoch nicht sonderlich. Seit Anbeginn der Menschheit haben Neider stets versucht, schöne Dinge zu zerstören oder in den Schmutz zu ziehen, und uns verband ja wirklich eine wunderschöne Freundschaft. Wir hatten Freude aneinander und trösteten uns gegenseitig. Was konnte man von einer Freundschaft mehr verlangen?

In den meisten Fragen waren wir uns einig. Wenn ich mich jedoch einmal für etwas begeisterte, womit er nicht einverstanden war, pflegte er so urkomisch die Stirn zu runzeln und zu sagen: ›Aber Euer Majestät‹, daß ich immer in Gelächter ausbrach und mir die Sache noch einmal durch den Kopf gehen ließ.

Wir kamen immer wieder auf Gladstone zu sprechen, dem die Religion ein so ernstes Anliegen war. Er hatte sich zunächst zum Fürsprecher der römisch-katholischen Kirche gemacht, sich dann jedoch schriftlich gegen die Ziele des Katholizismus ausgesprochen. ›Ernste Vorhaltungen‹ lautete der Titel. Wirklich ein sonderbarer Mensch, beinahe subversiv. Dieser religiöse Fanatismus, und dann seine nächtlichen Streifzüge durch London!

Nur Disraeli gegenüber äußerte ich, daß ich den Verdacht hege, Gladstone sei möglicherweise insgeheim ein Katholik und zu allem Überfluß auch noch ein Libertin.

Doch Disraeli sah mich nur belustigt an und sagte in diesem ganz besonderen Tonfall, der so typisch für ihn war: »Aber werte Madame!« Er wußte ganz genau, daß er mich damit immer zum Lachen brachte.

Wegen John Brown gab es immer wieder Ärger. Alle waren gegen ihn. Niemand wollte einsehen, daß dieser grundehrliche Mann aus dem schottischen Hochland vor keinem Menschen ehrerbietig auf die Knie sank. Daß ihm das Devote gänzlich abging, war Albert und mir gleich aufgefallen, doch wir hatten uns gesagt, daß er das durch Aufrichtigkeit und Loyalität wieder wettmachte.

Zwei Höflinge des königlichen Haushalts hatten mit Kündigung gedroht, weil sie sich nicht mit den Privilegien abfinden konnten, die John Brown genoß. Bertie sagte, er wolle nicht nach Abergeldie, weil auch John Brown dort auf die Jagd gehe, da mache es ihm keinen Spaß mehr. Jemand sagte: »Brown ist ein grobschlächtiges Vieh!«

Ihr Erfindungsreichtum kannte keine Grenzen, wenn es darum ging, mich meines besten Dieners zu berauben, dessen Loyalität mir gegenüber außer Frage stand.

Die Menschen, mit denen Bertie sich umgab, brachten ihn immer wieder ins Gerede. Auch Alfred machte mir oft Kummer. Vicky zeigte sich sehr überheblich. Sie glaubte offensichtlich, die Frau des Kronprinzen – eines Tages Kaiserin – sei viel bedeutender als die Königin von England. Selbst Alice war nicht mehr das sanfte, gutmütige Mädchen, das mir einmal so viel bedeutet hatte. Um Leopold mußte ich mir ohnehin ständig Sorgen machen. Jede Blutung bedeutete eine tödliche Gefahr für ihn. Meine größte Angst war aber, daß sich Beatrice in einen Mann verlieben könnte. Ich ertappte mich dabei, daß ich sie von allem fernhielt und somit dafür sorgte, daß sie außer mit ihren Geschwistern mit niemandem zusammenkam. Wenn ich an meinen verrückten Großvater George III. dachte, rief ich mich wieder zur Ordnung. Er hatte seine Töchter stets um sich geschart und sie strikt von allem ferngehalten. Mit seiner Selbstsucht hatte er ihr Leben ruiniert. So durfte ich mich bei Beatrice auf keinen Fall verhalten. Dennoch war mir der Gedanke unerträglich, sie auch noch zu verlieren.

Es bestand immer die Gefahr, daß man das Volk brüskierte und vor den Kopf stieß. Stets mußte man damit rechnen, daß die Emotionen überschwappten und die Leute sich gegen das Königshaus wandten.

Als Charles Grevilles *Memoiren* erschienen, stürzten sich viele darauf. Anfänglich hielt ich sie für ausgesprochen amüsant, doch dann sah ich ein, wie gefährlich sie darüber hinaus auch waren. Greville deckte entschieden zuviel auf, und wenn er auch über tatsächliche Ereignisse berichtete, so bauschte er sie doch maßlos auf. Seine Beobachtungen troffen förmlich vor Zynismus, und er verschonte niemanden. Das gereichte dem Staat natürlich nicht zum Vorteil.

Disraeli zeigte sich nicht gerade erfreut über die *Memoiren.* Er empfand das Buch als Ungeheuerlichkeit und nannte Greville einen eitlen Pfau. Irgend jemand verglich Greville sogar mit Judas, der über das Leben der Apostel schrieb – in meinen Augen ein sehr geistreicher und treffender Vergleich.

Greville stellte meine armen Onkel sozusagen an den Marterpfahl, um sie zu geißeln. Da erst ging mir so richtig auf, wie gefährlich dieses Buch war. Ich hatte sowohl Onkel George als auch Onkel William gemocht. Daher mißfielen mir diese Haßtiraden, die der Monarchie nur schaden konnten.

Es kam auch noch zu einem weiteren unliebsamen Zwischenfall, der das Volk gegen uns aufbrachte. Ich sah zwar beileibe nicht ein, wieso uns die Schuld daran treffen sollte, doch die Menschen reagieren nicht immer logisch.

Unsere Jacht *Alberta* kollidierte mit einem anderen Schiff, als wir nach Osborne übersetzten. Dabei ertranken drei Menschen. Ich war natürlich sehr betroffen. Während der Gerichtsverhandlung rottete sich der Pöbel zusammen und drohte unserem Kapitän. Der Fall zog sich länger hin, und die Presse machte sich genüßlich darüber her. Sie ließ es sich nicht nehmen, alles möglichst breitzutreten. Man hätte fast meinen können, daß ich es auf einen Zusammenstoß mit dem anderen Schiff abgesehen hatte, das uns in die Quere kam. Die Leute taten geradezu, als schere es mich gar nicht, daß bei der Kollision drei Menschen ihr Leben hatten lassen müssen. Die Presse versuchte, den Eindruck zu erwecken, als ginge es mir nur um mein Vergnügen. Weit gefehlt! Die Sache nahm mich schrecklich mit. Ich trauerte um die drei Menschen.

Kaum hatte ich mich einigermaßen von diesem Schreck erholt, da sorgte Bertie schon für den nächsten Skandal. Alberts Befürchtungen im Hinblick auf unseren Ältesten schienen sich zu bewahrheiten.

Disraeli war sehr an Indien interessiert. »Eines Tages mache ich Euch zur Kaiserin von Indien, Madame«, versprach er mir.

Ich lächelte gerührt. Für mich war ihm wirklich nichts zuviel. Er hielt es für angebracht, Bertie nach Indien zu schikken.

»Damit er auch dort noch in Schwierigkeiten gerät, wie sie für ihn so typisch sind«, entgegnete ich erbost.

»Aber Majestät, ich bitte Euch!«

»Nun ja, Sie wissen doch, daß Bertie immer wieder Skandale entfacht...«

»Er macht sich sehr gut als Botschafter. Mit ihm könnt Ihr Ehre einlegen, Euer Majestät. Die Leute mögen ihn.«

»Ja, aber er hat eine ausgesprochene Schwäche für leichte Mädchen, und dem Glücksspiel ist er auch nicht abgeneigt.«

»In den Augen der Leute verleiht das dem Helden menschliche Züge. Ich bin davon überzeugt, daß der Prinz seiner Rolle gerecht wird.«

»Nun, wenn es der Premierminister für angebracht hält, wird er wohl recht haben«, sagte ich mir schließlich.

Bertie war begeistert, Alexandra weniger, denn sie sollte ihn nicht begleiten.

Während seiner Indienreise braute sich wieder etwas zusammen – eine Wiederholung des Falles Mordaunt, wenn auch leicht abgewandelt. So wie Bertie nun einmal veranlagt war, mußte man bei ihm mit so etwas stets rechnen. Disraeli – oder Dizzy, wie man ihn gemeinhin nannte – kam gleich herbeigeeilt.

»Madame, ich fürchte, daß sich im Zusammenhang mit dem Prinzen von Wales etwas zusammenbraut.«

»Lieber Himmel, hoffentlich nicht schon wieder irgendwelche Frauengeschichten!«

»Doch, es geht um eine Frau, Madame.«

»Klären Sie mich bitte auf. Sie brauchen mich nicht zu schonen, ich rechne mit dem Schlimmsten.«

»Diesmal geht es um Lord Aylesford. Er will sich scheiden lassen.«

»Was hat Bertie da schon wieder angestellt!«

»Eigentlich trifft ihn keine Schuld. Aber ich will Euch erzählen, was ich in Erfahrung bringen konnte. Vielleicht ist Euch nicht bekannt, daß Lord Aylesford zu den besten Freunden des Prinzen zählt.«

»Doch, das weiß ich. Ich war dagegen, daß der Prinz sich mit ihm abgibt, doch ich wurde überstimmt. Er ist eine Spielernatur.«

»Ja, Madame, das ist er, doch er zählt zum Freundeskreis des Prinzen und gilt als sehr amüsant.«

»Und wie steht es mit Aylesfords Frau?«

»Sie verstand sich auch ausgezeichnet mit dem Prinzen.«

»Das habe ich befürchtet.«

»Der Prinz hat mit der angestrebten Scheidung nichts zu tun. Lord Blandford trägt die Schuld daran. Während Aylesford in Indien war, zusammen mit dem Prinzen, hat sich Lady Aylesford mit Lord Blandford eingelassen. Als das ihrem Mann zu Ohren kam, machte er sich auf den Heimweg und widersetzte sich damit dem Wunsch des Prinzen, der sich in Gesellschaft des Lords immer sehr wohl gefühlt hatte. Der Prinz verachtete Blandford und ließ ein paar abfällige Bemerkungen über ihn fallen, die Blandfords jüngerem Bruder, Lord Randolph Churchill, zu Ohren kamen.«

»Der war mir schon immer unsympathisch.«

»Ein junger Mann, der zu heftigen Temperamentsausbrüchen neigt. Er war wütend, daß sein Bruder so verleumdet worden war, wie er es nannte. Und ausgerechnet...«

»Ausgerechnet?«

»Ausgerechnet von dem Prinzen. Er erinnerte wieder an den Skandal im Falle Mordaunt und...«

»Und?«

»Und andere Skandale.«

»Sie sollen nichts beschönigen. Ich werde die Wahrheit schon verkraften.«

»Eben. Majestät sind viel zu klug, und die Situation ist auch viel zu delikat, um etwas zu beschönigen. Tatsache ist, daß Churchill die Scheidung um jeden Preis verhindern will. Er ist ein Hitzkopf, um nicht zu sagen Schwachkopf. Von Diskretion scheint er nicht viel zu halten. Er will immer gleich mit dem Kopf durch die Wand und verlangt von dem Prinzen, daß er die Scheidung verhindert. Der Prinz soll seinen Einfluß geltend machen und Lord Aylesford von der Scheidung abhalten.«

»Aber warum soll der Prinz von Wales da mit hineingezogen werden?«

»Churchill verübelt dem Prinzen, was er über seinen Bruder gesagt hat. Er meint, die Ehre der Familie Churchill stünde auf dem Spiel. Er ist ein wilder, ungezügelter junger Mann, der im Eifer des Gefechts zu allem fähig ist. Damit kann er unter Umständen großen Schaden anrichten. Er hat die Prinzessin von Wales schon um eine Audienz gebeten.«

»Das ist doch wohl nicht möglich! Die arme Alexandra! Als ob es nicht schon schlimm genug wäre, immer wieder von neuen Eskapaden des Prinzen zu erfahren, soll sie jetzt auch noch selbst mit hineingezogen werden!«

»Natürlich war das eine abstruse Idee, aber bei diesem Churchill muß man eben mit allem rechnen.«

»Aber was hat denn die Prinzessin damit zu schaffen?«

»Churchill wünscht, daß sie ihren Einfluß bei dem Prinzen geltend macht, damit er Aylesford untersagt, die Scheidung einzureichen.«

»Aber der Prinz hat mit der Sache nichts zu tun.«

»Wenn man Churchill glauben soll, so hat der Prinz Lady Aylesford Briefe geschrieben. Als Aylesford dann mit Scheidung drohte, gab sie diese Briefe Blandford. Sie befinden sich jetzt im Besitz von Churchill, und wenn Aylesford auf der Scheidung besteht, wird die Presse die Briefe des Prinzen in die Hand bekommen.«

»Das ist ja entsetzlich!«

»Zumindest sehr unangenehm.«

»Das erinnert mich an meinen Onkel George. Wegen irgendwelcher Frauengeschichten war er ständig in Schwierigkeiten. Er hat leider auch Briefe geschrieben.«

»Es kann aber auch sein, daß sich die Briefe des Prinzen als völlig harmlos erweisen.«

Ich sah ihn hilflos an.

»Churchill behauptet, der Prinz könne niemals den Thron besteigen, wenn diese Briefe veröffentlicht würden.«

Ich fühlte mich immer elender. Wenn Albert mir doch helfen könnte! Er wüßte ganz bestimmt, was man in einem solchen Fall am besten unternahm. Doch vielleicht war es auch ganz gut, daß ihm diese Schande erspart geblieben war. Das schändliche Verhalten seines Sohnes hätte ihn tief getroffen.

Eine unhaltbare Situation. Churchill ließ sich nicht erweichen, er blieb unnachgiebig. Ich hatte ihn noch nie gemocht. Bei Hofe würde ich ihn nie empfangen – weder ihn noch die Amerikanerin, die er geheiratet hatte.

Es hatte jedoch keinen Sinn, ihm und seinesgleichen zu zürnen. Wenn Bertie auch an alledem kaum eine Schuld traf, so würde die Presse schon dafür sorgen, daß er als der Schuldige erschien, und auch das Volk würde ihm bereitwilligst die Schuld in die Schuhe schieben. Damit kam es wieder einmal zum Skandal im Zusammenhang mit Bertie.

Wie unvernünftig von den jungen Männern, den Frauen Briefe zu schreiben. Man hätte doch meinen sollen, daß sie aus den Fehlern anderer lernen würden – doch das war anscheinend nicht der Fall.

Mein einziger Trost war Disraeli. Wenn überhaupt jemand die Sache bereinigen konnte, dann er.

»Wollt Ihr mir das überlassen, Euer Majestät?« fragte er mich.

»Nur allzugern, mein lieber Freund.«

Er war unermüdlich für mich tätig, und alles, was er tat, geschah zu meinem Besten. So berichtete er mir, er habe Lord Hardwicke auf die gefährliche Lage aufmerksam gemacht. Der habe sich einsichtig gezeigt und ihm versprochen, sein möglichstes zu tun.

Sicher ist es Disraelis Bemühungen zu verdanken, daß wir noch einmal mit einem blauen Auge davongekommen sind. Gemeinsam mit Lord Hardwicke konnte Disraeli Lord Aylesford dazu bringen, den Scheidungsantrag wieder zurückzuziehen. Bei Berties Heimkehr war bereits alles geregelt.

Doch Disraeli wies mich darauf hin, daß man die Gerüchte nur dadurch zum Schweigen bringen könne, daß sich Churchill offiziell bei dem Prinzen von Wales entschuldigte.

Churchill lehnte das zunächst glatt ab, doch als ihm seine Familie und seine Freunde klarmachten, daß er bei Hofe nichts mehr zu melden hätte, wenn er sich nicht dazu bereiterklärte, sich bei dem Prinzen zu entschuldigen, gab er sich geschlagen.

Bertie gab sich mit der Entschuldigung zufrieden. Lord und Lady Randolph hielten es jedoch für nötig, für eine Weile ins Ausland zu gehen. Bertie schwor, sie nicht zu empfangen, wenn sie zurückkamen.

Damit war auch diese unerquickliche Sache ausgestanden, und das verdankte ich dem guten Disraeli, der sich stets zu helfen wußte – und in diesem Fall auch mir.

Als glänzender Staatsmann brachte Disraeli durch seine Indienpolitik zustande, was stets sein Bestreben gewesen war: Er machte mich zur Kaiserin von Indien, was ihn mit Stolz erfüllte. Die Opposition hatte natürlich nichts unversucht gelassen, um das zu verhindern. Disraeli mußte sich bis zu einem gewissen Grad kompromißbereit zeigen und der Opposition zusichern, daß der Titel ausschließlich bei Fragen zur Anwendung kommen würde, die Indien betrafen.

Ich machte mir um Disraelis Gesundheitszustand Sorgen. Um mich ihm dankbar zu erweisen, erhob ich ihn in den Adelsstand, und aus Mr. Disraeli wurde Lord Beaconsfield.

Er hatte mich dazu gebracht, mich wieder öfter zu zeigen, und ich muß sagen, daß ich diese Pflichten sogar als ganz angenehm empfand. Im Anschluß an den Ashanti-Krieg hatte ich Truppenparaden abgenommen und Orden verliehen. Ich besuchte ein Konzert in der Royal Albert Hall und inspizierte auch das Denkmal, das Albert Memorial von Sir Gilbert Scott.

Unter einem reichgeschmückten, hohen gotischen Baldachin ist die fünf Meter hohe, sitzende Bronzefigur Alberts zu sehen. In der Hand hält er den Ausstellungskatalog der Weltausstellung. Auf dem Postament zeigen Marmorreliefs berühmte Persönlichkeiten der Kunst und Wissenschaft aus allen Zeitepochen. Auch die Kontinente Europa, Asien, Afrika und Amerika werden durch weitere Figurengruppen dargestellt.

In Europa, also auf dem Festland, begann es wieder zu kriseln. Wir waren auf der Hut, denn wir fühlten uns an den Krimkrieg erinnert. Die Türkei und die Balkanstaaten lagen sich wieder einmal in den Haaren, und Rußland drohte einzugreifen.

Disraeli verhielt sich genau wie einst Lord Palmerston. Er meinte, aufgrund unserer Interessen in Indien und anderswo müßten wir Sorge dafür tragen, daß die Türkei möglichst ungeschoren blieb. Die Türken gebärdeten sich auf dem Balkan mörderisch, und Gladstone, der gerade erst seinen Rücktritt angekündigt hatte, überlegte es sich anders und wetterte gegen die Türken, die vor keiner Grausamkeit zurückschreckten. Er sprach sich dagegen aus, die Türkei zu unterstützen.

Das konnte ich Gladstone nicht verzeihen. Dieser selbstgefällige, moralinsaure Mann hinderte Disraeli daran, das zu tun, was er für das Beste hielt. Als großer Politiker und Staatsmann sah Disraeli im Gegensatz zu Gladstone ein, daß persönliche Abneigung keine Rolle spielen durfte, wenn es um die Interessen des Landes ging.

Es mußte unbedingt verhindert werden, daß Rußland in den Krieg eintrat. Ich schrieb Alice, die sich große Sorgen machte und die der Konflikt sehr belastete. In Darmstadt traf sie mit dem russischen Zaren zusammen. Seinen Worten zufolge hegte er nicht den Wunsch, sich mit England anzulegen.

Doch er hielt sein Versprechen nicht. Unmittelbar danach erklärte Rußland der Türkei den Krieg und ging schon bald siegreich daraus hervor. Dieser russisch-türkische Krieg 1877/78 nahm mich schrecklich mit.

Meine Verzweiflung kannte keine Grenzen, als der Sultan an mich appellierte, damit ich mich bei den Russen für milde Friedensbedingungen einsetzte. Auf Rußland war jedoch kein Verlaß. Die Friedensbedingungen fielen alles andere als milde aus, so daß Disraeli vorschlug, auf einer Konferenz der europäischen Staaten zu bestehen, auf der die Bedingungen ausgehandelt werden konnten.

Wir befanden uns in einer beängstigenden Lage. Wie leicht hätte es zum Krieg zwischen uns und Rußland kommen können. Wie ich Gladstone kenne, hätte er klein beigegeben, doch nicht Lord Beaconsfield. Selbstverständlich stand ich auf seiner Seite.

Nie werde ich den Tag vergessen, an dem Disraeli zu mir kam und mit ernster Miene sagte: »Wir müssen um jeden Preis verhindern, daß Rußland südlich der Donau Fuß faßt.«

Ich wußte, was die ominösen Worte ›um jeden Preis‹ bedeuteten.

Natürlich besaß er mein vollstes Vertrauen, und ich gab ihm zu verstehen, daß er das Risiko eben eingehen müsse.

Also begab er sich nach Berlin, wo die Konferenz stattfinden sollte. Als ich erfuhr, daß er und Fürst Gortschakow, der russische Außenminister, an einem toten Punkt angelangt waren, bekam ich es mit der Angst zu tun. Disraeli hatte mich darauf hingewiesen, man müsse den Disput eben auf andere Weise beilegen, wenn keine Einigung erzielt werden könne.

Rußland war allerdings nicht so versessen darauf, uns zum Gegner zu haben, das war auch die Türkei nicht wert. Also wurde ein Kompromiß ausgehandelt. Disraeli sorgte für einen ›ehrenhaften Frieden‹.

Als er zurückkehrte, freute ich mich sehr und begrüßte ihn herzlich. Damit alle erfuhren, daß ich sehr zu schätzen wußte, was er für England getan hatte, verlieh ich ihm den Hosenbandorden.

Daß ich mich mit meinem Premierminister hervorragend verstand, war wohl niemandem verborgen geblieben. Ich war viel umgänglicher und geselliger geworden. Anläßlich eines Besuchs auf Disraelis Landsitz in Hughenden pflanzte ich einen Baum.

Ich hatte das Gefühl, daß das Schicksal mich verwöhnte, denn außer Lord Beaconsfield stand mir auch noch mein getreuer Diener John Brown zur Seite.

Leopold war und blieb mein Sorgenkind. Er war gerade erst von einer schweren Krankheit genesen, und schon die leichteste Erkrankung versetzte mich bei ihm in Angst und Schrecken. Diese entsetzlichen Blutungen, die kein Ende nehmen wollten! Leopold schien das jedoch nicht zu kümmern, er wollte ein ganz normales Leben führen. Das konnte ich ihm gut nachfühlen, doch durfte er die Augen nicht einfach vor der Gefahr verschließen.

Mit Bertie söhnte ich mich allmählich aus. Jeder mochte ihn, wenn auch niemand zu ihm aufsah. Seine Beliebtheit lag offenbar in seinem Wesen begründet. Zu Albert hatten alle aufgeblickt – zumindest hätte er das verdient –, doch kaum jemand hatte ihn gemocht.

An Bertie gefiel mir zum Beispiel sehr, daß er sich den Bediensteten gegenüber immer sehr rücksichtsvoll verhielt.

Bei so einer großen Familie verläuft das Leben nicht immer ohne Schwierigkeiten. Ich wußte, daß Vicky sich oft über ihren Sohn Wilhelm ärgerte. Er war schon immer ein überhebliches Kind gewesen, und für jemanden mit seinem ungezügelten Temperament mußte es frustrierend sein, einen verkrüppelten Arm zu haben. Er unterschrieb stets mit ›Prinz Wilhelm von Preußen‹, selbst seine Briefe an mich. Es erfüllte ihn mit Stolz, Preuße zu sein, und er machte kein Geheimnis daraus, daß er für das englische Blut, das durch seine Adern floß, nichts als Verachtung übrig hatte. Das machte mich natürlich wütend. Vicky gegenüber nahm er eine sehr ablehnende Haltung ein, er mochte seine Mutter nicht. Ich glaube, es fuchste ihn am meisten, daß England in der Welt mehr galt als Deutschland. Bismarck und seine Großeltern hatten ihm seit seiner frühesten Kindheit eingetrichtert, daß sich das ändern mußte. Wenn sich jemand negativ über seine Mutter ausließ, verteidigte er sie nie. Es kam oft vor, daß sich jemand in seinem Beisein abfällig über sie äußerte, weil englisches Blut in ihren Adern floß. Wilhelm schreckte nicht einmal davor zurück, gemeinsam mit ihren Gegnern über sie zu lachen und sich über ihre ›ausländischen‹ Eigenheiten zu ereifern. Vicky war natürlich zutiefst bekümmert über ihren Sohn.

Eines gefiel mir an Bertie ganz besonders und nahm mich für ihn ein: Wenn er auch in mancher Hinsicht sehr zu wünschen übrig ließ, so würde er doch abfällige Reden über seine Mutter niemals dulden. Einmal abgesehen von seinen Kavaliersdelikten und anderen kleinen Sünden im Zusammenhang mit Frauen, mit denen man bei ihm stets rechnen mußte, war er ein guter Sohn.

Von all meinen Kindern schlug Arthur seinem Vater am meisten nach. Ich hatte mich schon damit abgefunden, daß er nicht heiraten würde, da verliebte er sich plötzlich und unerwartet.

Seine Wahl fiel auf Prinzessin Louise Margaret, die Tochter von Prinz Friedrich Karl, dem Neffen des deutschen Kaisers, und Prinzessin Marianne von Preußen. Keine sehr glückliche Wahl, denn die Eltern der Prinzessin hatten sich getrennt. Ich hoffte inständig, daß Arthur nichts überstürzen würde. Wenn er ans Heiraten dachte, so würde sich wohl auch noch eine Braut für ihn finden, die besser zu ihm paßte. Doch Arthur ließ sich nicht umstimmen, und ich dachte nicht im Traum daran, meinen Kindern Ehen aufzuzwingen, die ihnen widerstrebten.

Als ich die Prinzessin kennenlernte, der Arthurs Herz gehörte, fand ich sie ganz allerliebst. Wenn sie auch nicht besonders gut aussah, konnte sich ihr Profil doch sehen lassen. Ich fand es schön von Arthur, daß er sie aus einem kaputten Heim in eine heile Welt entführte. Luischen, wie ich sie inzwischen nannte, würde einen Mann wie Arthur wahrscheinlich um so mehr zu schätzen wissen und ihm eine gute Frau sein. Die mißglückte Ehe ihrer Eltern würde ihr stets ein warnendes Beispiel sein.

Ich schrieb Vicky, wie leid es mir tat, daß Wilhelm ihr solchen Kummer machte. Das zeigte mir, was ich mit meinen Kindern doch für ein Glück hatte, wenn Alfred und Leopold es auch oft an Rücksichtnahme fehlen ließen. Doch Arthur war immer ein guter, aufmerksamer Sohn gewesen. Bertie erkannte wohl allmählich, daß sich seine Eskapaden gar nicht lohnten, da sich für ihn regelmäßig enorme Schwierigkeiten daraus ergaben. Ich war fest davon überzeugt, daß es keines meiner Kinder tatenlos mitansehen würde, wenn sich jemand abfällig über ihre Mutter ausließe.

Am meisten sorgte ich mich um Alice, denn um ihre Gesundheit stand es nicht zum Besten. Die zahlreichen Schwangerschaften und Geburten hatten sie viel Kraft gekostet. Doch sie liebte ihre Kinder abgöttisch und hatte den tragischen Tod des kleinen Friedrich Wilhelm nie verkraftet. Er war mit dieser schrecklichen Krankheit geschlagen gewesen, die die Mütter offenbar auf ihre Söhne übertrugen. Ich hatte sie Leopold vererbt und Alice ihrem Frittie.

Bald darauf starb der Herzog von Hessen-Darmstadt, und dann auch noch Ludwig. Wenn es sich auch nur um einen kleinen Staat handelte, den der widerwärtige Bismarck sehr dezimiert hatte, so galt es doch, die Regierungsgeschäfte weiterzuführen, die eine Last bedeuteten.

Alice war in erster Linie Ehefrau, Mutter und Tochter – eben ein Familienmensch. Sie war mir immer eine rührende Tochter gewesen, meine kleine Fatima, stets gut gelaunt. Nach ihrer Heirat war sie natürlich weggezogen, und wenn es auch hin und wieder kleine Reibereien gegeben hatte, so war sie doch nach wie vor mein Lieblingskind.

Zu meinem Entsetzen erfuhr ich, daß ihre Tochter Victoria an Diphterie erkrankt war und sterbenskrank darniederlag. Nach zwei Tagen steckte sich auch ihre Tochter Alix – genannt Alicky – an. Das nächste Opfer war die kleine May. Dann erkrankten auch noch Ernst, ihr einziger Sohn, und Ella an Diphterie.

Ich erhielt die Nachricht im November. Seit Alberts Tod fürchtete ich diese Jahreszeit; da stiegen die Erinnerungen immer besonders lebhaft vor mir auf. Der vierzehnte Dezember, Alberts Todestag, versetzte mich jedes Jahr in Angst und Schrecken. Von bösen Vorahnungen erfüllt, wartete ich stets darauf, daß dieser Tag vorüberging, ohne daß etwas Schreckliches geschah. An diesem Tag wäre auch Bertie um ein Haar gestorben. Ich fürchtete mich also nicht ohne Grund vor dem vierzehnten Dezember.

Alice blieben nur noch sechs Kinder, die ihr alles bedeuteten. Sie war eine vorbildliche Mutter, was ich von mir nicht behaupten konnte. Wie mußte sie gelitten haben, als ihr kleiner Sohn aus dem Fenster gefallen und vor ihren Augen gestorben war.

Verängstigt wartete ich auf weitere Nachrichten. Nachts fand ich keinen Schlaf mehr, und am Morgen erkundigte ich mich immer gleich nach Alice und ihren Kindern.

Schließlich erfuhr ich zu meinem großen Kummer, daß auch Ludwig an Diphterie erkrankt war. Nur Alice war bisher verschont geblieben.

Ich schrieb ihr seitenlange Briefe, in denen ich sie anflehte, sich zu schonen und die Pflege der an Diphterie erkrankten Kinder den Krankenschwestern zu überlassen. Ich bat sie, sich von den Kranken fernzuhalten, damit sie sich nicht ansteckte. Vor allem durfte sie ihre Kinder nicht in die Arme schließen oder gar küssen. Sie mußte die Pflege ganz und gar Fachleuten überlassen.

Doch Alice schrieb mir indigniert, schließlich handle es sich um ihre geliebten Kinder. Ob ich im Ernst glaube, sie könne sie anderen überlassen. Sie denke nicht im Traum daran, sondern pflege sie selbst.

Lord Beaconsfield erschien, um mir sein Mitgefühl auszusprechen.

»Wenn ich doch zu meiner Alice reisen könnte, um die Kranken zu pflegen«, jammerte ich. »Dann würde ich dafür sorgen, daß sich Alice in Sicherheit bringt. Sie war mir schon immer das liebste meiner Kinder. Sie war ganz anders als die anderen – immer lieb und sanft. Albert hat sie auch sehr geliebt, wenn auch nicht so sehr wie Vicky. Alice war immer so ein gutes Kind. Sie und Arthur sind ihrem Vater noch am ähnlichsten. Es würde mich nicht stören, wenn ich Diphterie bekäme. Mein Leben hat seit diesem tragischen vierzehnten Dezember ohnehin keinen Sinn mehr.«

Tiefbekümmert sah er mich an. »Aber meine liebe Madame!«

Ich lächelte gerührt. Lord Beaconsfield war mir ein großer Trost.

Wir erhielten die traurige Nachricht, daß die kleine May, mit fünf Jahren die Jüngste und der erklärte Liebling der Familie, gestorben war.

Alice war außer sich vor Kummer. Die ganze Familie trauerte um May.

Doch es sollte noch weit schlimmer kommen. Erst hinterher erfuhr ich, was geschehen war. Als Ernst, ebenfalls an Diphterie erkrankt, vom Tod seiner kleinen Schwester erfuhr, war er so unglücklich, daß er sich an seine Mutter klammerte, auch weil er befürchtete, er werde das nächste Opfer sein. Alice hatte ihn zärtlich an sich gedrückt und geküßt.

Dabei mußte sie sich wohl angesteckt haben. Jedenfalls erkrankte auch sie an Diphterie.

Genau das hatte ich befürchtet. Ich trommelte so viele Familienmitglieder wie möglich zusammen und berichtete ihnen, was geschehen war. Alle teilten meine Verzweiflung. Alle hingen sehr an Alice. Vom vierzehnten Dezember trennten uns nur noch zwei Tage.

Meine Kinder scharten sich um mich, um mich zu trösten, was mich mit Stolz erfüllte. Besonders Bertie zeigte sich sehr liebevoll. Rührend bemühte er sich um mich.

Ich betete zu Gott und auch zu Albert, versuchte sogar, mit dem Allmächtigen einen Pakt zu schließen. »Laß Alice leben und nimm mich statt dessen. Wenn du mir Alice läßt, tue ich alles, was du willst.« Vor Jahren hatte ich an jenem schicksalhaften vierzehnten Dezember den schwersten Schicksalsschlag erlitten, der mich treffen konnte. Alles hätte ich dafür gegeben, wenn Alice nur am Leben blieb.

Am dreizehnten Dezember hörten wir nichts, konnten nicht in Erfahrung bringen, wie es Alice ging. Irgendwie überstand ich auch diesen Tag und befürchtete das Schlimmste.

Am schicksalsträchtigen vierzehnten Dezember machte mir Brown ernsthafte Vorhaltungen und schalt mich eine törichte Frau, die den Teufel an die Wand malt.

Doch es kam, wie es kommen mußte. Ich hatte es geahnt. Das Telegramm konnte mich nicht mehr überraschen.

Alice war tot.

Von meinen Kindern umringt, saß ich da und versuchte zu begreifen, daß Alice nicht mehr lebte. Alice war das erste Kind, das ich verlor, und ich empfand ihren Tod als unfaßliche Tragödie, die über meine Kraft ging.

Bertie schloß mich in die Arme und versuchte, mich zu trösten. Auch ihm hatte Alice immer besonders viel bedeutet. Als sie noch Kinder waren, hatte sie oft versucht, seine kleinen Untaten zu vertuschen. So hatte sie ihn vermutlich öfter vor Schlägen bewahrt. Beatrice und Alexandra weinten bitterlich. Die liebe Alexandra war inzwischen wirklich ein Familienmitglied und mir sehr ans Herz gewachsen.

Was für eine Ironie des Schicksals, daß mir auch mein Lieblingskind am vierzehnten Dezember genommen worden war.

Brown war entsetzt. Sein Schweigen tröstete mich ein wenig. Er brachte mich dazu, daß ich wenigstens etwas trank. Essen konnte ich einfach nicht. Er verlor kein Wort, doch es ist erstaunlich, welcher Trost selbst im Schweigen liegen kann.

Lord Beaconsfield erschien, um mir sein Beileid auszusprechen.

»Ich habe mir gedacht, daß Euch nach einem solchen Schicksalsschlag nicht nach Besuch zumute ist«, erklärte er. »Doch wenn Euch mein Anblick unerträglich wäre, würdet Ihr es mir schon sagen. Deshalb bin ich trotzdem gleich herbeigeeilt. Was kann man in einem solchen Fall schon sagen? Da gibt es keinen Trost. Ich kann Euch nur mein aufrichtiges Beileid aussprechen.«

Ich versicherte ihm, daß er mir niemals ungelegen käme. Außer ihm hätte ich allerdings niemanden sehen wollen. Mit ihm konnte ich über Alice und über Albert sprechen, die beiden Menschen, die ich am liebsten gehabt hatte. Beide waren mir genommen worden.

»Wie gut kann ich Euch Euren Kummer nachfühlen, Madame«, bekannte er. Das glaubte ich ihm aufs Wort, denn er trauerte ja immer noch um Mary Anne.

»Sie hatten eine wunderbare Frau und ich einen wundervollen Mann«, versicherte ich ihm. »Sie haben sie einmal die vollkommene Ehefrau genannt. Und Albert war zweifellos ein mustergültiger Ehemann. Sie haben oft betont, wie glücklich wir uns schätzen konnten, auch nur eine kurze Zeitspanne mit diesen wundervollen Menschen leben zu dürfen. Manchmal frage ich mich jedoch allen Ernstes, ob wir nicht besser dran wären, wenn wir sie nie gekannt hätten. Dann hätten wir auch nicht so einen schweren Verlust zu beklagen.«

Er war jedoch nicht dieser Meinung, was er mir deutlich zu verstehen gab. Sicher hatte er recht.

Später schickte er mir eine Kopie der Rede, die er vor dem Oberhaus gehalten hatte. Ich las sie immer wieder unter Tränen.

Werte Lords,
die unmittelbare Todesursache der Tochter unserer Majestät hat etwas Herzzerreißendes. Der Arzt, der ihr gestattete, ihre erkrankte Familie zu pflegen, hatte ihr eingeschärft, sich unter keinen Umständen dazu hinreißen zu lassen, eins ihrer Kinder in die Arme zu schließen. Ihre bewundernswerte Selbstbeherrschung bewahrte sie auch tatsächlich davor, doch dann war es ihr vom Schicksal beschieden, ihrem Sohn zu sagen, daß seine kleine Schwester gestorben war, an der er sehr gehangen hatte. Der Junge war so verzweifelt, daß ihn die Mutter liebevoll in die Arme schloß und so den Todeskuß empfing. Ihr Schicksal war damit besiegelt.

Ich war zutiefst gerührt. Wie wundervoll Lord Beaconsfield sich auszudrücken wußte!

Als wir uns dann wiedersahen, brachen wir beide in Tränen aus.

»Der Todeskuß, wie gut das formuliert ist«, lobte ich ihn. »Und so treffend.«

Er blieb lange, und wir unterhielten uns eingehend. Er

hielt es für bedeutsam, daß Alice ausgerechnet am vierzehnten Dezember gestorben war.

»Halten Sie es für möglich, daß Albert sie bei sich haben wollte und sie deshalb an diesem Tag zu sich geholt hat?« fragte ich ihn.

Lord Beaconsfield hielt das nicht für ausgeschlossen.

»Aber dann hätte er eigentlich Vicky zu sich holen müssen. An ihr hat er weit mehr als an allen anderen gehangen. Vicky war schon immer besonders intelligent, was man von meiner armen Alice nicht behaupten kann.«

Lord Beaconsfield hielt das alles für sehr mysteriös. Wir unterhielten uns lange über den Tod und das Leben nach dem Tode. Natürlich fragten wir uns auch, ob die Verstorbenen wohl wiederkommen konnten, um über diejenigen zu wachen, die sie zu Lebzeiten geliebt hatten.

Diese Gespräche mit Lord Beaconsfield taten mir unendlich gut und lenkten mich ein wenig von meinem Kummer ab.

Abschied von John Brown

Lord Beaconsfield war ich in jeder Hinsicht unendlich dankbar; ich betrachtete ihn als Geschenk Gottes. Ohne seinen Trost wäre ich in schweren Zeiten völlig verzweifelt. Gar nicht auszudenken, wenn ich mich da auf Gladstone hätte stützen müssen. Natürlich wußte ich, daß auch Gladstone seine guten Seiten hatte. So war er zum Beispiel beim Volk sehr beliebt, doch ich konnte mich nicht mit ihm anfreunden. Er sah mich als Institution, Lord Beaconsfield hingegen als Frau.

Ende 1878 kam es zu Unruhen in Zululand, die in einen Krieg ausarteten. Sir Bartle Frere, der Gouverneur der Kapprovinz, verhielt sich nicht sehr diplomatisch. Lord Beaconsfield war mit seinem Vorgehen nicht einverstanden, doch die Regierung mußte ihren Vertretern den Rücken stärken, wie er mir erklärte. Sein größtes Ziel bestand darin, uns eine Vorrangstellung vor allen anderen Staaten einzuräumen und diese aufrechtzuerhalten.

Gladstone setzte sich heftig gegen diese Politik zur Wehr und warf der Regierung Imperialismus vor. Er gehörte zu den Pazifisten, denen Frieden um jeden Preis das größte Anliegen war. In meinen Augen verursachten die Zögernden und Rücksichtsvollen weit mehr Kriege als Politiker, die Stärke zeigten und unbeugsam blieben. Unsere Feinde greifen uns nur an, wenn sie uns für schwach halten.

Lord Beaconsfield und ich waren uns darin völlig einig. Daher wurden wir auch immer mächtiger, solange er Premierminister war.

Ich erlitt einen fürchterlichen Schock, als ich erfuhr, daß der einzige Sohn der Kaiserin von Frankreich, der auf unserer Seite gegen die Zulus kämpfte, von den Wilden gefangengenommen und niedergemetzelt worden war. Die arme Eugénie war untröstlich. Ich fuhr sofort zu ihr nach Chichester, um ihr mein Beileid auszusprechen. Wie gut ich ihren

Schmerz nachfühlen konnte, war mir doch Alice gerade erst genommen worden.

Eugénie bot einen herzzerreißenden Anblick. Ich nahm mir fest vor, mich um die arme trauernde Frau zu kümmern und sie öfter zu besuchen. Das Leben konnte grausam sein. In dieser armen, vom Schicksal gestraften Frau war die strahlende Kaiserin kaum mehr wiederzuerkennen, die einst an der Seite Napoleons Hof gehalten hatte. Nun lebte diese einst so schöne, elegante Frau in England im Exil und trauerte um ihren einzigen Sohn. Mir hingegen waren noch acht Kinder geblieben. Im Vergleich zu ihr durfte ich mich glücklich schätzen.

Gladstones heftige Attacken gegen den ›bedauerlichen Imperialismus‹ von Lord Beaconsfield gipfelten schließlich im Krieg. Ich war außer mir vor Zorn, doch Lord Beaconsfield quittierte das lediglich mit einem Lächeln.

»Ich gebe ja zu, daß ich sehr ehrgeizig bin«, erklärte er. »Ich möchte Eurer Majestät noch größere Macht verschaffen, als Ihr bereits besitzt. Darin sehe ich den Weg zum Frieden und zum Wohlstand – nicht nur für England, sondern für die ganze Welt. Mir schwebt vor, daß Ihr die Geschicke ganz Europas lenkt. Um des Weltfriedens willen halte ich es für unabdingbar, daß Ihr die Stellung einnehmt, die mir für Euch vorschwebt.«

Ich gestand ihm, daß ich befürchtete, Preußen könne Schwierigkeiten machen.

»Der junge Wilhelm ist unter Bismarck aufgewachsen, da wundert es mich nicht, daß er seit eh und je von dem Wunsch durchdrungen ist, Preußen zum Aufstieg zu verhelfen.«

»Wilhelm wird mir immer unsympathischer. Albert und ich waren so stolz auf unser erstes Enkelkind, doch es gefällt mir nicht, wie er sich entwickelt hat.«

»Ich kann nur hoffen, daß ich lange genug lebe, um eurer Majestät die Stellung zu verschaffen, die Euch gebührt«, sagte Lord Beaconsfield.

»An die Zeit nach Ihnen will ich gar nicht denken, der Gedanke ist mir unerträglich. In letzter Zeit habe ich mehr als genug durchgemacht.«

»Gladstone hat viele Anhänger«, sagte er zur Warnung und lächelte entschuldigend. »Man darf sich den Tatsachen nicht verschließen, Madame.«

Ich sah ihn erschrocken an.

Er nickte betrübt. »Wir erfahren kaum mehr Unterstützung. Es kann durchaus sein, daß wir über kurz oder lang gezwungen sind, die Flinte ins Korn zu werfen. Sollte dieser Fall eintreten...«

»Nein, nur das nicht! Nicht schon wieder dieser Mann! Ich dachte, vor ihm wären wir endgültig sicher. Wieso sollte er jetzt wieder in Erscheinung treten?«

»Weil das Volk das wünscht, Madame. Die Leute lieben ihren William.«

»Dann wissen sie wohl nicht, daß er nachts durch die Stadt streunt.«

»Ich glaube, das tut er gar nicht mehr, und es geschah ja ohnehin in der allerbesten Absicht.«

»Das klingt ziemlich unwahrscheinlich.«

»Bei Gladstone ist jeder Zweifel ausgeschlossen.«

»Ich bin nicht bereit, mich mit Gladstone abzufinden. Lieber danke ich ab!«

»Aber Majestät, ich bitte Euch!«

Damit verabschiedete er sich. Ich fühlte mich mehr als unbehaglich, denn er hätte einen Regierungswechsel zu diesem Zeitpunkt sicher nicht einmal erwähnt, wenn er sich nicht ausgerechnet hätte, daß es höchstwahrscheinlich dazu kommen würde. Er wußte ja, wie ich darüber dachte.

Ein Glück, daß ich vorgewarnt war, denn zu meinem großen Kummer wurde das Parlament tatsächlich aufgelöst, und Neuwahlen wurden angesetzt. So traf mich dieser Schock zumindest nicht unvorbereitet.

Am nächsten Tag reiste ich nach Deutschland, um die Kinder von Alice zu besuchen, die inzwischen wieder von der Krankheit genesen waren und sich an den unersetzlichen Verlust gewöhnen mußten. Ihre Mutter fehlte ihnen sehr. Zwei der Mädchen sollten konfirmiert werden, das wollte ich um keinen Preis versäumen. Ich kam in ein Trauerhaus. Alle hatten Alice abgöttisch geliebt.

Wilhelm verlobte sich mit Prinzessin Victoria von Schleswig-Holstein-Sonderburg-Augustenburg, der Tochter jenes Herzog Friedrich, der Anspruch auf Schleswig-Holstein erhoben hatte. Ihre Mutter war die Tochter Feodoras, daher war ich am Zustandekommen der Verbindung natürlich interessiert und hielt diese Ehe für eine ausgezeichnete Idee. Da Preußen Schleswig-Holstein annektiert hatte, glich sich das jetzt sozusagen wieder aus.

Wenn ich die Verbindung auch befürwortete, so muß ich doch sagen, daß sich Wilhelms Manieren nicht gebessert hatten. In meinen Augen war er ein widerwärtiger junger Mann.

Natürlich verlor ich während dieses Deutschlandaufenthalts England niemals aus den Augen. Ich stand ständig mit Lord Beaconsfield in Verbindung. Die traurige Nachricht ließ nicht lange auf sich warten. Ich erfuhr die Wahlergebnisse. Meine konservative Regierung hatte gewaltige Einbußen erlitten, und die Liberalen gingen mit einer Mehrheit von einhundertundsechzig Stimmen aus der Wahl hervor. Was für eine Tragödie!

Bedrückt trat ich die Heimreise an. Der Gedanke an Gladstone erschien mir unerträglich. Er stand in krassem Gegensatz zu dem umgänglichen Lord Beaconsfield, mit dem ich mich so gut verstanden hatte.

Mein Sekretär, Sir Henry Ponsonby, der mir stets eine große Hilfe war, versuchte, mich zu trösten.

»Mit diesem wahnsinnigen Hitzkopf will ich nichts zu schaffen haben. Er wird alles ruinieren und versuchen, mir Vorschriften zu machen. Ich bin nicht bereit, mich mit ihm abzufinden – eher danke ich ab!« ereiferte ich mich.

»Vielleicht ist er ja gar nicht so schlimm«, versuchte mir Sir Henry einzureden. »Außerdem gibt es ja auch noch andere. Gladstone ist ziemlich stark gealtert und vielleicht mit den Jahren nachgiebiger geworden.«

Gladstone würde nicht einen Deut nachgeben. Wie hatte er immer gegen Lord Beaconsfield gewettert, und dann seine Friedenspolitik! Frieden um jeden Preis, in meinen Augen ein Mangel an Rückgrat.

»Wie wäre es denn aber mit Lord Granville?«

»Den will ich nicht.«

»Und wie steht es mit Lord Hartington?«

»Dieser skandalumwitterte Mann? War er nicht in die Geschichte im Zusammenhang mit der Herzogin von Manchester verwickelt?«

»Sie waren eng befreundet, Euer Majestät.«

»Bis er in Leidenschaft zu einem Geschöpf namens Skittles entbrannte.«

»Die Dame war in gewissen Kreisen sehr beliebt.«

Sir Henry besaß den gleichen Humor wie Lord Melbourne. Es machte meinem Privatsekretär offensichtlich Spaß, hin und wieder solche kleinen Seitenhiebe auszuteilen. Ich glaube nämlich fast, daß Bertie sich auch einmal mit diesem schamlosen Geschöpf eingelassen hat.

Und einer dieser Männer sollte anstelle von Lord Beaconsfield Premierminister werden!

Sowohl Lord Granville als auch Lord Hartington lehnten ab und wiesen mich taktvoll darauf hin, daß das Volk sich einen anderen Premierminister wünschte.

Ich focht innere Kämpfe mit mir aus. Abdanken konnte ich natürlich nicht, das war eine leere Drohung. Ich überlegte, was Albert wohl an meiner Stelle getan hätte. Da gab es gar keinen Zweifel. Da mir keine andere Wahl blieb, ließ ich Gladstone kommen.

Bescheiden und in devoter Haltung kam er an und tat alles, um mir zu gefallen. Er küßte mir die Hand, doch ich konnte mich nicht dazu überwinden, freundlich zu ihm zu sein.

Ich hatte meinen lieben Freund verloren, und Gladstone trat an seine Stelle.

Gladstones Kabinett war darum bemüht, die Kriege zu beenden, die zur Zeit der Wahl in Südafrika und Afghanistan getobt hatten. Unsere Truppen wurden in Maiwand vernichtend geschlagen, und ich befürchtete, die neue Regierung würde sich mit dem Desaster einfach abfinden und nicht versuchen, unser Prestige wieder zu festigen, was Lord Beaconsfield zweifellos getan hätte. Daher war ich hocherfreut, als Sir Frederick Roberts Afghanistan unterwarf, indem er in Kandahar einmarschierte und einen neuen Emir einsetzte, der Freundschaft für uns empfand.

Als der Burenkrieg ausbrach und General Colley bei der Niederlage am Majuba Hill ums Leben kam, fürchtete ich wieder, die Regierung werde nicht dagegen einschreiten. Ich wollte Sir Frederick Roberts als Oberkommandierenden in Transvaal sehen. Doch was hatte das für einen Sinn. Die Regierung verfolgte ihre Friedenspolitik und fügte sich dem Feind in den Verhandlungen.

Mein Zorn kannte keine Grenzen. Hätte Lord Beaconsfield zu bestimmten gehabt, so wäre alles ganz anders abgelaufen. Als die Soldaten heimkehrten, besuchte ich die Truppen. Das Berkshire Regiment erhielt neue Fahnen, da es die seinen in Maiwald eingebüßt hatte. Meine Soldaten sollten wissen, wie sehr ich sie schätzte und daß mir durchaus bewußt war, welche Opfer sie für ihr Vaterland gebracht hatten.

Zu meinem Entsetzen erfuhr ich, daß Sir Charles Dilke Staatssekretär für auswärtige Angelegenheiten geworden war. Ich würde nie vergessen, wie er gegen mich gewettert hatte und daß er für die Abschaffung der Monarchie eingetreten war. Wie kam es, daß ein solcher Mann der Regierung angehören durfte?

Und als sei das noch nicht schlimm genug, stellte sich auch noch heraus, daß er zu Berties Freundeskreis gehörte. Das war in meinen Augen nicht nur ein Mangel an Loyalität, sondern pure Dummheit. Als ich Bertie deshalb Vorhaltungen machte, erklärte er mir, er gebe sich mit allen möglichen Leuten ab. So könne er am besten in Erfahrung bringen, was in den Köpfen der Menschen vorging und was man von uns hielt. Das leuchtete mir sogar ein, doch Dilke würde ich auf keinen Fall empfangen.

Etwas machte mich um diese Zeit sehr traurig. Lord Beaconsfield erkrankte. Seit er den Sitz im Oberhaus innehatte, war er immer schwächer geworden, und ich glaube, er hat die Peerswürde überhaupt nur angenommen, weil er das Unterhaus als zu anstrengend empfand.

Als ich erfuhr, daß er bettlägerig war und sich aus diesem

Grund ganz nach Hughenden zurückgezogen hatte, schrieb ich ihm und bat ihn, mir über seine Genesung zu berichten. Er antwortete äußerst liebenswürdig, meine Briefe täten ihm gut und er fühle sich gleich besser, wenn er sie gelesen habe. Er schrieb mir auch, es sei sehr kalt in Hughenden, und er habe die größten Schwierigkeiten, seine alten Knochen warmzuhalten.

Im März raffte er sich wieder auf und kehrte in seine Wohnung in der Curzon Street zurück. Ich war glücklich und erleichtert, weil ich das für ein gutes Zeichen hielt.

Von Osborne aus ließ ich ihm Himmelsschlüssel schicken. In seinem Dankesbrief schrieb er mir, die Blumen hätten ihm wieder Mut gemacht, ihn aufgeheitert und seinen Lebenswillen gestärkt.

Im April mußte ich mir dann sagen, daß er wohl doch zu schwach war, um zu schreiben, denn ich hatte seit drei Wochen nichts von ihm gehört.

Da nahm ich mir vor, meinen lieben alten Freund zu besuchen und ihn einfach aufzufordern, schnell wieder gesund zu werden, denn ich wollte nicht noch einen Menschen verlieren, an dem ich hing. Doch bevor ich meinen Plan noch in die Tat umsetzen konnte, wurde mir die Nachricht überbracht, daß Lord Beaconsfield gestorben war, und zwar am 14. April 1881. Seine letzten Worte waren: »Ich fürchte den Tod nicht, würde aber lieber weiterleben.«

Er hatte den Wunsch geäußert, in Hughenden neben Mary Anne beerdigt zu werden. Der Kummer drohte mich zu überwältigen, so daß es mir nicht möglich war, an der Trauerfeier teilzunehmen. An meiner Stelle fuhren Bertie und Leopold nach Hughenden. Sie nahmen Himmelsschlüssel von mir mit, um sie auf den Sarg zu legen. Ich befestigte ein Kärtchen an den Blumen, auf dem zu lesen stand: »Seine Lieblingsblume.«

Nun hatte ich auch noch diesen lieben Freund verloren, dessen ganzes Bestreben es gewesen war, zu Ruhm und Ehre des Vaterlandes beizutragen und der Krone zu dienen. Sein Tod war eine Katastrophe für das Land, und mein Kummer läßt sich nicht beschreiben.

Obwohl er in Hughenden zur letzten Ruhe gebettet werden wollte, gab ich ein Denkmal ihm zu Ehren in Auftrag, das in der Westminster-Abtei stehen sollte.

Vier Tage nach der Beerdigung fuhr ich mit Beatrice nach Hughenden, um dort ein Gebinde aus weißen Kamelien auf seinem Sarg in der offenen Gruft auf dem Friedhof niederzulegen, um damit öffentlich zu demonstrieren, wie sehr ich diesen Mann geschätzt und verehrt hatte.

Im Jahr darauf ließ ich in der Kirche eine Gedenktafel mit den Worten anbringen:

Zur Erinnerung an den geschätzten und hochverehrten Benjamin Disraeli, Earl von Beaconsfield, von seiner dankbaren Königin Victoria R. I., die ihm sehr zugetan war.
›Rechte Worte gefallen den Königen, und wer aufrichtig redet, wird geliebt.‹ Sprüche XVI, 13.

27. Februar 1882

Der Tod hielt reiche Ernte, schien förmlich in der Luft zu liegen – ein deprimierender Gedanke. Am 13. März 1881 kam Zar Alexander II., der Schwiegervater Alfreds, bei einem Bombenattentat ums Leben. Auch Garfield, der Präsident der Vereinigten Staaten, fiel einem Mordanschlag zum Opfer. In Ägypten war es schon vorher zum Aufstand gekommen. Arabi Pascha, der Kriegsminister des Khediven, landete erfolgreich einen Coup und stürzte die Regierung. Was die Finanzlage Ägyptens betraf, verursachte er dadurch ein Chaos. Frankreich stand zwar auf unserer Seite, weigerte sich aber, dem Khediven wieder zur Macht zu verhelfen, also blieb uns das allein überlassen.

Zum Glück gelang es uns, einen entscheidenden Sieg zu erringen. Zu der Zeit hielt ich mich in Balmoral auf. Ich ließ auf dem Craig Gowan ein Freudenfeuer entzünden.

Natürlich war mir das Ziel meiner Regierung – ›Frieden um jeden Preis‹ – stets gegenwärtig. Lord Beaconsfield fehlte mir wirklich sehr. Ich hätte viel darum gegeben, ihn zur Seite zu haben, damit wir die Politik der Stärke betreiben konnten, an die wir beide so fest geglaubt hatten.

Ich konnte es nicht fassen, als mir Leopold verkündete, er wolle heiraten. Das war mir nie in den Sinn gekommen. Seit wir wußten, daß er an der schrecklichen Bluterkrankheit litt, waren wir um ihn immer sehr besorgt gewesen.

Er selbst maß diesem Handicap nicht viel Bedeutung bei. Vermutlich konnte man auch nicht von ihm erwarten, daß er die Hämophilie stets vor Augen hatte und daher nie etwas riskierte. Schließlich war er – von dieser Krankheit einmal abgesehen – ein ganz normaler junger Mann.

Mir waren schon Gerüchte zu Ohren gekommen, wonach er sich zu einer gewissen jungen Dame, die in London Furore machte, stark hingezogen fühlte. Daran war Bertie nicht ganz unschuldig. Leopold soll sie jedoch zuerst kennengelernt haben. Es handelte sich um eine gewisse Mrs. Langtry, die Tochter des Dean von Jersey, die einen Mr. Langtry geheiratet hatte. In exklusiven Kreisen verkehrten sie wohl nicht, doch offensichtlich war die Frau ausnehmend schön, so daß sie einem Adeligen aufgefallen war, der sie in sein Haus eingeladen hatte.

Dort war ihr Leopold begegnet und hatte sich in sie verliebt. Sein Pech war jedoch, daß sein Bruder Bertie ein Bild von ihr zu Gesicht bekam, sie unbedingt kennenlernen wollte und sie dann mit Beschlag belegte.

Doch Leopold nahm seinem Bruder das nicht etwa übel. Als Bertie Mrs. Langtry nicht mehr von der Seite wich, trat Leopold achselzuckend eine Reise an. Auf dem Kontinent begegnete er Helene Friederike Augusta, der Tochter des Prinzen von Waldeck Pyrmont, und beschloß, sie zu seiner Frau zu machen.

Ich war entsetzt, als ich davon erfuhr – nicht etwa wegen der Wahl, die er getroffen hatte, sondern weil er überhaupt an eine Ehe dachte. Ich befürchtete, das könne seine Kräfte übersteigen. Seit dem Tod meiner geliebten Alice waren mir meine übrigen Kinder noch mehr ans Herz gewachsen. Weil Leopold ein Bluter war, erschien er mir ungeeignet für die Ehe.

Als ich mich mit Bertie darüber unterhielt, meinte er, Leopold solle ruhig heiraten, wenn das sein Wunsch sei.

»Aber du weißt doch, daß er an einer unheilbaren Krankheit leidet«, wandte ich ein.

»Ja, wenn er blutet, ist er in Gefahr. Trotzdem mußt du ihm zugestehen, daß er sich sein Leben so einrichtet, wie es ihm gefällt, Mama. Als Ehemann ist er nicht stärker gefährdet als bisher.«

Damit hatte Bertie selbstverständlich recht. Ich mußte es mir abgewöhnen, immer schwarzzusehen, was Leopold betraf.

Leopold verlobte sich also und wurde zum Herzog von Albany ernannt.

Ich fuhr nach Windsor, war gerade aus dem Zug gestiegen und hatte in der Kutsche Platz genommen, die am Bahnhof bereitstand. Als die Pferde lostraben wollten, hörte ich plötzlich einen lauten Knall, dann Füßescharren. Browns leichenblasses Gesicht erschien am Fenster.

»Ein Mann hat auf Eure Kutsche geschossen«, stammelte er.

Bei dem Gedanken wurde mir fast übel. Das war bereits das siebte Attentat. Vermutlich hätte ich mich längst daran gewöhnen müssen, doch das Entsetzen packte mich jedesmal von neuem.

»Ich bringe Sie jetzt unverzüglich zum Schloß«, versprach Brown. »Bald sind wir da.«

Später erfuhr ich genauer, was vorgefallen war. Dieses siebte mißlungene Attentat auf mich am 2. März 1882 hatte ein gewisser Roderick MacLean begangen. Zwei Schuljungen aus Eton hatten sich inmitten einer kleinen Menschengruppe ganz in der Nähe meiner Kutsche aufgehalten. Sie hatten gesehen, wie MacLean mit der Pistole direkt auf meine Kutsche zielte. Einer dieser Schüler hatte MacLean die Waffe mit dem Schirm aus der Hand geschlagen, der andere hatte den Attentäter mit seinem Schirm verdroschen. Dann hatten sie ihn überwältigt und festgehalten, bis er festgenommen wurde. Es handelte sich um einen ernstgemeinten Mordanschlag, denn die Pistole war geladen.

Besorgt eilte Gladstone sofort zu mir nach Windsor. Er

schien ernsthaft um mich besorgt zu sein, und es bestand kein Grund, an seiner Aufrichtigkeit zu zweifeln. Trotzdem irritierte mich seine Reaktion. Nicht einmal sein Mitgefühl machte ihn mir sympathisch.

»Der Mann ist wahnsinnig«, erklärte er. »Alle Attentäter, die es auf das Leben Eurer Majestät abgesehen hatten oder haben, sind nicht bei Verstand. In anderen Ländern werden die Regenten aus politischen Gründen attackiert und zuweilen tatsächlich aus dem Weg geräumt. Da ist es doch beruhigend, daß es sich hier bei den Attentätern ausnahmslos um Geisteskranke handelt.«

»Für das Opfer spielt das keine Rolle, Mr. Gladstone«, erwiderte ich kühl.

»Das mag sein, Madame, doch sind die Motive unterschiedlich. Geisteskranke handeln nicht aus Vernunftgründen.«

Garantiert würde er mir jetzt einen Vortrag über die Mordmotive Geisteskranker halten sowie über den Unterschied zwischen Mördern in England und in anderen Ländern. Ich kam ihm jedoch zuvor und schnitt ihm das Wort ab.

»Ich wüßte gern Genaueres über diesen Vorfall«, sagte ich.

So erfuhr ich von den zwei tapferen Schülern aus Eton, die eine Tragödie verhindert hatten.

»Sie sollen wissen, wie dankbar ich ihnen dafür bin, daß sie mir das Leben gerettet haben.«

Gladstone hielt das für eine ausgezeichnete Idee.

Ich empfing die Schüler der gesamten Schule – neunhundert Jungen. Es war ein bewegender Anblick, sie im Hof versammelt zu sehen. Ich hielt eine Rede und ließ die beiden Jungen heraustreten, die mir so todesmutig zu Hilfe geeilt waren, um ihnen meinen Dank auszusprechen.

Roderick MacLean wurde der Prozeß gemacht. Er wurde jedoch nicht für schuldig befunden, da er nicht zurechnungsfähig war.

Dieses Urteil wollte mir nicht in den Kopf. Nicht schuldig, obwohl er eine geladene Pistole auf mich gerichtet hatte. Wie leicht hätte er mich erschießen können, wenn die zwei Schuljungen ihn nicht mit ihren Regenschirmen gerade noch rechtzeitig außer Gefecht gesetzt hätten. Wer versuchte, einen meiner Untertanen zu ermorden, wurde garantiert schuldig gesprochen. Galt der Mordanschlag aber mir, der Königin, betrachtete man den Attentäter lediglich als Geisteskranken, der keine längere Gefängnisstrafe zu befürchten hatte.

»Es besteht kein Zweifel daran, daß der Mann nicht bei Verstand ist«, behauptete Gladstone allen Ernstes. »In England versuchen immer nur die Geisteskranken, ihre Herrscher zu ermorden.«

Er sollte inhaftiert werden, solange es die Königin wünschte. Wenn es nach mir ging, würde er nicht so bald wieder entlassen werden.

Gladstone sah ein, daß mir die Rechtsprechung im Hinblick auf Attentäter nicht behagte. Er wollte die Sache zur Sprache bringen und sich für eine Gesetzesänderung stark machen.

Nach diesem Mordanschlag wuchs meine Popularität. Das freute mich natürlich sehr. Da mir zum Glück wieder einmal kein Haar gekrümmt worden war, sonnte ich mich in der Gunst des Volkes, und die Sache erschien mir beinahe lohnend, denn mir war ja nichts geschehen.

Etwa einen Monat nach dem Attentat heiratete Leopold. Im Parlament kam es zu dem üblichen Gerangel hinsichtlich seiner Apanage. Schließlich einigte man sich auf 25000 Pfund pro Jahr. Wie nicht anders zu erwarten, fiel die Presse daraufhin wieder einmal über die Königsfamilie her, die solche Unsummen vom Staat erhielt. Auch bemängelte man wieder, daß ich so zurückgezogen lebte.

»Was fängt sie nur mit dem vielen Geld an, und ist sie uns das wirklich wert?« jammerte man allerorten. Zweiundvierzig Parlamentsmitglieder sprachen sich gegen die Aufstokkung von Leopolds Apanage aus, sie wurden jedoch von der Mehrheit überstimmt.

Ich wohnte der Trauung schwarzgekleidet bei. Über dem schwarzen Kleid trug ich jedoch einen weißen Schleier. Ich hoffte inständig, daß Leopold seine Kraft nicht überschätzte, und machte mir große Sorgen um ihn. Der starke Blutverlust hatte ihn in all den Jahren sehr geschwächt. Er würde einsehen müssen, daß er sich durch diese fatale Krankheit von anderen gesunden Menschen unterschied. Helene war eine tüchtige junge Frau und so selbstbewußt, daß sie auch mir gegenüber kein Blatt vor den Mund nahm. Anfänglich nahm ich ihr das übel, doch dann bewunderte ich ihren Mut. Allmählich gelangte ich zu der Erkenntnis, daß sie die ideale Frau für Leopold war.

Als Hochzeitsgeschenk kaufte ich dem Paar Claremont, das Schloß, an dem mein Herz hing. Onkel Leopold hatte es mir auf Lebzeiten überlassen, doch ich wollte es gern besitzen, damit ich es den Frischvermählten schenken konnte.

Die Ehe schien Leopold glänzend zu bekommen. Bald machte ich mir keine Sorgen mehr um ihn. Helene war schon bald nach der Hochzeit schwanger. Das Kind würde zehn Monate nach der Hochzeit zur Welt kommen.

Ich hatte schon so viele Enkelkinder, daß ich sie kaum mehr zählen konnte. Leopolds Kind würde jedoch eine Sonderstellung einnehmen, denn ich hätte nie gedacht, daß er überhaupt je Kinder haben würde.

Von Windsor aus begab ich mich nach Frogmore, um Albert bzw. sein Grab zu besuchen. Todtraurig machte ich mich danach auf den Rückweg. Ich muß wohl tief in Gedanken gewesen sein, sonst wäre ich wohl kaum auf der Treppe ausgeglitten und gestürzt.

Alle waren konsterniert. Brown kam herbeigeeilt und stieß alle anderen beiseite. Als er mich aufhob, sah er mich wütend an und sagte: »Was haben Sie denn jetzt schon wieder angerichtet, gute Frau?« Trotz der Schmerzen im Bein mußte ich wider Willen lachen.

Brown trug mich in mein Zimmer. Alle machten einen großen Wirbel, doch ich war mir sicher, daß ich schon in ein paar Tagen völlig wiederhergestellt sein würde.

Am nächsten Morgen konnte ich jedoch mit dem Fuß schon kaum mehr auftreten. Durch die Erschütterung plagte mich zudem mein Gelenkrheuma mehr denn je zuvor.

Die Ärzte verordneten mir Bettruhe.

Ich haßte es, untätig herumzuliegen und mich nicht rühren zu können, doch mein Bein war stark geschwollen und schmerzte fürchterlich.

Brown trug mich zwischen dem Bett und der Couch hin und her, und da er meinte, ich brauche auch hin und wieder ein wenig frische Luft, kutschierte er mich im Ponywagen durch den Schloßpark.

»Was täte ich nur ohne Brown?« fragte ich mich wiederholt.

Jeden Morgen erschien er unangemeldet in meinem Zimmer und fragte: »Was wünschen Sie heute?« als sei ich ein launenhaftes Kind, dessen Wünsche befriedigt werden müssen, damit es Ruhe gibt. Darüber amüsierte ich mich täglich, und sein Anblick heiterte mich auf.

Etwas über eine Woche nach dem fatalen Sturz erschien nicht Brown bei mir, um sich nach meinen Wünschen zu erkundigen, sondern ein anderer Diener.

»Wo bleibt denn Brown?« fragte ich verwundert.

»Er kann Eure Majestät heute morgen nicht bedienen.«

»Aha«, dachte ich bei mir, »wahrscheinlich hat er gestern abend zu tief ins Glas geschaut.« Sobald er wiederkam, wollte ich ihn damit ein wenig aufziehen.

Doch wider Erwarten erschien Brown auch später nicht. Als ich nach ihm schickte, erschien ein anderer an seiner Stelle.

»Sein Gesicht ist fürchterlich geschwollen, Majestät«, erfuhr ich.

»Wieso ist sein Gesicht geschwollen? Was ist denn geschehen? Ist er vielleicht gestürzt?«

Da ich von dem Diener nichts erfuhr, bestand ich darauf, daß man Brown zu mir schickte.

Bei seinem Anblick erschrak ich maßlos. Sein Gesicht war in der Tat puterrot und aufgedunsen.

»Was um alles in der Welt ist Ihnen zugestoßen, Brown?« erkundigte ich mich besorgt.

»Weiß ich selbst nicht«, fertigte er mich kurz und bündig ab. Er war krank, daher befahl ich ihm, sofort wieder ins Bett zu gehen. Dann ließ ich Dr. Jenner kommen.

Nach der Untersuchung eröffnete mir der Arzt, Brown litte an Rotlauf.

»Ist das lebensgefährlich?« erkundigte ich mich.

Dr. Jenner schüttelte den Kopf.

»Ich wünsche, daß Sie ihn behandeln, Sie und Dr. Reid. Sie sollen ihm die beste Pflege angedeihen lassen.«

»Ich glaube, das ist nicht nötig, Madam...« setzte Dr. Jenner an.

»Ich bestehe darauf«, sagte ich entschieden.

Dr. Jenner verneigte sich und trat den Rückzug an. Wahrscheinlich würde es bald in aller Munde sein, daß ich meinem Leibarzt befohlen hatte, John Brown zu behandeln, doch Brown war mir so wichtig, daß mich das nicht kümmerte.

Während ich mir noch um John Brown Sorgen machte, erhielt ich die freudige Nachricht, daß Helen ein kleines Mädchen zur Welt gebracht hatte. Leopold war Vater geworden!

Ich setzte es mir in den Kopf, Mutter und Kind sofort einen Besuch abzustatten, obwohl ich zur Kutsche hinausgetragen werden mußte – leider nicht von John Brown.

Helen hatte sich schon wieder ganz gut von der Geburt erholt, sah kräftig und gesund aus, lag aber auf einer Couch. Leopold hatte eine Blutung gehabt, und die Ärzte hatten ihm geraten, sich vorerst sehr zu schonen, daher lag auch er auf einer Couch. Da auch ich noch angeschlagen war, war für mich noch eine dritte Couch hereingetragen worden.

Sicher boten wir einen urkomischen Anblick, wie wir uns auf unseren Sofas räkelten.

Der Säugling wurde hereingebracht und von allen bewundert. Leopold war ganz der stolze Vater, und auch Helen strahlte vor Freude über ihr erstes Kind. So waren wir alle rundum zufrieden, doch bei meinem Eintreffen in Windsor überfiel man mich gleich mit der Nachricht, John Browns Zustand habe sich rapide verschlechtert.

»Verschlechtert?« rief ich entsetzt. »Aber ich dachte, seine Krankheit sei nicht besorgniserregend.«

»Euer Majestät, ich fürchte, er wird der Krankheit nicht Herr.«

»Aber er ist doch doppelt so kräftig wie jeder andere Mensch!«

»Anscheinend nutzt das nichts, sein Zustand ist wirklich ernst.«

Da ich in großer Sorge um ihn war, besuchte ich ihn sofort. Er erschien mir ganz fremd und erkannte mich nicht mehr. Im Delirium murmelte er ständig vor sich hin.

»Nein, nein«, dachte ich, »nur das nicht auch noch!«

Und doch geschah das Unvermeidliche. Am nächsten Morgen teilte man mir mit, daß John Brown die Nacht nicht überlebt hatte.

Unfaßbar – mein getreuer Diener war dem Rotlauf erlegen. Rings um mich herum starben die Menschen, an denen mein Herz hing. Gehörte das mit zum Altwerden? Der Tod meines lieben Freundes Lord Beaconsfield lag doch noch gar nicht so lange zurück. Was für ein Trost war mir John Brown gewesen! Auch ihn gab es nun nicht mehr.

Vor Schmerz war ich wie versteinert. Nichts konnte mich über seinen Tod hinwegtrösten. Bei meiner Familie stieß ich damit nur auf Unverständnis. Meinen Kindern war er immer ein Dorn im Auge gewesen. Sie brachten keinerlei Verständnis dafür auf, daß wir uns so gut verstanden hatten. In ihren Augen war er nur irgendein Bediensteter gewesen, doch da befanden sie sich sehr im Irrtum, denn John Brown hatte mir entschieden näher gestanden.

Ich dachte daran, ihm ein Denkmal zu errichten. Sir Henry Ponsonby fühlte sich bei dem Gedanken mehr als unbehaglich und ließ durchblicken, daß er das nicht für ratsam hielt. So etwas sei ein gefundenes Fressen für die Presse, diese Blöße wolle ich mir doch wohl nicht geben. Wenn man John Brown eine so übertriebene Aufmerksamkeit widme, gäbe das Anlaß zu Spekulationen. Garantiert würden sich die Leute fragen, wie ich zu John Brown gestanden hatte.

Mich kümmerte das alles nicht. Die Presse ließ mich kalt, und ich hatte nicht die geringste Lust, klein beizugeben, nur um die Leute zu besänftigen. Wenn sie Verleumdungen Glauben schenken wollten, so war das ihre Angelegenheit.

Das Volk war eben wankelmütig – liebte seine Herrscher oder feindete sie an, ganz wie es ihm gefiel. Als Bertie um ein Haar gestorben und ich fast erschossen worden wäre, waren uns alle Herzen zugeflogen. Wie konnte man auf Menschen zählen, die sich so wankelmütig zeigten?

Für mich zählten eben Freunde wie Lord Beaconsfield und der grundanständige John Brown.

Ich ließ daher in Balmoral eine Statue John Browns aufstellen und beauftragte Lord Tennyson damit, die Inschrift zu verfassen. Die lautete:

›Eher Freund als Diener, aufrichtig und loyal,
pflichtbewußt und selbstlos bis ans Grab.‹

Als ich entdeckte, daß John Brown Tagebuch geführt hatte, mußte ich daran denken, was Sir Theodore Martin aus dem *Leben des Prinzgemahls* gemacht hatte. Daher bat ich ihn, eine Biographie John Browns zu schreiben. Doch wahrscheinlich wurde von anderer Seite Druck auf ihn ausgeübt, denn Sir Theodore lehnte ab mit der Begründung, der Gesundheitszustand seiner Frau lasse es im Augenblick nicht zu, daß er sich so engagiere. Möglicherweise war Sir Henry Ponsonby dafür verantwortlich. Ich durfte Sir Henry wohl als Freund betrachten, doch im Hinblick auf die Skandale um John Brown hatte er sich schon immer sehr unbehaglich gefühlt. Nun wollte er um jeden Preis verhindern, daß sich diese noch mehr ausweiteten. Er meinte, dazu käme es gewiß, wenn eine Biographie John Browns erschien.

Da Sir Theodore Martin sich weigerte, die Biographie zu schreiben, engagierte ich eine gewisse Miß Macgregor, damit sie die Tagebücher mit mir durchging und herausgab.

Es tröstete mich auch, einen zweiten Band der *Tagebuchblätter* zu veröffentlichen. Der Titel lautete: *Weitere Tagebuchblätter über unser Leben im Hochland*.

Trauer umfing mich bei dem Gedanken an die schöne Zeit mit Albert und den Kindern, die schon so lange zurücklag, doch es machte mir große Freude, die Erinnerungen aufzuarbeiten. Alles stand mir wieder lebhaft vor Augen. Natürlich war der Gedanke schwer zu ertragen, daß die schöne Zeit nie wiederkehren würde. Sie lag endgültig hinter mir.

Viele beglückwünschten mich zu dem zweiten Band, meine Kinder waren jedoch entsetzt, ebenso die übrigen Verwandten.

Die alte Herzogin von Cambridge soll gesagt haben, die *Tagebuchblätter* seien vulgär, trivial und sterbenslangweilig und zudem in einem miserablen Englisch geschrieben. Sie war mir schon immer zuwider gewesen!

Auch Bertie erhob Einwände. Er fand, meine Tagebuch dürfe nicht in Umlauf gebracht werden. »Es ist nichts dagegen einzuwenden, daß die Familienmitglieder es lesen«, meinte er. »Doch darüber hinaus sollte es niemandem zugänglich sein. Schließlich schreibst du über dein Privatleben, das Fremde absolut nichts angeht.«

»Ich glaube, das interessiert die Leute«, wandte ich ein.

»Ja, es interessiert sie alles, was wir tun und lassen, doch ich finde, du solltest ihre Sensationslust nicht noch schüren.«

»*Ich* habe ja nichts zu verbergen, und es gibt nichts, dessen ich mich schämen müßte«, rieb ich Bertie unter die Nase. Diese kleine Spitze verfehlte ihre Wirkung nicht. Ich fügte noch hinzu, daß Lord Beaconsfield die *Tagebuchblätter* sehr gut geschrieben und sehr unterhaltsam fand, was daran liegen mochte, daß er sich mit derlei Dingen auskannte, da er selber schrieb. Er hatte mich als Kollegin betrachtet, was die Schriftstellerei betraf.

»Er hat den Leuten immer geschmeichelt, wenn er sich etwas davon versprach. Einmal soll er sogar gesagt haben, man müsse allen Menschen schmeicheln. Bei Monarchen müsse man sogar besonders dick auftragen.«

Lächelnd gestand ich mir ein, daß er das durchaus gesagt haben könnte, doch mein Buch hatte ihm tatsächlich gefallen. Er hatte verstanden, wieso man sich zum Schreiben gedrängt fühlte. Menschen wie Bertie würden das nie begreifen.

Ich glaube fast, es wurde ein Komplott geschmiedet, um zu verhindern, daß eine Biographie John Browns erschien.

Das hatte Sir Henry vermutlich angezettelt. So mancher unterstützte ihn dabei, allen voran der Prinz von Wales.

Sir Henry versprach mir, den Bischof von Ripon, Dr. Cameron Lees aus Edinburgh, wegen der geplanten Biographie John Browns um Rat zu fragen.

»Solche Leute kennen sich mit derlei Dingen aus, Euer Majestät«, versicherte er mir.

Dann zog er auch noch Lord Rowton hinzu. Was Brown wohl dazu gesagt hätte, daß sich so bedeutende Leute mit seiner simplen Niederschrift befaßten.

Dr. Lees hielt es für ratsam, das Erscheinen des Buches erst einmal auf die lange Bank zu schieben. Dafür sprach sich auch Randall Davison, der Dean von Windsor aus. Außerdem bekannte er, daß er es für besser hielt, nicht noch einen zweiten Band der *Tagebuchblätter* herauszugeben.

Ich war außer mir vor Zorn. Sollte das etwa heißen, daß mein Buch vulgär war und sich in meiner Position nicht ziemte?

Ich konnte ihm meinen Ärger nicht verhehlen, und als der Dean sah, wie verletzt ich war, reichte er sein Entlassungsgesuch ein. Er bedauerte, mich gekränkt zu haben, blieb aber bei seiner Meinung.

Leider geriet ich immer noch sehr leicht in Rage, doch mein Zorn verflog sehr schnell. Für den Dean bestand eigentlich kein Grund zurückzutreten. Ich durfte ihm nicht verübeln, daß er mir die Meinung gesagt hatte, wenn sie mir auch nicht paßte. Im Grunde meines Herzens wußte ich ja, wie recht er damit hatte.

Brächte man die Tagebücher von John Brown als Buch heraus, so würde man dem Gerede nur wieder neue Nahrung geben. Über die Freundschaft zwischen uns hatten sich die Leute lange genug ereifert. Auch mein Leben mit Albert und den Kindern, also mein Privatleben, ging niemanden etwas an. Ich würde meine Tagebücher noch einmal lesen und mich zurückerinnern. Denjenigen, die mir von der Veröffentlichung abgeraten hatten, war das hoch anzurechnen, denn sie hatten damit ihre Stellung aufs Spiel gesetzt.

Die Memoiren meines geliebten Dieners aus dem Hochland sollten nie erscheinen – und auch kein zweiter Band meiner *Tagebuchblätter*.

Auch ein Jahr nach John Browns Tod trauerte ich noch um ihn. Überall erinnerte mich etwas an ihn – vor allem in Balmoral.

Helen erwartete ihr zweites Kind, obwohl die kleine Alexandra eigentlich noch ein Baby war. Offenbar war Helen sehr fruchtbar. Was für ein Segen, daß die schreckliche Hämophilie nur durch die weibliche Seite auf die Söhne übertragen werden konnte. Leopolds Kinder waren also davor gefeit.

Leopold hatte wieder einen Rückfall gehabt. Auf Anraten der Ärzte kurierte er sich in Südfrankreich aus. Ich erfuhr von Helen, daß er sich dort rasch erholte.

An John Browns Todestag, dem 27. März, erhielt ich ein Telegramm aus Cannes, in dem es hieß, Leopold sei gestürzt und habe sich das Knie verletzt. An diesem Tag hatte ich schlimme Depressionen, wenn ich an meinen Diener aus dem Hochland dachte, der mir so sehr fehlte. Daher war ich bei dieser Nachricht sofort von bösen Vorahnungen erfüllt. Mit solchen Todestagen hatte ich schlechte Erfahrungen gemacht. Sowohl mein geliebter Albert als auch meine Tochter Alice waren am 14. Dezember gestorben. Kein Wunder, daß ich mir Sorgen machte. Ich hatte ein so ungutes Gefühl, daß ich daran dachte, umgehend nach Cannes zu reisen, doch bevor ich diesen Plan noch in die Tat umsetzen konnte, erfuhr ich durch ein weiteres Telegramm, daß Leopold einer Gehirnblutung erlegen war.

Damit hatten wir rechnen müssen, seit wir wußten, daß Leopold an dieser Krankheit litt. Sein Leben lang hatte ich mir um Leopold Sorgen gemacht, doch seit seiner Heirat und der Geburt des ersten Kindes hatte ich mich dann gefragt, ob ich mir nicht vielleicht grundlos Sorgen machte. Schließlich hatte er sich von seinen zahlreichen Blutungen immer wieder erholt, und sie waren zum Stillstand gekommen.

Rings um mich herum streckte der Tod die Fühler aus, es gab kein Entrinnen. Wer würde wohl das nächste Opfer sein?

Leopolds Leichnam wurde nach England überführt und in der St.-George's-Kapelle in Windsor beigesetzt.

Nun hatte ich nach meinem über alles geliebten Mann schon das zweite Kind verloren!

Drei Monate nach dem Tode Leopolds brachte Helen einen Sohn zur Welt.

Die politische Lage gab Anlaß zur Besorgnis. Gladstones Methoden standen in krassem Gegensatz zu denen von Lord Beaconsfield, der seinerzeit stets Erfolge zu verzeichnen hatte.

In Ägypten, das zu der Zeit fast ausschließlich unter britischer Verwaltung stand, kam es zu Unruhen. Der Sudan unter dem fanatischen Mahdi stellte eine Bedrohung für die Grenze Ägyptens dar. Die englische Regierung mußte daher entscheiden, ob die Rebellion niedergeschlagen oder der Sudan von Ägypten abgetrennt werden sollte. Wie nicht anders zu erwarten, gab Gladstone den Sudan auf. Lord Beaconsfield hätte anders entschieden, das stand fest! Gladstone hatte einen Horror vor ›imperialistischen Gelüsten‹, wie er es zu nennen pflegte. Hätten wir in Ägypten einen stärkeren Stand gehabt, was unter Lord Beaconsfield der Fall gewesen wäre, so hätte es der Mahdi nicht gewagt, sich gegen uns zu erheben. Menschen wie Gladstone mit ihrer sogenannten Friedenspolitik, die in meinen Augen eine Politik der Schwäche war, trugen die Schuld daran, wenn es zum Krieg kam. Wir wurden niemals durch unsere Stärke, sondern immer nur durch unsere Schwäche in diese Scharmützel und Aufstände hineingezogen. Auch Lord Palmerston hatte das schon klar erkannt und mit seiner Kanonenboot-Politik stets den Sieg davongetragen. Mit dieser Demonstration der Stärke hatte er den Gegner stets gewarnt, so daß es gar nicht erst zum Krieg gekommen war. Jetzt galt es, die Garnisonen im Sudan zu retten. Die Regierung verlegte sich auf ihre übliche Hinhaltepolitik und Verzögerungstaktik. Das Volk verlangte jedoch, daß General Gordon entsandt wurde, um mit dem Mahdi wegen des Abzugs der eingeschlossenen Garnisonen zu verhandeln. Als Gordon selbst von den Streitkräften des Mahdi in Khartum umzingelt wurde, machte ich mir solche Sorgen, daß ich der Regierung immer wieder nahelegte, Truppen zu entsenden, die Gordon zu Hilfe kommen konnten, doch die Regierung befürchtete einen Krieg, falls das geschah. Fast alle standen hinter mir, und Lord Wolseley wurde losgeschickt, um Gordon beizustehen. Doch er kam zu spät. Khartum wurde gestürmt und Gordon getötet, bevor Lord Wolseley eintraf.

Ich war entsetzt und schämte mich meiner Regierung. Diese Blamage, diesen Schandfleck würde England nicht so bald wieder loswerden, davon war ich überzeugt, und daraus machte ich auch kein Hehl. In einem der Gänge des Schlosses ließ ich eine Büste von Gordon aufstellen.

Ich hoffte, daß die Regierung nun wenigstens einsehen würde, daß sie sich falsch verhalten hatte. Sie mußte sich die Genialität und Energie Lord Beaconsfields vor Augen halten, auch wenn sie seine Politik Imperialismus nannte.

Ich machte mir große Sorgen um die Garnisonen im Sudan und schämte mich wegen unseres Fehlverhaltens. Die ganze Mission war ein Fehlschlag. Der Sudan hätte niemals von Ägypten abgetrennt werden dürfen. Nun verfiel das Land in Barbarei. Ob Lord Beaconsfield wohl kopfschüttelnd von oben mitansah, wie sein Lebenswerk zunichte gemacht wurde?

Beatrice war als einziges meiner Kinder unverheiratet geblieben. Seit der Zeit, als sie uns alle mit ihren originellen Aussprüchen entzückt hatte, stand sie mir sehr nahe.

Doch das amüsante kleine Mädchen hatte eine unglaubliche Wandlung durchgemacht. Im Gegensatz zu ihren Schwestern war Beatrice scheu und zurückhaltend. Sie lebte ganz zurückgezogen, hatte einen regelrechten Horror vor Fremden und gestand mir, daß sie auf Gesellschaften nie wisse, was sie sagen sollte.

Irgendwie freute mich das sogar, wenn ich mich auch ob meiner Selbstsucht schalt, doch der Gedanke, meine Jüngste auch noch zu verlieren, war mir schier unerträglich.

Zur Hochzeit meiner Enkelin Victoria von Hessen mit ihrem Vetter Ludwig von Battenberg fuhr ich nach Darmstadt.

Ich konnte Leopolds Tod nicht verwinden und trat die Reise in der Hoffnung an, im Kreise meiner Familie ein wenig Vergessen zu finden. Doch bei der Hochzeit kam es zu einer schicksalhaften Begegnung, denn Beatrice lernte den Bruder des Bräutigams, Heinrich von Battenberg kennen. Beatrice und Heinrich verliebten sich ineinander.

Ich war entsetzt, als mir Beatrice eröffnete, sie wolle heiraten.

»Ausgeschlossen!« sagte ich. »Du hast den Kopf verloren, das gibt sich wieder.«

Doch Beatrice bestritt das. Es sei wirklich Liebe. Sie hätten sich ihre Liebe bereits gestanden und hegten nun den Wunsch zu heiraten.

Ich befahl ihr, sich das aus dem Kopf zu schlagen, ich hätte schon genug durchgemacht, hätte schon Lord Beaconsfield, John Brown und dann auch noch Leopold verloren. Und nun sollte ich auch noch auf sie, mein jüngstes Kind, verzichten?

Die arme Beatrice war untröstlich, doch sie ergab sich in ihr Schicksal.

Natürlich hatte ich ein schlechtes Gewissen und machte mir die größten Vorwürfe. Ich brachte keinen Bissen mehr hinunter und fand nachts keinen Schlaf.

Aber es ginge über meine Kraft, Beatrice auch noch zu verlieren. Sie war der letzte Strohhalm, an den ich mich noch klammern konnte. Beatrice würde Heinrich schon bald vergessen haben. Schließlich war sie bereits siebenundzwanzig und offenbar nicht für die Ehe bestimmt. Bisher hatte sie doch nie daran gedacht, sich zu vermählen. Warum denn jetzt auf einmal? Das war doch lächerlich, absurd!

Und doch zerriß es mir das Herz mitanzusehen, wie verzweifelt meine Kleine war.

Beatrice war todunglücklich und sah leichenblaß aus, als wir nach England zurückkehrten.

So darf es nicht weitergehen, dachte ich. Ich will keinesfalls den gleichen Fehler machen wie mein armer verrückter Großvater. Als ich noch ein Kind war, hatten mich meine Tanten immer fasziniert. Meine Tanten waren selber halb verrückt gewesen, und was für ein trauriges Leben hatten sie geführt. Ihr Vater hatte selbstsüchtig darauf bestanden, daß sie alle bei ihm bleiben.

Schließlich hielt ich es nicht mehr aus.

»Beatrice, du bist ja kaum mehr wiederzuerkennen«, sagte ich.

Beatrice stritt das nicht ab.

Da ließ ich Heinrich von Battenberg kommen.

»Du weißt ja, wieviel mir Beatrice bedeutet«, sagte ich zu ihm. »Ich brauche sie, denn ich fühle mich oft sehr einsam. So viele Menschen, die mir lieb und teuer waren, sind gestorben. Was hältst du davon, in England zu leben? Wärst du dazu bereit? Dann könntest du Beatrice heiraten, und ich hätte sie auch weiterhin bei mir.«

Heinrich strahlte vor Freude. Da ließ ich Beatrice kommen.

»Heinrich hat sich bereiterklärt, in England zu leben. So verliere ich dich wenigstens nicht, mein liebes Kind«, erklärte ich ihr.

Beatrice fiel mir mit Freudentränen in den Augen um den Hals. Was für eine Freude, meine Jüngste so glücklich zu sehen. Ich atmete erleichtert auf.

Es war eine einfache Hochzeit, eine ›dörfliche Hochzeit‹, wie ich sie nannte, doch das Brautpaar war überglücklich. Was für ein Segen, daß ich mich doch noch eines Besseren besonnen hatte, denn Beatrice und Heinrich waren wirklich füreinander bestimmt.

Etwa um diese Zeit kam es wieder zu Unruhen. Wir schrieben das Jahr 1885, als Gladstones Regierung in Schwierigkeiten geriet, was mich nicht wunderte. Gladstones Ägyptenpolitik widerte nicht nur mich an. Viele im Land empfanden sie als Schande. Die Haushaltsvorschläge wurden abgeschmettert. Das bedeutete den Rücktritt Gladstones.

Ich bot ihm einen Grafentitel an, in der Hoffnung, ihn damit abzuspeisen, doch er lehnte ab.

Freudig bat ich Lord Salisbury, den Führer der Konservativen, zu mir, doch er war nicht darauf erpicht, ein Kabinett zu bilden, da er im Oberhaus saß. Er fand, das sei Aufgabe von Sir Stafford Northcote, dem Parteivorsitzenden im Unterhaus. Eigentlich schwebte ihm das Außenministerium vor, doch wenn er Außenminister und gleichzeitig Premierminister wäre und sich außerdem bis zu einem gewissen Grad der Unterstützung Gladstones während der letzten paar Monate bis zur Parlamentsauflösung sicher sein könnte, so wollte er sein Bestes tun, um ein neues Kabinett zu bilden.

Gladstone machte es uns nicht gerade leicht, doch schließlich verlief alles nach Wunsch.

Ich freute mich, denn Lord Salisbury war mir sehr sympathisch. Fast jeder war mir lieber als Gladstone. Lord Salisbury war der erste meiner Premierminister, der jünger war als ich – ein Beweis dafür, daß ich langsam alt wurde.

Meine Freude währte leider nicht lange. Bei der Wahl gelangten nämlich die Liberalen wieder an die Macht, und ich konnte mich wieder mit Gladstone abplagen.

Dieser Mann war wirklich eine Zumutung! Seit dem 3. Februar 1886 hatte ich wieder mit ihm zu tun. Er hatte sich die Selbstverwaltung Irlands in den Kopf gesetzt. Er überfiel das Land und mich damit und ließ uns keine Zeit zum Überlegen. Bei meiner Krönung hatte ich geschworen, die Einheit der beiden Königreiche stets aufrechtzuerhalten. Jetzt verlangte Gladstone von mir, daß ich diesen Eid brach. Mit seinen Argumenten konnte er mich jedoch nicht überzeugen. Eine ganze Reihe Liberaler sprach sich gegen die Selbstverwaltung Irlands aus, und es kam wegen Gladstones Irlandpolitik zu einer Spaltung der liberalen Partei. Die Gesetzesvorlage wurde im Unterhaus abschlägig beschieden.

Zu meiner großen Freude kam es zum Sturz der Regierung, und Lord Salisbury wurde am 25. Juli 1886 erneut englischer Premierminister.

Was für ein angenehmer Zeitgenosse im Vergleich zu Gladstone! Lord Salisbury war ein guter alter Freund. Ich kannte ihn schon aus der Zeit von Lord Beaconsfield, und wenn er sich mit diesem auch nicht messen konnte, so war er mir doch ein Trost. Er war sehr versiert im Hinblick auf die Außenpolitik, von der Gladstone meiner Meinung nach keine Ahnung hatte.

Ich ließ Lord Salisbury malen und ließ das fertige Porträt in meinen Privatgemächern aufhängen. Ein größeres Kompliment konnte ich ihm gar nicht machen.

Ich war heilfroh, daß das Schreckgespenst der Selbstverwaltung zunächst einmal vom Tisch war. Manchmal war es schon eine Hilfe, wenn etwas aufgeschoben wurde.

Um diese Zeit wurde die politische Bühne von einem äußerst anstößigen Skandal erschüttert. Die Zeitungen waren voll davon. Im Lande lechzten die Leute allerorten nach den widerwärtigen Details und konnten nicht genug davon bekommen.

Mich amüsierte die Sache eher. Erfreut rieb ich mir die Hände, denn es ging um meinen Erzfeind Sir Charles Dilke. Da taten die Leute nach außen hin immer, als läge ihnen das Wohl des Volkes sehr am Herzen – Sir Charles Dilke hatte sogar für die Abschaffung der Monarchie plädiert –, doch privat führten sie ein alles andere als beispielhaftes Leben.

Alles kam ans Tageslicht, als ein gewisser Mr. Crawford die Scheidung einreichte. Crawford war Parlamentsmitglied und mit einer attraktiven, ziemlich leichtfertigen Frau verheiratet. Dilke war durch seine Frau mit den Crawfords verwandt und häufig zu Gast bei ihnen. Angesichts der Verwandtschaft wunderte das niemanden.

Mrs. Crawford hatte mit einem gewissen Captain Forster geflirtet. Daraufhin beschuldigte ihn Mr. Crawford, der Liebhaber seiner Frau zu sein. Bei einer Gegenüberstellung versicherte Mrs. Crawford ihrem Mann, nicht Forster, sondern Sir Charles Dilke sei ihr Geliebter.

Dadurch gelangten alle möglichen anstößigen Dinge über den Mann an die Öffentlichkeit, der sich zum Fürsprecher der Entrechteten zu machen pflegte. Anscheinend war er der Liebhaber von Mrs. Crawfords Mutter gewesen. Und Mrs. Crawford enthüllte Pikanterien über Orgien, an denen Dilke, sie selbst und weibliche Bedienstete beteiligt waren.

Die Bediensteten bestätigten das nicht, doch da Mrs. Crawford den Ehebruch zugegeben hatte, wurde der Scheidung stattgegeben.

Ich muß gestehen, daß ich Genugtuung empfand. Zum

Glück war Bertie nicht in den Skandal verwickelt. Wann immer mir zu Ohren kam, daß es in gewissen Kreisen zu derlei Ausschreitungen gekommen war, dachte ich entsetzt: »Bitte, lieber Gott, sorge dafür, daß man Bertie nichts beweisen kann!« Das zeugt von meiner Angst, die ja oft nicht ganz unbegründet war.

Mit Dilkes politischer Karriere war es natürlich aus.

Als ich mit Bertie darüber sprach, trat er für seinen Freund ein, wie nicht anders zu erwarten.

»Für ihn ist das eine Katastrophe«, sagte er. »Er war ein hervorragender Politiker.«

»Es spricht für sein Geschick, daß er so lange unbemerkt ein Doppelleben führen konnte«, entgegnete ich.

»Er hätte Premierminister werden können«, meinte Bertie bedrückt.

»Ein Glück, daß es so gekommen ist, so bin ich wenigstens nicht gezwungen, diesen Mann zu empfangen.«

»Mama, diese Frau hat bestimmt maßlos übertrieben.«

»Das Gericht schien aber anderer Meinung zu sein.« Ich sah ihn traurig an. »Nach allem, was dein Vater für dich getan hat, Bertie, wundert es mich, auf was für Ideen du manchmal kommst. Dieser Mann ist Republikaner. Er hat sich ganz eindeutig gegen uns ausgesprochen, und einen solchen Menschen machst du zu deinem Freund!«

»Aber Mama, er ist klug und ausgesprochen geistreich. Und um Ideen ist er nie verlegen.«

»Ja, großartige Ideen. Er hat es sich in den Kopf gesetzt, uns das Wasser abzugraben.«

Doch damit war die Sache noch nicht ausgestanden. Natürlich konnte Dilke keinen Posten in der Regierung innehaben. Zu der Zeit war Gladstone Premierminister, denn der Skandal wurde aufgedeckt, kurz bevor Salisbury an die Macht kam.

Joseph Chamberlain war mit Dilke befreundet und darauf erpicht, daß Dilke Parlamentsmitglied blieb. Er wollte meinen aufsichtführenden Disziplinarbeamten einschalten, damit dieser die Scheidung rückgängig machte mit der Begründung, daß Dilkes Schuld nicht erwiesen sei. Er war nicht in den Zeugenstand gerufen worden – sonst wäre seine Schuld erwiesen, davon bin ich überzeugt.

Und schon flammte der Skandal wieder auf. Etwas Schlimmeres hätte Dilke gar nicht passieren können. Bei der nun folgenden Untersuchung stellte sich heraus, daß das Haus, in dem sich laut Mrs. Crawford die sexuellen Ausschweifungen zwischen Dilke, Mrs. Crawford und zwei Hausmädchen abgespielt haben sollen, einer Frau gehörte, die Haushälterin bei Dilke gewesen war.

Das warf ein schlechtes Licht auf ihn.

Bei der nächsten Verhandlung schnitt Dilke denkbar schlecht ab, denn die Geschworenen meinten, Mrs. Crawford habe die Wahrheit gesagt.

Damit war Dilke endgültig erledigt.

Ich gebe zu, daß ich eine gewisse Schadenfreude empfand. Dilke hatte sich als Reformator bezeichnet. Nun würde er vollauf damit beschäftigt sein, sein Privatleben neu zu gestalten.

Er ging mir nicht aus dem Kopf und begann mir langsam leidzutun.

Immer hatte er versucht, den Anschein zu erwecken, als sei er ein besonders tugendhafter Mensch, das machte sicher alles noch viel schlimmer für ihn. Was mußte ein ehrgeiziger Mensch empfinden, wenn er vor den Trümmern seiner Laufbahn stand?

Eigentlich hätte es mich freuen sollen, daß wieder einmal einer meiner Feinde von seinem hohen Roß gestürzt war. Seitdem hat es mich immer mit Mißtrauen erfüllt, wenn jemand öffentlich erklärte, er habe sich ausschließlich dem Wohl der Menschheit verschrieben. Dabei fiel mir auch Gladstone mit seinen allnächtlichen Streifzügen durch London wieder ein.

War er mir vielleicht aus diesem Grund zuwider?

So gern ich geglaubt hätte, daß auch Gladstone nur ein verkappter Sir Charles Dilke war – ich konnte es mir nicht vorstellen, beim besten Willen nicht.

Durch die Affäre um Sir Charles Dilke geriet die Regierung erst recht in ein schlechtes Licht, die sich ja im Hinblick auf

Ägypten schon unbeliebt gemacht hatte. Und daß der Etatvorschlag, den die Regierungspartei einbrachte, abgeschmettert wurde, trug sicher zum Sturz der Regierung bei.

Ich wußte es jedenfalls zu schätzen, daß Lord Salisbury mein Premierminister wurde.

Das Jubiläum

Mein fünfzigjähriges Jubiläum rückte näher. Nun saß ich schon ein halbes Jahrhundert auf dem Königsthron. Lord Salisbury meinte, man müsse den Menschen klarmachen, daß das ein Grund zum Feiern sei.

Die Aussicht erschien mir nicht verlockend, doch er hatte selbstverständlich recht. Solche Jahrestage darf man nicht einfach übergehen. Man muß sie gebührend feiern.

Ich erhielt einen besorgniserregenden Brief von Vicky. Fritz, ihr Mann, litt an einer schrecklichen Halsinfektion. Hinter vorgehaltener Hand flüsterte man sich zu, es handle sich um Krebs. Für Vicky ein wahrhaft furchterregender Gedanke, denn sie fühlte sich am preußischen Hof alles andere als wohl. Ihre Schwiegereltern behandelten sie weiß Gott nicht gut, und Bismarck war ihr erklärter Feind. Ihr Sohn behandelte sie fürchterlich. Sie konnte es niemandem recht machen, was sie auch immer tat. Ständig wurde sie mit Vorwürfen überschüttet. Man verzieh ihr nicht, daß nicht nur deutsches, sondern auch englisches Blut in ihren Adern floß.

All das war mir bekannt, und als ich dann auch noch ein chiffriertes Telegramm erhielt, konnte ich mir denken, daß die Lage überaus besorgniserregend war.

Der Text wurde dechiffriert, und es stellte sich heraus, daß die deutschen Ärzte Fritz operieren wollten. Vicky wollte zuvor einen unserer Ärzte konsultieren, der die führende Kapazität auf dem Gebiet sein sollte, nämlich Dr. Morell Mackenzie. Vicky flehte mich an, ihr Dr. Mackenzie sofort zu schikken. Sie war gegen die Operation und hoffte, Dr. Mackenzie könne die deutschen Ärzte davon überzeugen, daß die Operation nicht ratsam war.

Sofort ließ ich meine Hofärzte kommen, um sie zu fragen, was sie von Mackenzie hielten. Sie meinten, er sei in der Tat ein fähiger Arzt, jedoch sehr geldgierig. Daher müsse man ihm auf die Finger sehen.

Das teilte ich Vicky mit.

Die Lage war sehr angespannt. Um den Gesundheitszustand des Kaisers stand es auch nicht zum besten. Es stand zu erwarten, daß er nicht mehr lange leben würde. Nach seinem Tod würde Fritz Kaiser werden, und wenn auch Fritz starb, würde mein Enkel Wilhelm die Kaiserkrone tragen, doch der war auf seine Mutter nicht sehr gut zu sprechen.

So standen die Dinge kurz vor meinem Ehrentag.

Als ich am Vortag erwachte, schien die Sonne, daher nahm ich mein Frühstück in Frogmore im Freien ein. Doch außerhalb des Schlosses hat man keine Ruhe.

Die Menschen waren zusammengeströmt und jubelten mir zu, als ich zum Bahnhof fuhr. In Paddington stieg ich aus dem Zug und fuhr durch den Park zum Buckingham-Palast. Auch auf diesem Weg jubelten mir meine Untertanen zu.

Im Schloß begrüßten mich dann freudig meine lieben Kinder. Wie schön, sie um mich zu haben! Und war es nicht erstaunlich, daß ich schon fünfzig Jahre auf dem Thron saß? Was hatte ich in den langen Jahren alles durchgemacht, und wie trauerte ich um meine Lieben, die ich nicht mehr um mich haben konnte!

Das Schloß hatte sich in ein Blumenmeer verwandelt. Die Züchter hatten sich gegenseitig übertroffen und mir ihre schönsten Züchtungen geschickt, darunter auch einen über einen Meter hohen Strauß. Mittendrin die Buchstaben V. R. I. aus scharlachroten Blüten.

Bei der großen Abendgesellschaft kam die gesamte Familie zusammen. Was für ein Glücksgefühl, all meine Lieben um mich zu haben!

Doch erst am nächsten Tag, dem 21. Juni 1887, begannen die Festlichkeiten dann so richtig. Ich hatte es abgelehnt, in Staatsrobe und mit Krone zu erscheinen, denn trotz des feierlichen Anlasses wollte ich alles so einfach wie nur möglich halten. Meine Kinder konnten es nicht fassen. Sie waren einhellig der Meinung, gerade bei einer solchen Gelegenheit könne es gar nicht förmlich genug zugehen. Sie schickten Alexandra als Abgeordnete zu mir, damit sie mich überredete, die Krone zu tragen, doch ich sagte ihr, das gehe sie nichts an und ich dächte nicht im Traum daran, mich umstimmen zu lassen. Lord Halifax zeigte sich gereizt und meinte, die Leute wollten für ihr Geld auch etwas Glanzvolles sehen. Ich verübelte ihm seine unumwundene Ausdrucksweise. Joseph Chamberlain konnte es auch nicht lassen und mischte sich wieder einmal ein. Er meinte, einer Monarchin müsse man auch ansehen, daß sie eine Ausnahmestellung innehatte. Ich beschloß, eine Haube zu tragen, wenn auch eine sehr schöne aus weißer Spitze und mit Brillanten besetzt.

Lord Rosebery fand, ein Kaiserreich habe Anspruch auf einen Herrscher mit einem Zepter in der Hand und nicht mit einer Haube auf dem Kopf. Doch ich ließ mich nicht erweichen und befahl allen Damen, Hauben und lange Kleider mit Überwürfen zu tragen.

Wie immer bei besonderen Gelegenheiten, so dachte ich auch diesmal: »Wenn Albert doch dabeisein könnte, wie stolz wäre er auf mich!«

Ich verließ den Palast in einem offenen Landauer, gezogen von sechs Pferden und eskortiert von indischer Kavallerie. Es folgten die männlichen Familienmitglieder: meine drei Söhne, fünf Schwiegersöhne und neun Enkel.

Der arme Fritz litt ganz entsetzlich, ließ sich das aber nicht anmerken. Die Stimme versagte ihm, er brachte keinen Ton heraus. Ich fand es sehr heroisch von ihm, daß er überhaupt gekommen war. Ihm wurde am meisten zugejubelt, denn in Weiß und Silber mit dem deutschen Adler auf dem Helm sah er wirklich prächtig aus. Man konnte sich darauf verlassen, daß die Preußen immer die größte Aufmerksamkeit erregten.

Nach mir und meiner Familie folgten in der langen Prozession die Abordnungen des Kontinents, Indiens und der Kolonien. Es fehlte auch nicht an gekrönten Häuptern. Die Könige von Sachsen, Belgien, Griechenland und Dänemark nahmen an den Festivitäten teil, außerdem die Kronprinzen von Preußen, Griechenland, Portugal, Schweden und Österreich.

Eine glanzvollere Zusammenkunft konnte man sich kaum vorstellen, selbst der Papst hatte einen Gesandten geschickt.

Über Constitution Hill, Piccadilly, Waterloo Place und Parliament Street bewegte sich die Prozession zum Dankgottesdienst in Westminster Abbey. Zu den Klängen eines Marsches von Händel betrat ich die Abtei.

Ich hatte darauf bestanden, daß Alberts *Tedeum* und seine Hymne *Gotha* – von ihm selbst komponiert – gespielt bzw. gesungen wurden. Als ich es dann hörte, kamen mir fast die Tränen, und mir war, als stünde Albert neben mir.

Als wir durch Whitehall und Pall Mall zum Buckingham-Palast zurückfuhren, spürte ich meine Erschöpfung, doch mir stand an diesem Tag noch allerhand bevor. Um vier Uhr wurde ein offizielles Essen gegeben, anschließend sah ich vom Balkon aus zu, wie die Blaujacken vorbeimarschierten. Auf der feierlichen Abendgesellschaft fielen mir schon fast die Augen zu, doch dieser denkwürdige Tag würde mir immer unvergeßlich bleiben.

Lord Beaconsfield hatte mein Interesse an Indien geweckt, und als Kaiserin von Indien wollte ich gern mehr über dieses Land erfahren. Am liebsten wäre ich hingefahren, doch zu diesem Zeitpunkt erschien mir das nicht angebracht.

Zu den Feierlichkeiten war auch eine Abordnung aus Indien gekommen. Zwei der Inder erregten meine Aufmerksamkeit. Der eine hieß Abdul Karim, war etwa vierundzwanzig Jahre alt und Sohn eines Arztes, wie ich glaube; der andere hieß Mahomet, war bedeutend älter, sehr beleibt und lächelte ständig. Ich nahm sie in den königlichen Haushalt auf, damit ich sie immer um mich hatte. Durch sie wollte ich ihre Heimat besser kennenlernen. Karim war ein sehr intelligenter junger Mann, der jedoch nicht gut englisch sprach. Daher stellte ich ihm einen Englischlehrer zur Verfügung.

Freudig erschien der Lehrer, in der Annahme, er solle einen der Prinzen unterrichten. Er konstatierte indigniert, daß er lediglich einen Bediensteten, und zu allem Unglück auch noch einen dunkelhäutigen, Englisch lehren sollte. Ich war irritiert, denn ich duldete es nicht, daß Menschen um ihrer Hautfarbe willen verachtet wurden, und der Lehrer wagte es natürlich nicht, sich mir zu widersetzen.

Es amüsierte mich, als mir Karim anbot, mich Hindustani zu lehren. Ich nahm sein Angebot mit Freuden an. Diese Sprache faszinierte mich, und es machte mir Spaß, daß ich mit Karim und Mahomet schon bald in ihrer Sprache reden konnte.

Karim kochte auch für mich – scharfgewürzte indische Gerichte, die mir ausgezeichnet mundeten. Meine beiden indischen Diener hingen sehr an mir, und ich hatte mich seit dem Tod John Browns nicht mehr so wohl gefühlt. Es tat mir unendlich gut, solche Menschen um mich zu haben.

Fritz konsultierte in England mehrmals Dr. Mackenzie, und es ging ihm schon entschieden besser. Seit er bei ihm in Behandlung war, glaubte er wieder an seine völlige Genesung, und das gab ihm natürlich Auftrieb.

Vicky atmete erleichtert auf, denn Fritz hatte ihr in all den Jahren immer zur Seite gestanden, wenn sie die Angriffe der angeheirateten Verwandten in Deutschland über sich ergehen lassen mußte. Mir war sehr wohl bewußt, was sie seit ihrer Heirat durchgemacht hatte. Auch Wilhelm, ihr eigener Sohn, machte ihr das Leben schwer. Sie hielt ihn für krankhaft ehrgeizig und für gefühllos; er konnte es kaum erwarten, daß sein Großvater und sein Vater starben, damit er selbst die Kaiserkrone tragen konnte.

Auch in meinen Augen war er ein sehr unangenehmer Mensch. Er dachte nicht im Traum daran, seiner Mutter beizustehen, als üble Gerüchte über sie kursierten. Ihr wurde nachgesagt, sie habe einen Liebhaber und habe bisher mit Erfolg verhindert, daß ihr Gatte operiert wurde. Sie wolle ihn unbedingt am Leben halten, bis sein Vater starb, damit sie Kaiserin werden konnte. Wäre sie erst einmal Kaiserin, so könne Fritz ruhig das Zeitliche segnen, dann trüge sie nicht nur die Krone, sondern könne sich auch ungestört ihrem Liebhaber widmen.

Die Charakterlosigkeit dieses jungen Mannes trieb mich fast zur Raserei. Albert und ich waren seinerzeit so stolz darauf gewesen, daß Vicky so eine gute Partie gemacht hatte, doch was hatte ihr das eingebracht? Glücklich war sie nicht geworden. Alice hingegen hatte mit ihrem Ludwig eine gute Ehe geführt, und selbst Beatrice hatte in ihrer viel bescheideneren Verbindung mit Heinrich von Battenberg ihr Glück gefunden.

Vicky tat mir unendlich leid, dieses kluge, einstmals so stolze Mädchen. Am unerträglichsten erschien ihr sicher die lieblose Haltung ihres Sohnes. Bismarck und Wilhelms deutsche Großeltern trugen ganz eindeutig die Schuld daran, hinzu kam vielleicht auch noch die Verbitterung wegen seines verkümmerten Armes.

Im Februar des folgenden Jahres wurde Fritz operiert. Ein paar Wochen später starb der Kaiser. Fritz wurde Kaiser und Vicky Kaiserin. Das machte mich sehr glücklich, das hatte sich Albert immer für sein Lieblingskind gewünscht. Er hatte Vicky über alles geliebt und war sehr stolz auf sie gewesen. Vielleicht hätte er auch Wilhelm leiten können, wenn er nicht so früh gestorben wäre.

Trotz ihrer glanzvollen Stellung machte ich mir Vickys wegen Sorgen, denn ich fühlte instinktiv, daß Fritz nicht mehr lange leben würde. Ich wollte sie besuchen und machte mich auf den Weg. Zunächst fuhr ich kurz nach Florenz, wo es mir sehr gut gefiel. Albert hatte längere Zeit in Italien zugebracht. Tiefbewegt besuchte ich das Haus, in dem er gelebt hatte.

Bismarck war höchst indigniert, als er erfuhr, daß ich Fritz und Vicky besuchen wollte. Doch dann traf ich in Berlin persönlich mit dem Mann zusammen, der ganz Europa in Angst und Schrecken versetzte, und ich muß sagen, daß er mir trotz allem, was man ihm nachsagte, keineswegs unsympathisch war. Er war der Inbegriff der Stärke, und für starke Männer hatte ich sehr viel übrig. Vermutlich war er auch von mir beeindruckt, und so verlief diese Begegnung wider Erwarten sehr harmonisch. Wir waren ganz offensichtlich beide angenehm überrascht, und es stand außer Frage, daß wir einander in Zukunft mehr respektieren würden.

Mir krampfte sich das Herz zusammen, als ich den armen Fritz sah. Er wirkte so eingefallen und so elend, daß mir die Worte fehlten. Ich wußte, daß er bald sterben würde, aber er hatte Vicky wenigstens noch zur Kaiserin gemacht. Ich begegnete auch Wilhelm, diesem arroganten jungen Mann. Doch ich setzte ihm einen Dämpfer auf und sagte ihm ganz offen, was ich von seinem Benehmen hielt. Ich nahm ihm das Versprechen ab, an sich zu arbeiten und sich zu bessern. Er gelobte tatsächlich Besserung.

Vor meiner Abreise bat ich Vicky, mir sofort Bescheid zu sagen, wenn sie mich brauchte. Nötigenfalls käme ich auch nach Berlin.

Wieder zu Hause angekommen, bestellte ich Dr. Mackenzie zu mir und bat ihn, mir im Hinblick auf Fritz reinen Wein einzuschenken. Da bekannte er, daß Fritz bestenfalls noch drei Monate zu leben hätte.

Im Juni erhielt ich die gefürchtete Nachricht, die allerdings nicht unerwartet kam: Fritz war tot.

Sofort schickte ich Wilhelm, der damit zum deutschen Kaiser avancierte, ein Telegramm, in dem ich ihm befahl, sich um seine Mutter zu kümmern. Ich unterschrieb mit Großmama V. R. I. So war Fritz bzw. Kaiser Friedrich III. am 15. Juni 1888 nach nur 99tägiger Regierungszeit gestorben.

Zur Beerdigung von Fritz fuhr Bertie nach Berlin. Wutschnaubend kehrte er zurück. So wütend hatte ich ihn noch nie erlebt. Wenn er auch genau wie ich zu plötzlichen Wutanfällen neigte, so hielten diese doch nie lange an. Doch Wilhelm hatte ihm wirklich zugesetzt und ihn ganz aus der Fassung gebracht. Bertie wollte mir unbedingt klarmachen, wie mein Enkel veranlagt war.

»Mama, ich glaube allen Ernstes, er weint seinem Vater keine Träne nach«, verriet er mir. »Und weißt du auch warum? Weil ihm der Tod des Vaters die Kaiserkrone eingebracht hat.«

Das wunderte mich nicht. Selbst der Kurier, den Wilhelm entsandt hatte, damit er mir die Nachricht vom Tod seines Vaters überbrachte, hatte sich ein triumphierendes Lächeln nicht verkneifen können. Ich fand das widerwärtig.

»Mit Deutschland wird man in Zukunft rechnen müssen«, warnte mich Bertie. »Ich fürchte, Wilhelm hegt Expansionspläne. Er war abscheulich zu mir und hat mich regelrecht gepeinigt, indem er durchblicken ließ, daß ich ja nur Thronfolger bin, während er bereits Kaiser ist. Sein Benehmen Vicky gegenüber ist wirklich unverzeihlich. Selbst er muß zugeben, daß Deutschland bzw. das Deutsche Reich nicht so bedeutend ist wie Großbritannien, und das fuchst ihn über alle Maßen. Vermutlich würde er dich am liebsten entthronen, um auch noch den Thron Englands zu besteigen.«

»Aber Bertie, das ist doch wohl nicht möglich!«

»Das würde ihm natürlich nicht gelingen, aber es wäre ihm eine Freude, das kannst du mir glauben. Bismarck steht hinter ihm. Wilhelm würde in seinem jugendlichen Übermut sicher so manche Dummheit machen, da er an Selbstüberschätzung leidet, doch Bismarck ist ein kampferprobter Krieger. Darüber sollten wir uns im klaren sein. Wilhelm hat ständig versucht, mich zu übertrumpfen und mir klarzumachen, daß er mir in jeder Hinsicht überlegen ist. Du hättest hören sollen, wie er mich mit ›Onkel‹ angesprochen hat – als wollte er mir zu verstehen geben, daß ich alt und verbraucht bin und er in der Blüte seiner Jugend steht.«

»Wie ich sehe, müssen wir vor unserem kleinen Wilhelm auf der Hut sein.«

Dieses Gespräch nahm mich so sehr mit, daß ich Lord Salisbury davon erzählte. Er meinte, zwischen dem Prinzen von Wales und dem Kaiser des Deutschen Reiches herrsche offensichtlich eine starke Antipathie, doch der Kaiser sei ja noch sehr jung und verkrafte seine hohe Stellung wohl noch nicht. Das brauche eben seine Zeit.

Durch solche Familienstreitigkeiten dürfe es nicht zu einem Zerwürfnis zwischen Deutschland und England kommen.

Vicky kam zu einem längeren Besuch. Sowohl Bertie als auch Lord Salisbury hielten es angesichts der Unstimmigkeiten zwischen unseren beiden Ländern nicht für angebracht, sie einzuladen, doch ich schalt sie wegen ihrer Gefühllosigkeit. Vicky war meine Tochter, und sie hatte gerade ihren Mann verloren. Ich wollte um jeden Preis verhindern, daß Bismarck und ihr Sohn sie darüber hinaus auch noch peinigten.

In England unterhielten wir uns dann ausgiebigst, und ich

erfuhr, was für schwere Zeiten hinter ihr lagen. Während all ihrer Ehejahre hatte ihr nur Fritz beigestanden und sie davor bewahrt, daß ihre Schwiegereltern sie noch mehr demütigten als ohnehin schon. Und jetzt stand ihr Sohn völlig unter dem Einfluß Bismarcks.

Ich vertrat den Standpunkt, man müsse Wilhelm klarmachen, daß er sich seiner Mutter gegenüber nicht so benehmen dürfe. Sie bat mich, auch ihn einzuladen, damit ich mir selbst ein Bild machen könne. Widerstrebend bat ich ihn, uns im Sommer kurz zu besuchen.

Zu meiner Verwunderung nahm Wilhelm die Einladung mit Freuden an und schrieb mir, er schätze sich glücklich, in sein gutes altes Osborne zurückkehren zu dürfen. Er wollte von mir wissen, was er tragen solle. Eine britische Admiralsuniform? Ich erklärte mich damit einverstanden. Er antwortete mir postwendend, und aus seinem Brief sprach fast so etwas wie Demut. »Die gleiche Uniform wie Lord Nelson«, schrieb er. »Mir wird ganz schwindlig, wenn ich nur daran denke.«

Das ließ sich ja gut an.

Als er dann erschien, kam ich aus dem Staunen gar nicht mehr heraus. Er gab sich äußerst liebenswürdig, nannte mich ›liebe Großmama‹, erwies mir den nötigen Respekt und kehrte nur ganz selten ein wenig den großen Kaiser heraus.

Vielleicht waren er und Bertie sich einfach unsympathisch. Es konnte ja immerhin sein, daß Bertie ihm leichtfertig erschien und ihn das sehr störte. Möglicherweise glaubte er auch, Vicky wolle ihn bevormunden. Sie war ja immer sehr selbstbewußt gewesen. Albert hatte sie stets verwöhnt und davon nichts hören wollen.

Ich weiß noch gut, wie sehr sich Albert über sein erstes Enkelkind gefreut hat. Wilhelm war sein Lieblingsenkel gewesen. Das gestand ich Wilhelm.

Wenn ich Wilhelm aus seiner Kindheit oder von Albert erzählte, hörte er mir aufmerksam zu und konnte gar nicht genug bekommen.

So empfand ich seinen Besuch, vor dem ich mich so gefürchtet hatte, wider Erwarten als sehr angenehm. Als Wilhelm wieder abreiste, sagte ich mir befriedigt, daß wir diesen Besuch als Erfolg verbuchen durften.

Über meinen Diener Abdul Karim amüsierte ich mich oft. Wie viele Inder hielt er sehr auf Würde. Als Diener gehörte es zu seinen Aufgaben, bei Tisch aufzutragen, was ihm sehr mißfiel. Er behauptete, in Agra sei er Sekretär gewesen. Was man hier von ihm verlange, ließe sich mit seiner Menschenwürde nicht in Einklang bringen.

Alle außer mir lachten über die Arroganz dieses jungen Mannes. Ich verstand ihn gut. Man durfte die Menschenwürde nicht mit Füßen treten. Also ordnete ich an, daß er bei Tisch nicht mehr zu bedienen brauchte, sondern sich in Zukunft Munshi nennen durfte. Wenn es irgend etwas im Hinblick auf Indien zu regeln galt und lediglich eine Antwort erwartet wurde, überließ ich ihm das. Dafür war er mir sehr dankbar. Von da an hing er noch viel mehr an mir.

Doch schon geriet ich wieder ins Gerede. »Er ist wohl ein Ersatz für Brown«, wurde überall gemunkelt.

Das war keineswegs der Fall, denn Brown war unersetzlich.

Nun galt es, mit allen möglichen Vorurteilen aufzuräumen. Ich ließ nicht zu, daß man die Inder Schwarze nannte, denn aus der Bezeichnung sprach Verachtung. Ich machte Fortschritte mit meinem Hindustani-Unterricht. Inzwischen konnte ich mich schon ganz gut mit Indern in ihrer Sprache unterhalten, was natürlich eine große Hilfe war. Als Kaiserin von Indien war ich für dieses Land verantwortlich.

Seit ein paar Jahren verstand ich mich mit Bertie besser. Er verhielt sich mir gegenüber fürsorglich und liebevoll und handelte auch nicht mehr so unverantwortlich. Damit war ich eine große Sorge los. Ich sagte mir, daß er wohl allmählich begriff, was für eine schwere Aufgabe vor ihm lag.

Doch dann gab es wieder Ärger – der sogenannte Skandal von Tranby Croft. Um Frauen ging es ausnahmsweise einmal nicht, trotzdem kam es zu einem himmelschreienden Eklat.

Bertie war Ehrengast im Hause eines reichen Reeders namens Wilson, der in Tranby Croft residierte. Da man Berties Spielleidenschaft kannte, sorgte man dafür, daß er ihr im Hause Wilsons frönen konnte.

Zu Gast war auch Oberstleutnant Sir William Gordon Cumming vom schottischen Garderegiment, und beim Baccarat verdächtigte man Sir William des Betrugs.

Nachdem sich die Gesellschaft zur Ruhe begeben hatte, berieten die anderen darüber, wie man vorgehen sollte, und einigten sich darauf, Sir William auf den Kopf zuzusagen, er habe beim Spiel gemogelt. Sir William war natürlich indigniert. Doch fünf Gäste sagten aus, sie hätten es selbst mitangesehen. Er schwor, dem Haus den Rücken zu kehren und nie wieder mit seinen Kontrahenten zu sprechen.

Bertie zeigte sich mitleidig – wie immer bei Leuten, die in Schwierigkeiten steckten, denn davon konnte er ja auch ein Liedchen singen. In diesem Fall wußte er nicht, ob er Sir William glauben sollte oder denjenigen, die steif und fest behaupteten, er habe beim Spiel betrogen.

Die Beweise gegen Sir William waren offensichtlich erdrückend. Unbekümmert und leichtfertig erklärte Bertie sich bereit, die Untersuchung durchzuführen. Da hätte er sich besser Zurückhaltung auferlegt.

Man einigte sich darauf, Sir William nie wieder zu gestatten, Baccarat zu spielen. Durch seine Unterschrift auf einem Schriftstück sollte er sich damit einverstanden erklären.

Bertie versprach, ebenfalls zu unterschreiben. Offensichtlich hatte er noch immer nicht begriffen, daß er sich dadurch nur wieder in Schwierigkeiten hineinmanövrieren würde.

Anfänglich verweigerte Sir William seine Unterschrift, mit der Begründung, das käme einem Schuldbekenntnis gleich. Doch mit vereinten Kräften gelang es den Gästen schließlich, Sir William umzustimmen und dazu zu bringen, daß er unterschrieb.

Damit hätte die Angelegenheit eigentlich aus der Welt geschafft sein müssen, doch irgendwie bekommt die Öffentlichkeit immer Wind davon. Vermutlich liegt das an der Schwatzhaftigkeit des Personals, und die üblichen Übertreibungen kommen noch hinzu. Es war von Unsummen die

Rede, um die in Tranby Croft gespielt worden sein soll. Das war natürlich wieder einmal ein gefundenes Fressen für die Presse, und alle Welt zerriß sich den Mund über die Verschwendungssucht und Zügellosigkeit des Prinzen von Wales. Sir William wurde als Mann bloßgestellt, der beim Kartenspiel betrügt. Was ursprünglich eine Privatangelegenheit gewesen war, wurde so lange breitgewalzt, bis es sich zum Skandal ausgeweitet hatte.

Weil Sir William nicht für alle Zeiten ruiniert sein wollte, sah er sich veranlaßt, seine Kontrahenten der Verleumdung zu bezichtigen und anzuzeigen.

Bertie war entsetzt. Seine Erfahrung mit Gerichten genügte ihm vollauf. Wenn er in den Zeugenstand gerufen wurde, erführe alle Welt davon.

Sir Williams militärische Laufbahn war in Gefahr, und er erwog, seinen Abschied zu nehmen. Bertie wollte ihn davon abhalten, denn wenn die Sache vor einem Militärgericht verhandelt wurde, würde nichts davon an die Öffentlichkeit gelangen. Sir Williams Berater wollten jedoch eine hohe Entschädigungssumme herausschlagen. Darüber konnte nur ein Zivilgericht entscheiden.

Als mir zu Ohren kam, wie weit die Angelegenheit bereits gediehen war, schäumte ich vor Wut. Gerade als ich mir einzubilden begann, Bertie lebe inzwischen verantwortungsbewußter, mußte so etwas passieren! Mit jugendlichem Leichtsinn war das schon lange nicht mehr zu entschuldigen.

Er wurde tatsächlich vorgeladen, um als Zeuge auszusagen. Wie konnte er nur so dumm sein, diese Unterschrift zu leisten! So stand er also zum zweitenmal als Zeuge vor Gericht.

In den Zeitungen drehte sich alles um den Prinzen von Wales, als sei er die Hauptperson und nicht William Gordon Cumming. Auch als dieser für schuldig befunden wurde, stellte die Presse nicht etwa ihn, sondern Bertie an den Pranger.

Der künftige König von England, hieß es in den Zeitungen, sei ein Spieler. Er interessiere sich für Pferderennen und derlei Aktivitäten. Hingegen kümmerten ihn Staatsangelegenheiten herzlich wenig. Seine Einkünfte seien entschieden zu hoch, das Geld könne wahrhaftig besser angelegt werden. Gladstone habe den Prinzen doch seinerzeit dazu animiert, sich wohltätigen Zwecken zu verschreiben, und er sei daraufhin Mitglied des königlichen Ausschusses geworden, der sich mit der Beschaffung von Wohnungen für die Arbeiterklasse befasse.

Bertie hatte trotz seiner Unzulänglichkeiten ein gutes Herz und war entrüstet angesichts der Lebensbedingungen der Armen. Daraus machte er auch kein Hehl, doch die Presse bezichtigte ihn nur der Heuchelei. Wenn ihn das Unglück der Armen wirklich so mitnahm, konnte er ja leicht etwas dagegen tun. Er konnte einen Teil seiner hohen Einkünfte für die Ärmsten der Armen ausgeben, anstatt sie zu verspielen. Und dieser Mann sollte tatsächlich eines Tages König werden? Was konnte so ein vergnügungssüchtiger Mensch dem Volk schon nutzen?

Kaum zu glauben, daß das Volk um ihn gebangt und gezittert hatte, als er auf der Schwelle des Todes stand. Wie hatte das Volk ihm auf dem Weg zum Dankgottesdienst in der Kathedrale zugejubelt! So wankelmütig waren die Menschen.

In einer Zeitung wurde sogar darauf hingewiesen, daß eben dieses Verhalten die französische Revolution ausgelöst hatte.

Wilhelm tat, als sei er wütend. In Preußen hatte er Bertie zum Oberst ehrenhalber des preußischen Garderegiments ernannt. Nun schrieb mir mein Enkel höchst pathetisch, er sei zutiefst betrübt darüber, daß ein Oberst seiner Garde in einen Skandal verwickelt sei.

Dieser arrogante Schnösel brachte mich zum Lachen. Wie gern hätte ich ihm persönlich die Meinung gesagt. Bertie war außer sich vor Wut. Das gab der Feindschaft zwischen Onkel und Neffen neue Nahrung.

Von Vicky erfuhren wir, daß Wilhelm die Sache furchtbar aufbauschte und daß selbst in Deutschland die Zeitungen die Sache aufgriffen und breitwalzten.

Der arme Bertie konnte einem beinahe leidtun.

Ich glaube, daß ich mich durch meine Freundschaft zu Lord Beaconsfield geändert habe. Seit dieser Zeit ging es bei Hofe nämlich nicht mehr ganz so düster zu wie in den ersten Jahren nach Alberts Tod. Zwar trauerte ich nicht weniger um Albert, und er war mir nach wie vor stets gegenwärtig, doch allmählich begann ich mich auch wieder anderen Dingen zuzuwenden. Genau wie Albert hatte ich schon immer eine Schwäche für Musik gehabt.

In Osborne führten wir im kleinen Kreis Theaterstücke auf, die Gäste spielten mit. Wir stellten Schäferszenen oder Szenen aus Opern nach. Das machte mir so viel Freude, daß ich mich wieder jung fühlte. Ich lud Eleonora Duse ein, und zu meinem 76. Geburtstag wurde Verdis *Troubadur* aufgeführt. Ich hatte meine helle Freude daran und empfand solche Veranstaltungen als sehr anregend, bedauerte jedoch, daß Albert nicht mit von der Partie sein konnte.

Zuvor hatte sich mein Enkel Eddy (Albert Victor), Berties Ältester, jedoch mit Prinzessin May von Teck verlobt.

Eddy war nicht mit geistigen Gütern gesegnet, sein Bruder George war entschieden intelligenter, doch die Eltern hingen sehr an Eddy. Ich glaube, Alexandra liebte ihn ganz besonders – aber nicht etwa, weil er ihr Erstgeborener war, sondern weil er etwas zurückgeblieben war und sie mehr brauchte als die anderen.

Bisher hatte sich Eddy immer in die falschen Frauen verliebt, so zum Beispiel in seine Cousine Alicky, doch daraus war nichts geworden. Dann war er in Liebe zu Lady Sybil St. Clair Erskine entbrannt, doch auch das half ihm wenig. Und so hatte er sich immer wieder verliebt, ohne dabei auf Gegenliebe zu stoßen. Schließlich verlor er sein Herz an Prinzessin Hélène von Orléans, gegen die eigentlich nichts einzuwenden gewesen wäre, doch Berties Ältester konnte als Thronanwärter keine Katholikin heiraten.

Deshalb freute ich mich über alle Maßen, als mir zu Ohren kam, daß er sich mit May verlobt hatte. Ich mochte ihre Mutter sehr. Wir alle hatten uns gewundert, als sie heirateten, denn da war sie nicht mehr jung gewesen, doch diese

Ehe war ein wahrer Segen, und sie hatte die kleine May zur Welt gebracht.

Auf einem Ball in Luton Hoo hatte Eddy May seine Liebe gestanden, und sie hatte ihn erhört. Sie war ein ganz allerliebstes Mädchen – heiter und intelligent, und zu allem Überfluß auch noch ausnehmend hübsch. Sie war die ideale Frau für Eddy, und er war überglücklich. Eine Heirat war schon lange sein innigster Wunsch gewesen.

Mays Mutter war auch sehr angetan von der guten Partie, die ihre Tochter machen sollte, denn eines Tages würde May zur Königin avancieren. Der Hochzeitstermin wurde auf den 27. Februar festgesetzt.

Im Januar 1892 erhielt ich ein Telegramm aus Sandringham. Eddy war an Grippe erkrankt. Alexandra meinte jedoch, die Krankheit verliefe ganz normal und es bestünde kein Grund zur Besorgnis. Unterstützt von Beatrice, arbeitete ich an acht ›lebenden Bildern‹ für den Abend. Mir war vor allem an der Darstellung des Kaiserreichs gelegen. Beatrice sollte Indien verkörpern. Für eine Inderin war Beatrice schon fast zu korpulent, denn die Inder schienen alle ziemlich dünn zu sein. Der Munshi ging uns freudig zur Hand. Beatrice würde ihre Sache sicher gut machen. Ich war froh, daß sie glücklich verheiratet war und ich sie und Heinrich um mich hatte, die meiste Zeit sogar unter dem gleichen Dach.

Die lebenden Bilder kamen am Abend sehr gut an, doch am nächsten Tag erhielt ich noch ein Telegramm aus Sandringham. Eddy ging es schlecht, aus der Grippe war eine Lungenentzündung geworden. Wir schrieben den 13. des Monats, und meine Furcht vor dem 14. grenzte schon fast an Aberglauben. Wenigstens war es nicht Dezember, sondern Januar.

Ich überlegte, ob ich nach Sandringham fahren sollte, doch es gab immer so einen Wirrwarr, wenn ich zu Besuch kam, und die arme Alexandra hatte sicher mehr als genug zu tun und brauchte mich nicht auch noch.

Am nächsten Tag, dem schicksalhaften Vierzehnten, teilte mir Bertie mit:

»Unser geliebter Eddy ist von uns gegangen.«

Was für eine Tragödie! Anstatt vor den Traualtar zu treten, wurde er zu Grabe getragen.

Zu meinem Leidwesen wurde das Parlament nach sechs Jahren aufgelöst. Ich hörte, daß Gladstone sich mit Verve in den Wahlkampf stürzte. Der Gedanke, daß er wieder an die Macht gelangen könnte, erschien mir unerträglich, hatte ich mich doch in all den Jahren so daran gewöhnt, Ruhe vor ihm zu haben.

»Es ist doch absurd, daß sich ein irregeleiteter, echauffierter Mann von 82 Jahren erdreistet, England und das ausgedehnte Kaiserreich mit seinen elenden Demokraten regieren zu wollen. Für mich klingt das wie ein schlechter Witz«, äußerte ich Sir Henry Ponsonby gegenüber.

Doch es kam wieder einmal, wie es kommen mußte. Obwohl er nicht auf eine Mehrheit kam, womit er offenbar gerechnet hatte, wurde er zum viertenmal Premierminister.

Ein paar Tage nach der Wahl erschien er bei mir in Osborne und küßte mir die Hand. Er hatte sich sehr geändert, seit ich ihn zuletzt gesehen hatte. Er war nicht nur stark gealtert, sondern ging gebeugt am Stock. Sein Gesicht erschien mir irgendwie geschrumpft, und er war leichenblaß. Er blickte seltsam drein, und seine Lippen zitterten. Selbst seine Stimme war nicht mehr die gleiche.

»Wir sind beide nicht jünger geworden, Mr. Gladstone«, begrüßte ich ihn. Für diesen Mann würde ich niemals Freundschaft empfinden. Wie hatte er sich nur in seinem Alter noch darauf versteifen können, wieder Premierminister zu werden! Aus irgendeinem Grund hegten die Leute Bewunderung für ihn. Vielleicht nahm er sie mit seinen nächtlichen Streifzügen für sich ein, aber damit war es ja wohl inzwischen aus.

Ich hätte viel darum gegeben, wenn ich ihn nicht hätte akzeptieren müssen, doch natürlich mußte ich das, denn das Volk hatte sich für ihn entschieden. Doch bei der geringfügigen Mehrheit, mit der seine Partei aus der Wahl hervorgegangen war, würde er sich wohl kaum durchsetzen können.

Von Irland war er wie besessen, und er kämpfte weiter für die Selbstverwaltung. Angesichts der geringen Mehrheit rechnete ich mir da keine Chance aus.

Im Unterhaus setzte er sich zwar durch, jedoch nicht im Oberhaus. Das freute mich natürlich sehr, und ich hoffte, daß das Thema Selbstverwaltung für Irland damit ein- für allemal vom Tisch war.

Wenn man alt ist, vergeht die Zeit wie im Flug. Im Handumdrehen ist ein Jahr herum.

Die arme Alexandra konnte den Tod ihres Erstgeborenen nicht verwinden, doch sie faßte sich ein wenig, als sich George mit Prinzessin May verlobte. Wir hingen alle so an May, daß es uns ganz richtig erschien, daß sie George zum Mann nahm, nachdem Eddy gestorben war.

Im Juli 1893 feierten sie Hochzeit. Die Hitze war schier unerträglich, und Alexandra sah ziemlich mitgenommen aus. Sie hätte eben nicht ständig daran denken dürfen, daß Eddy anstelle von George mit May vor den Traualtar hätte treten sollen.

Doch George war ein guter Junge und nicht so labil wie Eddy. Ich fand, daß May mit George weit besser fuhr und sich glücklich schätzen durfte, ihn zum Mann zu bekommen.

Anläßlich der Hochzeit lernte ich auch den Zarewitsch Nikolaus kennen, einen sehr charmanten jungen Mann, der dem Bräutigam unglaublich ähnlich sah.

Kurz nach der Hochzeit starb Alberts Bruder Ernst. Ich trauerte nicht sehr um ihn, denn er war in meinen Augen kein wertvoller Mensch gewesen. Ich hatte mich immer gewundert, wie grundverschieden die beiden Brüder waren. Ich konnte mich glücklich schätzen, daß meine Wahl auf Albert gefallen war, denn ich hätte ja auch Ernst heiraten können. Was für ein Segen, daß ich mich für den Heiligen entschieden habe und nicht für den Sünder.

Durch Ernsts Tod fiel das Herzogtum Sachsen-Coburg an Alfred. Mein Sohn machte sich umgehend auf den Weg in die Heimat seines Vaters.

Das schöne Rosenau fiel mir wieder ein, und ich nahm mir fest vor, Alfred dort zu besuchen, obwohl das keine reine

Freude war, denn dort überfielen mich die Erinnerungen an die schöne Zeit mit Albert in besonders starkem Maße.

Es gibt zuweilen friedliche Zeiten ohne Zwischenfälle, doch dann jagen sich die Ereignisse wieder, so zum Beispiel 1894.

Im März suchte Gladstone mich in Osborne auf und erklärte mir, er fühle sich zu alt, um Premierminister zu bleiben. Da stimmte ich ihm aus vollem Herzen zu. Meine Freude ist ihm wohl nicht verborgen geblieben, denn als er von dem Gespräch berichtete, soll er gesagt haben: »Als ich es ihr mitteilte, kannte ihre Freude keine Grenzen.«

Wahrscheinlich hätte ich freundlicher zu dem alten Mann sein sollen, doch ich habe niemals einem Menschen Sympathie vorgeheuchelt, für den ich keine Sympathie empfand.

Sein Kabinett war sehr bewegt, als er von seinen Rücktrittsabsichten sprach, er selbst blieb völlig unbewegt. Er hielt zum letztenmal eine Rede vor dem Unterhaus und drängte darauf, keine Ruhe zu geben, bis die Selbstverwaltung Irlands in die Tat umgesetzt werden konnte.

1894 sprach Gladstone bei mir in Windsor vor, um sein offizielles Abschiedsgesuch zu überreichen. Da war er bereits vierundachtzig und so gut wie blind; beide Augen waren vom grauen Star befallen. Ich bat ihn natürlich, sich zu setzen, was er auch sofort tat. Eine Weile unterhielten wir uns noch, doch im Grunde hatten wir uns nichts zu sagen. Ich war heilfroh, als er wieder ging. Erst im nachhinein machte ich mir klar, daß ich ihm nicht offiziell gedankt hatte für all die Jahre im Dienst des Vaterlandes. Ich hatte es einfach nicht über mich gebracht, und so ein Segen war er für das Land auch nicht gewesen. Immer hatte er verurteilt, wofür Lord Beaconsfield und ich eingetreten waren. War es Lord Beaconsfields Bestreben gewesen, das Kaiserreich zu stärken, so hätte Gladstone es am liebsten wieder verkleinert und geschwächt. Gladstone war sicherlich ein guter Mensch, doch gute Menschen geben nicht unbedingt die besten Premierminister ab.

Als ich Lord Rosebery den Posten des Premierministers anbot, nahm er nur zögernd an. Zu Beginn zeigte er sich ziemlich schwach und appelierte an seine Kollegen, ihn zu unterstützen. Seine Rivalen dachten natürlich nicht daran.

Damit waren Gladstones Liberale buchstäblich am Ende. Für diese Art von Politik war das Land noch nicht reif. Hinsichtlich der Selbstverwaltung Irlands wurden die abstrusesten Anträge eingebracht. Das Oberhaus mußte kitten, was vermasselt worden war. Es ging auch um die Trennung von Kirche und Staat in Wales und das Veto gegen den Verkauf von Alkohol.

Ohne die Unterstützung der irischen Parlamentsmitglieder konnte sich Rosebery nicht halten. Als er durchblicken ließ, daß die Gesetzesvorlage hinsichtlich der Selbstverwaltung Irlands auf unbestimmte Zeit verschoben würde, ließ man ihn im Stich.

Ich verachtete ihn wegen seiner Schwäche. Die Arbeit machte ihm keine Freude, er hatte sein Amt ja nur sehr widerwillig übernommen. Er litt an Schlaflosigkeit und war ständig stark erkältet. Die Nachwahlen fielen zu seinen Ungunsten aus. Nach einem Jahr Amtszeit reichte er seinen Abschied ein und trat zurück.

Das Parlament wurde aufgelöst. Zu meiner großen Freude kamen die Konservativen wieder an die Macht. Mein lieber Freund Lord Salisbury wurde Premierminister.

Alicky verlobte sich mit Zarewitsch Nikolaus von Rußland. Wenn ich den Russen auch nicht so recht traute, so mußte ich mir doch sagen, daß Alicky, eines meiner liebsten Enkelkinder, eine glänzende Partie machte. Dieses wunderschöne, kluge und vernunftbegabte Mädchen war die Tochter meiner lieben Alice. Schon allein aus diesem Grund hing ich sehr an ihr. Innerhalb von drei Wochen avancierte das gute Kind zur Ehefrau und Zarin, denn der Zar starb, und Nikolaus trat seine Nachfolge an.

Es gab auch noch einen anderen Grund zur Freude. George und May bekamen einen Sohn. Nun war ich Urgroßmutter.

Doch man kann nicht erwarten, daß im Leben immer alles glattgeht. Auf die schreckliche Tragödie, zu der es dann kam, war ich jedoch nicht vorbereitet. Heinrich von Battenberg hatte sich der Ashanti-Expedition angeschlossen, obwohl ich mich dagegen ausgesprochen hatte. Es war mir ein wahrer Trost gewesen, ihn und Beatrice unter meinem Dach zu wissen. Sie und ihre Kinder hatten mir in den letzten Jahren viel Freude gemacht. Zu dem Entschluß, die beiden heiraten zu lassen und in England zu behalten, konnte ich mich nur beglückwünschen.

Heinrich war ganz offensichtlich auf Abenteuer aus, denn das Leben in Osborne, in Windsor oder im Buckingham-Palast verlief ziemlich ereignislos. Deshalb zog es ihn in die Welt hinaus, und die selbstlose Beatrice legte ihm keine Steine in den Weg. Ich hatte ihm prophezeit, daß er das Klima nicht vertragen würde, doch auch damit konnte ich ihn nicht von der Reise abhalten.

Kurz nach seiner Abreise kam es zu Unruhen in Südafrika. Präsident Krüger sorgte ständig für Zwist und Hader. Er fand, die Buren müßten die Oberhand gewinnen. Ich traute ihm nicht und war davon überzeugt, daß es in Südafrika früher oder später ernsthafte Schwierigkeiten geben würde.

1895 kam es durch den Briten Dr. Jameson, den Verwalter von Rhodesien, zu einem bewaffneten Überfall mit dem Ziel, Krüger zu entmachten. Ein sehr waghalsiges Unternehmen, das von vornherein zum Scheitern verurteilt schien. Mit ein paar hundert Mann berittener Polizei schlich Jameson sich nachts nach Transvaal ein und versuchte, eine Revolte gegen Krüger zu entfachen. Da ihm Krüger kräftemäßig überlegen war, wurden Dr. Jameson und seine Männer schon bald überwältigt. Leider gerieten dabei gewisse Dokumente in die falschen Hände, die bewiesen, da Cecil Rhodes und unser Kolonialministerium unter dem Vorsitz von Joseph Chamberlain in das Komplott verwickelt waren.

Für uns war das natürlich eine Katastrophe, die schließlich zum Burenkrieg führen sollte. Allerdings konnte ich das zu diesem Zeitpunkt noch nicht wissen. Dr. Jameson tat mir leid. Ich konnte ihm gut nachfühlen, was ihm vorschwebte, und er hatte Mut bewiesen, indem er seine Pläne in die Tat umsetzte. Auch in meinen Augen waren die Buren fürchterliche Menschen – anmaßend und grausam.

Wilhelm schickte Krüger ein Glückwunschtelegramm und gratulierte ihm zur Wahrung seiner Unabhängigkeit. Ich fand das unverzeihlich. Wie konnte er es wagen! Bertie war außer sich vor Zorn.

Ich schrieb Wilhelm einen vorwurfsvollen Brief und gab ihm zu verstehen, daß wir ihm diesen Affront nicht so bald verzeihen würden, doch ich glaube kaum, daß sich Wilhelm das sehr zu Herzen nahm. Er betrachtete mich nicht als überlegen. In seiner maßlosen Selbstüberschätzung hielt sich der junge deutsche Kaiser für durchaus ebenbürtig. Daher gelangte ich zu der Überzeugung, daß uns Wilhelm in den nächsten Jahren noch sehr zu schaffen machen würde, was sich auch bestätigte.

Kurz nach dem fatalen Einfall Dr. Jamesons in Transvaal erhielten wir ein Telegramm, in dem uns mitgeteilt wurde, daß Heinrich an einer fiebrigen Erkrankung litt. Dann hörten wir eine Woche lang nichts mehr. Schließlich hieß es, er sei bereits auf dem Weg der Besserung. Doch das war leider nicht der Fall. Dann erhielten wir das verhängnisvolle Telegramm, das besagte, daß Heinrich gestorben war.

Meine arme Beatrice war außer sich vor Schmerz. Es war eine echte Liebesheirat gewesen. Obwohl ich ihr ihren Schmerz gut nachfühlen konnte, gab es keinen Trost für Beatrice. Im Gegensatz zu mir fraß sie ihren Kummer in sich hinein. Ich war verzweifelt. Das Schicksal hatte wieder einmal zugeschlagen.

Das Ende naht

Mit achtundsiebzig Jahren saß ich bereits sechzig Jahre auf dem Thron und damit entschieden länger als irgendein anderer Monarch. Selbst mein verrückter Großvater George III. hatte nur neunundfünfzig Jahre und sechsundneunzig Tage regiert.

Alle wollten dieses diamantene Jubiläum ganz groß feiern. Ich wollte aller Welt den Glanz des Empire demonstrieren. Die Premierminister sämtlicher Kolonien sollten zugegen sein und die Streitkräfte eine wichtige Rolle spielen.

Ich wollte mich so vielen Menschen wie nur irgend möglich zeigen. Sie sollten mich nie vergessen und sich stets daran erinnern, was ich sechzig Jahre lang für sie getan hatte. Nichts hatte mir so am Herzen gelegen wie ihr Wohlergehen.

Der Festtag brach mit Salutschüssen im Park an. Ganz London schien auf den Beinen zu sein. Unübersehbare Menschenmassen drängten sich in den Straßen, wohin man auch blickte.

Auf der Rundfahrt durch die Stadt rührte mich die Anhänglichkeit des Volkes zu Tränen. Mit Albert an meiner Seite wäre mein Glück vollkommen gewesen. Auch er hatte viel für das Volk getan, wenn das Volk das auch nicht einsah.

In Gesellschaft meiner Kinder und Kindeskinder fuhr ich durch die Straßen Londons, umringt von den Truppen und Abgeordneten Australiens, Indiens, Südafrikas, Kanadas, Zyperns, Hongkongs und Borneos. Es war eine glänzende Demonstration der Macht des Empire. Ich hoffte inständig, daß mein Volk sich der Stärke des Landes bewußt war und stets zusammenhielt, damit sich daran nichts änderte.

Niemand sollte mein diamantenes Regierungsjubiläum je vergessen, das ich im Jahr 1897 feierte.

Vom Buckingham-Palast ging es zum Dankgottesdienst in die St.-Paul's-Kathedrale. Dann fuhr ich über die London Bridge in die Armenviertel Londons auf der Südseite des

Flusses. Zurück ging es über die Westminster Bridge und durch den St. James Park.

Es rührte mich immer wieder, mit welcher Liebe das Volk an mir hing. Nur mit Mühe konnte ich die Tränen zurückhalten. Ich war zu Tode erschöpft, aber überglücklich. An der Zuneigung meines Volkes war mir schon immer sehr gelegen, und ich hatte sehr darunter gelitten, wenn sich das Volk von mir abgewandt hatte.

In einem der Armenviertel rief mir irgend jemand zu: »Mach so weiter, altes Mädchen!«

Lächelnd winkte ich den Leuten zu.

Auch Bertie wurde freudig begrüßt, was mich sehr glücklich machte. »Guter alter Teddy!« riefen ihm die Menschen zu. Die Skandale, in die Bertie verwickelt gewesen war, waren offenbar vergessen. Das gehörte sich an einem solchen Tag auch so.

Nach meiner Rückkehr zum Buckingham-Palast schickte ich Telegramme an meine Kolonien in allen Himmelsrichtungen, um allen von Herzen zu danken.

»Sechzig Jahre regiere ich nun schon«, sagte ich mir todmüde, doch rundum zufrieden.

Inzwischen bin ich wirklich alt und müde, und die Jahre entgleiten mir immer schneller.

Seit meinem diamantenen Regierungsjubiläum ist sehr viel geschehen.

Am 19. Mai 1898 starb Gladstone im Beisein seiner Familie. Sein Sohn Stephen las ihm die Sterbegebete vor. Gladstone war ein guter Mensch gewesen, doch ich hatte ihn nie gemocht. Die Parlamentssitzungen wurden umgehend vertagt, Unter- und Oberhaus huldigten dem Verstorbenen.

Gladstone bekam ein Staatsbegräbnis. Viele Menschen zogen an ihm vorbei und erwiesen ihm die letzte Ehre, als er aufgebahrt lag, denn er war sehr beliebt gewesen.

Die politischen Ereignise machten mich sehr traurig, so der Burenkrieg von 1899 bis 1902 und der Boxeraufstand 1905 in China. Doch dann bahnte sich auch noch eine Tragödie an, die alles überschattete und mich ganz persönlich bis ins Innerste traf.

Mein Sohn Alfred litt an einer Kehlkopfinfektion. Dadurch wurde ich an Fritz erinnert und machte mir die größten Sorgen.

Auch mein lieber Alfred erlag seinem Leiden, und so wurde mir im hohen Alter von einundachtzig Jahren noch ein Kind genommen. Ich war untröstlich. Was für ein grausamer Schicksalsschlag.

Ich bin so alt und müde, daß ich gar nicht weiß, was mich noch am Leben hält. Manchmal sitze ich einfach da und hänge meinen Gedanken nach. Dann steht mir die Vergangenheit wieder klar vor Augen. Jetzt im nachhinein sehe ich die Dinge und Ereignisse in einem völlig anderen Licht. Ich sehe mich als junges, begeisterungsfähiges Mädchen unter der Obhut Lehzens und meiner Mutter. Was für ein impulsiver Mensch ich doch gewesen bin, wie leicht war ich in Liebe oder auch in Haß entbrannt!

Albert hatte eine Wandlung in mir bewirkt. Bevor ich ihn kannte, war ich sehr leichtlebig gewesen und hatte nichts Schöneres gekannt, als möglichst lange aufzubleiben und zu tanzen. Zuweilen frage ich mich, was wohl ohne ihn aus mir geworden wäre. Ob ich wohl das vergnügungssüchtige Geschöpf geblieben wäre, das so gerne lachte? Nein, wohl kaum. Das Schicksal hatte mir ein gerüttelt Maß vom Ernst des Lebens zugedacht. Doch Albert hat mich geändert, mich geformt, einen anderen Menschen aus mir gemacht. Ich wollte immer alles gut und alles richtig machen, was ich tat. Als mir klar wurde, daß ich eines Tages die Krone tragen würde, sagte ich: »Ich will eine gute Königin sein.« Damit war es mir sehr ernst gewesen, denn die Aufrichtigkeit ist einer meiner hervorstechendsten Charakterzüge.

Immer haben in meinem Leben Männer die wichtigste Rolle gespielt. Ihnen hat meine größte Zuneigung gegolten: Onkel Leopold, Lord Melbourne, meinem geliebten Albert, Lord Beaconsfield, John Brown. Das ist sicher bezeichnend. Wahrscheinlich gehöre ich zu den Frauen, die sich Männern gern unterordnen. Das war in meinem Fall natürlich widersinnig und kaum durchführbar, denn als Königin, als Monarchin stand ich ja über allen. Alle waren meine Untertanen, sogar Albert.

Ich bin immer ein sentimentaler Mensch gewesen und vielleicht auch naiv. Rückblickend frage ich mich jetzt zuweilen, ob mir das nicht die Sicht ein wenig getrübt hat. So habe ich Albert, dessen Geschöpf ich war, zum Beispiel immer als mustergültigen, über jeden Vorwurf erhabenen Menschen gesehen. Aber war er das wirklich? Hatten wir wirklich eine so glückliche Ehe geführt? Jetzt fielen mir auch die Streitigkeiten wieder ein, an denen anscheinend immer ich die Schuld trug. So schien es zumindest Albert. Auch mir hatte er das immer eingeredet. Hatte ich aus Albert erst nach seinem Tod einen Heiligen gemacht, und glorifizierte ich seitdem auch unsere Ehe, indem ich sie als die vollkommene Ehe betrachtete?

Was für verräterische Gedanken spukten mir da im Kopf herum? An Albert gab es nichts auszusetzen, immer war *ich* schuld daran gewesen, wenn es zwischen uns zum Streit gekommen war.

Wir *hatten* uns gestritten, das war mir mit der Zeit entfallen. Wenn ich dachte, daß Albert an Vicky mehr lag als an mir, hatte die Eifersucht an mir genagt. Albert hingegen hatte Bertie darum beneidet, daß er als Prince von Wales eine höhere Stellung einnahm, als es dem Prinzgemahl je vergönnt sein würde.

Im Geist hörte ich Berties Jammergeschrei, das er als kleiner Junge erhob, wenn ihn sein Vater schlug, und wenn Albert auch stets behauptet hatte, das schmerze ihn mehr als das Kind, so konnte ich das doch nicht so recht glauben.

Aber ich bin eine närrische alte Frau. Natürlich war Albert die Vollkommenheit schlechthin. Warum hätte ich sonst all die Jahre so um ihn getrauert? Ich darf diese aufwieglerischen Gedanken gar nicht erst aufkommen lassen.

Inzwischen ist ein neues Jahrhundert angebrochen. Was es der Menschheit wohl bescheren wird? Nun, ich werde es nicht mehr erleben, denn für mich ist es jetzt an der Zeit, die Feder wegzulegen.

JEAN PLAIDY

Der scharlachrote Mantel
01/7702

Die Schöne des Hofes
01/7863

Im Schatten der Krone
01/8069

Die Gefangene des Throns
01/8198

Königreich des Herzens
01/8264

PHILIPPA CARR

Die Erbin und der Lord
01/6623

Die venezianische Tochter
01/6683

Im Sturmwind
01/6803

Die Halbschwestern
01/6851

Im Schatten des Zweifels
01/7628

Der Zigeuner und das Mädchen
01/7812

Sommermond
01/7996

Darüber hinaus sind von Philippa Carr noch als Heyne-Taschenbücher erschienen: „Geheimnis im Kloster" (01/5927), „Der springende Löwe" (01/5958), „Sturmnacht" (01/6055), „Sarabande" (01/6288), „Die Dame und der Dandy" (01/6557).

Wilhelm Heyne Verlag München